U0876512

吹盡狂沙始到金

欧世金军事新闻作品选

上卷

欧世金◎著

解放军出版社

总目录

上　卷

中　卷

下　卷

上卷目录

第一板块　重大主题报道

导读清单　**顶天立地**

第二板块　政治工作报道

导读清单　**实在管用**

[注：本书收录作品除标明原发报刊外，均原载于《解放军报》。]

前言一

牢牢把握政治导向

习近平总书记在全国宣传思想工作会议上强调，要把握正确舆论导向，提高新闻舆论传播力、引导力、影响力、公信力，巩固壮大主流思想舆论。这一重要论断，与我们党长期形成的新闻思想一脉相承，是做好新时代党的新闻舆论工作的科学指南。我们要深刻领悟、努力践行，特别是要善于从政治上牢牢把握正确舆论导向，注重政治站位，强化“四个意识”，提高政治能力，切实履行新使命，实现新作为。

注重政治站位，坚持把正确政治方向摆在第一位

“举旗帜、聚民心、育新人、兴文化、展形象”是新形势下宣传思想工作的使命任务。要肩负起这个使命任务，新闻舆论工作必须坚持把政治方向放在首位。

坚持党性原则不动摇。党和政府主办的媒体是党和政府的宣传阵地，必须姓党。党的新闻舆论媒体的所有工作，都要体现党的意志、反映党的主张、维护党中央权威、维护党的团结，做到爱党、护党、为党。要旗帜鲜明地把党性原则贯彻到新闻舆论全过程，以党的旗帜为旗帜、以党的方向为方向、以党的意志为意志。落实政治家办报方针，在政治立场、政治方向、政治原则、政治道路上自觉同以习近平同志为核心的党中央保持高度一致。大力宣传党的理论和路线方针政策，突出宣传习近平新时代中国特色社会主义思想，使之成为时代最强音。

坚持马克思主义新闻观不动摇。新闻观是新闻舆论工作的灵魂。马克思主义新闻观是马克思主义立场、观点、方法在新闻舆论工作中的根本体现，是党的新闻思想之源和根，是做好党的新闻舆论工作的“定盘星”。坚持党性和人民性的有机统一，做政策主张的传播者、时代风云的记录者、社会进步的推动者、公平正义的守望者。

坚持以正面宣传为主不动摇。团结稳定鼓劲、正面宣传为主，是党的新闻舆论工作必须遵循的基本方针。面对新形势新情况，我们必须站稳政治立场、增强政治定力，始终以正确的舆论引导人，以优秀的作品鼓舞人。以壮大主流思想舆论为己任，深入宣传中国特色社会主义道路、理论、制度、文化，宣传经济社会各领域的重大发展和先进典型，营造崇尚英雄、学习英雄、捍卫英雄、关爱英雄的浓厚氛围，更好地强信心、聚民心、暖人心、筑同心。

增强“四个意识”，坚决维护以习近平同志为核心的党中央权威和集中统一领导

学习贯彻习近平总书记在全国宣传思想工作会议上的重要讲话精神，最关键的是要把同以习近平同志为核心的党中央保持高度一致作为新闻队伍的基本要求，从严落实。

增强“四个意识”，要求新闻工作者在服务党和国家事业全局中作出更大贡献。要保持清醒的政治头脑，保持敏锐的政治观察力和鉴别力。要坚守对马克思主义的信仰，对中国特色社会主义和共产主义的信念，对党和人民的忠诚，自觉站在党和国家大局上想问题、看问题。要树立以人民为中心的工作导向，把人民对美好生活的向往作为我们的奋斗目标，把全党全国人民士气鼓起来、精神振奋起来，朝着党中央确定的宏伟目标团结一心向前进。

增强“四个意识”，要求新闻工作者在坚决维护习近平总书记党中央的核心、全党的核心地位上更加自觉。“万山磅礴有主峰。”习近平总书记具有非凡的政治智慧、高超的领导能力、强大的人格魅力，赢得了全党全军全国各族人民的衷心拥护，赢得了国际社会高度赞誉。新闻工作者要始终做到坚决拥护核心、坚决听从核心、坚决维护核心，确保党的领导更加坚强有力。

增强“四个意识”，要求新闻工作者在学懂弄通做实上下更大功夫。

习近平新时代中国特色社会主义思想是21世纪马克思主义、当代中国马克思主义，是全党全国各族人民为实现中华民族伟大复兴而奋斗的行动指南，是党和国家必须长期坚持的指导思想。新闻工作者一方面要带着信念学、带着感情学、带着使命学，真正做到学深悟透、融会贯通、真信笃行。另一方面，要遵循新闻传播规律，适应对象化、差异化、分众化的特点，加强传播方式手段和话语方式创新，把习近平新时代中国特色社会主义思想讲清楚、讲明白，让老百姓听得懂、能领会、可落实。要紧密联系百姓身边发生的变化，联系人们普遍关注的问题，以小见大，寓事于理，让党的创新理论"飞入寻常百姓家"，构筑中华民族共同的精神家园。

提高政治能力，在意识形态斗争中千万不能天真、不能大意、不能退缩

党的新闻舆论工作是党的一项重要工作，是治国理政、定国安邦的大事，是为国家立心、为民族立魂的工作。习近平总书记强调，新闻媒体是各种势力争夺的重要阵地，新闻舆论工作处在意识形态斗争最前沿。要坚持从党的工作全局出发把握党的新闻舆论工作，做到思想上高度重视、工作上精准发力。

领导权不能放。加强和改善党对新闻舆论工作的领导，是新闻舆论工作顺利健康发展的根本保证，其实质是把意识形态工作的领导权、管理权、话语权牢牢掌握在手中。必须坚持党管宣传、党管意识形态，巩固意识形态阵地。各级党委要增强阵地意识、管理意识，把所有媒体都置于党的领导之下，都在党的管理之中。要牢固树立人才意识，大兴识才、爱才、敬才、用才之风，让在理论上、笔头上、口才上或其他专长上有"几把刷子"的人才大批涌现出来。

亮剑精神不能丢。当前，思想舆论领域存在红色、黑色、灰色"三个地带"。红色地带是我们的主阵地，一定要守住，决不能丢失；黑色地带主要是负面的东西，要坚决管控，大大压缩其地盘，逐步推动其改变颜色；灰色地带要大张旗鼓争取，加快使其转化为红色地带，防止其向黑色地带蜕变。要以战士的姿态、战士的担当，坚守阵地敢于出击，与否定党的领导、否定中国特色社会主义制度等错误言行作不懈斗争，决不允许一些人造谣生事、浑水摸鱼、煽风点火、信口雌黄。要正确区分和处理政治原则问题、思想认识问题、学术观点问题，无论处理什么问题，要防止简单化、片面化。要打好网络意识形态攻坚战，推动互联网这个最大变量变成事业发展的最大增量。

纠"四风"改文风不能松。文风体现作风、反映党风。"要转作风、改文风，俯下身、沉下心，察实情、说实话、动真情，努力推出有思想、有温度、有品质的作品。"习近平总书记的重要论述为广大新闻工作者加强作风建设指明了努力方向。要牢记"我是谁、为了谁"，忧患着人民的忧患，欢乐着人民的欢乐，感动着人民的感动。要坚决纠正"四风"，特别是形式主义、官僚主义。要深入调查研究，练就过硬脚力、眼力、脑力、笔力，多采写内涵深刻、贴近群众、感人至深、影响广泛的优秀新闻作品。近年来，新闻战线开展的"走基层、转作风、改文风"活动赢得了社会各界的广泛赞誉，为新闻工作者锤炼"脚力、眼力、脑力、笔力"提供了良好平台。要持续运用和落实这一长效机制，防止一阵风、走过场。

党的十八大以来，习近平总书记在各种场合的重要讲话都朴素深刻、平实亲切、充满力量，为全党改进文风带了好头。我们要到火热的生活一线去，用亲身经历讲述感动社会的中国故事。新闻报道要落实时、度、效要求，力求短、实、新，反对空话连篇、言之无物、穿鞋戴帽那一套八股腔调。特别是要坚持新闻真实性原则，力戒做表面文章、搞上下一般粗、空泛表态、照搬照抄。要多报道老百姓的事，多说老百姓听得懂的话，多写"沾泥土""带露珠""冒热气"的作品。要遵守新闻职业道德，按习近平总书记要求的那样，争当政治坚定、引领时代、业务精湛、作风优良的新闻工作者。

（《学习时报》2018年9月10日1版）

前言二

论新闻编辑的“几把刷子”

新闻工作者要有“几把刷子”。作为媒体新闻产品“把关人”“控制者”的新闻编辑，到底需要“几把刷子”？本文结合解放军报社新闻编辑部门的实践，将新闻编辑的专业能力，归纳为六把“刷子”：编辑稿件、撰写稿件、制作版面、组织策划、总结经验、争获大奖六个方面的能力。

“一张报纸，上连党心，下接民心。”2019年1月25日上午，习近平总书记在主持中共中央政治局集体学习时强调，要把《人民日报》办得更好，扩大地域覆盖面、扩大人群覆盖面、扩大内容覆盖面，充分发挥在舆论上的导向作用、旗帜作用、引领作用。这既是对《人民日报》的要求，也是对所有党媒和新闻工作者的要求。

对新闻工作者来说，只有不断增强脚力、眼力、脑力、笔力，不断掌握新知识、熟悉新领域、开拓新视野，增强本领能力，才能“自觉承担起举旗帜、聚民心、育新人、兴文化、展形象的使命任务”。也正是如此，习近平总书记多次强调，宣传思想工作者要有“几把刷子”。视察解放军报社时他明确提出“要建设一支听党指挥、业务精湛、作风过硬的人才队伍”。

新闻工作因其专业性强，需要从业者有点真本事、真本领，即要有“几把刷子”，否则就难以成为让人信服的行家里手。那么，作为媒体新闻产品“把关人”“控制者”的新闻编辑，到底需要“几把刷子”？本文结合解放军报社新闻编辑部门的实践，对新闻编辑的专业能力，具体归纳出“六把刷子”。

一、编辑稿件的能力

编辑的基本职责是编发记者和通讯员的来稿。一位成熟的编辑既要得心应手掌握新闻报道的十八般武艺，又要了解报道所涉及的实际工作的基本情况、矛盾问题和发展趋势。解放军报社编辑部曾提出一个口号:“我的稿件请放心。”意思是，经过“我”编发的稿件是放心稿，没有差错，不埋“地雷”，不留疑问。新闻编辑重在把好导向关、政治关、政策关、提法关、事实关、文字关、保密关、审稿关等。工作中，有的编辑处理完稿件后，往部门领导采编库或总编室编辑库里一点就不管了。其实，一名职业编辑，应当对发稿作者、采写对象、审稿手续、领导审签、夜班询问、刊后反应、稿费发放等情况及流程，要做到心中有数、全程负责。新闻编辑要尊重来稿，又要引导来稿，不能来什么编什么，编稿要体现编辑思想，以实现编辑部的宣传意图为最终目的。从稿件类型分，主要编发四类稿件。

时政稿。主要是军委首长和军委机关重要活动、重要讲话和重要政策制度发布报道。这类稿件，一般由机关提供通稿或本报记者采写。编发此类稿件，编辑要切记细致严谨。一是看发稿程序对不对、审稿手续是否规范；二是对任何稿件中发现的任何疑问，都要敢于提出来，但又不能仅凭个人感觉随意改动，即使对个别文字的删改，最好也要与记者或机关的同志沟通，避免造成不必要的麻烦和问题。

反响稿。这是一种特殊的政治新闻报道形式，主要任务是宣传党的最新理论成果，切入方式是根据不同的主题选择不同的对象，就某一次重大会议（如党的十九大），或某一次重要讲话（如习主席在古田全军政工会议上的重要讲话），或某项重大决策（如裁减员额30万），谈认识、话体会、表决心、定措施、见行动等。这类报道政治性、政策性、纪律性、敏感性都很强，如果拿捏不准、理解有误、把握失当，就可能产生难以预料的后果。编发反响报道，一是难在既要把最新理论成果传播出去，又不能照搬照抄，要通过兵言兵语和鲜活故事让党的创新理论“飞入寻常百姓家”；二是难在时间紧迫，从社领导定下决心到夜班稿件上版，有时只有三四个小时的时间，需要对整个报道的主题、规模、层次、字数、采访谁、找哪些记者或通讯员组织材料，突出什么关键内容，如何保持各大单位、各层次官兵表态的关系平衡等，编辑要快速决断，快速行动，几乎是学习、思考、采访、查阅资料、撰写、编辑以及和领导、夜班沟通同步展开。要求编辑精神饱满、头脑清醒、指挥有序、笔头利落。有时为了赶写一篇一两千字的反响稿，编辑常常紧张得出几身汗，因为社领导在等着审稿，夜班在“等米下锅”，此时编辑面临的压力有多大，没有亲身经历的人很难体会。

头条稿。即报纸的首席席位稿。要将稿件放在这个位置上去，难度大、因素多，其中一个重要因素在于责任编辑。头条稿，必须主题重大、指导全局、围绕中心、内容扎实、事例典型、文风清新，一般是重大典型、重大活动、重要工作、重大事件报道或者是来自基层的鲜活新闻，具有鲜明的导向性、权威性和显著性。《解放军报》宣传的一个突出特点是指导部队实际工作，因此头条稿刊发部队工作经验报道所占比例大、数量多，这就要求此类报道聚焦部队建设中的矛盾问题，回应官兵关心的重点、难点、痛点问题，既体现习近平强军思想，又立足基层部队的经验做法。特别要注意的是，工作报道要少讲工作一般性过程和背景，要通过突出写典型的人和事来展示经验成果，让部队官兵从中受到启发、学了管用。

要闻版配稿。《解放军报》要闻版有4个版，除了采用新华社稿件之外，还需要大量配稿，主要是基层新闻和突发事件新闻。配稿的特点是丰富多彩、短小精悍、时效性强。如果新闻版上每天能见到来自全军各种类型部队、各级官兵的鲜活报道，报纸的信息量和可读性就会大大增强。配稿，是版面上各类报道互相匹配之意，要尽量做到高层与基层兼顾，长稿与短稿协调，尽可能体现“大珠小珠落玉盘”之美。配稿，最好是现场见闻、特写式报道、一人一事新闻，几百字即可。此外，图片新闻编辑每天都应想一想，今天我为新闻版提供了什么好照片，如果没有的话，那就要抓紧组织。有时夜班为找一张合适的图片大费周章。

二、撰写稿件的能力

解放军报社实行采编合一机制。撰写稿件与编辑稿件同属新闻编辑的重要职责。编辑写稿不是像记者那样重在发现和挖掘新闻，而是对一些战役式的、硬骨头式的、靠记者单枪匹马难以完成的报道，加强力量，形成联合作战优势。编辑写稿不仅要写主题重大、宣传急需的重头稿，还应写创意性强、文本精美的示范稿。由于编辑了解上级精神快，掌握宣传要求准，可用资料多，人脉资源广，写稿具有先天优势。

特稿。主要有三类。一类是宣传核心的纪实类特稿。如,《解放军报》2017年推出的以习近平同志为核心的党中央领导和推进强军兴军纪实系列报道；二类是配合重要节点推出的解辛平文章、编辑部文章。如,《解放军报》为纪念中国人民解放军建军90周年撰写的《我们的队伍向太阳》；三类是对全军性工作进行总结性的综述报道。如,《解放军报》推出的全面反映党的十八大以来我军正风反腐成果新貌的长篇通讯《人民军队自我革命重塑的新长征》。第一、三类特稿重在记事，第二类特稿重在说理。这类报道是编辑部的重活、大活，也是苦活、累活，参与这样的报道写作，对于提高编辑的综合业务能力极有益处。撰写此类报道，要求编辑把握全局、大开大合、夹叙夹议、情理交融，稿件既要有历史视野，又要紧扣现实；既要有思想内涵，又要有典型事例；既要有问题导向，又要有正面经验；既要有宏观勾勒，又要有细节描绘；既要有政治正确之定力，又要有出神入化之笔力。总之，特稿写作呼唤大手笔、成就大手笔、考验大手笔。

评论、言论稿。为重要报道配发评论员文章或言论，是新闻编辑的一项基本功。实践中，一些编辑对此存在两种心态：一是怕，担心写得不好露了怯；二是懒，觉得多一事不如少一事，致使有些报道本该配评论或言论的都没有配。业内都明白一个道理，一篇能起画龙点睛作用的评论或言论，首先是表明编辑部的意图，提升报道的分量。

其次对编辑的理论思维能力、把握政治政策能力、总结概括能力是难得的历练机会。当然，也有些评论或言论配得较随意，写作较粗糙。《解放军报》对配评论或言论是有严格要求的。比如，对什么级别的典型，是配本报评论员文章还是配短评、编者按、编后，以及字数多少，都有明确的规定，编辑要突破规格必须请示报告。

三、制作版面的能力

版面是一种特殊的传播语言。透过稿件位置的摆放、字数的多少、字号字体的变化、色调的深浅、线框的粗细等，都能体现报纸和编辑的立场、态度和观点。新时代的读者，读报的口味、趣味已发生重大变化，看报的时间越来越短，版面和报道要抓住读者的眼球，版面就必须不断创新，力求让每一块版面秀色可餐、营养可口。当前媒体的共识是，版面要从浓眉大眼、方正阳刚向眉清目秀、亲切可人转变。具体办法是版面要疏朗，文字要精短，体裁要多样，包装元素要富于变化，要多用图片报道和图表报道。对重要的长篇报道要切割分块，让受众读起来感觉轻松不累。

四、组织策划的能力

策划是新闻编辑提高核心业务能力的不二法门。策划不是闭门造车，而是编辑根据宣传需求和新闻事实，进行具体筹划，制定施工图和时间表，明确细化报道的指导思想、目的、形式、时间节点、兵力布置、标准要求、达成效果等内容。策划最忌意图不清、没有新意、缺乏创意，年年老一套、大路货。有的把宣传主题和内容直接作为栏目名称，像文件材料标题，没有动一点脑筋，引不起读者的兴致。策划贵在出金点子，业务难度极高，一方面，要突破同类主题宣传以往的模式，不走自己的老路；另一方面，要同其他媒体展开同题宣传竞争，力求高人一筹。一个金点子，可以反映出一名编辑甚至一家媒体的整体业务水平。中央广播电视总台创作的特别节目《平“语”近人——习近平总书记用典》，以习总书记讲话中引用经典名句为切入点，由“原声微视频”“思想解读”“经典释义”“现场访谈”“互动问答”“经典诵读”六个环节构成。这个节目之所以受到各方好评，与制作团队的精心策划是分不开的。策划本身是一门学问，要作为编辑的核心业务能力之一，展开学习、研究、培训，催生一批不同报道领域的策划高手，推动报纸的宣传质量持续提升。

五、总结经验的能力

毛主席曾说：“我是靠总结经验吃饭的。”李瑞环同志说：“能否用理论总结实践经验，赋予工作经验以理论的意义，这是所有人能否做好工作，不断进步、提高的一个共同性问题。”新闻编辑职称评定，将在学术刊物上发表理论学术文章，作为考评的硬指标，实行一票否决制，说明新闻编辑总结业务经验不是一件可有可无的小事。目前，比较受新闻界认可的新闻业务刊物，除解放军报社主办的《军事记者》外，还有人民日报社主办的《新闻战线》、新华社主办的《中国记者》等。新闻编辑几乎天天处理稿件、年年组织重大战役性报道，占有总结经验的资源优势，拥有新闻院校专家教授所不具备的“春江水暖鸭先知”的职业敏感，总结出来的经验，往往比较鲜活、实用，容易受到业内人士的认可与共鸣。

六、争获大奖的能力

获大奖，是对新闻编辑的最高奖赏，更是对新闻编辑业务能力的综合检验。全国最高新闻奖包括中国新闻奖和长江韬奋奖，前者是新闻作品奖，后者是中青年记者编辑的最高荣誉奖。争获两个大奖，是许多新闻工作者的梦想。以争获中国新闻奖为例，除要求作品导向正确、主题重大、内容真实、文字精练外，作品的创新度和社会的反响度，是两个最重要的指标。新闻作品创新度包括主题的深化、角度的奇特、结构的新颖、文字的鲜活、制作的精良、采写的艰难等。当然，不能要求一篇作品做到全方位创新，有的可能是在某一方面创新，但必须要有让人耳目一新、拍案叫绝之处。反响度，除了领导和机关表扬肯定外，主要包括业界反响和社会反响。从评奖角度讲，业界标准至关重要，评委都是媒体的资深报人、知名报人，他们专业素养高、眼光独到，哪怕一个字、一个标点符号出现瑕疵，也难逃法眼。新闻编辑平时要树立获奖意识，用工匠精神打造精品力作，不断向全国新闻奖发起冲击，在追求获奖的过程中提升业务素质，练就过硬的"几把刷子"。

（《军事记者》2019年第2期）

会 议 永

第一板块

重大主题报道

导读清单

顶天立地

重大主题报道，是媒体难度最高的新闻。

难在主题重大：以习近平同志为总书记的党中央治国理政新理念新思想新战略；以习近平同志为核心的党中央领导和推进强军兴军；习近平主席、中央军委领导和推进新形势下军队政治工作……每一个题目都重如千钧，不敢有丝毫疏忽懈怠。

难在标准要求高、时间要求急、涉及工作领域多、报道规模体量大、报道影响面广，等等。

难在各种关系把握：上与下、大与小、理论与实践、思想与事例以及军委各机关、军队建设各领域、各军兵种、各类典型事例，等等。

我2014年2月至2018年4月任报社政工部主任。那几年，随着党的创新理论步伐的加快、国防和军队改革强势推进、军队发展建设发生历史性变化，重大主题报道任务一个接一个，政工部作为执行任务的主力部门，牵头打了一个又一个硬仗。

基本经验是，重大主题报道要“顶天立地”。

“天”，即报道要聚焦中国道路、中国理论、中国制度、中国精神、中国力量；“地”，即报道要接地气，贴近实际、贴近生活、贴近群众。“天”“地”相合、水乳交融，方能做到大而不空，细而不碎。

1.情怀要真。以对党忠诚、对领袖和统帅热爱、对军队建设高度负责的赤诚之心，对待每一篇报道乃至其中的每一句话、每一个词、每一个标点符号。

2.力量要强。包括领导力量、写作力量、协调力量、保障力量等等。重点在于搞好顶层设计、抓住主要采写人员两个环节。

3.善借外力。我们撰写的几篇大稿，都是各方智慧的集成。比如：许多重要材料来自军委各大机关；请相关部队提供重要事例和线索；修改阶段经过多个波次、多个层级的反复打磨，确保万无一失。

有人说，写一次大稿脱一层皮。这话不假，但我更愿说：写一次大稿，上一个业务台阶，会生出“登泰山而小天下”之气象。

统帅与士兵心连心

——以习近平同志为核心的党中央领导和推进强军兴军纪实

■本报记者　欧世金　杨祖荣　新华社记者　李宣良　梅常伟

中南海连着基层一线，党的关怀温暖万千官兵。

党的十八大以来，习近平主席心系基层，情注官兵，数十次深入基层部队视察调研，走边防、上高原，登甲板、进座舱，体察兵情、关心兵事、排解兵忧，展现了崇高的统帅风范和爱兵情怀。

亲切关怀，留在座座营盘；深情话语，铭刻官兵心间。

坚持扭住党的组织抓基层、扭住战备训练抓基层、扭住官兵主体抓基层、扭住厉行法治抓基层，争做“四有”新一代革命军人，锻造“四铁”过硬部队，推动强军目标在基层落地生根……全军和武警部队深入学习贯彻习主席系列重要讲话精神，持续用力抓基层打基础，推动基层建设全面进步、全面过硬。

“习主席和我们心连心！”回眸砥砺奋进的5年，炽热、滚烫的情感，在官兵心中升腾。

广大官兵把至诚至纯的信赖拥戴，转化为建强基层、献身使命的磅礴力量，更加紧密地团结在以习近平同志为核心的党中央周围，奋力行进在强军兴军伟大征途上。

深情厚爱励兵心

1.基层情怀

“中国维和部队的几名同志壮烈牺牲，为世界和平献出了宝贵生命，我们怀念他们，要把他们的亲人照顾好。”

2017年元旦前夕，习主席在发表新年贺词时，饱含深情地讲到了捐躯沙场的维和战士和他们的家人。

统帅的爱兵之情，再次沛然流露。士兵，在统帅心中有着最重的分量；基层，是他去得最多的地方。

“要坚持士兵至上、基层第一，真正关心关爱官兵，始终把官兵冷暖放在心上。”习主席对各级带兵人反复叮嘱。

真情大爱，发自肺腑。

“我和军队有着不解之缘，对军队怀有深厚感情。从小我就较多接受了我军历史的教育，亲眼目睹了我军很多老一辈领导人的风采，从少年时代就形成了对军队的真挚感情。”

对官兵，习主席有一种天然的亲近感。他年轻时在军队工作过一段时间，在担任地方领导期间十分关心支持国防和军队建设，曾深情赋诗“难得举城作一庆，爱我人民爱我军”以抒胸怀。

2012年12月，担起中央军委主席重任不到一个月，习主席风尘仆仆地来到了广东。在广东总共4天，到部队考察就占了一天半。这其中，去基层又占了三分之二的时间。

习主席巡战位、登战车、入班排，与基层官兵亲切交谈，拉家常、问冷暖。在海口舰，他在当天的航泊日志上郑重签名；在水兵住宿舱室，听闻两名战士正在调休，他带着歉意说：“那我来是不是打搅你们休息了”；在陆军某连队饭堂，他拿起不锈钢餐盘排队打菜，对前面礼让的战士笑着说：“你先来！你先来！”……

“习近平幽默随和、富有魅力，乐于与士兵在一起。”习主席担任军委主席后首次视察基层部队，赢得国内外舆论点赞。

对基层这片热土，习主席爱得特别深、看得特别重：

基层是部队全部工作和战斗力的基础，部队所有工作都要靠基层去落实，在第一线冲锋陷阵也全靠基层；党的根基在基层，军队的根基也在基层，基层过硬军队才能强大，青年官兵过硬军队才有未来；抓基层打基础保稳定的工作一刻也不能放松……

2013年7月，中央军委召开党的群众路线教育实践活动专题民主生活会，习主席坦露心迹：

“作为军委主席，我应该拿出更多时间和精力，尽可能多地到部队走一走，到官兵特别是基层官兵中看一看，就军队发展带方向性、全局性、根本性的重大问题进行深入调研。”

深入基层，到群众中去，习主席一以贯之。走出陕北梁家河，基层就成为他心头最深的系念，当县委书记时跑遍所在县所有的村，当市委书记时跑遍所在市所有的乡镇，当省委书记时跑遍所在省所有的县市区。

“到了你们这里，七个大军区我就都走到了。”2014年12月，习主席来到原南京军区机关视察，看似平常的一句话，流露出统帅戎机在念的厚重情怀。短短两年时间，全军各大单位都留下了军委主席深深的足迹。

2. 心心相印

一步一履总关情。5年来，带着深情厚爱，带着深邃思考，习主席一次次走进部队，与基层官兵在一起。“与子偕行”的统帅担当，激励着兵心——“今天，我和你们一起执勤站岗。”

2014年1月26日，内蒙古北部边防一线。雪野茫茫，山路弯弯，习主席乘车来到三角山哨所。凛冽寒风中，他沿着58级陡峭台阶，顶风踏雪登上海拔1000多米的山顶，在哨所观察登记本上郑重签下名字，动情地对哨兵张伟说出了这句话。

军委主席和士兵一同执勤站岗，生动诠释了统帅与士兵共有一个担当，展示了人民军队官兵一致、亲密无间的光荣传统，为全军各级带兵人立起了光辉榜样。

士卒在心的统帅情怀，感动着兵心——

“我一直惦记着大家，特地来看看大家。”这是蛇年春节前夕，习主席来到空军某试验训练基地时，见到官兵们的第一句话。

“一直”和“特地”，生动道出了军委主席对基层官兵的真切牵挂。

2017年5月24日，习主席视察海军机关，通过视频慰问正执行战备巡逻任务的538舰官兵时，一句“你们战风斗浪、连续奋战，大家辛苦了”，让全舰官兵心潮澎湃，也让全军官兵备受鼓舞。统帅对基层始终念兹在兹，与官兵时刻心心相印。

小细节，透真情。2015年1月21日，习主席在某基地军史馆内看到一名普通士兵的照片时，立刻说：“这个兵我认识。”这名士兵叫王忠心，是一名扎根基层近30年的火箭军老兵。此前，他曾受到习主席接见，没想到时隔这么久还能被一眼认出。

切切在心的，又何止一个王忠心，统帅心系百万士兵。

爱兵深切的统帅风范，温暖着兵心——

“当兵多少年了？家属随军了吗？生活怎么样？”2015年3月12日，习主席在接见空军某旅士官杜洪强时关切问询。

兵事连着兵心，兵心关乎战斗力。

“战士们睡觉冷不冷？能不能洗上热水澡？连队伙食怎么样？”这些生活“小事”，却是统帅心中的大事。

“我到部队调研都要抽空到基层连队的宿舍、食堂、哨所看一看，了解战士们衣食冷暖、生活急难，要求在标准下尽量把战士生活搞得好一些。”2016年11月，在中央军委后勤工作会议上，习主席这番暖心话，令与会代表感佩不已。

统帅知兵爱兵的感人故事，如春风、似雨露，沁入兵心：叮嘱因救灾而耽误了婚礼的陆航飞行员张尚年，“抓紧把婚礼办了”；嘱咐从事弹药销毁工作的工程师陈雪礼，“你们的工作很危险，要注意安全啊”；亲自给边防连官兵回信，为连队的发展进步感到高兴……

春风化雨的统帅教诲，滋润着兵心——

对基层官兵的成长、成才，习主席十分关切。每年全国两会期间，他都会接见来自基层的军队人大代表；每次视察基层，他都仔细询问官兵学习、训练和思想情况，语重心长地勉励大家把个人理想抱负融入强军梦，扎根军营，建功岗位。

某通信连女兵记得，4年前在连队，习主席高兴地接过官兵们创作的“中国梦·强军梦·我的梦”剪纸作品，勉励大家要珍惜锻炼自己、报效祖国的平台，不断升华人生理想，提高岗位技能，扎扎实实做好本职工作，为实现强军目标建功立业。

武警新疆总队某部特勤中队官兵记得，习主席以“宝剑锋从磨砺出，梅花香自苦寒来”相赠，勉励他们在复杂严峻的环境中磨砺意志本领，牢记职责、再接再厉，为祖国和人民再立新功。

统帅的殷切关怀和嘱托，深深植入士兵心中。

2017年夏天，当三角山哨所四周郁郁葱葱时，张伟回来了。

两年前，因工作表现出色，他提干、入学。毕业后，他坚决要求回到边防一线。“习主席的嘱咐一直在心头，我要扎根边防、守卫边防、建功边防。”他激动地说。

“习主席对基层真好，同战士真亲，我们一定要听习主席的话，撸起袖子加油干。”这是全军官兵的共同信念和心声。

思想伟力塑基层

3. 旗帜引领

在实现中国梦强军梦征途上，如何深入贯彻党在新时期的强军思想？建设什么样的连队、怎样建设连队，培育什么样的官兵、如何培育官兵？

陆军某部“大功三连”给出了答案，立起了标杆。

赓续“煤油灯下学毛著”的优良传统，“大功三连”官兵深学细悟习主席系列重要讲话精神，将连队目标对接强军目标，与时俱进、奋斗如新，连队被中宣部授予“时代楷模”称号。

2017年1月23日，习主席来到“大功三连”。在连队学习室，看到官兵通过“学习军营”手机APP向全连推送学习成果，习主席勉励他们发扬优良传统，紧贴时代、紧贴实践、紧贴官兵，做好用党的创新理论武装头脑工作，推动强军目标在连队落地生根。7月28日，习主席又亲自向该连颁授“学习践行党的创新理论模范连”荣誉称号奖旗。

学系列讲话、育“四有”新人、建“四铁”连队，“大功三连”这扇窗口，映照出5年来全军基层建设最鲜明的时代主题：习主席系列重要讲话精神成为建连之魂、育人之本。

思想伟力，重塑基层。以习主席系列重要讲话精神为根本遵循，《军队基层建设纲要》重新修订，把强军目标要求细化为3个方面16条建设标准，基层建设时代内涵进一步拓展升华。

加强理论武装，铸牢忠诚之魂——

心中有魂，脚下有根。新征程上，广大官兵深入学习贯彻习主席系列重要讲话精神，深扎听党指挥、绝对忠诚的思想根子。

透视全军正在开展的维护核心、听从指挥主题教育活动，记者撷取了一组生动镜头：

戈壁深处，习主席视察过的新疆军区某团民族六连，牢记领袖寄语，驻训间隙开展“向主席报告——英雄的连队忠诚的兵”演讲活动；东南沿海，驻闽某部把习主席当年亲临视察慰问、现场办公解决困难等珍贵史料作为生动教材，引导官兵感悟源头初心；三湘大地，国防科技大学硕博宣讲团制作微动漫、微视频，深入学员队和驻军部队宣传强军思想、讲好强军故事、展现强军风貌。

真理之壤，滋养青春的兵。习主席系列重要讲话精神在官兵心里扎根、在思想上开花、在实践中结果。

许多带兵人欣喜地说，习主席系列重要讲话精神哺育培养了一茬新人。在陆军某部，11名藏族战士受部队学系列讲话浓厚氛围感染，积极学习上进，现在人人是班长、个个是党员；曾3次受到习主席亲切接见的战略支援部队某旅士官赵云霄，真学真信真用系列讲话，12次参加重大演训次次不辱使命，还带出一支60余人的基层理论骨干队伍。

传承红色基因，涵养忠诚之魂——

红米饭、南瓜汤……那顿特殊的“红军饭”，令黄继光生前所在连指导员余海龙终身难忘。

2014年10月31日，习主席同11名参加古田全军政治工作会议的基层代表共进午餐，余海龙就坐在统帅身边。

“习主席勉励我们，要把理想信念的火种、红色传统的基因一代代传下去，让革命事业薪火相传、血脉永续，永远保持老红军本色。”余海龙说，我们连队一直保留黄继光床铺，每晚点名时，总是第一个点名“黄继光”，60多年来英雄气一脉相承。

长城内外座座军营，“红色基因代代传”工程深入开展。“脖子以下”改革中，新调整组建部队自觉传承好“红色家谱”。第83集团军在所属部队中广泛开展“光荣历史互讲、先进经验互学、英模典型互励、特色文化互融”活动，让老部队的传统之果，成为新部队的精神之根。

建强基层组织，凝聚忠诚之魂——

“给钱给物，不如帮建一个好支部。”习主席一语中的，指出了基层建设的关键。

各级结合推进“两学一做”学习教育常态化制度化，抓好以党支部为核心的基层组织建设，深入开展帮建支部、帮带干部、帮抓骨干活动，组织带兵建连能力培训专题授课辅导，严格落实组织生活制度，强化基层党组织管党员、管干部的职能。

战旗为什么这样红？党组织的作用是保证。中外联演联训、跨区机动演练、防汛救灾……哪里最紧要、最危险，哪里就有党旗在飘扬、有党员突击队在奋战。纪念建党95周年之际，全军和武警部队36个先进基层党组织、76名优秀共产党员受到军委通报表彰。

“铁心向党，矢志强军”，官兵誓言铿锵。372潜艇远航期间遭遇“掉深”等重大险情，全艇官兵果断处置、化险为夷，之后继续带伤潜航，兑现了“宁可舍命也不辱使命”的庄严承诺。

“党叫干啥就干啥，打起背包就出发。”面对改革大考，基层连队闻鼓向前。2016年2月底，某通信团三营八连转隶北部战区。无论离开军营，还是转隶外调，人人依令而行，没有一人讨价还价。

4.砥砺刀尖

枪杆子硬，硬在基层。基层是战斗力的“刀尖”。

锻造能打仗打胜仗的刀尖子，习主席期望殷殷。

航母编队官兵记得，2013年8月28日，习主席来到东北视察。一下飞机，他就冒着风雨来到海军某舰载机综合试验训练基地，观看舰载机滑跃起飞、阻拦着陆训练。

当天下午，习主席又风雨兼程地赶往大连，登上辽宁舰，深入舱室战位，郑重嘱托官兵：你们要牢记职责，不辱使命，早日形成战斗力和保障力，为建设强大的人民海军作贡献。

部队就是要能打仗、打胜仗。对基层部队战斗力建设，习主席高度关注，倾注大量心血。他强调，战斗力标准必须落实到基层，基层一切工作都要围绕战备训练来进行。

2014年，由习主席亲自推动的“战斗力标准大讨论”，在全军上下开展得轰轰烈烈，深入到了基层班排，深入到了士兵心里。基层全部心思向打仗聚焦、各项工作向打仗用劲。

实战化，成为沙场演兵最突出的亮点。

突击性战备拉动频率高了，上高原、赴大漠、出远海驻训成为常态了，演训场上硝烟味更浓了、对抗性更强了，“红必胜蓝必败”思维定势被打破……“中国军队正加强基层战斗力建设。”外媒评论道。

2015年3月12日，习主席接见来自基层一线的军队人大代表、陆军某部侦察营指导员颜建刚时，关切地问道："连队的训练搞得怎么样？"

"报告主席，近年来，我们在强军目标引领下，每年都到海拔4500多米的高原地区开展实战化训练，锻炼官兵过硬本领。"颜建刚大声回答。

习主席听了很满意，点头称赞。这是统帅对颜建刚所在连队的莫大褒奖，更是对全军基层部队的深深期许。

"强军精武红四连"官兵牢记习主席视察时"苦练打仗本领，争做精武标兵"的嘱托，深入组织"胜战之问"大讨论，率先开展"五个人人会"特战技能训练。近年来，他们在团以上军事比武中夺得23个第一。

空军某部持续开展"今天准备战斗"主题实践活动，在空军比武考核中，8次获得团体第一，17人次夺得"金头盔""金飞镖"。习主席签署通令，为他们记集体二等功。

"和平时期，军队生活条件搞得好一些是可以的，但决不能把兵带娇气了。威武之师还得威武嘛！革命军人还是要有血性嘛！"习主席反复告诫。

2015年初，习主席视察驻昆明某部，在与官兵座谈时，特意谈到了这支部队19岁的烈士王建川在战场上写给母亲的诗，称赞他"为了祖国不惜血染战旗"的军人血性。

各级深入贯彻落实《关于加强战斗精神培育的意见》，探索构建培育战斗精神长效机制，推进强军文化建设，在练兵用兵中不断砥砺官兵"一不怕苦、二不怕死"的英雄胆气。

为有牺牲多壮志。"逐梦海天的强军先锋"张超、在执行边境排雷任务时牺牲的程俊辉、舍己救人的抗洪勇士刘景泰……仅2016年，全军和武警部队以及民兵预备役部队牺牲人员超过30人，他们用生命彰显了当代军人的血性担当。

5. 纠风除弊

去年秋天发生在某炮兵旅同一个连队的两件事，让官兵们至今还津津乐道：由于军事素质有短板，一名旅领导的亲戚没选取上士官；另一名素质过硬、毫无背景的下士被保送入学。事虽小，却折射出基层风清气正的良好生态。

抓作风建设必须从基层风气抓起。习主席一再叮嘱各级带兵人，下大气力整治发生在士兵身边的不正之风。

一场纠治基层“微腐败”和不正之风的攻坚战迅即打响。2015年6月，《关于加强军队基层风气建设的意见》印发全军。军委纪委梳理形成官兵身边的“微腐败”和不正之风问题清单，列出70个问题表现，为各级纠风除弊树起靶子。

2017年6月上旬，一条重磅消息传来：全军军级以上单位纪检监察机关，普遍在旅团级单位建立基层风气监察联系点。这是贯彻落实习主席关于纠治基层不正之风的一个实际举措。

“没‘关系’真的没关系。”基层官兵高兴地说，现在发展党员、选晋士官、学兵推荐、保送入学等基层敏感事项，在阳光下“脱敏”，歪风邪气无所遁形，大家一门心思练兵备战。

又闻战士鼾睡声，又站星夜那班岗。习主席亲自倡导的当兵蹲连活动持续开展，密切了官兵关系，改进了工作作风。

2013年5月，习主席在曾首创干部下连当兵之举的原成都军区视察时，专门强调：“当兵就要真当，蹲连就要真蹲，切实当出感情来、蹲出好作风。”

这些年，全军和武警部队团以上领导和机关干部20余万人次打起背包下基层，换戴列兵衔、与官兵实行“五同”，又回到了“兵之初”。一位将军在海拔4300多米的克克吐鲁克边防连蹲点后深情地说：“每到一次高原，心灵都会受到一次洗礼；每住一次连队，肩上都会多一份责任。”

“现在干部更亲了，战友情更浓了，连队这个家更暖了。”基层战士的感受最为真切。

作风改到深处，最有效的是法治，最管用的是制度。

2014年底，在军队一次重要会议上，习主席以某边防连队27天参加26次电视电话会议为例，指出会议多、活动多、文电多、工作组多、检查评比多“五多”问题仍很突出，要求采取硬性措施解决“五多”问题，从军委总部做起，坚决把“五多”问题压下来。

2015年7月，《关于进一步规范基层工作指导和管理秩序若干规定》颁发，从加强工作统筹、减少会议文电、精减大项活动、严控检查评比等方面，提出科学合理、具体实在的对策措施，治理“五多”走上法治轨道。

律令如山。这5年，一项项涵盖党风党纪、选人用人、经费管理等方面政策法规密集出台，法治思维日益深入人心。治军方式正在努力实现根本性转变，依法治军成为基层建设的基本方式。

习习新风拂营盘。“最大的福利是风清气正，最好的办法是依法办事。”这是基层官兵的切身体会。

激发动能固根基

6. 惠兵暖心

实现强军目标，基础在基层，活力也在基层。各级坚决贯彻落实习主席关于基层建设的一系列重要指示精神，坚持把工作重心放在基层，形成抓建基层的强大合力。

“要满腔热情关爱官兵，想方设法为他们排忧解难，不断增强官兵的获得感”——全军密集出台爱兵为兵举措，基层官兵幸福指数大幅提升，干事创业的劲头更足了。

2016年2月17日，一架国际SOS医疗包机从吉布提直飞北京。机上，唯一一名病人是护航士兵王新松。在执行护航任务期间，王新松突发重病，情况危急，海军有关部门迅速启动应急机制，多方协调，首次包机将他接回国内治疗，使其转危为安。

跨洋万里为了普通一兵，折射出全军各级心系基层、情注官兵的浓浓暖意。5年来，这样的“暖新闻”频频见诸媒体。

高原高寒部队官兵吸上了“氧二代”。遵照习主席指示精神，2013年至2016年，军委机关组织为驻海拔3000米以上部队开展制供氧建设，保障模式由局部定点变为涵盖高原高寒部队，制氧方式由零星间歇变为足量持续，实现按需供氧用氧。

西沙岛礁官兵可以随时吃上新鲜蔬菜。目前，西沙岛礁蔬菜生产旺季自给率可达70%，在气候恶劣情况下也能保证供给。边海防部队餐桌上四季有“绿色”、餐餐有“绿色”。

涓涓细流暖军营，基层官兵获得感实实在在。

这5年，一系列暖心惠兵的政策陆续出台：调整官兵工资津贴标准，调整建立基层岗位、艰苦边远地区等53项津贴补贴，提高全军营连药材和高原部队特需药品供应标准，出台《关于规范完善军队人员有关福利待遇的若干规定》……

这5年，一系列服务基层的举措相继落地：远程医疗系统联通神仙湾、墨脱等偏远地区900多个单位，开展岛屿部队“门对门”配送保障，开展军人住房公积金贷款……

基层官兵灿烂的笑脸上，洋溢着满满的幸福。关心大龄青年婚恋，关心高原官兵生育，关心基层官兵的心理健康、探亲休假……这些政策有温度，有人情味，暖了兵心、稳了军心。

“让基层一线干部能够看到希望、有奔头”——各级狠抓人才队伍建设，坚持五湖四海、任人唯贤，坚持德才兼备、以德为先，树立注重基层、注重实干、注重官兵公认的选人用人导向，广大官兵扎根基层建功立业的信念更坚了。

2014年3月11日，在十二届全国人大二次会议解放军代表团全体会议上，有代表谈到基层人才建设问题。习主席特意强调，夯实基层建设基础，要有一批优秀人才。

这5年，基层干部骨干队伍建设步入快车道。全军推开基层军政主官换岗锻炼工作，全面推开士官资格培训、升级培训和职业技能鉴定，一批批优秀人才脱颖而出。

清华大学毕业生乐焰辉携笔从戎，一头扎进大山深处的某导弹旅，在基层淬火成钢，荣膺全军爱军精武标兵，被破格提拔为营政治教导员，后来又被任命为营长，成为军政兼通的优秀基层指挥员。

扎根基层、精武强能的官兵，成为“香饽饽”。某集团军调整配备75名正营职干部，90%以上在比武考核中名列前茅。

2017年5月7日至16日，15名全军青年典型编成两组，分别到12个旅团单位开展分享交流活动。学习典型事迹，官兵们激情满怀：“在基层能成才、有舞台，踏踏实实把本事练硬，成才的路子就会越来越宽广。”

7.创新活力

2016年5月，习主席视察驻黑龙江基层部队时强调，要适应新的领导指挥体制，改进抓基层的工作机制和方式，使各项工作接地气、暖人心。

各级坚持科学抓建、精准抓建，积极探索新机制、新模式，着力增强基层发展内生动力，提高基层建设的质量效益。

智能手机怎么使用、互联网怎么管理、网购行为怎么规范……南部战区陆军组织各级带兵人针对基层建设的新情况、新问题进行研究，形成10余份具有操作性的规范。

战士外出“刷卡”，连队主官“一机在手”便可掌握连队外出人员动态；干部查铺，扫描识别终端，系统将查铺人、时间、地点、情况自动发送至后台……在某炮兵团，一系列信息技术手段的运用，给基层管理带来很多新变化。

精准施策，精准发力。战略支援部队某部运用“互联网+”思维，研发“精准抓建基层决策支持系统”，对所属基层单位各类信息精确统计管理，并通过数据分析反映规律、预测趋势，为实施决策提供支撑，以“大数据”提升“精准度”。

科学把脉，自主抓建。火箭军某导弹旅驻防在多个市县10余个点位，他们结合不同单位特点，探索实施形分神聚“散中建”、跟进渗透“动中建”、强能筑基“小中建”、结对帮带“后中建”“四建”机制，对症下药解难题，有效激发了活力。目前，全旅所有基层党支部都获评过先进，所有营连均立过功。

基层建设活力迸发，基层气象为之一新。谭清泉、满广志、祖国昌等一批来自基层的全军践行强军目标标兵群星闪耀，“高原戍边模范营”西藏军区岗巴边防营、“基层建设模范中队”武警成武县中队等先进集体枝繁叶茂，全军涌现出1万多个先进基层单位、67万多名优秀基层官兵。

……

上下同欲者胜，左右齐一者强。

全军官兵坚定维护核心、坚决听党指挥，牢记统帅嘱托、忠实履行使命，在强军事业中绽放青春梦想，在火热军营里锻造出彩人生。焕发出无穷活力的人民军队，在实现强军目标、建设世界一流军队的征程上，必将书写更加壮丽的时代篇章。

（2017年9月29日1版，获中国新闻奖特等奖）

解放军报

2017年9月29日 星期五 中国军网 http://www.81.cn 第21812号

丁酉年八月初十 今日12版 国内统一刊号：CN81-0001（J） 代号1-26 解放军报社出版

八项规定，激浊扬清之剑

——党的十八大以来以习近平同志为核心的党中央贯彻执行八项规定、推动作风建设综述

以行动作号令 以身教作榜样

——以习近平同志为核心的党中央始终从政治上认识和对待作风问题，率先垂范、以上率下，为全党树立起光辉典范

（下转第三版）

统帅与士兵心连心

——以习近平同志为核心的党中央领导和推进强军兴军纪实之八

深情厚爱励兵心

思想伟力塑基层

（下转第二版）

砥砺奋进的五年

锻造巡视监督利剑 探索自我净化路径 推动全面从严治党向纵深发展

——党的十八大以来中央巡视工作综述

（下转第四版）

向人民英雄敬献花篮仪式9月30日上午举行

党和国家领导人将出席

连日来，全军和武警部队院校学员认真学习习主席给南开大学新入伍大学生的回信，发出铿锵誓言——

在强军实践中绽放青春梦想

（下转第二版）

在军营这个大熔炉里淬炼成钢

——三谈认真学习习主席给南开大学新入伍大学生的回信

■本报评论员

《解放军报》影印件

生命线在强军兴军伟大征程中闪耀

——习近平主席、中央军委领导和推进新形势下军队政治工作纪实

■本报记者　张海平　杜献洲　欧世金　武天敏　王士彬
新华社记者　曹　智　李宣良

金秋时节，寻根古田。我们从哪里来，更加清晰；我们向哪里去，更加明确。站在新的历史起点上，习主席深刻指出："政治工作永远是我军的生命线。"

从南昌起义的硝烟枪声中走来，从井冈山的翠林小路中走来，从古田会议的簇簇篝火中走来……历经87年光辉征程的英雄人民军队，在习近平主席和中央军委坚强领导下，牢记强军目标、坚定强军信念、献身强军实践，勠力同心追寻着强军兴军的光荣梦想。

面对世界格局前所未有的深刻变化，习主席和中央军委高瞻远瞩、运筹帷幄，把握时代变革和实践发展的新要求，领导和推进新形势下军队政治工作创新发展，在强军兴军伟大征程中谱写出生命线的崭新篇章。

强军目标要求推进政治建军

（一）

梦想昭示未来，目标引领方向。

"实现中华民族伟大复兴，就是中华民族近代以来最伟大的梦想。"2012年11月29日，习主席在参观《复兴之路》展览时郑重宣示。

相隔仅仅10天，习主席在接见驻穗部队师以上领导干部时强调，

“实现中华民族伟大复兴是中华民族近代以来最伟大的梦想。这个伟大的梦想，就是强国梦，对军队来讲，也是强军梦。”

在十二届全国人大一次会议解放军代表团全体会议上，习主席鲜明提出：“为建设一支听党指挥、能打胜仗、作风优良的人民军队而奋斗，是党在新形势下的强军目标。”

这是中国共产党的不懈追求——“枪杆子里面出政权”著名论断的提出，井冈山第一支工农红军的创建，新中国成立后军队革命化现代化正规化建设的探索，无不体现出我们党建设强大军队的决心抱负。

这是实现中国梦的力量支撑——社会主义国家、世界上最大的发展中国家、5000多年文明古国，东方巨轮驶向民族复兴，越是接近目标，压力越大、阻力越大、风险越大。实现伟大梦想，须臾离不开钢铁长城。

这是军队现代化的必由之路——世界新军事革命风起云涌，我军由机械化向信息化迈进任重道远，必须只争朝夕、敢于担当，正视差距才能聚力赶追，目标坚定才能再铸辉煌。

党在新形势下的强军目标，是习主席系列重要讲话精神“军事篇”的核心，与毛主席、邓主席、江主席、胡主席建军治军思想一脉相承，开辟了党的军事指导理论的新境界，举起了国防和军队建设的总纲。

党的旗帜，就是军队的旗帜。党在新形势下的强军目标，确立了政治建军新的时代主题，赋予了我军生命线新的使命责任。

在一次次视察部队时，在一次次座谈讲话中，习主席反复强调，军队思想政治建设必须围绕强军目标，为全面加强我军革命化现代化正规化建设提供可靠政治保证、强大精神动力、有力人才支持。

（二）

实现强军目标，千条万条，最紧要的是确保军队坚决听党指挥。2012年11月15日，习主席第一次主持军委常务会议就突出强调，在坚持党对军队绝对领导的根本原则问题上，必须头脑特别清醒，态度特别鲜明，行动特别坚决。

20天之后，习主席在接见第二炮兵第八次党代表大会代表时明确指出，要坚持从思想上政治上建设部队，坚持党对军队绝对领导的根本原则和制度，确保部队绝对忠诚、绝对纯洁、绝对可靠。这“三个绝对”，从信仰、品质、行动立起了听党指挥的新标准，明确了我军政治工作的新任务。

历史是最好的教科书。85年前，创建之初的红军，生死存亡之际，古田会议确立了党指挥枪的根本原则。

现实是有效的清醒剂。当前，我们正在进行具有许多新的历史特点的伟大斗争，意识形态领域斗争尖锐复杂，“颜色革命”暗流涌动。要不要坚持党对军队的绝对领导，始终是我们坚持政治建军原则面临的重大考验。

军魂永铸，生命线永存。在今天，政治工作比以往任何时候责任更大、标准更高。正可谓，魔高一尺，道更要高一丈。

怎么样才能掌握意识形态斗争的主动权？怎么样才能把全军官兵的军魂意识铸得更牢？怎么样才能坚决抵制“军队非党化、非政治化”和“军队国家化”错误政治观点的侵蚀影响？怎么样才能提高坚持党对军队绝对领导的政治自觉和实际能力？习主席深刻洞察世情国情军情，深刻把握建军治军特点规律，准确作出科学判断，提出一系列重要思想：

——巩固马克思主义在意识形态领域的指导地位，巩固全党全国人民团结奋斗的共同思想基础。

——毫不动摇坚持党对军队绝对领导的根本原则和制度，确保部队在任何时候任何情况下都坚决听从党中央、中央军委指挥。

——练就金刚身，不怕百毒侵。要抓住坚定理想信念这个根本，坚持用中国特色社会主义理论体系武装官兵，教育引导广大官兵坚定道路自信、理论自信、制度自信。

——加强军魂教育，强化官兵政治意识、政权意识，增强思想政治工作的主动性、针对性、实效性。

——着力增强思想政治教育的时代性和感召力，用真理说服人、用真情感染人、用真实打动人。

——加强思想道德修养，充分发挥优秀传统文化教化人、培育人的作用，塑造中国心、民族魂，助推中国梦、强军梦的实现。

——加强军队党的建设，严格执行党领导军队的一系列根本制度，增强各级党组织的创造力、凝聚力、战斗力，确保党从思想上、政治上、组织上牢牢掌握部队。

——和平建设时期检验军队是否坚持党的领导，主要是看贯彻执行党中央、中央军委的决策指示是否坚决有力、严肃认真。

这些重要思想，是铸牢军魂、固本培元的深刻阐释。

（三）

强军兴军的最终目的，就是能打仗、打胜仗。面对新的战争形态、作战样式，能不能决战决胜、赢得战争，这是习主席思考和强调最多的问题：

——始终坚持战斗力这个唯一的根本的标准，全部心思向打仗聚焦，各项工作向打仗用劲，确保部队召之即来、来之能战、战之必胜。

——军队建设各项工作，如果离开战斗力标准，就失去其根本意义和根本价值。

——如果军事训练都成了花架子，那真打起来是要付出血的代价的！坚持从难从严训练部队，切实提高军事训练实战化水平。

……

一个个重要的指示、一次次深刻的教诲，唤起了全军官兵当兵打仗、带兵打仗、练兵打仗的血性担当！

追忆历史可以看出，服务保证战斗力提高，是我军政治工作的职责和使命所在，也是威力和优势所在。在《朝鲜战争中的美国陆军》一书中，美国人这样描述中国军队：在战争中还从未发现一支健全的共产党军队陷入解体。不管这支军队损失如何严重，只要党组织还保持完好，他们就有抵御能力。我军之所以能够用“小米加步枪”打败美式装备的国民党军队，能够在朝鲜战场上打败“武装到牙齿”的美国军队，靠的就是强大的战斗精神。

懈怠必颓，忘战必危。在长期和平的环境下，强化打仗的思想准备，砥砺打仗的精神意志，尤为重要和紧迫。

习主席强调，威武之师还得威武，革命军人还是要有血性。无论什么时候，一不怕苦、二不怕死的战斗精神千万不能丢。这就要求政治工作，必须把培育战斗精神作为重要任务，教育引导官兵继承和发扬我军大无畏的英雄气概和英勇顽强的战斗作风，时刻准备为祖国和人民去战斗。

当今世界，信息化战争是人类战争史上的重大变革，是高科技武器的对垒，更是人与人、意志与意志的较量。政治工作必须站在赢得未来战争胜利的高度，进行新的深入探索，发挥更有力的服务保证作用。

（四）

实现强军目标，建设强大军队，优良作风是根基。

作风优良才能塑造英雄部队，作风松散可以搞垮常胜之师。我军历来以作风优良、纪律严明著称于世。现在，社会环境变化了，我军在长期实践中培育和形成的光荣传统和优良作风，如何一代一代传下去，是个重大而现实的课题。

基于这一政治考量，习主席把军队的作风建设提升到战略高度。他反复强调，我军人民军队的性质永远不能变，老红军的传统永远不能丢，艰苦奋斗的政治本色永远不能改。丢掉了好传统好作风，就是自毁长城。

2014年4月29日下午，习主席冒着绵绵春雨，参观了新疆军区某红军师师史馆。他殷切叮嘱这支创建于陕甘边根据地的英雄部队，谆谆告诫在场的各级领导：要把红色基因融入官兵血脉，让红色基因代代相传。

作风优良，关系我军的性质、宗旨和本色；培育优良作风，是政治工作的神圣职责。习主席强调，要把作风建设作为军队一项基础性长期性工作抓紧抓实，夯实依法治军、从严治军这个强军之基。

好的作风，要靠坚定的理想信念、坚强的党性原则、纯洁的思想道德、严明的纪律观念作支撑。习主席反复强调，要坚持从思想根子抓起，解决好世界观、人生观、价值观这个“总开关”问题，补足党员干部精神之“钙”。要在抓常、抓细、抓长上下功夫，建立一整套科学合理的法规制度，不断把作风建设引向深入。要严肃党的纪律，从严教育管理党员特别是党员领导干部，坚决反对“四风”，旗帜鲜明反对腐败，严肃查处违纪违法问题……

习主席关于加强和改进军队政治工作的一系列新思想新要求，贯穿了强军目标这条鲜明红线，蕴含着新形势下建军治军的战略运筹，是对我军有力的思想指引和政治领导，把我们党对军队政治工作的认识把握和科学指导提升到一个新境界。

强力推进军队政治工作开创新局面

（五）

理论掌握群众、指导实践，就彰显出巨大真理力量。

习主席用马克思主义的立场、观点、方法推进军队政治工作，勇于直面挑战，不回避矛盾，创造性地解决军队思想政治建设中的重大现实问题，领导和推动军队政治工作展开与时俱进的生动实践。

举旗铸魂，强根固基。2014年初，习主席亲自审定中央军委举办高级干部理论学习研讨班的方案，亲自确定参训人员，亲自过问教学安排。接连三期，来自全军和武警部队的高级将领齐聚一堂、学习参训，中央军委副主席范长龙、中央军委副主席许其亮作动员辅导、参加学习交流，围绕学习领会习主席系列重要讲话精神组织了一系列专题研讨，努力掌握强军兴军的强大思想武器。

理论只有扎根官兵头脑、植根部队实践，才能焕发强军兴军的生机活力。总政组织召开学习贯彻习主席系列重要讲话精神座谈会和强军目标重要思想研讨会，围绕重大现实问题广泛开展专题学习调研活动，组织编写《党在新形势下的强军目标》等基本教材，全军近万名团以上干部深入基层宣讲辅导，努力推动习主席系列重要讲话精神在部队落地生根，作为引领思想行动的科学指南和根本遵循牢固确立起来。

习主席视察部队、院校，每到一地都强调掌握思想领导，要有针对性地加强对官兵的教育引导。全军广泛开展“坚定信念、铸牢军魂”“牢记强军目标，献身强军实践”教育活动以及“中国梦强军梦我的梦”主题实践活动，印发强军目标学习教育提纲，修订思想政治教育《大纲》，大力培育和践行社会主义核心价值观，持续培育当代革命军人核心价值观，切实把官兵的意志和力量凝聚到强军兴军实践中。

一个典型就是一面旗帜。习主席十分关注培育新时代英模。他对海军某潜艇基地官兵的先进事迹作出重要批示，深刻指出他们身上集中体现了听党指挥的坚定信念、能打胜仗的过硬本领、英勇顽强的战斗作风、舍生忘死的奉献精神，要求进一步总结宣传他们的先进事迹。经习主席和中央军委批准，全军开展“践行强军目标标兵”评比表彰活动。党的十八大以来，刘珪、满广志、黎介寿、郭毅力等一大批“强军先锋”不断涌现，在强军征途上矗立起精神高地、树立起鲜明导向。

实现强军目标必须打造强军文化。习主席在出席文艺工作座谈会时，特别对军队文艺工作者指出：“我们的军旅文艺工作者，应该主要围绕强军目标做自己该做的事情。”聚焦强军目标，紧贴部队传统和使命任务特点，开展“中国梦强军梦”文艺创演，组织“强军风采”系列文化活动，奉献了一大批军味兵味战味浓郁、具有鲜明时代特色的优秀作品，广大部队文艺工作者和基层文化骨干走向风雪高原、边关海岛，走上战车军舰、演兵一线，与部队官兵一同唱响《强军战歌》、投身强军实践。

（六）

聚力强军之要，思想政治工作就会在打赢中彰显巨大威力。习主席强调：坚持从思想上政治上建设部队，是我军能打仗、打胜仗的政治保证。人民军队强就强在这一点。

进入2014年，一场战斗力标准大讨论在大江南北座座军营如潮如涌。这是一场由信息化战争引发的“头脑风暴”，也是我军政治工作在新的时代条件下为战斗力建设注入强大能量的生动实践。

在这场大讨论中，各级党委和政治机关着力解决影响制约战斗力生成的重难点问题，推动战斗力这个唯一的根本的标准在军队各项建设中立起来、落到位。向“和平积弊”开刀，向“和平兵”“太平官”观念宣战，向训为看、演为看的花架子假把式问责，展开了一场深刻的思想交锋。四总部坚决贯彻习主席和中央军委指示要求，积极研究构建培育战斗精神长效机制，总政制定下发《关于加强战斗精神培育的意见》，编印战斗文化学习丛书，部署全军部队开展职能使命教育和形势战备教育。从总部机关到基层一线，从领导干部到普通一兵，从作战部队到保障单位，从中军帐到演兵场，三军将士共议战斗力、共商打赢策，爱军精武、强军报国热情空前高涨。

强军之道，要在得人；打赢之道，关键在将。

习主席指出，实现强军目标，必须要有一大批高素质、敢担当的建军治军骨干。强调要把干部队伍建设作为一项战略任务来抓；选人用人要坚持五湖四海、任人唯贤，坚持德才兼备、以德为先，树立注重基层的导向、注重实干的导向、注重官兵公认的导向；要按照能打仗、打胜仗的要求，大力实施人才战略工程；要抓紧培养党和军队事业需要的好干部，高度重视优秀年轻干部培养选拔工作，着力使干部队伍整体水平有一个质的跃升。

党的十八大以来，习主席先后5次在中南海勤政殿和八一大楼，亲自同90名新提升的军级以上领导干部进行谈话。谈话中，习主席对这些领导干部铸牢理想信念、提高打仗能力、带头转变作风、加强学习实践等方面提出严格要求和殷切期望。面对面的亲切交流，使这些将领进一步领悟了习主席建军治军重要思想，感受到了统帅高度重视、亲抓深抓干部队伍建设。

在习主席亲自决策部署下，从2013年4月开始，中央军委集中对全军和武警部队军级以上领导班子进行考核，历时9个月之久。大范围、高规格、深层次的考核，体现了习主席对建设能够担当强军重任高素质干部队伍的战略思考，体现了匡正选人用人风气的坚定决心。

在习主席强力推动下，我军建立适应现代军队建设和作战要求的干部政策制度体系迈出扎实步伐。他亲自审定《深化军队干部制度调整改革规划》，亲自听取干部政策法规调整完善的情况汇报，干部考核、后备干部、任职资格、秘书管理、任职回避等多项制度规定逐步建立健全。他严肃整治选人用人不正之风，部署推动干部工作大检查，全军上下展开了违规提升任用干部问题清理纠治、配偶子女移居国（境）外干部清查和干部档案专项清理工作。他严格要求军队干部部门要努力建成忠诚可靠、坚持原则、公道正派、甘为人梯、清正廉洁的过硬部门。

军队打胜仗，人民是靠山。习主席要求军队，要自觉服从服务于党和国家工作大局，在完成军事任务的同时，努力为促进经济社会发展贡献力量。在视察驻新疆部队时特别强调，要当好战斗队、工作队、生产队，真心真情做好民族团结工作，军民共筑维护社会稳定的铜墙铁壁。党的十八大以来，各部队把支援地方经济建设作为一项重要任务，深化双拥共建工作，促进军民融合深度发展，不断开创同呼吸、共命运、心连心的崭新局面。

（七）

“能否始终如一保持我党我军光荣传统和优良作风，关系永葆人民军队政治本色，关系军队形象和战斗力建设，关系军队的生死存亡。”

这是习主席对人民军队前途命运的凝重思考。

习主席把军队党的群众路线教育实践活动，作为加强作风建设的战略性举措。他亲自部署、亲自推动，4次作出重要批示，先后深入13个大单位调研指导并作出一系列重要指示，强调要“标准更高、走在前列”，提出要把从严要求贯穿始终、把上下联动贯穿始终、把解决问题贯穿始终，防止纠治问题反弹回潮，确保取得实实在在的成效。

2013年7月7日至8日，中央军委召开专题民主生活会。会前，习主席调阅军委领导和大单位党委主要领导进一步加强作风建设的建议报告，亲自审阅军委班子成员的对照检查发言材料，与班子成员开展了深入的谈心交心。习主席亲自主持召开军委专题民主生活会，并发表重要讲话，对军委班子自身建设提出明确要求。会上，军委领导认真贯彻整风精神，主动把自己摆进去，深入检查问题，深刻自我剖析，积极思想交锋，为全军开展批评与自我批评、严肃党内政治生活作出表率。

发扬钉钉子精神抓作风。中央军委9次召开常务会议进行专题研究，全军党的群众路线教育实践活动领导小组15次召开会议作出部署，下发《关于完善军队党员干部直接联系群众制度的意见》等指导性文件，坚持教育与实践并重、纠风与立制并举，一个节点一个节点扎实推进，一个问题一个问题跟进解决，推动全军上下改作风树新风，久久为功、善作善成。

基层风气问题是军队作风状况最直接、最经常的反映，基层风气不好，伤的是战斗力根基。习主席亲自审定批准全军基层风气建设专项检查调研实施方案，四总部和军委纪委出台《关于加强军队基层风气建设的意见》，大力纠治发生在士兵身边的不正之风，严肃查处收受士兵钱物、侵占士兵利益、插手干预基层敏感事务等问题，一些长期存在的痼疾顽症得到有效遏制，军营上下清风拂面、正气充盈。

习主席高度重视军队反腐败斗争，强调党内不能有腐败分子的藏身之地，军队是拿枪杆子的，更不能有腐败分子的藏身之地。徐才厚、谷俊山、杨金山等严重违法违纪问题的严肃查处，向世人昭示：“不论什么人，不论其职务多高，只要触犯了党纪国法，都要受到严肃惩处。”

反腐倡廉，贵在常长，严在法纪。习主席亲自批准出台了《关于加强和改进军队领导干部经济责任审计工作的意见》《军队实行党风廉政建设责任制的规定》《中央军委关于开展巡视工作的决定》等一系列法规制度，强力推动军队党风廉政建设进入法治化轨道。

持续用力反“四风”，扎扎实实改作风。广大官兵耳闻目睹了新一届中央军委班子抓作风建设的力度成效，切身体会到了军营上下风气在一天天好转，对党中央、中央军委和习主席充满信赖。

（八）

在新的历史起点上，我们面临着一场前所未有的伟大变革，军队政治工作面临着前所未有的伟大担当。让生命线充满生命力，就要为深化国防和军队改革事业提供强大精神力量，同时紧跟时代步伐不断推进自身改革创新。

习主席亲自担任中央军委深化国防和军队改革领导小组组长，强调要注意掌握和分析官兵对改革的思想反映，有针对性地做好舆论引导和思想政治工作，为改革顺利推进营造良好氛围。总政制定下发《关于进一步做好深化军队改革中思想政治工作的意见》，指导全军从全局和战略高度认识和把握深化国防和军队改革的重大意义和丰富内涵，切实把思想和行动统一到党中央和中央军委的决策部署上来。

推进政治工作不断改进创新，是习主席十分关注的一个重大问题。着眼增强政治工作的时代性和感召力，全军召开政治工作研讨会和思想政治教育理论研讨会，研究梳理和推动解决思想政治建设8个方面30个重点难点问题，前瞻谋划、全面建设、打仗思想、问题导向、底线思维、实干精神等思维理念进一步确立，政治工作信息化、法治化、实战化、开放化水平不断提高。

习主席深刻指出，要把网上舆论工作作为宣传思想工作的重中之重来抓。针对信息网络对社会生活和官兵思想观念带来的深刻影响，全军部队积极开展网络政治工作，切实使网络成为先进思想文化传播新阵地、加强工作指导新手段。海军、空军等7个大单位设立新闻发言人，全军政工网进连入班，健全互联网涉军舆情分析研判引导机制，军队新闻媒体加快传播形态创新，微博、微信、客户端影响力越做越大。

亲力亲为感召三军将士

（九）

信仰决定根本，旗帜凝聚力量。

一种军营“新常态”令人感慨：两年来，习主席的身影留在座座军营，习主席的话语铭记在三军将士心间。带着由衷的感慨，带着感情和思考，习主席的讲话、著作、故事，像强磁场一样吸引着官兵们。

回望习主席在陕北窑洞塬垄、梁家河蜿蜒小路、正定田间地头、八闽大地崇山峻岭走过的足迹……

聆听习主席在参观《复兴之路》展览、西柏坡纪念馆、焦裕禄纪念馆，在瞻仰东风烈士陵园时发表的重要讲话……

官兵们对习主席始终坚定的政治信仰感悟最深，对习主席“坚定理想信念，应该从我们走过的道路上去体会它、认识它”的嘱咐，有了更深的理解。

官兵们在思考、在追问：共产党人“精神之钙”的源头在哪里？怎样让信仰的火炬，照亮前行的道路？

记者在采访中发现，习主席的一段段教诲，写在许许多多连队的墙报上、指导员的教案里、战士的日记中——

“信仰的力量是无穷的。信仰纯洁是共产党人最根本的纯洁。”

“掌握了这把总钥匙，再来看看社会万象、人生历程，一切是非、正误、主次，一切真假、善恶、美丑，自然就洞若观火、清澈明了，自然就能作出正确判断、作出正确选择。”

……

如何坚守信仰之本、练就金刚之躯？军队各级以习主席的谆谆教诲和品格示范，引导官兵感受信仰的崇高、人格的力量，用一言一行浇灌信仰之花，用一举一动践行强军之志。

两年来，军队政治工作强化强基固本理念，在推动贯彻落实强军目标的实践中大力培育官兵“革命理想高于天”的精神品格。三湾、古田、西柏坡，在遍布大江南北的红色教育基地，从院校学员到青年官兵，纷纷带着现实思考到这里寻根溯源；读书、研讨、听报告，在长城内外的座座营盘蔚然成风；“坚定信念、铸牢军魂”教育活动、强军目标学习教育开展得如火如荼，进一步夯实做党的忠诚战士的信仰之基。

（十）

作风彰显本色，形象就是感召。

1936年，美国记者斯诺到陕北采访，看到毛泽东穿打补丁的衣服，从中感受到中国共产党及其领导的人民军队有一种独特的力量，把这种力量称作“东方魔力”“兴国之光”。

2012年12月5日，习主席到第二炮兵机关视察，特意叮嘱不要封路。从中南海到第二炮兵机关，习主席乘坐的车和社会车辆一起走，虽然路上花的时间稍长一点，但事后他在中央政治局会议上动情地说：“多花几分钟能赢得群众支持，这是千值万值的啊！”

在各大战区、在军兵种部队、在院校和科研单位……习主席无论到哪里视察调研，始终轻车简从，不安排宴请，不喝酒，不上高档菜肴……官兵们有口皆碑，习主席带头落实中央八项规定和军委十项规定，在改进工作作风、密切联系群众上从严要求、立说立行，为全党全军改作风反“四风”作出了鲜明的示范。

统帅身体力行，三军积极响应。“舌尖上的浪费”“车轮上的腐败”“酒桌上的应酬”……这些在过去看来不可能刹住的不良风气，得到了强力整治。一些积累多年的“老大难”问题，有了根本性改变。截至2014年9月底，全军不合理住房腾退率达96.5%，超标超配车辆清退率达99.9%，超配超占人员清退率达98%。

（十一）

表率就是担当，行动就是引领。

2014年1月26日，在万家团圆的新春佳节到来之际，全军官兵在电视新闻中看到这样动人一幕：内蒙古边防，习主席冒着摄氏零下30多度的严寒，顶风踏雪走进三角山哨所，仔细察看执勤设施和内务设置，在观察登记本上签下名字，动情地对执勤哨兵说：“今天，我和你们一起执勤站岗。”

朴实的话语，生动诠释了伟大的力量——统帅和士兵共有一个担当！

担起中央军委主席重担，习主席对新一届军委班子深情地说：“我们一定要时刻以党和人民为念，以国家主权、安全、领土完整为念，以国防和军队建设为念，夙夜在公，恪尽职守，全力做好工作，决不辜负党和人民的重托，决不辜负全军广大官兵的期望。”

习主席到空军机关，亲临作战值班室观摩空情处置课目指挥演练；到乌鲁木齐市郊某综合训练场，冒雨观摩实战化课目演示；到武警特种警察学院猎鹰突击队，观摩反恐实战训练；到第31集团军某师红4连，了解官兵工作训练情况。2013年10月，全军“使命行动—2013”跨区机动战役演习，习主席亲自审定演习方案、提出明确要求。两年来，习主席的足迹走遍各大战区和军兵种部队。

统帅以身作则，三军奋发作为。我军政治工作充分发挥生命线作用，把强大的政治优势转化为强大的战斗力凝聚力，广大官兵使命在肩，坚决完成党和人民赋予的各项任务——

全军和武警部队大力加强思想政治建设，扎实推进军事斗争准备，现代后勤建设迈开新步伐，装备建设跃上新台阶，国防科技创新硕果累累。从“和平使命—2014”演习现场到反恐维稳一线，从四川芦山抗震救灾抢险到东南沿海台风救援，从远洋护航到马航失联客机搜索……人民子弟兵在遂行多样化军事任务的战场上，焕发饱满的政治热情，不畏艰险，勇挑重担，交出一份份党和人民满意的答卷。

（十二）

深情倾注基层，关爱激励三军。

习主席主持军委工作以来，先后15次视察部队，问候最多的是基层官兵，关心最多的是基层建设，多次强调：“实现强军目标的基础在基层，活力也在基层。”

2013年春节前夕，习主席来到大漠深处的空军某试验训练基地，见到官兵的第一句话就是：“我一直惦记着大家，特地来看看大家。”

在广州军区某装甲团，从连队洗漱间出来，刚到门口，习主席又折返身子往里走：“我去看一下战士的洗浴房。”“哗……”淋浴龙头里喷出了热水，习主席伸手一试：“战士们训练完了能够随时洗上热水澡，真好！”

第13集团军某陆航旅飞行员张尚年忘不了，习主席在芦山地震灾区视察时，得知他中断婚礼赶赴灾区的情况，关切地叮嘱他：“找个日子，抓紧把婚礼办了。”

冒着严寒到边关哨所嘘寒问暖，顶着酷暑走进训练场观看部队操演，出访期间与盐城舰护航官兵视频通话，春节来临问候天安门广场国旗哨兵，和基层官兵同走巡逻路、同吃一锅饭，今年金秋时节专门给全军老干部发来贺信……提起这一件件暖心事，部队官兵说得最多的一句话是：“习主席对我们基层真好，对我们战士真亲！”

当兵蹲连，是习主席亲自提出、亲自推动的一项重要举措。他亲自审定当兵蹲连规定，在成都军区视察时要求：“当兵就要真当，蹲连就要真蹲，切实当出感情来、蹲出好作风。”在北京军区、济南军区视察时，他强调下连当兵、蹲连住班，目的就是要弘扬我军光荣传统、改进工作作风，密切官兵关系、加强基层建设，把部队基础打得更加牢固。

统帅的深情厚爱，激励着各级党委机关和领导干部到基层一线去，到艰苦地方去，深入官兵接地气，俯下身子察实情，帮助部队解决一件件实事、难事、具体事。仅2013年，全军就有军以上领导820多人次、5.6万多名团以上干部下连当兵、蹲连住班，帮建党支部6000多个、为基层办实事5万余件。

又闻战士呼噜声，又站星夜那班岗。久违了！此情此景，让许多人想起20世纪五六十年代，全军各级领导干部下连当兵，与战士一起摸爬滚打的身影……基层战士说，现在干部更亲了，战友情更浓了，连队更像家了。

习主席和中央军委情注基层、心系官兵，激发出广大官兵铁心跟党走、矢志强军报国的壮志豪情——

海军某潜艇基地官兵牢记祖国和人民赋予的神圣使命，勇闯深海大洋，为核潜艇事业甘愿牺牲奉献，铸就了共和国坚强的水下核盾。

空军试飞员群体视国家安危重于生命，崇高使命重于泰山，勇闯蓝天禁区，不惜血洒长空，用生命铺就中国战鹰腾飞的闪光航程。

第二炮兵某部高标准完成多次重大军事行动，为锻造共和国“拳头力量”作出了突出贡献，展示了国威军威。

2014年10月30日，新世纪第一次全军政治工作会议在古田召开。习主席亲自出席会议并发表重要讲话，鲜明指出军队政治工作的时代主题是，紧紧围绕实现中华民族伟大复兴的中国梦，为实现党在新形势下的强军目标提供坚强政治保证。

强军之路，任重道远。牢记使命，奋勇前行。

寻根古田，我们从人民军队政治工作奠基地高擎起思想建党、政治建军的光辉火炬。展望未来，我们必将在强军兴军的伟大实践中，续写出无愧于党、无愧于人民的壮美篇章！

（本报福建上杭古田11月3日电）

（2014年11月4日1版头条，获中国新闻奖特等奖）

改革强军　奋楫中流

——习主席和中央军委运筹设计深化国防和军队改革纪实

■本报记者　欧世金　欧　灿　周　猛　黄昆仑
新华社记者　曹　智　李宣良　孙彦新

一个国家，惟有变革图强方能迸发前进力量；

一支军队，惟有勇于自新方能赢得制胜先机。

2015年11月24日，一个注定载入人民军队史册的日子。中央军委改革工作会议在北京隆重召开，中共中央总书记、国家主席、中央军委主席习近平发出深化国防和军队改革的动员令——全面实施改革强军战略，坚定不移走中国特色强军之路。

把握历史机遇，设计军队未来。习主席和中央军委以强烈的使命担当、宏大的战略运筹、坚强的决心意志，统领三军开始改革强军的伟大进发。

一道决胜未来的时代考题

改革，当代中国的鲜明特色，共产党人的鲜明品格。

2012年11月15日，党的十八届一中全会决定中央军委组成人员当天，习主席主持召开新一届军委班子第一次常务会议，鲜明指出要始终以改革创新精神开拓前进，努力夺取军事竞争主动权。

改革创新，这是古今中外建设强大军队的历史铁律。

一部人民军队的发展史，就是一部改革创新史。从土地革命战争时期创立“党指挥枪”等一整套建军原则制度，到抗战时期实行精兵简政；从中华人民共和国成立后多次调整体制编制，到改革开放新时期百万大裁军……在党的领导下，我军从小到大、从弱到强、从胜利走向胜利，改革创新的步伐从未停歇。

党的十八大以来，如何适应国际战略格局和国家安全形势的深刻变化，建设一支与我国国际地位相称、与国家安全和发展利益相适应的巩固国防和强大军队，是习主席和中央军委始终高度关注的重大战略问题。

大变局带来大挑战。谋划强军事业，必须准确把握世界发展大势和军事发展趋势。

当前，国际格局和国际体系正在发生深刻调整，全球治理体系正在发生深刻变革，国际力量对比正在发生近代以来最具革命性的变化。在这个前所未有的大变局中，以争夺战略主动权为本质的世界新军事革命深入发展，各主要国家纷纷调整安全战略、军事战略，调整军队组织形态，其速度之快、范围之广、程度之深、影响之大，为第二次世界大战结束以来所罕见。

"百舸争流，奋楫者先。"军事领域是竞争和对抗最为激烈的领域，也是最具创新活力、最需创新精神的领域。习主席以宏阔的战略视野反复告诫全军，新军事革命为我们提供了千载难逢的机遇。机遇稍纵即逝，谁思想保守、固步自封，谁就会错失宝贵机遇，陷于战略被动，我们必须到中流击水，不改不行，改慢了也不行。

大格局需要大担当。谋划强军事业，必须放在实现中华民族伟大复兴中国梦的宏大目标下来认识和推进。

中国梦召唤强军梦。我国正处在由大向强的关键阶段，维护和用好我国发展的重要战略机遇期，实现"两个一百年"奋斗目标、实现中华民族伟大复兴，必然要求建设巩固国防和强大军队。有了强大军事力量这个"压舱石"，中国特色社会主义航船才能破浪前行。党的十八大以来，党中央作出"四个全面"的战略布局，国防和军队改革是这个战略布局的重要内容，也是实现这个战略布局的重要支撑。

强国必强军，强军必改革。"军事上的落后一旦形成，对国家安全的影响将是致命的。我经常看中国近代的一些史料，一看到落后挨打的悲惨场景就痛彻肺腑!"习主席以强烈的历史忧患深刻指出，国防和军队改革是全面改革的重要组成部分，也是全面深化改革的重要标志。军队要跟上中央步伐，以逢山开路、遇河架桥的精神，坚决推进军队各项改革。大家一定要有这样的历史担当。

大目标呼唤大变革。谋划强军事业，必须始终聚焦党在新形势下的强军目标。

80余载励精图治、风雨兼程，今天的人民军队现代化水平大幅跃升，国防和军队建设站上了新的历史起点。但与强军目标要求相比，还面临许多突出矛盾和问题，突出表现在我军打信息化战争能力不够、各级指挥信息化战争能力不够，我军现代化水平与国家安全需求相比差距还很大，与世界先进军事水平相比差距还很大。能征善战的常胜之师如何破除守成桎梏，永保刀锋锐利、立于不败之地，是必须回答的时代叩问。

惟改革者进，惟创新者强。“关于军队建设和改革，我想的最多的就是，在党和人民需要的时候，我们这支军队能不能始终坚持住党的绝对领导，能不能拉得上去、打胜仗，各级指挥员能不能带兵打仗、指挥打仗。”习主席一针见血地指出，不改革是打不了仗、打不了胜仗的。贯彻落实强军目标和军事战略方针，履行好军队使命任务，必须增强军队自我净化、自我完善、自我革新、自我提高的能力。

思之弥深，行之愈笃。

从鲜明提出党在新形势下的强军目标，到领导召开古田全军政治工作会议、确立新形势下政治建军方略；从主持制定新形势下军事战略方针，到深入推进依法治军、从严治军……党的十八大以来，习主席和中央军委统筹军队革命化、现代化、正规化建设，统筹军事力量建设和运用，统筹经济建设和国防建设，作出一系列重大战略谋划和战略设计，开拓了马克思主义军事理论和当代中国军事实践发展的新境界。

落实战略谋划，实现战略设计，必须走改革之路、寻改革之策、兴改革之举。

在一个个重要会议上，在一场场视察调研中，在一次次座谈交流时……习主席念兹在兹的是变革图强，殷殷嘱托的是改革强军——

深化国防和军队改革正面临一个难得的机会窗口，一定要把握好。这是我们回避不了的一场大考，军队一定要向党和人民、向历史交出一份合格答卷；

越是难度大，越要坚定意志、勇往直前，决不能瞻前顾后、畏首畏尾。只要全军统一意志，敢于啃硬骨头，敢于涉险滩，就没有过不去的火焰山；

改革不是改向，变革不是变色。改革是要更好地坚持党对军队的绝对领导，更好地坚持人民军队的性质和宗旨，更好地坚持我军的光荣传统和优良作风。在这些根本政治原则问题上，不能有丝毫差池，不能出现颠覆性错误；

深化国防和军队改革关键是要抓住强军目标这个“牛鼻子”，坚持用强军目标审视改革、以强军目标引领改革、围绕强军目标推进改革；

深化国防和军队改革是一场整体性变革，不是零敲碎打，不是小打小闹，要把握改革举措的关联性和耦合性，使各项改革相互促进、良性互动、相得益彰，形成总体效应、取得总体效果；

要牢牢把握积极稳妥这个总要求。推进改革胆子要大，但步子一定要稳。战略上勇于进取，战术上稳扎稳打、步步为营，积小胜为大胜……

思路越来越清晰，方向越来越明确。

2013年11月，党的十八届三中全会对全面深化改革作出整体部署。研究讨论会议决定框架时，习主席郑重提出，将国防和军队改革纳入国家全面深化改革的总体布局，上升为党的意志和国家行为。

将国防和军队改革作为单独一部分写入全会决定，这在全会历史上还是第一次。对深化国防和军队改革公开作出承诺、立下军令状，彰显了习主席和中央军委的决心意志。

因势而谋、应势而动、顺势而为。这是实现中国梦、强军梦的时代要求，这是强军兴军的必由之路，这是决定军队未来的关键一招！

一次凝心聚智的强军问策

兵之胜败，本在于政。坚强的政治决心是军事改革成功的决定性因素。

改革这场没有硝烟的战役，始终在习主席亲自筹划、指挥下进行。

作为党的领袖和军队统帅，习主席决策成立中央军委深化国防和军队改革领导小组并亲自担任组长，亲自确定改革重大工作安排，亲自领导调研论证和方案拟制工作，三次主持召开领导小组全体会议，多次听取情况汇报和意见建议，紧紧引领着改革的方向、路径和进程。

2014年春暖花开时节，全国两会刚刚闭幕，习主席就主持召开军委改革领导小组第一次全体会议，审议通过了改革重要举措分工方案和改革工作路线图。深化国防和军队改革的指挥部正式成立，改革工作进入实质性推进阶段。

起跑决定后程。习主席要求领导小组要善于观大势、谋大事、管全局，搞好总体设计；加强对改革重大问题的研究，深化对改革规律性的认识；坚持科学议事决策，坚持走群众路线，为深化改革提供了有力的方法论指导。

中共中央政治局委员、中央军委副主席、中央军委深化国防和军队改革领导小组副组长范长龙，中共中央政治局委员、中央军委副主席、中央军委深化国防和军队改革领导小组常务副组长许其亮，多次听取情况汇报，召开专题座谈会，组织研究重大问题，广泛听取意见建议，具体指导方案论证。

中央军委陆续成立改革领导小组办公室、专项小组、专家咨询组、筹备工作组，按照小核心、大外围的模式和强化全局观念、形成整体合力的思路，跨部门、跨领域从全军遴选数百名想改革、谋改革、善改革的精兵强将，以对党、对事业、对历史负责的精神，集团作业、强力攻关，发挥“改革司令部”的中枢作用。

改革之难，难在突破利益藩篱，引领军心所向。在习主席直接领导下，改革调研论证过程成为充分发扬民主、集中全军智慧的过程，成为统一思想、汇聚共识的过程。

——问题是时代的声音，问题是改革的向导。找准问题，就找到了改革的突破口。

国防和军队改革进入了攻坚期和深水区，要解决的大都是长期积累的体制性障碍、结构性矛盾、政策性问题。习主席洞察全局，强调要抓住制约战斗力建设的重难点问题，在领导指挥体制、力量结构、政策制度等方面的改革上狠下功夫，以重点突破带动整体推进，为改革调研树立起鲜明的问题导向。

围绕改什么、怎么改，军委领导、各改革工作机构、军委改革办展开高强度、高密度、大范围的调研。仅从2014年3月到10月，就召开了800余个座谈会、论证会，覆盖690余个军地单位。

调研论证将问题导向、问题倒逼贯穿始终，力求找准制约我军建设发展的短板和不足：领导管理体制矛盾主要集中在高层，职能泛化、机构臃肿、“头重尾巴长”；没有建立完整的陆军领导管理体系，组织体系存在结构性短板；军委联合作战指挥机构要素不全、功能较弱，战区联合作战指挥体制尚未建立；军民融合深度发展还存在不少问题，军地协调、需求对接、资源共享机制不健全；军队规模结构不合理、政策制度滞后……一条条意见直指问题弊端，一个个建议包含恳切期望。

——改革为了强军，强军依靠官兵。发扬民主、群策群力，改革就有了不竭的活力源泉。

“要加强对重大改革问题的调研，尽可能多听一听基层和一线的声音，尽可能多接触第一手材料，做到重要情况心中有数。”习主席的要求，贯穿改革调研工作全过程。

2014年4月中下旬，军委改革领导小组分别听取大单位主要领导意见建议，习主席专门抽出时间听取部分单位领导汇报。5月初，军委改革领导小组分别听取四总部领导意见建议，习主席再度听取部分单位领导汇报。

“我们在作出改革决策之前，要先听他个八面来风。”习主席到机关、走院校，上高原、访边疆，进战车、登军舰，与官兵一起把脉改革，向官兵寻计问策，鼓励大家敞开思想、畅所欲言，对因时间原因未能充分发表意见的同志，他专门指示“有什么好的想法，还可以通过有关渠道向领导小组反映”。

习主席以身示范，立起了民主决策的标杆。

调研论证阶段，先后逐一征求大单位主官和四总部领导意见，积极吸收有价值的建议；面对面个别访谈，听取900多名在职和退休军地领导、专家的意见；就重大问题精心设计问卷，对2165名军以上单位班子成员和师旅级部队主官的问卷调查进行系统梳理、统计分析；在全军政工网开设“深化国防和军队改革大家谈”栏目，收到官兵意见建议3400余条……

改革方案建议拟制过程中，又先后3轮逐一征求军委领导和老领导，四总部领导和大单位主官意见，吸纳意见建议257条，进行150多次调整、修改和完善。

习主席和中央军委深化国防和军队改革的决心之大、推进之实、言路之广，极大激发了全军上下广泛参与的热情。当面直陈、来信建言、网络热议……广大官兵纷纷以各种方式为改革献计献策，奠定了改革“最大公约数”的深厚基础。

——重塑再造，必须科学设计。攻坚克难，尤需科学方法。

2015年1月27日，中南海怀仁堂。习主席主持召开军委改革领导小组第二次全体会议，对拟制改革方案作出部署。

“我们的政策举措出台之前必须经过反复论证和科学评估，力求切合实际、行之有效、行之久远，不能随便‘翻烧饼’。”在习主席亲自组织推动下，从研究论证到方案拟制，始终体现了科学创新的思路和方法。

充分发挥军事科学院和国防大学智囊作用，分别赋予改革相关研究论证任务。军事科学院还承担了“创新发展中国特色社会主义军事制度”“深入推进军队组织形态现代化”“构建中国特色现代军事力量体系”等多项基础课题研究。

军委改革办开发“领导管理体制模拟推演系统”，构建数字化改革信息资料服务平台，运用流程管理等现代管理理念和大数据等现代信息技术为方案论证提供支撑。

先专题后综合、先民主后集中，领导决策与专家辅助相结合、借鉴先进经验与立足我军实际相结合，继承与创新、突破与渐进、合理与可行相统一，周密组织国内外调研、协调对接、征求意见、模拟推演……改革方案设计稳步推进。

改革是创新，也是选择。对看准了的改革事项，条件成熟就抓紧推进。2014年11月，习主席签署命令，解放军审计署由总后勤部划归中央军委建制，军队审计制度改革迈出新步伐；经习主席批准，出台作战部队指挥军官任职资格等政策规定，把强军目标要求和军队好干部标准转化为制度安排；全面推行军费绩效管理，朝着建立需求牵引规划、规划主导资源配置的机制迈进……

改革方案初步形成后，军委改革办同各调整组建机构筹备工作组进行多轮对接，推演领导指挥体制改革运行流程，验证改革实施方案，认真查找新旧体制转换过程中可能出现的问题，力求分析解决于未然。

——军民同心，其利断金。深化国防和军队改革是国家战略，就要凝聚国家意志、举全国之力。

2014年8月29日，中共中央政治局就世界军事发展新趋势和推进我军军事创新进行第十七次集体学习。习主席指出，中央政治局专门组织一次关于军事问题的集体学习，就是要引起全党对军事问题、国防和军队建设、军事斗争准备的重视，增强搞好国防和军队建设改革的责任感。

国防和军队改革，事关全局、举国关注。从军内到军外、从中央到地方，各地区各部门对深化国防和军队改革调研论证和方案拟制工作给予大力支持，形成了党政军民齐心协力共襄改革的动人局面。

国家发改委、工业和信息化部、国防科技工业局积极参与军民融合深度发展改革论证；中组部、民政部、人力资源和社会保障部就退役军人管理保障改革展开深入研究；调研论证省军区系统、后勤保障力量等方面改革时，陕西、辽宁、山东、湖北等地方领导面对面提出许多建设性意见；研究谋划领导管理和联合作战指挥体制等改革时，中纪委、中央政法委、中编办、中直机关事务管理局等中央国家机关提供了大量情况……

夜以继日、连续奋战，军委改革办工作驻地的灯火彻夜长明。来自各方面的意见建议，如同一股股清泉，给方案注入鲜活的生机。

讨论、研究、修改，再讨论、再研究、再修改……方案的重点更加突出、脉络日益清晰、措施愈发切实。

逐条、逐句、逐字，习主席对每一稿方案都认真审阅，提出许多指导性意见，亲笔作出许多重要修改。

千淘万漉虽辛苦，吹尽狂沙始到金。

在习主席、中央军委有力领导下，改革方案研究论证和拟制工作历时一年零九个月圆满完成，一整套解决深层次矛盾问题、有重大创新突破、我军特色鲜明的改革设计破茧而出。

2015年7月14日，习主席主持召开军委改革领导小组第三次全体会议，审议并原则通过《深化国防和军队改革总体方案建议》。7月22日、29日，习主席分别主持召开中央军委常务会议和中央政治局常委会议，审议和审定《总体方案》。10月16日，习主席再次主持中央军委常务会议，审议通过《领导指挥体制改革实施方案》……

岁月的指针，指向2015年9月3日。北京，天阔云舒，旗帜飞扬。

“我宣布，中国将裁减军队员额30万。”习主席在纪念中国人民抗日战争暨世界反法西斯战争胜利70周年大会上的庄严宣告，第一时间传遍海内外。

这是中国人民和平发展意志的充分展现；

这是人民军队改革强军决心的郑重宣示。

一幅开新图强的宏伟蓝图

一个国家的崛起、一支军队的强大，往往发轫于一个风云际会的关键节点。

随着中央军委改革工作会议的召开，一场具有划时代意义的整体性、革命性变革正式启动，一幅承载着民族复兴伟大梦想的蓝图在强军路上铺展开来。

——这幅蓝图，全面展现了习主席改革强军战略的宏阔布局。

深化改革的根本指导鲜明确立：以党的科学理论为指针，以强军目标为引领，以新形势下军事战略方针为统揽，以解决体制性障碍、结构性矛盾、政策性问题为重点，以推进军队组织形态现代化为指向，以解放和发展战斗力、解放和增强军队活力为目的，建设巩固国防和强大军队，为实现“两个一百年”奋斗目标、实现中华民族伟大复兴的中国梦提供坚强力量保证。

深化改革的总体目标清晰明了：2020年前要在领导管理体制、联合作战指挥体制改革上取得突破性进展，在优化规模结构、完善政策制度、推动军民融合发展等方面改革上取得重要成果，努力构建能够打赢信息化战争、有效履行使命任务的中国特色现代军事力量体系，完善中国特色社会主义军事制度。

深化改革的战略举措科学有力：着眼于贯彻新形势下政治建军的要求，推进领导掌握部队和高效指挥部队有机统一，形成军委管总、战区主战、军种主建的格局；着眼于深入推进依法治军、从严治军，抓住治权这个关键，构建严密的权力运行制约和监督体系；着眼于打造精锐作战力量，优化规模结构和部队编成，推动我军由数量规模型向质量效能型转变；着眼于抢占未来军事竞争战略制高点，充分发挥创新驱动发展作用，培育战斗力新的增长点；着眼于开发管理用好军事人力资源，推动人才发展体制改革和政策创新，形成人才辈出、人尽其才的生动局面；着眼于贯彻军民融合发展战略，推进跨军地重大改革任务，推动经济建设和国防建设融合发展。

正如人们形象比喻的，这次改革不只是动“棋子”，而且要调“棋盘”——重塑组织形态和力量体系，必将推动人民军队转型嬗变、浴火重生。

——这幅蓝图，充分彰显出习主席改革强军决策的科学英明。

深化国防和军队改革，必将进一步铸牢坚决听党指挥这个强军之魂。这次改革，牢牢把握坚持正确政治方向这个根本，通过一系列体制设计和制度安排，把党对军队绝对领导的根本原则和制度进一步固化下来并加以完善，贯彻军委主席负责制，强化军委集中统一领导，更好使军队最高领导权和指挥权集中于党中央、中央军委，确保军队一切行动听从党中央、中央军委和习主席指挥。

深化国防和军队改革，必将进一步强化能打仗、打胜仗这个强军之要。这次改革，将能打胜仗作为主攻方向，实质性突破制约能打仗、打胜仗的矛盾和障碍。构建军委—战区—部队的作战指挥体系，使我军指挥体制向联合作战方向迈出了关键性一大步。精兵简政、量体瘦身、腾笼换鸟，军种结构比例得到优化，新型作战力量建设得到加强，反映了现代战争的需求，顺应了世界新军事革命的潮流。

深化国防和军队改革，必将进一步夯实依法治军、从严治军这个强军之基。这次改革，从完善体制机制、健全监督监察体系入手，强化纪检、巡视、审计、司法监督的独立性、权威性，使监督职能更加明确、链条更加清晰，编密扎紧制度的笼子，努力铲除腐败现象滋生蔓延的土壤。全面停止军队开展对外有偿服务，部队风气将更加纯洁。

深化国防和军队改革，必将进一步汇聚强军动力、激发强军活力。这次改革，整合军官、士兵和文职人员等管理职能，深化军队院校改革，完善军事人力资源和后勤政策制度……这些开创性举措，有利于最大限度吸引和集聚优秀人才，激发广大官兵投身强军实践的积极性、主动性、创造性。改革从体制上机制上推动军民融合领域深层次矛盾问题的解决，必将形成军地良性互动、军民深度融合的良好局面。

领导指挥体制改革，是牵引和推动其他改革的龙头。这次改革，体现了现代军队领导指挥的特点规律，反映了作战指挥和建设管理专业化分工的要求，有利于加强军委集中统一领导，有利于强化军委战略管理功能，有利于提高一体化联合作战能力，有利于加强权力的制约和监督，有利于贯彻精简高效原则，凸显了改革设计的科学性合理性。

科学擘画，寄寓未来，人民军队将在主动变革、固本开新中实现历史性跨越。

——这幅蓝图，必将汇聚起三军将士强军兴军的磅礴力量。

“中国军队历史性改革正式启动”“中国60多年来最大一次军改”……习主席在中央军委改革工作会议上的重要讲话精神，在海内外引起强烈反响，在座座军营激起强烈共鸣。

从万里冰封的祖国北疆到绿意盎然的南国大地，从高原哨所到中原腹地，从碧海岛礁到大漠戈壁，全军和武警部队迅速兴起学习贯彻习主席重要讲话精神的热潮，广大官兵话改革、讲担当，重任在肩、信心满怀。这信心，来自习主席亲自领航掌舵，来自改革蓝图前景可期，来自军心士气空前凝聚。

疾风知劲草，烈火见真金。人民军队历来有一切行动听指挥的好传统。面对改革强军的召唤，对照“时间表”，遵循“路线图”，三军将士闻令而动、听令而行。

听党指挥过好政治关。研究改革可以百家争鸣，落实改革必须集中统一。全军各级把学习贯彻习主席重要讲话精神作为重大政治任务，普遍开展深化改革集中动员教育，紧贴改革进程搞好分类教育，切实用习主席关于深化国防和军队改革重要论述武装头脑，不断增强政治自觉，强化使命担当，雷厉风行、不折不扣落实各项改革任务。

服从大局过好利益关。这轮改革，重点解决“脖子以上”的问题，领率机关和领导干部既是改革者也是被改革者。从四总部到各大军区机关，从高级领导干部到普通机关干部，坚决服从撤并降改，正确对待利益调整，带头讲政治、顾大局、守纪律、促改革、尽职责，以上率下为全军做好样子、立起标杆。

严格自律过好纪律关。铁的纪律是推进改革的有力保证。全军各级着眼于维护改革决策部署的权威性严肃性，加强党委领导，严格落实主体责任，加强监督检查，严格执行组织、人事、财经、保密等各项纪律规定，确保各项改革有力有序推进。

天下大事，必作于细。在习主席、中央军委的坚强领导下，全军和武警部队精心组织、稳扎稳打，以踏石留印、抓铁有痕的精神，坚决打赢深化国防和军队改革这场攻坚战……

风雷动，旌旗奋，起宏图。面对前所未有的时代大考，人民军队义无反顾、勇毅前行。

这答卷，写在击楫中流的时代担当里；

这答卷，写在大国军队的能力坐标中；

这答卷，写在星夜兼程的强军征途上！

（2015年12月31日1版头条，获中国新闻奖三等奖）

富国强军的战略之举

——以习近平同志为核心的党中央领导和推进强军兴军纪实

■本报记者　欧世金　丁海明　欧　灿　张　良
新华社记者　梅常伟　王玉山

金鸡报晓之年，神州大地凯歌阵阵——

第二艘航母顺利出坞下水，C919客机完成首飞，嫦娥五号奔月征程稳步推进……激越的鼓点，鸣奏着同一部宏大交响：军民融合深度发展。

"推进强军事业，必须深入推进军民融合发展，构建军民一体化的国家战略体系和能力。"党的十八大以来，以习近平同志为核心的党中央着眼实现中国梦强军梦，总揽战略全局，把握发展大势，把军民融合发展上升为国家战略，科学统筹经济建设与国防建设，在更广范围、更高层次、更深程度上推进军民融合，努力实现发展和安全兼顾、富国和强军统一。

从突出强化军民融合发展顶层设计，到接连出台相关政策制度；从军民融合产业蓬勃兴起，到"军转民""民参军"热潮涌动……全要素、多领域、高效益的军民融合发展格局加快形成，经济建设与国防建设稳步迈向协调发展、平衡发展、兼容发展，书写出波澜壮阔的时代新篇。

国家战略，夯筑复兴基石

这是中华民族伟大复兴征程中又一个催人奋进的春天。

2015年3月12日，惊蛰刚过，春回大地。习主席在十二届全国人大三次会议解放军代表团全体会议上强调，把军民融合发展上升为国家战略。

在这个中国全面深化改革的关键之年，在“四个全面”战略布局统筹推进的关键节点，“国家战略”，短短四字，声如春雷。

同样是在万物勃发的春天，同样是在播撒希望的两会时间，2013年，习主席指出，要统筹经济建设和国防建设，努力形成基础设施和重要领域军民深度融合的发展格局；2014年，他强调要“努力形成全要素、多领域、高效益的军民融合深度发展格局”。

“当前和今后一个时期是军民融合的战略机遇期，也是军民融合由初步融合向深度融合过渡、进而实现跨越发展的关键期。”认识与实践一次次跃升，源自博古通今的大视野、高屋建瓴的大智慧。

我们的国家、我们的民族历经挫折而奋起、历经苦难而辉煌，发生了前所未有的历史巨变，实现了从站起来到富起来、强起来的伟大飞跃。在人民军队90华诞的重要历史节点，习主席深刻指出，把军民融合发展上升为国家战略，是我们党长期探索经济建设和国防建设协调发展规律的重大成果，是从国家发展和安全全局出发作出的重大决策，是应对复杂安全威胁、赢得国家战略优势的重大举措。

放眼世界，军事技术与民用技术的界限趋于模糊，军民融合已成为各国加速发展国力军力的共同选择，发达国家主要领域的军民融合度高达80%以上，而我国这一比例仅在30%左右。

回顾历史，中国有的朝代文盛武衰、国富兵弱，成了“泥足巨人”，屡遭侵犯、百般受辱；世界有的国家穷兵黩武，要“大炮”不要“黄油”，国防工业畸形生长，导致国家走向崩溃。

富国才能强兵，强兵才能卫国——能否把握好安全与发展的黄金分割点，关乎前途命运。把军民融合上升为国家战略，深刻回答了新形势下强国强军的重大理论和实践问题，为推动经济建设与国防建设融合发展指明了前进方向。

这是从国家安全和发展战略全局出发作出的重大决策。我们党长期探索经济建设和国防建设协调发展规律的实践表明，如果两者关系处理不好，就会走弯路、吃苦头。当前，我国正处于由大向强发展的关键阶段，经济体量变大了，受到的压力阻力也变大，如果军事力量跟不上，越发展风险越大。只有贯彻落实总体国家安全观和新形势下战略方针，实现军民融合深度发展，才能实现军事能力整体跃升和国家经济实力增强的双赢，构建军民一体化的国家战略体系和能力。

这是对经济发展方式转变和经济结构调整的敏锐洞察。我国经济发展进入新常态，稳增长、促改革、调结构、惠民生任务十分繁重，只有实现军民融合深度发展，才能最大限度地发挥国防和军队建设在促进转型、增加就业、孵化高新技术等方面的溢出效应和牵引作用，推进供给侧结构性改革，拉动投资和消费需求，促进技术创新和经济转型升级。

这是对转变军队建设发展方式的清醒认识。长期以来，我军建设自成体系、自我发展、自我保障的特点比较突出，只有实现军民融合深度发展，才能实现社会资源大整合，充分利用地方技术优势、市场资源和人力资本，促进军队建设发展方式、战斗力生成模式全新转变，提升以国家整体实力为基础的大体系对抗能力。

思深方益远，谋定而后动。

在中央政治局集体学习时、在军队一次次重要工作会议上、在深入部队和地方的调研视察中……习主席运筹当前与未来，精心擘画军民融合发展宏伟蓝图，亲自推动构建军民融合发展科学体系，一系列管全局、管根本、管长远的重大决策部署相继落地。

——加强顶层设计，新机构汇聚新势能。

2017年1月22日，中央政治局召开会议，决定设立中央军民融合发展委员会。消息一出，迅速引发舆论热议。

作为中央层面军民融合发展重大问题的决策和议事协调机构，中央军民融合发展委员会由习主席任主任，统一领导军民融合深度发展。

敏感的中外媒体纷纷跟进解读，“标志性事件”“里程碑意义”成为相关报道的高频词，激发起人们对军民融合发展的无限憧憬。

新机构，新引领，新篇章。国家发展和改革委员会、工业和信息化部、军委机关有关部门设立专门机构，专司军民融合发展指导、协调和推进工作；北京、河南、江西等28个省市先后建立军民融合专项领导小组或联席会议机制；多地加紧推进军民融合相关机构改革或专门办事机构成立论证工作……领导推动军民融合发展的凝聚力空前强大。

——强化战略指导，新蓝图指引新路径。

推进军民融合发展是一项利国利军利民的大战略。“往哪融?”“融什么?”“怎么融?”……面对一系列重大课题，人们期待着以习近平同志为核心的党中央给出答案，照亮前进道路。

2016年3月25日，中共中央政治局审议通过《关于经济建设和国防建设融合发展的意见》。同年5月，中共中央、国务院、中央军委正式印发这一纲领性文件，明确新形势下军民融合发展的指导思想、主要目标和基本原则，部署基础、产业、科技、社会服务等8大领域统筹建设重点任务，为走开中国特色军民融合发展路子提供了基本依据和重要遵循。

举一纲而万目张。中共中央办公厅、国务院办公厅、中央军委办公厅印发重点任务分工方案，部署明确99项重点任务分工和有关要求，有力推动《意见》贯彻落实。

——突出规划先行，新理念催生新实践。

党的十八届五中全会审议通过的《中共中央关于制定国民经济和社会发展第十三个五年规划的建议》，把推动经济建设和国防建设融合发展作为贯彻“创新、协调、绿色、开放、共享”五大发展理念的战略之举，作为构建中国特色军事力量体系的必然选择，单设专章作出一系列重大部署。中央军委颁发《军队建设发展“十三五”规划纲要》，提出“五个更加注重”战略指导，其中重要一条就是更加注重军民融合。

国务院、中央军委颁发《经济建设和国防建设融合发展“十三五”规划》，统筹安排101项重点任务和21个重大示范项目。河北省制定军民融合产业发展纲要，把军民深度融合纳入京津冀协同发展战略；上海市前瞻谋划“长江经济带”战略给国防领域带来的潜在机遇，在多个领域创新发展，引领带动作用日渐显现……全国各地因地制宜，军民融合发展百花齐放。

2017年9月22日，习主席主持召开中央军民融合发展委员会第二次全体会议并发表重要讲话。他强调，推动军民融合发展是一个系统工程，要善于运用系统科学、系统思维、系统方法研究解决问题，既要加强顶层设计又要坚持重点突破，既要抓好当前又要谋好长远，强化需求对接，强化改革创新，强化资源整合，向重点领域聚焦用力，以点带面推动整体水平提升，加快形成全要素、多领域、高效益的军民融合深度发展格局。

立下愚公移山志，一张蓝图干到底。在广袤的神州大地上，军民融合发展春潮澎湃，富国强军广阔前景一步步变成现实。

军地同心，重塑发展格局

两组有关军民融合的数据对比，预示着惊人发展潜力，也反映出严峻的现实问题：

目前，我国高新技术企业突破10万家，只有数千家进入军工行业；发达国家国防科研成果转化率达到50%-60%，而我国仅在15%左右。

坚冰难融，壁垒难破。数据背后的深层原因，是我国军民融合在观念、体制、机制、政策、法规、标准等方面存在一系列矛盾制约。推进军民融合深度发展，需要正视问题的勇气，更需要闯关夺隘的魄力。

新形势下，如何把军地双方充分调动起来，凝聚意志力量，共同做好军民融合深度发展这篇大文章，习主席思深谋远、亲力推动——

要强化大局意识，军地双方要树立一盘棋思想，站在党和国家事业发展全局的高度思考问题、推动工作，做到责任到位、措施到位、落实到位。

要强化改革创新，着力解决制约军民融合发展的体制性障碍、结构性矛盾、政策性问题，努力形成统一领导、军地协调、顺畅高效的组织管理体系，国家主导、需求牵引、市场运作相统一的工作运行体系，系统完备、衔接配套、有效激励的政策制度体系。

要强化战略规划，拿出可行办法推动规划落实，加强督导检查、建立问责机制，强化规划刚性约束和执行力。

要强化法治保障，善于运用法治思维和法治方式推动军民融合发展，充分发挥法律法规的规范、引导、保障作用，提高军民融合发展法治化水平。

2017年3月，十二届全国人大五次会议上，习主席在四川代表团、辽宁代表团参加审议时，分别就军民融合发展作出重要指示，对各级地方政府参与军民融合发展提出明确要求。

2017年6月，习主席主持召开中央军民融合发展委员会第一次全体会议，要求各有关方面在“统”字上下功夫，在“融”字上做文章，在“新”字上求突破，在“深”字上见实效，把军民融合搞得更好一些、更快一些。

秉纲而目自张，执本而末自从。习主席一系列军民融合发展重要论述，如催战响鼓，如凿冰重锤，如引路明灯，廓清思想迷雾，破除发展桎梏，指明前进方向。军地双方焕发出高度参与热情，以强烈责任担当推动军民融合深度发展。

——同心同德，不断健全军民融合发展工作机制。

军地各方深入贯彻党中央、国务院、中央军委战略部署，着力强化各领域、各区域军民融合发展制度机制整体设计。成立军民结合、寓军于民武器装备科研生产体系建设部际协调小组，建立网信军民融合工作运行机制，建立军地通信卫星轨位合用和资源统筹运用机制，建立文职人员招录、待遇保障、技能鉴定等协商机制……军地统筹推进军民融合发展的工作机制向常态化、制度化稳步迈进。

新组建的战略支援部队多项重点工程中，出现不少军工企业、科研院校专家的身影；海军、空军围绕军种发展重点课题，先后与中国科学院、中国工程院、清华大学等地方科研院所签订战略合作框架协议……各战区、各军兵种结合贯彻新形势下军事战略方针，与有关部门建立起形式多样、运行高效的工作协调机制。

——互通互惠，渐次打破军民融合发展利益壁垒。

这是一份令人欣喜的“减少”。2015年，新版武器装备科研生产许可目录面向社会公布。与2005版许可目录相比，这份涉及军用动力、军用航空器等11大类的新目录，减少了近三分之二。许可范围大幅缩小，意味着军工领域向民营企业开放的范围更大。

这是一串鼓舞人心的“增加”。全军武器装备采购信息网上线运行，《武器装备科研生产许可退出管理条例》《关于加快吸纳优势民营企业进入武器装备科研生产和维修领域的措施意见》《工业和信息化部军民融合深度发展2015专项行动实施方案》等一系列文件相继落地，鼓励军地企业参与竞争的政策导向愈发鲜明。

“减”的是羁绊，“增”的是坦途。近几年，“军转民”“民参军”的渠道更加通畅，迸发出前所未有的活力。截至2015年底，获得武器装备科研生产许可的民口单位占到了总数的三分之二，军工企业、民口国有单位和民营企业共同支撑武器装备科研生产的发展格局初步形成。

——共建共用，合力推动军民融合发展资源共享。

一条腾起的飞行轨迹，见证并预示着军地资源共享的巨大潜力：2016年盛夏，某高原民航机场39年来首次迎来空军主战飞机，保障三代战机成功完成起降。

根据中国民用航空局、国家发改委和交通运输部2017年2月联合发布的《中国民用航空发展第十三个五年规划》：我国将新建以及续建74个机场，到2020年民用运输机场数量将发展到260个以上。这将为空军的全疆域作战能力带来质的提升。

这只是军地资源共享共用的一个局部。“十三五”时期，军地统筹安排的一批战略性、基础性、支撑性重大项目，比军地单独建设匡算经费节省近30%。国家导航卫星应用、海上维权综合保障平台、国家气象保障、网络空间战略预警与积极防御等军民融合工程正在抓紧论证建设。

——立法依法，加紧完善军民融合发展法治保障。

2016年9月3日，一个注定载入我国军民融合立法史册的日子。在十二届全国人大常委会第二十二次会议上，《中华人民共和国国防交通法》获得高票通过。

这部共和国历史上首部专门规范国防交通活动的基本法律，也是军民融合上升为国家战略后我国颁布的第一部涉及国防的法律，承载着以法治破解军民融合发展难题的重要使命，对依法推进军民融合发展具有重要示范和牵引作用。

依法融合，方能行稳致远。目前，军民融合政策法规立改废释工作分领域展开，军民融合综合性立法工作有序推进，支持军民融合发展的地方性政策法规相继颁布，应融则融、能融尽融的强大法治保障体系正在形成。

范围更广、层次更高、程度更深，军民融合发展战略正以空前的速度、力度，打造出协调发展、平衡发展、兼容发展的新格局。

深度融合，激活双发引擎

2017年5月5日，上海浦东机场吸引了亿万人关注的目光。

这一天，我国首次按照国际标准研制、拥有自主知识产权的C919大型客机首飞。滑行，加速，起飞……承载着几代中国人光荣与梦想的客机腾空而起，自由翱翔在祖国的蓝天上。

同一天，在阎良试飞中心，被人们亲切称为“胖妞”的国产大型战略运输机运-20正在接受条件严苛的溅水试验。体型硕大的飞机准确无误地冲过跑道上长130米、宽9米的水池，劈出高达数米的水浪。

一个是即将改写世界大型客机产业格局的中国品牌，一个是正在提升军队战略投送能力的大国之翼，航迹与航迹交汇的地方，军民融合发展向深度融合迈进步履铿锵。

向深度融合迈进，军地科技创新迎来新机遇——

2016年金秋，第二届军民融合发展高技术成果展见证了我国军民融合科技创新的历史性一幕。那天，习主席和中共中央政治局各位常委来到展览现场，观看实物、听取讲解、询问情况。水下机器人、无人舟艇、云数据加密技术等一系列高新技术成果“接受检阅”。

2017年初春，参加十二届全国人大五次会议的军队人大代表见证了科技兴军的重要时刻。习主席在出席解放军代表团全体会议时强调，立足经济社会发展和科技进步的深厚土壤，推动军民科技基础要素融合，加快建立军民融合创新体系，为我军建设提供强大科技支撑。

军民融合、协同创新，习主席高瞻远瞩、亲自推动，吹响科技兴军的时代号角。

以北斗卫星导航系统、天河二号超级计算机、“蛟龙”号载人潜水器等为代表，军民融合正在向网络信息技术、高端装备制造、海洋资源、航空航天等领域纵深推进，“中国制造2025”“互联网+”、大数据、3D打印等新技术、新业态，成为融合发展、军民两利的新引擎。

向深度融合迈进，经济社会发展迸发新动能——

在中关村国家自主创新示范区，信息安全、集成电路设计、云计算等七大军民融合产业集群初具雏形，成为经济增长新极点。2016年，示范区内规模以上企业仅前7个月就实现总收入21427.6亿元，同比增长16%。

在军工产业集中的陕西西安，全市从事军品科研生产的民口企事业单位数量，由2010年的60多家增加到现在的近300家，配套产品涉及陆军、海军、空军、火箭军等各军兵种，对促进经济增长、增加就业岗位功不可没。

在科技创新资源集聚的湖南长沙，国防科技大学与湖南省人民政府共建产业技术协同创新研究院，军民科技协同创新和军民融合产业发展驶上“快车道”。

在交通运输、海洋渔业、水文监测、电力调度等领域，北斗卫星导航系统的应用，带动升级了智能汽车、无人机、车联网、物联网等一批新兴产业，预计到2020年将至少产生4000亿元的产业效应。

融则两利，合则共赢。放眼北京、湖北、四川等地，数十个国家级军民融合产业基地挂牌运转，越来越多的企事业单位享受到军民融合发展带来的巨大战略红利，从“要我融合”到“我要融合”，企业的参与度越来越深、主动性越来越强。

向深度融合迈进，新型人才方阵站上新舞台——

强军兴军，要在得人。建设巩固国防和强大军队，需要集全国之才，聚全民之智。借力军民融合，部队人才和地方人才兼容发展，越来越多的高素质人才投身国防事业。

军队院校与普通高等学校从2013年起建立联合招收培养双学籍飞行学员制度；火箭军部队借助地方科研集团科技、人才优势，建立11个军地协作人才培养站和6个科研成果孵化基地，培养上千名专家型导弹技术骨干，带出一支近百人的导弹旅总工程师队伍……富有中国特色的军民融合式人才培养模式，被赋予越来越丰富的时代内涵。

中央军委改革工作会议上，习主席为军队人才培养进一步指明方向：优化军队人员构成，节约军队人力资源成本，延揽社会优秀人才为军队建设服务。

与此同时，一批又一批军队干部服从组织安排到地方工作，在各条战线各个行业为经济社会发展作出了重要贡献。

向深度融合迈进，国防动员体系厚植新优势——

我们的军队是人民的军队，我们的国防是全民的国防。国防动员是军民融合的重要组织形式和桥梁，要建立健全国防动员体制机制，增强打赢未来战争的国防潜力。

国家能源局和军委后勤保障部联合启动边防部队电网建设工程，226个具备通电条件的边防部队将在2018年前通大网电，其余边防部队将在2020年前通大网电或可再生能源局域网。

原解放军后勤学院牵头军地多家单位，探索对国防动员涉及的物资、设备、器材、设施、技术保障人员等重要军民通用资源进行统一编码，以满足信息化战争快速、有序、高效实施国防动员对社会资源利用的要求。

全军驻大中城市约60万名官兵的饮食保障实现社会化、约1500个单位推行了商业服务社会化，远离军队保障体系单位约20万名官兵就医实现社会化保障，一长串的清单还包括子女教育、家属就业……

越来越多的地方资源为国防和军队建设服务，向作战和非战争军事行动保障延伸。

向深度融合迈进，军民鱼水深情孕育新内涵——

军政军民团结是实现富国和强军相统一的重要政治保障，是我党我军特有的政治优势。军民融合深度发展，就要把这种政治优势转化为强大的物质力量，把蕴含在全国军民之中的无穷力量化作托起中国梦强军梦的伟力。

青岛某航母军港建设期间，3600多名当地群众仅仅用了一年时间，全部按时完成搬迁，上演了新时期拥军支前的感人一幕。

几年来，航母后勤保障需求，推动着当地农业向现代、高效农业转变；军事技术人才需求，推动着当地教育资源的整合、升级；舰载武器装备维修需求，推动着当地信息技术、新材料、智能装备制造等产业的转型升级……一个投资超过800亿元的军民融合高科技企业园区拔地而起，当地许多人走下渔船、服务航母，实现了创业和致富的梦想。

“你中有我、我中有你”“1＋1＞2”……发生在很多地方的一切，有力证明着同一个命题：军民融合，富国强军、惠兵利民。

……

鼓荡激情扬征棹，一路轻舟乘东风。

在陆军、在海军、在空军、在火箭军、在战略支援部队、在武警部队，新型高技术武器装备竞相涌现、加速列装，国防和军队现代化建设迈上新台阶……

在东部沿海、在西北内陆、在南国水乡、在东北老工业基地、在中原大地，军民融合产业遍地开花、生机勃发，稳增长、促改革、调结构、惠民生实现新突破……

越己者，恒越。

在以习近平同志为核心的党中央坚强领导下，中国特色军民融合发展之路必将越走越宽广，不断从胜利走向胜利，谱写出融合共享、创新发展的壮丽史诗。

（2017年9月25日1版）

奋进在实现强军目标的征途上

——党的十八大以来国防和军队建设述评

■本报记者　欧世金　周　猛　新华社记者　李宣良

党的十八大以来，习主席从实现中华民族伟大复兴中国梦的战略高度，鲜明提出建设一支听党指挥、能打胜仗、作风优良的人民军队这一党在新形势下的强军目标，确立了军队建设新的起点和标准，明确了加强军队建设的聚焦点和着力点，拎起了国防和军队建设的总纲。

强军目标反映了全国人民的热切期盼和当代军人的理想追求，一经提出就得到全军上下高度认同和衷心拥护，极大地提振了军心士气，有力推动了部队建设和军事斗争准备，各方面工作取得新的发展和进步，显现出巨大的凝聚力感召力。

铸牢强军之魂，确保绝对忠诚绝对纯洁绝对可靠

“听吧，新征程号角吹响，强军目标召唤在前方……将士们听党指挥，能打胜仗，作风优良……”气势豪迈、震人心魄的《强军战歌》回荡在大江南北的座座军营。

军歌励士气，军旗永向党。铸牢强军之魂，最核心的就是要始终不渝坚持党对军队的绝对领导，做到绝对忠诚、绝对纯洁、绝对可靠。

党的十八大是在我国进入全面建成小康社会决定性阶段召开的一次十分重要的大会。学习贯彻党的十八大精神，习主席要求军队走在前列。这是对三军将士寄予的厚望，更是对全军提出的政治要求。

从军委总部到基层营连，全军上下闻令而动，宣讲辅导、理论集训、实践活动全面展开。新年伊始，军委决策举办大单位党委书记集训

班，深入学习贯彻党的十八大精神和习主席关于国防和军队建设重要指示。总政治部从全军抽调专家学者和领导干部组成宣讲团，分成5个小组赴各大单位巡回宣讲，以各种形式听取报告的官兵达12万人次。全军各级组织宣讲小分队，近万名团以上干部深入基层授课辅导，联系部队实际，回应官兵关切，帮助大家深化对党的十八大精神的掌握理解。三军将士对中国特色社会主义的道路自信、理论自信、制度自信不断增强，为实现强军目标贡献力量的认识更加深刻，决心更加坚定，行动更加自觉。

2013年新年刚过，经中央军委批准，“坚定信念、铸牢军魂”主题教育活动在全军和武警部队展开。与此同时，全军团以上党委机关广泛开展“学习贯彻党章、弘扬优良作风”教育活动。

这两项重大教育活动，都朝着一个共同目标聚焦用力——铸牢军魂，做到政治上坚定不移，思想上纯洁忠诚，行动上高度一致，确保部队坚决听从党中央、中央军委和习主席指挥。

习主席强调指出，当前和今后一个时期，部队思想政治建设的一项重大任务，就是教育引导广大官兵牢记强军目标、坚定强军信念、献身强军实践。全军各级坚决贯彻落实习主席重要指示，坚持大事大抓、强势推进，部队建设在强军目标引领下不断创新发展。

军委、总部对强军目标学习宣传贯彻及时作出部署、加强跟进指导。组织专题学习调研活动，召开围绕强军目标深化主题教育座谈会，总结宣扬海军某潜艇基地官兵群体、空军试飞员群体和刘珪、黎介寿等重大典型，推出系列理论文章，编写《党在新形势下的强军目标学习教育提纲》，印发《深入学习习主席关于国防和军队建设重要指示读本》《坚持党对军队绝对领导学习读本》和《军营理论热点怎么看·2013》等教育教材。全军各级坚持把强军目标作为党委中心组学习、干部理论轮训、思想政治教育的重要内容，自觉对照强军目标找差距、理思路、定措施。军队新闻单位持续加大强军目标宣传阐释力度。各级普遍举办读书演讲、体会交流、在线互动等活动，不断加深对强军目标的认识理解。

全军部队以强军目标为鲜明主题，大力推进先进军事文化创新发展，持续培育当代革命军人核心价值观，广泛开展“中国梦·强军梦·我的梦”主题实践和文艺创演活动，组织强军歌曲征集评选，悬挂张贴主题宣传画，下发《中国历代军旅诗词选编》等战斗文化学习丛书，积极营造强军兴军浓厚氛围，引导官兵自觉把个人理想抱负融入强军实践。

从健全完善新闻发言人制度，到积极运用微博、微信等新技术平台搞好舆论宣传；从部署军营向社会开放试点，到打好意识形态领域斗争主动仗……思想政治工作的主动性、针对性、实效性不断加强。

扭住强军之要，吹响能打仗打胜仗的战斗号角

金秋时节，4万多名官兵参加的“使命行动-2013”跨区机动战役演习，分A、B、C三个阶段，在陆海空天电多维战场接连打响。

不怕出错，不怕搞砸，不怕推倒重来。军委领导通过远程视频系统，对演习进行临机导调——江上浮桥遭“敌”轰炸，需异地重架；部队机动路线紧急调整近千公里；登陆战场转移至千里之外的陌生地域……参演部队机动总里程达3万余公里，在危局难局险局中经受了锻炼。

战场打不赢，一切等于零。年初，总参谋部颁发《2013年军事训练指示》，要求全军和武警部队围绕能打仗、打胜仗的目标，大力加强实战化军事训练，做好打仗准备，提高打仗能力，按实战要求检验衡量训练成效。全军各级牢固确立战斗力这个唯一的根本的标准，实战化训练。

如火如荼，改革创新、求真务实成为演兵场上的主基调。从“突击-2013”陆军航空兵实兵演习，到“确山·前锋-2013B”实兵演习；从“和平使命-2013”中俄联合反恐军事演习，到“机动-5号”海军西太平洋海上实兵对抗演习，各级从实战需要出发从难从严训练部队，设置逼真战场环境，实弹实射实爆打上限、打临界，部队练就了过硬的打赢本领。

全部心思向打仗聚焦，各项工作向打仗用劲。总参组织开展“砺剑-2013”全军信息化条件下战法创新集训观摩，探索进一步推进实战化训练的方法路子。全军各级大兴学习战争、研究战争之风，紧盯使命任务，紧盯强敌对手，把未来打什么仗、怎样准备打仗等问题搞清楚，深入研究现代战争制胜机理，积极探索克敌制胜的招法对策，初步形成

一大批战法创新成果。

着眼能打胜仗，全面推进现代后勤建设。总后勤部科学确定后勤资源投向投量，大幅审减压缩与打仗贴得不紧的后勤装备立项和经费支出，优先保障武器装备、战场建设、教育训练、人才培养等方面的急需项目，集中财力物力办大事、办难事、办保障打赢的事。

瞄准强军目标加强国防科技和武器装备建设。总装备部大力实施高新技术工程，深化拓展“两成两力”建设，加速推动武器装备的信息化步伐。航母“辽宁舰”多次出航，快速拓展试验训练课目；国产三代战机批量装备部队，大型运输机试飞成功；一批新型装备相继列装……6月11日至26日，天宫一号与神舟十号载人飞行任务顺利实施，进一步巩固了我国空间交会对接技术，标志着我国载人航天工程第二步战略目标取得重大阶段性胜利。

能打仗、打胜仗离不开大批高素质新型军事人才。全军各级积极构建院校、部队与职业教育三位一体培养大格局，重点抓好联合作战指挥人才、新型作战力量人才培养，打造强军兴军的人才方阵，一大批真想打仗、真谋打仗、真抓打仗的优秀人才走上各级指挥员岗位。

军队打胜仗，士兵是基础。从2013年起，全国征兵时间统一由冬季调整到夏秋季。新的征兵政策产生良好社会反响，一大批高素质优秀青年特别是大学生踊跃参军，为建设巩固国防和强大军队不断提供新鲜血液。

四川芦山抗震，军队和武警部队紧急驰援，投入19000余人，救助受伤群众10000余人次，转移受困群众46000余人。从远洋护航到反恐维稳，从东北抗洪抢险到西沙台风救援……人民子弟兵在一次次急难险重任务面前，不畏艰险、英勇善战，充分彰显了能打仗打胜仗的过硬素质和顽强作风，出色完成了党和人民赋予的神圣使命，赢得广泛赞誉。

夯实强军之基，凝聚国防和军队建设的磅礴力量

在刚刚结束的全军党的建设工作会议上，与会代表围绕制约军队发展的深层次问题，影响党的建设特别是作风建设的关键问题，对拟下发部队的一批重要政策法规进行了深入研究讨论，内容涵盖军事训练作风建设、总部机关党组织建设、行政消耗性开支限额管理、装备经费管理

使用等诸多方面。

“一次会议集中讨论如此之多的改进作风制度规定，我们强烈感受到军委总部推进作风建设的意志决心。”一位与会代表说。

作风优良才能塑造英雄部队，作风松散可以搞垮常胜之师。人民军队建设发展的每一步，都离不开优良作风的保证。

新一届军委成立伊始，就把弘扬我党我军优良作风摆到突出位置。在认真贯彻中央八项规定的基础上，中央军委出台加强自身作风建设十项规定。军委领导坚持从自身严起，以上率下，立说立行，为全军作风建设发挥了示范引领作用。

党的群众路线教育实践活动开展以来，军委领导亲自动员部署，深入部队调研，分头参加大单位专题民主生活会，对活动开展实施有力指导。四总部和全军各大单位按照“标准更高、走在前列”要求，充分贯彻整风精神，始终聚焦反对形式主义、官僚主义、享乐主义和奢靡之风，坚持以严的标准、严的措施、严的纪律推动解决问题向纵深发展，努力从思想上、组织上、作风上为实现党在新形势下的强军目标提供坚强保证。

聚焦“四风”，官兵反映强烈的突出问题得到有效整治。各大单位共清退不合理住房8100余套，清理超编超占车辆25000多台；扎实开展基层风气专项整治，着力纠治发生在士兵身边的不正之风；认真贯彻厉行勤俭节约、反对铺张浪费的有关规定，加强工程建设项目审核，大幅压减行政消耗性开支；各级党委机关带头转文风改会风，精简文件电报，严格控制会议活动和工作组数量规模。

到基层去、到连队去、到火热的一线去，与士兵一起实投实射，和战士一个大锅里搅勺子……45000多名各级领导和机关干部，包括760多名军职以上领导干部，下连当兵、蹲连住班，重温“兵之初”，体察“兵之情”，学习“兵之智”，当出了真感情，蹲出了好作风。基层部队官兵普遍反映，领导深入到基层，红色基因在传承，看到了大抓作风建设取得的明显成效。各大单位抽查表明，当兵蹲连干部的群众满意率达98.8%。

军委、总部高度重视军车运行和管理问题，今年以来，多次协调军地有关部门，开展专项整顿，加强军车管理，从严从紧换发新式军车号牌，严禁非军用车辆、豪华车辆使用军牌，军车违章抄告大幅下降，有力维护了军队良好形象。

从源头上清除作风之弊，必须把权力关进制度的“笼子”。中央军委印发《中央军委关于开展巡视工作的决定》《中央军委巡视工作规定（试行）》，在军队建立巡视制度、设置巡视机构、开展巡视工作；下发《军队实行党风廉政建设责任制的规定》《关于加强和改进军队领导干部经济责任审计工作的意见》，明确各级党委、纪委和领导干部在党风廉政建设中的具体责任，强化对各级领导干部的管理监督。四总部联合印发《厉行节约严格经费管理的规定》，要求按战斗力标准花钱办事，确保每一分钱都用在能打仗、打胜仗上。总政治部下发《关于规范大型文艺演出、加强文艺队伍教育管理的规定》，要求军队文艺团体进一步提高为官兵服务、为部队战斗力服务的质量效果。

目标引领方向，梦想凝聚力量。奋进在强军征途上的人民军队，正按照党的十八大作出的战略部署，埋头苦干、奋力开拓，加快推进国防和军队现代化，为实现中国梦提供坚强力量保证。

（2013年11月10日1版头条）

解放军报

JIEFANGJUN BAO

2014年10月27日 星期一 甲午年闰九月初四

中国军网 http://www.81.cn　今日12版　第20744号

国内统一刊号：CN81-0001（J）　代号1-26　解放军报社出版

永远的生命线

——写在古田会议召开八十五周年之际

■本报记者 欧世金 新华社记者 曹智 李宣良 白瑞雪

有一种信念，可以统一意志、凝聚力量；

有一种追求，可以锻造灵魂、改变历史。

在中华民族上下五千年的历史时空中，从来没有一支武装像人民军队这样，同一个政党的血脉、一个民族的命运紧紧相连。在九死一生的历程里，是什么样的力量使这支队伍愈挫愈勇；在千难万险的磨砺中，是什么样的信念让这支队伍越战越强？

始终坚持思想建党、政治建军，这是85年前毛泽东主持起草、古田会议讨论通过的《中国共产党红军第四军第九次代表大会决议案》所蕴涵的真理；始终坚持把政治工作作为生命线，这是人民军队在血与火的实践中得出的结论。

回溯历史，观照现实，展望未来，中共中央总书记、国家主席、中央军委主席习近平高瞻远瞩，深刻指出，政治工作永远是我军的生命线。坚持从思想上政治上建设和掌握部队，是我军建设的一条基本原则，是能打仗、打胜仗的根本保证。过去我们是这么做的，现在也必须这么做，要结合新的形势和任务，努力把思想政治建设抓得更加扎实有效，永葆人民军队性质、本色、作风，确保我军永远立于不败之地。

奠基——基因源自于党的先进性

"军叫工农革命，旗号镰刀锤头。"1927年9月，南昌起义爆发1个多月后举行的秋收起义中，工农革命军首次公开打出了党的旗帜。但是，当起义受挫后，部队伤亡增多，还有一些人不辞而别，队伍到达江西永新县三湾村时，原本5000余人的队伍，剩下不足千人。

这是一支以农民为主体的部队。在中国历史上，很多农民起义军就是这样溃散的。贺龙元帅后来回忆说："那时候的部队，就像抓在手里的一把豆子，手一松就会散掉。"

组织武装起义，创建人民军队，只是开始，更重要的是如何建设这支军队。毛泽东抓住了问题的症结所在。1927年9月29日晚，在三湾村"协盛和"杂货铺微弱的油灯下，毛泽东召开了中共前敌委员会扩大会议，决定对部队实行整顿和改编。村头那棵枝叶繁茂的大枫树下，毛泽东向士气低落的队伍宣布：部队缩编为一个团，团、营建立党委，支部建在连上，设立党代表；实行民主制度，连队建立士兵委员会……

支部建在连上，部队就有了灵魂。井冈山斗争时期发生的一件事，让罗荣桓元帅铭记一生。1928年7月，罗荣桓率三营下井冈山，夜间行军途中突遭袭击，致营队伍被打散，他焦急万分。天亮后清点人数，结果只丢了一名担架兵。9月26日，部队返回井冈山，没想到当初失散的那名担架兵早就回山了。罗荣桓感慨万千：这次远征，行程数百公里，打了几十场仗，却没有一个开小差的，都是"三湾改编"改出的好气象。

然而，要把一支以农民为主体的武装改造成为党绝对领导下的新型人民军队，却是一项长期的艰苦工作。此时的红四军，主要由地方农民武装和国民党军队分化出来的旧军人两部分人组成，小私有者的狭隘观念和旧军队的习气，在部队中打下了很深的烙印。

1929年，经过艰苦奋战，红四军相继开辟了赣南和闽西根据地。随着形势的发展，红四军党内在如何建设军队的问题上出现了不同认识——

有的把党对红军的领导说成是家长制；有的认为军队的任务就是打仗，有枪杆子就行；有的不愿在艰苦的农村建立根据地，只想"走州过府"流动游击……

长期研究红军历史的古田会议纪念馆馆长傅柒生介绍说，这些错误思想和错误倾向的背后，核心是三个问题：要不要坚持党对红军的领导、怎样领导？红军向哪里发展、怎样发展？完成什么任务、怎样完成？归结起来，就是建设一支什么样的军队、怎样建设军队。这是红军政治工作必须回答的紧迫课题。面对这个历史性课题，红四军在古田会议之前不到一年半的时间里，先后8次召开党代表大会，都未能形成共识，找到答案。

争论，引起了远在上海的中共中央高度关注。1929年9月，在给红四军的指示信中，党中央旗帜鲜明地肯定了毛泽东建立农村根据地的思想和建设新型人民军队的探索，明确指出红军由前委指挥是决不能动摇的原则，要求纠正一切不正确的倾向。

"红旗越过汀江，直下龙岩上杭"。根据中央九月来信精神，1929年12月28日至29日，红四军党的第九次代表大会在上杭县的古田镇溪背村召开。廖氏宗祠不大的厅堂内，当年会议代表们烤火留下的炭迹至今清晰可辨。围坐在噼啪跳动的炭火旁，代表们聆听毛泽东阐述建党、建军思想，一致通过了毛泽东主持起草的《中国共产党红军第四军第九次代表大会决议案》。以毛泽东为代表的中国共产党人，勇敢迈出了将马克思主义基本原理与中国革命具体实践相结合的铿锵脚步——

第一次以决议的形式确立了党对军队绝对领导的根本原则，使听党的话、跟党走成为官兵的崇高追求和必胜信念；第一次以决议的形式规定了我军的性质、宗旨和任务，解决了红军"为谁当兵、为谁打枪、为谁打仗"的基本问题；第一次以决议的形式提出了我军官兵一致、军民一致、瓦解敌军的政治工作三大原则，为建立良好的内外关系提供了基本遵循；第一次以决议的形式阐明了军事与政治的关系、军事机关与政治机关的关系，确定了我军政治工作的重要地位……

两万多字的古田会议决议，是思想交锋的结果，是经验教训的总结，更是开拓创新的典范。"从三湾改编到古田会议，我们党逐步确立了党对军队绝对领导的原则和制度，在军队中建立了强有力的、革命的、进步的政治工作。"回顾人民军队87年光辉历程，军事科学院研究员肖裕声说，"自从血脉中注入了党的先进性基因，我军的面貌焕然一新，党指挥枪，使人民军队英勇善战、所向无敌。"

"今日向何方，直指武夷山下。山下山下，风展红旗如画"——古田会议之后，《中国共产党红军第四军第九次代表大会决议案》确立的建军思想迅速越过闽西山递，传遍各个根据地，成为指引整个红军建设的航标。

在古田会议精神光芒照耀下，一支新型的人民军队跃上了历史舞台。它从小到大、从弱到强，由星星之火渐成燎原之势，在中国历史的天空中划出一条与以往任何一支军队迥然不同的轨迹。

传承——军魂凝聚在党的旗帜下

越是伟大的思想，越经得起历史的检验。

80多年来，从万里长征到抗日战争、解放战争，从抗美援朝、保家卫国到参加支援社会主义建设和改革开放，虽然我军所处的时代、环境、条件和肩负任务在变，但古田会议确定的方针原则从未过时。《决议》奠基的我军政治工作这条生命线穿越时空，熠熠生辉。

这是发生在长征途中的一幕——厚厚的积雪中高高擎起一只胳膊，拳头紧握，掰开拳头，里面是一张党证和一块银元。党证上写着："刘志海，中共正式党员，1933年3月入党。"

"这不是普通的党证和银元，这是红军坚定的理想和信念。"长征的亲历者和幸存者、居住在遵义城的百岁老红军王道金对此深有感触。"有了党的领导，红军就有了主心骨，就有了克服一切困难、压倒一切敌人的必胜信心。"长征中3次负伤的他，满怀胜利的希望，坚定地走完了漫漫征途。

两万五千里的远征，几多悲壮，几多豪迈。凝聚在党的旗帜下，王道金和战友们的这次远征，成为一部无与伦比的史诗；凝聚在党的旗帜下，王道金和战友们用鲜血和生命凝结而成的精神，化作超越时空的巍巍丰碑。

正是基于对中国革命斗争实践的思考和我军政治工作经验教训的总结，早在1932年7月，中共中央在给苏区中央局及苏区闽赣两省的信中就指出："政治工作在红军中有决定的意义……政治工作不是附带的，而是红军的生命线。"1944年4月，毛泽东在修改由谭政起草的《关于军队政治工作问题》的报告时，特意加写了一段关于"生命线"的论述，再次判明了"党对军队的绝对领导"作为建军和处理党、政、军、民关系的基本原则。1947年2月，中共中央发出指示，要求全军各级建立健全党委会，"以避免单纯的首长制所产生的一些错误"。1954年4月在审定即将颁布实施的《中国人民解放军政治工作条例（草案）》时，毛泽东又亲笔修改恢复了总则中"中国共产党在人民解放军中的政治工作是我军的生命线"的重要内容……

"不管时代如何发展，不论社会如何变化，古田会议精神始终是党所领导的人民军队永葆本色的纲本。"国防大学副政委吴杰明介绍，1978年，全军政治工作会议将《决议》印发全军，作为政治工作的基本教材。1999年，全军政治工作会议再次强调要发扬古田会议精神。

从組织领导百色起义开始，经历了人民军队成长壮大历程的邓小平，对坚持党对军队绝对领导这一根本原则，有着非同寻常的感受。1975年，重新回到中央领导岗位的邓小平第一次在军队讲话开篇就说："我们这个军队有好传统，从井冈山起，毛泽东同志就为我军建立了非常好的制度，树立了非常好的作风。我们这个军队是党指挥枪，不是枪指挥党。"

拨乱反正，正本清源，这支有着优良传统的军队又获得了新的自信与活力。

1989年11月，邓小平离开军委主席岗位之际，向全军指战员提出殷切期望："我确信，我们的军队能够始终不渝地坚持自己的性质。这个性质是，党的军队，人民的军队，社会主义国家的军队。"

"雄伟的井冈山，八一军旗红，开天辟地第一回，人民有了子弟兵……"1995年春，江泽民沿着毛泽东创建人民军队的足迹，一路风尘从湖南来到江西，走过这片浸透着先辈鲜血的土地。江泽民语重心长地说："一个军队要有军魂。我看，我们军队的军魂就是党的绝对领导。"此前的1989年12月，他在亲临古田视察时就指出："我们抓党的建设，抓军队的建设，抓思想政治工作，就要按古田会议精神去做。古田会议决议是个宝，至今还有强大生命力，要温故知新，学而时习之。"

进入新世纪新阶段，面对新的形势和任务，面对我军人员构成的新变化，如何坚持人民军队的性质、本色和作风，使我军始终凝聚在党的旗帜下？胡锦涛强调，坚持党对军队的绝对领导，是我军建设和发展的首要问题，我们对这个问题要始终关注、抓住不放，任何时候任何情况下都不能有丝毫含糊和动摇……他在参观古田会议纪念馆后指出，古田会议强调要重视加强思想政治建设，这个精神至今仍有重要的现实指导意义，我们要继承和发扬古田会议精神，充分发挥思想政治工作这个优良传统和政治优势，确保党的政治任务的顺利完成。

坚持党对军队的绝对领导，犹如一条红线贯穿于人民军队成长壮大的全部历程。坚持政治工作生命线地位，成为军队建设正确方向的根本保证。

在福建省工作期间，习近平就多次到古田会议会址参观，大力倡导弘扬古田会议精神。担任中央军委主席后，习近平鲜明提出建设一支听党指挥、能打胜仗、作风优良的人民军队这一党在新形势下的强军目标；强调"党对军队的绝对领导，是我军的军魂和命根子，永远不能变，永远不能丢。"

（下转第二版）

把解决问题作为出发点

——三谈弘扬古田会议精神、增强政治工作时代性感召力

■本报评论员

古田会议精神之所以永放光芒，一个重要原因，就是回答并解决了当时我们党和军队建设面临的许多重大问题。

初创时期的红军，以农民为主要成分，不少是起义部队改编的，长期处于分散的游击战争环境，存在单纯军事观点、极端民主化、绝对平均主义、主观主义、个人主义、流寇思想、盲动主义等非无产阶级思想。毛泽东同志敏锐地意识到，存在于红四军党内的各种非无产阶级思想，对于执行党的正确路线妨碍极大，若不彻底纠正，则中国伟大革命斗争给予红军的任务，是必然担负不起来的。

在半殖民地半封建社会里，在以农民为主要成分的条件下，把红军建设成为新型的人民军队，这个问题，马列主义经典著作中找不到现成答案，国际共产主义运动中也没有先例。古田会议以开辟革命新道路的智慧和勇气，以解决现实问题为出发点和落脚点，迈出马克思主义基本原理同中国革命具体实践相结合的铿锵步伐，集中解决了"为谁服务、怎样服务""听谁指挥、怎样指挥""谁来管党、怎样管党""谁服从谁、怎样服从""为何教育、怎样教育"等问题，对人民军队的建设和发展起到"顶层设计"和"奠定基础"的重要作用。

古田会议不仅树立了解决问题的光辉典范，而且为我们提供了解决问题的具体方法。《决议》的每个部分，都按照提出问题、分析问题、解决问题的思路展开，对当时党和军队内部存在的各种问题不掩盖、不回避，对哪些是思想认识问题、哪些是政治原则问题、哪些是体制机制问题等，进行了全面深入的分析解剖，提出具体可行的解决办法，做到了对症下药、有的放矢。85年来，我军政治工作继承和发扬古田会议的优良传统，始终把解决问题作为出发点和落脚点，焕发出强大的生命力战斗力。

在新的历史条件下，部队建设所处的环境发生深刻变化，意识形态领域斗争尖锐复杂，各种思想文化交流交融交锋更加频繁，多元价值观念交织并存、相互激荡，人们思想活动的独立性、选择性、多变性、差异性明显增强，官兵成分结构也发生很大变化，他们的思想观念、心理特征和行为方式都打上了深刻的时代烙印，政治工作面临许多新情况新问题，需要我们勇敢面对、果敢前行。

弘扬古田会议精神，必须继承古田会议鲜明的问题观，始终把解决问题作为政治工作的重要使命，坚持脑子里想着问题，眼睛里盯着问题，手里抓着问题，既要有解决重大问题的勇气，又要掌握从具体问题入手的方法，既要有抓问题的敏锐，又要切实拿出解决问题的思路，紧贴时代发展，紧贴使命任务，紧贴官兵实际，不断增强政治工作的时代性和感召力。

花钱必问效 低效必问责

全军部队推行军费绩效管理，确保军费都用在刀刃上

本报北京10月26日电 陈宏林、记者**张晓祺**报道：经中央军委批准，全军部队全面推行军费绩效管理工作，将绩效理念贯穿于军费分配、使用、监管各个环节，规范预算编制执行，强化经费支出责任，切实落实"花钱必问效、低效必问责"的要求，确保每一分军费都用在刀刃上。

推行事业经费绩效管理，是贯彻落实习主席有关指示精神的重要举措，是深化军费管理制度改革的有益探索。今年在总部和军区层面选择训练模拟器材、医院财经管理等5大类项目进行评价试点，到2020年全面推开，构建起科学合理、配套完善的军费绩效管理制度机制。

总后勤部日前印发《关于开展事业经费绩效管理的指导意见》，按照"预算编制有目标、预算执行有监控、预算完成有评价、评价结果有运用"的运行模式，设置了事业经费绩效管理完整流程和闭合回路。

记者了解到，《指导意见》细化了推进事业经费绩效管理的方法步骤：2014年开展训练模拟器材、铁路军专线大修改造、医院财经管理等绩效评价试点；2015年至2017年，按照以点带面、分步实施的办法，拓展运用绩效管理办法，进一步摸索规律，健全完善运行机制；2018年至2020年，固化试点成果，出台制度办法，严密组织实施，全面推开事业经费绩效管理。

《指导意见》指出，军费安排的每一项投入，都必须按照预算项目申报绩效目标，制定具体量化的事业建设标准、技战术指标、预期成果效益、成本费用水平以及对战斗力保障力生成的贡献度等。事业建设任务完成后，适时成立评价小组，对事业建设成果进行绩效评定打分，形成评价结论，并以适当形式予以通报和公示。对没有实现绩效目标要求、经费使用低效的单位和个人，给予通报批评并追究领导和管理责任。

广州军区303医院 博士医疗队情暖十万大山

6年服务军民7.2万余人次，帮带基层医疗骨干2500余名

社会主义核心价值观在军营

本报讯 特约记者**周康清**、通讯员**胡祥胜**报道：秋末的一天，广西巴马山区蒙治知注。由队长李红政带领的303医院博士医疗队翻山越岭来到西山乡巴纳村为山区群众巡诊。这是医疗队今年第7次来这个偏远村寨送医送药。成立6年多来，这个医疗队深入1940个乡镇和边海防哨所，服务军民7.2万余人次。

地处广西十万大山的壮乡苗寨和边防哨点，医疗设备普遍落后，缺医少药情况突出。2008年初，303医院组建了由多个学科的16名专家组成的博士医疗队，坚持每月深入边海防一线巡诊，每年拿出300万元用于送医送药，把"专家号"送到田间地头、边防海角。

广西龙州县大霸村是典型的散居村落，离乡卫生院有24.5公里山路。医疗队与村委会签订帮扶协议，在巡诊驻点帮带的同时，协调村卫生所医生到医院学习进修。他们还把提高基层卫生机构"造血"能力作为服务重点内容，帮扶乡村诊所和乡镇卫生院150余个，帮建边海防卫生队（室）30余个，帮带基层医疗骨干2500余名，为边海防军民留下了"不走的医疗队"。他们还将服务与科研相结合，形成了"服务—科研—更好服务"的良性循环，相继完成"军人烂意损伤的预警和防护研究""边防部队和贫困山区心理问题的流行学调查"等50余项课题研究，多次获得全国、全军科技进步奖。

精诚服务温暖十万大山。6年来，博士医疗队服务的村寨，哨点医疗卫生水平得到改善，区域性高发病大幅下降，今年上半年该院体系部队官兵发病率与上年同期相比下降30%，官兵住院量同比下降20%。

我军援建利比里亚埃博拉诊疗中心启动

本报北京10月26日电 曹陈民、记者**张晓祺**报道：我军援助利比里亚抗击埃博拉出血热疫情首批物资，已于北京时间26日16时18分空运至该国首都蒙罗维亚。这批物资包括板房耗材、医疗用床、信息装备、净水设备等共计70吨，将用于我援建利比里亚的埃博拉出血热诊疗中心建设。

经国务院、中央军委批准，我军将在利比里亚首都蒙罗维亚援建100张床位规模的埃博拉出血热诊疗中心。这是我军卫勤力量走出国门的又一次国际救援行动。为确保筹措物资按时抵达，总后勤部会同军地有关单位，采取急用先行、错位运输的原则，组织空海联合运输投送，包括部分医疗设备在内的第二批78吨援建物资，已于10月25日晚从天津港启运。后续药品器材、办公营具和生活物资，将按计划分批运送。

总后勤部卫生部负责人介绍，该诊疗中心建设将充分借鉴北京抗击非典时的经验，严格按照传染病医院建设要求，优化诊疗流程、功能设置和设施布局，并参照世界卫生组织建议的治疗方案，对埃博拉出血热疑似患者开展留观，对确诊患者进行治疗。

总后某汽车团常年奋战在海拔4000多米的高原地区，主要担负进藏战备和保障物资运输任务。官兵们将原有蔬菜生产基地改建成蔬菜文化长廊，成为团队文化建设的一张名片。图为10月23日，官兵在采摘瓜果。 张广洲摄

《解放军报》影印件

永远的生命线

——写在古田会议召开八十五周年之际

■本报记者　欧世金　新华社记者　曹　智　李宣良　白瑞雪

有一种信念，可以统一意志，凝聚力量；

有一种追求，可以锻造灵魂，改变历史。

在中华民族上下五千年的历史时空中，从来没有一支武装像人民军队这样，同一个政党的血脉、一个民族的命运紧紧相连。在九死一生的历程里，是什么样的力量使这支队伍愈挫愈勇；在千难万险的磨砺中，是什么样的信念让这支队伍越战越强？

始终坚持思想建党、政治建军，这是85年前毛泽东主持起草、古田会议讨论通过的《中国共产党红军第四军第九次代表大会决议案》所蕴涵的真理；始终坚持把政治工作作为生命线，这是人民军队在血与火的实践中得出的结论。

回眸历史，观照现实，展望未来。中共中央总书记、国家主席、中央军委主席习近平高瞻远瞩，深刻指出，政治工作永远是我军的生命线。坚持从思想上政治上建设和掌握部队，是我军建设的一条基本原则，是能打仗、打胜仗的根本保证。过去我们是这么做的，现在也必须这么做。要结合新的形势和任务，努力把思想政治建设抓得更加扎实有效，永葆人民军队性质、本色、作风，确保我军永远立于不败之地。

奠基——基因源自于党的先进性

“军叫工农革命，旗号镰刀锤头。”1927年9月，南昌起义爆发1个多月后举行的秋收起义中，工农革命军首次公开打出了党的旗帜。但是，当起义受挫后，部队伤亡增多，还有一些人不辞而别。队伍到达江西永新县三湾村时，原本5000余人的队伍，剩下不足千人。

这是一支以农民为主体的部队。在中国历史上，很多农民起义军就是这样溃散的。贺龙元帅后来回忆说："那时候的部队，就像抓在手里的一把豆子，手一松就会散掉。"

组织武装起义，创建人民军队，只是开始，更重要的是如何建设这支军队。毛泽东抓住了问题的症结所在。1927年9月29日晚，在三湾村"协盛和"杂货铺微弱的油灯下，毛泽东召开了中共前敌委员会扩大会议，决定对部队实行整顿和改编。村头那棵枝叶繁茂的大枫树下，毛泽东向士气低落的队伍宣布：部队缩编为一个团，团、营建立党委，支部建在连上，设立党代表；实行民主制度，连队建立士兵委员会……

支部建在连上，部队就有了灵魂。井冈山斗争时期发生的一件事，让罗荣桓元帅铭记一生。1928年7月，罗荣桓率三营下井冈山，夜间行军途中突遭袭击。眼看队伍被打散，他焦急万分。天亮后清点人数，结果只丢了一名担架兵。9月26日，部队返回井冈山，没想到当初失散的那名担架兵早就回山了。罗荣桓感慨万千：这次远征，行程数百公里，打了几十场仗，却没有一个开小差的，都是"三湾改编"改出的好气象。

然而，要把一支以农民为主体的武装改造成为党绝对领导下的新型人民军队，却是一项长期的艰苦工作。此时的红四军，主要由地方农民武装和国民党军队分化出来的旧军人两部分人组成。小私有者的狭隘观念和旧军队的习气，在部队中打下了很深的烙印。

1929年，经过艰苦奋战，红四军相继开辟了赣南和闽西根据地。随着形势的发展，红四军党内在如何建设军队的问题上出现了不同认识——

有的把党对红军的领导说成是家长制；有的认为军队的任务就是打仗，有枪杆子就行；有的不愿在艰苦的农村建立根据地，只想"走州过府"流动游击……

长期研究红军历史的古田会议纪念馆馆长曾汉辉介绍说，这些错误思想和错误倾向的背后，核心是三个问题：要不要坚持党对红军的领导、怎样领导？红军向哪里发展、怎样发展？完成什么任务、怎样完成？归结起来，就是建设一支什么样的军队、怎样建设军队。这是红军政治工作必须回答的紧迫课题。面对这个历史性课题，红四军在古田会议之前不到一年半的时间里，先后8次召开党代表大会，都未能形成共识，找到答案。

争论，引起了远在上海的中共中央高度关注。1929年9月，在给红四军的指示信中，党中央旗帜鲜明地肯定了毛泽东建立农村根据地的思想和建设新型人民军队的探索，明确指出红军由前委指挥是决不能动摇的原则，要求纠正一切不正确的倾向。

“红旗越过汀江，直下龙岩上杭。”根据中央九月来信精神，1929年12月28日至29日，红四军党的第九次代表大会在上杭县的古田镇溪背村召开。廖氏宗祠不大的厅堂内，当年会议代表们烤火留下的痕迹至今清晰可辨。围坐在暖意融融的炭火旁，代表们聆听毛泽东阐述建党、建军思想，一致通过了毛泽东主持起草的《中国共产党红军第四军第九次代表大会决议案》。以毛泽东为代表的中国共产党人，勇敢迈出了将马克思主义基本原理与中国革命具体实践相结合的铿锵脚步——

第一次以决议的形式确立了党对军队绝对领导的根本原则，使听党的话、跟党走成为官兵的崇高追求和必胜信念；第一次以决议的形式规定了我军的性质、宗旨和任务，解决了红军“为谁当兵、为谁扛枪、为谁打仗”的基本问题；第一次以决议的形式提出了我军官兵一致、军民一致、瓦解敌军的政治工作三大原则，为建立良好的内外关系提供了基本遵循；第一次以决议的形式阐明了军事与政治的关系，军事机关与政治机关的关系，奠定了我军政治工作的重要地位……

两万多字的古田会议决议，是思想交锋的结果，是经验教训的总结，更是开拓创新的典范。“从三湾改编到古田会议，我们党逐步确立了党对军队绝对领导的原则和制度，在军队中建立了强有力的、革命的、进步的政治工作。”回顾人民军队87年光辉历程，军事科学院研究员肖裕声说，“自从血脉中注入了党的先进性基因，我军的面貌焕然一新。党指挥枪，使人民军队英勇善战，所向无敌。”

“今日向何方，直指武夷山下。山下山下，风展红旗如画”——古田会议之后，《中国共产党红军第四军第九次代表大会决议案》确立的建军思想迅速越过闽西山峦，传遍各个根据地，成为指引整个红军建设的航标。

在古田会议精神光芒照耀下，一支新型的人民军队跃上了历史舞台，它从小到大，从弱到强，由星星之火渐成燎原之势，在中国历史的天空中划出一条与以往任何一支军队迥然不同的轨迹。

传承——军魂凝聚在党的旗帜下

越是伟大的思想，越经得起历史的检验。

80多年来，从万里长征到抗日战争、解放战争，从抗美援朝、保家卫国到参加支援社会主义建设和改革开放，虽然我军所处的时代、环境、条件和职能任务在变，但古田会议确定的方针原则从未过时，《决议》奠基的我军政治工作这条生命线穿越时空、熠熠生辉。

这是发生在长征途中的一幕——厚厚的积雪中高高擎起一只胳膊，拳头紧握。掰开拳头，里面是一张党证和一块银元。党证上写着："刘志海，中共正式党员，1933年3月入党。"

"这不是普通的党证和银元，这是红军坚定的理想和信念。"长征的亲历者和幸存者、居住在遵义城的百岁老红军王道金对此深有感触，"有了党的领导，红军就有了主心骨，就有了克服一切困难、压倒一切敌人的必胜信心。"长征中3次负伤的他，满怀胜利的希望，坚定地走完了漫漫征途。

两万五千里的远征，几多悲壮，几多豪迈。凝聚在党的旗帜下，王道金和战友们的这次远征，成为一部无与伦比的史诗；凝聚在党的旗帜下，王道金和战友们用鲜血和生命凝结而成的精神，化作超越时空的巍峨丰碑。

正是基于对中国革命斗争实践的思考和我军政治工作经验教训的总结，早在1932年7月，中共中央在给苏区中央局及苏区闽赣两省的信中就指出："政治工作在红军中有决定的意义……政治工作不是附带的，而是红军的生命线。"1944年4月，毛泽东在修改由谭政起草的《关于军队政治工作问题》的报告时，特意加写了一段关于"生命线"的论述，再次明确了"党对军队的绝对领导"作为建军和处理党、政、军、民关系的基本原则。1947年2月，中共中央发出指示，要求全军各级建立健全党委会，"以避免单纯的首长制所产生的一些错误"。1954年4月在审定即将颁布实施的《中国人民解放军政治工作条例（草案）》时，毛泽东又亲笔修改恢复了总则中"中国共产党在人民解放军中的政治工作是我军的生命线"的重要内容……

“不管时代如何发展，不论社会如何变化，古田会议精神始终是党所领导的人民军队永葆本色的根本。”国防大学副政委吴杰明介绍，1978年，全军政治工作会议将《决议》印发全军，作为政治工作的基本教材。1999年，全军政治工作会议再次强调要发扬古田会议精神。

从组织领导百色起义开始，经历了人民军队成长壮大历程的邓小平，对坚持党对军队绝对领导这一根本原则，有着非同寻常的感受。1975年，重新回到中央领导岗位的邓小平第一次在军队讲话开篇就说：“我们这个军队有好传统。从井冈山起，毛泽东同志就为我军建立了非常好的制度，树立了非常好的作风。我们这个军队是党指挥枪，不是枪指挥党。”

拨乱反正，正本清源，这支有着优良传统的军队又获得了新的自信与活力。

1989年11月，邓小平离开军委主席岗位之际，向全军指战员提出殷切期望：“我确信，我们的军队能够始终不渝地坚持自己的性质。这个性质是，党的军队，人民的军队，社会主义国家的军队。”

“雄伟的井冈山，八一军旗红，开天辟地第一回，人民有了子弟兵……”1995年春，江泽民沿着毛泽东创建人民军队的足迹，一路风尘从湖南来到江西。走过这片浸透着先辈鲜血的土地，江泽民语重心长地说：“一个军队要有军魂。我看，我们军队的军魂就是党的绝对领导。”此前的1989年12月，他在亲临古田视察时就指出，“我们抓党的建设，抓军队的建设，抓思想政治工作，就要按古田会议精神去做。古田会议决议是个宝，至今还有强大生命力，要温故知新，学而时习之。”

进入新世纪新阶段，面对新的形势和任务，面对我军人员构成的新变化，如何坚持人民军队的性质、本色和作风，使我军始终凝聚在党的旗帜下？胡锦涛强调，坚持党对军队的绝对领导，是我军建设和发展的首要问题。我们对这个问题要始终关注、抓住不放，任何时候任何情况下都不能有丝毫含糊和动摇……他在参观古田会议纪念馆后指出，古田会议强调要重视加强思想政治建设，这个精神至今仍有重要的现实指导意义。我们要继承和发扬古田会议精神，充分发挥思想政治工作这个优良传统和政治优势，确保党的政治任务的顺利完成。

坚持党对军队的绝对领导，犹如一条红线贯穿于人民军队成长壮大的全部历程。坚持政治工作生命线地位，成为军队建设正确方向的根本保证。

在福建省工作期间，习近平就多次到古田会议会址参观，大力倡导弘扬古田会议精神。担任中央军委主席后，习近平鲜明提出建设一支听党指挥、能打胜仗、作风优良的人民军队这一党在新形势下的强军目标；强调“党对军队的绝对领导，是我军的军魂和命根子，永远不能变，永远不能丢”。

从三亚军港到内蒙古边防，从酒泉卫星发射中心到驻闽部队……习近平反复叮嘱，思想政治建设是我军的根本性建设，必须始终摆在部队各项建设首位。军队思想政治建设的根本，是毫不动摇坚持党对军队的绝对领导。军队思想政治建设必须围绕强军目标，为全面加强我军革命化现代化正规化建设提供可靠政治保证、强大精神动力、有力人才支持，确保全军官兵始终在思想上政治上行动上同党中央、中央军委保持高度一致。

“我军各个历史时期制定的政治工作文献，都承传着古田会议的基因；思想政治工作的每一次重大改进，都体现着古田会议的神韵。”军事科学院研究员岳思平认为，正是在古田会议精神的指引下，我军思想政治建设在继承优良传统中发展，在把握时代课题中创新，始终呈现出鲜明的时代特色。

又是层林尽染的季节，当人们再次来到闽西群山环抱的古田小镇，追寻和聆听那血火交织、激情壮烈的奋斗足音，更加真切地体会到，85年前召开的古田会议，就如同春天到来前的奏鸣曲，在铸魂、固本的雄浑乐章中，凝聚起大地深处的滚滚激流，朝着同一个目标迸发奔涌。

跨越——力量凝聚在强军征途上

战争年代，艰苦奋战而不溃散；和平时期，迭经考验而不变色。

在人民军队的历史上，从来没有发生过成建制的部队叛变投降；从来没有一个内部野心家的阴谋能够得逞。每逢重大关头，人民军队总是以绝对的忠诚、纯洁、可靠，与党在思想上政治上行动上保持着高度的一致。

“政治工作生命线发挥了重要作用。”回顾历史，曾任遵义市政协副主席的94岁老红军李光说，因为有了党的领导，这支军队就有了崇高的革命理想和远大的政治目标，每个人都懂得了“为谁当兵、为谁打仗”的道理，从而形成了一切行动听指挥的优良传统，始终保持了高度稳定和集中统一。

传统在继承中发展，事业因创新而永恒。

“听吧，新征程号角吹响，强军目标召唤在前方……”今天，大江南北的座座军营，处处回荡着气势豪迈、震人心魄的《强军战歌》。古田会议所奏响的那昂扬奋进的乐章，仍然坚定有力地贯穿在这战歌的主旋律之中。

军魂永不变，军旗永向党。2012年12月5日，担任中央军委主席不久的习近平来到第二炮兵机关，亲切接见第二炮兵第八次党代表大会代表，谆谆告诫大家：要坚持从思想上政治上建设和掌握部队，坚持党对军队绝对领导的根本原则和制度，坚持不懈用中国特色社会主义理论体系武装官兵，持续培育当代革命军人核心价值观，弘扬我军光荣传统和优良作风，确保部队绝对忠诚、绝对纯洁、绝对可靠，永葆人民军队的性质和本色。

绝对忠诚，就是要始终不渝听党指挥，这是政治工作生命线作用的根本要求。行动上的自觉，来源于思想上的高度认同。2014年2月至4月，中央军委在国防大学连续举办三期高级干部学习贯彻习近平主席系列重要讲话精神研讨班。来自全军和武警部队的大区职领导、总部机关二级部主要领导和正军级单位主官齐聚一堂，原原本本学习党的创新理论最新成果，掌握强军兴军的强大思想武器，共谋国防和军队建设发展大计。

全军各级党委坚持把习近平主席系列重要讲话精神特别是国防和军队建设重要论述，作为党委中心组学习、干部理论轮训、思想政治教育的重要内容，科学安排、精心实施。按照总政治部部署安排，各级党委、党支部会议室统一悬挂毛泽东、邓小平、江泽民、胡锦涛、习近平重要题词指示。全军“投身强军实践、践行群众路线”先进典型报告团分赴各部队巡回宣讲，引导官兵坚定自觉信仰党的创新理论，肩负起强军兴军光荣使命。各部队坚持不懈抓好理论武装工作，引导官兵模范践行社会主义核心价值观，持续培育当代革命军人核心价值观，进一步打牢官兵高举旗帜、听党指挥的思想根基……

绝对纯洁，就是要永葆人民军队的本色作风，这是政治工作生命线作用的生动体现。

从井冈山时期的“三条纪律、六项注意”，到延河边《为人民服务》的著名演讲；从雷锋、李向群、杨业功等一代代军人的无私奉献，到急难险重任务面前万千官兵的奋不顾身……人民军队向来以纪律严明、作风优良闻名于世。

作风就是形象，作风显示力量。新一届中央军委组成伊始，就出台《中央军委加强自身作风建设十项规定》。军委领导到部队视察，出行不封路、活动不清场，进入营区不铺红地毯，会场不摆放鲜花，为全军作风建设树起了样板、立起了标杆。

抓自身作表率，抓部队见成效。按照“标准更高、走在前列”要求，全军部队深入开展党的群众路线教育实践活动。从解决基层官兵的实际困难到纠治发生在士兵身边的不正之风；从大力培育战斗精神到持续开展“下连当兵、蹲连住班”活动；从严格军车号牌管理，到开展基本建设项目和房地产资源普查；从建立巡视制度、开展巡视工作，到各级党委纪委强力肃贪反腐，治标治本一并抓，“老虎”“苍蝇”一起打……全军以上率下大抓作风建设，磨砺了党性，净化了灵魂，纯洁了队伍，部队的凝聚力战斗力得到了显著提升。

绝对可靠，就是要坚决完成党和人民赋予的使命任务，这是政治工作生命线作用的最终检验。

战场打不赢，一切等于零。党的十八大以来，全军各级牢固树立战斗力这个唯一的根本的标准，紧盯战争形态和作战样式演变、紧盯使命任务、紧盯未来战场，深入研究现代战争制胜机理，积极探索克敌制胜的招法对策，形成一批战法创新成果。

从远海大洋的立体攻防到盛夏酷暑的实兵对抗，从兵种部队跨区基地化训练到跨国联合军演，一年多来，全军各级组织的实兵对抗演习，实战化水平之高，为近几年来所罕见。

全部心思向打仗聚焦，各项工作向打仗用劲。四总部联合下发《厉行节约严格经费管理的规定》，要求按战斗力标准花钱办事，确保经费投向投量向能打仗、打胜仗聚焦。总后勤部研究拓展深化军事斗争后勤准备工作任务，举行卫勤、物油等实战化保障演练，充分发挥待遇制度的导向作用，坚持向新技术、高风险、核心战斗力岗位倾斜。总装备部全面深化军用标准化建设，向科学管理要战斗力，国防工业部门和全军装备战线聚力打胜仗，加速推进武器装备信息化，一批新型装备相继列装……人民军队遂行多样化军事任务的能力显著增强。

海上维权，他们冲锋在波峰浪尖；反恐维稳，他们战斗在危险一线；大地震颤，他们争先投身于抗震救灾战场……每逢党和人民需要，人民子弟兵总是挺身而出，冲锋在前。

雄关漫道真如铁，而今迈步从头越。

站在历史与现实的交汇点上回眸深望，85年前廖氏宗祠里的点点篝火仿佛仍在眼前闪耀，历史的声音仍在耳畔回响——

党对军队绝对领导，永远是我军不变的军魂！

思想建党、政治建军，永远是我党我军的制胜法宝！

古田会议的真理之光，必将照耀着人民军队在强军之路上阔步前行，政治工作生命线必将在实现中国梦强军梦征程上焕发出新的时代光彩。

（2014年10月27日1版头条）

人民军队生命线的时代丰碑

——全军政治工作会议召开的前前后后

■本报记者　张海平　欧世金　武天敏　伍正华　欧　灿
毛　俊　安普忠　新华社记者　李宣良

金秋闽西，彩眉岭上，“古田会议永放光芒”8个大字熠熠生辉。

85年前，我军政治工作在这里奠基，新型人民军队在这里定型。

85年后，我军政治工作的时代主题在这里确立——紧紧围绕实现中华民族伟大复兴的中国梦，为实现党在新形势下的强军目标提供坚强政治保证。

习近平主席亲自决策和领导在古田召开新世纪第一次全军政治工作会议，发表重要讲话，确立了新形势下政治建军的大方略，赋予我军政治工作新使命。

圣地古田，再一次对我军的前途和命运产生深远影响！

固本开新的政治运筹

在实现强军目标的进程中，政治工作应该发挥什么样的作用？这是习主席提出党在新形势下的强军目标后，一直思考的重大政治问题。

2013年5月，习主席视察成都战区时，郑重提出在适当时候召开全军政治工作会议。随后，在军队一次重要会议上，习主席亲自决策把这次会议的会址定在古田。

历史是最好的教科书。习主席曾先后19次来到闽西老区，7次来到古田调研，每次都是怀着敬仰之心来，带着许多思考走。

从历史烽烟走来。我们这支伟大的军队始终高擎“党指挥枪”的光辉火炬，赓续着“思想建党、政治建军”的红色血脉。这是我军区别于一切其他性质军队的最大特色，是我军战胜一切艰难险阻的最大优势，也是令一切敌人最惧怕我们的看家本领。

向未来征程走去。站在新的历史起点，肩负民族复兴的伟业，习主席提出党在新形势下的强军目标。党的方向就是军队的方向，党的任务规定军队的使命。实现强军目标、支撑强国伟业，这是新的历史条件下党和人民赋予我军的时代重任，也是军队政治工作的使命担当。

风卷红旗，雄关漫道。当年，我们从古田出发，一路披荆斩棘，闯关夺隘，从苦难走向辉煌。今天，我们重整行装再出发，面对的是新的关头，迎接的是新的大考。

党的十八大以来，习主席多次郑重指出，我们正在进行具有许多新的历史特点的伟大斗争。他谆谆告诫，政治工作永远是我军的生命线。实行革命的政治工作，必须洞察世界与中国、社会与军队的深刻变化，牢牢把握我军生存发展的政治命脉。

领袖的思考深邃高远，统帅的决策意蕴深长——

我们这支军队永远面对“两个战场”，既要打赢军事仗，又要打赢政治仗。85年前，红军在古田完成了思想的淬火和精神的洗礼，首先打赢的是一场清除各种非无产阶级错误思想的政治仗。从此，人民军队浴火重生，前赴后继，打败一切强敌，为民族独立、人民解放建立了不朽的历史功勋。85年后，军事斗争准备任务艰巨繁重，意识形态领域斗争尖锐复杂，“颜色革命”暗流涌动，铸魂与“蛀”魂、固根与“毁”根的较量更加激烈。军事不过硬一打就垮，政治不过硬不打自垮。没有政治上的坚不可摧，就没有军事上的所向披靡；只有闯过灵魂深处的激流险滩，才能直面未来战场的刀山火海。

我们这支军队永远要答好“两张考卷”，既要革弊，又要鼎新。85年前，红军在古田革除的是旧军队的积弊，开天辟地创造了马克思主义与中国革命实际相结合的建党建军原则。走进和平年代，我们这支当年用无数烈士鲜血和生命锻造出来的雄师劲旅，面临着“醉太平”的严峻考验。永葆能征善战的英雄品格和一往无前的战斗精神，必须清除思想的锈蚀、防止精神的懈怠。远离苦日子过上好日子，我们这支在艰苦岁月中百炼成钢的队伍，随着社会物质的极大丰富和生活水平的水涨船高，享乐主义的诱惑变得一天比一天更具挑战。荡涤作风的污垢，割除腐败的毒瘤，铲除滋生腐败的土壤，攸关党和军队的前途命运和生死存亡。

善治病者，必医其受病之处；善救弊者，必塞其起弊之源。习主席指出，军队建设特别是思想政治建设方面存在的突出问题令人警醒。全军上下要从政治工作的角度进行反思，共同研究怎么认识这些问题、怎么对待这些问题、怎么解决好这些问题，特别要高度重视和严肃看待徐才厚案件，深刻反思惨痛教训，彻底肃清恶劣影响。

到古田去，接受思想和精神的洗礼！这是历史的昭示、时代的呼唤，也是全军上下的热切期待。

习主席对在古田开好全军政治工作会议高度重视，作出一系列重要指示。

——关键是要总结好传统、好经验、好做法，要查摆突出问题，深刻剖析原因，提出解决问题的有效举措。

——要在政治工作的发源地进行情景教育，寻根溯源、正本清源，传承红色基因，不忘本、不迷途，从历史中汲取前进的智慧营养。

——要对照我军政治工作的优良传统，贯彻整风精神，把自己放进去，强化问题导向，分析查找思想政治建设存在的突出问题，加强和改进新形势下军队政治工作，把全军的意志力量凝聚在实现强军目标上……

习主席一系列重要指示，赋予这次全军政治工作会议深厚的历史承载、深刻的现实意义、深远的政治意蕴，充分体现了对新形势下党从思想上政治上建设军队的深邃思考和战略筹划。

直面问题的使命自觉

共产党人的革命品格是直面问题，共产党人的看家本领是调查研究。

习主席和中央军委科学把握时代变革和实践发展的新要求，始终关注和思考着军队政治工作的重大理论和现实问题。习主席亲自领导会议筹备工作，亲自审定会议方案，确定主题和基调；亲自深入部队调研，明确政治工作全局指导上的重大问题；亲自听取会议文件起草情况汇报，审阅和修改会议文件，对加强和改进新形势下我军政治工作的重大决策部署给予有力指导。

中央军委副主席范长龙、中央军委副主席许其亮带头贯彻习主席重要指示精神，从会议文件起草到会议议程安排，从会议主题确立到会风文风改进，每个重要阶段都当面听取汇报，重要问题带领大家反复讨论研究，多次下部队调查研究，具体指导推动会议筹备各项工作展开。

理论指导实践，思想引领行动。筹备这次全军政治工作会议，最鲜明的特点就是把筹备会议的过程作为深入学习贯彻习主席系列重要讲话精神、用中国梦强军梦凝聚军心意志的过程，作为传承红色基因、恢复发扬优良传统的过程，作为研究解决突出问题、推动政治工作创新发展的过程。

坚持用习主席系列重要讲话精神统一思想和行动，一系列思想理论和舆论宣传准备工作相继展开。

——接连举办三期高级干部理论学习研讨班，组织学习贯彻习主席系列重要讲话精神专题研讨，编印《党在新形势下的强军目标》等基本教材，广泛开展“坚定信念、铸牢军魂”“牢记强军目标、献身强军实践”教育活动。

——编发《习主席关于军队政治工作重要论述摘编》《全军政治工作会议参阅材料》，摄制专题文献资料片《古田会议铸军魂》，召开全军纪念古田会议85周年理论研讨会。

——军队媒体推出“走进古田·追寻红色记忆”“回眸生命线”等专题专栏，突出宣传杨业功、郭毅力、满广志、海军某潜艇基地等一批重大典型，举办知识征答、建言献策、调研征文等活动。

全军上下掀起了寻根古田热、调查研究热。在新型人民军队定型的地方，将士们思考着怎样给这支军队“塑型”。在强军兴军火热实践中，官兵们思考着怎样给生命线注入新的生机活力。

问题是时代的声音，也是时代的钥匙。奔着重大现实问题去，创造性地解决问题，正是我军政治工作生命力最强劲的脉动。

会前的调查研究，事关会议的质量效果。调研一开始，军委领导就明确定调：“集体问责、集体开方”。

“问责”二字，彰显使命自觉，考验责任担当！刀口向内的勇气有多大，祛除病根的力度就有多大。

“开方”二字，明确工作要求，检验实际成效！探求就里的作风有多实，兴利除弊的药方就有多灵。

会议筹备工作，紧紧结合党的群众路线教育实践活动一同推进，什么问题官兵反映最强烈、最突出，就重点研究什么问题、解决什么问题。全军各级按照习主席“标准更高、走在前列”的要求，坚持领导带头、上下联动，深刻剖析检查，着力解决问题，对形式主义、官僚主义、享乐主义、奢靡之风的陋习积弊进行大排查、大检修、大扫除。全军近千名军以上领导、数万名团以上干部结合下连当兵、蹲连住班，深入官兵接地气，俯下身子察实情，认真倾听官兵呼声，获取大量第一手材料，为会议召开提供了深入扎实的问题准备。

会议筹备期间，一场战斗力标准大讨论在大江南北座座军营如潮如涌。习主席强调：坚持从思想上政治上建设部队，是我军能打仗、打胜仗的政治保证。人民军队强就强在这一点。聚力强军之要，思想政治工作就会在打赢中彰显巨大威力。各级党委和政治机关着力调研解决影响制约战斗力生成的重难点问题，推动战斗力这个唯一的根本的标准在军队各项建设中立起来、落到位。向“和平积弊”开刀，向“和平兵”“太平官”观念宣战，向训为看、演为看的花架子假把式问责，展开了一场深刻的思想交锋，充分体现了政治工作直面问题的革命品格。

会议文件起草，树立鲜明的问题导向，坚持破立并举，把提出问题与解决问题有机衔接起来。会议文件起草组带着54个重点课题，深入全军各战区100多个旅团以上单位调研，召开58个座谈会，当面听取200多名军以上干部意见。围绕加强军队党员领导干部纪律约束、规范作战部队指挥军官任职资格、落实军队干部任职回避制度、严格军队领导干部秘书管理、做好新形势下选人用人工作监督等问题，研究制定提交全军政治工作会议讨论的7个法规制度文件。

各大单位专门召开常委会讨论会议文件，写出专题报告，提出200多条意见建议。

集体会诊，揽镜自照，建言献策。调研不断深入，实践不断发展，认识不断提升，关于开好这次会议的总体把握日渐清晰——

根本的立意，是用习主席系列重要讲话精神引领军队建设；

贯彻的主线，是围绕实现强军目标发挥政治工作生命线作用；

鲜明的指向，是以整风精神研究解决重大现实问题；

把握的基调，是在传承特有政治优势基础上创新发展。

把脉时弊，聚焦强军，继往开来。为期一年多的会议筹备过程，着眼研究解决党从思想上政治上建设军队的重大现实问题，为不良政治生态画了像，给军队做了“大体检”，释放了重整行装、重振纲纪的强烈信号。

整风精神的生动实践

秋日的古田，天高云淡，金风送爽。10月30日至11月2日，全军政治工作会议在福建省上杭县古田镇召开。习主席亲率400多名会议代表，来到我军政治工作的发祥地。

习主席的日程安排得满满当当：接见会议代表，参观古田会议会址和纪念馆，瞻仰毛主席雕像，接见老红军、军烈属代表，与基层代表同吃“红军饭”，观摩“红色印迹——红军标语展示”，出席会议并发表重要讲话……

这是寻根溯源、温故知新之旅——

古田会议会址古朴圣洁。在这里，习主席同全体中央军委委员和会议代表，分别留下了意义深远的合影。“在古田会议召开85周年之际，我们来到这里，目的是寻根溯源，深入思考我们当初是从哪里出发的、为什么出发的……”体悟习主席这番语重心长的话，代表们更加感受到这次会议必将对军队建设产生重大而深远的历史影响。

毛主席纪念园庄严肃穆。习主席沿着151级台阶拾阶而上，向毛泽东雕像敬献花篮，深情整理花篮上的缎带，带领大家向毛泽东雕像三鞠躬，缅怀老一辈革命家的丰功伟绩。代表们深有感触地说，习主席带领我们来到这里，就是再一次郑重地宣示：我们这支队伍，将永远传承革命血脉，高举先辈的旗帜，完成民族复兴的伟业。

星星之火，可以燎原。在古田会议纪念馆，在“红色印迹——红军标语展示”展板前，习主席凝神观看一件件文物、一组组数字、一条条标语，同会议代表一起重温党领导创建新型人民军队的峥嵘岁月，感悟战争年代政治工作的强大威力。在情景教育的浓厚氛围中，代表们深受触动，进一步升华了对生命线地位作用的认识，增强了做好政治工作的责任感使命感。

这是汲取营养、传承血脉之旅——

习主席始终牵挂着革命老区，牵挂着老区人民。这次来古田，习主席专门把10位老红军、军烈属和“老地下党员、老游击队员、老交通员、老接头户、老苏区乡干部”代表请到古田党员干部教育基地，同他们亲切座谈。习主席动情地说，我们永远不要忘记老区，永远不要忘记老区人民，要一如既往支持老区建设，关心老红军、“五老”同志和军烈属的生活，经常听取他们的意见和建议，请他们言传身教，确保革命传统和优良作风薪火相传。

同吃“红军饭”，共话好传统。餐桌上，习主席同11名基层代表围坐在一起边吃边谈。他叮嘱大家，青年一代是党和军队的未来和希望，革命事业靠你们接续奋斗，优良传统靠你们继承发扬。要带头学传统、爱传统、讲传统，带动部队官兵传承好红色基因、保持老红军本色。

习主席对革命传统的躬身传承，对会议代表是无声的感召、有力的引领。代表们学历史文献、听传统讲座、看红色影片，自发为革命老区“五老”人员捐款，深刻领悟习主席要求继承“11个坚持”优良传统的政治意蕴，纷纷表示，一定要珍视和用好这些革命的“传家宝”，把先辈们用鲜血和生命铸就的优良传统一代代传下去。大家自觉按照习主席要求，用老红军的样子严格要求自己，认真落实中央八项规定和军委十项规定精神，不设宴，不摆酒，从将军到基层代表一律吃自助餐；不摆花，不插彩旗，不挂欢迎标语；不铺张，不扰民，会议代表自带洗漱用品……会议简朴求实，会场清风扑面。

这是整风整改、正本清源之旅——

整风精神是我们党严肃纲纪的重要法宝。会议一开始，就向全体代表通报徐才厚严重违纪违法案件，为会议奠定了整风肃纪的鲜明基调。

习主席发表的重要讲话，是会议的“魂”和“纲”。讲话直击要害、振聋发聩、语重心长，饱含着对军队存在问题的忧心和革弊鼎新的决心，饱含着爱军队、忧军队、强军队、护军队的真挚情怀和深切期望。

习主席指出的10个方面突出问题和深刻教训，引起与会代表的强烈震撼。大家在讨论中向问题宣战，检讨反思，激浊扬清，会场发言充满浓烈的辣味、火药味。许多同志说，经受了一次集体的党性锤炼和精神洗礼，清醒了头脑，看到了差距，明确了整改方向。与会代表深刻学习领会习主席重要讲话，统一了思想，凝聚了共识。

——把理想信念在全军牢固立起来。代表们列举种种现实表现，深刻剖析理想信念动摇是最危险的动摇、理想信念滑坡是最危险的滑坡。大家认为，信仰缺失，精神迷茫，世界观人生观价值观扭曲，这既是一个突出问题，也是引发其他问题的根子。种种以权谋私，贪污受贿，不择手段捞钱敛财的腐败行为，都是因为理想信念这个“总开关”出了问题。崇高的理想、坚定的信念，是革命军人的灵魂和安身立命之本，是战胜困难、抵御诱惑的决定性因素。坚定官兵理想信念，是我军政治工作的重大时代课题，我们必须把它当做固本培元、凝魂聚气的战略工程来抓。

——把党性原则在全军牢固立起来。代表们联系本单位和个人思想实际谈到，坚持党性原则，是政治工作的本质要求。当前，要坚决反对好人主义和庸俗化倾向，反对任人唯亲唯利，搞小山头小圈子小团伙，甚至结党营私。坚决反对搞个人主义、自由主义，目无组织目无纪律。坚决反对耍特权，搞特殊化，甚至无所顾忌、无法无天。我们必须用好批评和自我批评这个利器，增强党内生活的政治性原则性战斗性，强化角色意识和政治担当，要把坚持真理，敢于同形形色色违反党性原则的人和事作斗争落实到实际行动中。

——把战斗力标准在全军牢固立起来。代表们结合军事斗争准备的繁重任务和执行多样化军事任务实践，更加感到政治工作本身就是战斗力的构成因素，对于战斗力的形成和发挥起着十分重要的作用，使命责任重大。坚持战斗力标准，就是坚持实践是检验真理的唯一标准，就是坚持实事求是思想路线在军事领域的具体体现。决不能搞形式主义、官僚主义，做表面文章、弄虚作假；决不能不作为不担当，文恬武嬉，玩物丧志；决不能搞本位主义、分散主义，画地为牢、尾大不掉。我们要在工作中走出自我设计、自我循环、自我检验的“怪圈”，不断探索政治工作服务保证战斗力建设的作用机理，切实以刚性措施推动战斗力标准硬起来、实起来。

——把政治工作威信在全军牢固立起来。代表们从政治工作的角度深刻反思教育者本身受教育不够，对领导干部管理失之于宽、失之于软，监督体系功能没有得到有效发挥，制度建设存在漏洞的教训。大家一致认为政治干部的表率作用，本身就是最好的政治工作，行胜于言。我们要回到身教重于言教、言行一致、以身作则、以上率下等基本原则上来，把真理力量和人格力量统一起来，决不能当口是心非、言行不

一、阳奉阴违的“两面人”。要从永葆我军性质、宗旨的高度深刻认识树立政治工作威信的重要性、必要性、紧迫性，自觉做到取信于兵、取信于民，巩固发展团结友爱和谐纯洁的内部关系，巩固发展坚如磐石的军政军民关系。

触动之中倍感振奋，忧心之中更添信心。像春雷响彻原野，像春雨滋润心田。代表们由衷感慨，参加这次会议，是一次整风精神的生动实践，是一场触及灵魂的思想洗礼。

伟大征程的崭新起点

万山红遍，层林尽染。方略既定，三军疾进。

当年，古田会议作为革故鼎新的分水岭，在我军发展壮大的历史上矗立起思想建党、政治建军的伟大丰碑。

今天，以这次全军政治工作会议为标志，我军政治工作站上了新的起点，开始了新的伟大征程。

习主席重要讲话立足党和国家事业全局，对军队政治工作作出新部署，深刻阐明了政治工作的时代方位，明确了政治工作的时代主题、指导原则、重点任务和实践要求，把我军政治工作的理论和实践提升到了新境界、推向了新舞台，是党的军事指导理论的重大创新成果，闪耀着马克思主义的真理光芒、时代光芒，为强军兴军提供了强大思想武器和科学指南。

中央军委围绕政治工作时代主题作出重大部署，要求四总部把习主席在全军政治工作会议上的讲话提出的若干重要任务，分解到具体部门和单位，明确标准、时限和责任，逐项逐事抓好落实。经中央军委批准，总政下发通知，要求全军和武警部队认真学习贯彻全军政治工作会议精神。四总部相继召开专题会议，第一时间传达学习习主席重要讲话，对学习贯彻会议精神作出部署。各部队纷纷召开党委会、干部大会、军人大会，紧密结合部队实际和正在做的工作，把会议精神及时传达给官兵、落实到基层。各级把学习贯彻全军政治工作会议精神特别是习主席重要讲话，作为重大政治任务和长期战略任务，以高度的政治自觉和务实的有力举措，迅速兴起学习宣传贯彻的热潮。

——从古田再出发，我们必须着力抓好铸牢军魂工作。坚持不懈地用习主席系列重要讲话精神武装全军，持续开展习主席系列重要讲话精神学习调研活动，筹备举办全军高级干部学习贯彻全军政治工作会议精神研讨班，扎实抓好党委中心组学习、理论轮训和院校“三进入”工作。全面贯彻落实党对军队绝对领导的一系列根本原则和制度，坚决抵制“军队非党化、非政治化”和“军队国家化”等错误政治观点的影响侵蚀，确保党指挥枪的原则落地生根。以践行强军目标、争做“有灵魂、有本事、有血性、有品德”新一代革命军人为主要内容研究部署主题教育，评选表彰践行强军目标标兵，抓好坚定理想信念战略工程，进一步打牢官兵高举旗帜、听党指挥、履行使命的思想政治基础。

——从古田再出发，我们必须着力抓好高中级干部管理。按照“对党忠诚、善谋打仗、敢于担当、实绩突出、清正廉洁”的标准把好干部选出来、任用好，确保枪杆子永远掌握在忠于党的可靠的人手中。强化党组织管班子、管干部的功能，深化民主集中制学习教育，完善和落实党委工作有关规定，狠抓组织生活制度规范落实。严肃党内政治生活，制定和落实军队党内政治生活要则，指导各级开好党委常委民主生活会，严格落实党员领导干部参加党的组织生活的规定。召开全军干部工作会议，研究部署培养选拔优秀年轻干部、做好体制编制调整干部工作、纠正选人用人不正之风等任务，不断推进干部政策制度调整改革。

——从古田再出发，我们必须着力抓好作风建设和反腐败斗争。制定和落实深化“四风”整治、巩固和拓展党的群众路线教育实践活动成果的意见，修订完善一系列政策法规，推动抓作风常态长治。以“三严三实”专题教育为载体，重点围绕习主席指出的10个方面问题，下大力整顿思想、整顿用人、整顿组织、整顿纪律，清理纠治思想政治领域的积弊。以徐才厚、谷俊山等案件为反面教材，广泛开展警示教育，认真搞好清查清理，彻底肃清徐才厚案件造成的恶劣影响。严格执行党员领导干部纪律约束规定，加大纪检、监察、巡视、审计力度，打造严密的反腐网络体系，绝不能让腐败分子在军队有藏身之地。

——从古田再出发，我们必须着力抓好战斗精神培育。贯彻落实战斗精神培育意见，建立完善培育长效机制，把培育工作贯穿到部队建设的方方面面。加强马克思主义战争观和我军根本职能教育，解决好官兵为谁扛枪、为谁打仗，当兵干什么、练兵为什么等根本性问题。召开全军文艺工作座谈会，加强军事文化建设，打造具有浓厚军味、兵味、战斗味的强军文化，激励官兵养武德、塑武魂、扬武威。坚持从难从严从实战要求出发摔打部队，依托重大军事实践活动，锤炼指挥员战斗员的意志品质，切实砥砺一不怕苦、二不怕死的军人血性和战斗作风。

——从古田再出发，我们必须着力抓好政治工作创新发展。研究信息网络时代政治工作特点规律，办好办活政工网，积极引入和用好互联网，建设信息化政工、大数据政工。坚持依法指导、依法办事，完善政治工作法规体系，推动政治工作走上法治化轨道。加强标准化建设和流程化精细化管理，改进工作指导方式和运行模式，不断提高政治工作的科学化水平。扎实开展“争创先进政治机关、争当优秀政治干部”活动，搞好集中整顿整治，改进优化培养培训体系，努力建设对党绝对忠诚、聚焦打仗有力、作风形象良好的政治机关和政治干部队伍。

从风雪高原的边防一线，到远海大洋的护航编队；从龙腾虎跃的实战化演兵场，到勇攀科技高峰的科研院所；从枕戈待旦的导弹发射阵地，到如火如荼的国防施工现场……大江南北的座座军营，涌动着学习宣传贯彻会议精神的滚滚热流，凝聚起加强和改进政治工作的磅礴力量。

精神火炬，穿越时空。新的征程，任重道远。

85年前的古田会议，引领我军从苦难走向辉煌。85年后习主席亲自决策和领导召开的新的古田会议，必将引领我们夺取具有许多新的历史特点的伟大斗争的胜利，走向实现中国梦强军梦的光辉未来！

（2014年12月1日1版）

政治建军的时代新篇

——《关于新形势下军队政治工作若干问题的决定》诞生记

■本报记者　欧世金　欧　灿　新华社记者　曹　智　李宣良

梦想在召唤，使命催征程。

党的十八大以来，在党中央、中央军委和习近平主席坚强领导下，人民军队继往开来、砥砺前行，站在了新的历史起点上。

面对国内外形势深刻复杂变化，怎样保持人民军队的性质和本色，怎样使我军适应能打仗、打胜仗的要求，怎样确保全军始终坚持党对军队的绝对领导？

这是新形势下做好军队政治工作必须回答的时代课题。

2014年12月30日，中共中央向全党全军转发《关于新形势下军队政治工作若干问题的决定》。这份由习近平主席亲自领导和主持起草形成的重要文件，着力回答和解决了在新的历史条件下党从思想上政治上建设军队的重大问题，汇聚了在古田召开的全军政治工作会议的重要成果，凝结着习主席建军治军的雄韬伟略，闪耀着马克思主义的真理光芒。

重整行装，从古田再出发。走过87年辉煌历程的人民军队，必将在决定精神指引下谱写政治建军的时代新篇。

时代呼唤　战略举措

——确定召开全军政治工作会议和制定决定，是习主席和中央军委着眼推进强军伟业作出的重大决策。

历史总是在演进中发展，事业总是在接力中前行。

党的十八大后，以习近平同志为总书记的党中央向全党全军全国各族人民发出了实现中国梦的时代号召，向全军发出了实现强军梦的时代号召，标注了党和军队事业建设发展的新高度，把人民军队政治工作推上了新的实践舞台。

2013年5月，习主席在视察成都战区时，郑重提出在适当时候召开全军政治工作会议，并明确提出到古田召开这次会议，以更好弘扬我党我军的光荣传统和优良作风。6月，总政治部向中央军委提交《关于筹备召开全军政治工作会议的请示》，提出要通过召开会议形成一个指导性文件。习主席随即批示同意，明确要求这个文件要充分体现深厚的历史积淀和政治意蕴，能够管一个时期，起到历史性作用。

总政迅速抽调精干力量组成文件起草组，历时一年多的广泛调研和文件起草工作，由此拉开帷幕。

——党中央、习主席开启强军兴军新的伟大征程，为制定决定提出了明确要求。

着眼实现中华民族伟大复兴中国梦，习主席鲜明提出了党在新形势下的强军目标——建设一支听党指挥、能打胜仗、作风优良的人民军队。

实现党在新形势下的强军目标，赋予政治工作新的时代内涵。军队政治工作只有与强国兴邦、强军兴军紧扣起来，才能促进形成同心筑梦、合力圆梦的生动局面。

我们党正带领人民进行具有许多新的历史特点的伟大斗争，我军建设所处的时代条件和历史方位发生深刻变化，确保党从思想上政治上建设和掌握军队尤为紧要。

新的形势任务和机遇挑战，要求政治工作只能加强不能削弱，只能积极作为不能被动应对。必须以高度的政治自信和定力，坚持用党中央、习主席为我们立起的精神旗帜和强军目标引领建设发展，汇聚强军兴军的磅礴力量，确保军队任何时候任何情况下坚决听从党中央、中央军委和习主席指挥。

时代给出的重大课题，历史赋予的使命担当，为起草文件明确了时代坐标，拓宽了战略视野。

——习主席关于党从思想上政治上建设军队的重要论述，为制定决定确立了根本遵循。

政治工作是我军的最大特色和最大优势。在强军兴军征程中，政治工作生命线作用如何发挥？这是习主席一直思考的重大问题。

必须围绕听党指挥，坚持不懈用党的科学理论武装官兵，毫不动摇坚持党对军队绝对领导的根本原则和制度，确保部队绝对忠诚、绝对纯洁、绝对可靠。

必须围绕能打胜仗，牢固确立战斗力这个唯一的根本的标准，紧贴军事力量建设和运用积极作为，在强化服务保证作用中彰显威力，确保部队召之即来、来之能战、战之必胜，完成党和人民赋予的使命任务。

必须围绕作风优良，坚持人民军队性质、宗旨、本色，贯彻依法治军、从严治军方针，发扬艰苦奋斗精神，锻造铁的纪律，纯正部队风气，巩固发展良好内外关系，确保我军血脉永续、根基永固、优势永存。

习主席关于军队政治工作的一系列重要论述，丰富发展了政治工作理论和实践，确立了新形势下政治建军的大方略，充分体现了继承发扬我军政治工作优良传统的深邃思考，体现了对围绕强军目标加强思想政治建设的战略运筹，为起草文件指明了方向，提供了科学依据。

——习主席亲自决策在古田召开全军政治工作会议的深远考量，为制定决定赋予了丰富内涵。

历史之源蕴含着丰富的精神营养。85年前，我军政治工作在古田奠基，新型人民军队在古田定型。如今重回古田召开这次会议，本身就是弘扬传统、解决问题、开创新局的政治宣示，也内在地规定了决定的历史承载和政治意蕴。

寻根溯源，赓续血脉。重回古田，就是要传承红色基因，强固政治根基，迎接时代条件发展、多元文化影响、官兵成分变化带来的新挑战。

整风肃纪，永葆先进。重回古田，就是要弘扬当年的整风精神和战斗风格，以踏石留印、抓铁有痕的劲头，解决思想上组织上作风上存在的突出问题。

改革创新，开拓进取。重回古田，就是要汲取古田会议的创新品质和奋进动力，在国家和军队全面深化改革的浪潮下，适应新形势，实现新发展。

回望源头，汲取智慧营养；面向未来，思考使命担当。

2014年10月31日，习主席专程来到闽西古田，出席正在这里召开的全军政治工作会议，带领大家一起重温我党我军光荣历史和优良传统，接受思想启迪和精神洗礼。习主席在会议上发表了十分重要的讲话，明确提出军队政治工作的时代主题，强调加强和改进新形势下我军政治工作，最紧要的是把理想信念、党性原则、战斗力标准和政治工作威信4个带根本性的东西在全军牢固立起来，为强军兴军提供坚强政治保证。

正本清源，革弊鼎新。新形势下军队政治工作的时代主题鲜明了，最紧要的任务明朗了，着力改进和创新的方向更加清晰了。

习主席在全军政治工作会议上的重要讲话，为新形势下加强和改进军队政治工作贯注了魂、提起了纲。起草和出台决定，成为贯彻落实讲话精神的重大举措。

集中智慧　凝聚共识

——直面现实挑战，探寻破解之策，决定起草过程成为正视矛盾问题、加强和改进政治工作的过程。

“要总结好传统、好经验、好做法，要查摆突出问题，深刻剖析原因，提出解决问题的有效举措。”

这是习主席的明确要求，也是全军上下的共同期待。

习主席亲自确定全军政治工作会议的主题基调，亲自审阅决定起草提纲，多次作出重要指示，倾注大量心血，自始至终给予坚强有力领导。

文件起草进入攻坚阶段，2014年10月16日，习主席阅看决定送审稿后专门听取汇报。他强调指出，要处理好继承传统和改革创新的关系，处理好破和立的关系，处理好政治建军和政治工作业务的关系。这个决定，就是使我们头脑中的政治思想意识强化起来。

中共中央政治局委员、中央军委副主席范长龙，中共中央政治局委员、中央军委副主席许其亮，对贯彻落实习主席重要决策指示、筹备开好会议、起草好决定非常重视，多次深入部队调研，听取机关意见建议，提出明确具体要求。

2014年10月9日，中央军委召开专题会议，讨论研究会议筹备和文件起草工作，各位军委委员提出许多重要意见。

10月29日，在决定讨论稿正式提交全军政治工作会议代表讨论前夕，习主席又通篇仔细审阅，亲笔作出许多重要修改。

从炎炎夏日到三九隆冬，从春暖花开到十月金秋，在习主席领导下，文件研究起草工作紧锣密鼓展开，起草过程成为正视现实矛盾问题，加强和改进政治工作的过程。

——学习贯彻习主席重要讲话精神贯穿起草工作始终。

起草组首先在掌握思想武器上下功夫，系统学习马克思列宁主义、毛泽东思想、邓小平理论、“三个代表”重要思想、科学发展观，突出学习习主席系列重要讲话精神特别是国防和军队建设重要论述，努力掌握理论的根和脉，掌握立场观点方法。

起草组先后编印习主席在军队和地方重要讲话文稿、我军政治工作史上重要文件资料，梳理汇总近10年来总政机关重要研究成果和部队创新政治工作的经验做法，共13本近300万字。

起草过程中，大家加强理论武装，跟进学习习主席最新重要讲话，系统学习研究政治工作经典文献和政策法规、党的重要会议精神等，深入开展研讨交流，切实把握根本遵循，为文件起草提供厚实的理论支撑。

——深入调查研究、直面问题弊端贯穿起草工作始终。

习主席在指导会议筹备和决定起草期间，多次深入部队就政治工作全局指导上的重大问题进行调研。他反复强调，要对照我军政治工作的优良传统，贯彻整风精神，把自己放进去，强化问题导向，分析查找思想政治建设存在的突出问题。军委领导多次明确要求，注重问题检讨反思，体现真抓真解决的硬决心。

问题是时代的声音，问题是工作的向导。起草组深入领会习主席重要指示，紧扣部队建设实践，列出54个重大课题，委托机关、部队和院校分别进行研究攻关。先后到全军100多个旅团以上单位调研，与不同层次领导、机关和不同类型、驻不同地区部队座谈讨论，召开58个座谈会，当面听取200多名军以上领导干部意见。

深究实际，找问题背后之问题；建献良策，提方法之上之方法……起草组在全军政工网开辟专栏，在网上公开征集部队官兵对加强和改进政治工作的意见建议。一年多来，官兵网上建言献策2万多条。

强化问题指向，问计部队官兵。起草组系统研究政治工作领域存在的突出矛盾问题，认真分析官兵的意见建议，查找梳理出19个方面83个现实问题表现和85个工作指导、政策制度方面的问题。

广泛深入的调查研究，实事求是的问题导向，为文件起草丰富了实践依据。

——充分发扬民主、广泛听取意见贯穿起草工作始终。

举总政之力，集全军之智。起草组坚持高标准、深下去、多碰撞、不怕反复，使文件起草过程成为发扬民主的生动实践，成为推动部队研究探索新形势下政治工作特点规律的有效载体。

2014年初，总政就文件主题、框架和需要解决的突出问题，征求全军各大单位政治部意见。3月，形成文件提纲后，又听取军委领导的指示和全军各大单位主要领导的意见。6月，形成文件初稿后，再分别征求各大单位党委常委、四总部党委委员、军委办公厅领导和有关老同志意见。期间，还3次征求中央和国家机关有关领导同志的意见，召开4次专题座谈会听取部队领导和专家学者的建议。

如此多轮次、大范围征求意见，幅度之广、力度之大，在我军政治工作史上是不多见的。各级领导和机关都以高度负责的精神，深入调研思考，提出了很多重要的意见建议。

讨论，研究，修改；再讨论，再研究，再修改……起草组先后集中研讨上百次，文件数十易其稿，力求鲜明准确精炼。

这是一个历史性时刻——2014年10月30日，备受瞩目的全军政治工作会议隆重开幕。散发着浓浓墨香的《关于新形势下军队政治工作若干问题的决定》（讨论稿），摆在了400多名与会代表的坐席前。

决定是会议精神的重要载体，讨论修改决定是会议的重要任务。会议期间，代表们紧紧围绕学习贯彻习主席重要讲话精神深化思考研究，注重立足强国强军的战略全局深化思考研究，把决定与配套文件联系起来深化思考研究，在强化主体意识和责任担当中深化思考研究……

习主席在全军政治工作会议上的重要讲话，是三军统帅的政治宣示，是人民军队的时代宣言。学习领悟讲话精神，起草组对文件再次作出修改，充分体现讲话提出的新思想新观点新论断新要求，丰富了时代内涵，凝聚起三军共识。

旨深意远　固本开新

——决定对加强和改进军队政治工作作出全面部署，必将引领我军政治工作焕发出新的生机和威力。

实践启迪真知，历史昭示未来。

回眸历史，每当党和军队事业发展进入关键阶段，都要召开全军性会议，集中研究政治建军的重大问题，制定政治工作指导性文件。

从85年前的古田会议决议，到1944年《关于军队政治工作问题的报告》；从1987年《关于新时期军队政治工作的决定》，到1999年《关于改革开放和发展社会主义市场经济条件下军队思想政治建设若干问题的决定》……指导我军政治工作的纲领性文献，都以抓住时代主要矛盾、回答时代重大课题而载入史册。

站在历史与未来的交汇点上，凝聚着习主席和全军智慧心血的《关于新形势下军队政治工作若干问题的决定》，对于弘扬我军政治工作的光荣传统和优良作风，在强军兴军征程中更好发挥政治工作生命线作用，具有重大而深远的指导意义。

——鲜明确立了强国强军征程中我们党政治建军的根本原则。

决定把习主席的战略判断和战略部署，作为谋划政治工作的根本依据；把习主席对军队的政治要求，确立为政治工作的方针原则和制度安排；把习主席强调指出的重大问题，明确为加强和改进政治工作的重中之重；把习主席的决策指示，转化为政治工作的思路举措，落实到部队建设的方方面面。

85年前的古田会议决议，确立了思想建党、政治建军的根本原则，肃清了建军之初的各种非无产阶级思想，使一支深受旧军队思想影响的军队，脱胎换骨成为党绝对领导下的新型人民军队，指引我军不断从胜利走向胜利。

85年后的今天，《关于新形势下军队政治工作若干问题的决定》深刻阐释了新形势下加强和改进军队政治工作的极端重要性、极端必要性和极端紧迫性，明确了发挥政治工作生命线作用的任务要求，确立了党在新形势下坚持政治建军的根本原则，必将汇聚起全军官兵强军兴军的磅礴力量。

——科学谋划了新形势下加强和改进军队政治工作的思路举措。

把时代主题立起来，政治工作就有了方向和遵循。决定开宗明义，以习主席关于军队政治工作时代主题的重大论断统领全篇，明确了政治工作的使命责任和着力点、聚焦点。

思想脉络用强军目标贯穿，谋篇布局向强军目标聚焦，办法举措朝强军目标用力。从坚持党对军队绝对领导的根本原则和制度，到强固革命军人精神支柱；从确立战斗力标准，到汇聚拥护和推进全面深化改革正能量；从树立正确选人用人导向，到从严从实推进反腐正风；从增强各级党组织的原则性战斗性，到加强政治机关和政治干部队伍建设……决定科学谋划新形势下加强和改进军队政治工作的思路举措，提出一系列新的标准要求。

站在时代制高点上谋划运筹，决定抓住了大问题、提出了大思路，勾画了新形势下政治建军的宏伟蓝图。

——有力彰显了纠治军队沉疴流弊的问题导向。

问题倒逼、有破有立，是这个文件的鲜明特点。决定以新形势下政治工作亟待解决的重大问题为提领，除总论外，8个分论采用一正一反出题，从问题进、往对策落，实现了行文风格与思想风格的统一，体现了习主席力倡力行的改革和整风精神。

决定对部队特别是领导干部中理想信念、党性原则、革命精神、组织纪律、思想作风等方面存在的突出问题，从政治工作的角度进行反思，认真总结教训，特别是深刻吸取徐才厚严重违纪违法案件的惨痛教训，鲜明提出“八个纠正”——纠正影响听党指挥的错误思想和行为，纠正理想信念弱化倾向，纠正忘战懈怠积弊，纠正妨碍改革的思想观念和利益羁绊，纠正任人唯亲唯利歪风，纠正作风和风气上的顽瘴痼疾，纠正党内政治生活庸俗化现象，纠正损害政治工作形象和威信的问题。

坚持直面问题，不搞遮遮掩掩；扭住重点问题，不搞面面俱到；着力反思问题，不搞就事论事；注重破解问题，不搞泛泛要求。决定力求思想行为上纠正什么旗帜鲜明，工作指导上摒弃什么指向明确，办法举措上改进什么实在具体。

积极回应官兵期待，大力推动革弊鼎新，决定的出台是对军队思想上作风上的正本清源，必将发挥激浊扬清的重要作用，立起政治工作威信，重塑政治干部良好形象。

——大力弘扬了人民军队政治工作的光荣传统和优良作风。

在长期革命、建设、改革历程中，我军形成了政治工作一整套优良传统，主要包括：坚持党指挥枪的根本原则和制度，坚持全心全意为人民服务的根本宗旨，坚持实事求是的思想路线，坚持群众路线的根本作风，坚持用科学理论武装官兵，坚持围绕党和军队中心任务发挥服务保证作用，坚持公道正派选拔使用干部，坚持官兵一致、发扬民主，坚持实行自觉的严格的纪律，坚持艰苦奋斗、牺牲奉献的革命精神，坚持党员干部带头、以身作则，等等。决定从传承革命血脉、汲取前行力量的高度强调指出，这些优良传统是我军特有的政治优势和克敌制胜的法宝，必须一代代传下去，不断发扬光大。

不忘本，才能不迷途。对照我军政治工作的优良传统，才能省视当前军队思想政治建设存在的突出问题，把我们的好传统恢复起来、弘扬起来，永葆人民军队的本色宗旨……

站在新起点，踏上新征程。决定从强国强军的高度定位军队政治工作，拓展了战略视野，增强了时代感召，必将从根本上开启政治工作服务保证强国强军伟大实践的新局面，续写政治工作与时俱进创新发展的新篇章。

伴随着决定的起草、讨论和颁布实施，加强和改进政治工作的火热图景在大江南北座座军营渐次铺展开来。

统一思想，凝心聚力。全军各级把学习贯彻决定作为贯彻落实全军政治工作会议精神的重要内容，深刻理解把握决定的主要内容、精神实质和基本要求，不断深化对习主席重要讲话精神的理解，深化对新形势下我们党政治建军方略的理解。举办全军高级干部研讨班，把决定纳入各级党委中心组学习、干部轮训培训、部队思想政治教育、院校政治理论教学，推动决定精神入脑入心。

聚焦主题，科学布局。各单位紧扣政治工作时代主题，按照“四个牢固立起来”“五个着力抓好”的要求，扎实开展“学习践行强军目标，做新一代革命军人”主题教育和团以上党委机关“三严三实”专题教育整顿，加强深化改革和军事斗争准备中政治工作，做好抓基层打基础保稳定工作，把全军政治工作会议决策部署落到实处。

整风整改，基调鲜明。各部队围绕习主席指出的“十个方面问题”和决定提出的“八个纠正”，着力整顿思想、整顿用人、整顿组织、整顿纪律，部署开展干部工作大检查、财务工作大清查等7个专项清理整治。各级党委坚持从本级抓起，全面肃清徐才厚案件恶劣影响，把政治纪律、政治规矩严起来，确保政令军令畅通，确保枪杆子永远听党指挥。

立起威信，树好形象。各级按照习主席提出的“对党绝对忠诚、聚焦打仗有力、作风形象良好”目标要求，认真落实决定的有关部署，开展“忠诚党的事业、热爱政治工作”事业观教育，深化“争创先进政治机关、争当优秀政治干部”活动，着力建设过硬政治机关和政治干部队伍，我军政治工作优良传统在接力传承中不断发扬光大。

千川汇海阔，风正好扬帆。人民军队在强军兴军伟大征程上阔步向前，政治工作生命线彰显出更大威力。

（本报北京2月1日电）

（2015年2月2日1版头条）

培养造就新一代革命军人

■本报记者　欧世金　欧　灿　新华社记者　曹　智　李宣良

国家大柄，莫重于兵。

党的十八大以来，中共中央总书记、国家主席、中央军委主席习近平着眼实现中华民族伟大复兴的中国梦，鲜明提出党在新形势下的强军目标，引领人民军队开启了强军兴军新的伟大征程。

一代军人有一代军人的担当，一代军人有一代军人的样子。面对社会主义市场经济条件下人们价值取向日益多元多样多变的新特点，面对国家和军队全面深化改革带来的新考验，面对军队现代化建设和使命任务拓展的新要求，如何树立起新一代革命军人的崭新形象？什么样的军人才能担负起强军重任？

2014年10月31日，革命圣地古田。习主席在全军政治工作会议上发出号召：要适应强军目标要求，把握新形势下铸魂育人的特点和规律，着力培养有灵魂、有本事、有血性、有品德的新一代革命军人。

这是赓续血脉的历史昭示，这是继往开来的时代要求。

“有灵魂、有本事、有血性、有品德”迅速在全军叫响，为培养堪当强军重任的新一代革命军人提供了根本遵循。全军官兵激发起争做“四有”新一代革命军人的强大能量。

新形势下培养新一代革命军人的时代课题

治军之道，要在得人。培养什么样的人、怎么培养人，历来是我党我军高度重视的重大问题。

在革命、建设、改革各个历史时期，我们党都依据形势任务的发展变化，及时提出标准要求，引领我军官兵战胜一切艰难险阻、为实现党的政治任务而奋斗。

土地革命战争时期，毛泽东主持起草的《古田会议决议》，提出了“新分子入党”的五个条件。当国际主义战士白求恩在抗战一线牺牲后，毛泽东号召学习白求恩、争做“五种人”。新中国成立后，毛泽东又多次提出“德才兼备”“智勇双全”“红专统一”等要求。

改革开放初期，邓小平明确提出要培养“有理想、有道德、有文化、有纪律的社会主义新人”。“四有”军人，写进军队的条令条例，成为引领我军官兵成长成才的指导原则。

随着世界新军事变革和社会主义市场经济的发展，江泽民鲜明提出要“培养和造就高素质新型军事人才”，强调铸牢党对军队绝对领导这个军魂，确保打得赢、不变质。

进入新世纪新阶段，我军使命任务有了新拓展，胡锦涛突出强调要大力培育“忠诚于党，热爱人民，报效国家，献身使命，崇尚荣誉”的当代革命军人核心价值观。

风云激荡的历史犹在眼前，强国强军的战鼓催人奋进。新形势下，我们党正带领人民进行具有许多新的历史特点的伟大斗争，我军建设所处的时代条件和历史方位发生深刻变化——

我军官兵成分结构发生了深刻变化，家庭出身、文化程度、经历阅历、个人追求差异性大，部队教育管理、官兵关系呈现许多新的特点。

战争基本形态加速向信息化战争演变，我军现代化水平与国家安全需求相比差距还很大，与世界先进军事水平相比差距还很大，打赢现代化战争能力不够、各级干部指挥现代化战争能力不够的问题依然很现实地摆在我们面前。

在社会深刻变革和高度开放环境下，一些消极腐朽的东西不可避免地渗透到部队，一些错误思想行为滋长，一些歪风邪气蔓延，一些领域腐败现象多发，一些好的传统作风丢失……

问题是时代的声音，问题是工作的导向。在强军兴军的征程中，我们怎样传承红色传统的基因？怎样担当起历史赋予的使命？

2013年4月9日，习主席视察海军驻三亚部队。他指出，要教育引导官兵牢记强军目标，坚定强军信念，献身强军实践，努力把个人理想抱负融入强军梦，强化使命担当，矢志扎根军营、建功军营。

2013年11月5日，习主席来到为我国培养高级军事技术人才、发展先进武器装备发挥了开创性作用的国防科技大学视察，勉励师生：要牢牢扭住培养高素质的新型军事人才这个中心任务，深入研究现代军事教育特点和规律，坚持走以提高质量为核心的内涵式发展道路，努力培养造就能够担当强军重任的优秀军事人才。

2013年底的一次重要会议上，习主席语重心长地指出："总结我军历史和现实需要，我想，'军队的样子'，就是要坚决听党指挥，要能打仗、打胜仗，要保持光荣传统和优良作风……这就像一个人一样，要有灵魂、有本事、有品德，这样才能行得正、走得远。"

从"听党指挥、能打胜仗、作风优良"强军目标的鲜明确立，到"努力培养造就能够担当强军重任的优秀军事人才"要求的明确提出，再到对"什么叫军队的样子"的深邃思考，习主席为新形势下建设什么样的军队、培养什么样的军人确立了坐标。

2014年金秋时节，习主席率领军队高级将领寻根古田，人民军队的根脉更加清晰，革命军人的标准更加明确——"有灵魂就是要信念坚定、听党指挥，有本事就是要素质过硬、能打胜仗，有血性就是要英勇顽强、不怕牺牲，有品德就是要情趣高尚、品行端正。"

习主席在古田全军政治工作会议上对"四有"新一代革命军人内涵的深刻阐述，是对新形势下革命军人特征的深刻揭示。

干部是执行政治路线的决定因素。就在这次历史性重要讲话中，习主席进一步指出："军队好干部应该是个什么标准？我看就是要做到对党忠诚、善谋打仗、敢于担当、实绩突出、清正廉洁。这五条是原则性要求，还要根据不同类型、不同岗位、不同职级干部情况具体化。"

从对"四有"新一代革命军人内涵意蕴的精辟阐述，到对"军队好干部标准"的清晰界定，习主席为把握新形势下铸魂育人特点规律、立起新一代革命军人的样子，指明了方向。

2014年12月30日，中共中央向全党全军转发《关于新形势下军队政治工作若干问题的决定》。这份由习主席亲自领导和主持起草形成的重要文件，着重回答和解决了新的历史条件下党从思想上政治上建设军队的重大问题，将培养有灵魂、有本事、有血性、有品德的新一代革命军人确立为军队建设的重大方略。

从南昌城头出发，土地革命战争、抗日战争、解放战争、抗美援朝战争、自卫反击作战……张思德、董存瑞、黄继光、邱少云、雷锋、苏宁、李向群、杨业功等中国军人的样子深深镌刻在人们的记忆中。

从红色古田再出发，新一代中国军人，自此拥有了与他们的英雄前辈既一脉相承又与时俱进的价值追求、目标航向……

“四有”新一代革命军人的时代画像

初冬的金陵，层林尽染，碧潭澄彻。2014年12月14日，古田全军政治工作会议结束一个多月后，习主席来到南京军区机关视察，谆谆告诫大家，要巩固部队思想文化阵地，坚定官兵革命意志、升华官兵思想境界、纯洁官兵道德情操，引导他们努力成长为有灵魂、有本事、有血性、有品德的新一代革命军人。

有灵魂、有本事、有血性、有品德，四个方面紧密联系、内在统一，科学缜密、不可分割。

立起根本尺度，明确核心要求。习主席一系列重要论述，明确了新形势下铸魂育人的根本遵循，确立了当代中国军人立身立志立德的基本准则，指明了中国军人强军报国的方法途径。

——有灵魂就是要信念坚定、听党指挥。

魂者，器物之统摄也。人有了灵魂，才能正确把握人生航向；革命军人有了灵魂，才能自觉与党同心同德，坚决听党指挥。

2012年12月5日，习近平担任军委主席后第一次到部队视察，就强调指出：要坚持从思想上政治上建设和掌握部队，坚持党对军队绝对领导的根本原则和制度，坚持不懈用中国特色社会主义理论体系武装官兵，确保部队绝对忠诚、绝对纯洁、绝对可靠。

“绝对忠诚、绝对纯洁、绝对可靠”，这是我军官兵必须具备的理想抱负，这是对新一代革命军人的政治要求。

“对党绝对忠诚要害在‘绝对’两个字，就是唯一的、彻底的、无条件的、不掺任何杂质的、没有任何水分的忠诚。”在古田全军政治工作会议上，习主席将“绝对”二字的分量提到了新的高度，“必须坚持用这样的标准要求自己，自觉做到党叫干啥就干啥，党不允许干什么就坚决不干”。

——有本事就是要素质过硬、能打胜仗。

战场打不赢，一切等于零。打仗是军人的主业。军人的第一身份是战斗员，第一职责是备战打仗。

2013年3月11日，习主席在出席十二届全国人大一次会议解放军代表团全体会议时强调指出："要扭住能打仗、打胜仗这个强军之要，强化官兵当兵打仗、带兵打仗、练兵打仗思想，牢固树立战斗力这个唯一的根本的标准，按照打仗的要求搞建设、抓准备，确保部队召之即来、来之能战、战之必胜。"

"召之即来、来之能战、战之必胜"，这是我军官兵必须具备的素质本领，这是对新一代革命军人的能力要求。

从视察总部机关到看望基层连队，从冰天雪地的边防哨所到真打实备的演兵场，习主席始终将能打仗、打胜仗作为对三军将士的核心能力要求。他深刻指出："我军素以能征善战著称于世，创造过许多辉煌的战绩。同时，我们必须看到，能打胜仗的能力标准是随着战争实践发展而不断变化的，以前能打胜仗不等于现在能打胜仗。"

——有血性就是要英勇顽强、不怕牺牲。

自古军旅多艰险，从来为武少安闲。"和平时期，军队生活条件搞得好一些是可以的，但决不能把兵带娇气了。威武之师还得威武嘛！革命军人还是要有血性嘛！"对于长期和平环境可能对部队战斗精神的影响，习主席一针见血、击中要害。

在视察部队时，习主席反复强调："现在，我们的装备有了很大改善，战争形态和作战方式也发生了深刻变化，但一不怕苦、二不怕死的战斗精神决不能丢。"

"放心吧妈妈，我已经懂得了'战士'的含义……战士的决心早已溶进枪膛里，为了祖国不惜血染战旗。"在第14集团军机关，习主席饱含深情地谈起19岁的烈士王建川在战场上写给母亲的这首诗，并由衷地称赞："这就是军人的血性！"

"一不怕苦、二不怕死"，这是我军官兵必须具备的精神特质，这是对新一代革命军人的精气神要求。

——有品德就是要情趣高尚、品行端正。

青年官兵是我军的主体，习主席高度重视广大青年的思想道德建设，强调"广大青年要把正确的道德认知、自觉的道德养成、积极的道德实践紧密结合起来，自觉树立和践行社会主义核心价值观，带头倡导良好社会风气。”“一个人只有明大德、守公德、严私德，其才方能用得其所。”

“明大德、守公德、严私德”，这是我军官兵必须具备的道德情操，这是对新一代革命军人的本色要求。

针对80后、90后官兵的思想现状，习主席指出：“要注重在青年官兵中培育当代革命军人核心价值观，始终保持官兵政治坚定和思想道德纯洁。”

中华优秀传统文化蕴含着丰厚的思想道德资源，培育了中华民族的宝贵精神品格。习主席要求，要充分发挥优秀文化教化人、培育人的作用，塑造中国心、民族魂，助推中国梦、强军梦的实现。

有灵魂是根本，有本事是核心，有血性是关键，有品德是基础。习主席关于培养“四有”新一代革命军人的重要论述，从四个维度清晰描绘出新一代革命军人的时代画像，赋予大国军人应有的责任担当。

强军兴军、铸魂育人的新征程

羊年春节前夕，一封来自内蒙古边防某团一连的书信放在了习主席的办公桌上。官兵们满怀深情向习主席汇报了一年来加强连队建设、履行戍边使命和个人成长进步等方面的情况，表示决不辜负习主席视察时的嘱托和期望，以实际行动争做有灵魂、有本事、有血性、有品德的新一代革命军人。

边关连着中南海，军委主席与基层官兵心心相印。习主席提笔回信，勉励他们着力加强连队全面建设，推动强军目标在连队、在边防落地生根，为筑牢祖国北疆安全稳定屏障再立新功。

三军统帅为培养“四有”新一代革命军人倾注大量心血——

“要加强党的科学理论武装，弘扬和践行社会主义核心价值观，持续培育当代革命军人核心价值观，提振当代革命军人精气神。”

“思想政治教育的力量在一个‘真’字，要用真理说服人、用真情感染人、用真实打动人。”

“要把红色资源利用好、把红色传统发扬好、把红色基因传承好，教育官兵学传统、爱传统、讲传统，始终保持老红军本色。”

“教育者必先受教育，这是我军政治工作的基本原则。”

“要牢记强军目标，严格训练、严格要求、严格管理，做到思想政治非常过硬，专业素质非常过硬，战斗作风非常过硬……”

中共中央政治局委员、中央军委副主席范长龙，中共中央政治局委员、中央军委副主席许其亮对培养“四有”新一代革命军人高度重视，多次提出明确要求。全军各级坚决贯彻习主席和中央军委决策指示，把培养“四有”新一代革命军人作为重大战略任务，坚持体系化设计、工程化推进，人民军队迈出了围绕强军目标铸魂育人的坚实步伐。

春风浩荡，号角劲吹。在习主席和中央军委坚强领导和大力推动下，全军官兵对“四有”标准要求理解越来越深刻，践行越来越自觉。从南国军营到雪域边关，从渤海之滨到大漠戈壁，座座军营呈现出积极投身强军实践，踊跃争做“四有”新一代革命军人的火热图景——

强军报国信念更加坚定。“咱们‘硬骨头六连’为啥这么硬?”第1集团军某部六连“新一代革命军人样子”大讨论中，受到过习主席亲切接见的连队指导员环欣欣表示，我们一定要按照习主席教导的那样，把理想信念的火种、红色传统的基因一代代传下去。

爱军精武动力愈发强劲。导弹发射架下，47岁的一级军士长王忠心说:“作为两次受到习主席接见的老兵，现在我就一个心愿，在有限的军旅生涯里培养更多的技术骨干，多作一点贡献，不辜负习主席的关怀与嘱托!”

官兵身上血性越来越浓。成都军区某旅野外驻训场，战士们纷纷递交请战书，要求在“跨越-2015·朱日和”实兵对抗系列演习中当先锋、打头阵。旅领导说，习主席年初视察集团军时提出的殷切期望，激发起官兵“为了祖国不惜血染战旗”的血性。

价值追求境界不断提升。陆军军官学院主题教育课堂上，“最美警卫战士”高铁成登上讲台，讲述他作为“全国道德模范”受到习主席接见的深刻感悟，引起青年学员强烈共鸣。毕业前夕，数百名学员立下誓言：到边疆去，到基层去，到祖国最需要的地方去……

当372潜艇英雄群体、兵棋专家张国春、舍身救人潜水员官东等一大批军队英模事迹感动千千万万人，当中国军人紧急驰援尼泊尔地震灾区，当我军医护人员舍生忘死奋战在援非抗击埃博拉疫情的最前沿，当15名官兵被推荐参加第五届全国道德模范评选……新一代中国军人的样子在世人瞩目下放大呈现。

铸忠诚不辱使命，执干戈以卫社稷。有灵魂、有本事、有血性、有品德的新一代革命军人，必将勇立时代潮头，担当起强军兴军的时代重任。

（2015年8月10日1版）

聚力强军，新征程上再出发

——写在古田全军政治工作会议召开一周年之际

■本报记者　欧世金　欧　灿　毛　俊
新华社记者　曹　智　李宣良

秋风又至，丹桂飘香，寥廓江天换了新颜。

2014年10月，一样的金秋时节，全军政治工作会议在古田召开。习近平主席亲率与会同志重温历史、寻根溯源，着眼强国强军进行政治整训，开启了新形势下政治建军的时代篇章。

一年来，在古田全军政治工作会议精神引领下，全军和武警部队坚决贯彻习主席和中央军委决策部署，端正思想认识，从严整风整改，奋力开新图强，一个正本清源、革弊鼎新、重整行装、聚力强军的建军局面初步呈现。

回望历史长河，在古田这个人民军队铸魂定型的圣地，新形势下政治建军的里程碑巍然耸立。

展望新的征程，在古田召开的又一次历史性会议，已经并将继续在强军兴军的伟大实践中彰显威力。

感悟思想伟力　立起政治引领

“全军政治工作会议开得很好，这是文章的上篇，文章的下篇怎么办?”2014年岁末，在军队一次重要会议上，习主席筹划部署新年度军队工作时，开宗明义地强调:“要把贯彻落实会议精神作为一项重大政治任务，扎实推进理论武装、思想教育、党组织和干部队伍建设等各项工作，充分发挥政治工作生命线作用。”

一年来，习主席每次深入部队视察调研，都强调要贯彻落实古田全军政治工作会议精神，为做好“下篇文章”指明方向、提供遵循——

钟山脚下，习主席视察南京军区机关时指出，学习贯彻全军政治工作会议精神，要在学习理解会议精神上下功夫，在改进创新政治工作上下功夫，在纠治顽瘴积弊上下功夫，在解决突出问题上下功夫。

春城昆明，习主席视察第14集团军和第二炮兵某基地时强调，要发挥基层党组织的战斗堡垒作用，促进全军政治工作会议精神真正得到贯彻落实；政治工作必须与时俱进改进创新，着力增强时代感和生命力。

西子湖畔，习主席在接见驻浙部队领导干部时提出，要认真贯彻全军政治工作会议精神，有针对性抓好思想教育，引导官兵坚决听党指挥，争做“四有”新一代革命军人。

北国长春，习主席视察第16集团军时要求，要坚决贯彻全军政治工作会议精神，通过清理整顿，把老红军光荣传统和优良作风恢复好、保持好、发扬好，把部队搞得更加纯洁巩固，把广大官兵紧紧凝聚在党的旗帜下……

——重整行装这一年，“下篇文章”立意高、落笔实。

2015年新年到来之际，中共中央向全党全军转发《关于新形势下军队政治工作若干问题的决定》。习主席亲自领导和主持起草的这份重要文献，确定了新形势下政治建军的宏伟蓝图。

中共中央政治局委员、中央军委副主席范长龙，中共中央政治局委员、中央军委副主席许其亮，对贯彻落实古田全军政治工作会议精神多次作出指示、提出要求。中央军委制定《贯彻落实全军政治工作会议精神总体部署方案》，细化分解110项具体任务，向全军下达了落实习主席政治建军方略的总规划、任务书。

2月17日，经习主席批准，各大单位学习贯彻会议精神情况通报全军，直击问题、纠偏正向，督导各级以历史的担当、求实的作风抓落实开新篇。

5月6日，学习贯彻古田全军政治工作会议精神形势分析会在北京召开，中央军委、四总部带头“回头看”，推动贯彻落实会议精神向深里走。随后，建立贯彻落实古田全军政治工作会议精神协调督导工作机制、成立领导小组，从全局层面加强统筹、协调和督导。

一分部署，九分落实。各大单位党委专题研究筹划会议精神的贯彻落实，各个领域各个部门结合实际拉出明细单、制定推进表，党委统揽、机关合力、部队联动，各方同向用力、强势推进。

——重整行装这一年，思想追随成为官兵政治自觉。

会议召开一个月后，全军高级干部研讨班在国防大学举办，192名军以上领导干部带着问题学习反思，联系实际寻计问策，进一步深化对古田全军政治工作会议精神的认识理解，强化落实习主席政治建军方略的责任担当。

四总部和各大单位把会议精神纳入党委中心组学习和部队政治教育，与学习贯彻习主席系列重要讲话精神特别是国防和军队建设重要论述结合起来，深入开展学习调研活动，普遍组织集训轮训。军队院校结合理论教学抓好“三进入”，军队媒体加大宣传阐释力度，推动全军上下深刻领会会议精髓要义。

从野外演训一线到异国维和驻地，从深山后勤仓库到大漠发射阵地，从红色遗址到网上课堂，领导带头宣讲，专家条分缕析，官兵互动交流……各级坚持把理论课堂与实践课堂衔接起来，着力在系统学习、领悟要义、知行合一、转化运用上下功夫。

贯彻古田全军政治工作会议精神，最根本的就是用习主席系列重要讲话精神凝聚军心意志、引领建设发展，确保我军始终在党的旗帜下胜利前进。随着学习贯彻持续深入，广大官兵对党中央、习主席治国理政方略特别是“四个全面”战略布局，对习主席强军兴军重大战略思想，理解更加深刻、贯彻更加自觉。一致表示，要毫不动摇坚持党对军队绝对领导的根本原则和制度，坚决维护和贯彻军委主席负责制，任何时候任何情况下都坚决听从党中央、中央军委和习主席指挥。

——重整行装这一年，推进政治建军的决心愈加坚定。

回望一年，盘点成效，军队政治工作的时代主题鲜明确立，政治工作优良传统正在恢复，政治工作生命线作用日益彰显。大家深刻认识到，习主席着眼实现强军目标、支撑强国伟业，确立党在强国强军征程中政治建军的大方略，开启了党从思想上政治上建设军队的新起点，开拓了政治工作服务保证强军兴军的新境界。重任在肩，责无旁贷。面对意识形态领域尖锐复杂斗争，面对艰巨繁重的军事斗争准备和军队现代化建设任务，面对深化国防和军队改革这场大考，各级以高度的政治责任感和使命感，把新形势下政治工作抓得更加扎实有效。许多领导干部说："有习主席政治建军方略指引，就没有统一不了的思想，没有推动不了的工作，没有解决不了的难题。"

学习实践越深入，理解感悟越深透，贯彻落实越坚决。很多同志由衷地说："这些年开过很多会，从没有像这次这样重锤猛击、震撼人心；抓过很多会议精神落实，从没有像这次这样发自内心、较真较劲。"广大官兵从重要历史关口拨乱反正、整饬军队的重大决策和实践变化中，进一步统一思想、深化认识，做好"下篇文章"的期望重托更加牢记在心，古田全军政治工作会议的重大现实意义和深远历史意义更加清晰明了。

学而知不足。愈学愈感到古田全军政治工作会议精神内涵丰厚、意蕴深远，愈觉得贯彻落实任重而道远，必须不断增强政治自觉、行动自觉，驰而不息、常抓不懈。

猛药除疴治弊　纯正政治生态

在解决问题中寻找出路，在吸取教训中探寻真理……这是当年古田会议精神历久弥新的根本所在。

"全军政治工作会议上点出的问题也不单是政治工作方面的问题，军队建设各领域都有表现。全军要行动起来，雷厉风行把会议精神贯彻好。"2014年底，习主席提出新年度全军工作指导"四抓"的总思路，第一条就是抓整顿，就是贯彻落实古田全军政治工作会议精神。

一年来，全军上下对照习主席指出的十个方面问题、四个方面教训，围绕《决定》的部署要求，进行新的政治整训，着力纠正影响听党指挥的错误思想和行为，纠正理想信念弱化倾向，纠正忘战懈怠积弊，纠正妨碍改革的思想观念和利益羁绊，纠正任人唯亲唯利歪风，纠正作风和风气上的顽瘴痼疾，纠正党内政治生活庸俗化倾向，纠正损害政治工作形象和威信的问题，从思想、组织、作风和纪律上，对沉疴流弊、雾霾瘴气来一次大扫除、大洗消。

从军委总部到各大单位，翻开这一年下发的文件，梳理这一年推出的举措，"清理""纠治""规范""约束"高频出现。整风整改，成为2015年全军工作的鲜明基调。

——新征程上的政治整训，正风肃纪手腕更硬了。

新年伊始，“三严三实”专题教育整顿在全军团以上党委机关展开，纪检、巡视、审计“三把利剑”同时发力，针对问题易发多发敏感领域的7个专项清理整治全面铺开。总部相关职能部门制定下发18个专项实施方案，分系统分领域推进整治任务落实。9月，军队社团工作专项清理整治，作为“三严三实”专题教育整顿的第八个专项清理整治部署展开，纠风治弊深度广度进一步拓展。

专项清理整治拖大网起深底，各领域各层面清污除霾疾风骤起。仅上半年，全军就清退多占住房1000余套、超占兵员5000余人，行政消耗性开支、公务接待费等同比明显下降，发生在士兵身边的不正之风得到有力纠治。许多官兵说，部队作风风气转变的真正分界点，是古田全军政治工作会议。现在，公款消费的“虚火”退了，“车轮上的腐败”少了，迎来送往的“规矩”破了，“训为看、演为看”的假把式没市场了，花钱用权谨慎多了，部队风气有了明显好转。

用人导向，是政治生态的源头。习主席提出的军队好干部标准，为匡正用人风气立起了导向、提供了遵循。干部工作大检查、“裸官”清理、干部系统“三守两满意”教育整顿等多措并举，选人用人工作监督、干部任职回避、领导干部秘书管理等5项制度配套出台，群众公认的干部受到重用，违规提升任用的干部受到处理，跑官要官得到有效遏制，广大干部积极性空前提升。

——新征程上的政治整训，割瘤治弊力度更大了。

继严肃查处徐才厚案件之后，2015年7月30日，中共中央决定给予郭伯雄开除党籍处分，将其涉嫌犯罪问题及线索移送司法机关依法处理。

习主席对肃清郭伯雄徐才厚案件影响高度重视，要求彻底肃清其恶劣影响。中央军委分别召开民主生活会和专题会议，全面深入剖析郭伯雄徐才厚案件的性质危害，研究肃清流毒影响的办法措施，对肃清工作作出具体部署。

各级迅即行动，围绕“六个肃清”全方位清查清理、深层次挖根除弊，把肃清工作抓到边、抓到底、抓到位，切实纯净官兵思想、纯洁干部队伍、纯正政治生态。

古田全军政治工作会议后，全军8次通报违反中央八项规定和军委十项规定的若干问题，公布受到查处的43名违纪违法军以上干部，对全军各大单位的审计和巡视实现全覆盖。正风反腐强光灯下，腐败分子难以遁形。

——新征程上的政治整训，制度笼子扎得更紧了。

推进作风建设由治标向治本转变，关键靠制度。全军教育整改领导小组制定《“三严三实”专题教育整顿中需建立健全的政策规定及任务分工》，明确了需要建立健全的27类102项制度规定，推动形成涵盖人财物管理全链条全流程、可操作可监督可问责的法规制度体系。各级边清理边规范，废改立并举，建立完善具体措施规定，从人财物，到吃住行，都立起“明规则”、套上“紧箍咒”。

《严格军队党员领导干部纪律约束的若干规定》，提出纪律约束“十个必须”，树起纪律规矩的“高压线”；《关于加强军队基层风气建设的意见》，管住了干预基层敏感事务的手；《全面开展军队对外有偿服务清理摸底实施方案》，有力整治“小金库”……一批回应部队关切、纠治特权行为、匡正行业风气的政策规定相继出台。

反腐之剑越磨越利，制度笼子越织越密，在形成不敢腐的震慑同时，也在向不能腐、不想腐步步迈进。不少机关干部反映，以前办事看领导怎么交待，现在先看制度怎么规定。上下各级依法办事的意识越来越强，工作运行和部队管理越来越规范。

赓续红色血脉　强固建军根本

做好古田全军政治工作会议“下篇文章”，归根结底是要紧紧围绕政治工作时代主题，把我军优良传统恢复发扬起来，把带根本性的东西牢固立起来，以思想政治上的进步，带动部队建设发展。

——固本开新一年间，理想信念更加坚定。

古田全军政治工作会议上，习主席鲜明提出，要适应强军目标要求，把握新形势下铸魂育人的特点和规律，着力培养有灵魂、有本事、有血性、有品德的新一代革命军人。

全军深入开展“学习践行强军目标、做新一代革命军人”主题教育，广泛组织“新一代革命军人样子”大讨论，“四有”要求迅速在全军叫响，“四有”标准得到官兵广泛认同。

“新军人，什么样？习主席，勾画像。立标准，树形象；四个有，记心上……”全军官兵对“四有”标准要求理解越来越深刻，在照镜子中正了衣冠，在立标准中整了行装。从南国军营到雪域边关，从渤海之滨到西北戈壁，座座军营呈现出积极投身强军实践、争做“四有”新一代革命军人的火热场景。372潜艇英雄群体蹈海履险创造奇迹，兵棋专家张国春生命不息奋斗不止，武警战士张楠忠诚使命献身岗位……一大批先进典型引领风尚、感动中国。

——固本开新一年间，党性原则越来越强。

党性原则不强，浩然正气难彰。古田全军政治工作会议召开后，军委总部从抓党内规章制度落实入手，严格规范党内政治生活，严明党的纪律和规矩，教育引导各级党员干部锻造绝对忠诚的政治品格，在大是大非面前敢于亮剑、矛盾困难面前敢于攻关、歪风邪气面前敢于斗争。

开好专题民主生活会是改造思想、锤炼党性的重要平台。军委领导分别参加指导大单位党委专题民主生活会，全军教育整改领导小组派出14个督导组督导检查。各大单位党委班子成员围绕“四个说清楚”和5个方面对照检查内容深查深挖，主动交明白账，提出批评意见1167条，给部队作出样子、传导压力。

全军团以上党委班子成员普遍拿起批评和自我批评有力武器，思想交锋充满“党味”“辣味”，相互之间脱去“隐身衣”、捅破“窗户纸”，既帮思想又拉袖子，批走了一团和气，批出了清风正气。

积极健康的思想斗争，磨砺了党性、提升了境界，党内生活庸俗化、好人主义等不良倾向逐步得到扭转。

——固本开新一年间，聚焦打仗导向鲜明。

6大训练基地，10多万参演兵力，29场实兵对抗……2015年度陆军跨区基地化对抗检验演习，“红”败“蓝”胜的结局引人关注。看似不光彩的成绩，展示的是真打实备的导向，折射的是战斗力标准的确立。

如今，不设预案、不定对手，不怕拉垮、不怕搞砸，已成为实战化训练的常态；从中俄海上联合演习、中印陆军反恐联训，到参加俄罗斯国际军事比赛，我军越来越多走出国门，在切磋交流中提升打赢本领。

军委总部陆续颁发《关于努力建设听党指挥、善谋打仗的新型司令机关的意见》《关于在党委领导工作中贯彻落实战斗力标准的意见》《部队训风演风考风整治实施方案》等一系列文件，全军上下持续深化战斗力标准大讨论，推动战斗力标准硬起来实起来、立起来落下去。

各级党委和政治机关着力纠治远离忧患的和平积弊、偏离打仗的工作指导，筹划工作、检查考评用战斗力贡献率检视，选用干部、配置资源向打赢聚焦，推动形成有利于提高战斗力的舆论导向、工作导向、用人导向、政策导向。

党委议训议战、领导干部参加军事训练都有了硬性规定，探究战争制胜机理，打通研究战争、准备打仗整体链路，备战打仗成为党委领导主业；不搞论资排辈、不唯年龄学历，一批思战、谋战、善战的干部走上领导岗位，选人用人更加突出打仗标准；文艺创演兵味战味更浓，激发官兵胆气血性，军旅特色的“风花雪月”高扬起强军文化主旋律；后勤领域推出19项提速增效新举措，助力一批与军事斗争准备紧密相关的重点工程驶上“快车道”；装备战线聚焦打赢抓质量，把实战要求贯穿装备研发生产和全系统全寿命管理，一批新型装备支撑起新质战斗力；新一代“蓝军”旅长满广志、“航母战斗机英雄试飞员”戴明盟、“东风导弹第一旅”等一批强军先锋，传递出精武报国的强大正能量。

——固本开新一年间，威信威力正在回归。

盛夏7月，一条新闻引发军营内外热议：适应新的形势发展，积极回应官兵关切，四总部出台《关于进一步规范基层工作指导和管理秩序若干规定》，对官兵休假、互联网进军营、使用手机等作出新规。

各级积极稳妥推进互联网进军营，搞好网络平台和技术手段建设，努力掌握网上意识形态斗争主动权。积极稳妥推进军事人力资源政策制度改革等政治工作领域改革任务落实，扎实做好改革中的政治工作，确保改革顺利推进。贯彻落实《中央军委关于新形势下深入推进依法治军从严治军的决定》，探索运用法治思维和法治方式指导开展政治工作的新模式，切实把“五多”减下来，推动政治工作走出新路子。

行胜于言，领导干部的表率作用，本身就是最好的政治工作。“跟我上”，永远是赢得兵心的法宝。各级突出领导干部这个重点，让教育者先受教育，以“关键少数”带动“绝大多数”。训练演习现场、抢险救灾一线、教学科研前沿……领导干部用身先士卒、以上率下的实际行动，树起忠诚、干净、担当的标杆。团以上领导干部和机关，大力强化服务意识、切实改进工作指导，深入基层、蹲连住班，知兵情、暖兵心，真心实意为基层排忧解难，让广大官兵真切感受到改作风正风气带来的变化。

中央军委印发《关于建设对党绝对忠诚、聚焦打仗有力、作风形象良好政治机关和政治干部队伍的意见》，开展“争创先进政治机关、争当先进政治干部”活动，探索政治干部任职资格认证制度，加大机关与部队、院校政治干部交流力度，完善基层主官换岗任职办法，进一步纯洁队伍、优化结构、增强活力。

越是朝前走，越要用好传家法宝、看家本领；越是向远行，越要确保军魂不变、宗旨不忘、本色不褪、精神不丢。

聚力改革强军　再上新的征程

这是人民军队强军兴军的壮丽图景，这是政治建军崭新风貌的集中展示——2015年9月3日，纪念中国人民抗日战争暨世界反法西斯战争胜利70周年大会上，三军将士以严整的阵容、威武的气势，接受祖国和人民的检阅。

战旗猎猎，步伐铿锵，铁流滚滚。受阅官兵用听党指挥、能打胜仗、作风优良的实际行动，向全世界展示了古田全军政治工作会议后人民军队重整行装再出发的豪迈气概。

古田全军政治工作会议召开一周年之际，围绕持续学习贯彻会议精神，从总部机关到基层部队，全军上下认真分析、深入盘点，一年来的成绩一目了然，存在的问题清清楚楚，前行的方向更加明确……

贯彻落实古田全军政治工作会议精神没有完成时，永远在路上。学习贯彻会议精神刚刚开局起步，取得的成效仅仅是阶段性的，对照政治建军的新标准，对照深化国防和军队改革的新要求，还有很大差距。

一年来的生动实践，为持久深入做好“下篇文章”提供了有益启示——

必须深化学习理解，进一步提领和统一思想。军以上党委机关突出整顿学风、改造学习，师旅团突出系统学习掌握，基层突出通俗化，让官兵把会议精神记在心头、落到行动上。

必须纵深推进整风整改，把问题积弊纠治到位。继续扭住领导干部这个“关键少数”，扭住重点领域深化专项清理整治，保持从严从紧高压不减、问题倒逼力度不松。

必须加大正向引领，强固根本强化导向。宣扬担当任事、引领强军的典型，宣扬整风整改、整装前行的典型，宣扬践行“四有”的典型，立起新一代革命军人好样子。

必须科学架构制度体系，把政治建军融入组织形态重塑。在深化改革中，高度重视政治建军的再设计，构建科学体系，确保有效落实。

必须转变指导理念和方式，使政治工作风貌一新。着眼新的领导指挥体制下的工作模式转型，探索推动思维理念、领导方法、指导方式的转变……

转变，由表及里；改革，迫在眉睫。人民军队又到了发展的紧要关头，改革进入攻坚期、步入深水区。

深化国防和军队改革，重塑的是军队的组织形态、指挥体系和力量结构；贯彻落实古田全军政治工作会议精神，重塑的是人民军队的精神之魂。做好“下篇文章”，与深化国防和军队改革紧密相连，两者有机统一于实现强军目标。服务保证国防和军队改革大局、推动政治工作自身改革创新，是贯彻落实古田全军政治工作会议精神的应有之义。

全军各级把拥护支持改革教育在主题教育活动中突出出来，把学习贯彻古田全军政治工作会议精神与学习贯彻习主席深化国防和军队改革重要论述有机衔接，全面理解科学内涵，深刻领悟精神实质，切实掌握实践要求，从党和国家大局、国防和军队建设全局的高度认识深化改革的重要性紧迫性，凝聚起广大官兵拥护改革、支持改革、推动改革的强大力量。很多同志说，没有古田全军政治工作会议精神的深入贯彻落实，就没有改革的高度共识和自觉行动。

在服从大局中彰显忠诚，在接受大考中奋发有为，在顺应大势中敢于担当。各级将应对改革大考作为贯彻落实古田全军政治工作会议精神的重要内容和实际检验，闻令而动、听令而行，坚决落实习主席和军委的改革决策部署，以新征程上政治整训的实际成效，推动国防和军队改革有序有力有效展开，向党和人民交出合格答卷。

梦想引领征程，历史照亮未来。

在古田全军政治工作会议精神引领下，人民军队正在创造新的历史；在深化国防和军队改革大潮中，人民军队必将创造新的辉煌。

（2015年11月5日1版头条）

伟大号召凝聚强军兴军磅礴力量

——党的十八大以来全军和武警部队贯彻落实强军目标纪实

■本报记者　欧世金　欧　灿　毛　俊　刘建伟

春去春又来。党的十八大至今，人民军队在强军兴军征程上劈波斩浪、奋勇前行，已经走过3个春秋。

1月5日，习主席视察第13集团军时发表重要讲话："全军要认真贯彻党中央和中央军委决策部署，以党在新形势下的强军目标为引领，贯彻新形势下军事战略方针，深入推进政治建军、改革强军、依法治军，坚定信心，狠抓落实，开创强军兴军新局面。"

新年度第一次视察部队，习主席念兹在兹的，依然是强军兴军。

历史不会忘记，3年前，习主席以强烈的使命担当、宏阔的战略运筹、坚强的决心意志，鲜明提出党在新形势下的强军目标——建设一支听党指挥、能打胜仗、作风优良的人民军队。

风雷动，旌旗奋，起宏图。3年时间，1000多个日日夜夜，全军和武警部队牢记强军目标、坚定强军信念、献身强军实践，中国特色强军之路铺展开一幅波澜壮阔的时代画卷。

强军梦想引领方向

首都北京，长安街一路向西，名为"复兴路"。

复兴路上，八一大楼巍峨矗立。习主席和中央军委多次在这里召开重要会议，运筹谋划国防和军队建设，指引人民军队在"复兴之路"上勇毅前行。

民族复兴，承载历史、期许未来。

“实现中华民族伟大复兴，就是中华民族近代以来最伟大的梦想。”2012年11月29日，在国家博物馆《复兴之路》展厅，习主席深情阐述中国梦，给人们带来无限憧憬与期待。

中国渴望复兴，但前进道路绝不会一帆风顺。越发展壮大，遇到的阻力和压力就会越大，面临的外部风险就会越多。这是我国由大向强发展进程中无法回避的挑战，是实现中华民族伟大复兴绕不过的门槛。

历史反复证明，没有一个巩固的国防，没有一支强大的军队，和平发展就没有保障。新中国成立以来，正是因为我们高度重视国防建设，敢于在关键时刻亮剑，才顶住了来自外部的各种压力，维护了国家的独立、自主、安全、尊严。如今，虽然维护国家安全的手段和选择增多了，可以纵横捭阖、灵活运用，但军事手段始终是保底的手段。

强国梦蕴含强军梦，强军梦支撑强国梦。如何适应国际战略格局和国家安全形势的深刻变化，建设与我国国际地位相称、与国家安全和发展利益相适应的巩固国防和强大军队，是习主席和中央军委始终高度关注的重大战略问题。

2012年12月，冬日的岭南满目青翠，浩瀚的南海波飞浪卷。习主席视察部队时，作出重要论断：“实现中华民族伟大复兴是中华民族近代以来最伟大的梦想。这个伟大的梦想，就是强国梦，对军队来讲，也是强军梦。”

3个月后，在十二届全国人大一次会议解放军代表团全体会议上，习主席鲜明提出，建设一支听党指挥、能打胜仗、作风优良的人民军队，是党在新形势下的强军目标。

听党指挥、能打胜仗、作风优良——言简意赅的12个字，寄托着党和人民的期望和重托，体现了坚持根本建军原则、军队根本职能、特有政治优势的高度统一，实现了党的军事指导理论又一次与时俱进。

目标引领方向，梦想凝聚力量。党在新形势下的强军目标，确立了军队建设新的起点和标准，明确了加强军队建设的聚焦点和着力点，拎起了国防和军队建设的总纲。

一引其纲，万目皆张。强军目标一经提出，就得到全军上下高度认同和衷心拥护，极大提振了军心士气，有力推动了部队建设和军事斗争准备，彰显出巨大的凝聚力感召力。

全军上下把学习宣传贯彻强军目标摆上重要位置，紧抓不放、强势推进。中共中央政治局委员、中央军委副主席范长龙，中共中央政治局委员、中央军委副主席许其亮，多次深入部队调研指导，要求部队建设要在强军目标引领下创新发展。

每一次新征程的开启，总是让人充满期盼。各部队结合学习贯彻习主席系列重要讲话精神，把强军目标作为党委中心组学习、干部理论轮训、思想政治教育的重要内容，引导官兵全面把握强军目标的重大意义、科学内涵和实践要求，强军目标在国防和军队建设中的统领地位牢固确立。

感奋中国梦，献身强军梦，实现个人梦。各部队广泛开展的“中国梦·强军梦·我的梦”主题实践活动，像一支火炬，点燃了官兵扎根军营、建功军营的豪情；如一面战旗，激发了官兵献身国防、征战沙场的斗志。

潜行深海，海军372潜艇官兵战狂风、斗恶浪，涉险境、闯难关，在远海大洋留下闪亮的航迹。官兵感慨道：“回首挺进深蓝的壮阔航程，我们之所以能够勇闯大洋不迷航，历经艰险建奇功，最根本的就在于强军目标的正确指引，这给了我们战风斗浪、骑鲸蹈海的无穷力量。”

太行山下，某部三级军士长郭峰在坦克训练场重复着他的工作。他的职责是为全军培训装甲兵战斗骨干，他的梦想是锻造我军新型装甲兵方阵。郭峰把青春刻进了这条3.75公里长的坦克专用训练道，训练道被坦克履带碾下去半米深，他的梦一天天成真。

强军路在脚下，实干铸就梦想。神舟飞天、嫦娥奔月，芦山抗震、跨区演习，航母交接入列、歼-15成功起降……3年回眸，强军目标深入人心，强军战歌响彻军营，汇聚起为实现中国梦提供坚强保证的磅礴力量！

铸牢军魂铁心向党

2015年底，广州军区某部训练场上，一辆战车引人注目——809号两栖突击车风驰电掣，勇猛冲击。

“2012年12月10日，习主席曾健步登上这辆战车车顶，走到炮塔顶端。”回忆当时情景，车长王锐依旧激动不已：“主席的亲切关怀让我们热血沸腾，我们要坚决做到‘枪听我的话，我听党的话’，把听党指挥这个强军之魂贯穿到一言一行中!”

普通战士一句话，道出了三军将士的共同心声：实现党在新形势下的强军目标，首要一条就是要铸牢听党指挥这个灵魂。

沧海横流，首在掌舵。2012年12月5日，习主席在接见第二炮兵第八次党代表大会代表时，谆谆教导大家，要确保部队绝对忠诚、绝对纯洁、绝对可靠。

“三个绝对”，充分体现了党和人民对我军的最高政治要求——我们之所以能够战胜各种艰难困苦、不断从胜利走向胜利，最根本的就是坚定不移听党话、跟党走。这是我军的军魂和命根子，永远不能变，永远不能丢。

军旗永向党，军魂聚军心。各部队把听党指挥作为军队建设的首要，确保官兵始终在思想上政治上行动上同党中央保持高度一致，坚决维护党中央、中央军委权威。

理论上越清醒，政治上越坚定。

3年来，全军把学习党的创新理论特别是学习贯彻习主席系列重要讲话精神作为首要政治任务，持续兴起学习热潮。全军近万名团以上干部深入基层宣讲辅导，努力推动习主席系列重要讲话精神在部队落地生根，作为引领思想行动的科学指南和根本遵循牢固确立起来。各级领导干部走上讲台，旗帜鲜明地批驳“军队非党化、非政治化”“军队国家化”等错误论调。

塞北演兵场，哈气成霜。遍布沟壑、荒漠之中的某集团军百余个战斗群临时党支部、车厢党小组，运用“帐篷组织生活”、流动党课学习习主席系列重要讲话精神。

“红九连”“杨根思连”“刘老庄连”“科学发展好九连”……一个个英模连队用党的创新理论铸魂育人，大力培养“四有”新一代革命军人，不断强化官兵精神支柱。

各部队深入开展“坚定信念、铸牢军魂”“牢记强军目标、献身强军实践”“学习践行强军目标、做新一代革命军人”主题教育活动。三湾、古田、西柏坡，在遍布大江南北的红色教育基地，一队队绿色身影在此寻根溯源；读书、演讲、听报告，在长城内外的座座军营，听党指挥在潜移默化中融入官兵血脉。

严格政治纪律，严明政治规矩。

3年来，全军各级领导干部带头讲政治、顾大局、守纪律，引导官兵增强政治意识、“看齐”意识和保持一致意识，进一步绷紧了政治纪律和政治规矩这根弦，强化了听党话、守纪律、讲规矩的思想自觉和行动自觉。

前不久，新疆军区4名领导干部因执行力贯彻力不强，在军区电视电话会议上被点名批评。军区党委领导表示，改革当前要从严执纪，领导干部要从严要求，只有把纪律和规矩挺在前面，才能保证各项改革任务落到实处。

武警部队党委巡视组赴武警辽宁、吉林、黑龙江总队进行巡视，对3个单位党委班子及其成员遵守政治纪律和政治规矩、组织纪律、廉洁纪律等情况进行监督检查。

赓续红色血脉，勠力开新图强。

2014年秋，革命圣地古田，新世纪第一次全军政治工作会议在这里召开。习主席亲自决策把这次会议的会址定在古田，就是为了让人民军队始终高擎“党指挥枪”的光辉火炬，传承“思想建党、政治建军”的红色血脉。

习主席在会上深刻阐述新的历史条件下党从思想上政治上建设军队的重大问题，鲜明提出军队政治工作的时代主题，确立了新形势下政治建军的大方略。

革弊鼎新，浴火重生。古田全军政治工作会议吹响了人民军队重整行装再出发的号角。全军官兵聚焦做好学习贯彻古田全军政治工作会议精神“下篇文章”，在思想上作风上正本清源，重塑政治工作形象威信，听党指挥在官兵心中深深扎根。

根本标准牢固确立

这是摆在每一个军人面前的使命之问。

在一次会议上，习主席的重要讲话振聋发聩：关于军队建设和改革，我想的最多的就是，在党和人民需要的时候，我们这支军队能不能始终坚持住党的绝对领导，能不能拉得上去、打胜仗，各级指挥员能不能带兵打仗、指挥打仗。

承平日久，忧思难忘。能打仗、打胜仗，是强军之要；实现强军目标，就必须对“和平积弊”来一次彻底的大扫除！

2013年“八一”前夕，习主席视察部队时号召全军官兵，要始终坚持战斗力这个唯一的根本的标准，深入开展我军根本职能教育，真正使战斗队意识在官兵头脑中深深扎根。

两个月后的金秋时节，由4万多名官兵参加的“使命行动-2013”跨区机动战役演习拉开大幕。不怕暴露问题，不怕推倒重来，不怕演砸出丑，实战精髓贯穿全程，鲜明导向指引三军。

这是一场席卷全军的“头脑风暴”。

2014年，一场战斗力标准大讨论在全军部队如潮如涌。上至领率机关、下到基层班排，上至军委领导、下至普通一兵，层层对照检查，人人全程参与。

某师邀请参加过边境自卫作战的老兵回部队，为大讨论点燃第一把火。演训场上，老兵们一眼就看出了问题：明明高地上有良好的隐蔽地形，一些战士冲锋时却不利用；战场上随时可能有伤亡，有的指挥员却没考虑过部队减员后怎样调整战术。

“坚持战斗力标准说起来简单，但真要落实却并不容易！”各部队向“和平兵”“太平官”观念宣战，向“训为看、演为看”的花架子假把式问责，使战斗力这个唯一的根本的标准在军队各项建设中真正立起来、落到位。

向“和平积弊”开刀、打破“红必胜蓝必败”的思维定势、整治实战化“标签乱象”……各部队紧盯短板弱项、坚持问题牵引，真打实备成为训练场上的鲜明导向。

3年来，各部队全面推进军事训练实战化，变革之深、力度之大、标准之高、要求之严前所罕见，显著提升了打赢信息化战争的能力，在我军训练史上写下了浓墨重彩的篇章。

这是和平年代对军人血性的现实考验。

和平是军人所盼，和平又成了军人最大的敌人。今天，我们是否依然保持革命军人应有的虎狼之气？

自古军旅多艰险，从来为武少安闲。对于长期和平环境可能对部队战斗精神的影响，习主席一针见血、击中要害：和平时期，军队生活条件搞得好一些是可以的，但决不能把兵带娇气了。威武之师还得威武，革命军人还是要有血性。无论什么时候，一不怕苦、二不怕死的战斗精神不能丢。

血性永远是军人的脊梁，是胜利的刀锋。各部队狠抓战斗精神培育，越来越多的官兵认识到，战斗力从来都是以敢于亮剑、勇于牺牲的铁血精神为支撑的，未来战场的真正英雄应该是“信息精英+钢铁硬汉”。

驻守刘公岛的某海防团一连，恢复了单兵刺杀训练。官兵说，虽然拼刺刀在“非接触作战”中应用的可能性已大大降低，但无论战争形态怎样变化，它始终是人与人的比拼，血性是每名军人的“必修课”。

辽宁舰舰载机试飞风险系数高，航母飞行甲板跑道长度不到陆地机场的10%，飞行员在高空看到的飞行甲板仅一张邮票大小。“在200公里以上时速玩穿针引线的精细活”，“航母战斗机英雄试飞员”戴明盟一次次勇闯“鬼门关”。

2015年9月19日晚，空军一级飞行员李通驾驶战机夜间飞行训练时，在3500米高空发动机突然停车。面对机翼下的万家灯火，他3次调整航向，将战机对准无人区，在离地351米的超低空跳伞。198秒，从3500米到351米，近百个操作动作，李通凭借军人的血性胆气完成了惊心动魄的一跳。

练兵先练胆，铸剑先铸气。远海护航，冲锋在波峰浪尖；反恐维稳，战斗在危险一线；抢险救援，奋不顾身赴汤蹈火……每当党和人民需要的时候，人民子弟兵总是挺身而出、勇往直前。

纠风治弊浴火重生

能否始终如一保持我党我军光荣传统和优良作风，关系永葆人民军队政治本色，关系军队形象和战斗力建设，关系军队的生死存亡。

党的十八大以来，中央军委坚决贯彻习主席指示，把作风建设作为军队一项基础性长期性工作抓紧抓实，夯实依法治军、从严治军这个强军之基。

这3年，党性锤炼从未间断。

好的作风，要靠坚定的理想信念、坚强的党性原则、纯洁的思想道德、严明的纪律观念来支撑。各部队坚持从思想根子抓起，解决好世界观、人生观、价值观这个“总开关”问题，补足党员干部精神之“钙”。

从“学习贯彻党章、弘扬优良作风”教育活动，到党的群众路线教育实践活动，再到“三严三实”专题教育整顿，全军以党委班子和领导干部为重点，紧紧扭住增强党性这个根本，教育引导广大党员扎实锤炼思想作风，在以知促行、知行合一中坚定正风肃纪的决心意志。

开好专题民主生活会是改造思想、锤炼党性的重要平台。在“三严三实”专题教育整顿中，各大单位党委班子成员围绕“四个说清楚”和5个方面对照检查内容深查深挖，主动交明白账，提出批评意见1167条，给部队作出了样子、传导了压力。全军团以上党委班子成员普遍拿起批评和自我批评有力武器，思想交锋充满“党味”“辣味”，相互之间脱去“隐身衣”、捅破“窗户纸”，既帮思想又拉袖子，批走了一团和气，批出了清风正气。

这3年，打虎拍蝇重拳频出。

党内不能有腐败分子的藏身之地，军队是拿枪杆子的，更不能有腐败分子的藏身之地。郭伯雄、徐才厚、谷俊山等严重违法违纪问题的严肃查处，向世人昭示：“不论什么人，不论其职务多高，只要触犯了党纪国法，都要受到严肃惩处。”

用人导向，是政治生态的源头。干部工作大检查、“裸官”清理、干部系统“三守两满意”教育整顿等多措并举，群众公认的干部受到重用，违规提升任用的干部受到处理，跑官要官得到有效遏制，军队好干部标准牢固确立。

在全军干部工作大检查中，发现某师一名基层干部违规提拔。查清原因后，师党委如实上报，给6名相关责任人报请处分，其中包括两名师班子成员。面对部分干部“小题大作”的议论和“家丑外扬”的顾虑，师党委态度坚定：如果在这些事情上报喜藏忧、迁就照顾，严从何来、实在何处？

这3年，纠风治弊持续用力。

踏石留印，抓铁有痕。全军各级党组织和广大党员坚决贯彻整风整改精神，上下联动、同向着力，一步一个脚印、一年一个台阶，坚决反对形式主义、官僚主义、享乐主义和奢靡之风，打响了一场场解决沉疴流弊的攻坚战。

某警卫团超配兵员不再担任领导干部的“勤杂工”，一律回到基层连队；某团招待所大门为兵开，供来队亲属免费入住，去年全团接待各类工作组数量相较前年锐减60%，且工作组成员大多住在连队。

整改干部住房、用车、家属子女管理和身边工作人员使用等方面的问题，纯正训风、演风、考风，压减行政消耗性开支，清退超配超占干部和士兵……许多长期存在的痼疾顽症得到强力遏制。

这3年，制度笼子越扎越紧。

从治标到治本，关键靠制度。《关于加强和改进军队领导干部经济责任审计工作的意见》《军队实行党风廉政建设责任制的规定》《严格军队党员领导干部纪律约束的若干规定》等一系列法规制度相继出台，强力推动军队作风建设进入法治化轨道。各级在加强党委自身建设、规范用权用钱、严格房地产管理等方面主动严标准立规矩，制度体系更加科学配套。

某集团军出台“纯正基层风气双十条”规定，从婚丧嫁娶收份子钱等司空见惯、见怪不怪的具体问题抓起，制定了“不准以任何理由收受战士钱物”等基层干部“十不准”，以及 “不准以任何理由向干部送钱送物”等战士“十不准”，条条直指官兵身边不正之风。

“令在必信，法在必行。”军委纪委连续通报违纪违法典型案件、作风方面明察暗访等情况，严肃查办一批案件，起到有力震慑警示作用。各级不断强化制度执行力，用制度管权、管事、管人，坚持法规制度面前人人平等，不留“暗门”、不开 “天窗”，工作运行和部队管理越来越规范。

一步迈出去，永远在路上。

如今，“四菜一汤”不再是新闻，“光盘行动”已蔚然成风，公款消费的“虚火”退了，迎来送往的“规矩”破了，“训为看、演为看”的假把式没市场了，部队风气有了明显好转。面对纠风治弊攻坚战，人民军队交出了一份沉甸甸的成绩单！

必由之路制胜未来

2016年元旦，一则信息含量十足的“大消息”迅速占据各大媒体头条：中国人民解放军陆军领导机构、火箭军、战略支援部队成立。

强国必强军，强军必改革。2013年11月，党的十八届三中全会对全面深化改革作出整体部署，将国防和军队改革作为单独一部分写入全会决定，纳入国家全面深化改革的总体布局，上升为党的意志和国家行为。

这是实现中国梦、强军梦的时代要求，这是强军兴军的必由之路，这是决定军队未来的关键一招！

习主席亲自担任中央军委深化国防和军队改革领导小组组长，领导调研论证和方案拟制工作。透过紧锣密鼓的日程表，党中央、中央军委推进改革的坚定决心和科学稳慎的工作部署清晰可见：

2014年全国两会刚刚闭幕，军委改革领导小组第一次全体会议随即召开，审议通过改革重要举措分工方案和改革工作路线图。仅半年多时间，就召开800余个座谈会、论证会，覆盖690余个军地单位，改革调研论证过程成为充分发扬民主、集中全军智慧的过程。

2015年1月27日召开的军委改革领导小组第二次全体会议，对拟制改革方案作出部署。历时一年零九个月，改革方案研究论证和拟制工作圆满完成，一整套解决深层次矛盾问题、有重大创新突破、我军特色鲜明的改革设计破茧而出。

2015年7月14日，军委改革领导小组第三次全体会议审议并原则通过《深化国防和军队改革总体方案建议》。7月22日、29日，中央军委常务会议和中央政治局常委会议分别审议和审定《总体方案》。10月16日，再次召开中央军委常务会议，审议通过《领导指挥体制改革实施方案》……

若干年后，当我们回顾历史，这必然是又一个里程碑式的关键节点。

2015年11月24日至26日，中央军委改革工作会议在北京举行，习主席向全军发出深化国防和军队改革的动员令：全面实施改革强军战略，坚定不移走中国特色强军之路。

一场具有划时代意义的整体性、革命性变革正式启动，一幅承载着民族复兴伟大梦想的蓝图跃然眼前。

抓住党在新形势下的强军目标这个“牛鼻子”，坚持用强军目标审视、引领、推进改革。构建军委—战区—部队的作战指挥体系和军委—军种—部队的领导管理体系，裁减军队员额30万，强化纪检、巡视、审计、司法监督的独立性和权威性，健全三位一体的新型军事人才培养体系……

深化改革的根本指导鲜明确立，总体目标清晰明了，战略举措科学有力。一位军事专家评论：有了强大军事力量这个“压舱石”，中国落后挨打的历史悲剧绝不会重演，中国特色社会主义航船就能破浪前行。

改革强军，奋楫中流。全面实施改革强军战略，让全军官兵倍感振奋、信心满怀。各部队普遍开展专题教育，话改革、议担当，不断强化政治意识、大局意识、号令意识，自觉过好政治关、利益关、纪律关，坚决打赢改革这场攻坚战。

陆军领导机构组织开展“矢志改革强军，同心干事创业”专题教育，党委一班人说，陆军领导机构刚刚成立，没有现成的经验学习、没有既定的模式可用，必须大力发扬改革创新精神，越是条件艰苦越要迎难而上，越是任务繁重越要奋力拼搏，以自己的“辛苦指数”换取陆军转型建设的“发展指数”。

火箭军部队组织官兵认真学习习主席在成立大会上的训词，“学习训词精神，牢记使命嘱托”讨论活动如火如荼。正在执行演练任务的“常规导弹第一旅”官兵在学习教育中进一步激发了战斗豪情，官兵顶风冒雪，快速完成野营部署、隐蔽伪装、占领阵地等10余个课目演练，作战效能实现新跃升。

新成立的战略支援部队以学习习主席训词为开篇，迅速部署党委班子、机关、部队三个层面的学习，集中7天时间组织开展“牢记主席训词，建设过硬部队”专题学习教育活动。战略支援部队党委常委分6个专题授课辅导，进一步激发了官兵贯彻改革强军战略、投身战略支援部队建设的信心斗志。

对照“时间表”，遵循“路线图”，全军各级领导干部坚决落实改革任务部署，带头讲政治、顾大局、守纪律、促改革、尽职责，以上率下为官兵做好样子、立起标杆。

“听吧，新征程号角吹响，强军目标召唤在前方……”这嘹亮的《强军战歌》唱出了三军将士的激昂心声，英雄的人民军队必将在改革强军伟大实践中凤凰涅槃、换羽新生！

（2016年1月10日1版头条）

“生命线”在这里延续

——驻闽部队党的群众路线教育实践活动调查与思考

■本报记者　欧世金　欧　灿　毛　俊

开栏的话

党的十八大以来，习主席围绕改革发展稳定、内政外交国防、治党治国治军等事关党、国家和军队建设发展的重大问题，发表了一系列重要讲话，以巨大的理论勇气和政治智慧，提出许多富有创见的新思想新观点新论断新要求，深刻回答了新的历史条件下党、国家和军队发展的重大理论和现实问题，丰富发展了党的科学理论，为全党全国全军奋力实现中国梦、强军梦提供了基本遵循。

本报自今日起推出“学习贯彻习主席系列讲话精神、凝聚力量推动强军兴军实践”专栏，全面反映讲话精神对军队建设发展产生的重大指导推动作用，全面展示各部队学习贯彻习主席系列重要讲话精神的生动实践，充分反映部队建设的新变化、新面貌、新成果，激励广大官兵更加坚定对以习近平同志为总书记的党中央的信赖和拥戴，更加坚定听党话、跟党走的政治信念，确保任何时候、任何情况下坚决听从党中央、中央军委和习主席指挥，以更加饱满的热情、更加奋进的姿态，投身强军兴军的伟大实践。

才溪，八闽大地一个民风淳朴的小乡村。这里清澈透亮的溪水，浸润并启迪了早期中国共产党人的灵感与智慧。

1933年11月，长发飘飘的青年毛泽东第三次来到福建上杭县才溪乡开展调查，在一间土屋里写下《才溪乡调查》这篇光辉著作，树立了深入群众、调查研究、实事求是的典范。才溪、古田、上杭、长汀、龙岩……这片洒满烈士鲜血的红土地，被党史专家视为党的群众路线的重要发源地。

80年后的今天，一场波澜壮阔的群众路线教育实践活动在全党展开。“照镜子、正衣冠、洗洗澡、治治病”，习主席在党的群众路线教育实践活动工作会议上发出的动员令，吹响了纠“四风”、转作风的战斗号角。

金秋时节，我们怀着敬仰之情，走进党的“生命线”的源头，走进驻守在这里的三军部队，实地感受群众路线的生动实践和时代内涵，万千感慨涌上心头——人民是历史的创造者，党同人民保持血肉联系，国家就繁荣稳定，人民就幸福安康。

干部形象在变，部队风气在变，人民群众对党更有信心了——

又见“苏区干部好作风”

福建长汀，群众路线教育馆，参观学习的人络绎不绝。

习主席强调指出，对我们共产党人来说，中国革命历史是最好的营养剂。多重温这些伟大历史，心中就会增加很多正能量。教育实践活动中，驻闽部队纷纷组织党员干部来到这里，汲取原生态政治营养。

树有根，水有源。红色苏区，流传着许多鲜活感人的故事，毛泽东把自己的军毯送给炊事员杨冬冬，朱德为农户刘婆婆做饭担水被认作“伙夫头”，张闻天帮助红军家属砍柴……老区人民代代相传的感人故事，生动见证了党与人民群众的血肉联系。

“苏区干部好作风，自带干粮去办公，日着草鞋干革命，夜打灯笼访贫农……”讲解员浅吟低唱的闽西山歌，让人强烈感受到革命先辈的人民本色。

历史的接力棒传到今天，《苏区干部好作风》的旋律依然在闽西大地回响。

身边的变化实实在在，基层官兵如数家珍。武夷山市人武部一位干部告诉记者，过去接待压力特别大，尤其旅游旺季，他们几乎天天都得陪人去爬武夷山，日常工作只能放到晚上干。今年好了，来人与去年同期相比减少747人次，接待经费压减35%。

从狠刹“舌尖上的浪费”到提倡节俭办晚会，从精简检查评比到搬走文山会海，从不搞迎来送往到领导当兵蹲连，从纠治“门难进、脸难看、事难办”到机关干部上门服务……纠治“四风”的实招，在军营引来赞誉一片。

“机关的作风变了，真变了，基层官兵的期盼变成了现实。”某海岛一名干部指着一排海水淡化设施说，福建省军区筹措资金5000多万元，为条件最艰苦的3个海岛连队铺设通信光缆，建成海水淡化设施。“过去，喝上一口没有怪味的白开水，对守岛人来说都是一种奢望。如今，龙头一拧，纯净水敞开喝，我们打心眼里觉得甜。”

“整治力度前所未有，我们从中看到了党委机关转变作风的信心和决心。”提起专项整治，许多党员干部感慨尤多。

东海舰队某基地党委“一班人”如实填写《个人有关事项报告表》，由财务、纪检等部门逐项进行核实，向机关和部队公示，真诚请求大家监督。

福建省军区在专项整治中交出一份硬邦邦的成绩单：清退各级机关借调干部37名、超占兵员132人，认定的167套不合理住房已全部清退，清理压减超编车辆153台。一位处长感慨道，过去也曾搞过若干次类似的清理，因为抓而不紧，力度不够，效果不理想，这次真不一样，雷声大雨点更大。

更为可贵的是，务实新风吹进了演兵场。陆军第31集团军端正训风演风考风动了真格，基层官兵好评如潮。记者采访时，有人伸出大拇指，一口气连说了演兵场上的“六不”新风：所有检查考核不打招呼、不搞照顾，所有指挥演练不编脚本、不念台词，演习结束后不开表彰大会、不为机关评功摆好。有次演习的总结报告只用5行文字讲成绩，剩下的篇幅都在说问题。

驻地群众的赞扬充满感情：“我们从解放军身上看到了当年红军的影子，看到了红军的好作风。”他们说实弹演习打响之前，部队派出群众工作小组，进村入户慰问困难群众，对演习区域的每间房屋、每片果林进行调查摸底，对可能造成的损失商定赔偿事宜。渔民们感动地说：“可以几天不捕鱼，不能一刻不练兵！”

穿行在革命先辈深爱的这片红土地，记者强烈感受到，党员干部的形象在变，部队的风气在变，人民群众对党更有信心了。正所谓变则通，通则久，党的群众路线在新的历史条件下焕发出耀眼的时代光芒。

走进苏区，灵魂在净化；走出苏区，思想在升华——

永远信仰人民的力量

种种变化，首先是从触及思想、触动灵魂开始的。

“知道从哪里来，才更清楚向何处去。”福建省军区政委曹德信说，“思想是行动的先导，教育实践活动的首要环节是搞好学习教育。我们组织党员干部重访苏区，目的就是让大家寻根溯源、自我拷问，来一场思想上的革命！”

清澈见底的才溪河畔，一座栉风沐雨半个多世纪的亭阁上，毛泽东亲笔题写的“光荣亭”三个大字依然熠熠生辉。

1956年，毛泽东视察南粤大地，陪同调查的一位同志提出想回才溪老家看看，毛泽东沉吟良久，饱含深情地说：“你回去代我向才溪人民问好吧，才溪人民确实光荣啊！ 100个人中有88个当红军去了……”

从1933年才溪调查，到1956年视察南粤说起才溪，整整23年过去了，毛泽东谈起才溪人民，就像谈起自己的兄弟姐妹，感情是那样的深厚，记忆是那样的深刻。“100个人中有88个当红军去了”，脱口而出的一句话，道出了人民在他心中的位置！

“光荣亭”前，东海舰队某基地政委陈显国在笔记本上记下这样一组数据：仅仅一个才溪乡，就有2000多人在革命战争中英勇献身，其中一门三烈士的有5户，兄弟同为烈士的有58户。又何止一个才溪乡！当年闽西十万儿女当红军，留下姓名的革命烈士就达2.4万人。

“忘记就意味着背叛！”一位将军对记者说，“头一回看到这组数据，我的手在颤抖、我的心在颤抖，灵魂深处仿佛有一个声音在呐喊：我们共产党人，如果忘记和辜负了人民的大恩大德，就等于放弃了赖以生存的血脉、根系和土壤。”

从打破敌军铁壁合围“十万工农下吉安”，到独轮车队伴随 “百万雄师过大江”……我党我军光辉史册的每个篇章，都印证着那条颠扑不破的真理：人民，只有人民，才是历史的创造者！

寻根之旅，带来的不仅是心灵深处的震撼，还有穿越时空的思索。

烽火岁月中，刘伯承曾经给部属出过这样一道“思考题”：老百姓不是命里注定要跟我们走的，为什么不跟别人走呢？

俯读仰思，驻闽某部的党员干部们在寻找答案。我党我军诞生之初就昭告天下，“军叫工农革命，旗号镰刀斧头”，为了工农利益，甘愿牺牲一切。“一切为了人民，一切依靠人民”，正因如此，群众才不惜身家性命跟着共产党走！

江西瑞金，群众路线广场。在镌刻着毛泽东光辉著作《关心群众生活，注意工作方法》的雕塑前，许多党员干部逐字逐句轻声诵读：“要得到群众的拥护么？……就得真心实意地为群众谋利益，解决群众的生产和生活的问题，盐的问题，米的问题，房子的问题，衣的问题，生小孩子的问题，解决群众的一切问题。”

“这句话今天听来，尤其值得深思！”一位部队领导说，“战争年代我们依靠群众赢得天下，现在好像倒过来了，某些干部的所作所为让人觉得，本该服务群众的公仆却成了群众服务的对象。这种现象，如果任其滋生蔓延，我们党就有失去根基的危险。”

不少干部对长汀群众路线教育馆里的一段解说词记忆犹新：每次与群众座谈，毛泽东事先都会列出非常详细的调查提纲，诸如扩大红军、优待红属、生产支前、文化教育等，口问手写，有交流有讨论，并不时起身给乡亲们发卷烟、倒茶水……当群众谦让时，毛泽东风趣地说：“我请你们来，你们就是我的先生，学生对先生理应恭敬嘛！”

“反观当下，我们沙发坐得多了，马扎坐得少了；机关小餐厅去得多了，连队大锅饭吃得少了；溢美之词听得多了，逆耳之言听得少了。自以为离官兵还很近，实际上已经不知不觉拉开了距离。”站在毛泽东旧居前，大家的反思意味深长。

反思过后是行动。陆军第31集团军一位领导到基层蹲连住班，与战士朝夕相处了半个月，感触最深的有两条。一是离兵近一点，感情才会深一层。经常端端战士的碗、睡睡战士的床、闻闻战士的汗味，才能真正体味他们的酸甜苦辣，进而端正对官兵的根本态度。二是把官兵当主体，部队建设就会好戏连台。部队遇到的许多新情况新问题，破解“良方”就在基层官兵手中。只要真心诚意相信官兵依靠官兵，尊重官兵的创造精神，就能激发出无穷智慧和力量。

走进苏区，灵魂在净化；走出苏区，思想在升华。

“一些领导干部犯错误无非有两条：一条是政治上跑偏，一条是生活上走邪。两条轨迹的源头，都是信仰信念发生了动摇。”福建省军区政治部主任盛炳荣说，理想信念是共产党人精神上的“钙”，也是革命军人意志上的“钢”。我们必须牢记习主席的谆谆告诫，精神上“缺钙”，就会得“软骨病”；世界观、人生观、价值观这个“总开关”问题没有解决好，出轨越界就在所难免。

总政驻闽某部部队长王树把教育实践活动的要求归纳为两句话：一是“回得去”，二是 “跟得上”。前者是指把根留住，保持战争年代党同人民群众那种血肉联系；后者是指紧跟党中央、中央军委转变作风的步伐，激浊扬清，不信东风唤不回。

敬畏人民，信仰人民，充分感知人民的力量，其实就是向血脉的回归，向本源的回归，向“生命线”的回归！

抛开面子揭短亮丑，敢于交锋根治顽症——

刮骨疗毒除“四风”

种种变化，得益于各级敢抓真抓实抓，得益于抓到了要害处，抓到了点子上。

在当今中国，人们最痛恨、最厌恶、最担心的，莫过于一些党员干部身上存在的形式主义、官僚主义、享乐主义和奢靡之风。习主席一针见血地指出，“四风”是损害党群干群关系的重要根源。“四风”不除，民心不顺，一切建设发展也就失去了根基。

正是基于这样的认识，驻闽部队坚决贯彻落实习主席提出的“照镜子、正衣冠、洗洗澡、治治病”的要求，以刮骨疗毒的决心，集中纠治“四风”问题。

这决心，表现为以上率下的带头意识。

“先把房子退出来，再开专题民主生活会。”清房工作中，福建省军区党委“一班人”决定先拿自己开刀，给部属做出好样子。

司令员汪庆广的家属没有随调到福州，经上级认定本来可以保留住房，但他还是执意从原来的房子里搬了出来。面对疑问，汪庆广说：“打铁还需自身硬。纠治‘四风’要有钉钉子精神，榔头不硬，钉子怎么钉得进去?”就这样，“一班人”带头腾退了3套住房。此后，清房这一众人眼里的棘手问题，在福建省军区推进得顺顺当当。

领导干部是本书，上上下下都在读。采访中，陆军第31集团军副政委朱永和谈到，“四风”问题集中反映在领导机关和领导干部身上，纠“四风”转作风，关键要靠领导带头。否则，反对“四风”无异于拳打棉花，改进作风只能是自欺欺人。

这决心，表现为真刀真枪的思想交锋。

“违规占用的住房和车辆，今天不交早晚要交，迟交不如早交。现在是作风问题，拖下去就是纪律问题，等到组织上指名道姓查上门，那就真的被动了！”在驻闽部队专题民主生活会上，时常能听到类似充满“火药味”的发言，与过去经常听到的场面话、客套话完全不是一种语态。

总政驻闽某部召开专题民主生活会前，党委“一班人”谈心交心，说的都是掏心窝子的话：“出了成绩说自己领导有方，出了问题怪下属落实不力”“有的干部反映，你资历老、职务高，有话不敢跟你讲”“下去搞调研，不要先入为主，做命题作文”……

衣冠正不正，照照镜子才知道；脸上脏不脏，旁人看得最清楚。要想祛除病灶根治顽症，必须重新拿起批评和自我批评这把手术刀。该部政委尹洪文感慨：“这种掏心见胆、不留情面的思想交锋，确实达到了拉袖子、红红脸、出出汗的效果。”

这决心，表现为开门整风的诚恳态度。

在福建省军区政工网上，新开设的“有问必答”平台人气很旺。对于官兵和老干部提出的133个问题，党委机关按照职能分工都作了详尽答复，内容涉及选人用人、选调技术学兵、小散远单位生活难题、转业安置、子女入学等方方面面。一位处长介绍，省军区结合专项整治，开展了“立即改、马上办”活动，要求领导机关对下级报批的事项尽快研究答复，业务处答复不过夜，部门答复限定在5个工作日以内。

立即改，改得彻底；马上办，办得漂亮。一名士官告诉记者，有一年他晋升军衔，足足等了半年才领到新肩章。现在，省军区规定，接到军人保障卡办公室的变更通知单后，3日内必须将军衔等发到位，基层官兵反响很好。

这决心，表现为较真碰硬的凛然正气。

人情风、关系网是败坏风气的毒瘤。面对沉疴痼疾，必须有撕开情面、较真碰硬的勇气。

有个单位在清房时发现，一位老领导有套不合理住房。问题是，现任班子成员多数是他带过的“兵”，让老首长搬出来，咋开得了这个口？有人建议，先从外围入手。清房小组跟他的子女吹风，结果碰了个软钉子，“清房小组还不是听你们的，抬抬手就放过去了”。

绕道走不是解决难题的办法。“一班人”集体登门做工作：“老首长，是您培养我们走上领导岗位的，现在专项整治遇到了难处，您可千万得支持我们一把……”几番推心置腹，老领导把房子退了出来，还把发牢骚的子女剋了一顿。

在驻闽部队，这样的故事俯拾皆是。故事传递出一种信心：共产党人最能打硬仗，当年打江山没有攻不下的山头，如今正风气没有攻不克的顽症！

真抓实练，真打实备，战斗力标准更加清晰——

把形式主义赶出训练场

种种变化，朝着同一个目标聚焦，那就是战斗力这个唯一的根本的标准。

习主席多次强调，要扭住能打仗、打胜仗这个强军之要，坚持仗怎么打兵就怎么练，打仗需要什么就苦练什么，在近似实战的环境下摔打锻炼部队。采访期间，驻闽部队或在组织驻训，或在参加演习，记者欣喜地发现，训练考核中的水分少了，真打实备的氛围浓了，能打仗、打胜仗成为响彻军营的时代强音！

铁流滚滚，狂飙突进；烽烟四起，全程鏖战。参加“使命行动-2013A”跨区战役演习的陆军第31集团军，一路破解迷局、变局、残局、危局，在陌生地域全面检验部队快速应变能力，一体化联合作战、远程立体兵力投送亮点频现，实战化训练水平明显提高。

透过滚滚硝烟，记者看到这样一种鲜明导向：让“练即战”的思想贯穿全程。

今天，当我们振臂高呼“练即战”的时候，可曾想到，奋战在这片红土地上的革命前辈，曾经是“战即练”的典范，是“在战争中学习战争”的楷模！几十年过去，这支“七百里驱十五日，赣水苍茫闽山碧，横扫千军如卷席”的军队，是否还能一往无前，所向披靡？

越是承平日久，越要强化忧患意识、使命意识、责任意识，越要毫不动摇地坚持战斗力标准，越要建设能打仗的班子、培养能打仗的干部、锤炼能打仗的部队。

某军用机场，战鹰列阵，整装待发。空军驻闽某部召开现场办公会，快刀斩乱麻，诸多训练保障难题迎刃而解。“班子强不强，主要看打仗。”党委“一班人”态度非常明确，作决策、定方案，都用战斗力的尺子量一量，战斗力标准这个“指挥棒”指向哪里，军事资源就向哪里配置，官兵精力就向哪里聚焦，工作重心就向哪里倾斜。

“84年前，古田会议就强调，‘党对于军事工作要有积极的注意和讨论’。党组织议战议训，是经过激烈交锋和艰难探索才形成的一项重要制度。反观现在，有的领导精于抓人头、不善统龙头，勤于建营盘、疏于垒沙盘，想打仗谋打赢天天挂在嘴上，议战议训质量却并不高。”陆军第31集团军政委姜勇深有感触地说，“学习战争、研究打仗才是领导干部的主课主业，心思都往这上面放，作风就不会有大问题。”

演兵场上的新气象更加令人振奋：参加演习部队，常委带头住帐篷，和机关干部一道吃盒饭，机动途中全部在指挥方舱坐镇指挥；有的单位选派纪检干部深入演兵场担任训练“质检员”，把简化训练内容、降低训练难度等突出问题作为监察重点；有的单位出台硬性规定，严格演训活动经费预算审核，凡是用来搞“花架子”的钱一律砍掉……

东海舰队某基地最近组织的实兵演习又往前迈出一步。他们打破建制、突破辖区，无预案随机导调，千方百计缩短从“靶场”到“战场”的距离。一名基层指挥员坦率地说：“怕什么就给你来什么，什么差火候就让你演什么，天天额头冒汗、心里发毛，这样的演习真不是闹着玩的。”

聚焦能打仗、打胜仗改作风，不仅仅体现在训练场。前不久，陆军第31集团军干部调整时，有的师旅推荐的机关干部比例较高。“我们应该树立什么样的风向标？”集团军党委及时指出问题，统一思想，决定将任职满4年且已列入后备干部的13名营主官全部提升使用。

“谁能打仗就提拔谁”，这样的导向，在战争年代实为常态。红军方阵中，20岁出头的军、师、团级干部比比皆是，那时选拔干部的标准只有一个：战功。擦亮打仗这个“选将刻度”，战斗力标准就会更加清晰；让能打仗的官兵看到希望，军队打胜仗才有希望！

不是尾声

11月28日，习主席视察济南军区部队时强调，当前，军队党的群众路线教育实践活动取得明显成效。要乘势而上、乘胜追击，善始善终、善作善成，努力实现作风根本好转。

采访中，许多官兵谈到，现在大家最关注的焦点问题是，教育实践活动的好势头能不能保持住，改进作风会不会一阵风、会不会换“频道”？

正如一位高级领导干部所言：这次教育实践活动就像一场持久战，目前只是攻占了前沿阵地，还有相当的纵深要突破，还有许多碉堡要攻克——

治理“五多”问题，尚未收到明显成效；端正训风演风考风，仍需锲而不舍抓下去；对选人用人上的不正之风，官兵期盼能有一个根本性转变。还有一种苗头需要警惕：有的单位一说搞教育就没完没了地开会发文，一说抓整治就层层定制度订措施，甚至班排长也在 “建章立制”。如果不及时纠正，很可能产生新的形式主义。

已经纠治的防反弹，承诺解决的要兑现，深层次矛盾敢触及，新出现的问题不放过。总之，要瞪大眼睛警惕形式主义、官僚主义、享乐主义和奢靡之风 “换马甲” “改面孔”，要警惕那些在高压态势下 “潜伏下来”“冬眠起来” 的问题再次抬头。

作风建设只有进行时，没有完成时。

党的十八届三中全会，吹响了全面深化改革的进军号角。中国梦天高地广，强军梦任重道远。巩固人民政党的“生命线”，守护人民军队的精神家园，我们永远在路上……

社长感言

今天我们谈信心

■禹　光

党的群众路线教育实践活动展开已经半年，成效如何？我与本报记者一起寻根闽西热土，踏访驻闽部队，一个非常强烈的感受是：纠治

"四风"真抓真管用，越抓越有效，今天可以谈信心了！

我们欣喜地看到，部队风气在变，作风在转：吃喝风收敛了，送礼风刹住了，清车清房碰了硬，端正训风演风考风较了真，尤其是领导干部落实"说清楚""交明白账"要求深得人心，官兵身边出现了诸多新气象，根治"四风"的信心树立起来了，主动参与的热情调动起来了。

信心的丧失是不知不觉的，信心的恢复是一点一滴的。在纠治群众反映强烈的"四风"问题上，党中央和习主席采取步步为营、层层推进的策略，抓了中秋抓国庆、抓了国庆抓元旦，抓了月饼抓贺卡、抓了贺卡抓烟花，一件一件地抓，一风一风地刹，就这么一直抓下去，使之形成一种习惯、一种风气，让群众看到我们党正视并解决问题的坚定决心，看到作风转变带来的实实在在的变化。

不可否认，各单位在触及问题上，有的立见成效，有的初见成效，有的还要看长效。一些官兵仍存在某种担心和顾虑：会不会只治标、不治本，走的程序变成"跑龙套"、立的规矩成为"稻草人"，"刮一阵大风、下一阵急雨，风来草自偃、雨过地皮湿"？这种担心可以理解。毕竟，改进作风刚刚破题，作风建设没有终点。但是，治标是治本的基础和钥匙，治本是治标的方向和目标。只要我们联系实际、研机析理、解疑释惑，锲而不舍、驰而不息、久久为功，抓住理想信念这个"根"、规章制度这个"本"，真正内化为思想、固化为制度，就能使作风建设标本兼治、常态长效。

信心的建立弥足珍贵。群众对反"四风"有信心，才能对党有信心；对党有信心，才能对中国的前途和未来有信心。信心的坚定任重道远。改进作风尤其需要恒心和韧性，不能因为有了成绩而盲目乐观。特别是当前，全面深化改革的蓝图已经绘就，国防和军队改革的号角已经吹响。只有不断巩固和坚定这种信心，才能抢抓发展的新机遇，夺取改革的新胜利，实现党在新形势下的强军目标！

（2013年12月9日1版）

贯穿全年的主题教育活动正逐步转入深化阶段，如何围绕强军目标加强改进，紧贴强军实践发挥作用，是一个值得深入研究的课题。请看本报记者采写的观察与思考——

主题教育往哪里深

■本报记者　欧世金　欧　灿　毛　俊

引　言

在十二届全国人大一次会议解放军代表团全体会议上，习主席鲜明提出建设一支听党指挥、能打胜仗、作风优良的人民军队这一党在新形势下的强军目标。这是习主席着眼实现中华民族伟大复兴的中国梦，向全军官兵发出的强军兴军伟大号召，为在新的历史起点上加快推进国防和军队现代化指明了方向。

切实把全军官兵的思想和行动统一到实现强军目标上来，是当前思想政治教育最重要最现实最紧迫的任务。自年初以来广泛开展的“坚定信念、铸牢军魂”主题教育活动，正逐步转入深化阶段，只有聚焦强军目标，紧贴强军实践，才能真正深下去、实起来，发挥重要作用，取得扎实成效。

铸牢军魂为什么要年年抓天天讲?

基层官兵政治立场的坚定是毫无疑问的，但在一些具体问题的认识上有的还不够深透。面对意识形态领域尖锐复杂的斗争，切不可掉以轻心。

主题教育年年搞，铸牢军魂是核心。今年的主题教育活动再次聚焦军魂教育，是缘于我们这支军队当下所处的新的历史方位。时代在发展，人的思想在变化，只有掌握官兵的思想脉动，主题教育才能真正触及灵魂，发挥作用。

细察2013年出现的新变化、新情况、新特点，可以清醒地看到“军魂”二字的时代价值——

今年是学习贯彻十八大精神开局之年，习主席提出了实现中华民族伟大复兴的中国梦，提出了党在新形势下的强军目标；

钓鱼岛、黄岩岛不断有人挑起事端，中亚地区“三股势力”依然活跃，朝鲜半岛安全形势引发各方高度关注；

西方国家鼓吹“军队非党化、非政治化”和“军队国家化”的论调一天也没有停止，而且手法不断翻新；

社会热点敏感问题备受关注，网上各种观点鱼龙混杂，模糊是非界限……

铸牢军魂面临的挑战和考验，不可掉以轻心。一些基层官兵反映，对于敌对势力鼓吹的谬论，知道它是错的，必须坚决反对，但是到底错在哪里，并没有完全搞清楚。一些基层带兵人认为，官兵政治立场的坚定是毫无疑问的，但在一些具体问题的认识上有的还不够深透。还有一些年轻官兵因为缺乏对马克思主义理论的系统学习，缺乏对党的优良传统的深入了解，缺乏艰苦环境和复杂斗争的锻炼，对党指挥枪的极端重要性往往认识不足、认识不透。

铸牢强军之魂，是今年主题教育活动的重中之重。空军工程大学安排56名政治教员担任学员队政工导师，从强化理论认同、历史认同、法理认同、情感认同入手，夯实高举旗帜、听党指挥的思想政治根基。该校党委“一班人”头脑非常清醒：“平时官兵不会有问题，但是遇到特殊考验时，是否能够明辨是非、不犯迷糊？对这个问题必须引起高度警觉。”

“一边要从正面把道理讲透，一边要把谬论驳倒。”一位领导同志谈到这样一个例子：他去年讲了一堂党课，核心思想就是要坚持党对军队的绝对领导，后来被媒体选用发到网上，却遭到不少恶意攻击。事实上，现在谁旗帜鲜明地提出党指挥枪，敌对势力就对谁进行攻击。

针对网上传播的错误观点，南空高炮某旅政委钱金建准备了一堂主题教育课，从苏联红旗落地的惨痛教训讲到西亚北非的“颜色革命”，官兵们听后如醍醐灌顶。钱金建对记者说：“这些谬论是对军魂教育成效的检验，一个是你敢不敢旗帜鲜明地亮明自己的观点，针锋相对地批驳；一个是你能不能讲清楚它错在哪里，能不能批倒它。”

假如明天上战场，你准备好了吗?

和平时期，生活条件改善了，但绝不能把兵带娇气了。无论什么时候，随时准备打仗的使命意识千万不能丢，一不怕苦、二不怕死的战斗精神千万不能丢。

这是摆在每一个军人面前的使命之问。

在今年济南军区主题教育专题辅导报告会上，一位领导接连发问：“参军为什么，当兵干什么”“部队训练不过硬，要领导机关干什么”“假如明天上战场，你准备好了吗”……

毋庸讳言，长期不打仗，使一些部队战备意识淡薄，个别领导干部应酬事务缠身，身子沉不到一线训练场上；个别基层干部缺乏打仗的思想准备；有的官兵存在仗打不起来、打仗也轮不上我的心态。

和平年代，最容易销蚀的是忧患意识，最需要警惕的是“和平积习”。越来越多的带兵人认识到，越是和平日久，越需要引导官兵走进浴血荣光的党史军史长廊，呼吸英雄气息，感悟军人使命，把预演战争的练兵场当成锤炼血性的大课堂。

这是三军统帅面向全军提出的时代课题。在十二届全国人大一次会议上，习主席强调指出：“要扭住能打仗、打胜仗这个强军之要，强化官兵当兵打仗、带兵打仗、练兵打仗思想，牢固树立战斗力这个唯一的根本的标准，按照打仗的要求搞建设、抓准备，确保部队召之即来、来之能战、战之必胜。”

主题教育往哪里深？一个重要方向，就是不断强化忧患意识、危机意识、使命意识，强化战斗精神和战斗作风培育，强化能打仗、打胜仗的使命感责任感。

各部队认真学习贯彻习主席重要指示，广泛展开战斗力标准大讨论。北京军区某部政委赵鹏对记者说：“和平时期，生活条件改善了，但绝不能把兵带娇气了。无论什么时候，随时准备打仗的使命意识千万不能丢，一不怕苦、二不怕死的战斗精神千万不能丢!”

踏访革命遗址、聆听战斗故事、组织演讲比赛、品析边塞诗词，武警某部开展的战斗精神专题教育活动，激发了军人血性和练兵热情，有效提高了官兵履职尽责的自觉性。

不仅要从思想源头抓起、用优良传统激励，还要靠严格训练磨砺，重大任务强化。沈阳军区某旅一改以往驻训“原地不动”的做法，在两省三市设置了9个驻训场，千人百车随时拔营起寨；空降兵某部野外空降训练不预先开辟空降场，开展“一机多点”空投演练，所有装备均被准确空投到指定地域；南京军区某陆航旅战鹰夜不归巢，根据作战任务需要随时降落野外陌生地域。

参加抢险救灾、实兵演练、国际维和、远洋护航等重大非战争军事行动的部队，普遍注重让官兵在复杂条件下磨炼战斗意志、锻造过硬作风、增强心理素质、提高实战能力，养成不怕难、不畏险、敢打硬拼的战斗作风。第二炮兵某基地政治部主任陈新平认为：“战场法则很简单，概括起来就是四个字——优胜劣汰。战场打不赢，一切等于零!”

面对敏感问题，能否做到“嘴上无杂音心中没问号”?

思想领域八面来风、鱼龙混杂，社会热点问题避不开、绕不过，关键是要给官兵一双洞穿迷雾的慧眼，理直气壮地讲我们党是伟大正确的党。

主题教育需要直面社会热点问题，否则就难以拨动官兵的心弦。

广州军区某团最近组织问卷调查发现，作风建设、反腐倡廉、社会保障、司法公正、食品安全、环境污染、收入差距等成为备受官兵关注的热点问题。有官兵坦言“嘴上无杂音，心中有问号”，甚至有的人“话成就很激动，讲政策很感动，谈问题很冲动”。

信息时代，思想领域八面来风、鱼龙混杂，即便军队实行封闭式管理，官兵也不可能在世界日益变“平”的大背景下，免受多元价值观和各种思潮的冲击。怎样才能拨开他们心头的迷雾，引导他们不断增强对马克思主义的信仰、对中国特色社会主义的信念、对改革开放和社会主义现代化建设的信心、对党中央的信赖？这是带兵人必须肩负起的职责和使命。

“关键是要给官兵一双洞穿迷雾的慧眼。”沈阳军区某要塞区政委杨建立告诉记者，“要引导官兵深入学习党的创新理论，使他们学会运用其中蕴含的马克思主义立场、观点、方法来观察、分析和解决问题。教会官兵掌握这些最重要、最管用的思想武器，是教育者义不容辞的责任”。

采访中，不少干部介绍了在教育中摸索总结的好办法。

用全面的眼光看。正确认识社会热点问题，既要“瞻前顾后”，也要“左顾右盼”，既要总体把握，也要分清主次。如果抓住一点，不及其余，就很容易导致一叶障目，不见泰山。

用理性的眼光看。事实上，不少国家在特定的发展阶段都曾经出现过这样那样的社会热点问题，我国在经过30多年的深刻变革和快速发展后，社会热点问题凸显并不奇怪。

用发展的眼光看。社会热点问题与特定的社会发展阶段紧密联系，必然随社会发展阶段的变化而变化。当前的社会热点问题都是前进和发展中的问题，只有在前进和发展的过程中才能得到解决。

通过教育启发和讨论辨析，越来越多的官兵认识到，面对社会热点问题，最科学的态度就是两句话：辩证看，务实干！

就拿反腐倡廉问题来说，前些天，原铁道部部长刘志军受贿滥用职权案开审的消息，一度成为东海舰队某驱逐舰支队官兵热议的话题。局域网上，有官兵发帖：贪官级别真不低，涉案金额真不少……支队政治部主任范玉定回帖：议论可以有，信心不能丢！一方面，高官受审说明我们党惩治腐败的决心不可动摇；另一方面，我们要从自己做起、从现在做起，把忧党之心转化为兴党之责，以实际行动为党增光。

“事实胜于雄辩。”空军某通信团政委任宇飞说，“我们党在90多年为人民利益不懈奋斗中创造的不朽业绩，领导改革开放30多年取得的辉煌成就，都无可辩驳地证明了我们党是先进的、正确的。我们每个教育者都要有这样的觉悟和勇气——在任何时候任何情况下，都能理直气壮地讲我们党是伟大正确的党！”

灵魂不纯洁，怎么能精忠报国?

违纪违法往往是从道德滑坡开始的。要从立身做人、当兵尽职的基本问题抓起，以灵魂的净化培塑忠贞不渝的革命气节。

当今社会，一些领域道德失范、诚信缺失，有些人信仰迷茫、精神迷失。军营不是真空，社会上的不良风气和现象，不可避免地冲击影响到部队官兵。

“思想道德的纯洁性不可小视，投敌变节往往是从道德滑坡开始的。”济南军区某集团军政治部主任刘法峰说，“道德是价值取向的基点，一个内心龌龊的人怎么可能有崇高的精神追求，一个灵魂不干净的人怎么可能忠诚于党、报效国家?”

5月下旬，兰州军区某舟桥团组织了一场别开生面的“寻找最美战友”颁奖典礼，14年爱岗敬业、无私奉献的四级军士长冀军祥捧得“最美码头钉”奖杯。码头兵是该团最苦最累的专业，“虽然很辛苦，但我们是实现强军目标的一颗钉子，吃点苦算不了什么。”冀军祥朴实的获奖感言令人肃然起敬。

该团政委胡学辉告诉记者：“铸牢军魂首先要下功夫解决好立身做人、当兵尽职等基本问题，引导官兵做一个品行端正、道德高尚的人，自觉养成严守纪律、令行禁止、厉行勤俭节约的好作风。”

榜样的力量是无穷的。5月下旬，第四届全国道德模范评选表彰活动军队系统候选人在军队媒体公示，15名官兵的先进事迹感人至深。全军“践行当代革命军人核心价值观年度新闻人物”评选活动至今已连续举办4届，共评选出58个英模人物和先进群体。一大批道德楷模在军内外产生广泛影响，为主题教育活动提供了生动教材。

“德”不再是软指标。成都军区某师修订完善《加强干部德的考核评价实施措施》，对德的考核不合格的，及时进行诫勉谈话，暂缓提升。措施推行后，全师共有5名干部因德考核不合格，被挡在晋职门槛外。

激活尚德文化资源。记者在一些基层部队看到，岳飞、文天祥、林则徐、夏明翰、方志敏等民族英雄和革命先烈的名言警句，进入主题教育课堂，激励官兵追求高尚道德品质。

政治教育是一门学问，学无止境。主题教育是一项任务，务求实效。一些基层官兵谈到，主题教育要往官兵灵魂深处开拓，深就是实，实了就能见到成效。记者十分赞同。

（2013年6月20日2版头条）

●没有血性的人不配做军人
●没有血性的军队注定要打败仗

血性，和平年代的呼唤

——战斗精神培育的实践与思考

■本报记者　欧世金　欧　灿

编者按　加强战斗精神培育，是落实习主席重要指示，激励广大官兵献身强军实践、做到能打胜仗的重要举措。我军历来重视强化战斗精神，注重发挥人的精神因素在战争中的重要作用。在新形势下，战斗精神培育遇到许多新情况新挑战，各部队也探索出许多新经验新成果。今天刊登本报记者的调查与思考，以期能给读者以启示。

“儿子，你们当兵的现在敢不敢打仗?”

“娘，敢!”

“那你们能不能打赢?”

“娘，能!”

蛇年春节，一位大校军官回四川老家看望母亲，这是他们母子俩的一次对话。这位军官对记者说，当时母亲听完他的回答舒心地笑了，母亲的笑容让他难以忘怀。

习主席主持军委工作以来，多次强调指出：和平时期，决不能把兵带娇气了，威武之师还得威武，军人还得有血性。必须加强战斗精神培育，教育引导广大官兵大力发扬我军大无畏的英雄气概和英勇顽强的战斗作风，保持旺盛革命热情和高昂战斗意志。

三军统帅的告诫，普通百姓的关切，指向同一个时代课题：革命军人要有血性，时刻准备为祖国和人民去战斗。

没有血性的人不配做军人，没有血性的军队注定要打败仗，这是历史的昭示，也是现实的警告，我们不可不察！

时代背景　和平年代

近30年无战事，人民军队是否还保持当年那股虎狼之气

6月20日，一批专家学者汇集“硬骨头六连”，探讨如何培育战斗精神。从“硬六连”的辉煌战绩中，与会者得出一个相同的结论，“硬六连”的“硬骨头精神”集中到一点，就是在任何艰难困苦面前都决不低头，敢于拼搏、勇于牺牲，直至夺取胜利。用一句话来概括：“硬六连”硬在有血性！

提起血性，人民军队创造了无上荣光的历史，人民解放军谱写了无可匹敌的传奇。

这是一组血肉之躯凝成的数字，读后让我辈肝肠回旋，令敌人胆寒畏惧：

红军长征四路大军牺牲16万多人。仅牺牲在长征路上的营以上干部就达432人，其中师以上干部80多人。

8年抗战，共产党领导的人民武装伤亡60多万人。

解放战争我军共牺牲26万人，负伤104万人。

抗美援朝战争，共有18万名中国人民志愿军官兵英勇牺牲。

血性是什么？红军、八路军、新四军、解放军，千千万万的革命先辈用生命和鲜血告诉我们——

是不怕死，明知不敌也要敢于亮剑。血战湘江时，红14团团长、副团长、参谋长、政治处主任全部英勇牺牲。师参谋长胡震请缨上阵指挥，人刚到阵地，就传来阵亡的消息。长征途中，当战斗进行到最激烈的时候，总司令朱德冲在前沿阵地。他说：“只要红军胜利，区区一个朱德又何惜！”

是战斗到最后一个人。狼牙山五壮士，面对步步逼近的日伪军，他们宁死不屈，毁掉枪支，义无反顾，纵身跳下数十丈深的悬崖。1938年10月，以冷云为代表的东北抗日联军8名女战士，在顽强抗击日本侵

略军的战斗中弹尽粮绝，毅然投入滚滚江水，为国捐躯。日军指挥官喟叹：“连女人都不怕死，中国灭亡不了！”

是靠一股劲，一股气，杀出一条血路来。南昌起义，十七勇士强渡大渡河，突破天堑腊子口，首战平型关……哪一仗不是置之死地而后生？陈树湘掏腹断肠誓死不当俘虏，董存瑞舍身炸碉堡，黄继光用身体堵枪眼，邱少云在烈火中永生……哪一个英雄不是气吞山河笑傲死神？

是天大的困难不言苦。东北抗日联军的主要创建人和领导人杨靖宇牺牲后，日军将他割头剖腹，发现他的胃里尽是枯草、树皮和棉絮，竟无一粒粮食！侵略军无不为之震惊。

是大爱无言，不计个人名利，只为民族国家。1937年12月初，八路军副参谋长左权在山西省洪洞县给母亲写了一封信：“我全军将士，都有一个决心，为了民族国家的利益，过去没有一个铜板，现在仍然是没有一个铜板，准备将来也不要一个铜板，过去吃过草，准备还吃草。”

……

血性赢得了尊严，血性换来了和平。我军近30年没打过仗，绝大多数官兵没有参战经历，缺少对战火硝烟的亲身感受。和平的环境对国家的发展异常珍贵，却容易滋长军队的和平积习。

“年年喊狼来了，狼在哪儿呢？”

“准备打仗，不等于真要打仗，打仗也不一定能轮上我。”

“不是我怕死，我死了家里人怎么办？”

……

和平是军人所盼，和平又成了军人最大的敌人。一个时代之问令人警醒：今天，我们是否依然保持当年那么一股军人应有的虎狼之气？

时代背景　军事变革

“刺刀见红”的战争模式渐行渐远，敢于亮剑、勇于牺牲的铁血精神永不过时

拿破仑说过：世界上只有两种力量——利剑和精神，从长远说，精神总能征服利剑。

但是，随着科学技术的飞速发展和军事变革的潮起潮落，战争形态和作战样式正在悄然发生改变，人们发出了这样的疑问：信息化战争是

否还需要刺刀见红、贴身肉搏？

黄沙滚滚的塞外某演兵场，实兵对抗演练还未结束，“现代战争还需不需要军人血性”的辩论已经展开。有人认为：信息化战争“发现即摧毁”，战斗精神再强也强不过飞机导弹。

果真如此吗？军事专家总爱引用北洋水师惨败的教训警告世人，当时北洋水师号称“亚洲第一”“世界八强”，但训练时“打死靶”，当然“百发百中”，自己作秀自己喝彩。黄海大战呈胶着状态时，管带方伯谦、吴敬荣带舰临阵脱逃，慌乱中又撞坏了己方一舰，胜负天平马上倾向日方。贪生怕死，一触即溃，一败涂地，北洋水师留下千古骂名。

2011年，俄罗斯国防部经过一番争论，决定继续保留刺刀，他们认为，刺刀仍是军人最后一种作战手段。事实上，刺刀对于军人的意义早已不止作战手段这样简单。战争年代，我军就是以敢于“刺刀见红”威震敌胆。狭路相逢勇者胜，面对面拼刺刀的胆量和勇气，让刺杀从技术上升为一种精神。

同样是在北洋水师曾经练兵的古战场，记者见识了某海防团一连官兵习练刺杀的虎胆虎威。今年年初，副连长张茂春走马上任，这位曾在国际特种兵比武中勇夺桂冠的一等功臣，根据多年参加特种兵集训的经验体会，提议恢复刺杀操训练。第一堂课，他首先让一名虎背熊腰的排长出列：“不管你用什么办法，上来刺倒我。”只用一个回合，他就把排长挑翻在地，让官兵瞠目结舌。如今，这样的捉对厮杀，几乎每天都在一连上演，在战士逼视对方的眼神里，你能看到一团跳跃的火焰。

“夫战，勇气也。”战斗力从来都是以敢于亮剑、勇于牺牲的铁血精神为支撑的。信息化战场的真正英雄应该是“信息精英+钢铁硬汉”。

铸剑先铸气，练兵先练胆，练胆先强心。某海域，空军航空兵某团团长刘允强带队进行海上超低空训练。大纲对飞行最低高度有一个上下限的区间段，刘允强直接取下限，飞机像箭头一样直扑海面。有的飞行员不敢降低太多高度，刘允强就一次次飞在最前头，让大家咬着他的“尾巴”飞。有人担心“太危险了”，刘允强的回答是：“没见过血的狼不咬人，越危险的地方越能锤炼血性胆气。”

济南军区扎实抓好我军根本职能教育，深入开展“战功、战将、战例、战斗故事”和“战友情、战斗力”教育活动，引导官兵用“明天走向战场，你准备好了吗”反思自己，让打仗观念融入血液。

血性永远是军人的脊梁，永远是胜利的刀锋。

时代背景　社会环境

价值观多元的一代需要补“钙”，战斗精神培育要突出练勇气、强血性

2013年盛夏，征兵工作在全国各地火热展开。一些地区征兵办的同志反映，近年来应征青年选择服役地区和兵种部队的“个性化”要求增多，“挑选去向”的现象比较突出，有的甚至提出如果不是“理想的去向”，宁愿选择放弃。

“升官发财请走别处，贪生怕死莫入此门”，这是对军人职业的特殊要求。一个心里只有“个人设计”的人，是难以为国家、为民族自觉牺牲奉献的。正因如此，练勇气、强血性的战斗精神培育显得尤为迫切和重要。

南京军区第十二集团军是“一不怕苦、二不怕死”精神的发源地之一，他们结合学党史、学军史、学部队战斗史，广泛开展“读王杰日记、讲王杰故事、记王杰格言、做王杰传人”活动，大力培育“四股劲”，炼就阳刚之气。一是生死面前豁得出去的拼劲，二是强敌面前硬得起来的狠劲，三是困难面前挺得过来的韧劲，四是任务面前拿得下来的犟劲。

血性源于坚定的理想信念。抗美援朝战争，18万“最可爱的人”长眠在异国的土地上，换来的是西方国家军队“不要在陆地上与中国军队作战”的原则。美军始终不明白为什么志愿军听到冲锋号就奋不顾身、一往无前，他们认为志愿军官兵是“用烈性酒麻醉了的疯子”，甚至怀疑“很可能是服用了一种特殊药物”。他们无从体会，坚定的信仰信念是战斗精神的灵魂，也是官兵勇气之源。这正是一些西方国家焦虑“不怕中国军队现代化，就怕中国军队毛泽东化”的原因。

血性源于军人的职责使命。在北京军区组织的一次实兵对抗演习中，某装甲团坦克驾驶员武向军在擦拭被泥水糊住的潜望镜时，头上的坦克帽不小心被行军架挂住，由于坐下太急，他的左耳朵被生生地刮了下来。此时，舱外激战正酣，武向军忍着剧痛，把刮掉的耳朵揣进口袋，以惊人的毅力坚持完成了40分钟的演习。

血性源于对祖国的情，对人民的爱。汶川抗震救灾期间，“空降兵15勇士”的奋勇一跳，震惊世人。伞兵平时跳伞的高度是800—1000米，降落伞的设计使用高度是3500米，而勇士们跃出机舱的那一刻，高度是4999米！只有对祖国爱得深沉，把人民利益看得高于一切的人，才能在危急关头作出非常之举，在关键时刻敢于牺牲自己。

记者在广州军区某旅看到一本特殊的花名册，上面详细记录着这支部队组建以来在训练中牺牲的11名烈士的姓名、籍贯和家庭住址，旅里每年都要派人看望慰问他们的家人。

国人的敬重、社会的关爱、组织的优待、亲人的理解，对官兵血性的培养至关重要。抗震救灾英雄陆航团、道孚灭火15勇士，孟祥斌、陈大桂、高铁成、沈星、谢国江……在这个价值多元的时代，一个个铁血军人，一次次感动中国，同时又让官兵们感到从军光荣、奉献无悔、牺牲值得。

时代背景　以人为本

爱兵如子与慈不掌兵并不矛盾，归根到底，战场上少流血才是最大的爱

某部今年新兵思想调查显示，84%的表示入伍前“没有想过打仗”，47%的认为“当兵是一种谋生手段”。

一些部队领导反映，现在的青年官兵大都没有受过大的苦累挫折，特别是独生子女和单亲家庭子女增多，大学生干部、士兵大批进入军营，他们入伍前备受呵护，心理相对脆弱。有的新兵身板弱、不皮实，有个别的见血就晕、一晒就倒。

有的一线带兵人谈到，近些年，基层越来越重视人文关怀。有的干部宁愿战士考核成绩差一点，也不敢严格施训，担心发生训练伤不好交代。

“娇骄二气重的部队，任何时候都打不了胜仗。”率舰队执行第十二批亚丁湾护航任务归来的东海舰队某驱逐舰支队政委翟永远介绍说，以人为本，最根本的是确保官兵在战场上以最小的牺牲获取最大的胜利，用我们常讲的一句话就是，平时多流汗，战时少流血。爱兵如子与慈不掌兵并不矛盾，从严要求就是对官兵最大的爱。

爱惜战士的生命，是带兵人的天职。血性不是冲动、蛮干，我军历

来强调“以正合，以奇胜”，努力做到英勇与善战相统一、敢打与必胜相一致、敢战与慎战相结合。未来战场，指挥员仍然要珍视战士的生命，把伤亡降到最低。

今年芦山抗震救灾，成都军区某师副师长张建就面临这样一次考验。地震当晚，张建率小分队连夜挺进宝兴县城。每到塌方路段，都是他和干部在前面探路，战士们拉开间距，快速通过。“18个兵都是90后，最小的战士是95年的，我必须把他们安全地带回来。”张建回忆说。

战斗精神不是与生俱来的，不是喊出来的，而是经过一点一滴的长期培养和艰难困苦的反复锻炼形成的。

1996年7月，中央军委决定，总政治部统一制作6位英模画像，印发全军连以上单位悬挂张贴。这6位英模是张思德、董存瑞、黄继光、邱少云、雷锋、苏宁，后来又增加了李向群、杨业功。8位英烈，精忠报国，为国捐躯，世人景仰，我军楷模。从他们身上，新时代军人找到了军人终极问题的答案：“我是谁”“为了谁”“我该怎么做”。

文化是精神的血脉，战斗文化催生战斗精神。许多部队基层文化军味战味浓，营区建设战备打仗功能强。军事题材影视作品激励作用不可替代。有的官兵说：每次观看 《上甘岭》《甲午海战》《亮剑》这些爱国主义影视剧，就热泪盈眶，热血沸腾，有一种“慷慨赴国难，视死忽如归”的血气在胸中奔涌。

“三栖精兵”何祥美，是个“用子弹说话”的狙击手。他接受考核成百上千次，次次优秀。他的军旅格言是“要当个好兵，最舒服的日子永远在昨天。”

“铁甲精兵”贾元友，大漠射击，一弹穿双靶；千米之外，4弹钻一孔；先后取得通信、驾驶、射击三大坦克专业的特级资格。贾元友最喜欢说的话是：“战场上只有第一，第二就意味着死亡。”

一批又一批无私无畏的热血儿女在回答、在证明：80后，90后……新一代官兵是值得放心的，当祖国和人民需要的时候，他们一定能召之即来，来之能战，战之必胜。

毛泽东曾说过：“勇敢、不怕死，是军人最基本的素质。”

无论时代如何变化，每一个革命军人都不应忘了自己的职责，哪怕倒下，也是向前的。

（2013年7月8日2版头条）

采访组实地采访古田会议

第二板块

政治工作报道

导读清单

实在管用

“政治工作是我军的生命线”，毛主席的这一著名论断，深刻揭示阐明了政治工作的极端重要地位和作用。

《解放军报》政治工作新闻宣传编辑部门，是编辑、采写全军政治工作新闻报道的主要平台，我在这个部门工作和任社领导期间分管加起来达十七八年之久。因此，我的大部分报道属于政工类，内容较多，主要涉及党的理论、政治教育、党建工作、干部工作、文化工作、群众工作和纪委工作、政法工作等重要方面。

政工报道的基本任务是服务中心、指导部队，因此，报道的检验标准是：好看耐读、实在管用。

政工报道类型较多，采写内容、题材、体裁、时机不同，报道的方法手段也不一样，各有各的招数。具体到经验做法类工作报道的写作，重点在于实现三个转化：

1.将工作转化为报道。报道要写工作，但工作不等于报道。工作是按规定和流程展开的，模式大体一致，而新闻最忌程序化，它的文脉不注重工作的转承起合，而专注于读者的心绪流动。即读者想知道什么它就报道什么，像剥洋葱一样满足读者的一个个心理需求。

2.将概念转化为事实。政治工作特别是政治教育类报道，思想、理论、原则、要求等概念化的东西较多，十分抽象，如果一篇报道陷入其中跳不出来，读起来就味同嚼蜡，给人留不下深刻印象。要善于通过故事、事实、数据、“道具”、“翻译”等方式，既讲大道理、坚持高格调、传播正能量，又让官兵如沐春风、入脑入心。

3.将经验做法转化为官兵的思想和行动。部队工作经验做法，不是为了形式上好看、出政绩，终极目的是为解决官兵的现实问题而摸索总结的。报道要将官兵心理纠结、情感变化、命运转折等作为明线详写，将经验做法产生的背景、过程作为暗线略写，突出官兵的“活思想”，紧扣他们工作生活中的难点、痛点、欢喜点去写部队是如何认识的、如何解决的和取得了哪些实效。这样写，故事生动了，经验做法就鲜活了。

许多老报人感叹：政工报道难写。一方面，部队实际工作离时代要求和官兵需求还有差距；另一方面，报人的办报观念、采编作风、文字表达、传播手段还不太适合新时代官兵胃口。这是一个综合性问题，需要各方合力解决。

钱学森构想正在变为现实

我军基层干部基本实现本科化，涌现一批博士将军和硕士师旅团长

本报讯　记者欧世金报道：我国著名科学家钱学森在上世纪80年代曾提出我军人才方阵的学历构想——军长为博士，师长为硕士，团长为学士。当时有人感慨地说，钱老这一构想“近乎神话”。

经过多年不懈努力，钱学森构想的“神话”正在变成现实。今天我军已经拥有一大批素质优秀的硕士、博士营连主官，基层干部本科以上学历达到81.9%，研究生占7.2%，营连主官培训率达到90%。在6月下旬召开的全军基层建设工作会议上，军委领导欣喜地说：“基层干部基本实现本科化，大幅度提高了官兵素质特别是信息化素质。”

在基层已经涌现出一批岗位成才的大学生典型。本报最早宣传的大学生士兵公举东，如今已担任南京军区某旅政治部主任。在这次全军基层建设工作会议上介绍经验的济南军区某团“红一连”连长楚科纬，是清华大学计算机系首届国防生。去年4月，清华大学百年校庆，他应邀向5万多名清华学子汇报从军5年的收获。南京军区某团博士连长陆松一入伍就被定为正营职、少校军衔，但他从零开始，戴列兵军衔练体能，戴士官军衔练技能，戴少尉军衔练指挥，逐步升级，在连长岗位上带出一个信息化的“神炮连”。

据本报各分社提供的信息，广州军区司令部系统已经出现500余名全日制硕士博士干部；北京军区某集团军有1个博士后工作站、1个博士后工作室，以29名博士、109名硕士为主体的近千名战斗型装备保障人才，成为雷达、导弹、电子对抗等专业领域的骨干；第二炮兵某导弹旅先后培养出6名博士、69名硕士，创造了实弹发射“百发百中”的骄人战绩。海军涌现出一批博士舰长，空军涌现出一批双学士飞行员。

2000年8月全军第一位博士师政委，目前已担任大军区政治部主任。7年前，第二炮兵部队第一个博士旅长陈光军，3年前已成为第二炮兵司令部二级部长。沈阳军区某团博士团长王铁峰，撰写的军事理论著作被列为部队院校教材。

近10年来，国家和军队不断完善普通高校培养国防生、接收地方大学生干部、大学生士兵提干等政策，依托国民教育培养军队人才逐步走上制度化规范化轨道。从2008年开始，我国对兵员征集对象进行大调整，从以往以农村青年、城市待业青年为主，改为以各级各类院校大学生为主，每年大约有10万大学生走进军营，并有一批经过基层锻炼后被直接提为干部。2011年4月，中央军委印发《2020年前军队人才发展规划纲要》，为我军人才建设描绘出清晰路线图和壮丽前景，人才是战斗力第一要素的观念在我军上下形成共识，钱学森的构想正在变为现实。

再拿一个“战场学位”

■伍正华

如今，没有几个官兵不是带“本”入伍、带“证”分配的，而且“本”与“证”的层次越来越高，博士连长、硕士班长、学士士兵已不再是新闻。有的战友笑言：10年前的本科生，现在只能算是“末科生”了。

“末科生”之说，不仅是一种学历恐慌，更是一种能力恐慌——没有经过汗水锻打的文凭，没有经过硝烟考验的知识，都不过是战士刺刀柄上的漂亮纹饰。

社会上有句考量人才的名言：“剩下的才是最好的！”吹尽黄沙始见金。军队是要打仗的，一个萝卜一个坑，对人才的综合素质、实践能力要求更为苛刻。

只有千锤百炼、千淘万漉，方经得起千挑万选。何不在学校里拿到的那些本本之外，再拿一个“战场学位”！

（2012年7月13日1版头条，获解放军新闻奖一等奖）

解放军报
JIEFANGJUN BAO
2012年7月13日 星期五 壬辰年五月廿五
中国军网 http://www.chinamil.com.cn 今日8版 第19908号
国内统一刊号：CN81-0001（J） 代号1-26 解放军报社出版

金戈铁马·十年辉煌

钱学森构想正在变为现实

我军基层干部基本实现本科化，涌现一批博士将军和硕士师旅团长

本报讯 记者欧世金报道：我国著名科学家钱学森在上世纪80年代曾提出我军人才方阵的学历构想——军长为博士，师长为硕士，团长为学士。当时有人感慨地说，钱老这一构想"近乎神话"。

经过多年不懈努力，钱学森构想的"神话"正在变成现实。今天我军已经拥有一大批素质优秀的硕士、博士营连主官，基层干部本科以上学历达到81.9%，研究生占7.2%，营连主官培训率达到90%。在6月下旬召开的全军基层建设工作会议上，军委领导欣喜地说："基层干部基本实现本科化，大幅度提高了官兵素质特别是信息化素质。"

在基层已经涌现出一批岗位成才的大学生典型。本报最早宣传的大学生士兵公攀宏，如今已担任南京军区某旅政治部主任。在这次全军基层建设工作会议上介绍经验的济南军区某团"红一连"连长楚科炜，是清华大学计算机系首届国防生。去年4月，清华大学百年校庆，他应邀向5万多名清华学子汇报从军5年的收获。南京军区某团博士连长陆松一入伍就被定为正营职、少校军衔，但他从零开始，戴列兵军衔练体能，戴士官军衔练技能，戴排长军衔练指挥，逐步升级，在连长岗位上带出一个信息化的"神炮连"。

据本报各分社提供的信息，广州军区司令部系统已经出现500余名全日制硕士博士干部；北京军区某集团军有1个博士后工作站，1个博士后工作室，以29名博士、109名硕士为主体的近千名战斗型装备保障人才，成为雷达、导弹、电子对抗等专业领域的骨干；第二炮兵某导弹旅先后培养出6名博士、69名硕士，创造了实弹发射"百发百中"的骄人战绩。海军涌现出一批博士舰长，空军涌现出一批双学士飞行员。

2000年8月全军第一位博士师政委，目前已担任大军区政治部主任。7年前，第二炮兵部队第一个博士旅长陈光军，3年前已成为第二炮兵司令部二级部长。沈阳军区某团博士团长王铁峰，撰写的军事理论著作被列为部队院校教材。

近10年来，国家和军队不断完善普通高校培养国防生、接收地方大学生干部、大学生士兵提干等政策，依托国民教育培养军队人才逐步走上制度化规范化轨道。从2008年开始，我国对兵员征集对象进行大调整，从以往以农村青年、城市待业青年为主，改为以各级各类院校大学生为主，每年大约有10万大学生走进军营，并有一批经过基层锻炼后被直接提拔为干部。2011年4月，中央军委印发《2020年前军队人才发展规划纲要》，为我军人才建设描绘出清晰路线图和壮丽前景。人才是战斗力第一要素的观念在我军上下形成共识，钱学森的构想正在变为现实。

下图：军事科学院毕业典礼。
本报记者 李 [illegible]摄

正华快评 ■伍正华

再拿一个"战场学位"

如今，没有几个官兵不是带"本"入伍、带"证"分配的，而且"本"与"证"的层次越来越高，博士连长、硕士班长、学士士兵已不再是新闻。有的战友笑言：10年前的本科生，现在只能算是"末科生"了。

"末科生"之说，不仅是一种学历恐慌，更是一种能力恐慌——没有经过汗水锻打的文凭，没有经过硝烟考验的知识，都不过是战士刺刀柄上的漂亮缀饰。

社会上有句考量人才的名言："剩下的才是最好的！"吹尽黄沙始见金。军队是要打仗的，一个萝卜一个坑，对人才的综合素质、实践能力要求更为苛刻。

只有千锤百炼、千淘万漉，方经得起千磨万击。何不在学校里拿到的那些本本之外，再拿一个"战场学位"！

《解放军报》影印件

济南军区某旅经历从谈网色变到一“网”情深的转变

网络成为新时期思想政治工作新的平台

本报济南9月24日电 记者欧世金、特约通讯员梁申虎报道：作为一份献给基层官兵的国庆节礼物，济南军区某旅党委机关日前将宽带安到了离旅机关最偏远的导弹营各连。至此，这个旅机关每个办公室和所有营、连、队、所都安装了宽带，点击全军政工网和中国军网的速度大大加快。

从谈网色变到一“网”情深，网络正在成为新时期部队思想政治工作新的平台。几年前，该旅两名战士在退伍前夕，擅自跑到地方网吧上网，结果受到处分，连队丢了当年评先进的资格。后来得知，两个战士上网其实是想了解家乡的就业信息。学习科学发展观，很多干部转变了过去一提战士上网就想到玩游戏的观念，主动利用网络平台开展思想政治工作和其他工作。如今，该旅官兵人人会上军网查阅资料，个个能下载资料。导弹一连班长柴照林说：“我一周上军网四五次，加起来有两三个小时。现在，一天不上网，手心就发痒。”

全军政工网的开通推动了部队网络建设快速发展。去年10月20日，在全军政治工作网开通仪式上，总政领导指出，建设全军政工网是我军政治工作信息化建设的一件大事，对推进思想政治工作的改革创新具有十分重要的意义。

网络，为上下沟通交流架起了一座新的桥梁。基层官兵打开网页，能够获取领率机关的指示信息；班排战士对军队政治工作创新发展的意见建议上了全军政工网。

网络，使基层民主渠道更加畅通。今年，这个旅“首长信箱”里的帖子有近百条。去年入冬，战士澡堂更衣室暖气不通，旅领导从网上看到战士的反映后，立即安排有关部门进行维修，并检查了全旅各单位的供暖情况。

网络对部队的教育管理也提出了新的要求。指导员夏延兵说，政治干部除了充分利用网络这个新平台提高自身素质、更好地开展思想政治工作外，当务之急是要研究如何引导好战士利用网络学习成才，如何把电脑网络资源更好地用在工作和学习上。

相关链接

军队网站

8月25日，全军综合信息网正式开通运行。它是全军信息化建设的基础平台，是我军“十五”期间构建的“信息高速公路”，被誉为军内“互联网”。

截至今年5月25日，全军政工网已连通全军部队数万个基层连队，其中心网站页面访问总量突破1亿页次。

中国军网已创办6年，现在每天24小时滚动发布新闻，且多为原创军事新闻，日点击率达500多万次。

中国军网英文版推出3年多来，目前日点击率达6万余次。

全军各大单位也都相继建立了自己的网站。

（2006年9月25日1版头条）

严格选拔程序　提高用人质量

济南军区某集团军党委任免干部坚持“五个不研究”

本报讯　刘贵新、记者欧世金报道：只有埋头苦干、多出实绩，才能赢得上下的信任，个人也才能成长进步。这是济南军区某集团军党委任免干部坚持“五个不研究”在军官中产生的共识。

为防止和克服不按干部任免程序办事、搞临时动议，会前酝酿不够、会上匆忙决定，甚至少数人说了算的现象，这个集团军党委把党管干部与注重群众公论结合起来，总结出了党委任免干部“五个不研究”。

下级党委不推荐不研究。坚持自下而上逐级推荐干部，下级党委没有推荐、政治机关不提名的，党委不研究。未经考核不研究。认真落实“先考核、后任免”制度。考核结束后，常委集体听取考核情况汇报，排出优秀干部名单，未经考核的不得任免。多数群众不赞成不研究。民主推荐或测评优秀率低于70%，或民主评议时反映较差的，不能提升使用。进本级班子两位主官不共同认可不研究。调整配备团以上班子成员时，要征求拟进班子两位主官的意见。主官意见不一致或没有推荐意见的，党委不研究。常委酝酿不充分不研究。干部职务任免方案提前3天送交党委常委每个成员，政治机关在本级党委常委会议召开前，要逐个听取常委意见，未列入干部调整方案、临时动议的干部不研究。

这“五个不研究”严格了干部选拔任用程序，提高了党委用人决策的科学性，从根本上杜绝了“由少数人选人，在少数人中选人”的现象，防止和克服了用人上的不正之风。这一做法日前被济南军区政治部推广。

（2001年8月19日1版）

有规定按规定办　没规定按党性办

团政委刘军胜廉洁自律过得硬

本报讯　李永辉、记者欧世金报道：春节前几天，一名新调入干部提一兜烟酒到团政委刘军胜家“拜早年”，主人坚决拒了礼。记者私下当面与这名干部谈及此事，他说我知道刘政委是军区表彰的“廉洁奉公的领导干部”，可起初我不相信他一点不沾，现在我信服了。

刘军胜在廉洁自律方面做的许多事都令人佩服。1991年3月，他就任新疆军区某红军团第20任政委，上任第一个月领工资时，发现没有扣除当月的伙食费，听说是“惯例”，他主持召开党委会，作出几项规定：团领导在食堂就餐按月交纳伙食费；撤掉给团领导家配的公务员；接待上级领导、工作组按规定办，谁接待超支由谁掏腰包。

“有规定的按规定办，没规定的按党性办，共产党人不能搞‘绕道走’。”刘军胜总是言行一致。3年前，团里安装了几部全国直拨电话。为防止公家的电话被无偿私用，刘政委主持制订了“团领导、机关干部拨打地方电话的规定”。安装电话后头一季度，刘政委交私用电话费180多元。去年，机关的同志自作主张，把两台“213”吉普车分别定为团长、政委的“专车”。刘政委批评说，编制上团领导没有专车，团领导用车也要按程序报批。团政治处在“好军嫂”表彰会上，给团领导家属发的纪念品比发给其他干部家属的贵20多元，刘政委说服团领导从当月工资中扣除了不应享受的20多元钱。

刘军胜廉洁自律为什么能一以贯之？他推心置腹地说：“我是红军团政委、党委书记，要求应当更严格。”

（1998年2月15日1版）

身在兵中　兵在心中

团政委崔宁卫常年坚持参加班务会听真话察实情解难题

本报讯　王雁翔、记者欧世金报道：新疆军区某坦克团政委崔宁卫坚持常年参加每周一次的班务会。记者翻阅了他的会议记录本，到11月15日他已参加班务会102次。他对记者说："身在兵中才能做到兵在心中。"

班务会被誉为战士思想的"晴雨表"。崔宁卫自1994年担任团政委后，发现材料里、汇报中、检查时得到的情况常含"水分"。在偶然参加了一次班务会后，他发现班务会可以听到真话、察到实情。从1995年初开始，除出差以外，他雷打不动坚持巡回参加连队的班务会。

战士在班务会上的呼声、愿望和要求成了崔宁卫抓基层的一面"镜子"。一位战士因找不到推子，头发没有及时理在班务会上作检查，这件事引起他的注意。经他在团常委会上提议，每个连队都腾出一间房建起了"生活室"，统一配置了理发工具、洗衣机、熨斗、熨衣板等物品，从此战士们不再为理发、洗衣、熨衣服犯愁了。另一次，他在喝战士给他倒的开水时，发现水中漂着油花，一问才知道开水是炒菜锅烧的。很快，团里就从农副业生产收益中拿出12万元建起了锅炉房，保证战士一年四季喝上了开水。

部队建设中的一个个问题在班务会上暴露，又一次次被崔宁卫想方设法解决。澡堂的水时冷时热，他去"现场办公"；有的连队怕影响"正规化"不让战士洗脚后穿拖鞋，他及时纠正；战士读书难，他指示政治处在营区建立"绿荫书屋"；有的战士身患疾病，家庭生活困难，他建议设立战士基金，已有10多名战士得到救济。崔政委还从班务会这面"镜子"中照出了领导机关决策，工作作风方面的不足，并及时采取措施加以克服。

（1998年12月8日3版）

政委刘书环即将转业，曾得到过他帮助的百余名个体户自发来到军营——

惜别何依依

■刘正权　本报记者　欧世金

100多名来自乌鲁木齐市幸福路的工商个体户，听说新疆军区卫星通信地面站刘政委即将转业，日前纷纷赶来为刘政委送行。

送行的人当中有白发苍苍的老人，有西装革履的青年，还有卖羊肉串的摊主。尽管他们来自维吾尔、哈萨克、回、汉等不同民族，但他们都怀着一个共同的心愿：感谢刘政委，感谢亲人解放军。

在送行的人群中，有的举着“爱民政委人民爱”的红色横幅，有的抬着插满鲜花的花篮，还有的提着葡萄干等土特产。一位叫库尔班江的维吾尔族小伙子肩扛一只大肥羊腿。他说：“我们来送刘政委，因为他为我们老百姓办过许多好事。”

乌鲁木齐市幸福路街道办事处记录了刘政委任现职7年来拥政爱民的一个个动人故事：他支持开办与部队一墙之隔的“双拥市场”，使300多名群众有了工作，70多名下岗职工重新就业；他提议创建的“双拥一条街”，改变了这里脏、乱、差旧貌，街道成为自治区民族团结、社会稳定、经济发展的先进。刘书环拥政爱民出了名，被自治区授予“民族团结进步模范个人”称号。

维吾尔族个体户牙库甫不会忘记，那年他父母相继病逝，两个不满10岁的孩子被迫辍学。这时，刘书环找上门，主动资助两个孩子复了学，随后又帮他建起了“清真饭馆”。牙库甫很快致富了，“清真饭馆”改名为“拥军饭馆”，还贴出告示：军人就餐一律优惠。

像帮助牙库甫这样的事，刘书环还做了许多。如今他要转业离队了，面对眼前送行的群众，他双眼发潮，哽咽着说："无论到了任何岗位，我都要继续发扬军队的光荣传统，时刻不忘为群众做好事、办实事。"

（1999年5月18日1版）

大胆提拔德才兼备高学历干部

济南军区某师10名优秀大学生排长越职晋升为连队主官

本报讯 许虎、记者欧世金报道：4月23日，济南军区某师10名优秀大学生排长被越职晋升为连队主官。该师一位领导说："这标志着我们提升干部不再只看是不是吃苦老实，同时更注重知识能力。"

《军官服役法》规定，军官德才优秀、实绩显著、工作需要的，可以提前晋升；特别优秀的，可以越职晋升。显然，提拔什么样的人意味着培养什么样的干部。这次越职提升干部，该师党委有一个明确的指导思想：一切按"打赢"标准要求办，大胆提升具有指挥现代战争基本素质的高学历干部。这次越职提升的10名大学生排长，训、管、教素质比较全面，其中有的被评为"优秀带兵人"，有的被评为"优秀政治教员"，有的是"革新能手"。从安徽合肥大学历史系毕业的高新虎，任副连职排长刚满1年，就带出一个先进排，并在上级组织的军事考核中多次获奖。这次通过全面考评，他被提升为装甲连连长。

优秀大学生排长被越职提升，在全师官兵中引起较大反响。高学历干部说，我们要尽快适应部队，努力将知识转化为能力。一些文化程度较低的干部说，我们要抓紧学习，补上现代科技知识这一课，尽快适应未来战争的要求。

（2001年5月18日1版）

用党的创新理论武装新一代士兵

——北京卫戍区某师树立和落实科学发展观学习教育活动见闻

编者按 学习贯彻科学发展观，士兵是一个不可忽视的层次。北京卫戍区某师以总政编印的《树立和落实科学发展观——士兵学习宣讲材料》为基本教材，紧贴士兵思想和工作实际，在求“深入”上下功夫，在务“实效”上做文章，取得了较好教育效果，经验值得借鉴。

提高思想认识激发学习热情
身边人身边事成为学习教育活教材

本报讯 记者欧世金、特约记者罗路云报道：8月初，在北京卫戍区某师开展的树立和落实科学发展观士兵学习教育活动中，所属某团文化广场竣工了。落成仪式上，团领导通过回顾文化广场前几年建建停停和后来科学规划终于建成的经历，为士兵上了一堂生动的科学发展观教育课。

师政委薛凝冰说：“一些士兵认为科学发展观是治党治国的大理论，与我们普通士兵离得远。其实，科学发展观与我们每个人的工作、学习和生活紧密相连！”

在这个师，有许多平时不起眼的身边事，成为树立和落实科学发展观学习教育的鲜活教材：各团建起了士官楼，里面配齐了生活设施；连队伙食不仅实现了营养配餐，而且就餐时还可听轻音乐。这是因为部队党委在指导部队建设中坚持了以人为本的理念。炮兵团三连士官牛银忠先后被评为军事训练先进个人、优秀士官、优秀共产党员。他说：“我的秘诀是干好今天，想着明天，不搞单项冒尖，注重全面发展。”

从身边人身边事讲起，强化了战士们学习党的创新理论的政治责任意识，激发了他们的学习热情。一名士官在学习笔记中写道：“科学发展观是我们军旅人生的‘方向盘’和‘金钥匙’。”

搞好宣讲辅导领会精神实质
抓住士兵关注的问题开展思想辨析

本报讯 谭春仁、特约记者杨鸿报道：8月中旬，北京卫戍区某师陆续组织士兵走进航天城和驻地一些大型企业、“小康村”，从改革开放的伟大实践中感悟创新理论的科学内涵和精神实质。

教育中，这个师针对基层士兵理论底子薄这一实际，搞好宣讲辅导。记者看到士兵人手一本巴掌大的“口袋书”《士兵学习问答50问》，里面汇聚了士兵需要掌握的重点，并有深入浅出的提示，方便战士们随身带着学。为了让士兵真正学出成效，他们抓好“三读”，即原原本本读，梳理要点读，干部骨干辅导读。抓住士兵最为关注、经常遇到和心存疑惑的问题，由各连组织开展群众性辨析活动，矫正思想偏差，提高辨别能力。开展科学发展观在首都、在家乡和在军营等系列实践感悟活动，深化官兵对科学发展观的认识和理解。

战士们反映，灵活多样的教育活动，学起来带劲，记起来省事，吃得透，嚼得烂，效果好。士官王金杯即兴编了一段“顺口溜”：“学习新理论，越学越明白；感悟新变化，越悟越有味！”

立足本职岗位提高能力素质
引导士兵把学习成果转化为精武动力

本报讯 祁永清、申国政报道：从8月份起，某步兵团垃圾场实行社会化保障，不仅实现了垃圾无害化处理，而且把战士们从繁重的公差勤务中解脱出来。团党委的这一决策来自三名士官的建议。树立和落实科学发展观的学习教育，使广大士兵弄懂了怎么看，明确了怎么干。

围绕“当代士兵应该具备怎样的素质?”“如何在本职岗位上落实科学发展观?”等问题，这个师开展了各类学习成才和专业技能比武竞赛，引导士兵把学习成果转化为积极向上的人生追求和练兵精武的内在动力，把聪明才智和工作热情用到基层建设上来。某“老虎团”士官郭权忠是全团的训练标兵，过去他总认为“一招鲜吃遍天”，现在他认识到仅军事素质过硬还不够，主动报名参加了高等教育自学考试，下决心补齐“短板”。

战士们把连队当家来爱、当家来建。教育期间，全师士兵提出300多条合理化意见建议。正在野外参加对抗演练的某装甲团有许多士兵自发组成攻关小组，攻克了10多项训练难题，为圆满完成对抗演练任务做出了贡献。

（2006年9月10日1版头条）

半年成长进步　几多收获感悟

——从3名基层官兵的半年总结看重大教育成果

编者按　这组情景性的教育消息，说的是北京卫戍区某团七连3名官兵的半年总结。从他们这半年的经历中，我们看到的不仅是他们个人的思想进步，而且看到了开展我军历史使命教育、理想信念教育、战斗精神教育和社会主义荣辱观教育给基层连队带来的诸多变化。这组报道还给我们一个启示，政治教育可以入脑入心，教育报道也可以写得好看可读。

新战士孟松体壮意志坚像个男子汉

本报北京6月20日电　张建国、记者欧世金报道："今天，是我当兵第189天。要说我这半年的收获，实在不少。如果用数字表示，有'一减一长'：体重减了近10公斤，身高长了3厘米。"某团七连七班战士孟松在个人半年总结中说，自己像个男子汉了！

孟松说，自己当兵前是衣来伸手、饭来张口，上高中时"啤酒肚"就挺起来了。他到连队第一次集合，扎武装带横竖扣不上，急得一头汗，最后还是班长动手帮他才扣上。

"军人生来为战胜。如果连生活能力都不行，还怎能战胜敌人?"连队干部在战斗精神教育课上的一席话，让孟松明白了：当兵就得学会咬牙坚持!

流了数不清的汗水终于有了回报。3月24日深夜，部队接到紧急命令，开赴驻地山区扑灭森林大火。孟松和战友们先坐5个多小时的汽车，再背上灭火工具在山林中急行军两个多小时。到达指定地域，看到山火正旺，孟松和战友们顾不得喘口气，一直干到第二天中午11点半，将大火隔断。

孟松说，连我自己都不知道，当时是怎样坚持下来的：整整12个小时，没喝一口水，没吃一口饭，一连砍了50多棵树，手、脚磨出血也没发觉。

前两天是父亲节。孟松给父亲打电话，一一问候家人，汇报自己的进步，一口气讲了20多分钟。最后，父亲说了一句话："儿啊，挂电话吧，你长大了，我和你妈放心了！"

三排长李兆南甩掉"学生气"甘当"小学生"

本报北京6月20日电 李兆刚、记者欧世金报道：没当过一天兵的李兆南，现在成了士兵眼里的好排长。一位战士评价说："李排长身上的兵味浓了，与我们的心贴得近了。"

今天，某团七连三排长李兆南，在进行个人半年总结时说，我是高中毕业直接考上军校，没当过一天兵，没有与战士接触过，学的还是技术专业。去年7月份到七连当排长时，对兵的生活是两眼一抹黑。

他说的是实话。当时，连长薛华峰毫不客气地指出：你身上要多些兵味，真正理解士兵，然后才能带好兵管好兵。从此，李兆南痛下决心改掉带兵中的"学生气"，向班长学习，给代理排长当"助手"，"一步一动"地学起。他发挥自己的特长，辅导全连官兵学习计算机知识。现在，全连人人会上网，个个能打字，还有几名战士通过了国家计算机专业等级考试。

今年5月，他被师里抽去参加首长机关网上对抗演练，苦战3个昼夜，取得了优异成绩。师机关老参谋夸他："到部队时间不长，但理论和实际结合较好，难能可贵。"演练结束，他被评为"网上练兵先进个人"。

最近，团长李永奎在大会小会上，多次点到李兆南，要全团大学生干部向他学习。李兆南却在总结时说："士兵是一本大书，带兵是一本大书，我要继续当好'小学生'。"

指导员陈强知耻而后勇危机意识强

本报北京6月20日电 刘应东、记者欧世金报道："知耻后勇、卧薪尝胆。”某团七连指导员陈强今天用这8个字作为他半年工作总结的“主题词”。

事情发生在5月12日。陈强给全连上“八荣八耻”教育课，由于准备时间紧，他把年初给新兵上的“发扬艰苦奋斗优良传统”讲课稿稍作修改，就开讲了。这一幕，恰巧被卫戍区领导和师团领导通过视频系统看到。几级领导和机关干部对他这一课的问题现场点评，让陈强浑身冒汗。

一个被北京军区评为“全面建设先进基层单位”、去年底荣立集体一等功的先进连队的指导员，一向听到的是表扬，哪曾遇到过这种难堪？那几天，陈强吃不香、睡不安。团政委韩义送他一句话“知耻后勇、卧薪尝胆”，让他找到了出路。

机会很快就来了。6月8日，师里组织13个先进连队指导员进行“优秀政治教员”讲课比赛。为了讲好这一课，陈强可下功夫了。他上网下载最新信息，与战士谈心交流，跑兄弟连队找典型事例，进机关向别人请教。5000字的讲课稿，准备资料超过5万字，光从网上调图片就达200多张。这一课，赢得了阵阵掌声，上下都叫好。

可陈强并没有因此感到轻松。他说，现在的战士经历丰富，获取信息的渠道多，想法也不少，政治教育不能停留在“什么不能做”上，更重要的是让他们明白“为什么不能那样做，一定要这样做”。这对指导员是个挑战，不下一番苦功，难堪还会出现。

一位战士悄悄告诉记者，好长时间没见到指导员打扑克了，一有空，他就抱着书本看。

（2006年6月22日2版头条）

士兵队伍素质提高　干部注重科学带兵

南京军区"临汾旅"大学生士兵带来新气象

本报讯　记者欧世金、特约通讯员杜家雷报道：南京军区"临汾旅"政委张晓波日前去军区参加理论读书班学习，他准备的发言题目是：大学生当兵给部队基层建设带来哪些新的影响和变化。

这个旅有2006年度大学生新兵101人，比去年增长46%，比前年增长80%。

火热的军营为什么越来越吸引莘莘学子？张晓波调查认为，国家出台优待大学生入伍的政策，国防教育的深入开展，独生子女家长希望孩子大学毕业后到部队锻炼成才，这些都是大学生向往部队的重要原因。

2001年9月，国务院、中央军委颁布修改后的《征兵工作条例》，首次对征集全日制高等学校在校大学生问题作出规定。从此，我国从在校大学生中征招士兵工作开始启动。作为完善国家兵役制度的重大举措，征集在校大学生入伍，不仅为部队建设和发展输送了大量的高素质兵员，也为普及和推进全民国防教育培养了大批骨干。

大学生士兵给部队带来的变化是显而易见的。"装备等人才"的现象在这个旅得到了很大的转变。今年7月，上级配发通信连一台新型移动通信集群车，要求他们在一个月内学会使用操作，并投入演习。大学生士官曹兆华主动提出担任车长，由他和另外4名大学生士兵组成的攻关小组，加班加点翻译操作使用和维修保养说明书，还编写了适于战士操作使用的简易手册，确保了演习任务的顺利完成。

大学生士兵知识面宽、接受能力强，许多人很快成为带兵骨干。这个旅76名2005年度大学生士兵，经过一年多的锻炼，已有56人当上了班长和副班长，大部分人被评为"优秀士兵"，5人入党，6人立功。

大学生士兵对带兵人的素质提出挑战。记者与9名大学生士兵座谈，他们都表示不怕吃苦，但很看重干部处事是否公平。指导员肖刚说，大学生士兵的增多，促使带兵人更加注重“以人为本”，注重科学文明带兵。

最近，“临汾旅”党委和政治机关对如何进一步发挥好大学生士兵的作用进行专题研究，提出采取措施培养大学生士兵当好文化教员、思想骨干和技术能手。对于大学生当兵带来的新情况新问题，正积极研究解决。

相关链接

大学生士兵

2001年9月，国务院、中央军委颁布修改后的《征兵工作条例》首次规定：依法可以缓征的正在全日制高等学校就学的学生，本人自愿应征并且符合条件的，可以批准服现役，原就读学校应当按照有关规定保留其学籍，退伍后准其复学。

2002年，教育部、公安部、民政部、总参谋部、总政治部联合下发《关于进一步做好从全日制高等学校在校生中征集新兵工作的通知》规定：退出现役后复学，其家庭经济困难的，学校酌情减免学费。入伍前享受优秀学生奖学金的，复学后提高一个奖学金等级（不含一等奖学金）。对荣立一次三等功奖励的，复学后按不低于50％的标准减免学费。荣立两次三等功或荣立二等功、一等功、被授予荣誉称号的，复学后免交全部学费。

（2006年10月4日1版）

解放军报

JIEFANGJUN BAO

2007年4月26日 星期四 丁亥年三月初十

中国军网 http://www.chinamil.com.cn 今日12版 第18003号

国内统一刊号：CN81-0001（J） 代号1-26 解放军报社出版

在修时间大大缩短 抢修效率成倍提高

沈阳军区某机械化师 探索信息化条件下装甲维修保障新模式

高校学子在军营系列报道之一

军事训练显身手 思想工作当帮手

南京军区某摩步旅 大学生士兵给基层建设带来可喜变化

部队要闻

吴邦国分别会见摩纳哥白俄罗斯客人

曹刚川参加会见白俄罗斯国防部长

《解放军报》影印件

高校学子在军营系列报道之一

军事训练显身手　思想工作当帮手

南京军区某摩步旅大学生士兵给基层建设带来可喜变化

本报南京4月25日电　记者欧世金、特约通讯员杜家雷报道：大学生士兵在部队信息化建设中，正发挥出越来越明显的影响和作用。记者日前从南京军区某摩步旅获悉，该旅近两年征集的130名大学生士兵，许多人已成为基层骨干。其中有一名大学生新兵入伍半年多就荣立二等功，78人荣立三等功或被评为“优秀士兵”，66人担任了班长或副班长。

10多年前，“南京路上好八连”大学生士兵公举东的事迹，经军报报道后，在军地产生广泛影响。随着国防教育的深入开展，国家、军队和地方有关政策的出台，不仅大学生入伍数量逐年增多，而且来自著名高校的高材生比例逐年增加。该旅有7名来自复旦大学的高材生，他们在中学和大学都当过学生干部，高考成绩名列所在县市前列，其中有两名是党员。这些大学生士兵入伍给部队建设带来可喜变化。

在军事斗争准备中展现出知识优势。来自复旦大学数学科学学院的二年级学生谢子雨，运用数学特长研究射击问题，建立了枪支射击“误差档案”，全连射击优秀率因此提高了6个百分点。他在集团军“岗位练精兵”比武中，获得班用轻机枪专业射击第一名。来自江西的大学生士兵刘斌，学的是计算机专业，一下连就被旅指挥自动化工作站相中。他参与了海上视频无线传输课题的研究，技术成果被军区推广。目前他是旅网络维护和电脑维修方面的专家，被战友们称为“网络医生”。

在基层思想工作中成为干部的好帮手。今年主题教育中，这个旅许多大学生士兵走上了讲台，其中有学哲学、经济学、教育学、心理学等专业的，他们以自己的经历和专业知识，讲科学发展观带来的社会进步，表达对国家培养的感激之情，很有说服力。十连大学生士兵唐三勇作为南京军区代表队成员，参加总政组织的“学党章、知党章、用党章”知识竞赛，获得集体竞赛一等奖。

大学生士兵增多给旅领导和机关提出了新课题。这个旅党委重视用科学发展观看待培育大学生士兵，帮助他们正确认识自己，树立爱国奉献思想，强化纪律观念和吃苦精神。他们总结的培养大学生士兵的经验受到军区机关的肯定。

（2007年4月26日1版头条）

高校学子在军营系列报道之二

从高校学子到精武标兵

——记南京军区某旅大学生士兵谢子雨

■杜家雷　郑　哲　本报记者　欧世金

今年初，南京军区通报表彰的军事训练“三手”(神枪手、神炮手、技术能手)标兵中，有一位一年前从复旦大学入伍的大学生士兵，他就是某旅“军事训练先锋连”副班长谢子雨。

谢子雨2004年以678分的成绩考入复旦大学数学科学学院。入学第一年，10多门功课均为优良。大学二年级，他毅然作出应征入伍的决定。当时，有人不理解，家人专门从江西老家赶到上海劝说，但最终也没能动摇他的从军意志。

很多人没想到，像谢子雨这样的文弱书生居然很能吃苦。刚入伍时谢子雨体质较弱，多项训练成绩都是新兵连倒数几名。他坚持每晚做俯卧撑、仰卧起坐、引体向上，还让战友坐在自己肩上，练蹲下起立，锻炼腿部和腰部力量；手榴弹投不远，他坚持反复练，每天比别人多投一箱，直到练得吃饭时手都拿不住筷子。

短短6个月，谢子雨的训练成绩在同年兵中名列前茅。当兵一个月，他成为新兵班副班长；当兵半年，在集团军组织的“岗位练精兵”比武中，夺得班用轻机枪专业射击第一名，荣立三等功。

当初，领导并没有考虑让谢子雨这样的新兵参加比武。可是他找到连长毛遂自荐：“我要参加比武！”这让连长犯了难，集团军训练尖子比武，让一个新兵上阵胜算有多少？可连长经不住谢子雨的软缠硬磨，最后答应让他当一名“候补队员”。

初夏，毒辣辣的太阳晒在身上，站着不动汗水都会“吧嗒吧嗒”往下掉。同为候补队员的几位战友坚持不住了，悄悄对谢子雨说：“别傻练了，咱们是候补的，比武肯定上不了场。”

“是候补就有希望，有希望就要尽最大努力！”

谢子雨没有丝毫懈怠，练立姿据枪，他一练就是两个多小时；练卧姿据枪，他趴在砂石地上，一练就是大半天，肘部蹭破了皮，手腕磨出了泡，从没叫过一声苦。经过几轮淘汰筛选，谢子雨最终成为正式选手。

比武开始了。就在参加轻机枪精度射击比武的选手上场时，突然间，天空一片昏暗，暴雨骤降，能见度下降。而此时，黑白靶又换成了暗绿色靶，这对每个选手都是个严峻的考验。

大雨中，身处1号靶位的谢子雨卧倒、架枪，动作干净利落，雨水顺着帽檐不停往下滴，他趴在地上纹丝不动，全神贯注，沉着冷静地瞄准击发。“叭叭叭！”一阵枪声过后，报靶员报告：1号靶10发子弹命中87环。

接着进行夜间射击、隐显目标射击、应用射击三个课目比武，谢子雨在40多名选手参加的轻机枪专业射击比武中技压群雄，获得总分第一名。

野外训练场上，北风漫卷尘土飞扬。连队正组织四〇火箭筒瞄准训练，教练员问大家：“风从左边吹来，火箭弹会向哪边偏？”一些新战士凭直觉抢着回答：“右边。”

谢子雨拿着树枝在地上比比画画，站起来提出了反对意见：“火箭弹的弹头体积小，重量大；尾翼体积大，重量轻。因此，风对火箭弹前部影响小，而对尾部影响大。所以，风从左边吹来，弹头反而会往左偏。”

“回答正确！”教练员向他投来赞许的目光，当场请谢子雨为大家示范修正偏差。

谢子雨没有陶醉在成功的喜悦中。他深知，提高训练质量和效益，既要苦练，还要巧练。他把复旦大学校训“博学而笃志，切问而近思”记在自己的笔记本扉页上，认真研读军事书籍，记下了近5万字的训练体会。他总结出“一个做到位、两个无意识、三个要注意”的轻机枪射击要诀，在全旅推广。他建议给每支枪建立“误差档案”，从中分析有关数据，使连队射击优秀率提高了6个百分点。

从文弱书生到精武标兵，谢子雨实现了人生的一次跨越！

（2007年4月27日1版）

高校学子在军营系列报道之三

军营，我成长进步的舞台

——记南京军区某旅大学生士兵唐三勇

■郑　哲　本报记者　曹瑞林　欧世金

复旦大学电子工程系学生唐三勇，参军8个月就荣立二等功。去年冬季征兵期间，时任南京军区某旅十连给养员的唐三勇应邀回母校汇报，他胸前金灿灿的军功章，引来复旦学子羡慕的目光；他作的《携笔从戎书写精彩人生》的报告，赢得广泛好评。

1

2003年1月入党，同年7月以河南省睢县第5名的成绩考入复旦大学电子工程系，担任系党支部宣传委员、青年志愿者队大队长，并被表彰为“优秀党员”。唐三勇的经历很是惹眼。

一次，机关的同志到新兵连检查工作，专门叫来唐三勇：“你对党章知识了解多少?”“请提问。”唐三勇很自信。接连9个问题，他都对答如流。

更令人信服的是，唐三勇下到连队没几天，就对红军连队十连参加过哪些战役战斗、涌现出哪些英雄人物了如指掌，可以像讲故事一样讲述连队的辉煌历史。战友们说：“大学生士兵就是不一样。”

2006年5月，军区组队参加全军“学党章、知党章、用党章”知识竞赛，要求各单位推荐参赛队员。旅里发现唐三勇对党的知识比较熟悉，而且反应快、语言表达能力强，便推荐他参加集训。集训实行全程淘汰，唐三勇过五关斩六将，从38名集训队员中脱颖而出，成为代表军区参加全军比赛的3名选手之一。

比赛开始了，在参赛队员中唐三勇作为惟一的一名义务兵，一上场就吸引了全场人的目光。他与队友发挥自如，顺利冲入决赛。

决赛中，在选最后一道“风险题”时，南京军区代表队已经领先排在第二的代表队9.8分。“风险题”最高30分，答对了加分，答错了减分。他们如果选20分的题，即使答对了，也有可能以0.2分之差位居第二。如果选风险最高的题，答对了，肯定第一；答错了，则可能落到最后。

怎么办？亮剑！

小唐和两名队友果断选择了30分题。当他们正确回答出这道高风险题时，全场响起热烈的掌声。

2

与战友一道为南京军区代表队夺得全军“学党章、知党章、用党章”知识竞赛团体一等奖，唐三勇因此荣立了二等功。爱思考的唐三勇在荣誉面前显得十分冷静。他决心把过去的成绩“归零”，踏踏实实当好军营小学生。

参军以来，唐三勇先后5次变换岗位。担任步枪手，他实弹射击考核成绩名列全连第一；担任火箭筒手，他仔细琢磨风速对弹道的影响，摸索出纠正偏差的方法，两次实弹射击均命中目标；担任轻机枪副手时间虽短，但他悟性高，很快就掌握了轻机枪在射击和多种战术中运用的要领，受到连队干部的表扬。

连队伙食一度不太好。唐三勇向连队建议，对值班炊事员实行群众满意度测评。有人对唐三勇说：“让你到炊事班干行不行？”“怎么不行？我去！”连里批准了他的申请。

从没做过饭的唐三勇到了炊事班后，买来《烹饪技术指南》、《家常菜100例》等书籍，并虚心向其他炊事员学习，很快掌握了40多种大锅菜的烹饪技术，他做的红烧鸡腿，色香味俱全，被大家誉为“连菜”。

给养员是连队的半个管家。去年11月，连队又将此重任交给了唐三勇。

他上任后，首先把连队过去半年多的食谱找出来作定量分析，制订食谱前他都到各个班排征求意见，再统筹安排一周的伙食。旅后勤生活服务中心的领导夸赞："十连每次报来的食谱算得精细准确，从没有返工过。"

为保证连队按时开饭，小唐每天清晨5点多起床，第一个到生活服务中心领牛奶、豆浆和各种早点；上午9点又准时去拉回100多公斤的蔬菜、肉蛋。一个冬天下来，小唐的耳朵、双手生了冻疮。连长心疼地对他说："真是委屈你这个大学生了。"唐三勇回答："没啥，班排的战友在训练场摸爬滚打才辛苦呢。"

3

从倡导个性化发展的大学校园来到军营，唐三勇感悟最深的是，部队团结互助的氛围浓厚。遇到困难和挫折，有人关心你帮助你；取得成绩和进步，战友们会向你致以最真诚的祝贺。融入这种氛围，唐三勇深感温暖。

战士小杨文化程度较低，接受能力较弱，教育、训练跟不上，产生自卑心理。担任连队思想骨干的唐三勇主动靠上去做工作。他边教小杨学文化，边鼓励小杨发挥长处，把工作干出色。在唐三勇的鼓励下，小杨各项工作积极主动，多次受到了表扬。

部队规定在饭堂吃饭不许说话，气氛有些沉闷。唐三勇向连队建议开办饭堂小广播，他一人担当主持和录制，几天后就把大家的积极性调动起来，全连战士人人参与，"小广播"表扬好人好事、播报时事新闻、开展小讨论，越办越热闹。连队干部惊奇地发现，许多战士变得更爱学习、爱思考了，教育讨论主动发言的多了。

去年，连队推荐战士小楚报考士官学校，小楚担心文化考试过不了关，心理压力较大。唐三勇帮小楚制订了一份复习计划，当起了小楚的老师，使小楚如愿以偿考上了军校。今年连队3名报考军校的战士在唐三勇的帮助下，顺利通过了旅里的预考。

唐三勇担任连队的文艺骨干、思想骨干、文化教员。有人说，大学生唐三勇到了部队干出一连串成绩。唐三勇却说："军营为我提供了成长进步的舞台，我要倍加珍惜军旅时光。"

短　评

培养造就高素质新型士兵

做好军事斗争准备，人才准备是关键。大批大学生入伍，为我们适应军队信息化转型，造就一代高素质新型士兵，提供了新的着力点。

今天，中国高等教育在校生已达2100万人，居世界第一位。从全日制高等学校在校生中更多地征集新兵，已成为符合国情军情的选择。近年来，许多地方出台政策支持大学生入伍，这是对部队建设的支持，也体现了共建共享的思想。

在越来越多的大学生携笔从戎的今天，怎样用科学发展观来看待和培养大学生士兵，尽快探索出一条更好更快地培养知识型士兵的路子，是摆在我们面前的紧迫课题。

大学生士兵最大的优势，就是知识优势。努力开掘和发挥这种优势，就要求我们大力激发他们爱国奉献、爱军精武的动力和热情，使他们坚定理想信念，尽快适应部队严格的组织纪律，培养令行禁止的战斗作风和吃苦耐劳、甘于奉献的精神。同时，也要求我们正确看待他们的个性和弱点，帮助他们扬长避短。

“生命里有了当兵的历史，一辈子都不后悔。”作为携笔从戎的大学生士兵，应当珍惜自己这一段当兵的经历，尽快完成由地方大学生向高素质新型士兵的转变，在广阔的军营天地里，成为搏击长空的雄鹰。

（2007年4月28日1版头条）

高校学子在军营系列报道之四

追踪茁壮成长之源

——南京军区某旅培育大学生士兵纪实

■程关生　陶学勤　柳亚东　本报记者　欧世金

两年来，南京军区某旅共接收130名大学生士兵，其中78人立功受奖，66人担任班长副班长。大学生士兵们的茁壮成长，得益于旅党委针对大学生士兵的特点，辩证地看待，科学地培养，精心地呵护。

从认同个人需求到促进全面发展

“首长，我是学临床医学的，应该到旅医院工作，怎么把我分到机枪连了？”去年新兵分配的当天晚上，大学生士兵孙正亮就找到了旅领导，要求调换工作岗位。

“每天的课余时间最好交给个人安排，我的英语四级未通过就是由于缺少复习时间。”

“了解信息的渠道太少，连队至少应该有一台电脑能上互联网。”

……

大学生士兵的一个个电子邮件，也发到了旅领导信箱里。

党委“一班人”感到，大学生士兵每个人都有不同需求，追求个人目标、体现自身价值，是当代大学生的一个显著特点。我们要认同他们的个人选择和追求，部队需要、条件许可的，应当尽量满足；与部队要求和客观实际不相符的，要加以引导，使他们认清肩负的职责、部队的特殊要求，自觉摔打磨练，全面发展提高。

于是，“如何实现个人愿望，怎样提高全面素质”的讨论，在大学生士兵中展开。

集团军比武冠军谢子雨、全军党章知识竞赛第一名唐三勇，被请上讲台，他们立足本职有所作为的事迹，引发了大学生士兵的思考。

毕业于南京大学经济系的旅长王鹏，与大学生士兵共话军人价值和素质要求，以自己在10多个岗位锻炼成长、提高素质的经历，勉励他们接受摔打。

把个人目标追求融入到部队建设需要之中，成为大学生士兵的自觉行动。一年多来，130名大学生士兵在步、坦、炮、通等各个专业岗位上得到了锻炼提高，其中46人成为训练尖子，75人成为技术骨干。

从尊重个性特点到培育团队精神

去年3月，部队在靶场施工，连队干部考虑到大学生士兵曲韶华体力较弱，给他分配了较轻的任务。谁知他完成任务后，便向干部报告："我的任务已经完成，我要回去休息了。"

"这种事，在大学生士兵中不是个别现象。"一些干部反映，大学生士兵民主意识强，有的提意见不注意场合，搞得干部骨干下不了台；有的比较清高，平时不愿意和其他战士一起交流、一块娱乐；有的以自我为中心，不愿意照顾别人，等等。

部队是个高度集中统一的战斗集体，强调集体观念和团结协作精神。要让大学生士兵在部队健康成长，必须对他们注重个人奋斗、缺乏集体观念和互助意识的问题加以教育和引导。旅党委采取3条措施：

转变带兵理念。要求干部骨干客观辩证地看待大学生士兵，充分尊重他们的个性特征，不把个性当毛病，不把特点当缺点，因势利导做好教育引导工作。

畅通民主渠道。开设营区意见箱、网上"金点子"论坛、首长热线电话，倾听大学生士兵的心声，帮助解决实际困难，积极采纳他们的合理化建议。去年以来，120多条合理化建议被吸收到党委、支部的决策之中。

加大教育力度。用该旅著名爱兵模范王克勤创造的思想、技术、体力"三大互助"精神，用强渡汝河、鏖战上甘岭等光辉战例，用"尊干爱兵模范连”、“基层安全保卫工作模范连”和“军事训练先锋连”的先进经验，教育熏陶大学生士兵，让他们从中感受到集体力量的巨大威力，不断强化集体意识。

坦克五连从复旦大学入伍的战士曹兴鑫，原来只认一个理：只有个人奋斗才能打开成功之门。一次野营拉练时，曹兴鑫双脚起了五六个泡，战友们有的帮他背包、扛枪，有的搀着他一起走。这件事使他明白，个人的努力固然重要，但一个人的成功离不开组织的培养和大家的帮助。从此，他积极参与连队建设，关心战友，帮助他人，主动担任文化小教员，还先后帮助3名战士提高了训练成绩，被评为“优秀士兵”。

从正视缺点弱项到注重用其所长

身高1.90米的十二连大学生战士田力，是学校篮球队主力队员，代表学校夺得过上海大学生篮球联赛冠军。

去年，集团军组织篮球比赛，连长王建设把田力推荐到旅篮球队，作为主力中锋。田力和大家一起奋力拼搏，夺得第三名，赢得了官兵的一片喝彩声。走下领奖台的田力为感谢连队对他的鼓励和帮助，把奖牌放进了连队荣誉室。

田力刚入伍时，由于身材较高，器械训练是他的弱项，每次考核都拖连队的后腿。

“那时候心里很难受，常常埋怨自己。想不到连队干部不仅没有批评，还让我负责组织连队文体活动。”说起这事，田力的脸上流露出感激之情。

“大学生士兵有许多优点和长处，但也有不少缺点和弱项，作为一线带兵人，不能抓住弱点不放，而要善于用其所长，尽可能为他们提供施展才华的舞台。”连长王建设说。

来自上海财经大学的通信连战士高志诚，反应灵活、思维敏捷，遇事喜欢琢磨，入伍前就是个军事迷。连队让他担任军事民主组组长，营里将他吸收为技术革新小组成员。

通信装备技术含量比较高，一些战士学习训练感到吃力，高志诚主动担任小教员，并结合自身训练实践，摸索出了“密码快速记忆法”等6种训练辅助方法，提高了训练质量。

从上海医科大学入伍的五连战士刘君，对心理学有一定的研究，主动为战士上了4堂心理知识课。他建议连队把“意见箱”改为“心语信箱”，解决了官兵不少心理问题。这一做法在全旅推广。

旅领导向记者介绍，近两年入伍的130名大学生士兵，有78人参与军人委员会、团支部的工作，86人担任兴趣小组组长、小教员。

从满足服兵役到升华理想信念

十一连大学生战士小华，就学于上海财经大学，他立志毕业后进入全球四大会计师事务所工作。当兵服役对他来说相当于过一次军事“夏令营”，平时工作训练满足于“过得去”。

从上海电力学院入伍的战士小朱，坦率地向连队干部讲了自己当兵的想法：到部队锻炼锻炼，服满兵役回去继续完成学业。

这两名大学生士兵的想法有一定的代表性。旅党委“一班人”认为：大学生士兵正处在人生观价值观形成的关键时期，部队不仅要把他们培养成为合格军人，也要帮助他们打牢爱国奉献的理想信念。

于是，旅党委围绕升华大学生士兵的理想信念，开展了一系列行之有效的思想教育活动。

——进行科学发展观理论的系统灌输，引导大学生士兵自觉做党的路线方针政策的坚定支持者和拥护者。

——注重用党和军队的光辉历史和优良传统教育熏陶。组织大学生士兵参观军史馆、荣誉室，把二野劲旅战斗英雄故事、英模单位和个人的事迹印发到他们手中，大力培育不怕困难、勇于牺牲的战斗精神。

——开展讲传统故事、唱传统歌曲、呼传统口号系列活动，让大学生士兵们时时处处耳濡目染，接受爱党爱国爱军队的教育。

一位将军对荣立二等功的唐三勇予以表扬，问他是否愿意留在部队当军官。他说，报效祖国的方式很多，今后不管走到哪里，不管干什么，我都会像当兵时一样爱党、爱国、爱军。在部队里打下的思想基础，能让我受益一辈子。

编辑点评

当好砺剑的磨石

■欧世金

南京军区某旅130名大学生士兵茁壮成长的经历，给我们一个鲜明的启示：要把军营当作大学生士兵成长进步的磨石，使他们剑锋锐利，能在今后的人生路上一往无前，披荆斩棘！

要做到这一点，各级领导机关对大学生士兵的培养，就要站得更高一点，眼界更宽一点。南京军区某旅以科学发展观为指导培养大学生士兵，既发挥他们的长处和优势，又帮助他们克服不足和弱点；既真心诚意地关心关爱，又按条令条例严格要求；既使他们掌握军事技能，又让他们懂得做人的道理；既教育他们要服好兵役尽好义务，又引导他们树立报国奉献的远大理想……总之，要让大学生士兵在军队这个“大学校”、“大熔炉”中，得到更多的锻炼，学到更多的知识，掌握更多的本领，作出更大的贡献。

（2007年5月5日2版头条）

创新永无止境

■欧世金

南京军区某摩步旅7名复旦大学生士兵留下的“礼物”，让我们从中读出了多重意义。这7颗滚烫的心，是对军队“大学校”哺育之后的深情回报，是对实现富国强军梦想的热切期盼。

这7份“礼物”，贯穿着一个鲜明的思想：创新发展。7名大学生士兵，在短短的两年服役期内，收获了受益终身的宝贵财富，真切体悟了人民军队的伟大崇高，同时，他们也看到了军队建设中的一些不足之处，更难能可贵的是，他们坦诚地说出来了。

7名大学生士兵眼里的矛盾和问题，我们不必过多地去评价它客观不客观、全面不全面、正确不正确。我们要感谢他们为基层思想政治工作的创新发展提供了一个新的视角。南京军区某集团军抓住这个机会，在所属部队干部中开展的“连队思想政治工作创新发展”讨论，既是对7名大学生士兵的充分肯定，也是推进基层政治工作创新发展的有力举措。

不改革没有出路，不创新就不可能发展。我们要进一步解放思想，切实清除头脑中与时代和实践发展不相适应的东西，把思想观念和思维方式转变到十七大精神和要求上来，下功夫解决那些制约部队发展的深层次矛盾。

基层是部队创新的源头活水，可以大有作为。万丈高楼平地起，我们要开创国防和军队建设新局面，首先要开创基层建设新局面。现在，基层建设面临许多新情况新问题，这些新情况都需要我们按照科学发展观要求，以改革创新精神去研究、去解决。

创新，永无止境，但也不可能一蹴而就，心急吃不了热豆腐。我们要从世情、国情、军情出发，一步一个脚印，先把眼前的事干好，把有条件干好的事干好，不断推进部队建设又好又快发展。

（2008年1月17日3版《长城论坛》专栏）

谋群众之所求

——贯彻六中全会精神加强党的作风建设之一

■龙云飞 本报记者 欧世金 丁海明

10月中旬，驻太行山东麓的济南军区某师又有60多个连队的取暖工程通过专家验收。至此，该师96%的战士宿舍有了暖气。

战士们欣喜地告诉记者："冬天睡觉再不用当'团长'了。"这份喜悦来之不易。去年初冬的一天，该师高政委冒着寒风来到某团二营。交谈中，一位福建籍战士说："'三九'快到了，我的手又该裂口子了。"此话引起高政委警觉。不等他细问，又有人感叹：要是您能在咱战士宿舍体验一下挨冻的滋味就好了。高政委当真在这里住了几天，他领教了受冻的滋味：白天训练出一身汗，浑身湿乎乎的，晚上钻进被窝就像掉进冰窖，战士们有的戴上棉帽子，有的干脆用腰带将被子捆在身上。原来，由于10年前发生过一起煤气中毒事故，有的团干脆拆除了煤炉。

在学习贯彻六中全会精神时，师领导旧话重提："基层官兵取暖的问题我曾多次听到过反映，但由于没有切身感受，觉得该办的事太多，就没把这件事放在心上，这次我体验了一番，感受不大一样，这个问题不尽快解决，就是对群众的疾苦麻木不仁。"师党委很快形成决议，筹集600万元经费，借助地方热力资源实现集中供暖，用两年时间让所有战士宿舍通上暖气。与烧煤炉子相比，它省钱省力，对环境也没污染。家底费不够，师领导多方求援，请各级给予支持。取暖工程，深得兵心。

今年入冬前，各部队提前把暖气管道铺到战士宿舍。试暖那天，战士们高兴得又唱又跳。

记者感言

多体验一下群众的疾苦

人们常说：饱汉不知饿汉饥，站着说话不腰疼。当前，少数领导在了解基层的疾苦和困难时，习惯于听汇报，看材料，开座谈会。通过这些途径，他们对基层官兵的难处会有大体的了解，但毕竟没有切身体验，没有切肤之痛，因此，解决起来缺乏紧迫感，不知不觉中充当了“饱汉”的角色。

要真正体验一下“饥”的滋味，不当一回“饿汉”是不行的。在这点上，某师高政委做了很好的尝试。如果领导都能把自己当成普通一兵，经常到基层官兵中去体验体验，那么，基层的疾苦就能得到及时解决，领导的决策就会更符合群众的意愿。《中共中央关于加强和改进党的作风建设的决定》指出，各级领导要“深入实际，深入群众，切实解决存在的突出问题和群众生产生活中的困难”。贯彻落实这一精神，各级领导就应迈开双脚，到基层去，到士兵中去，到困难最多的地方去，与群众同甘苦，共命运，心连心。

（2001年11月15日3版）

告别“五道关”

——贯彻六中全会精神加强党的作风建设之二

■樊　博　本报记者　欧世全　丁海明

战士看病住院要过的“五道关”终于被废除了。日前，这一消息在兰州军区某炮兵旅传开后，基层官兵禁不住欢呼雀跃。

那天，四连战士小王头痛发烧，想去旅卫生队拿点药。在战友的陪同下，他先到连里请假，再到营里请假，接着来到旅卫生队。军医无法确诊，建议他到5医院会诊。小王拿着会诊通知书，分别报告连、营和旅军务科，请他们批准、签字。然后，小王将通知书交回卫生队存档，并开具转院介绍信。小王被医院确诊为脑膜炎急需住院治疗后，又拿着住院通知书返回旅军务科备案。不仅仅是小王有此遭遇，过去，该旅所有基层官兵看病住院都要经过这样一番折腾。

话说回来，机关设立这些关卡也是不得已。过去，曾有个别战士利用外出看病、住院“挂空挡”的机会，违反纪律。为了堵塞这个管理“漏洞”，旅有关部门制定了战士外出看病、住院必守的规则和必走的程序，使原本简单的问题复杂化了。部队营区居住分散，最远的连队离卫生队27公里，离5医院130公里，来回费时又费钱。因此，一些战士头痛脑热，宁愿请事假到地方医院治疗，也不愿享受医疗免费待遇。战士看病、住院要经过“五道关”，成了该旅党委学习六中全会精神的一个热点话题。

他们进行了深刻反思：离开条令条例设“五道关”这件事，表面看是为了加强管理、对部队建设负责，实质是搞“土政策”，眼里没有群众。知错就改。该旅党委、机关果断废除“五道关”后，固定一台小客车，每周三巡回到各营、连接送病号，并由军医带队到5医院看病；对急诊病号，卫生队随叫随到。需要住院治疗的，由军医到机关负责办理请假等有关手续，并通知有关单位，再不用患病战士跑来跑去了。

“五道关”破除了，官兵之间、上下之间的心贴得更近了。

记者感言

机关应多进行换位思考

战士得病，已经是非常不幸的事，而不少病又分秒不能耽误。让远离父母、身上有病的战士去办理如此繁琐的手续，小病恐怕也会折腾出大病来，即使病治好了，心可能也凉了。

机关设立“五道关”的理由似乎冠冕堂皇，但如果领导和机关干部看病时也像战士一样要过这“五道关”，那么这“五道关”肯定会不攻自破。因此，领导机关在出台和制定与战士有关的规定、政策时，最好能设身处地地换位思考一下，看看它们是否合情、合理、合法。

学习贯彻六中全会精神，各级机关都应认真地查一查，看看有哪些不符合《决定》精神，不符合的就立即纠正，越彻底越好。

（2001年11月20日3版）

战士“挑刺”引出的故事

——贯彻六中全会精神加强党的作风建设之三

■本报记者　欧世金　丁海明　本报通讯员　龙云飞

日前，在济南军区某团召开的海训总结表彰大会上，连续5年与先进无缘的三机连被评为“海训先锋连”。战士们告诉记者：我们连跻身先进，班长胡兴亮该记头功。

话要从去年底说起。那天清晨，一封信塞进团政委马国立办公室的门缝里。信中说，三机连连续多年没有当过先进，连队与机关只几步路，却不见领导和机关干部来连队指导帮助，批评指责声却不绝于耳，官兵们情绪低落，抬不起头来。这封信一气提了5条意见。读罢信，马政委脸上火辣辣的。

马政委到三机连找到写信的胡兴亮。胡兴亮听说团政委要见他，顿时脸都吓白了：政委找我？糟糕，事情闹大了！哪料到，一见面，马政委拍着他的肩膀笑着说：“你那5根‘刺’挑得好，我感谢你！”后来，马政委在机关干部大会上说：“我们天天把抓基层挂在嘴上却没有真正放在心上，经常下基层、跑连队，却对基层情况若明若暗，更不注意集中群众智慧，看起来整天忙忙碌碌，辛辛苦苦，结果是事倍功半，劳而无获。”

一封信引来了团党委、机关工作作风的大转变。马政委首先来到三机连参加班务会。坐在小板凳上，闻闻战士身上的汗味，听听战士的心声，马政委觉得自己与基层、与战士的心贴近了。从此，团领导形成了抓基层的新规矩：团主要领导经常到连队参加班务会，到连队吃“碰饭”，找战士谈谈心。

今年初，马政委在三机连蹲点两个月，对连队进行了全面“帮建”。

不久前，在上级组织的海上训练中，该连以综合第一名的优异成绩受到师、团的通报表彰。现在，胡兴亮作为团里的士兵代表，经常被领导、机关请去挑“刺”。他说：“‘刺’越来越难挑了。”

记者感言

闻过则改好

战国时，蔡桓公患病，名医扁鹊3次坦诚相劝：如果不医治，病情将会更加严重。桓公不理睬，不高兴。不久，桓公病入骨髓，不治而死。（出自《韩非子·喻老》）

对待疾病，有多种态度，蔡桓公为一种，他这样做的结果，当然是不可救药。现在，一些领导和机关干部常常感叹：听真话难，听实话难。难的根子是一些领导和机关干部不想听、不愿听，因为有“病”毕竟是不光彩的事，“挑刺”更会让人感到不舒服。

江总书记在“七一”重要讲话中告诫我们：“各级党组织都要努力提高解决矛盾的能力，勇于正视和解决存在的问题，决不回避和粉饰。”机关要解决自身的问题，群众是最好的“医生”。

（2001年11月21日3版）

今年有个耐人寻味的现象，许多部队把《士兵突击》作为新兵初入军营的好教材。请看来自南京军区某旅的报告——

像“许三多”那样“突击”

■本报记者　欧世金

2007年岁末，南京军区某旅新兵大队，一位集团军首长看望刚刚入营的新兵。他问：“同志们看过电视剧《士兵突击》吗?”在场的新兵纷纷点头，高声回答：“看过!”有几名新兵说，我们就是看了这部电视剧，才来当兵的。这位首长回头对带新兵的干部骨干说：“你们要把观看《士兵突击》作为新兵入营的教材，带兵人和新兵都要像‘许三多’那样，无论遇到什么困难都要‘不抛弃，不放弃’‘好好活，做有意义的事’，尽早帮助新兵实现军旅人生第一次‘突击’。”

新兵流行语：“好好活，做有意义的事”

新战士小毛是带着到军营干一番事业的理想入伍的，可来了没几天，就像霜打的茄子——蔫了，干什么都不认真，并向中队递交要求离队的申请。指导员陈量涵找他谈心，他说出了心里话：“部队确实很关心我们，但每天操场、饭堂、宿舍，三点一线的生活太单调，没多大意义。”

进一步调查发现，不少新战士怀揣入党、学技术、考军校等个人“小九九”入伍，对入伍为什么、参军干什么、怎样的人生才有意义等问题考虑不多。旅里针对新战士的这些特点，把观看电视剧《士兵突击》作为政治教育的第一课，并组织他们就剧中人物和故事情节展开讨论。

六中队城镇籍新战士王斌，原想在部队平平安安“混”两年退伍，回家安排个好工作。他从电视剧中看到，分到红三连五班的许三多，处处寻找“有意义的事”干，在别人打牌、睡觉的时间里修成5米宽的标准坦克路，并从一名公认的笨兵成长为“兵王”。王斌深情地说：“感谢许三多，他让我找到了前进的动力。”

“好好活，做有意义的事。”这句许三多的经典台词，在新兵中成了流行语。

很多带新兵的干部骨干强烈感受到，新战士的精神状态昂扬了，工作态度积极了，训练热情高涨了，与战友相处更和谐了。

新兵表决心：“不抛弃，不放弃”

来自江西萍乡的九中队新战士陈妹入伍前是个“军事发烧友”，《士兵突击》播出后，他又买来光碟一连看了4遍，许三多说的很多台词他都能倒背如流。“当个许三多式的好兵！”怀着这样的信念，他来到了军营。

“陈妹刚来时什么都跟不上，但是他非常能吃苦。凡事他都和许三多比，他说干什么都要有‘不抛弃，不放弃’的精神。”陈妹的指导员童爱贤告诉记者。

随着训练强度的不断加大，许多新战士明显感到了不适应。新兵大队让他们向《士兵突击》中的人物学习，正确对待艰苦，引导他们只要拥有“不抛弃，不放弃”的精神，就能战胜一切困难。

家乡在安徽农村的战士陈林杰，家里世世代代以种地为生，父母面朝黄土背朝天供他们弟妹3人上学，情况跟许三多十分相似。观看《士兵突击》后，他在给中队的思想汇报中写到：“许三多能从‘最差的兵’成长为一代‘兵王’，我为什么不能。我的先天条件比他好，不管前方的路有多苦，我都不会给部队丢脸，不会给望子成龙的父母丢脸……”

八中队新战士刘涛，体能素质比较弱，单杠只能拉3个，跑3公里总是落在最后，一个个“拦路虎”让他信心全无。观看《士兵突击》后，他像变了个人。他在网上发帖写到：“顶得住和顶不住是一个选择题，但许三多告诉我，不抛弃、不放弃是唯一的选择！”他给自己制订了详细的补差计划，每天坚持做俯卧撑、负重下蹲、仰卧起坐，10天下来，他的体重由85公斤下降到79公斤，训练成绩也赶了上来。

带兵骨干说："今天比昨天好，这就是希望"

屏幕上，许三多处处出错，感到十分自卑，还遭到战友的嘲笑，班长史今则像个大哥哥一样耐心地帮助他……一段录像过后，新兵大队政委陈延祥给带新兵骨干上起了"真心知兵、真情爱兵、真诚帮兵"的教育课。

有这样一个小"插曲"。一天晚饭后，旅政委秦树桐路过训练场时，发现还有人借着灯光在搞训练。走近一看，一个班长正给几个新战士开"小灶"。秦树桐当即予以制止，并对那名骨干解释了不开"小灶"的原因。

随着新兵训练全面展开，一些带新兵骨干为了赶进度、提高训练成绩，产生不同程度的急躁心理。

"班长是新兵的第一任老师，如果方法不对头、态度不端正，不仅新战士训练水平提高不快，甚至还有可能引发安全隐患。"陈延祥告诉笔者。他们及时组织带新兵骨干开展"我在新战士心目中的印象如何"、"史今带兵的秘诀是什么"等讨论。很多骨干认为，史今用"每个人心里都长着花，一朵一朵的，可漂亮了"、"今天比昨天进步，这就是希望"等教育了许三多，也改变了许三多，成就了许三多。这些方法也应该成为我们的带兵指南。

（2008年1月15日3版）

□接受记者采访时，一位团领导说："我最反对形式主义！怎么也搞起了变相的形式主义？"

□某防空旅旅长袁长义说："根治变相的形式主义，关键在于各级领导要拿出决心和勇气。"

警惕变相的形式主义

——关于贯彻六中全会精神加强和改进党的作风建设的调查与思考

■本报记者　欧世金　马三成　本报特约通讯员　龙云飞

反对形式主义的人为啥犯了形式主义

初秋时节，滚滚铁流在西北大漠卷起冲天沙尘。行军途中，兰州军区一位领导跳上新型步战车，查看官兵的着装情况，一个极为奇特的情景吸引了他的目光：乘坐轮式步战车的基层官兵身上都背着干粮袋，看上去沉甸甸的，足有5公斤重。陪同的一位团领导连忙解释："里面装的全是大米。""我军步兵从靠'铁脚板'行军到乘上新型战车，行军、作战方式发生了巨大变化，可战士们乘车时还背着干粮袋？这是典型的形式主义！"这位领导当即指出："今后乘车一律不背干粮袋，就装在车上，无须背在肩上。""我最反对形式主义！怎么也搞起了变相的形式主义？"接受记者采访时，这位团领导觉得挺委屈。调查表明，去年年底以来，部队那些中看不中用的"花架子"被打掉了，那些只图虚名不务实效的行为明显减少，"五多"现象得到有效遏制。但形式主义毕竟是个顽症，它在得到医治的同时，产生了一定的"抗药性"，有些官僚主义、形式主义的东西正戴着"面纱"变相地出现在我们的工作中。比如，由于近年来一些部队发生问题后，总结了一条相同的教训：“领导干部缺乏责任心。”于是，现在有的领导同志对文电的批示往往比较原则，较少提出具体要求，也不注意检查落实情况。又如，上级规定要求减少“五多”，有的领导、机关就连有指导作用的文电也不敢发了，有指导意义的会不敢开了，为基层办实事、办好事的工作组不敢下了。基层的同志批评这种做法是：“用形式主义反形式主义。”对一眼就能看穿的形式主义，在部队已成为过街老鼠。但对习惯性的或变相的形式主义，有时容易被忽视。因此，各级领导干部不能掉以轻心。

思维方法要与时俱进

习惯性的或变相的形式主义，大多数并非有意为之，而是有些领导抓工作的思维方式出了“毛病”所致。济南军区某集团军政委祁正祥，列举了这样一些现象：强调考察干部要看政绩，有的就不顾部队实际，盲目上项目，负债搞建设，造成后任班子背经济“包袱”；强调工作活跃，有的就乱提口号，乱开展活动，搞花花点子；强调领导干部工作精力要集中，有些干部假也不敢休了，家也不敢回了；强调加强部队管理，有的就让战士背条令条例，甚至出台“土政策”。认识和处理问题时非此即彼，绝对化，走极端，是一些领导、机关干部思维方法不正确的主要表现。新疆军区某红军师政委刘雷讲了自己的体会：有的领导提出，“自己的问题自己解决”，这话听起来好像没错，但与实际一接触就有问题了。比如基层建设，只靠基层就无法解决。因此，刘政委下部队、跑基层不满足于查问题、提要求，而是经常询问基层官兵：“你要我解决什么问题?”思维方法与领导者的思想觉悟、学识水平、工作经验紧密相连。济南军区某坦克乘员训练基地政委江首建谈到，正确的思维方式只能从马克思主义哲学中来，从军队建设的实践中来，从广大官兵的智慧中来。当前，特别要提倡用发展的、联系的、辩证的观点看待事物、分析问题、处理工作。评价、部署工作不搞“一刀切”，制订措施不朝令夕改，官兵需要什么抓什么，什么工作薄弱抓什么。大量的经验教训说明，如果我们的工作多一点理性思考，少一点主观臆断，多一点辩证法，少一点片面性，变相的形式主义就会丧失市场。

关键是拿出“纠正”的勇气来

“根治变相的形式主义，关键在于各级领导要拿出决心和勇气。”济南军区某防空旅旅长袁长义如是说。克服变相的形式主义，领导和机关同志要敢于否定不合时宜的老经验、老方法、老措施，从“老框框”、“老套套”中摆脱出来。兰州军区某炮兵旅旅长林剑波就干了这样一件事。多年来，该旅领导机关布置工作，习惯于动员、讨论、订措施“三部曲”，一些连队每年光各类措施就有一大摞，机关则把精力用在制订措施上，落不落实倒不重要。今年，该旅党委痛下决心，规定连队围绕《纲要》只订一份措施。措施少了，反而减少了许多不必要的麻烦。最近，济南军区一位领导在理论干部读书班上说，克服变相的形式主义，最根本的一点是要坚持解放思想、实事求是的思想路线，要从变化了的情况出发，从新的实际出发，按照“三个代表”要求改进领导作风和工作方法。对形式主义，不论它如何乔装打扮，都要穷追不舍，让它无处藏身。

（2001年10月27日3版头条）

一项竞赛活动终止之后

——济南军区某集团军贯彻落实科学发展观一例

■本报记者　欧世金　本报通讯员　梁申虎　唐金江

新闻回放
“百日安全竞赛”评比今年不搞了

今年1月中旬，济南军区某集团军党委扩大会作出了一项决定：“百日安全竞赛”评比活动今年不搞了。此事在所属部队引起不小的反响：一项在部队开展了20年的活动，为什么要终止？

7月初，集团军黄军长在接受采访时说：我与“百日安全竞赛”评比活动结下了20年的不解之缘，为开展这项活动费了不少心血。我们终止这项活动，是十分慎重的。关键的问题是，终止这项活动，不是不抓安全工作了，而是把安全工作放在更为突出的位置，变抓“百日”为抓全年，变“突击抓”为抓经常；我们不是否定以往抓安全工作的必要形式，而是纠正活动中的一些形式主义做法；不是说过去的做法都不对，而是随着形势任务的变化，进行大胆地扬弃。胡总书记在“七一”讲话中说，对符合科学发展观的事情就全力以赴地去做，对不符合的就毫不迟疑地去改。终止“百日安全竞赛”评比活动，体现了抓安全工作的辩证法，就是我们贯彻落实科学发展观的具体行动。

观点访谈
基层官兵怎样看评比活动

某旅三营营长李伟良：评比活动繁琐，基层疲于应付。我们部队每年第三季度，外训任务重，动用兵力、装备多，训练强度大，加上老兵即将退伍、新兵即将补入，是问题的多发期。在这个重要工作阶段，开展“百日安全竞赛”评比活动，官兵绷紧“安全弦”，本意是好的，也起到了一定效果。但是，活动期间，层层考评，天天检查，工作组一拨接一拨，官兵要为此付出不少精力。更严重的是，一些单位为了争名次得奖杯，消极保安全，该出的车不出，应达到的训练难度没达到。表面看，部队没出什么问题，实际上对提高战斗力没起到什么促进作用。

某旅旅长杨文耀：抓安全，365天都重要。近些年，部队在开展安全竞赛评比活动期间，由于上下高度重视，部队发生问题的确比其他时段少。这从另一个方面表明，只抓百日安全，百日之外就容易掉以轻心；只抓百日安全，并不能保证其他时间都安全，而安全工作，一年365天任何一天都放松不得。安全工作涉及教育、思想、技术、装备等诸多因素，即使活动期间安全形势较好，也不能全归到评比活动上。

二营教导员喻新军：形式不能变成形式主义。安全工作连着战斗力，事关官兵生命健康，从这个角度说，各级怎样重视都不过分。问题是，用一些活动来推动安全工作，不能只重形式轻内容、重过程轻效果，更不能把一些出发点很好的活动搞得走了“形”。如，配合“百日安全竞赛”评比活动，就有层层动员、表决心、挑应战、挂“警示牌”、搞“倒计时”等。由于基层教育训练任务重，开展这些活动实在难以集中精力，实际效果如何可想而知。

某旅政委刘法峰：开展活动要以提高战斗力为标尺。安全工作是一项系统工程，有许多工作要做。如果就安全抓安全，为“活动”而搞“活动”，脱离中心任务，工作就会出现“空转”现象。我们开展任何活动，都要紧紧围绕提高战斗力来展开。有利于提高战斗力的就做，可能影响战斗力的就坚决不干。集团军党委在对待“百日安全竞赛”评比活动上，为我们贯彻落实科学发展观做出了示范。

绩效追踪
提高“四个能力”实现“五个转变”

“百日安全竞赛”评比活动终止，不是目的，而是迈向抓安全工作新境界的起点。上半年，这个集团军围绕依靠法规制度抓安全，连走了几步好棋。

把安全工作纳入领导责任制之中，形成领导抓安全、人人讲安全、全年抓安全的合力。集团军军政主官分别与所属师、旅、直属团的主官和军机关各部门领导，签订年度安全目标责任书。把责、权、利落实到各级领导头上。

为防止部队出现“消极保安全”现象，领导机关改进安全工作指导方式，按照战斗力标准，努力实现“五个转变”：检查指导管理工作，由转宿舍、饭堂变为看训练场；检查装备工作，由偏重看装备外观为着重看装备的出动率；检查官兵职责，由检查背记常识变为考核任职能力；检查作风纪律，由检查队列、仪表变为考核制度落实和战斗作风养成；检查基层工作生活秩序，由静态观察变为考核拉得动、走得快和供得上。

部队上下严格按照法规制度来运转。先后纠正了20多条土规定，组织10多个先进单位和个人在网上交流安全预防工作经验，让官兵学有榜样。

他们着力提高各级各类人员做安全工作的能力素质，采取多种措施，提高首长机关科学预测能力、基层干部管控能力、各类骨干知情处置能力、官兵个人的自我防范能力。

6月28日，集团军召开安全预防工作形势分析电视电话会议。军首长总结说，上半年，集团军没有发生责任事故案件，严重违纪问题明显减少，投入与产出的效益比有较大提高。

（2006年7月11日3版头条）

信息化的魅力

——北京军区某师“指导员之家”建设的调查与思考

■本报记者　欧世金　本报特约记者　覃照平
本报特约通讯员　褚振江

听一堂团领导的经常性思想工作方法课；看一场评教评学和疑难问题研讨活动；参与一次全团官兵网络互动教学……炎炎夏日，记者在北京军区某师采访，领略了“指导员之家”作为信息化条件下基层思想政治工作重要平台的魅力。

顺时应势，跟上信息时代发展步伐

前瞻的思维，发展的理念。这是记者观摩某团“指导员之家”后的一个深刻印象。

在“指导员之家”建设过程中，这个团以信息网络建设为重点，着眼满足基层政治干部提升能力素质和开展思想政治工作的客观需要，坚持硬件建设与软件建设通盘考虑，各种物资器材统筹兼顾。他们将“指导员之家”的建筑面积从以往的60平方米扩展为140平方米，满足了容纳全团基层政治干部集中学习的需要；为全团基层政治干部统一定做了制式桌椅和政工作业包，购买配备了电脑和移动硬盘；各类图书达到6000多册，报刊20余种，教学光盘60多张，录像带30余盘；购买配置了摄像机、投影仪、刻录机、DVD机，以及音响功放、教学软件、双面黑板、卷式屏幕等教学器材。

同时，连通了师团局域网和全军政工网；接入了电视电话会议和网络视频系统，连通的有线电视网，终端可接收40多套卫星电视节目，并可自己开办、演播电视节目；连通的有线广播网，可实现营区不同区域、不同地点、不同时间的广播宣传；接入的VOD视频点播系统，具有网络视频点播、游戏娱乐、网络论谈、星空放送、视频会议等多种功能；并实现与图书馆、阅览室、文化活动中心和军官训练中心等现有场所的资源共享。

基层政治干部深有感触地说，今天的“网络政工”，提供给指导员们的信息要啥有啥，我们要借助这个信息平台钻研业务，增长本领，争做政治工作的“行家里手”。

网络互动，让思想政治工作空间更广阔

7月20日上午8时许，记者来到某团“指导员之家”，碰上团一级政治教员、二连指导员孙艳东通过视频网络系统上教育课。他讲的题目是“品读长征故事，不辱历史使命”。屏幕上，强渡大渡河、过雪山草地、四渡赤水、遵义会议等历史画面频频闪现……孙艳东结合长征英模人物和典型战例声情并茂地讲解，分布在全团24个课堂的官兵全神贯注，听得津津有味。

授课中，孙艳东把先前拟好的几个讨论题目挂上网，战士们通过多媒体视频互动系统和网上发帖踊跃发言。二期士官刘春旺说：“红军之所以能够在极其艰苦的条件下取得辉煌胜利，一个极其重要的原因就在于他们有坚定的理想信念和克服困难不怕牺牲的精神。”

一位网名叫“直言快语”的军官网上留言：长征分明是一部用血肉拼出来的勇往直前的战争绝唱，它那坚忍不拔的革命英雄主义精神始终是中国革命和建设赖以成功的基础，它激励着中国人民继续奋勇前进。有个网名叫“塞外一兵”的士官马上跟帖：中国工农红军的长征是举世无双的壮举，它像一条永远系在地球上的红飘带，成为人类坚定无畏的象征。

最后，孙艳东作授课归纳小结：当年红军以矢志不渝的革命情怀、团结协作的团队精神，为着一个共同的理想目标，凝聚成钢铁一般的力量。今天，我们革命军人无论职务高低，都应像红军将士那样，把实现最广大人民的根本利益作为最终目的，在本职岗位上作出应有的贡献！

战士冯志清告诉记者，授课辅导时，指导员先让大家上网查找相关

的中外名言警句和长征故事。随后，又把讨论的问题归纳起来，配合下载的图片、影视录像，析事明理。最后，让大伙与友邻单位的官兵和机关干部进行“键对键”交流，并从网上下载《长征组歌》，同堂合唱。结果，一堂事先被认为可能会干巴乏味的课，讲得酣畅淋漓，战士们听得入心入脑。

发掘功能，为提高指导员队伍能力素质创造条件

高宗良年初刚从排长提拔为三连指导员那阵子，总担心自己肚子里那点“墨水”不好使，怕战友们小瞧自己，压力较大。哪想到，他半年时间就在“指员员之家”参加了多次培训。团里利用“指导员之家”的便利条件，组织新任职基层政治干部熟悉掌握开展基层思想政治工作的基本程序、方法和运用网络手段组织教学的方法，使他很快熟悉了业务、进入了角色、胜任了本职。最近，高宗良还在“指导员之家”为全团官兵上了一次大课。

据了解，这个师很多指导员是今年新调职的，为帮助这些新任指导员早日成为政治工作的“行家里手”，师里充分发挥“指导员之家”资料库、思想库和方法库的作用，围绕如何激发调动官兵的训练热情、如何增强谈心效果、连长指导员如何搭档、如何发挥思想骨干队伍作用、怎样看待“网迷”战士等9类26个课题，广泛开展学习交流、难题会诊、集中研讨等活动，寻觅开展工作的“金钥匙”。

“仓促上阵是要现眼露丑的，这逼着我们运用网络信息量大的优势提高备课质量。”某团一机连指导员陈辉说，前几年，指导员大多在连队自己备课，由于缺少参考资料、缺乏监督评比，有的同志工作一忙就难免应付。“指导员之家”建成后，每周三的备课时间，他们在一起研究教育内容，编写授课提纲，制作教学课件。授课前，还要实行集中备课现场评、一人备课大家评、人人备课择优上网，有效地提高了教育质量。

为激发指导员学习提高的内在动力，师里实行了等级政治教员评定、“优质教案”评比、“最佳课件”评选等制度，并适当吸收军事干部、士官和义务兵参加试讲示教和评教评学。某团一炮连指导员王树安先前因为不习惯利用网络开展工作，授课中有几次被战士难住。他知耻后

勇，刻苦学习信息知识，掌握网络技术，现在成了运用信息网络搞教育的“高手”。

记者点击某团局域网的“指导员之家”专栏，全团指导员的优秀教案、优质多媒体课件都挂在网上，战士们可以上网查阅、自选听课。每个课件后面标有推荐指数的星级和战士打的分数，俨然成了指导员“才艺排行榜”。

目前，这个团28名教导员和指导员，人人会下载资料、会网上办公、会网上交流，能开展网上思想调查、能运用网络开展思想工作、能独立制作教育课件。去年以来，全团先后涌现出三级政治教员25名、二级政治教员8名，有15人次在师以上组织的各类考核比武中取得名次。

（2006年8月10日3版头条）

紧紧围绕中心任务抓党建

——济南军区某炮兵旅党委提高领导部队现代化建设能力纪实

■龙云飞　本报特约记者　曹晓明　本报记者　欧世金

济南军区某炮兵旅日前接到实兵实弹战术演练的预先号令，他们根据执行演练任务的特点，迅速成立了60多个党团小组，对20多个支部成员进行了调整充实，使机动中的每个梯队、每个分队、每节车厢都保证了强有力的组织领导。部队一到达某地域，就展开了一场以信息战为背景的对抗演练，从侦察监视到精确打击，从电子对抗到信息防护，连续进行了数十个战术课目演练，经总部和军区联合考核组评定，优秀率达96%。

以新观念确立抓党建新标准

一次，集团军要求这个旅推荐上报一个先进营党委。经过初选，有两个单位被看好：四营各项工作虽然不错，但新形势下围绕中心任务抓党建工作的力度不够大；三营在抓好中心任务落实中体现党建工作的地位、作用和先进性要求，完成军事训练等重大任务出色。党委会上，旅党委“一班人”认为，确立新标准，首要的是解放思想、更新观念，用新的视角、新的办法来审视和加强党的建设。从部队的实际看，应确立不注重抓中心任务的党委不是合格的党委，抓不好中心任务的领导不是称职领导的观念。经过综合分析，旅党委统一了思想：上报三营党委为先进。

记者在采访中看到，旅党委这一观念的转变，带来的是围绕中心任务抓党建的工作由不够系统向比较系统转变，精力由不够集中向比较集中转变。今年以来，旅党委先后9次专门召开议训会，及时解决了制约部队战斗力生成的8个重点难点问题。

这个旅每年有三分之一的时间在野外驻训。党委“一班人”注重抓好“动中建”，确保各级党组织工作扎实开展。今年部队在外驻训时，他们把落实基层七项组织生活制度与官兵的思想实际结合起来，利用训练间隙，开展了“立足本职岗位、践行‘三个代表’重要思想”的教育活动，开展了以“学习航天英雄，争当训练标兵”为主题的党课教育，使党员的先锋模范作用得到充分发挥，有力地促进了训练任务的完成。

在提高素质中获得“发言权”

今年6月20日，10名旅党委常委接受了军区的军事训练半年抽考，人人取得了优秀成绩。

如何适应新军事变革的要求，旅党委“一班人”清醒地意识到，围绕中心任务抓党建，必须把提高领导干部的素质作为十分紧迫的任务。为此，他们通过系统学习邓小平理论、“三个代表”重要思想和江泽民国防和军队建设思想，使“一班人”提高了解决部队建设中新情况新问题的能力。今年开训前，旅党委通过调查发现，部分官兵当兵打仗、带兵打仗、练兵打仗的意识有所淡化，“一班人”研究认为，思想认识问题不解决，练兵就缺乏内在动力。他们从适应新军事变革的要求入手，对官兵进行我军根本职能教育，并采取切实措施，培养官兵的战斗精神，增强了大家的忧患意识和使命意识。

近年来，这个旅情报侦察、指挥控制、通信保障等装备器材的高科技含量不断增加。每一次装备更新，“一班人”都坚持先学一步，先练一步，使自己成为驾驭新装备的“明白人”。党委常委还广泛涉猎管理学、心理学、社会学等各方面知识，不断更新知识结构，开阔视野，汲取营养。目前，班子成员中有6人获得了研究生学历。

认真履行好党管人才职责

军事斗争准备实践，使炮兵旅党委形成了这样的共识：培养高素质的新型军事人才，既是围绕中心任务抓党建的一项重要内容，也是检验一个党委领导中心任务能力的重要标准。

前几年，三营党委班子较弱，主要是营长的指挥素质差。旅党委决定在全旅范围内选人。政治部经过综合考评，提出了3个人选。党委会上，大多数人认为，正连职参谋余秋胜虽然资历较浅，但他指挥业务精、军事素质好、创新意识强，应该打破常规予以任用。余秋胜上任后，果然不负众望，带领部队接连取得优异成绩。

像余秋胜这样被打破常规任用的干部，在该旅还有不少。徐军智，南京炮兵学院的本科生，为提高人才建设的高起点，在他任正连职作训参谋期间，旅党委不因“现在用起来顺手”而短视，果断地送他到国外军事院校留学。当他取得研究生学历归来后，旅党委又果断地把他破格任用为教导队队长。当年，教导队一跃成为军区优秀教导队。

为改善人才队伍结构，旅党委建立了有效的人才培养、管理机制，每年组织10%左右的机关干部与分队、基层军政主官进行换岗锻炼，有计划、有步骤地安排指挥干部学技术、技术干部学指挥，丰富任职经历。在这个旅，司令部选调政治干部、政治部选调军事干部屡见不鲜。这些措施的实行，使一批优秀人才脱颖而出。

（2003年12月14日1版头条）

好作风是带出来的

——济南军区某炮兵团党委践行“三个代表”加强风气建设启示

■曹晓明　陶爱兵　本报记者　欧世金

在济南军区某炮兵团召开的一次风气建设动员会上，一名战士悄悄地把一张纸条递上主席台，上面写着一行小字“好作风是领导干部带出来的”。这分明是一道沉甸甸的考题，党委“一班人”结合实际悟出一个道理，部队风气建设光说不行，关键要看领导怎么做，怎么带。一晃3年过去了，他们用行动给官兵交了份合格答卷。

握有权力更须守好本分

一个星期五的下午，驻地一位局长给现任团长尚守道打来电话，说晚上请他出去坐坐。虽说和这位局长很熟悉，但无缘无故请吃饭，里边肯定有名堂。尚团长一边说晚上开会脱不开身，一边问对方是不是有什么事。这位局长说他弟弟带了支工程队，听说炮团要建训练大楼，想把这个工程承包下来。

无论任职长短，类似这样的事，每个团的党委成员都不止一次遇到过，怎么办？党委“一班人”有一个共识：团领导官虽不大，但手中毕竟有一定的权力，有权力就有诱惑，很多“好处”会找上门来，只有守好本分，才能抵得住诱惑。而这个本分，往大里说是共产党人的党性原则，往小里说是做人的良知。

守好本分，说起来轻巧做起来难，难就难在一些小事容易被忽视。

前年中秋节，生活服务中心给每个团领导家里各送了一箱蔬菜、一盒月饼。当时的政委王德山立马将刚刚上任的生活服务中心主任叫到办公室，非常严肃地说：“这样做看起来是关心领导生活，实际上是在损害领导形象。”他与其他领导一商量，照价付钱。

去年“八一”前，驻地政府慰问部队，给团里送来两台空调，专门交待要装在团长、政委办公室。空调是地方送的，又留下了话，给两位主官装上别人也说不出什么。而团长、政委却认为，军民关系不是个人关系，自己从中占便宜于情于理都说不过去。后来，这两台空调装到了团俱乐部里。

如果说物质上的诱惑还容易抵御，那么名利上的诱惑则往往会使人放松警惕，因为它时常披着冠冕堂皇的外衣。

去年10月，五连代表炮团参加集团军建制连比武。不知是谁的主意，几名训练成绩差的战士在五连花名册上消失了，其他连队的几名训练尖子被悄悄调进了连队。此事传到团长耳朵里，他震惊不已，问机关的同志为什么这样做？得到的回答是：为了团队的荣誉，也为了团长、政委出政绩。听到这样的回答，团长、政委一商量，把全体机关干部召集起来，讲了如下的道理：一旦把部队风气搞坏了，几年也扭不过来。无论在什么情况下，都要少想自己的所谓政绩，多想团队的风气建设。在随后的比武中，五连原班人马上阵，第一虽然没拿到，但全团官兵心里都很踏实。

滥用权力必然失去权威

前年年底，当时的团长凌铁的外甥来到炮团当兵。一个星期天，凌团长把外甥叫到家里，给他规定了两条：一是好好干，争当优秀士兵；二是不要对任何人说他是团长的外甥。两年服役期很快要到了，凌团长的姐夫从老家来到团里，给团长提出一个要求：孩子或是入党后退伍，或是留下改选士官。凌团长向姐夫解释，孩子到部队后进步不小，人也老实能干，但是一没被连里列为发展对象，想入党困难；二没有技术，改选士官也不可能。开始，他认为凌团长是“卖关子”，还一个劲地奉承凌团长：一团之长，团里的事还不就是你一句话。后来见没有商量的余地，饭都没吃就气呼呼地走了，临出门时留下了一句：有权不用，过期作废，看你能不能当一辈子官。

无论哪个单位，经常有领导亲戚朋友的孩子在自己手下当兵。遇到这种情况怎么办？炮团“一班人”的想法是：自己当的这个官是共产党的官，是为人民服务的，不是为自家和亲戚朋友的；官兵的心像明镜一样，你用手中的权力为自己办事，官兵就会看不起你，信不过你，你手中的权力就会大打折扣，滥用权力的结果是失去权威，有时“有权不用”才有权威。

“瓜田李下”的事不能做

原政委王德山的一个亲戚在地方开副食店，一个偶然的机会认识了团服务中心的同志。一供一需，双方很快达成了供货协议。时任团政委的王德山发现后，以为是自己爱人牵的线，回家就劈头盖脸把她批了一顿。王政委的爱人开始是一头雾水，后来渐渐听明白了。她对王政委说，只要双方感到价格合适，卫生条件好，买卖就可以成交，不能因为与你王德山沾亲带故就不能和团里做生意。

听了爱人的话，王政委认真地说：当领导的，不但明显的错事不能做，容易引起官兵怀疑，让人感到可能有“猫腻”的事也不能办。因为你虽然自己知道对得起良心，但没有机会向大家解释，如果解释，别人会认为是“此地无银三百两”。所以，“瓜田李下”的事不能做。

正是基于这样的认识，炮团的领导给自己规定了很多禁忌，如尽量不在家里接待自己的下级，不以个人的名义看望官兵、找干部谈话或参加官兵的婚礼等。

随着通信事业的发展，官兵打电话的需求不断增长。团里准备在营区安几部IC卡电话。电话安在哪里？有人提议安在军人服务社。理由是这样可以吸引更多官兵，增加服务社的收入，而团领导的家属有好几个就在服务社工作。越是有好处的事越要避嫌。就这样，8部电话在营区落户。几个团领导的家属私下抱怨，碰到这样的领导，不要说沾光，正常的事也难办成。然而在官兵的心目中，团领导的形象则越来越高大。

（2002年5月30日3版）

心灵纯净　战友情深

——济南军区某旅党委践行“三个代表”密切官兵关系采访札记

■夏群良　本报记者　欧世金

正常的事往正常里想

在济南军区某旅，曾一度出现这种现象：新战士一旦被定为“技术学兵”，就意味着既能学到一技之长，还拿到了当班长、选取士官、考学、提干的“门票”。然而，“僧”多“粥”少，每年幸运者毕竟是少数。

“副班长高德品被送学炮手了！”

“当了副班长又当炮手，也不知给谁送礼了？”

真有这种事？正在这里蹲点的旅政治部主任申芮华对此事进行了认真调查，结果送礼之说纯属子虚乌有：高德品品学兼优，符合入选条件，没有发现任何私下交易行为。

“没有的事咋能说有？正常的事为啥往歪里想？”这种现象引起了某旅党委的重视，进而发现类似的现象具有一定的普遍性：无论是入党、选取士官，还是考学、提干、学技术等，只要是涉及官兵利益的敏感事务，总会引起一些不切实际的议论。

这种议论，其实是一种不健康的心理在作怪。

谨防纯净的心灵蒙尘

“我以前在家做生意，不给回扣人家就不给我提货；到市场上不给有关人员‘意思’一下，连摊子也摆不安稳。”

“有位亲戚对我说，现在都讲等价交换，你求人办事就得送钱送礼。”

从战士们的谈话中不难看出，他们经过市场大潮的洗礼，身上既有讲竞争、论效率的现代观念，也有过分夸大“物”的作用的缺点。

毋庸讳言，部队个别基层单位在执行政策、制度上的偏差、走样，也使一些战士形成了诸如“不送礼不办事”、“不给好处没好处”之类的偏见。

心灵被污染，与军营这个特殊环境是格格不入的。座谈中，一些同志总结了以下几大危害。

降低党组织的威信。个别战士只讲“关系”不相信组织。去年，有名新战士为了下连分个好工作，竟然直接提着礼品到一位旅首长家认“老乡”。

玷污战友关系。互相猜疑是隔离之苗，真诚相待是感情之根。战士小王被确定为党员发展对象，就因为受不了别人“以小人之心，度君子之腹”，跟人拳脚相向，最后挨了警告处分。

不利于战士的身心健康。由于对他人的成长进步，总跳不出自己主观上的“框框”，看人看事失去了应有的客观态度，不仅影响自己的工作、生活，而且伤害战友感情，影响内部关系。

用事实解开“心结”

今年确定学员苗子之际，有位士官给指导员王玉民送来一件名牌衬衣。王指导员当时心里纳闷：这位同志文化基础扎实，平时工作不错，群众威信也挺高，为啥还要送礼呢？为了打消他的顾虑，他先收下了礼品。当这位同志凭借过硬的素质被党支部确定为学员苗子后，王指导员将衬衣交还给他，真诚地告诫说：“要相信组织、相信自己，不要相信送礼那一套。”从此，这位同志一听别人议论那些请客送礼的“歪歪理”就站出来批驳。

事实胜于雄辩。某旅在开展“干部讲公道，战士走正道”教育的基础上，从每一件事关战士切身利益的事情做起，以公开、公正、公道取信于兵。

今年初，基层在推选技术学兵过程中，出现了被选人员籍贯相对集中的现象。调查分析结果是，几个省籍干部在本部队数量较大，技术学兵的选拔受其干扰多。于是，旅里及时出台了“指标控制法”，确保了各省籍的技术学兵与所占兵员比例大体一致。过去，部队在处理敏感事务时曾因久拖不决使之“复杂化”，从今年开始，他们快刀斩乱麻，在严格执行制度和程序的基础上，从接到通知到上报人选，全旅一般只用一周时间。

副政委彭玉斌说：“一方面组织上建好‘公正、公平’的平台，另一方面每个官兵从自身做起，多一些平常心，少一些私心杂念，官兵的心灵就会越来越净化，战友情谊就会越来越深厚。”

（2002年8月26日3版头条）

讨论决定问题畅所欲言好

——济南军区某防空旅党委贯彻“十六字”方针一例

■梁申虎　本报记者　欧世金

4月上旬，济南军区某防空旅党委召开常委会，专题研究二营营长人选事宜。半个月前，原营长另有安排，接替人选引起了大家的关注。根据政治部提供的情况，书记曹明东和副书记陈志伟分头与班子成员沟通意见后，3名同志成为选用对象。

（一）

会议开始后，常委、政治部主任陈仁辉首先通报了政治部的考察情况：二营李副营长、教导队李副队长、作训科谢参谋3人均符合任用的基本条件。

“三选一，在坚持干部任用基本原则的前提下选准选强，大家议议！”政委提议。接下来的研究中，出现了3种不同的意见：有人建议用李副营长。理由是：他熟悉情况，能够尽快进入角色，可保持工作的连续性，有利于二营全面建设的稳步发展。另外，营党委也反映过这一意向。

有人建议用谢参谋。理由是：自年初干部调整后，二营领导训练的力量薄弱，整体训练质量有所下降，谢参谋是训练“行家”，用他对该营的训练是个加强。

有人建议用李副队长。理由是：李副队长任现职时间稍长些，工作比较踏实，有一定的管理和教学能力，提任营长也顺理成章。除此，他说话办事不愠不火，和性子较急的教导员刚好互补。

过去讨论干部问题时，因经过个别酝酿，会上大多是一致通过。

没想到这次讨论异常热烈。因一时难以形成共识，决定进一步考核后再议。

（二）

会后，书记和副书记一道深入分析二营建设现状，综合议论的焦点，确定了选用的具体标准，即干部个人的一贯表现，所在单位分管工作取得的政绩，以及班子结构的合理优化。

这一标准得到大家一致认可，政治机关和各常委根据这一要求，采取不同方式，从不同侧面对3名遴选对象进行了深入考察。

再度召开的常委会上，常委争相发言，不约而同地聚焦在作训科谢参谋身上，最后决定把他作为提升对象报集团军党委审批。

（三）

采访中记者提及此事，常委们感触很深。书记曹明东说，有的同志总有这样的顾虑：党委议事，争论多了，担心形成班子不团结的印象；声音“杂”了，担心不利于凝聚人心；一时不能集中，担心削弱了正副书记“统”班子的能力，降低议事效率。

畅所欲言好在哪？记者的问题打开了他们的“话匣子”。

——畅所欲言可以提高决策质量。“个别酝酿”是贯彻民主集中制原则过程中发扬民主、统一思想的有效形式。“个别酝酿”中有争论，但这种争论往往是有限的，若对其内容、范围、对象和形式等方面的“度”把握不好，容易形成“会前决策”；会议讨论时多点争论，由于决策过程的“透明度”高，原则性强，就能提高决策的质量。

——畅所欲言可以促进思想统一。有的常委讲到，有些时候有的委员没有发表意见，但并不代表自己没意见，主要是“情面”作祟，随声附和，决策形成了，感到和自己的关系不大。大家多发表意见，情况能摆透，意见能说够，彼此不断“交锋”，就能进一步看清利弊，把准分歧的“关节点”，便于朝同一方向聚焦。这样达成的共识，才是真正意义上的思想统一。

记者点评

在本实例中，“营长人选”引发了旅党委常委成员之间的一场讨论，但大家发言的方向和目标只有一个：在坚持干部任用基本原则的前提下，选准选强。究竟谁是“最佳人选”？由于班子成员看问题的角度有异，发表不同意见是正常的。待统一思想后，大家回过头来再看结果，才真正感到党内还是多些畅所欲言好。这充分说明，在新的历史时期，坚持和健全民主集中制，增强党的活力和团结统一，党内生活应提倡畅所欲言。

当然，党内争论不是无原则的纠纷。党内争论有没有原则性，既有赖于每个班子成员的党性观念、大局意识，更有赖于书记统调、集体把关。只要大家自觉践行“三个代表”重要思想，坚定正确的政治方向，维护党的先进性形象，就能“争”出凝聚力和战斗力。

（2003年7月16日3版）

全军高中级干部把学习作为政治责任、精神追求和生活方式——

学习成为一种新时尚

■本报记者　欧世金　王握文　特约记者　褚振江

金秋10月，京郊红山口，层林尽染。我军又一批高级干部走进坐落于遍山红叶中的国防大学。国家安全与战略研究班、联合指挥专业培训班、参谋专业培训班、专题进修班——各级指挥员放下繁忙的军务，在静静的课堂潜心攻读，集中充电。

在2012年度第12期战略班的学员中，有3位正军职干部已是第3次踏入国防大学校门。10年来，我军已有1000多名军职干部、6000多名师职干部、3000多名团职干部在国防大学接受培训。而这，只是党的十六大以来，我军高中级干部加强学习的一个缩影。

10年坚持不辍，10年孜孜以求。蓦然回首，不难发现，我军高中级干部以学习的姿态迎接时代的挑战，争当学习的表率，学习已然成为一种政治责任、精神追求和生活方式。

这个世界变化太快
不抓紧学习势必落后于时代

这是全军高中级干部中两个普普通通的例子：

蒋黔智，成都警备区司令员。他膀大腰圆，走路一阵风，俨然一员虎将；但一交流，便会发现他不但睿智善思，知识面极广，而且英语流利，多才多艺。这种文武兼备、内外兼修的气质从何而来？战友们说，靠的是手不释卷的刻苦学习。“思接千载，视通万里”，蒋黔智在办公室挂上他手书的条幅，时刻提醒自己：“以军人的眼光审视、分析、判断眼前这个世界。”

高光辉，中国改革开放后携笔从戎进入军营的新一代。从学生官到沈阳军区某集团军军长，他6次入学深造，参加过三军交叉培训，赴俄罗斯联邦武装力量诸兵种合成学院留过学，多次组织指挥联合军事演习。他用兵有韬略，比武能夺冠，科研能著述。他的身上，集中展现出当代中国军人高中级干部的特质和风采。

学习是中国共产党真正的“秘密”，也是我军的光荣传统。进入新世纪新阶段，胡锦涛主席指出：“面对新形势新任务，如果我们的领导干部不抓紧学习、不抓好学习，不在学习和工作中不断提高自己，就难以完成肩负的历史责任，甚至难以在这个时代立足。”言词谆谆，发人深省，更催人奋进。

学习重在理论武装。抓住理论武装这个“龙头”，就抓住了高中级干部学习的根本。10年来，全军共举办理论轮训班14600多期，团以上领导干部每年轮训率都在90%以上。军委、总部连续举办不同课题的高级干部研讨班，大单位主要领导参加，四总部和海军、空军、第二炮兵领导登台授课，军委领导集体跟班听课讨论，共商军队建设科学发展大计。总参、总政、总后、总装带头抓学习，建设学习型领率机关。抓学习、强素质成为全军高中级干部队伍建设近10年来最显著的特点之一。

学以致用知行合一
在学习中提高带兵打仗能力

以明天的战争，设置高中级干部今天的课堂。随着新军事变革风起云涌，联合作战作为新的作战形式登上世界军事舞台。我军训练转型时不我待，也呼唤着联合作战指挥人才。国防大学与11所指挥院校签署了《高中级任职教育院校共育联合作战指挥人才协议》，与北京军区、第二炮兵、海军等5个大单位训练基地建立联训联教机制，形成全军共育联合作战指挥人才新格局。

与此同时，在各军事院校集中学习的学员全程参加部队重大军事演练，组织出国考察调研，知识储备更加丰厚，视野更为开阔，带兵打仗能力也随之水涨船高。

军队信息化建设刻不容缓，高中级干部求知若渴。一批批高中级干部从演兵场走进国防科技大学高科技知识培训的课堂，更新知识储备、优化知识结构、增强科技素养。有数据显示，近年来国防科技大学共培训军以上领导干部300多人，师团职领导干部3000多人，培训军队高层次创新型科技人才250余人。高中级干部学理论学科技学管理蔚然成风，在学以致用中开花结果。

内蒙古巴彦淖尔军分区党委成员形成一个好习惯：会议讲话、工作报告、学习体会文章等，没有特殊情况，团以上领导干部一律自己动笔，不用机关捉刀代劳。“一个人的学习，可以改变自己；一个班子的学习，能改变一支部队。”军分区领导这样评价读书学习的收获。

“学习‘静下来’，本领长上去。”有专家认为，这些年，军事训练转型、体制编制改革等取得重要突破，兵役制度、工资福利制度、军官考评选拔和任用制度等政策制度不断健全完善，一些困扰基层的老大难问题之所以能得到较好解决，既是我军高中级干部在加强学习中素质提升的综合体现，也是学以养德、学以致用的必然结果。

学习力就是战斗力
新的学习风尚正在形成

学然后知不足。当少应酬、多学习、强本领成为一种自觉和习惯，就必然会产生本领恐慌和忧患意识，并由此催生学习的动力。天津警备区先后邀请军内外数十名信息化方面的专家学者进军营，“云计算、微纳传感、惯性导航、信息栅格、物联网、纳米技术”等信息前沿知识，让高中级干部眼界大开，思路由此开阔。以防卫作战需求为牵引，警备区吸纳天津数字城市建设成果经验，建成了一批信息化含量较高的训练场。

良好的学风带动作风的转变。当一场实兵演习在中原腹地展开时，参演的高中级干部轮番上阵，在信息化战场上斗智斗勇，在难局、险局、危局甚至败局中练谋略、练战法，实现了从“学堂”到战场的高效对接。在演习结束的总结中，导演部的讲评不讲成绩只摆问题，务实之风扑面而来。

“把学习当成日子过。”这是某炮兵旅旅长丁来富的口头禅。工作之余，他把大部分时间用于看书学习，还带动7名班子成员一同报考了在职研究生，几年下来，带出了一个学习型团队。

学习是防治思想“亚健康”的良药。我军近年涌现出的一批高中级干部先进典型，同时也是热爱学习的典范，杨业功、丁晓兵、严高鸿、李素芝，无一不是在学习中强大内心、抵制诱惑，成为时代的楷模、社会的标杆。

用制度管学习、促学习，使高中级干部的学习成为一种常态。南京军区某集团军党委建立科学的学习考评机制，把考个人与考班子结合起来，把考学习与考运用结合起来，把考过程与考结果结合起来。“平时对学习抓得不够紧”这一“光荣的缺点”已经成为历史。

学习力就是战斗力，不加强学习，就会失去带兵打仗的“资格证”，已经成为全军高中级干部的共识，并由此带动和促进了全军部队浓厚学习风气的形成。

（2012年10月30日5版头条）

在“酒绿灯红”面前打胜仗

■本报记者　欧世金

牢记江主席的告诫

在我军数以千计的英雄连队中，有两个是用“好”字命名的：一个是“南京路上好八连”，一个是“深圳特区好六连”。

这两个“好”连队命名的时间相隔数十年。前者顶住了“糖衣炮弹”的进攻，后者经受住了“酒绿灯红”的考验。

可以说，从防止“糖衣炮弹”的进攻到抵御“酒绿灯红”的侵蚀，是我军和平年代打的一场不见硝烟的持久战。党的三代领导核心十分关注这个重大问题。1994年5月，江主席在一个重要批示中向全军严肃指出：对“酒绿灯红”要十分警惕，千万不可麻痹大意。之后，他在多次重要讲话和批示中，明确要求：怎样保持军队稳定，怎样使广大干部战士能够拒腐蚀、永不沾，能够经得起“酒绿灯红”的考验，这始终是摆在全军面前一个重大的政治问题，必须把它解决好。同年底，江主席在军委召开的一次重要会议上指出：如果我们不能有效地防止腐朽思想文化的侵蚀，如果不能在新形势下做到拒腐蚀、永不沾，我们这支人民军队就有改变性质的危险，就会丧失战斗力。

这些谆谆告诫，高瞻远瞩，语重心长。全军和武警部队广大官兵坚决落实江主席的指示，把抵御“酒绿灯红”和腐朽思想文化的侵蚀作为新时期军队思想政治建设的重要内容，切实抓紧抓好，经受住了各种复杂情况的考验。

思想上的“哨兵”不能“打盹”

改革开放就像打开我们的门窗。门窗开了，难免会进来几只苍蝇、蚊子。

驻深圳某防化团副政委陨恒芳指着营门外繁华的街市说，当初，我们部队也出现过一些新情况新问题，但没有引起高度警觉，认为是小事，不必大惊小怪，担心讲抵御“酒绿灯红”与改革开放的主旋律不合拍。对照江主席的论述和身边的事实才逐渐看清，抵御“酒绿灯红”和腐朽思想文化的侵蚀，已成为事关我军会不会改变颜色的重大课题。

思想上警觉起来，行动上就会有办法。驻繁华都市和经济比较发达地区的部队，首先做到“四个警惕”：一是警惕金钱的腐蚀；二是警惕贪图享乐风气的影响；三是警惕个人至上思想的滋长；四是警惕迷信思想抬头。

全军和武警部队用严格的纪律制度规范和引导官兵的行为，同时对官兵进行思想上的疏导，划清是与非的界限。从制度上和思想上筑起了防线，使部队的一些不良倾向得到有效遏制。广州军区某集团军政委邓汉民喜欢用抗洪来比喻抵御“酒绿灯红”。他说，构筑官兵思想“大堤”，要立足于平时“防”，不要等到“汛期”才临时抱佛脚；要记住“千里之堤，溃于蚁穴”这条古训，把“小洞”当“大洞”补。只有这样，才能做到防患于未然。

关键是“上梁”要正

如果说战争年代打仗要靠指挥员敢喊“看我的”、“跟我上”，那么在这场抵御“酒绿灯红”和腐朽思想文化的斗争中，同样关键在于各级干部特别是高中级干部要做出样子来。

如何过好权力关、金钱关、女色关，是广大高中级干部面临的重大考验。可喜的是，各部队已进行了一些成功的探索。

经常补“钙”强“筋骨”。许多高中级干部认真学习马列主义、毛泽东思想、邓小平理论和江泽民同志的重要论述，不断改造世界观，进一步增强拒腐防变的能力。

常拉“袖子”勤提醒。第三军医大学副政委江帆推心置腹地谈到，一个高中级干部知根知底的是同级班子成员。大家在一起经常帮助对方打扫一下身上的“灰尘”，这对个人前途和部队建设都有好处。

勿以恶小而为之。有的同志觉得社会发展了，吃吃喝喝、玩玩乐乐是小事、小节。但更多的同志懂得：小事小节上常摔跤，大风大浪面前哪能站得稳？思想意志上的衰退，往往是从贪图享乐等生活小事、小节上开始的。

“上梁不正下梁歪，中梁不正倒下来”、“己不正焉能正人”。这是历史的昭示，更是现实的启迪。

打好“持久战”

建国前夕，毛泽东同志把我党我军进城比喻为“赶考”。抵御“酒绿灯红”和腐朽思想文化的侵蚀，何尝不是全党全军在改革开放和发展社会主义市场经济条件下面临的又一次“赶考”。

对已取得的成绩，官兵们没有沾沾自喜。基层的一些同志说，“酒绿灯红”和腐朽思想文化是整个改革开放过程的伴生物，眼前的问题解决了，还会不断出现新问题，今天过了“关”不等于明天就不打败仗，因此，要有打持久战的思想。

打“持久战”是一件很不容易的事。但广大官兵充满信心，因为我们党所领导的人民军队有强大的优势：一、广大官兵是有基本觉悟的，爱国主义、艰苦奋斗、积极向上始终是部队的主流。二、中华民族的传统美德和我们党长期培养形成的道德风尚，仍然根植于广大人民群众和官兵之中。三、党中央、中央军委对抵御“酒绿灯红”和腐朽思想文化的侵蚀高度重视。最近，胡长清、成克杰等腐败分子受到严惩，给全党上了生动的一课，也给高中级干部又一次敲响了警钟。

中共中央转发的全军政工会的《决定》，集中回答了军队思想政治建设面临的重大问题；最近总政治部、总后勤部联合发出通知，要求进一步加强军队基层文化建设。这是为我军抵御“酒绿灯红”和腐朽思想文化侵蚀而构筑的一个坚固“阵地”。

全军和武警部队广大官兵形成了一个共识：只要我们继续坚决落实江主席的指示，坚定信心，积极探索，综合治理，我军定能在这场不见硝烟的战争中永远打胜仗。

（2000年6月27日2版头条）

用党的最新理论成果指导和推动军队建设又快又好发展

——全军和武警部队学习贯彻科学发展观综述

■本报记者　欧世金

以胡锦涛同志为总书记的党中央，坚持从新世纪新阶段党和国家事业发展全局出发，提出了科学发展观这一重大战略思想。

这一思想提出以来，以重大创新价值和实践指导意义，迅速得到全党全军全国各族人民的高度认同和衷心拥护，在各条战线各个领域发挥出巨大作用，成为凝聚人民群众创造美好未来的共同思想基础，成为引领当代中国发展进步的光辉旗帜。

党的旗帜就是军队的旗帜，党的旗帜就是指引军队前进的方向。

看，中俄首次联合军事演习成功，神舟六号载人飞船发射成功，一批新的武器装备研制成功；

看，大江南北演兵场上，战机翱翔领空，战舰游弋领海，战车驰骋荒原；

看，全军政治工作网开通运行，全军大联勤试点继续推进，全军人才战略工程成果丰硕；

看，费俊龙、聂海胜扬我军威，杨业功感动中国，丁晓兵令人信服。军营警营英雄辈出，意气风发，精神昂扬；

……

新世纪新阶段军队现代化建设的一系列新气象、新变化、新成果表明，全军和武警部队学习、研究、宣传和贯彻科学发展观，态度坚决，认识深刻，成效显著。

切实把“首要政治任务”摆在首要位置

全军和武警部队紧跟党的理论创新步伐，着眼把科学发展观这一重要指导方针在军队建设中牢固确立起来、全面贯彻下去，不断有新的举措、新的进展、新的成效。

——军委、总部作出一系列部署，下发了《关于全军部队深入学习宣传贯彻科学发展观的意见》；

——总政治部委托国防大学举办新世纪新阶段我军历史使命理论研讨班，深入研究学习贯彻科学发展观的重大问题；

——编印《树立和落实科学发展观理论学习读本》，发全军团以上领导干部；

——各级把科学发展观纳入党委中心组学习和干部轮训内容，纳入部队思想政治教育，纳入院校教育教学，全军团以上领导干部普遍轮训一遍；

——全军部队开展的忠实履行新世纪新阶段我军历史使命教育活动，把学习贯彻科学发展观作为重要内容突出出来。

各级把科学发展观落实到部队建设的方方面面。海军坚持在创新实践中发现和培育人才，依托重大科研和工程项目锤炼人才，先后出台了38项具体措施和5个政策性配套文件，为青年拔尖人才脱颖而出提供了良好的条件。空军航空兵部队全面贯彻新的飞行安全观，扎实开展全员全装深训精训活动，训练质量和飞行安全协调发展……

4月上中旬，记者随总政工作组在成都战区调研，亲眼看到，从各级领导的讲话到基层官兵的学习笔记，从各级党委第一季度的理论学习安排到“指导员之家”的辅导，从政工信息网上的交流到墙报板报上的内容，处处都在学习科学发展观，宣讲科学发展观，运用科学发展观。一位领导同志评价说：“部队学习贯彻落实科学发展观真正动起来了，学起来了，用起来了！”

各级把学习贯彻科学发展观作为“首要政治任务”，切实摆到了首要位置。

创新理论每发展一步学习教育就跟进一步

党的创新理论每发展一步，军队学习教育就跟进一步。全军上下学习研究科学发展观热情高涨、氛围浓厚。

各级领导带头学习、深入宣讲科学发展观。去年底军委扩大会议后，各大单位召开党委扩大会，对学习贯彻科学发展观进行研究部署，并结合部队实际制定了具体落实措施。军师级单位普遍编写了学习科学发展观的辅导材料，供基层学习参考。各单位通过重点抓团以上领导干部，促进和带动部队的学习贯彻。坚持领导干部先学一步，学多一点，学深一些。

运用多种形式，广泛宣传科学发展观。军队机关、院校广大理论工作者深入研究阐释科学发展观，形成许多有分量、有影响的研究成果。军队新闻、出版、文艺等单位宣扬了一批贯彻落实的先进典型，推出了一批高质量的图书音像读物，创作了一批优秀文艺作品。由总政治部向全军推荐的《八荣八耻人人须知》等歌曲，已唱响座座军营和警营。许多营连充分利用军营广播、闭路电视、政工网等官兵喜闻乐见的形式，宣传科学发展观，解答官兵疑问，交流做法体会。

学习研究不断深化，科学发展观基本精神深入人心。各级及时组织部队学习领会胡主席一系列重要思想和论述：树立和落实科学发展观，加强党的执政能力建设和先进性建设，积极探索部队建设科学发展规律，履行新世纪新阶段我军历史使命，构建社会主义和谐社会，建设社会主义新农村，树立社会主义荣辱观，走和平发展道路，等等。

学习研究不断向实践拓展和延伸。以我军人才队伍建设为例，目前我军作战部队军师团领导95%以上具有大专以上文化程度，空军一线飞行员全部具有大学学历，海军一线舰长100%毕业于专业院校，第二炮兵部队的技术军官几乎都具有学士以上学位，全军拥有博士、硕士3万多名。高素质新型军事人才，正在中国特色军事变革大潮中成批亮相。

去年金秋时节，内蒙古草原深处，一场代号“北剑-2005”的对抗性军事演习激烈举行。这是新中国成立以来对外展示规模最大的一场实兵演习。整个演习不设预案，不搞预演，战斗行动完全由对抗双方指挥员自主决定。美、英、法、德、俄等24个国家的军事观察员现地观摩。

军事学术杂志总编辑胡文龙说："全军和武警部队以军事斗争准备为牵引，紧贴实战，坚持从难从严训练，求真务实之风劲吹演兵场。"

让学习贯彻过程成为武装头脑指导工作解决问题过程

全军和武警部队坚持把学习贯彻科学发展观与落实党中央、中央军委的决策部署统一起来，与研究解决部队建设和军事斗争准备中的重点难点问题结合起来，使学习贯彻的过程真正成为武装头脑、指导工作、解决问题的过程。

北京军区某集团军防空旅在实践中创造出"瞄准信息化，主动有作为，科学搞建设，实干求发展"的经验后，并没有停止探索的脚步。党委"一班人"对照科学发展观，坚持以军事斗争准备为牵引，着眼实战，瞄准打赢，形成合力大抓军事训练，坚持讲科学、重质量、求效益，在思想观念、思维方式、领导方法上与时俱进，在按照建设信息化军队、打赢信息化战争要求全面加强部队建设上，又迈出了新的坚实步伐。

成都军区某炮兵团荣立集体一等功后，有的同志主张提出更高指标。党委"一班人"在学习贯彻科学发展观中深刻反思：求真务实抓落实曾是团队振兴的一条"真经"，我们不能当了典型就把这条"真经"念歪了，只有大力弘扬求真务实精神，把经常性基础性工作搞扎实，把基层全面建设搞过硬，团队建设才能全面协调可持续发展。

"以人为本，激发出官兵们前所未有的创造活力。"南海舰队军械技术保障大队政委李明强感慨地说，基层建设的许多细节正在发生大变化：根据军事训练强度和营养需要制定科学食谱，基层官兵的饮食结构正从温饱型转向营养型；边海防一线，昔日的木制、铁塔式哨楼，已被永久式砖木、钢筋混凝土结构的哨楼所代替；远程医疗会诊系统把全军各级医院联在一起，大大提高了医疗保健能力；入党、提干、考学、选取士官等过去被认为是敏感的问题，现在许多部队战士可以通过局域网公开评议；"军官随营学校"、"士官文化补习学校"以及外语、计算机应用等各种专业技术培训班，遍布军营……

第二炮兵某基地领导机关盯住官兵反映强烈的突出问题，坚持贯彻以人为本的理念，真心实意为部队解难题、办实事，大力提高官兵素质，促进了官兵全面发展。许多基层官兵反映，领导机关帮助基层解决困难的力度越来越大了，各级为基层办的好事、实事越来越多了，教育训练、学习成才的环境越来越好了，工作生活中的烦恼事越来越少了。

实践充分证明，科学发展观在国防和军队建设中的指导地位已经牢牢确立，运用于实践的威力日益显现，成为指导和推动新世纪新阶段我军发展进步的强大思想武器和科学指南。广大官兵对党中央、中央军委和胡主席更加拥护和信赖，对走中国特色社会主义道路的信念更加自觉和坚定，对实现军队建设又快又好发展、有效履行新世纪新阶段我军历史使命更加充满信心！

（2006年5月10日1版头条）

贯穿全年工作的一条主线

——全军和武警部队学习贯彻科学发展观成果述评

■本报记者　欧世金　欧　灿

开篇的话

时光飞逝，又到年终盘点时；笑眼回望，又是一个丰收年。

在过去一年里，全军和武警部队官兵全面贯彻胡主席一系列重要指示，加速推进中国特色军事变革，积极做好军事斗争准备，部队各项建设取得可喜成就。人民军队在科学发展观的指引下，始终坚持我军听党指挥、服务人民、英勇善战的优良传统，正努力推动部队建设又好又快发展，为有效履行新世纪新阶段我军历史使命做出新的贡献。

为和读者一起解读2006年国防和军队建设取得的新成就，本报从今天起陆续推出一组“年终专稿”，采用“1＋1”的报道形式（即每个选题在一版刊登1篇述评，同时在其他版刊登半个版的相关报道），力求微观进入、宏观展开、夹叙夹议，从不同层面、不同角度反映成果、展示经验、揭示意义，让读者从中感悟各个方面新变化新气象。

回眸即将过去的2006年，全军和武警部队各项建设中一个最重要、最突出、最常见的主题词，就是5个字：科学发展观。

今年元旦，军报发表社论《牢牢把握国防和军队建设的重要指导方针》。这是军委扩大会议的重要精神。把科学发展观确立为国防和军队建设的重要指导方针，在我军建设发展史上具有里程碑意义。

今年以来，胡锦涛主席反复强调要坚持用科学发展观武装头脑、指导工作、研究解决问题，推动部队建设又好又快发展，为军队学习贯彻落实科学发展观指明了方向。军委强调用胡主席的重要指示精神统一全军的思想和行动，要求把科学发展观作为党的创新理论的重要内容突出出来，把胡主席关于国防和军队建设的重要论述作为科学发展观学习重点突出出来，把牢固确立科学发展观重要指导方针在学习贯彻中突出出来。

把科学发展观作为加强国防和军队建设的重要指导方针，很快在部队建设的方方面面得到认真贯彻。一位政治干部评价说：“这是当前我军高举旗帜、听从指挥的集中体现!”

认识的高度带来行动的自觉。一年来，学习贯彻科学发展观已成为全军部队各项建设的主线、思想政治教育的主课和党委班子建设的主题。其规模之大、影响之广，达到了一个新的高度和深度。

为了确保学习贯彻科学发展观在“深入”上下功夫，在“实效”上做文章，军委总部作出了一系列重大部署，采取了一系列有力措施：从举办全军高级干部学习贯彻科学发展观理论研讨班，到编写印发科学发展观三个系列5本教材，军队院校把科学发展观进入教材进入课堂；从7月中旬，军委、四总部组成联合工作组进行学习贯彻科学发展观大检查，到年终各部队普遍以科学发展观为指导进行年终总结……一个又一个波次的学习贯彻热潮在部队兴起。

强化理论武装，在转化为世界观和方法论上求深化，是今年部队学习科学发展观的一个鲜明特点。各级为此下了很大功夫，全军团以上领导干部理论轮训率达90%以上，数万名团以上领导干部下基层宣讲科学发展观。采取“吃住在营连、学习在旅团”的方式轮训基层干部、“每月一课”把科学发展观融入经常性思想教育、网络教学辅导、学分制考核……各单位积极探索创新学习方法，使以人为本的理念、科学统筹的意识、改革创新的精神和质量效益的观念深入人心。

注重联系实际解决重大现实问题，是今年贯彻科学发展观又一鲜明特点。一是着眼于积极把握部队建设发展的阶段性特征，制定出解决“瓶颈”问题的战略计划；二是着眼于查找与科学发展观要求不适应、不符合的问题，紧紧抓住制约本单位建设发展的突出矛盾；三是像工程立项一样，明确责任，定时定人定部门制订具体解决方案。可以说，科学发展观已经成为部队破解难题、创新发展的强大思想武器，正在推动部队建设进一步走上科学发展的轨道。

联系实际求“深入”出“实效”，突出表现为结合使命任务推动部队战斗力建设。正确处理安全发展与严格训练的关系，为“小散远直”单位排忧解难被提到更加突出的位置，政工网络建设推动思想教育在贴近实际、官兵互动方面出现令人欣喜的变化……许多基层官兵反映，现在领导机关的素质能力更高了，领导作风和工作作风更实了，为基层办实事做好事解难事更多了。

学习贯彻科学发展观给部队建设带来的变化是明显的，又是初步的。学习永无止境，实践也永无止境。可以预见，在新的一年里，只要坚决按照胡主席重要指示精神，以更大的决心、更高的标准、更加有力的举措，推动学习贯彻科学发展观不断深入，我们就一定能取得更大的成就。

（2006年12月11日1版头条）

如何看待官兵自购微机、渴求上网的问题？

——济南军区《前卫报》就当前部队建设中面临的新情况、新问题专题讨论之一

■本报记者　欧世金　《前卫报》记者　王宏林

记者：邱编辑，给你汇报一条新闻。5月份以来，济南军区《前卫报》社对当前部队建设中面临的一些新情况、新问题进行专题讨论。每个专题辟出一个专版。目前已讨论了5个专题，其中有“如何看待基层官兵自购微机、渴求上网的问题?”“如何看待退伍战士回流驻地打工现象?”“如何看待干部学历升级与素质提升的关系问题?”等，这些题目全都来自基层一线，是当前部队建设中急需回答和解决的实际问题。讨论题在报上公布后，立即在部队引起强烈反响，参加讨论的来信来稿如雪片般飞进编辑部。

编辑：近一个时期以来，我这里收到了大量的来信来稿，大都是基层官兵反映“拿不准”、“吃不透”又“绕不开”的新情况、新问题。讨论将对领导、机关研究和解决这些问题有所启发。

记者：今天，先向你说说“如何看待基层官兵自购微机、渴求上网的问题”的讨论情况。这个问题既“老”又“新”。说它“老”，是因为这个问题在基层已经“几经风雨”了；说它“新”，是因为到目前也没有一个比较规范的“说法”和办法。

编辑：越是“似是而非”的问题越有必要讨论。灯不拨不亮，理不辩不明，基层官兵的问题，要交给基层官兵去解决。因为办法往往就在群众中。

记者：那我们就听听部队官兵是怎么说的吧！

自购微机：接纳还是封杀

自购微机的官兵忧变喜

韩英（某师政治部干事）：最近，我们师98名基层官兵纷纷把自购的微机重新从库房里搬出来，不但可以名正言顺地用于工作学习，而且还允许上军线局域网呢！基层官兵自购的微机由“偷偷摸摸”转入“阳光操作”，这个转变来之不易，是在一位前来该师基层搞调研的军区领导同志的提议下实现的。之前，一方面是基层官兵自购微机的热情高，另一方面是我们有的领导、机关看“负面影响多”，担心顾虑多，大多数微机只能转入“地下”使用，或者被打入“冷宫”。要不是上级领导有“指示”，基层官兵自购微机的问题不知何时才能解决。

对微机不要大惊小怪

刘德荣（某高炮团团长）：部队微机的用途，正在经历从主要用于打印文电到作战指挥的转变。就拿我们团来说吧，目前不仅大多数办公室有微机，许多新装备上也有。因此，现在对微机的讨论不是该不该用的问题，而是该如何用的问题。基层官兵自购微机，既是个人渴望成才、追求知识的表现，更是时代发展的必然和军队建设的需要，我们领导、机关应多给予支持和鼓励，而不要大惊小怪。

莫用微机赶“时髦”

高希亮（某仓库政治处主任）：据调查，一些基层官兵认为既然微机属个人拥有，使用时就可以自作主张，不受管束，故而有的把微机仅仅当成了游戏机、影碟机，有的甚至为了赶“时髦”，不管自己的经济条件如何，也不管工作学习是否有用，盲目“跟风”购买。这样的“微机热”，该降降温。

不能“因噎废食”

缪健（某团宣传股股长）：基层干部的工资待遇在不断提高，而且装一台微机只需要2000多元钱，可谓小投入，大收益，且于公于私都有益：于私，熟练掌握电脑操作技能，不落伍于时代；于公，“个人电脑”对推动部队科技练兵大有帮助。我曾在师教导队任过职，1997年该队官兵自发购买微机30多台，队领导适时组织了几期培训班，当年就见效：教员人人都能制作网页、多媒体课件，5人拿到全国计算机一级专业证书。我们不能因为使用微机给管理带来一些新的难题就一概排斥，闹“因噎废食”的笑话。

军网冲浪：开绿灯还是亮红灯

网络，与未来战争对接

江首建（72253部队政委）：官兵上军网冲浪，对做好军事斗争准备工作，积极与未来战争对接，无疑具有积极意义。我们要建设信息化军队，要运筹于帷幄之中、决胜于千里之外，官兵不掌握计算机网络技术是不可想象的。这就要求我们必须适应这一发展变化，充分利用部队现有网络技术，为“打得赢”打下坚实的基础。所以，对基层官兵业余时间上军网冲浪，应当从全局和战略的高度来认识，不要因为带来一些弊端就一棒打死，关键是管理引导的措施要跟上。

辩证看待上军网

江锋（某部教导员）：网络代表着时代的潮流。目前，世界上有两个字母使用频率最高：一个是i，代表信息；一个是e，代表电子。“科技新生代”善于用电子邮件等新潮设备进行沟通，从而得到许多“实惠”。为了避免基层官兵被关在时代的大门之外，鼓励大家利用业余时间上军网、局域网冲冲浪，多沟通交流未尝不可。

上网危害不可忽视

韩雨宏（某通信总站政治处干事）：人与单台电脑打交道，是“人—机”关系，而与多台电脑组成的网络打交道，则是“人—机—人”关系，联网其实联的是坐在计算机后面的人，这样就形成了人际互动关系，其最大弊端是有人把规章制度弃之一旁，自行其是。虽然官兵们上的是军网，但还是有人可能在网上传播一些不健康的东西，或是不恰当地交异性网友，等等。另外，过于迷恋上网，还可能引发心理和生理上的疾病。我觉得在部队这个特殊的武装集团，还是控制上网为好。

控制上军网不等于观念落后

刘军涛（72765部队政治处干事）：上军网美景无限，弊端也不少。一旦迷恋网景，乐不思蜀，就要荒废学业，影响工作。领导控制战士上网，也不能一概归结为“观念落后”！

关键在于管理引导

莫让自购变“自流”

吕世辉（某自动化工作站站长）：官兵自购微机，牵扯到部队战备、管理工作的方方面面，所以不能简单地看作是个人的事，而应该建立领导审批制度，不能想买就买。对批准买回的微机，要登记造册，纳入管理视线。如何让官兵在网上遍游天下又不“越轨”？我认为，首先要制定和完善有关微机上网的操作制度。如对操作人员、操作时间、操作内容作出具体规定，从而使上网有章可循，防止操作处于失控、自流状态。另外，要设立“纠察哨”，实时监控，发现错误信息随时清除，并及时追查来源。

要明确反对“一窝蜂”

盛其明（第91医院政治处主任）：对基层官兵自购微机，我认为要从基层实际出发，坚持既不倡导个人买，也不反对有经济基础的官兵主动买的原则。对购买的微机，应当统一放置，集中管理。在学习时间安排上，可统一协调，解决工学矛盾。

要严格执行上级规定

晁京震（某坦训基地政治部主任）：基层官兵自购微机和上网，领导最担心的是泄密。为此，要将信息安全管理摆到突出位置。其中，最重要的是严格执行上级有关规定，不能打“擦边球”，存侥幸心理。如，个人微机不能上因特网，不能打印、储存涉及机密的文件和图表；不经过部队专业技术人员的检测，不得擅自拿到地方电脑公司进行维修保养等。

不妨建个“军营网吧”

殷晏梅（某团政治处干事）：接入因特网的单位要坚持“上局域网的微机不上因特网，上因特网的微机不上局域网”，做到内外有别，各联各的网，互不相扰。网络管理员可以每天从因特网上下载各大网站上的信息，经筛选后放到局域网上，供官兵浏览。为节约资金，可以考虑在军营里建“军营网吧”，既能当文化夜校，又可供休闲娱乐，解决基层官兵渴求上网带来的许多矛盾和问题。

把“防火墙”建在官兵头脑中

王毓（某团列兵）：针对官兵上网中易出现的问题，要加强理想信念教育、军人职业道德教育、法律法规教育、安全保密教育，把“防火墙”建在官兵的头脑中，使他们在上网的时候也坚持“四有”军人的标准。

（2003年7月16日8版头条）

如何看待部分战士个人消费不断增加的问题

——济南军区《前卫报》就当前部队建设面临的新情况、新问题专题讨论之二

■本报记者　欧世金　《前卫报》记者　季　将

记者：你是70年代当的兵吧？当时，你的津贴是多少？

编辑：6元。

记者：我是80年代中期入伍的，第一年的津贴是8元，与现在战士的津贴无法比。

以鲁豫两省作战部队为例，第一年度兵津贴费是90元；第二年度兵是100元；一级士官头一年的工资更是超过了500元。

编辑：与我们那时相比，增长幅度还真不小！

记者：军人津贴、工资的增长与人民群众生活水平的提高是同步的。据某装甲团收发室统计，去年该团共收到战士家中汇款27万元，比3年前增长了33.3%。某防化团一名新战士入伍时手持一个牡丹卡，内存6万元。

编辑：钱多了，就可能出现一个怎么花的问题。

记者：矛盾就出在这里。一方面，战士们手中钱多了，花钱也大方了，另一方面，部队强调发扬艰苦奋斗的光荣传统，要节俭，不浪费；一方面，提倡适度消费拉动经济增长，另一方面，我们国家还不富裕，还有部分群众生活十分困难。因此，战士个人消费，有些无所适从。

编辑：看来，战士个人消费问题确实值得议一议。

七嘴八舌话消费

这也叫浪费，我搞不懂

郭招卫（某通信团士官）：随着人民生活水平的提高和部队生活条件的改善，军人的消费在增加，这是好事。可有的连队干部喜欢把正常消费与艰苦奋斗对立起来，简单地与人生观和世界观挂起钩来。喜欢对我们稍微买好点的生活用品、外出偶尔一次打的等，就用异样的眼光来看，说是“高消费”甚至是浪费。如果这也叫浪费，我搞不懂。

别用传统观念看消费

王琳、余珍（威海军分区士官）：过去是短缺经济时代，讲节俭可以，现在产品极大丰富，再过分强调节俭就不合时宜了。我国银行近两年连续多次降低存款利率，都是为了促进消费。因此，我们认为，正常消费客观上拉动了经济内需，对国家经济建设发展并没有什么坏处。

辩证看待个性消费

徐辉（某师科长）：在对消费与浪费的理解中，有的同志往往把个性消费当成了奢侈和浪费。有人说，没有差异的消费是畸形的消费。因此，个性消费只要是在合理消费的范围内，就不是奢侈和浪费，而是消费者成熟和社会进步的一种表现。

“高消费”才有高回报

朱纯亚（河南省武陟县人武部政委）：我身边的几个战友都用积攒的工资购买了电脑、科技书刊，还报名参加了函授和自学考试，有的花费达数千元，这些消费对于基层官兵来说，算得上是“高消费”了。但高消费才有高回报，他们为此学到了先进的科技知识，实现了学历升级，提高了自身素质。可以说，这是知识经济时代应该树立的一种效益观。

战士有个人的消费权

李亚辉（某团士官）：条令条例明确规定，战士有个人消费自主权。干部不应用行政手段限制战士个人消费，更不应该干涉个人的正当消费权。尽管是好心，但不能侵犯战士的自主消费权。

军人消费不仅仅是个人的事

个人消费并非与军营无关

孙庆春（某旅干事）：有的战士喜欢“超前消费”，每月津贴发下后，3天富裕27天亏空。一亏空，就向战友借、到小卖部赊账，到退伍时还还不清欠账，结果引发纠纷。还有，无论是战备还是平时管理，对个人物品的数量与形状都有限制，也不允许盲目购置。因此，在军队这个特殊的武装集团中，个人消费绝不只是个人的事。

请连队干部多管管

吴天胜（某团战士家长）：乡下有句俗话：钱不是从树上长的。庄稼人的钱，那是一个汗珠摔八瓣一分一厘挣来的。我儿子入伍不到一年，几乎每个月都打电话向家里要钱。去年，我到部队才了解到，部队吃的穿的样样都管，什么也不缺，他却将下发的衣物闲置不用，甚至随手扔掉，让人心寒啊！我们把孩子送到部队，就希望他学好，希望连队干部多加管教。

把握消费与浪费的区别

胡银久（某团宣传股长）：消费是对劳动产品和商品效能的享用。浪费则是对劳动产品和商品效用的占而不用或随便丢弃。比如，有的战士便服一买好几套，可一年也穿不了几次；有的战士将大半新的胶鞋扔了，这都是浪费行为。我们不提倡生活异常节省，甚至影响健康，但也反对讲排场，摆阔气，搞攀比，铺张浪费。

节俭永远是美德

杨友斌（某师科长）：节俭是一种美德，它不但是创造物质财富的需要，也为形成健康的社会风气所必需，是社会主义精神文明的体现。我认为，勤俭节约、适度消费，不是以存款多少为标志，也不是该花的钱不花，而是在尽量节俭的原则下量入为出，适度消费。

树立文明的消费观

进行消费观教育

尹炳伦（某团政委）：时下，一些带兵人受旧观念的影响，认为有钱不花就是勤俭节约，追求时尚即为贪图享乐，这在一定程度上误导了战士的消费行为。因此，要教育、帮助大家养成艰苦朴素的好习惯，做到引导不误导，以保证带兵人舒心，战士顺心。

允许消费有差异

马元甫（某通信修理所所长）：带兵人在处理战士个人消费问题上，不能搞“一刀切”，而应当允许有所差异：对家庭富裕的战士，平时多花一些钱，只要不是违纪消费，不必说三道四；对家庭贫困的战士搞攀比消费、欠债消费，就要教育引导，甚至用行政手段予以干预；而对于学习现代新知识、新技能，提高个人素质的消费，要尽可能地支持。

树立文明的消费观

李先海（某团股长）：在战士消费问题上，带兵人既要开明些，又要巧引导。这几年，我们团通过让来自贫困山区的官兵做介绍，讲一讲山里人的生活，弄清我国的基本国情；请战士家长谈希望，想一想家人的嘱托，弄清父老乡亲的期盼；让因不良消费导致违纪受处分的同志谈教训，弄清不正当消费与交往的危害；请军内外先进典型谈体会，听一听创业人的心声，弄清革命军人应当树立什么样的人生追求，较好地帮助官兵树立文明的消费观。

好习惯靠养成

杨怀春（某团连长）：心理学认为，任何行为在重复做过几次之后，就可能变成一种习惯。带兵人要指导战士科学合理消费，很重要的一点是教育战士养成良好的消费习惯。

（2003年7月23日8版头条）

如何看待干部学历与能力提升的关系

——济南军区《前卫报》就当前部队建设面临的新情况、新问题专题讨论之三

■本报记者　欧世金　《前卫报》记者　王宏林

记者：眼下，基层干部中出现了“学历升级热”。有人称这是80年代中期以来军营新一轮“文凭热”。

编辑：没有文化的军队是愚蠢的军队。基层干部重视学历升级，说明广大指挥员正与世界新军事变革和我军现代化建设“同频共振”。

记者：在可喜的同时，也有一些问题值得提醒。比如，有的人重学历不重能力，有的人文凭“含金量”和“含军量”不高，有的人学历升级了但能力却没有相应升级。由此，还出现了不同的争论，一方认为高学历不等于高素质，另一方认为高素质不一定就是高学历。

为学历升级鼓劲加油

●推动部队建设的需要　某部政委郭鹏：近年来，广大官兵积极响应军委江主席关于“讲学习”的号召，掀起了在职学习、岗位成才的热潮，特别是许多团以上领导干部，踊跃参加大学本科和研究生在职学习，努力提高自身的学历层次，促进了部队建设和各项工作的开展。

●时代发展的必然要求　某军代处主任于海涛：当前，以信息化为主导的新军事变革正在世界范围内蓬勃兴起，其发展之迅猛、影响之深远，是以往任何一次军事变革都无法比拟的。有关研究表明，军队人才必须以每年6%—10%的速度更新知识，才能适应以知识资源为依托的新时代的需要，才能适应我军现代化建设跨越式发展的需要。可见，学

历升级作为培养人才的一种有效手段，是时代发展的必然要求。

●警惕“虚热”现象　某部干事张春意：总政《关于加强和改进部队科学文化学习教育的意见》，对部队全面普及现代科技特别是高科技知识、干部普及高等教育提出了明确要求。然而，现在有的基层干部对学历升级缺少计划性，学什么都“一窝蜂”，给人的感觉是有些操之过急，存在“虚热”现象。

●比比外军“热度”还不够　某部政治处主任高希亮：据介绍，美国军官基本上是大学本科以上文化程度，其中硕士、博士研究生占38.4%。参加海湾战争的美军军官中，1/3的人员具有硕士以上学位。俄罗斯也有98%以上的军官受过高等教育。与这些国家军队的知识化程度相比，我们在提高干部学历层次上可谓任重而道远，热度还远远不够。

提高文凭的“含军量”

●锁定“军事频道”　某部参谋赵东华：作为军队干部，在学历升级中选学科目首先要锁定“军事频道”，以“军”为主，把那些打仗所需、岗位急需、素质必需的学科作为专业学习的第一选择。在专业选择、时间安排、精力分配等方面，都不能忘记军人的职业和担负的任务。

●承认知识的“兼容性”　某部宣传科长王宝财：知识是兼容的，是触类旁通的。一个人的知识越广泛，分析、处理问题的能力就越强。比如，基层带兵人学习经济管理和法律专业，看似与“打得赢”不沾边，其实对带好新时期的战士大有益处，为“打得赢”起到了服务和保障作用。换言之，“打得赢”需要众多专业知识来支撑，并不仅仅是指“操枪弄炮”的纯军事专业知识。

●别把军用、民用对立起来　某团政委任书章：现在，有的同志总是把“军用”知识与“民用”知识对立起来，似乎合乎“军用”的，到地方就失去作用、派不上用场了。实际上，过硬的素质比某一方面的专业知识重要得多。比如说，我们在长期的部队工作中形成了自身特有的知识体系，这是我们今后发展的依托，也是选择学习专业时的重要参考。如果在学习上东一榔头西一棒子，势必成为“半瓶子醋”，影响自己的进步和发展。

●是什么角色就要练什么功　某旅排长段春笋、士官王会刚：在舞台上，讲究什么角色练什么功。社会也是一个大舞台，从事什么“角色”就要专心演好这个“角色”，即所谓“术业有专攻”。当代军人要履行好保卫祖国的神圣职责，自然也有自己“专攻”的“术业”，这就是军队建设和改革需要的知识。所以，干部学历升级，还是要选学那些能提高履行职责能力、掌握带兵打仗本领的科目。

●给选学内容画个“圈” 某部干事张培宽：领导机关要当好干部学习成才的向导。几年来，我们部队叫响了“在训练中建功，在函授中增智，在岗位上成才”的口号，引导官兵从部队建设需要出发，结合各自工作的特点，选择与本职工作相同或相近的专业。规定学习与本职工作相近的专业，部队给报销一半学费。从而使“学习成才”活动在任何时候都与部队中心工作紧密相连。

让学历、能力同升级

●领导机关要坚持“两手”抓 某部军务股长张兆方：解决好干部学历升级与能力提升不同步的问题，除个人自我加压以外，各单位也应主动参与，做到一手抓学历升级，一手抓能力提升。考试时，领导机关可以协助院校人员监考，认真阅卷，对考试不过关者令其补考；平时，可以结合学习进程组织实践，既检验学习效果，又促进知识向能力的转化。总之，只要领导机关真正是为了培养人才，办法多得很。

●培养使用干部要做到“双重视” 某部政委赵海波：《中国人民解放军团级以上领导干部职务任免暂行条例》中规定，把具备大专以上文化程度作为晋升团级以上领导干部职务的资格之一，这是正确的。但同时还要重视干部的能力和素质，两者不可偏颇。

●学历升级要以能力提升为本 青岛警备区干事胡泊：文凭就像一个符号，它标志的是一个人的学习经历，而能力则是指胜任某项工作或任务的主观条件，是个人素质的集中表现。一定程度上，学历能够反映能力，但并不等于能力。学历升级的目的，就是提升能力。也就是说，学习的过程其实就是培养能力的过程，只有将学到的知识真正转化为能力，学历才具有真实的意义。

（2003年8月6日8版头条）

世纪之战，西部军歌嘹亮

——献给援建西部大开发10周年的全军和武警部队官兵

■本报记者　欧世金　欧　灿　毛　俊

核心提示

党中央作出实施西部大开发重大战略决策，打响了实现中华民族伟大复兴的“世纪之战”；

人民军队参加和支援西部大开发，展开了一场举世罕见的非战争军事行动。

10年波澜壮阔，10年激情燃烧。从北疆哈萨克毡房到南国苗岭山寨，从塔克拉玛干沙漠边缘的“三北防护林”到云贵高原上的“八一爱民学校”，从惊天动地战汶川到建设昆明新机场……

1999年以来，全军和武警部队特别是驻西部地区部队数十万将士按照科学发展观要求，奔赴最需要的地方、承担最重要的任务、发挥最关键的作用，用赤诚和热血为党分忧、为国兴利、为民造福。

征途漫漫，10年只是一个起点，西部依然军歌嘹亮，子弟兵依然斗志昂扬！

一个大战略
军队担当新使命

1

西部稳则天下安，西部富则国家强！

这是一组令人关注的数字：西部12个省区市占全国国土面积的71.4%；与14个国家和地区接壤，陆地边境线占全国的85%左右；全国55个少数民族有50个集中分布在西部，占全国少数民族人口的75%左右。

这是一组令人担忧的数字：上世纪末，西部地区人口占全国的近30%，但人均国内生产总值只有东部地区的40%；全国农村60%以上的贫困人口在西部，约3000万人还没有解决温饱问题；全国水土流失面积的80%在西部，每年新增荒漠化面积的90%以上在西部。

我国幅员辽阔，地区发展不平衡是一个基本国情。改革开放以来，西部地区各方面都发生了巨大变化，但由于各种原因，与东部地区在发展上还存在着较大差距。

1999年，以江泽民同志为核心的党的第三代中央领导集体，作出了实施西部大开发的重大战略决策。党的十六大以来，以胡锦涛同志为总书记的党中央多次强调，要继续实施区域发展总体战略，深入推进西部大开发。

实施西部大开发，不仅是一个重大的经济决策，也是一个重大的政治决策，是关系中华民族长远发展的战略之举。

2

我军是党绝对领导下的人民军队，历来以党的任务为首要任务，以国家和人民的利益为最高利益。

人民军队从诞生那一天起，就把“为人民服务”作为自己的根本宗旨，并体现在为民族解放事业而前赴后继的实际行动中。

上个世纪50年代，刚为西部各族群众打下江山，人民子弟兵就扛起了建设西部的重担。

当年，驻疆人民解放军十万将士，一夜之间脱下军装、拿起镐头，在天山南北向亘古荒原开战；

当年，人民解放军以牺牲数千英雄儿女的代价，修筑了通往雪域高原的“川藏”、“青藏”、“滇藏”公路；

当年，百万军工投入“三线建设”大会战，在西部的深山老林靠山建厂，进洞生产，打造了比较完整的战略后方国防工业基地；

……

新世纪新阶段，人民军队再次吹响了冲锋的号角，肩负起历史赋予的新的伟大使命，投身于西部大开发的滚滚洪流。

这是党中央赋予军队的重大任务，这是践行我军根本宗旨、发扬我军优良传统的实际行动，这是我军履行使命、拓展职能的重要实践，也是提高应对多种安全威胁、完成多样化军事任务能力的有效途径。

3

西部大开发，世纪大战略，一个充满了机遇和挑战的新课题摆在我们面前：人民军队应该有什么样的历史担当？怎样担当？

援建工作指导思想明确：以邓小平理论和“三个代表”重要思想为指导，按照科学发展观要求，根据中央和军委的决策部署，把地方所需、群众所盼与部队所能结合起来，坚持主动参与、量力而行、积极作为，坚持一切从实际出发、因地制宜、注重实效。

援建部队信心十足：组织严密、作风顽强、善于攻坚、不畏艰险，是我们的特点；人才、技术、装备、保障、信息资源等方面，我们有独特的优势；社会主义精神文明建设，我们一直走在全社会前列。

——军委专门成立参加和支援西部大开发领导小组及办公室，3位军委副主席先后担任领导小组组长。军委领导多次到中西部地区调研，检查援建情况，指导工作落实。

——军队参加和支援西部大开发领导小组先后召开4次全体会议，分析形势部署任务。军委、总部先后下发了5个文件，对援建工作的指导原则、兵力和装备动用、科技成果转让等方面作出明确规定，为部队开展援建工作提供了政策支持和制度保障。

——兰州军区、成都军区和空军、二炮、武警部队等单位分别成立了组织领导机构，制定规划措施，加强经常性指导。

一场攻坚战
六条战线矗丰碑

4

西部大开发的重点就是军队援建的重点。

在昆明市东北方向一个叫大板桥的地方，焊花闪烁、机器轰鸣，飞行区场道不断延伸，综合航站楼拔地而起。国家投资230多亿元的昆明新机场，建成后将成为我国继北京、上海、广州之后的第四个国家枢纽机场。这是我军支援西部大开发的标志性工程之一，空军6支工程部队正在此展开大会战。

青藏铁路，半个世纪的伟大穿越，几代官兵的使命接力。20世纪50年代至80年代，数万铁道兵三上高原，投身青藏铁路西宁至格尔木段建设。2001年6月，在海拔4950米的唐古拉山南麓，新一代官兵圆满完成了铁路全线难度最高的第19标段建设任务。2006年6月，青海省军区某部1000多名官兵在航垭至格尔木80公里路段上，卸载道砟、整治道床、接续钢轨，确保了按时通车。

"西气东输"新疆段，穿越"死亡之海"罗布泊、"千里风口"托克逊、"百里火焰山"吐鲁番。这些挑战人类生存意志的地方，令地方许多专业工程队望而却步。接连征战北疆铁路、西兰乌光缆通信线路、兰成渝输油管道铺设等重点工程的兰州军区部队，征尘未洗，毅然挺进"生命禁区"。

在广西龙滩水电站、贵州洪家渡水电站等"西电东送"骨干工程和三峡工程中，武警水电部队发挥专业优势，克服复杂地质条件影响，高标准完成建设任务。

武警交通部队筑路抢通，武警黄金部队探矿寻宝，兰州、成都军区测绘部队编织经纬……他们都在西部大开发中发挥了不可替代的作用。

国际金融危机爆发以来，中央新安排的拉动内需投资项目重点向西部地区倾斜。人民军队又投入新的战场，为"保增长、保民生、保稳定"作出新的贡献。

5

空中俯瞰，从宁夏到内蒙古辽阔的黄土地上，有一条长达400多公里的绿色长廊。兰空某运输团28年飞播造林，神奇地编织了这令世人惊叹的"绿色长城"。

西部地区自然环境不断恶化，为再造一个山川秀美的西部，许多部队把植树造林作为支援西部大开发的"第一战役"。

——新疆。驻军持续援建的阿克苏柯柯牙绿化、乌鲁木齐水塔山绿化、环塔克拉玛干沙漠防风固沙林等重点生态工程，已经产生了良好的生态效益。

——青海。“爱我三江源，保护母亲河”义务植树活动红红火火，国防林、青年林、民兵林、双拥林……驻军为保护“中华水塔”矢志不移。

——陕西。由1500多名将校军官带队，省军区成建制组织民兵预备役部队，投入到全省107个县的106条小流域治理工程，苦战数年，使流域内林草覆盖率提高了40%。

——甘肃。驻军投身“三北防护林”、兰州大砂沟“将军林”、河西走廊“千里生态林”、天水“藉河风情线”等生态工程建设，万亩荒山成绿海。

——内蒙古。各旗市人武部治沙不少于10000亩，各乡镇武装部不少于1000亩，各民兵连不少于500亩。2008年，“京津风沙源治理商都义务植树基地”开建，为期5年的新一轮绿化行动全面展开。

还有一支队伍不能忘记。武警森林部队官兵斗酷暑、战严寒、扑烈火，是西部当之无愧的森林卫士。

6

水，人类文明的摇篮，农业发展的命脉。然而，宁夏、甘肃、陕西、新疆……西部贫水地区的千万百姓，祖祖辈辈只能靠储存雨水过日子，极端缺水导致了极端贫困。

黄土地上掘甘泉。宁夏军区某给水团踏遍大西北的高山峡谷、大漠戈壁，先后为7省区90多个县市打井1384眼，总尺度近135公里，相当于把15个珠穆朗玛峰从顶钻到了底！如今，“百井扶贫回访工程”仍在持续实施。

放眼西部乡村，子弟兵走村串寨行色匆匆，扶贫帮困如火如荼——

个人包户，连队包村，旅团包乡；

定点扶贫，挂钩扶贫，集团扶贫；

致富工程，生态工程，文明工程。

最新统计数据显示，仅2008年，各部队就出动兵力8万余人次，整修农村道路500多公里、修筑渠道300余公里、整治农田1.5万亩，承建了一大批农村水电、人畜饮水、小流域治理等小型工程，为社会主义新农村建设作出了重要贡献。

7

情注民生，子弟兵积极支持西部地区发展科教文卫等社会事业，进一步造福西部人民。

这是一条充满希望的红色飘带。

沿着当年红军走过的长征路，全军和武警部队集中援建了112所“八一爱民学校”，改善了长征沿线，特别是西部贫困地区一大批中小学的教学条件。

“红军走过的地方阳光普照，长征播下的火种还在燃烧……”这首情真意切、旋律优美的《红飘带之歌》，正在西部一个个崭新的校园里广为传唱。

这是一片名师带徒的开放课堂。

2001年，全军医疗卫生系统遴选出实力最强、条件最好的100所总医院、中心医院和军医大学附属医院，与西部地区条件最艰苦的105所县级医院结成对子，从医疗、科技、智力、知识和装备等方面实施支援，千百万西部群众从中受益。

这是一个充满智慧的人才方阵。

10年来，全军和武警部队各院校、科研机构和专业技术部队，充分发挥知识密集、科技力量雄厚的优势，帮助地方培养了大量人才，转让了大批科技成果，开发了一批民用项目，取得了丰硕的经济、社会效益。

8

新疆阿勒泰雪灾、内蒙古东北部特大森林火灾、云南宁洱地震、南方低温雨雪冰冻灾害……西部地质、气候复杂，多种灾害频发。子弟兵一次次用坚强意志和血肉之躯，在人民心中筑起座座丰碑。

2008年5月12日，四川汶川发生里氏8.0级特大地震。13分钟后，军队全面启动应急预案，十多万大军闻令而动奔赴灾区。

为探明震区灾情，15位空降兵勇士留下遗书，从5000米高空一跃而下。

为抢运伤员物资，陆航部队频繁起降，每一次飞行都是一次生死穿越。

挑选突击队员，指挥员问“谁是独生子女”，无一人举手；问“谁是共产党员”，齐刷刷手臂林立。

余震来袭，上级命令救援人员撤出废墟。19岁的战士荆利杰双膝跪地，“求求你，让我再救一个！我还能再救一个！”

冒死突进震中地带，全力构筑生命通道，紧急抢运救灾物资，跋山涉水进村入户……子弟兵在危难时刻向党和人民交出了一份优秀答卷。

灾后重建，任重道远。而今，部队投资8亿多元援建的四川省八一康复中心、都江堰聚源中学、北川擂鼓中学、绵竹东汽中学等一批重点项目已陆续开建，灾区物质和精神家园重建取得新的成果。

9

巩固祖国边防、维护社会稳定、促进民族团结，是子弟兵支援西部大开发的重要任务。

武警部队参与处置“3·14”拉萨严重暴力事件、乌鲁木齐“7·5”事件，捕歼恐怖分子，配合公安部门打击各种违法犯罪活动，有力地维护了人民利益、社会稳定和法律尊严。

西部138个县（区、市）与外国接壤，口岸众多，是西部对外开放的重要平台。边防部队一手抓边境管控，一手抓兴边富民。满洲里、霍尔果斯、樟木、凭祥、天保……那一条条军民合用的边防公路、一根根深埋地下的通信光缆、一处处扫清雷患的“绿色口岸”、一座座拔地而起的边贸商城，倾注了子弟兵多少心血和汗水。

新疆疏勒县巴仁乡十六村，维吾尔族村民占总人口的98%。兰州军区某炮兵团与该村开展军民共建基层党组织活动，多管齐下带领群众走上致富路，使该村人均年收入由1982年的23元提高到2008年的3852元，多年来没有发生事故案件。

青海省军区积极参与“平安寺院”创建活动，与驻地47所寺院结成对子，开展爱国主义教育，宣传民族宗教政策和法律知识，倾力扶危帮困，增进了各族群众对党的信赖、对军队的感情。

目前，整个西部地区共涌现全国双拥模范城（县）129个，省级双拥模范城（县）300多个，军民共建点1.4万多个。

一首奉献曲
人民利益高于天

10

哪里有需要，哪里就有无私奉献的子弟兵。

在西藏，流传着这样一句话：西藏人民认识共产党，是从认识解放军开始的；而认识解放军，又是从认识“身穿白大褂的金珠玛米”开始的。

对色拉寺前任住持江白来说，真正了解共产党、解放军，则是从认识西藏军区总医院院长李素芝开始的。李素芝不仅为身患肝硬化的江白免费治疗、缓解病痛，还带领医疗队上门为50多个寺院的僧尼建立了1.2万多份健康档案，发放了1.5万多张免费医疗卡。

在武警新疆总队医院，患者就诊的费用比当地同级医院低40%。院长庄仕华常说：“困难群众找上门来，是对党和军队的信赖，不能冷了他们的心。”

西藏那曲军分区有3位女护士被群众称为“世界屋脊的3朵雪莲花”。2002年以后，段绍慧和郑金玉先后因高原疾病去世，领导和亲人都劝最后一名女护士彭燕调到低海拔医院工作，但她说什么也不愿离去。因为，“这里的老百姓需要我，我不能走！”

解放军第四医院有一支闻名遐迩的高原医疗队——青海省平均每10人中就有1人接受过他们的救治或服务。多年来，他们走遍了全省43个县市区，总行程达200多万公里，2名队员牺牲在救助群众的岗位上。

在解决群众最迫切的问题中服务人民，西部人民永远记住了这些雪中送炭的子弟兵。

西部缺电。武警水电部队三总队副总队长赵秀玲在西藏建设水电站一干就是16年，回到河北老家看儿子时，儿子拼命挣脱她躲在爷爷奶奶身后：“我不要阿姨抱！”

西部教育落后。10多年来，空军累计资助7000余名“蓝天春蕾女童”，在新疆、西藏等少数民族贫困地区开办111个女童班。新疆伊宁县维吾尔族姑娘米丽莎，从小失去母亲，家庭生活困难，从小学开始受到空军部队资助。今年6月下旬，她刚从新疆农业大学毕业，受到了军委领导接见，还接到了空军干部部门的考核通知，离自己当上“蓝天卫士”的梦想越来越近……

11

哪里最危险，哪里就有英勇献身的子弟兵。

“5·12”特大地震，即将退休的邱光华站了出来：“我是老飞行员，汶川的地形我最熟悉，让我飞！”作为新中国第一批少数民族飞行员，他用生命兑现了自己“不忘人民养育恩，为了人民敢献身”的诺言。

2004年7月，广西军区某边防团到宁明县公母山地区排雷。公母山地形复杂雷障又多，副参谋长刘瑞伦几次请战未获批准，他一急眼，掏出了自己的肝癌诊断书：“像我这样的情况，说不定哪天说走就走了，让我倒在雷场上，总比倒在病床上要值得多吧。”

把生的希望让给群众，把死的危险留给自己。2006年11月14日，兰空某师飞行员李剑英驾驶的歼击机遭遇鸽群撞击，发动机空中停车，他在迫降时不幸牺牲。当时，只要跳伞就能保住生命，但李剑英在短短16秒时间内作出了生死抉择——迫降，因为在他身下有7个自然村、数百户人家、三四千名群众。

子弟兵的生命和热血，完全献给养育他们的人民。

为了人民，济南军区某红军师实习士官武文斌、四川省汉源县人武部政委成列军倒在了地震灾区，群众说，“他们是为了我们累死的！”

为了人民，武警重庆总队新闻干事康波，武警战士逯兴强、陈世能、肖林在西部的滔滔洪水中一去不返。

为了人民，武警云南森林总队战士刘安书、武警西藏森林总队战士李彬、武警迪庆州支队战士平批在森林大火中化为永恒。

为了人民，武警交通部队战士曾钰、梁明伟、中队长张国强、指导员袁耀武，用生命为西部交通铺垫路基。

……

一个个或有名或无名的英雄，让西部人民在任何时候、任何情况下都充满了信心。老百姓有句话说得实在而深情：解放军来了人心定！

12

哪里有子弟兵，哪里就有感人至深的鱼水情。

2003年7月，宁夏军区给水团在中宁县喊叫水乡打出第一眼甜水井。当地穆斯林群众把它命名为“红军井”。

当年西征红军路过这里时，穆斯林群众主动拿出自家的“救命水”给红军饮用，还送了100张羊皮给红军御寒。红军二十五军军长程子华亲书“爱民如天”锦幛，赠予清真寺。如今，穆斯林群众喝上了给水团打出的甘泉水，回赠解放军一面锦旗——“仁义之师”。

时隔70多年，子弟兵服务人民的传统没有变，老百姓拥护子弟兵的传统也没有变，两面锦旗就是最好的见证。

在军事博物馆，还有两件被永久收藏的历史见证：一位老人的日记和一名小学生的画。

卡德尔·巴克，新疆库车县栏杆村村民，写下了1056篇日记，真实地记录了驻军官兵40年为他们所做的打井、修路、盖房等好事实事。

嘎里波，四川省平武县木座乡的藏族小学生。“5·12”地震后，官兵把嘎里波的阿爸和其他藏族同胞从废墟下抢救出来。嘎里波深受感动，画了10多幅解放军叔叔救灾画，走了10多公里山路送给救灾部队。

一串新理念
科学发展促双赢

13

参加和支援西部大开发是一个特殊考场，子弟兵满腔赤诚、无私奉献，经受了锻炼、积累了经验、赢得了爱戴、坚定了信念、收获了思想。

——服从大局，积极作为。我们是党和人民的军队，参加和支援西部大开发是听党指挥、服务人民的实际行动。要从政治和全局的高度，把这项工作纳入重要议事日程，作为分内之事、应尽之责。

——科学统筹，提高效益。援建工作是一个巨大的系统工程，也是空前艰难的历史任务。必须科学统筹部队建设与援建工作，加强与地方党委、政府的沟通，加强军队内部的配合，保证部队中心工作与援建工作两不误、双促进，增强政治、经济和军事效益。

——履行任务，摔打部队。处置突发事件、参与抢险救灾、援建重点工程，这些非战争军事行动对各级领导的指挥领导能力是一种锻炼和考验，对部队的核心军事能力是一种检验和提高。

——学习人民，实现双赢。各部队在援建工作中深深感到，许多地方领导和人民群众在学习实践科学发展观活动中，创造了不少好经验、好做法。我们应充分利用援建这个平台学习他们科学发展、改革创新、注重质量效益等先进理念，实现军地互利双赢，把军政军民团结提高到一个新的水平。

（2009年7月13日2版头条）

十年，我们播种我们收获

——全军和武警部队参加和支援西部大开发扫描

■本报记者　欧世金　欧　灿　毛　俊

党和人民、军队与老百姓之间的关系：如鱼和水，似血与肉，须臾不可分，永远不能变。

传承人民军队的一贯宗旨，2000年，全军特别是驻西部地区部队坚决响应党和国家的号召，满腔热情地投身于西部大开发战略部署。

十年一剑，战果辉煌！青藏铁路、“西气东输”、“西电东送”、“百井扶贫”、“三北防护林”、“八一爱民学校”、汶川抗震救灾……一座座丰碑耸立在高原大漠、村寨毡房，一个个动人故事在各族群众中流传，温暖着他们的心田。

水涨船高，国富兵强。军队援建西部大开发，广大官兵在用兵中强兵，在拼搏中快乐，在播种中收获，在奉献中受益。

执勤巡逻手段更现代化了，装备换代更频繁了，营房像公园了，军装更漂亮了，日常生活都市化了。

受益何止这些。援建中，我们对科学发展观的强大生命力感受更强烈，对践行当代革命军人核心价值观的信念更坚定，对中国国情、民情的了解更深入，对西部大开发的重大意义想得更深更远，与群众的感情更浓厚、更真挚。

因此，我们深知，援建西部大开发，使命光荣，责任重大。

因此，我们懂得，援建西部大开发，永不满足，永不停步。

我们时刻准备出发！

骡马队“失业”了，“雪山牦牛”休息了，万里边防更牢固了

【亲历故事】

新年前夕，两条新闻让记者吃惊不小：“‘雪山牦牛’尹祥美休息啦!”“骡马队已经‘失业’啦!”

信息虽然来自遥远的珠峰脚下，但的确真实无误，是西藏军区边防某团政委曾代频通过军用长途直拨电话告诉的。

惊叹的是变化太快，欢喜的是雪域军人守边的日子好过多了。

“骡马队”、“雪山牦牛”，曾经闻名全国全军，但他们的故事太悲情，让人崇敬却又生出几分伤感。

短短几年时间，那些让我们牵肠挂肚的边防军人和他们的守边故事，变得多了些轻松，多了些欢快，多了些幸福。

全军惟一编制骡马队的边防某团，虽然这个编制目前还在，训练任务仍然很重，战备作用一如从前，但他们已经有三四年时间没有执行边防驮运任务了。

当年，“雪山牦牛”尹祥美带领骡马队从驻地到哨所，近的有140公里，远的达320公里，来回一趟要走好几天。如今，雪山、冰河、沼泽、原始森林被边防公路、桥梁连接，出入哨所的路程短了，路况好了，骡马换成了汽车，官兵们再不受那些洪水、滑坡、泥石流的威胁了。

边防工作生活条件改善了，在骡马道上苦斗了近二十年的尹祥美也该好好歇歇了。前几年，各级组织十分关心他，他被提升为人武部部长，后来又被安排病休。

休息了同样是英雄。尹祥美十多年与骡马为伴，将400多吨物资及时足额送到边防哨所；他140多次翻越雪山、850多次蹚冰河，总计行程相当于走了两次“长征路”；他全身有123块疤痕，穿烂了140多双解放鞋，吃掉了70多瓶胃舒平。那几年，他的妻子、父亲、哥哥相继离开人世，他都没能尽到为夫、为子、为弟的责任，心灵的伤痛会多重?

“现在边防的变化让你想都想不到。”曾代频政委掩饰不住内心的激动。他说，近几年，边防基础设施建设力度前所未有，不仅执勤、训练、营房等重点问题得到有效解决，连洗澡、如厕、晒衣、探亲休假等

“细小”问题也做得让官兵很满意。

边防的基础设施建设好了，边防官兵的难处少了、笑容多了，边疆无疑更加巩固了。

【宏观扫描】

千里边关一日还。2006年的12月7日，T22/3次列车缓缓驶入青藏铁路起点——格尔木，首批新兵经由青藏铁路输送入藏，填补了我国军事交通史上一项空白。而就在3年后的12月7日，成都军区2009年度新老兵空运工作圆满结束。在9个机场、8条航线上，空运进出西藏和云南部分地区的新老兵已达数万人。

在雪域高原，住房难、取暖难、吃水难、用电难、洗澡难、如厕难现象已大为改观。内蒙古4000公里边防线上，新式哨楼和能生活、能观通、能战斗的辅助执勤点，使骑马乘驼巡逻、地窨子里观察成了历史。新配发的巡逻车冬有暖气、夏有空调，卫星导航、卫星电话、新型电台、远程监控设施一应俱全。

2009年9月，西藏墨脱至林芝光缆传输系统工程完工。至此，西部边防连以上单位100%联通光缆。视频电话、远程监控、网络互联……信息化的脚步清晰可见。据统计，这些年军地密切配合，为西部修建了10000多公里边防公路，安装了250余套边境监控报警装备设施。管边控边手段正在发生质的变化，西部战场建设日新月异。

【英模感悟】

第十届“中国武警十大忠诚卫士”、武警新疆总队医院院长庄仕华：翻开中华民族的历史，凡是繁荣昌盛的时期，都是国富兵强的盛世，反之则是屈辱、衰败和没落。实施西部大开发战略，就是实现富国和强军相统一的重要选择。国家富了，人民笑了，边防更巩固了，广大官兵是最终的受益者，因为我们是人民的子弟兵，哪有父母安康儿女不乐的呢？

把树苗当娃养，叫沙漠披绿装，军旅人生得到新拓展

【亲历故事】

去年8月，杭锦旗武装部政委党栓成被提升使用。前任部长王中强早已当上了鄂尔多斯军分区政委。

不是说“进了武装部，难得再进步”吗？这个武装部怎么连提两任领导？

杭锦旗地处鄂尔多斯高原西北部，境内有毛乌素和库布其两个“世界级”沙漠，沙化半沙化面积近三分之二。在这块“不毛之地”上，人武部官兵靠什么建功立业？

回答有些出人意料：封沙造林。

植树还能当官？别不服气。让沙漠绿起来不亚于练兵场夺金牌，抢险救灾打胜仗。

20世纪90年代初，杭锦旗武装部向当地政府“承包”沙漠1万亩。部长王中强立下军令状，要在鄂尔多斯西北部的库布其沙漠筑起一道绿色屏障，拦截疯狂的风沙。

一位治沙专家断言，库布其是“死亡之海”，是不可能被治理的。可生在沙漠、长在沙漠的王中强知道，沙漠是难有植物，但并不是没有植物；沙漠是流动的，它能来也能走，只要把植物植成片，就能把流动的沙漠固定住，慢慢把它逼退。

有人讥笑他：想树想疯了。

头一个春天，王中强带着23个人，背着帐篷，吃住在沙漠48天。然而，沙漠就像一个恶魔，疯狂地向对它挑战的人们反扑。春天植下去的树苗，刚到夏天就已被沙暴狂风吹得无影无踪。于是第二年再去种。经过多次失败和摸索，王中强终于创造出用干树枝制作三角形沙障，套住刚刚植入的树苗的方法，挡住了风沙的“反扑”。

受“空瓶插花”的启示，王中强创造了在酒瓶子里灌满水，再插进树苗，埋入沙漠的办法。几天后，树苗全发芽了，沙层以下已长满了根须，来年春天，瓶栽的4000多株树苗全部成活。官兵给这种方法起了个名叫“容器植树法”。北京的专家来参观，赞叹说：“这样的军人应该获诺贝尔奖!”

王中强提升后，继任者党栓成继续在沙漠里种树，他也是个生于斯长于斯的“沙漠娃”。

去年夏天，记者走进这片面积已近十万亩的生态基地，被那条宽3公里、长15公里的“绿色长龙”所震撼。郁郁葱葱的灌木丛中，有鱼塘、有凉亭、有游泳馆，匿迹多年的狐狸、野兔、鸿雁、灰鹤等十几种野生动物纷纷在这里养家筑巢，一派鸟语花香、万物竞生的景象，已成为当地市民节假日休闲的好去处。

道旁，一株刚挖出的沙柳引人注目。其形如火炬，树叶茂密苍翠。党栓成介绍说，沙柳生于鄂尔多斯沙漠，具有干旱旱不死、牛羊啃不死、刀斧砍不死、沙土埋不死、水涝淹不死的“五不死”特性。只有三四米高，根部扎于地下却像网一样寻求养分向四处延伸，可长达百米，一株沙柳就可将周围流动的沙漠牢牢固住。

不择环境、深扎土地、造福于人，沙柳精神不正是王中强、党栓成们的真实写照吗?!

【宏观扫描】

10年来，全军和武警部队各院校、科研机构和专业技术部队，充分发挥知识密集、科技力量雄厚的优势，采取举办培训班、提供技术服务、转让科技成果等多种形式，积极为西部地区经济社会发展提供科技和人才支援，取得了丰硕的经济和社会效益。

据统计，仅总后勤部直属院校，就承担了西部地区重大科研课题及国家专项课题研究400余项，转让科技成果530余项，产生直接经济效益14亿元。他们还先后派出800多名工程技术专家和科研人员，参加三峡库区滑坡治理、高原水电站建设等工程技术难题攻关，为国家和地方政府节省建设经费20多亿元。

在援建中增长才干，到地方后奉献才干。2000年以来，全军有计划地将15.3万名转业复员干部安置到西部地区。他们正在西部大开发这个舞台上，不断放大着自己的人生价值。

【英模感悟】

高中级干部的榜样、新疆军区副司令员万宗林：西部大开发是我军官兵面临的一个新的特殊的战场，在这里，我们履行使命、服务人民，提升了军队形象，个人得到很大锻炼，产生了新的人生体验，生命价值得到拓展和升华。

进村住户，扶贫帮困，端上豁口碗贴近百姓心

【亲历故事】

离春节越来越近，重庆市奉节县人武部部长谭德智的步履越来越匆忙：他要走村入户一一验收年初确定的扶贫项目。过年了，说过的事没

办好或者没办到位，群众过不好年，他的心也放不下来。

谭德智与当地老百姓的心贴得这么近，是有故事的。2002年8月的一天，时任奉节县人武部参谋的谭德智奉命挂职该县双潭乡党委副书记。

中午，在中良村村民丁关兴家吃“碰饭”。主人递碗过来，谭德智一下愣住了，这是一个有着大小5个豁口子的饭碗。

谭德智感到所有的目光都投向自己。他若无其事地接过碗，起身盛饭，而后席地而坐，大口吃了起来。

这时，丁关兴激动地端来自酿的米酒：“谭书记，敬你一杯，请原谅我们的无礼！”原来，村民们故意弄了个破碗来“考”谭德智，看他有没有官架子……

打那以后，谭德智当起了地道的山里人：说当地话，吃“百家饭”，就连开会也把地点搬到村民的院坝里。

经常走村串寨，谭德智结识了许多农民朋友。走进中良村村民王大山家的土屋，眼前的情景让他两眼湿润了：疾病缠身的女主人躺在床上痛苦呻吟，冰凉的锅里只有一些苞谷渣子。“赶快买些米面来！”谭德智当即掏出200元钱给了一旁的村支书。张厚昆老人身有残疾，儿子因车祸身亡，儿媳妇在外打工，孙子被迫辍学，生活十分艰难。谭德智得知情况后，又把身上仅剩的500元钱塞进老人手中……

坐落在大山之巅的兴隆镇荆竹村，缺水问题困扰着村民们的生产生活。

两年间，谭德智在警备区和武装部的支持下，带领村民先后修建蓄水池2座，铺设管道17公里，解决了村民的吃水难题。

康乐镇铁佛村远离县城，山道狭窄崎岖，时常交通阻塞。外地几家泡菜企业曾想在这里建蔬菜生产基地，但由于运输成本太高，只好放弃。

谭德智决心啃下这块“硬骨头”。他与村干部一起反复研究论证修路的可行性，并将报告送到了警备区领导手中。

一天，为了落实修路资金，谭德智搭乘摩托车冒雨赶往县城，途中突遇山洪暴发，路基被冲毁。在跨越一条水沟时，他不慎失足跌入水中，幸好抓住一旁的树枝，才免遭不测。

当天下午，当谭德智满身泥浆地出现在地方领导面前时，这位领导被他的拼命精神感动了，当即批示尽快办理。在各级的共同努力下，60多万元的扶贫修路资金很快到位。谭德智带领民兵风餐露宿奋战半年多，终于修通了这条通向山外的致富路。

2006年10月，谭德智作为军队惟一的代表荣获“第二届中国消除贫困奖特别奖”。去年7月，他作为惟一的人武部代表参加了在宁夏银川召开的军队参加和支援西部大开发工作座谈会。

【宏观扫描】

放眼西部乡村，子弟兵走村串寨行色匆匆，扶贫帮困如火如荼——

个人包户，连队包村，旅团包乡；定点扶贫，挂钩扶贫，集团扶贫；致富工程，生态工程，文明工程。截至2009年底，驻西部地区团以上单位采取定点扶贫、对口扶贫、集团式扶贫和参加“兴边富民”行动等多种形式，先后建立扶贫联系点17383个、新农村示范点2125个。

这是一条充满希望的红色飘带。沿着当年红军走过的长征路，全军和武警部队集中援建了112所“八一爱民学校”，改善了西部贫困地区一大批中小学的教学条件。“红军走过的地方阳光普照，长征播下的火种还在燃烧……”这首情真意切、旋律优美的《红飘带之歌》，正在西部一个个崭新的校园里广为传唱。

这是一片名师带徒的开放课堂。2001年，全军医疗卫生系统遴选出实力最强、条件最好的100所总医院、中心医院和军医大学附属医院，与西部地区条件最艰苦的105所县级医院结成对子，从技术、智力和装备等方面实施支援，千百万群众从中受益。

目前，西部地区共涌现全国双拥模范城（县）129个，省级双拥模范城（县）300多个，军民共建点1.4万多个。

【英模感悟】

“全国道德模范”、在藏区工作30多年的西藏军区副司令员兼总医院院长李素芝：在投身西部开发、服务人民学习人民的过程中，部队官兵加深了对国情、民情的认知，加深了与西部各族群众的感情，加深了对当代革命军人核心价值观的体悟，收获了宝贵的精神财富。

“西北水神”，爱民如天，在用兵中强兵育兵

【亲历故事】

入冬前，干渴的西海固厚厚的黄土中，又喷射出一股甜甜的清泉，老人笑出了眼泪，孩子围着水井久久不愿离去。这是宁夏军区给水团实

施“百井支农富民”工程以来打出的第160眼井。

这项工程原计划为当地老百姓打水井100眼，后来调整为150眼，现在还在增加。在部署新年度工作时，团政委刘智峰说：“每打一口井，战斗力就长一分。我们现在的装备和技术越来越先进，只要老百姓需要，我们就多打井。”

去年10月，给水团配备了我军新一代野战给水工程装备。一台台崭新的野战钻井机、水源侦察车、工程装备保养车等新式装备列装后，官兵们立即拉到打井现场，通过打扶贫井来检验新装备效能，使新装备形成战斗力的周期大大缩短。如果说过去40天打一口井的话，那么现在10来天就能完成任务了，工效大大提高，还降低了劳动强度。

在用兵中强兵。“每次找水打井，我们都按照执行军事任务的程序和要求来组织实施。”据刘智峰介绍，在宁夏彭阳县陡坡村打井时，就是军区司令部给部队下达命令，政治部门和后勤部门通力配合完成的。这种近似实战的非战争军事行动，使援建西部大开发成为在和平环境下强军练兵的平台。

过去，陡坡村也曾多次组织打井，却劳而无功，被判定为无水区。给水团进驻后，想方设法攻克了一个个拦路虎，硬是在这里打出了3眼甜水井。正是在这次打井中，官兵们探索出建团以来从未用过的水泥井管技术，有效解决了黄土层水量补给不足的难题，既节省了费用，又延长了水井使用寿命。

翻开宁夏近年来的发展图册，在很多重大工程中都能看到给水团官兵的身影。

银南引黄灌区开发，他们派出5个连队，连续作业8个月，向世界银行提供了70份水文地质报告和80余幅图件；

红寺堡移民开发区建设，给水团官兵首批开进荒原，先后为平罗月牙湖、吴忠黄沙窝、灵武狼皮子梁等多个移民区找水打井，使数万移民安了家；

内蒙古吉兰泰盐场，一度因盐湖补水减少而濒临破产。给水团先后出动官兵2000人次，为盐场打出53口甜水井，使面临倒闭的盐场发展成为拥有总资产42亿元的大型现代化企业；

……

近年来，他们还在甘肃、宁夏、陕西、内蒙古、新疆等省区缺水地区打出优质井1200多眼，建成军地兼容给水站多处，不但改善了戍边官兵的饮水条件，还解决了90多个县（市）上千万人的生活和工农业用水问题，产生了良好的军事效益和经济效益。

给水团给群众打扶贫井，连安装配套设备，每口井要花费30多万元。干这样的活，花钱又费力，为什么给水团官兵却乐此不疲？官兵们说：打井打出了当代革命军人的核心价值追求，打出了团队的核心军事能力。

常年找水打井，为给水团改善装备、培训人才、提高战斗力提供了新的平台。去年底，给水团被宁夏军区评为“军事训练一级单位”。全团先后有28名技术人员取得重要科研成果，有39项成果获得国家和军队科技进步奖，10项填补国内空白；高山寒地找水成功率，从75%提高到98%；勘定野战井位1300多处，打出战备井596眼。

【宏观扫描】

各部队特别是驻西部地区部队官兵，积极投身西部大开发，奔赴最需要的地方，承担最重要的任务，发挥最关键的作用。

在昆明市东北方向一个叫大板桥的地方，焊花闪烁、机器轰鸣，飞行区场道不断延伸，综合航站楼拔地而起。国家投资230多亿元的昆明新机场，建成后将成为我国继北京、上海、广州之后的第四个国家枢纽机场，空军6支工程部队在此展开大会战。

“西气东输”新疆段，穿越“死亡之海”罗布泊、“千里风口”托克逊、“百里火焰山”吐鲁番。这些挑战人类生存意志的地方，令地方许多专业工程队望而却步。接连征战北疆铁路、西兰乌光缆通信线路、兰成渝输油管道铺设等重点工程的兰州军区部队，征尘未洗，毅然挺进“生命禁区”。

青藏铁路，半个世纪的伟大穿越，几代官兵的使命接力。沿着老一辈铁道兵的足迹，在海拔4950米的唐古拉山南麓，新一代武警水电部队官兵圆满完成了铁路全线难度最高的第19标段建设任务。

四川汶川大地震，天崩地裂于前，14万大军冒死突进震中地带，全力构筑生命通道，紧急抢运救灾物资，跋山涉水进村入户，子弟兵在危难时刻向党和人民交出了一份优秀答卷。

测绘部队编织经纬，黄金部队探矿寻宝，空军部队飞播造林，武警部队处突维稳……

啃最难啃的骨头，让人民军队在一次次攻坚克难中百炼成钢！

【英模感悟】

被中央军委授予“模范团长”荣誉称号的李国安：坚持把援建西部大开发与加强部队全面建设、提高部队战斗力结合起来，特别是通过参加抢险救灾、工程建设等重大任务，全面锻炼和检验部队，在任务中练谋划、练指挥、练作风、练保障，提高了部队的核心军事能力。

（2010年1月11日2版头条）

在梁家河参观

吹盡狂沙始到金

中卷

欧世金军事新闻作品选

欧世金◎著

解放军出版社

中卷目录

第三板块　基层报道

导读清单　**问题导向**

第四板块　军事训练报道

导读清单　中心居中

第五板块　典型人物报道

导读清单　**可亲可学**

［注：本书收录作品除标明原发报刊外，均原载于《解放军报》。］

第三板块

基层报道

导读清单

问题导向

基层是部队建设的重头和大头，理所当然是军报报道的重头和大头。从新闻理论上讲，是报纸宣传体现“士兵至上、基层第一”群众观点的重要方面。

军报政工部设有基层组，专门分工编辑基层报道，正常情况下约三分之一的新闻版面被基层报道占据，翻开报纸比较抓眼球的大多也是来自基层的鲜活新闻。

我当基层组长数年，加上我出身军队最基层，所以偏爱基层报道，对此用心较多。

采写基层报道，有三个维度值得关注：

1. 抓问题，跳出好人好事套路。基层建设包罗万象，问题层出不穷，抓住问题就抓住了灵魂、要害、主题、题目，报道就会有温度、有锐度、有高度。

2. 讲故事，让基层新闻带“露珠”、冒“热气”。故事最吸引人，也最有说服力。

3. 动真情，为基层官兵当好代言人。基层官兵困难多、贡献大，又是部队战斗力的主体力量，记者要为他们鼓与呼，讲述他们的苦辣酸甜，表现他们的喜怒哀乐，讴歌他们的牺牲奉献。

我深信那些老话：“离基层越近，离真理越近”“基层是记者成才的最好舞台”“脚下沾有多少泥土，心中就有多少真情”。

□某团一连在上级考核中借人冒名顶替，团主要负责人受到严重警告处分

□三级军区司令员惊叹：部队这样下去怎么得了?!

□南疆军区举一反三从中得到深刻启示：要切实把领导干部思想作风搞端正，强化按《纲要》建连意识，要全面综合考评干部

弄虚作假被抓住是“碰”上了吗

■本报记者　欧世金

某团一名主要负责人，因搞形式主义、弄虚作假应付上级首长检查，受到党内严重警告处分。近日，新疆军区围绕这一典型事例开展的“弄虚作假被抓住是‘碰’上了吗”的大讨论，使各级部队思想深处受到极大触动。

去年10月24日，兰州、新疆、南疆三级军区司令员一同来到某团一连指导检查工作。在考核该连干部、班长的400米障碍时，参考人员的成绩好得出奇。基层官兵的训练水平真有这样高？首长们在心里打着问号。他们让连队拿来花名册，先让干部呼点，竟人名不符；再叫战士认人，有的互相叫不出名来。

纸包不住火。考核的前一天，该团得知上级首长要考核一连，团一位主要负责人决定将另外两个连队的两名干部，分别顶替一连的副连长、一排长，同时将团骨干集训队的四名战士分别顶替一、二、三、六班班长参加考核。

三级军区司令员惊叹：部队这样下去怎么得了?!

第二天，首长们检查到该团特务连。趁汇报之机，兰州军区李司令员独自走出会议室。他只让一个哨兵领路，来到战士的宿舍。在班里，

看到战士的毛巾特别白，一摸，还是干的。司令员问："你们的毛巾怎么这么白？"哨兵说："首长，听说你们要来，我们刚换的。"然后，哨兵从被窝里掏出了平时用的毛巾，还潮乎乎的呢。

临别，李司令员压住心头的激动，搂着这个哨兵说："我要和你照张相，你是个好兵，你说了实话。"

某团搞形式主义、弄虚作假糊弄上级领导的事情发生后，领导机关十分重视，派出工作组前往调查处理。该团那位主要负责人竟说："抓不住就是好成绩，这次碰上了，算我倒霉。"

显然，形式主义、弄虚作假在该团不是偶然现象。调查发现，团部大门口公路两旁的埂子是用瓷砖贴的，战士要经常用毛巾擦洗，团里的供电照明时间平时每天只有5个小时，工作组来了就24小时供电。过去，该团接受上级军事训练考核时，出现过打靶有多装子弹的问题，曾受到过严厉批评。

工作组的同志感慨说："弄虚作假被抓住是'碰'上了的思想，比弄虚作假本身还可怕。这是弄虚作假屡禁不止的思想根源。"

为什么有的单位和个别领导要冒险弄虚作假呢？主要是私心作怪。那位团主要负责人在检查中说，我私欲膨胀，想通过这次考核，弄出一个轰动效应，以便给首长留下好印象。

另外，由于经常性工作不落实，军事训练和管理工作底子较薄，接受上级检查，心里没底，怕考砸了，怕掉"面子"，不得不作假应付"过关"。

某团有的官兵也感到委屈：部队驻在艰苦、偏远地区，那么多"大"首长来检查工作，我们做些准备，想让他们看到最好的一面，出发点是好的，有些做法出了格也情有可原。

某团搞形式主义、弄虚作假也引起了上级领导、机关的反思。南疆军区纪委在对某团党委和那位主要负责人进行查处的同时，对今后加强部队的思想作风建设得出了如下启示：

要切实把领导干部的思想作风搞端正。上下形成一个共识：思想作风问题是一个重要的政治问题，任何时候都不能忽视；对思想作风不端正的问题决不能心慈手软。特别是对于领导机关来说，一经发现此类问题，必须抓住不放，严肃查处。对直接责任者不予重用；要强化按《纲要》建连意识，不搞花拳绣腿，真正把部队基础夯实，能够经得起任何形式的检查考核；领导机关不要凭一时一事的检查考核定论干部，要注重平时，要综合考评干部，要注重群众公论。

据悉，经过各级领导的批评教育，某团党委向上级写出了书面检查。团主要负责人对自己的错误有了新的认识，觉得弄虚作假败坏了部队的作风，对不起党组织的培养教育，愧对全团官兵，表示愿意接受上级的处理。

（2000年3月21日3版头条）

案件发生在现场会5天之后

■本报记者　欧世金

□新疆军区某团连续16年无案件、无事故，师在该团召开了预防犯罪经验现场会。5天之后，一名战士私自离队，触犯刑律，两个半小时后被找回；

□师领导表示，要高度重视预防事故案件工作，但不是消极保安全，不能因此全盘否定过去工作，以事故、案件定乾坤。

9月28日凌晨3点37分，电话铃急促地响了。团政委吴辉一骨碌从床上爬起来，真应了那句老话："天不怕地不怕，就怕半夜来电话。"他得到报告："出事了！一名战士逃离部队。"

一番"摆兵布阵"，两个半小时后，那名战士被找回。与此同时，团里将有关情况向上级值班室作了报告。按理，在没有造成社会危害之前，事态得到有效控制，团领导应该为此松口气了。

哪里呢！团里随后连续开了8次常委会。高团长和吴政委连续48小时没合眼。全团官兵的心理紧张程度不亚于临战状态。

也不难理解。近些年，部队对事故案件真是谈虎色变。不论哪个单位出了事，首长层层批示，领导会会批评，机关派来的工作组一批接一批，牵连的干部一个个被追查，然后是处理一大批，成绩全否定，先进再没份，提升再无望。结果，一些部队出现了令人担忧的现象：把工作标准定在不出事上。多年来，该团高度重视此项工作，全团连续16年无事故、无案件，师在该团召开预防犯罪经验现场会才5天，团长也正面临提升的当口，其尴尬可想而知。

正在全团官兵心急火燎的时候，师刘政委来了。一见政委，团领导个个都低着头，争先恐后地做检查："我们工作没做好！""我们对不起师首长的信任！""我们拖了全师安全工作的后腿！""我们主动请求处分！"

大家做好了挨批评的心理准备，没想到刘政委却说：我是来给你们减压的，不能因为出这个案件就对你们过去的工作成绩全盘否定。师党委现在仍然认为，你们的部队建设主流是好的，你们党委的领导是有力的。当前要做的工作是放下包袱，总结经验，反思教训。

全团官兵的心渐渐冷静下来，共同查找发生案件的原因。从那位战士的角度来说：因为想回家，又没有钱，法制观念淡漠，认不清行为后果的严重性。从部队管理角度看，交接哨过程中，那位早有"预谋"的战士，有8分钟时间是一人站哨，正是利用这"8分钟空当"，他作了案。

当然，案件发生的综合原因就复杂了。团党委在总结"主要教训"中列了5条16个问题。主要内容有思想教育不深入，干部管理不严格，规章制度不落实，"两个经常"不经常，处置案件能力弱。

这份总结的全面性没引起记者太多的注意，因为，这些年有些出了事的单位，怕检查不深刻、不全面，过不了关，不惜违心地否定过去的成绩，否定管用的经验，这种现象比较普遍。但这份报告中提到的几个细节，却值得带兵人琢磨。

"案发后，我们检查那个战士的政治教育笔记本，凡是团教育的内容基本都有，第一页就是基层预防犯罪工作的内容。"

"案发当晚，因那个战士欠商店800多元钱，指导员找他谈了心，战士流着泪回到了宿舍。"

"发生案件的连队是个老先进，连续4年被评为先进连队。去年在选配指导员时，虽然想到了拟提升的指导员能力偏弱，但考虑到连队基础好就迁就照顾了。"

"调查中发现，那个战士入伍前，在家里有一次父亲说了他几句，他就赌气扒火车去了上海。"

"发案连队以前在岗哨交接中，出现过个别老兵不按时上岗的现象，但没有引起足够的重视。"……

案发一月有余，那个触犯刑律的战士仍在接受审理，有关责任人受到处理。这天，师长彭新国不打招呼来到某团，在营区转了一圈，看干部精神状态好，部队士气高，内心转忧为喜。对团领导说：这个案件发生后，我们师党委也有压力，但我们没有再给团里施压，该我们承担的责任我们没有推诿。我们就是想通过处理这件事来转变大家一个观念，即，要高度重视预防事故案件，但不是消极保安全，不能以事故案件定乾坤，要把工作的着眼点和立足点真正放在“打得赢”和“不变质”上。

11月22日，到记者发稿时，传来一个更令人高兴的消息：上级党委表示，会全面、客观、辩证地看待该团的工作，包括团领导的使用问题。看来不仅仅是基层官兵对待事故案件的观念在转变，上面也已经转变了。

（1999年12月13日3版头条）

翟团长贴近观察一位战士的24小时，引出一个重要话题——如何解决基层忙乱?

一个兵到底有多忙

■田　刘　曹晓明　本报记者　欧世金

“还我时间”小纸条

马年春节前的一天，济南军区某团召开官兵恳谈会。在会议临近结束时，坐在会场一角的九连战士焉小东，悄悄地把一张纸条递到团长翟福生的手中。他展开一看，映入眼帘的是“还我时间”4个大字，后边还有3个重重的感叹号。

一个兵到底有多忙？耳听为虚，眼见为实。爱较真的翟团长把铺盖搬到九连，从3月9日早晨开始，不露声色地对小焉一天的工作、生活情况进行了跟踪观察：

除正常出操、就餐、操课、学习外，小焉这天要完成挖树坑、打扫卫生、小群练兵、体能训练、看《新闻联播》、抄学习笔记等工作，其中挖树坑占去了他所有的午休时间，抄笔记占去了他熄灯前的2个小时。

从起床到熄灯，整整15个小时，战士小焉与连队其他战士一样，生活工作节奏很紧张。看着一挨枕头就发出轻微鼾声的战士，翟团长顿生几分怜惜之情，因为他从连队的岗哨表上看到，凌晨4点至5点，还有焉小东的一班岗。

平时这样忙，双休日怎么样？团长了解了三营的双休日安排：星期六，上午官兵在营电教室参加军地两用人才培训班学习；下午参加篮球比赛。星期日，上午菜地劳动；下午加班训练。战士们念了一串顺口溜:“自从有了双休日，我们就没了星期天；不管星期几，就是不休息。”追踪调查的结果使翟团长心里沉甸甸的。他和政委庞允泉交换意见后决定，除留一名常委值班外，其他团领导都蹲到连队去，近距离调查。

战士都在忙什么

团领导深入基层调查研究，看到战士有“三忙”。

忙本本。战士抽屉里本本多成了连队的一景。军事知识笔记本、政治教育记录本、条令条例学习本等，摞起来有一大堆。有的还规定，本子里每天每人写入的“心得”和知识摘录必须在500字以上。

忙背题。去年，上级进行“军事训练一级师团”验收，下发的高科技知识复习题多达2万字，战士们只好饭后背，课间背，有的甚至在被窝里背。

忙检查。有顺口溜为证:“团里一个电话，全连忙上忙下。各级评比检查，相当于轮番轰炸。”从九连值班日志上查知，一年当中连队接受各类检查42次。

谈到忙乱的原因，有的说是基层干部能力弱素质差，但团领导调研后形成了一个共识：基层忙乱是“玻璃杯养海带——根儿在上头”。

——部分干部思维方式落后，工作简单化。比如，有的领导、机关干部自觉不自觉地相信“兵怕闲着无事干，官怕扎堆闲扯淡”，于是便多搞活动多找“事”，用“事”把战士“捆”住。元旦放两天假，这个团政治处把为连队安排“节目”当作一项任务完成。就连玩扑克这样的娱乐活动，也规定由连排干部统一分组。

——形式主义“吃”掉宝贵时间。一次，团里通知检查菜地。有个连队为了拿名次，先将菜畦整平压实，再像电影里埋地雷那样筛上一层细土。

——机关热情过高，基层疲于应付。田营长讲了一件事：开训不久的一个上午，团机关4个部门几乎同时打来电话布置工作，各部门的通知“指令性”都很强，搞得营长早上交班时不知如何安排是好。

“忙乱”是顽症不是绝症

A、忙要忙在提高战斗力上

几乎所有的带兵人都表达了这样一个感受：江主席关于军队要吃“皇粮”的重要思想，从整个保障体制上为军队跨世纪发展奠定了坚实的基础。去年以来，这个团的连队养猪种菜也不像过去那样有硬性指标了。干部战士一心在训练场上比高低，忙也忙得值了。

B、带兵人要爱惜兵力

过去，战士淘厕所成了连队战士团日的“必修课”。现在，团里购买了一台淘粪机，笼头往粪池里一放，直接抽到卡车上的大罐里，省时省力，战士再不用受那份罪了。

C、用效益的铁尺取舍一切

以往，部队习惯于什么都自己动手，在特殊时期这是正确的。但在市场经济条件下，许多事情请人干比自己干更划算。最近，团里搞营建，不少旧营房需要拆除。战士们说，我们又要吃苦了。没想到，团里改变思路，请了部队附近的农民来帮忙。农民提出分文不取，只要将废料送给他们就行了。这样双方受益，战士们可高兴了。

D、用程序规范秩序

我们有条令条例，有训练大纲，有各种规章制度，基层也不是不想依法办事，而是没有条件。据一个团的统计，完成各级下达的当年任务足足需要近400天。一年只有365天，法定休息时间找谁要？多出的时间谁给？

这个团摸索了一种“程序指挥法”。比如，为了克服令出多门现象，他们采取这样的办法：本月工作，首长办公会协调；本周工作，周交班会协调；当天工作，值班首长协调。为了解决乱派公差问题，他们有“值班首长签字程序”，凡机关要公差勤务，由值班首长签字后，司令部值班室下通知，机关业务部门无权私自派公差，否则基层可以拒绝执行。

用程序规范秩序，不一定就能彻底解决基层忙乱问题，但它启示我们：部队建设必须走正规化道路。只要各级领导机关的工作、生活秩序正规了，基层就能真正告别“忙乱”。

编辑点评

《道德经》中有句名言:“企者不立，跨者不行。”用现在的话说就是：提起脚后跟用脚尖立地者，不可以持久；用过大的步子跳跃前进的不可以致远。

基层的忙乱问题，很大程度上是领导机关造成的。而领导机关之所以会有这样那样的“冒失”和失误，很大程度上是缺乏科学精神所致。

脑子“灵不灵”与心眼“正不正”是大有牵扯的。面对基层忙乱现象，如果领导和机关干部都能够扪心自问：哪些与我有关？哪些是方法问题？哪些是观念问题？哪些是指导思想问题？哪些是蒙在鼓里？哪些是若明若暗？哪些是明知故犯？基层忙乱问题就不会成为“无头案”，上上下下也不会只叹“没办法”了。

（2002年4月11日3版头条）

放飞七名博士引发的思考

——济南军区某药材仓库联系实际深入学习理解“四个尊重”纪事

■徐　健　李玉银　本报记者　欧世金

1

今年初，已调走一年多的张广明博士又回到济南军区某药材仓库，帮助解决技术难题。这使那些原先对放走张博士一直心存疑虑的人喜出望外。济南军区某药材仓库党委结合此前放走的其他几位博士的经历，认真学习理解党的十六大报告关于“尊重劳动、尊重知识、尊重人才、尊重创造”的论述，体会更加深刻。他们又果断地放走了一名留在本单位难以施展才能的博士。至此，这个编制很小的仓库先后培养出了7名博士，且全部调到了能够人尽其才的新单位。

2

药材仓库是个视才如宝的老典型。由于仓库始终鼓励干部学习，近几年从这个仓库考出去了7名博士。一个小仓库出了7名博士，曾经使这个仓库的领导很感风光。“药材仓库是人才库”的美誉不胫而走。

这个仓库党委既鼓励干部学习，又设身处地为他们解难。1996年底，当仓库助理员张广明考取博士研究生时，却怎么也高兴不起来：仓库人手少，我走了这一摊子事咋办？仓库领导得知后，连夜召开党委常委会决定：张广明是从仓库考出去的第一位博士生，党委全力支持他上学，如果拿到学位就报销80%的学费。临走时，领导亲自把他送到车站，并把提前预支的学费放到张广明的手中。捧着这沉甸甸的学费，张广明心里感到暖融融的。求学期间，正好赶上单位分房子，他妻子原以为分房子的事肯定吹了。结果，领导竟把新房钥匙送到了他家……领导无微不至的关怀，促使张博士立志毕业后扎根仓库干一辈子。

张博士毕业后确实回到了仓库。平日里，他虽像保管员一样，一会儿进库房，一会儿出药房，但论贡献有时还不如一个战士。张广明陷入了英雄无用武之地的困惑中。

仓库主要领导看在心里，记在心头。没多久，就为他联系了能够用其所长的新单位。

“单位付出这么大的代价培养他，怎么说走就走?”“一个博士也留不住，我们领导的脸往哪儿搁?”自从张博士调走后，对仓库主要领导的埋怨声不绝于耳。

3

“大家之所以还有争议，这说明我们还没有完全理解十六大报告提出的‘四个尊重’的精神实质。”仓库党委书记、政委潘聚池带领党委“一班人”再次捧出十六大报告深读细研。为了进一步帮大家理清思路，潘政委又专门请张博士给大家谈了自己的感受：当初我请求调走实在是出于无奈，本想回到单位好好干一场，但我天天干保管员的工作，心里着急呀。

“细想想也是这么个理。许多情况下，博士在我们这里被当成了普通劳动力使用，这其实是一种浪费。”仓库主任张晓席给大家列举了这样一个事实：近两年从仓库调走的3名博士都在新的单位挑起了大梁，一名成为某单位的学科带头人，一名成为国内知名的医学专家。就拿张博士来说，他到军队一个科研所后，很快就有了自己的主攻方向，承担了3项国家、军队重大科研课题，这样的贡献在咱这个小单位是不可想象的。看来过去那种“用又不用、放又不放”的做法是应该彻底改一改了。

4

培养人才是责任，浪费人才是罪过。经过一番热烈的讨论，党委“一班人”对“四个尊重”有了更深刻的认识和思考：

——过去放人不但是正确的，而且做得还不够。这说明尊重知识、尊重人才说起来容易做起来难，嘴上说说易，遇到具体问题时难；与己无关的时候易，牵扯到个人或单位利益时难。只有站在发展的全局，才能做到把人才用好而不是管死，才能像当初培养他们那样真心相助，全力支持，让来者高兴，去者欣然。

——只想到“千里马”需要“伯乐”的“识才”慧眼，哪想到过“千里马”最渴望的是驰骋疆场做出贡献。如果连知识分子应有的权益都不能保护好，维护好，何来尊重？不提供项目、课题、经费，要他们干什么？“四个尊重”说到底就是要设身处地对他们个人的发展和前途负责，让他们在“一流环境”做出“一流业绩”。

——原以为培养和引进高学历人才越多越好，没想到却造成了人才的浪费。培养和引进人才不是为单位装门面，图好听，更不能把他们当成是哪个领导和单位的私有财产，而是要本着实事求是的原则，该引进的引进，该放走的放走。对年轻优秀人才一定要早发现，早扶持，早使用，让他们在创造或创新的高峰时期唱主角，挑大梁。

5

有意思的是，回仓库帮助解难的不仅仅是张博士一个人。前不久，总部赋予仓库“专用计量鉴定装置研究”科研课题，领导只打了几个电话，4名博士便一起前来助阵，难题迎刃而解，仓库也因此受到上级表彰。

放走人才，没有动摇仓库领导培养人才的决心。去年12月上旬，他们按照“四个尊重”的要求，进一步制定和完善了《人才培育规划和奖励办法》，提出了“育一流人才、创一流业绩”的工作思路。

放走人才，更加激发了仓库官兵求知成才的热情。大家立足本职岗位，勤学苦练，很快形成了“在实践中掌握新知识，积累新经验，增长新本领”的良好氛围。日前，药剂师原源又考入第二军医大学攻读博士学位。这已是从该仓库考出去的第8位博士。

（2003年2月27日3版头条）

限期解难之后

——济南军区某集团军解决基层急难问题的调查

■王太鑫　本报记者　欧世金

6月中旬，一场特殊战役在济南军区某集团军打响：限期解决63个基层急难问题。

两个月过去了，从各部队反馈的消息令人振奋：有1/3的问题得到有效解决，其他问题正在积极解决之中。基层官兵普遍反映：这件事抓得快！抓得好！

对基层急难问题，各级领导几乎是天天喊，年年抓，为什么该集团军的这次“行动”能引起基层官兵的强烈反响？

官兵利益无小事

三伏时节，中原热浪滚滚。走下练兵场的某旅官兵回到宿舍，首先打开电扇，享受缕缕凉风，然后喝一碗炊事班早晾好的绿豆汤，清暑解渴；来到饭堂，主食三两样，炒菜七八个，是自助餐，想吃什么凭自愿。傍晚，看一会儿电视，打一场篮球，轻松又愉快。睡前，冲一个凉，洗去一身乏。

是谁营造了这温馨的“家”？基层官兵告诉记者：是正在进行的解决基层急难问题“特别行动”。

据了解，这次“行动”发起于1个多月前。当时，集团军后勤部一名领导带工作组到所属各部队进行调查，共了解到基层的急难问题63个。其中大部分是用水难、洗澡难、上厕所难、喝开水难、看病就医难等基层官兵“挠头”的生活难题。

问题摆到集团军后勤部党委“桌面”上后，部长杨宏杰说：“涉及基层官兵利益没有小事，各级领导、机关要亲自抓，要从解决这些基层难事中树形象正作风。”

在集团军召开的解决基层急难问题专题会议上，一位集团军主要领导说，当前，我们兴起学习贯彻“三个代表”新高潮，作为后勤战线来讲，兴起新高潮很重要的就是要开创一个想官兵之所想，急官兵之所急，为官兵办实事的新局面。

会上，对63个急难问题，集团军区分了各级领导、机关的责任，对每个单位的每个难题限定了时限。各旅、团领导当着集团军首长的面立下了“军令状”：在规定时限内未完成任务的，自愿接受批评和处理。

真心爱官兵就会有办法

在一些人的印象中，解决基层难题，只要有钱，什么问题都好解决，然而事实并非如此。

调查中，工作组了解到这样一些基层难题：某工兵团五连只有7个水龙头、4个淋浴头，某旅通信营厕所长期无照明灯，某旅8个厕所没有冲水设施，某通信团部分连队炊事班用大锅烧开水油味太大，某旅炮兵团宿舍楼825个窗户没安纱窗……调查人员问一些旅、团机关的同志：这些问题为什么不及时解决？得到的回答是“没有钱”！

集团军王副军长的看法一针见血：“解决类似的问题需要花几个钱？哪个单位出不起？哪个领导解决不了？这些问题为什么成了基层官兵头痛的难题？主要不是钱的问题，而是我们领导机关对基层缺乏感情。”

真心爱官兵就会有办法。记者看到，某旅有一营区，引进了恒压变频供水系统，花钱不多，却保证24小时供水，解决了这个营区官兵多年的“吃水难”问题；某旅改变传统保障思路，为连队配发全自动恒温开水器，彻底解决了战士们喝“油锅水”的难题。有3个旅的卫生队启动内部局域网络建设，实现了远程会诊，基层官兵“看病难”问题得到较好解决。据了解，“限期”解决1个多月，部队基层官兵对伙食保障、看病就医、照明用电等服务的满意率达到90%。

一位基层干部感慨地说：“感情深了，难题不难，没钱也会想办法解决。”

向创新要办法

在限期解决基层急难问题论证会上，机关一位同志根据以往的经验教训提出，解决这些问题有的固然要投入一定的经费，如果经费安排了，项目建成了，投入使用又不管用，怎么办？因此，集团军后勤部党委强调：解决基层急难问题要达到领导、机关、基层官兵“三满意”，必须体现改革创新精神。

伙食问题一直是连队战士关注的焦点。对战士们的意见，机关有些同志表现出不理解：“现在的兵不知足啊，大鱼大肉都不愿吃。”某通信团没有把战士的意见当“耳边风”，而是尽量满足战士“吃出营养”的意愿，大胆探索新的就餐模式。

通信团一连司务长黄玉成介绍说，该连先后实行过会餐、分餐、自助餐3种就餐方式，但实验表明，单纯采取一种就餐方式已不能适应新形势下营养配餐的需要。传统的会餐方式不太卫生；分餐制能解决卫生问题，但饭菜品种较少，不能照顾个人口味；自助餐又容易超支。经过摸索，他们将3种就餐方式科学搭配，灵活选用，较好地实现了在官兵标准伙食费内膳食结构由“温饱型”向“营养型”转变。

通信团郭团长深有体会地说：“基层有些难题为什么不能得到彻底解决，主要是停留在老思路、老办法、老经验上，有时候换一种角度和做法，问题就迎刃而解了。”

“限期”不仅是个时间问题

8月上旬，也就是提出“限期”1个多月后，集团军有关部门又组成调查组再次下基层进行检查。针对工作中暴露出来的问题，他们提出要注意克服的倾向。

“限期”有个时间问题，但更重要的是质量问题。不能单纯为了抢时间，为了向上级交差，就搞“马粪蛋表面光”那一套。所有项目要经得起时间的检验，要问基层官兵满意不满意，要看是否有利于提高部队战斗力。

消除“恩惠”心理，筑牢服务观念。不能把为基层办实事、做好事当成“施舍”。后勤工作就是服务工作。基层有了难题，只能说明我们服务不够、服务不好，要有歉疚之心，要有基层官兵不满意就不撒手的服务思想。

要“督办”，不要“包办”。不要认为解决基层难题只是领导、机关的事，基层自身不能当“客人”，要发挥机关和基层两个积极性。该机关办的事要不折不扣地办好，该基层办的事，机关也不要管得太多。

（2003年8月27日2版头条）

士官不能淡化“兵”意识

——关于反映士官个人实际困难多的情况调查

编辑部：

近日，我在济南军区部队采访，了解到一个反映比较集中的问题：士官个人实际困难多。如，婚恋难，住房难，转业安置难，家属就业难，探亲、休假难，家庭经济负担重等。叫难的人中不仅有士官，还有不少是领导和机关干部。

一方面是士官的这难那难的呼声高；另一方面，部队又出现了“转士官热”。

这就奇怪了。士官有这么多困难，为什么大多数战士争着转呢？为什么大多数转了士官的战士还想多干几年呢？真实情况到底如何？记者走访了不少单位，与一些领导和机关干部及基层官兵，特别是士官进行了深入地探讨和交流，总体感到，士官制度实行一年多来，士官的生活待遇得到了较大的提高，大多数士官是满意的，士官队伍的思想是稳定的，精神状态是好的。反映士官个人困难多的问题是改革中出现的问题，有的困难是客观存在的，如安置难的问题，这已引起了上级的重视。但大部分的困难是由于认识和引导有偏差造成的。正像有人所说，士官的困难，有点像现在见了大鱼大肉就烦与过去吃了上顿愁下顿的烦，表面看都是不顺心如意，其实是两个不同层次的问题。

从调查的情况看，对反映处理士官个人实际困难多的问题，不能简单地一概而论，各级领导和机关应有正确的认识和分析，重要的是教育引导好广大士官，不要淡化自己的“兵”意识。

要帮助士官给自己定好“位”。目前有的士官不能正确地看待自己，把自己当成官，待遇上与军官相比，在婚恋、就业安置、住房等方面，产生了不恰当的愿望和过高要求。济南军区军务部的同志说，士官是属于兵的范畴，不论其职级高低，仍然是一个兵，应当按条令的规定，履行好士兵的职责，自觉接受军官领导、管理、指挥。

要教育士官算经济账时，有大局观念，讲牺牲奉献。目前，一个一级士官从选取到复员，工资、节日补助、住房补贴、住房公积金、复员费等，3年的收入共计有4万多元。这样的收入水平，与社会上的同龄人比，应该说不算高，也并不算低。可是有的同志总喊吃亏。因此，应教育广大士官懂得，随着国家经济的发展，士官的待遇将逐步得到提高，同时我们要体量国家的困难。

有一种倾向不可忽视，就是各级都要严格执行《士官管理规定》，不能把产生思想问题的原因，归结到政策规定的所谓“不合理”上而开政策的口子。比如，有的提出士官可以在驻地找对象，有的提出已婚士官应在军营分配住房。这些内容在《士官管理规定》中都有明确规定，不可随意变更。但是对士官的合法权益，各级领导和机关要切实保护好、落实好，比如探亲、休假时间，不能随意侵占。

有的士官认为，困难是政策规定造成的。其实从调查的情况看，问题不在政策规定上，主要是士官给自己的“定位”脱离实际。比如，找对象难的问题，主要是转为士官后，不少人在择偶标准上提出了更高要求，哪里能怪士官制度呢？还有的士官个人贷款购了房，说成是欠了债，用市场经济的观点，这种视角也是不对的。

最后，要说一点的是，我们不是完全否定士官的个人困难，只想对士官战友说，士官不能淡化自己的“兵”意识。人活在世上，谁能没有困难呢。军官也有自己的实际困难。让我们多一些克服困难的勇气吧！

本报记者　欧世金

2001年8月10日

（2001年8月15日3版）

连队干部每月参加各种会议四十个以上，其中连队必开的会十七个，开会时间总计不少于三十五个小时？基层干部急切呼吁：

连队也要精简会议

■本报记者　欧世金

领导机关“会议多”，这是喊了多年没有很好解决的老问题。去年10月下旬，在某师政工干部培训会上，10名连队指导员向记者诉苦：现在连队的会议也太多太滥，希望上下努力一齐来精简。

连队每月至少召开一次的会议有17个：军事训练形势分析会，思想形势分析会，基层建设形势分析会，后勤建设形势分析会，管装爱装形势分析会，理论学习形势分析会，党员思想汇报会，安全工作形势分析会，战备形势分析会，“三互”活动形势分析会，落实“暂行规定”（即《军队基层预防犯罪工作暂行规定》）形势分析会，支部委员会，支部党员大会，共青团支部团员大会，共青团支部委员会，连务会，月初安排部署工作会。另外，每季度开一次军人大会，每半年开一次支部民主生活会。

上述会议是连队必须召开的。要求会议有记录，是上级机关检查的内容，缺一项不行，缺一次不行。

连队处理日常工作要开的会更多。如，组织重要的政治教育，开展大项的军事训练，重点工作的转换，传达上级的各种文件和会议精神、首长指示，迎接上级的检查、考核，100元以上的经费开支，选配骨干，调整军衔，发展党员，干部交接，处理违纪人员等，都要开会，有的工作得开几次会才能解决问题。

此外，连队干部参加营组织的会议每月约20个。营每月必开的会除连队的党员思想汇报会、连务会不召开外，其他会议议题与连队相差无几，另外营还有每月一次教育准备会、军事训练协调会。这些会议，连队主官是必须参加的。相对于主官来说，连队的其他干部参加营里的会要少一些。连队干部参加团里的会议，主官每月5次左右，其他干部1至2次。

开这么多会需要多少时间？指导员们掰着指头算来算去，保守点说，至少每月要35个小时，比4个正常工作日还多。

至于会议太多的原因，指导员们大多不愿细说。有位指导员比较直爽，他冒了一句："婆婆太多，又都认为自己抓的工作重要。"另一位说得更深刻："把抓工作的标准定在开不开会上，主要是形式主义和官僚主义在作怪。"

讲到会议多的危害，他们七嘴八舌收不住话头。开会的时间与参加连队正常工作的时间有矛盾。正课时间基本上是被教育训练占满的，而这期间干部要跟班作业或组织、参加教育。用正课时间开会，"干部跟班作业"等要求就会不落实。课余时间开会也行不通。连队每天晚上的业余时间都安排了活动，而且这些活动也是要求干部参加的。由此就带来了两个结果：要么是干部忙乱，顾此失彼；要么是应付差事，该认真开的会也马虎了事，太忙了有的会只好省略。有的会不开本上又要有登记，指导员们戏称"一个人会议"，即由一名干部或文书"编"一份会议记录。

有什么办法精简连队会议吗？指导员们谈了自己的看法：从工作角度讲，制度规定的会一定要开，而且要开好。如党员大会、支委会。从自身来讲，对上级要求开的会议，连队干部有个会不会组织、会不会结合的问题。不过，是不是都需要像要求的那样会议"单列"？有的会议能不能合并？比如，基层建设形势分析会是不是可以包括思想形势分析会、安全工作形势分析会、"三互"活动形势分析会等内容。特别是会议应该怎么个开法？是根据连队的实际自选时机呢，还是像规定那样每月必开？关键的问题是机关怎么看待基层开会？是以实际工作效果为检验标准呢，还是以本本上的记录为标准？

最让指导员们焦心的是，整天忙会，连看报纸的时间都没有，哪还有时间读书学习。他们恳切地说："当前，各级都在强调提高基层干部的素质，能不能从诸如'会议多'等最基础的问题抓起？"

（2000年1月16日7版头条）

敞开心扉　有话直说

——记济南军区某团五连一班的一次讨论会

■本报记者　欧世金

5月12日，记者来到济南军区某团五连一班，参加他们的讨论。

班长田志飞首先点题：前两天，我们进行实弹射击时，有个同志没打好，我批评他，他却反驳说：打枪能打出“小康”来吗？我觉得这个问题挺复杂，三两句话还说不服他。今天请大家来议议，力争达到开阔思路、统一思想的目的。

士官张开俊：这个话是我说的。这段时间团里正在开展“学习实践‘三个代表’重要思想，为全面建设小康社会做贡献”教育活动，我听了几堂专题辅导课，热血沸腾，深感我们这一代青年人生逢其时，机遇难得，责任重大，但又觉得当兵与全面建设小康社会没多大联系，所以受批评时冒出了那句话。

战士李磊接过话茬说：张开俊的想法在我们战士中有一定代表性。这几天，我和几位战友私下也在议论。有的说，平时军人吃国家的穿国家的，消耗的全是国家财力，怎么能为全面建设小康社会做贡献呢？也有的说，军人天生就是扛枪打仗的，“小康”跟我们有什么关系？公说公有理，婆说婆有理，谁也说服不了谁。

士官尹朝选：看来，弄清打枪能不能打出“小康”来，首要的问题是要弄明白军人的价值。这里我想请大家关注两件事，一个是当前的国际形势，一个是中央电视台正在播放的电视剧《走向共和》。前者说的是现在的事，是国际上的事；后者说的是过去的事，我们国家的事。但它们都说明了一个道理：国力军力衰弱，国家哪来安定？人民何谈幸福？从中我们可以得出这样的结论：没有强大的国防就无法实现全面建设小康社会的目标！

战士陈玉亮：从一个侧面看，军人担负着保卫国家的重任，我们只有成为合格的战士，才能担当起抵御外来侵略、维护祖国统一的历史重任。如果连手中的武器都不能熟练掌握，哪里还谈得上保家卫国呢？因此，军人熟练掌握手中武器就是为全面建设小康社会做贡献。

战士李磊：军队这样重要，是不是国家可以多拿出一些钱来加强军队建设、提高军人待遇？

班长田志飞：这种想法是可以理解的，但国防建设必须与经济建设协调发展。只有国家经济发展了，军队的日子才好过，国富才能兵强嘛。改革开放以来，我们国家的经济有了很大发展，但我们的国家还不富裕，我们还要继续发扬艰苦奋斗、勤俭建军的优良传统。

士官张开俊：听了大家的发言，我心里亮堂多了，感到当兵扛枪与全面建设小康社会紧密相连，军人大有用武之地，以后我一定要刻苦练习军事技能。

连长王瑞总结说：班（排）讨论是提高教育质量、检验教育实效的有效手段。今天的讨论组织得很好，好在议题是从实际中来，好在问题靠大家来解决。我从中受到三点启发。一是大家有知识，在座的干部中有研究生，战士中有本科生，你们的知识丰富，说起来头头是道，如果让我来讲这一课不一定能达到这样的效果；二是大家有觉悟，对问题的是非曲直都有一个比较正确的认识和判断，即使有一定的偏差，也很容易在讨论中达成共识，统一思想；三是大家喜欢平等交流，在这里人人敞开心扉，实话实说，互相教育，共同提高。今后的政治教育要在讨论这个环节上多下功夫，进一步增强教育的针对性和实效性。

（2003年5月22日3版头条）

领导机关办的，正是我们盼的

——全军基层建设座谈会部分基层代表一席谈

■本报记者　卢天义　欧世金　滕晓东

11月22日是全军基层建设座谈会召开的第二天。昨天，全军各大单位领导围绕贯彻落实胡主席一系列重要指示建言献策；今天，来自基层一线的代表登台发言，他们带来了基层建设的喜人成果，表达了基层官兵的共同心声：领导机关想的办的，正是我们说的盼的。

对基层建设真重视

济南军区某团班长宋善玉，是出席本次会议惟一的战士代表。这位“兵头将尾”到会两天来，总处在激动之中。他说，走路、吃饭碰到的是将军，开会时坐在身边的是将军，发言的同志中也有许多是将军。这是他没有想到的。

更让他难忘的是，军委总部对基层建设这么高度重视：这次会议是胡主席和军委批准召开的，胡主席还作了重要指示；军委领导到会听取各大单位领导发言、基层单位先进代表和个人介绍经验；总政其他几位领导也始终驻会指导……

南京军区“爱兵模范”王克勤生前所在连连长庞伟也深有同感。他说，领率机关对基层是真重视、真关心、真爱护。在年底前工作任务十分繁重的情况下，集中这么多领导专题研究基层建设问题，充分表明了军委总部对基层建设的高度重视和极其关心，这对我们基层官兵是很大的鼓舞。

对基层情况真熟悉

从贵州大学毕业入伍到西藏军区岗巴边防营的四连指导员王开钊，听了军委、总部首长讲话和各大单位领导的发言后，连连感叹：没有想到各级首长对基层情况这么熟悉，他们在会上说的，就是发生在我们身边的事；他们想办的，就是我们热切期盼的；他们提出的对策措施，很具体，很实在，很管用。

各级领导在发言中，对大学生干部的成长进步十分关注。沈阳军区某团一连指导员徐长浩，对此感慨颇多。他2003年从大学毕业到部队当排长时，总担心自己不适应，怕战友们小瞧了自己这个“秀才”。哪想到，才两年时间就让他参加了4次培训。回顾自己成长经历，徐指导员深深体会到了各级领导培养大学生干部的“良苦用心”。他说，我们指导员上教育课压力大，军委总部就拨出专款在旅团兴建“指导员之家”，还积极筹划制定政治教育大纲，开通全军政治工作网，为我们基层官兵开展工作和求知成才创造了良好条件。

几位基层代表还谈到，这次会议将为基层解决一些实际问题，他们听了很高兴，很感动。他们说，各级领导千方百计为基层官兵搭设干事业的广阔舞台，今后就看我们怎么甩开膀子干了。

对基层官兵真关心

驻守在西北大漠的总装某基地警卫连长梁宇说，我参加这次会议印象最深的是会风好，求真务实，每个人发言都讲真话、说实话，分析问题没有套话空话，所提建议也都切实管用，不泛泛而谈。他告诉记者，这几年，各级对基层建设高度关注，基层的变化一年一个样。生活设施、训练条件的明显改变就不说了，就连战士过去坐在马扎上听课，趴在膝盖上写字的事，军委领导都牵挂在心，拨专款为每个连队配发了制式桌凳。

武警某部连长熊海军与其他代表有同感。他说，当前基层建设在发展进步中的确遇到了一些新情况、新矛盾，基层干部的工作和生活也确实面临一定的实际困难。比如，有的上有老下有小，家庭负担很重；每天两眼一睁，忙到熄灯，没有时间和机会学习“充电”；由于工作任务繁重，有时正常的探亲休假难以保证，等等。让我十分感动的是，我们的这些困难上面都知道，很操心。这次会上有的首长提出，要理解和重视基层干部的“负重期”。这些话，说得我们心里热乎乎的。首长和领导机关理解关心我们，我们也要理解国家和军队的困难，不能指望一下子解决所有问题。我们一定要把各级领导的关心和厚爱，化为报效祖国的实际行动，奉献基层，再立新功。

（2005年11月23日1版头条）

拿出真感情　肯下真功夫

——本报编辑、记者关于“小散远直”单位建设的对话

■本报记者　欧世金

近一个时期，本报相继报道了海军、空军、第二炮兵、兰州军区等一些部队抓好“小散远直”单位建设的经验。为什么“小散远直”单位建设受到上下高度重视？怎样推动“小散远直”走上健康发展的轨道？日前，本报政工部编辑与近期采访“小散远直”问题的几位记者进行了对话。

“小散远直”单位建设越来越重要

欧世金（本报政工部编辑）：10月上旬，四总部召开了研究解决“小散远直”单位建设问题协调会，深入研究解决“小散远直”单位建设中的矛盾和问题。在此之前，四总部组织3个工作组，分别对“小散远直”单位建设情况进行了专题调研。这充分体现了军委领导对基层建设的重视和关心，体现了对解决“小散远直”单位问题的决心和力度。我们需要进一步加大对“小散远直”的研究和报道。请谈谈你们掌握的情况。

夏洪青（本报驻第二炮兵记者站站长）：军委总部抓这项工作对二炮部队来说太有针对性了！现在，“小散远直”单位越来越多，这些单位大都处于要害部位和特殊岗位，担负重要的作战、训练、值勤和保障任务，对提升战斗力水平、赢得未来战争胜利至关重要。一旦发生问题，就可能给国家和军队造成重大损失。基层的同志说，“小散远直”单位不是全局但影响全局，不是中心但牵扯中心。

编辑：请你举一个具体单位说说？

夏洪青：第二炮兵有一个工程团，全团官兵分布在9省18个县市25个施工点上；最远的基层连队离机关4000多公里；编制两三个人的“小散远直”单位达50多个；官兵天天与雷管、炸药、坑道打交道，每天动用机械装备上千台。像这样的单位，需要有特殊的管理方式，需要给予更多的关爱。

编辑：“小散远直”单位地位越来越重要，这些单位的建设搞不好，部队就难以协调发展、整体提高；抓好了这些单位，部队战斗力的提高和安全发展就有了重要保证。目前，“小散远直”受到上上下下前所未有的关注，这给解决“小散远直”单位的困难和问题，创造了良好的机遇。

抓好“小散远直”贵在一个“情”字

编辑：近几年，特别是去年全军基层建设座谈会以来，各级认真贯彻胡主席和军委领导关于加强基层建设的重要指示，坚持以科学发展观为指导，基层建设全面发展、整体提高很快。但“小散远直”单位整体建设水平相对滞后，还存在不少问题和困难。请你讲讲边防部队“小散远直”单位建设情况是个什么样子？

王雁翔（本报驻新疆军区记者）：边海防部队“小散远直”单位的问题和困难，比其他部队更要多些。有的长期驻守在雪域高原的生命禁区，有的生活在人迹罕至的戈壁荒漠，有的守卫在高温、高湿、高盐的孤独岛礁。由于自然环境十分恶劣，客观条件受限，尽管各级长期以来非常重视关心这些单位的建设，但有些问题和困难解决起来十分不易。

编辑：他们都有哪些困难？

王雁翔：比如，有的单位吃水、用电、洗澡、取暖、看病等基本生活保障还没有解决好；一些高原连队，有的官兵患上了高原疾病；有的执勤点看不上报纸，缺少开展文体活动的器材设施。阿里军分区在当地上学的干部子女，多年来没有一人考上大学。这些困难和问题，影响了“小散远直”单位的建设和发展。

编辑：“小散远直”单位需要解决的问题真不少，也需要一个过程。当前抓“小散远直”最关键的问题是什么？

王雁翔：关键是一个“情”字。抓“小散远直”，要动真情、有真心、下真功。有个团领导说：“不解决这些单位的问题和困难，我就吃不下饭睡不稳觉。”抓“小散远直”单位建设与其他工作一样，感情是基础，是前提，有了深厚的感情，工作力度就大，效果就好。

拿出实在管用的措施办法来

编辑:“小散远直”单位存在的矛盾和问题，有的是部队发展中的新情况新问题，有的是长期存在的老大难问题。解决这些矛盾和问题，还有一个关键点，就是依靠政策制度上的创新和完善，一方面要靠上级与时俱进出台政策规定，另一方面各级在职权范围内也可以大胆尝试，拿出实在管用的办法来，不能什么事都等着上级来解决。你们在采访中发现基层有哪些好经验好做法?

郭建跃（本报驻北京军区记者站站长）:“小散远直”单位由于受多头领导、往往是谁管谁也管不好、谁都抓谁也抓不实。驻张家口某部首先从理顺领导关系抓起，形成了党委统、对口管、合力抓的领导机制，对“小散远直”单位建设的目标任务、内容标准、方法步骤、责任区分、有关保障等进行了具体规范。由于层次领导清楚，职责分工明确，他们在解决“小散远直”单位配套基本生活设施、战备训练设施、文化娱乐设施建设中，先后投入2000多万元，办了10件实事，全面改善了这些单位的学习、训练和生活条件。

王雁翔:“小散远直”单位编制任务不同、专业门类复杂、情况千差万别，对不同单位的困难和问题，应因地制宜、因人制宜，搞“一刀切”和“齐步走”行不通。新疆军区采取“一点一政策、一事一举措”的思路，解决“小散远直”单位的问题，部队反映很好。比如，对守卫高海拔地区哨所的干部提升使用、战士在哨所的执勤时间等，制定了特殊的政策；对一些边远艰苦地区的干部家属随军、士官在驻地找对象等，拿出了符合实际的办法。

编辑：下一步，我们报道“小散远直”的经验和成果，要引导部队注意防止和克服“抓‘小散远直’见效慢，抓边远单位看不见”等思想偏差，领导机关不能停留在提意向性、原则性意见上，要拿出具体、实在、管用的政策办法，对先抓什么后抓什么、谁主抓谁协抓、经费从哪里出、物资从哪里筹措等，都要搞得非常清楚。要建立和实行严格的责任制，确保事事有人抓，件件落到实处。

相关链接

“小散远直”单位建设

“小散远直”，通常是指那些编制人员少、居住分散、远离机关、独立性较强或由机关直接管理的基层单位。

2005年11月，全军基层建设座谈会上提出要进一步加强“小散远直”单位建设的问题。“小散远直”单位类型很多，队、站、室、所、库等相当于连队的单位，在全军基层单位中占的比重越来越大。“小散远直”单位大多技术含量高、在部队信息化建设中发挥着越来越重要的作用。但“小散远直”单位基层建设存在困难较多，也是一个现实问题。对这些单位，要加大工作力度，搞好分类指导，提高他们的建设水平。

最近，总政领导强调，加强“小散远直”单位建设，是按照科学发展观要求，推进部队建设又快又好发展的重大课题和重要任务。各级一定要以强烈的责任意识和深厚的感情，加强工作指导，完善政策制度，积极解决问题，努力把基层整体建设提高到新水平。

（2006年10月24日3版头条）

以人为本　基层建设显真情

■本报记者　欧世金

迎着风雪，又一批新兵带着梦想来到驻塞北某团。初入军营，他们便感受到家庭般的温暖：吃得可口，住得舒适；操课张弛有度，课余轻松愉快；班长循循善诱，干部和颜悦色。该团政委焦广福说："作为带兵人，对战士特别是新战士，就应该倾心关爱没商量。"

从新战士的感受到带兵人的心声，折射出2005年全军基层建设的一个鲜明特点：机关关心基层，上级关心下级，干部关心战士，骨干关心新兵。一句话，以人为本，军营尽显真情！

真正把士兵当亲兄弟来爱护

胡主席对密切官兵关系极为重视，多次作出重要指示。军委、总部就贯彻落实胡主席指示要求，在全军开展尊干爱兵教育，作出统一部署。各级把这项教育当成重大政治任务紧抓不放，集中查找和解决靠"土政策"带兵、"离兵"现象等突出问题，取得了明显成效。

11月下旬，全军基层建设座谈会在京召开。军委、总部以及各大单位领导在会上反复强调一个主题：要切实端正干部对战士的根本态度。干部要真正把战士当亲兄弟一样来关心、来爱护。

全军各级领导也是这样身体力行的。南京军区党委常委带工作组深入130多个连队调查基层官兵的所想、所盼、所求。随后，在基层广泛开展尊重士兵主体地位、人格尊严、正当需求、合法权益和合理建议"五个尊重"活动，丰富了新形势下尊干爱兵传统的内涵。

闻名全军的“爱兵模范”王克勤所在连党支部提出，干部既要对战士做到清楚个人经历、脾气性格等“八个清楚”，又要养成吃饭看饭量、睡觉看香甜等“八个带兵好习惯”，还要坚持“同乡异乡一样亲，先进后进一样爱，家贫家富一样看，老兵新兵一样待”等“四个一样”。点点滴滴，体现了以人为本的思想，展示了“士兵第一”的情怀。

目前，悉心知兵、真心爱兵、精心育兵、科学练兵、依法管兵、文明带兵，已在全军各基层部队形成氛围。

真心为基层干部创造良好的工作生活环境

基层干部是基层建设的中坚。基层干部处在求知成才关键时期、工作压力较大时期、家庭负担较重时期。为此，各级把加强基层干部队伍建设作为抓基层的重点突出出来，对基层干部做到真正重视、真情关怀、真心爱护。

有的基层干部说：“不怕工作吃苦受累，就怕任用吃亏受委屈。”济南军区某集团军、海军某驱逐舰支队、空军某飞行团坚持公道正派选人用人，形成靠素质立身、凭实绩进步的导向，将民主推荐、民主评议、民主测评落到实处。

许多师旅团级单位十分关心基层干部的身心健康，确保他们能够正常休假、定期体检、患有疾病的能得到及时治疗。南疆军区某部提出：让干部把探亲休假当任务来完成；广州军区某部把探亲休假报告送到基层干部手中；北京军区某旅今年基层干部休假率达100%。

广州、沈阳军区一些部队领导机关正确看待基层干部，特别是对大学生干部进行全面客观地认识和评价，不求全责备，做到多信任、多理解、多宽容，让他们放开手脚干事业。

总参一些部队完善为基层干部排忧解难机制。对基层干部家属就业、子女入学等方面实施了8项倾斜政策，让基层干部感受到了组织的情意和温暖。

真诚帮助基层办实事解难事做好事

现在，越来越多的领导、机关干部体会到，对基层的态度如何，既是官德问题，更是党性问题；既是方法问题，更是感情问题，不容许有丝毫冷漠和马虎。

成都军区联勤部针对领导机关容易出现“倒服务”的问题，响亮地提出了“服务是天职，基层在心中”的工作理念。他们为高原边防基层部队修建了一批士官公寓楼，解决了士官家属临时来队无住房的难题；为基层战士配发课桌、凳子，结束了战士长期趴在腿上做学习笔记的历史。

基层官兵十分关心风气建设问题。北京军区某集团军对基层敏感事务做到指标全额公开、条件全面公开、程序全程公开、结果全部公开，保证基层官兵在重要问题和敏感事务上的知情权、参与权和监督权。他们还充分尊重基层的工作安排权、人员使用权和财务支配权。

谈起基层建设问题，接受采访的一些部队领导表达了一个共同心声：服务基层、关爱士兵只有做得不够的时候，没有到顶的时候；只有做得不好的时候，没有自满松劲的时候，我们必须清醒地认识当前基层建设中存在的不足和问题，埋头苦干，狠抓落实，务求在基层建设上取得新成效。

（2005年12月23日1版）

解放军报 喜迎党的十八大 特刊

2012年10月30日 星期二 第5版

全军高中级干部把学习作为一种政治责任、精神追求和生活方式——

孜孜以求带来硕果满园

■本报记者 欧世金 王握文 特约记者 褚振江

点睛

推开学习的时代视窗

■任正华

一批又一批优秀人才从国防大学完成学业。 本报记者 王传顺摄

这个世界变化太快

不抓紧学习势必落后于时代

学以致用知行合一

在学习中提高带兵打仗能力

学习力就是战斗力

新的学习风尚正在形成

心声

不同的军龄 共同的期盼

军龄49年

军龄20年

军龄14年

军龄12年

军龄6年

军龄5年

金戈铁马·十年辉煌

"说起来很巧，党代表里，年龄最大和年龄最小的，都姓焦。"

"'焦'在汉语字典中意为'火'和'热'，作为一名年轻的党员，我要永远为人民的事业发光发热！"

年龄最小的十八大代表焦刘洋——

年轻的心儿永向党

■雷东兴 本报特约记者 曾政雄 石斌斌

对话

《解放军报》影印件

基层建设呈现又好又快发展势头

■胡　昀　杨春风　本报记者　欧世金

基层建设是部队全部工作和战斗力的基础。这些年特别是党的十六大以来，全军和武警部队各级党委、领导和机关坚持以邓小平理论和“三个代表”重要思想为指导，深入贯彻落实科学发展观，始终把工作重心放在基层，把主要精力用在抓基层、抓落实上，基层建设出现了许多新变化，形成了许多新亮点。

抓“小散远直”力度加大

神仙湾哨所是世界上海拔最高的驻兵点，这里的官兵工作生活曾面临不少困难和问题。如今，即使是在神仙湾这样的边关哨卡，戍边官兵也看上了电视，用上了电话，还有了太阳能。

神仙湾等边防哨所出现的可喜变化，是全军突出抓好“小散远直”单位建设取得的成果之一。在推进中国特色军事变革、加快战斗力建设进程中，“小散远直”单位建设成为提高基层整体建设水平的着力点。2003年8月，加强“小散远直”单位建设写入新修订的《军队基层建设纲要》。2005年11月，全军基层建设座谈会上强调，对这些单位要加大工作力度，搞好分类指导，提高他们的建设水平。去年以来，四总部组成3个工作组，深入28个军以上领导机关、57个师旅团级单位，与980多名官兵座谈，实地察看了80多个边远艰苦地区连队、哨所，基本摸清了全军“小散远直”单位现状，对32个具体问题逐一研究提出解决办法。四总部特事特办，协调落实了边防部队经费、车辆、文体器材等问题。

今年6月，四总部联合颁发《关于加强小散远直单位建设的意见》，对加强“小散远直”单位建设的指导思想和目标任务等作了系统规范，对解决面临的突出矛盾问题提出了对策办法。随后，全军掀起了加强“小散远直”单位建设热潮。如今，领导往“小散远直”单位走，经费往“小散远直”单位拨，物资往“小散远直”单位发，有难先帮“小散远直”单位解决，已在部队蔚然成风。

以人为本思想深入人心

以人为本是科学发展观的核心。各级充分尊重官兵的主体地位和创造精神，发挥他们在基层建设中的主人翁作用。某支队围绕舰艇事务公开、“双向讲评”、基层干部任用“双推双评双考”等7个方面，进行了创新“三大民主”实现形式试点。某部把密切内部关系、端正基层风气作为贯彻以人为本理念的关键环节来抓，开展集中教育，研究制定了整改措施。一些部队采取设立学习成才奖励基金、与地方院校建立人才培育协作机制等措施，积极为基层官兵成长成才创造条件。总部机关在直属单位实施“暖心工程”，认真解决基层官兵家属就业、子女上学、家庭涉法、看病就医等实际困难。各级领导的“校长”意识和机关的“育才”意识进一步增强，学习成才活动开展得深入扎实、有声有色。

基层建设的一处处细节体现了“以人为本”：心理医生走进了连队；越来越多的连队吃上了营养自助餐；部队局域网上开设“首长信箱”“连队论坛”，在这里，战士们可以建言献策，也可以就入党、提干、考学、选取士官等敏感事务公开评议；远程医疗会诊系统把全军各级医院连在了一起，偏远地区的患病官兵，能通过这个系统得到专家诊断。配发全军官兵的07式新军服更是体现出诸多人性化新理念，连普通士兵的服装也是量身定做、肥瘦得体。

制度创新步伐明显加快

实践表明，基层建设中的一些老问题和新情况，都要靠创新制度、完善工作机制来解决。去年，根据军委领导指示，四总部为加大协调解决基层问题的力度，分别建立了抓基层工作协调机制，为各级领导机关以深厚感情解决基层重难点问题带了好头。

一些大单位调整充实抓基层领导小组，进一步规范了工作职责、任务和制度，并建立机关部门以上领导抓基层联系点，通过定期召开抓基层联席会议，统一协调机关抓基层力量。有的大单位还建立了统筹协调、经常帮建、服务保障、表彰激励4个指导工作机制。全军团以上领导机关普遍建立和完善形势分析、挂钩帮带、蹲点代职、下连当兵、检查讲评等抓基层工作制度，进一步规范了抓基层秩序。

制度创新步伐的加快，使各级按照法规制度办事的观念越来越强。各级不断强化按纲建连意识，采取得力措施防止和克服“五多”现象。各军区、军兵种先后组织160多个军以上机关工作组，深入基层调研，细化帮建基层的措施办法。

抓基层的作风更加务实

军队是要准备打仗的，必须把抓基层、打基础的作风搞扎实。许多部队领导有一个共识：这些年，全军基层建设取得的成绩和进步，得益于很好地落实“五句话”总要求和《军队基层建设纲要》。成都军区某炮兵团“全面搞建设、扎实打基础、反复抓落实”，北京军区某防空旅“瞄准信息化、主动有作为、科学搞建设、实干求发展”，成为全军基层建设的标杆和榜样。抓“四个基本”、“三个一线”、“八项基层经常性主要工作”，把按纲建连当日子过，这些务实理念已成为各部队基层建设的习惯。

一位边防团团长告诉记者，这些年上级抓基层作风越来越实，调查研究到一线，对基层提出的问题有条件的立即解决，一时解决不了的立项解决，需要多个部门多个层次解决的积极协调解决。记者去年3次参加四总部抓基层协调会，发现从军委首长到四总部领导，他们在会上研究解决基层问题很细很实，既有操作办法，又有保障条件，包括工作责任、完成时限都很明确，做到不解决问题不放手。

基层建设是一个动态过程，不可能一劳永逸，各级党委、领导和机关只有把工作重心始终放在基层，任何时候都不偏移，才能确保基层建设长期科学发展、协调进步、整体推进。

（2007年9月22日1版）

11年未评上先进为哪般

——济南军区某防空旅以科学发展观为指导总结三连争创先进连队的经验

■梁申虎　姜　超　李光辉　本报记者　欧世金

导读：济南军区某防空旅一营三连自1994年以来，连续11年未评上先进连队。2005年，在上级机关的帮带下，经过连队官兵的共同努力，连队全面建设进步幅度比较大，终于跨入先进行列。今年1月18日，该连连长高永帅在某集团军基层建设经验交流座谈会上介绍了连队打“翻身仗”的做法。

争先的路走了11年

1994年、1995年，三连相继制订了两份争创先进连队的计划，但终因行政管理、军事训练与其他连队相比有较大差距，连续两年未能评先。

1996年，三连担负施工任务，尽管任务完成得比较好，多次受到上级领导表扬，但当时机关有条规定，非全训连队一般不参加评先。1998年、1999年，连队训练成绩不理想，个别干部400米障碍不及格，导致连队军事训练成绩总评不合格，未能评先。

另外6年，三连每年都因管理上出现了一些小漏洞而影响了评先。比如，有一年一名士官违规使用传呼机被通报批评；还有一年因一名住院战士出院后未及时返回连队而受到上级批评。

七嘴八舌说感受

近几年，三连不少老兵退伍时，总爱说一句这样的话:“什么时候连队评上了先进，别忘了说一声，让我们也高兴高兴!”记者在三连采访，一提起评先的话题，官兵们都十分激动，要说的话很多。

连队有几次没能评上先进都是因为管理上出了问题，这与个别干部的教育管理能力有直接关系。连队军事训练成绩比不过少数兄弟连队，其中一个重要原因是个别干部军事素质较弱拖了后腿。

抓经常打基础的意识不是很强。连队有两年担负施工任务，应该有机会参与评先，但有的连队干部信心不足，有意无意放松了要求，降低了工作标准；还有，新任干部调整到位后，评先的愿望比较强烈，都想当年出成绩，当年评先进，看起来风风火火，实际上放弃了扎实打基础。

党支部的战斗堡垒作用没有充分发挥出来。在个别连队干部头脑中，存在“谁老谁说了算”、“谁主管的事谁说了算”等不正确想法，不十分注意发挥党支部的战斗堡垒作用。有的连队干部对下交流沟通不够，批评指责较多，表扬鼓励较少；交任务较多，教方法较少；行政命令较多，做耐心细致的思想工作较少。有时候营领导下连帮带，个别连队干部误认为是营领导又来挑刺儿了，主动配合不够。

领导机关指导帮带要及时、到位

三连多年未达标，等领导机关发现并着手帮带的时候，已是5年过去了，为什么没早点发现？这几年，上级去了不少人，工作组派了一批又一批，为什么连队面貌还是没有发生根本性变化？说到底还是领导机关帮带指导不到位，正如一位机关干部所说:“如果领导机关真正帮到位帮到家了，三连不会连续11年评不上先进!”

11年间，三连换了6任连长、指导员，其中有3任班子干部素质较好，但内部协调不够，带兵方法不活。另3任班子中有个别主官因自身训练成绩不达标直接导致连队没有评上先进。这些事实说明上级机关对三连的问题解决得不及时不到位。

与三连一墙之隔的二连先后4次被集团军评为全面建设标兵连队、

8次被旅评为全面建设先进连队，是旅里的老典型。尽管三连有几年进步幅度较大，但与二连相比，确实有一定差距，每年年终按《纲要》规定30%的评先比例衡量，只能淘汰三连。看来，指标受限和每营平均分配一个先进连队指标的做法，也是三连连续11年未能评先的一个原因。

上下合力，梦想成真

三连争先的经历，引起了上级机关的高度关注。近两年，集团军王洪尧政委先后3次到三连具体帮带，与旅领导和营连官兵一起分析连队多年未评先的原因，帮助制定了“全面搞建设，扎实打基础”的规划。他反复提醒：“领导机关对连队的帮带要具体到位，干部调整配备后还要跟踪指导，对后进连队的帮带要像母亲喂小孩一样，精心呵护，手把手地帮带。”他还传给连长、指导员“四件宝”：一是连长、指导员要密切配合，团结得像一个人一样；二是要坚持走群众路线，抓好支部“一班人”，抓好骨干队伍，多听群众意见；三是要抓中心带全面，通过抓训练，解决主要矛盾；四是严格行政管理和做好经常性思想工作。

旅领导和机关加大指导力度。旅长陈志伟和政委先后带工作组到连队蹲点帮带。他们与营连干部和骨干谈心，与曾在三连工作过的7名干部座谈，还找两名转业干部了解情况，召开按纲建连形势分析会，帮助培训思想工作骨干，与所有战士谈了一次心，手把手地教连队干部开展工作。连队官兵说：“去年以来，领导机关帮助我们理清了思路，教会了按纲建连的方法，增强了我们争优创先的信心。”

三连党支部自建能力逐步提高。他们抓住支部建设这个根本，用共同的事业追求把“一班人”凝聚起来，增强责任感、使命感；连队干部用模范行动带兵育人，要求战士向干部看齐，干部向正副书记看齐；同时，他们盯着问题抓落实，在管理上防软，在训练上治弱，在育才上求实；注重激励士气，振奋官兵的精神。去年在一次实弹战术演练中，连队转移阵地7次，持续演练9个多小时，全连官兵没有一人叫苦叫累，表现出英勇顽强的战斗精神。连队干部说，去年连队建设的一条重要经验，就是老老实实抓好经常性工作，进一步扎扎实实打好连队建设的基础。

在采访中，连队官兵还谈到，虽然我们去年评上了先进，但这只能说与自己比有较大的进步，没有发生明显的问题，而连队的“底子”还比较薄，基础还不牢，特别是与二连等一些老先进比还有不小的差距，要做的工作还很多。在成绩面前，三连的干部保持了应有的清醒。

编辑点评

切实提高抓基层效益

三连在连续11年未评先的情况下，不气馁、不松劲，经过各级靠上去倾心帮带，去年终于打了“翻身仗”。此事给我们的启示是，只有在基层建设中落实科学发展观，坚持全面搞建设，扎实打基础，反复抓落实，才能搞好基层建设。机关要从严规范抓基层秩序，力求做到，机关按《纲要》指导，基层按《纲要》运转。三连的经验教训的另一些启示是：要搞好统筹协调，防止工作安排过多，影响落实质量；防止节奏过快，部队疲于应付；防止因随意下发指示、通知，让基层无所适从；防止下工作组不科学，干扰基层正常工作。同时还要充分发挥基层官兵的主体作用，相信基层，依靠基层，尊重基层的首创精神，提高基层的自建能力。这样，基层建设就会逐步步入全面、协调、可持续发展的佳境。

背景链接

《军队基层建设纲要》规定，为调动广大官兵的积极性和创造性，全军开展争创先进连队和争当优秀士兵活动。先进基层单位的条件是：用“基层建设标准”衡量，成绩突出，进步明显，基础扎实，全面过硬。开展双争活动，要着眼建设，注重经常，科学组织，务求实效。坚持争在平时、比在平时，贯穿于各项工作，做到每季讲评、半年初评、年终总评。坚持横向比建设水平，纵向看进步幅度，不搞平衡照顾和人为保先进，激发不同基础单位和官兵的参与热情。评定先进基层单位，比例控制在总数的30%以内。

（2006年3月25日3版头条）

“天天查”小组为何打错了板子

■魏联军　本报记者　马三成　欧世金

济南军区某防空旅有个四大机关组成的“天天查”小组，职责是巡视全旅，发现和解决基层存在的问题，督促抓好工作落实。

不论白天黑夜，还是刮风下雨，“天天查”小组忠实地履行着自己的职责，发现和解决了基层不少问题。有领导赞扬：“双无”旅的背后有他们的一份功劳。

前不久，“天天查”小组发现汽车连连续3天没有组织收看《新闻联播》。按规定，连队没有特殊情况必须落实三个“半小时”。汽车连显然违反了上级规定。于是，“天天查”小组起草了一份通报，批评汽车连。旅领导认为“天天查”小组抓住了一个带普遍性的问题，并予以表扬。

挨了板子的汽车连不服气，连队干部找旅领导说：不是我们连不想看电视，而是机关闭路电视中心出了故障，连队根本收不到电视信号。他们反问道：“明明是机关工作不细，为啥反打基层的板子?”经查，汽车连曾给机关有关部门反映过电视收不到信号一事，可有关部门因工作忙，没来得及修理。

旅领导有些吃惊：问题出在机关，却打了连队的板子，这不是无的放矢吗！交班会上，旅领导连问几个“为什么”：连队没有看电视，机关同志为什么不问问原因？发通报要经过好几道关口，为什么就没人核对事实？

跌个跟头，捡个清醒。他们结合学习贯彻六中全会精神，认真检查自身的工作作风。入秋以来，节假日上街洗澡的战士多了，他们没有急于批评、通报，而是先进行调查。战士们反映，澡堂太冷，澡水不热，容易感冒。旅里迅速投资改建、新建了4个澡堂，战士外出洗澡的问题迎刃而解。基层出了问题，先从领导和机关自身找原因，成了该旅克服官僚主义的重要措施。

记者感言

少点主观主义

机关出了问题，基层却挨了板子。这反映了机关干部作风粗疏，责任心不强，犯了主观主义的错误。部队工作中，不少问题出在基层，责任却在机关；问题出在战士，原因却在干部。机关干部如果只看表面不分析背后的原因，只看现象不看事情的本质，只想当然不调查了解，那么“打错板子”就是很自然的事。事实上，只要机关干部作风深入一些，遇事多问个“为什么”，就会减少主观主义。作为各级领导干部，只有努力养成艰苦细致的工作作风，一步一个脚印地做工作，一个环节一个环节地抓落实，才不致于发生“打错板子”这样的事情。

（2001年10月29日1版）

衣架进班的波折说明了什么

■樊　博　本报记者　欧世金　马三成

小小衣架，早已进入寻常百姓家。然而，它进入兰州军区某团红九连战士宿舍却没那么顺当，堪称一波三折，意味深长。红九连是个闻名全军的先进典型，尤其以军事训练过硬著称。官兵们换下衣服，没有衣架可挂，只能将衣服叠好放在铺上。

有时为了应付检查，便把湿漉漉的训练服塞进“小包袱”里，既不卫生，也很不方便。两年前，九连用农副业生产的收益，给班排宿舍购置了衣架。

团里知道这事后，认为这是从实际出发为战士办好事，便在全团推广。哪想到，深受战士喜爱的衣架，很快被一位前来检查工作的领导清理出去了。理由是，我军基层班排历来不用衣架，九连是荣誉连队，更不能搞特殊；战士用衣架，生活味太浓了，宿舍有“家庭化”之嫌。于是，战士们恋恋不舍地把衣架收进了仓库。衣架进班真的错了吗?

这个团党委认真学习江总书记“七一”重要讲话中关于解放思想、实事求是的论述后感到，班排宿舍配备衣架，是我军基层建设文明进步的标志，是领导、机关为基层战士办好事、办实事的体现，百利而无一害。再说,《内务条令》明文规定:“连队宿舍内床铺、蚊帐、大衣、鞋、腰带和其他物品的放置，集中居住的部队由团以上单位统一；分散居住的分队以营或者连为单位统一。”如果仅仅因为以往没有过，就看不习惯，一概否定，这就是思想僵化和教条。于是，衣架又从尘封的仓库里被“请”了出来，重新回到战士宿舍。

记者在驻黄土高原某炮兵旅看到，配备了衣架的战士宿舍，内务卫生非但没有受到影响，而且更显整齐、卫生。一名班长指着一副箱式衣架说："关键是要管理好，管好了就不会影响宿舍整洁，管不好难免乱。"他们的做法是整内务不忘整衣架。国庆节前后，记者在九连所在的某集团军了解到，他们最近给全集团军所有班排都配备了衣架。

记者感言

用新眼光认识新事物

衣架进班的波折，给我们的感受是：解放思想、更新观念是多么不易！给我们的启示是：认识新事物必须要有新眼光。

新生事物出现时，有的领导不是看实际需要不需要，群众满意不满意，而是看过去有没有，文件里写没写，只要是没有得到明确"肯定"的，就一棍子打死。

这里说的新事物，不是那些图虚名的"花花点子"，而是代表群众利益、代表部队发展方向、代表实际需要的改革创新。其实，判断新事物的是与非，有时并不太难，主要是支持新事物要担风险，于是有的同志觉得还是老经验、老办法、老措施保险。对待新事物，我们要从那些不合时宜的观念中解放出来，要从那些教条式的理解中解放出来，要从主观主义和形而上学的桎梏中解放出来。如此，我们才能成为新事物的观赏者、拥护者和推动者。

（2001年11月2日3版）

传真机传出了什么？

编者按： 我们的生活正在发生日新月异的变化，各种新情况、新问题不断出现。认真研究新形势下部队建设出现的新情况、新问题，探索新时期治军的特点和规律，是我们面临的一个重要课题。从本期开始，本版陆续刊登记者欧世金采写的一组调查，希望能给大家一些有益的启示。

编辑同志：

为了适应新形势，满足部队工作需要，新疆军区某师想方设法将传真机配发到了各团。他们的传真机使用、管理情况如何？最近记者在某团对此进行了采访。

1998年1月1日至1998年12月30日，师里发来传真报712份，计2650页；今年1月1日至4月20日12时，师里发来216份，计948页。其中司令部89份，政治部78份，后勤部34份，装备部15份。

1998年全年，某团往师发传真报118份，计462页。其中司令部72份，政治处32份，后勤处7份，装备处7份。

调查还显示，师里有一个科去年下发报53份；该团最多的一天收报10份，上报8份；最长的报是师里转发一份上级的电话会议记录，共38页；最短的一份报不足10个字。

从上述数字中，可以看出传真机传出了下面的信息：

传真机有功。

文电多的问题依然存在。

传真机的管理使用不规范。

记者感言：

办公设备现代化固然是好事，但如果用不好，就可能带来负效应。传真机“传”出的文牍主义和给基层造成的忙乱，就很发人深思。

本报记者　欧世金　梁仕信

（1999年6月23日7版头条）

“小霸王”现象说明了什么？

编辑同志：

“小霸王”电脑学习机正在成为基层官兵的“新宠”。

新疆军区某团去年只有一个连队有“小霸王”，今年猛增到80%的连队都拥有它，平均每个连4至5台。这些连队还纷纷建起了电脑室或微机室。已有“小霸王”的连队干部说：“我们还要买。”还没有“小霸王”的连队干部感到有些低人一等，急切地表示：“我们马上就买。”某团高炮连7名浙江籍战士把家中寄来的“零花钱”购买了7台“小霸王”供全连使用，一时成了团队争相传播的新闻。

“小霸王”正在热头上，“小霸王”现象值得研究。在某团召开的座谈会上，官兵们就“小霸王”现象谈了各自的看法。

“小霸王”顺应了军营科技练兵形势的需要。去年以来，科技强军、科技练兵的意识越来越深入兵心。由于基层连队的现代科技装备还较少，在这种情况下，“小霸王”就成了科技练兵的有力工具。尽管它不一定是真正意义上的科技练兵的内容，但战士们从它身上感受到了科技的神奇，从而增强了爱科技、学科技的紧迫感和自觉性，同时也营造了科技练兵的氛围。另外，它物美价廉，与连队的购买力较吻合，一台“小霸王”加一台黑白电视不到400元。

与此相联系的是，某团机关明确规定每个连队必须购买“小霸王”，把它作为科技练兵的一项硬指标。还有一个“引导”作用不小：去年在“双争”活动中，凡是有“小霸王”的连队都得分较多。

官兵们喜欢“小霸王”，主要是利用它的打字功能。不少战士把会打字当成一门实用技术，觉得学了等于多掌握一门技术，退伍后多一个就业机会；一些干部则认为，战士业余时间围着“小霸王”转，对他们八小时外的管理有好处。

还有的同志对“小霸王”现象提出了一些值得注意的问题。通信连新战士胡敏入伍前毕业于某院校计算机大专班，现在被团首长请来当“电脑老师”。他认为不能过高估计“小霸王”的作用，它除了练习打字几乎没有其他用处。现阶段，连队兴起“小霸王”热是可以理解的正常现象，但不宜“推波助澜”，要防止基层在购买“小霸王”中出现攀比现象，不能让连队觉得“小霸王”越多科技练兵成果越大。

炮兵股股长刘付仓了解到，有的连队在购买“小霸王”时，让战士捐款或集资，这是违反上级有关规定的，必须坚决纠正。在这个问题上还是提倡连队要量力而行，不要赶浪头，更不要难为战士。

通信连连长邵学儒提出，对战士学习“小霸王”要注意加强管理，比如要防止把“小霸王”当游戏机玩。

本报记者　欧世金　白相如

（1999年6月30日7版头条）

教战士学会爱惜自己

——本报记者欧世金与指导员谢拥军通信之一

记者欧世金扎扎实实蹲到新疆军区某部导弹二连，在与官兵同吃、同住、同操练中，用心寻找新时期战士们在思想、观念、心理上出现的新情况、新问题，和指导员一起探索思想政治工作的新对策。采写的稿子题目来自基层实践，揭示的问题颇具前瞻性，阐述的观点在全军政工会通过的《决定》中都能找到理论依据。写作上采用直接与指导员通信的形式，将事实与理念融为一体，表达随意灵活，读来轻松亲切，不啻为一种写作匠心的追求。

——编者

谢指导员：

4月11日早上，起床哨响过，我站到了全连出早操的队列后排。头天晚上，我已知道全连要跑五公里越野，所以憋足了劲，想跑个好成绩。出发前，你往队前一站，说：现在的气温比较低，起跑阶段慢一点，等活动开筋骨后再加速。接着你又带着询问的口气说："有没有身体不适的同志？还是要按照老规矩办，有不能跑的出列，在操场上自跑。"

数十号兵如脱缰的马，一溜烟就蹿出去老远。离开连队士兵生活10来年的我，只能跟在战士身后吃他们卷起来的尘土。"按照老规矩办"，是什么规矩？我边跑边想你说的那句话。

收操后，我问起这事，你突然陷入了沉思，脸也阴沉下来。你说，我们连有个班长叫徐永奎，块头大，身体壮，当兵5年参加过4次埋设光缆，一次就干一个多月。他创造过一天挖沟143米的全营最高纪录，一天挖土石达30多立方。这个典型，我把他当宝贝，天天挂在嘴上，让全连战士向他看齐。

1996年初春，连队再次在天山腹地挖光缆沟。徐永奎不顾摄氏零下10多度的严寒，干活常常只穿一件衬衣。施工结束后，徐永奎虽然立了二等功，但由于长期过度劳累和受风寒侵袭，他终于腰肌严重劳损，疼得直不起腰，医治也无明显效果。到这个时候，我仍把他当成连队的榜样。真正让我反思的是1997年底他退伍走的时候。

那天，全连站在浓雾中列队欢送他。我与他拥抱，他直不起身，只能紧紧抱着我的腰。看着他缓慢地消失在浓雾中的背景，我哭了：初入军营他像小老虎，退伍回家却成了“老病号”，年纪轻轻的，今后怎么生活呀？天哪，是我害了这么好的一个兵？假如，我不表扬他，他还会那样苦干吗？假如，我提醒他要爱护身体，他还会这样不要命吗……

看你痛苦地发自内心的自责，我赶紧打断你的话头为你开脱：这不能全怪你，我军的光荣传统里就有“拼命精神”，我们的政治教育也强调战士要不顾一切地完成任务，平时我们学习的先进典型大多数都是“苦、病、残”……

“不!”你不客气地打断了我的话，说：“作为一个指导员，不能动不动就叫‘跟我拼命干’，要讲科学态度，要有爱兵之心。从徐永奎之后，我就在连队教育战士要学会爱惜自己身体。”

接着，你说了一大通连队关心爱护战士的方法和措施。我记得比较清楚的是，以前连队战士的训练伤较多，你提出按“训练大纲”办，不准超强度训练，取消每个项目都要比赛列名次的做法。施工中，不提“掉皮掉肉不掉泪”之类的口号。对有病不治、带病工作的战士，不仅不表扬，还要严肃批评。

“这样做是不是降低了培养人、塑造人的标准?”你自问自答：“这个标准一点也不低，思想政治工作归根到底要提高人的素质，通俗地说就是要教会战士怎样做人。从当前的实际情况看，培养战士健全的人格和健康的心理，已成了基层思想政治工作的重要课题。”

你说，战士们到部队后，心就像一张白纸，画什么画全在于干部的正确引导。当然也不排除个别战士为了达到个人目的，在工作中有不惜损伤身体的“表现”，这仍然在于干部的引导。要告诉战士人生之路很长，不能太急功近利，不能“透支”自己，要对个人、家庭、连队负责，仅从打仗这个特殊角度来说，爱身体也是爱战斗力呀。

我看你和其他干部都很辛苦，你们也要注意爱护身体啊！

顺致精神愉快！

记者　欧世金
2000年初夏于乌鲁木齐

（2000年5月29日3版头条）

怎样看战士拉选票

——本报记者欧世金与指导员谢拥军通信之二

谢指导员：

记得4月8日下午，我列席你们的支委会。议题是评选“优秀士兵”。其实，上会的20名“优秀士兵”人选，是头几天在军人委员会的组织下，由全连战士无记名投票选拔出来的。支委会只是再综合一下情况，作个别调整。

会议有个细节挺让我留心。我看你拿着那份名单翻来覆去地看，还掰着指头在算什么。散会后，我问你，你说了一句叫我摸不着头脑的话：“有点情况！”

你看我对此感兴趣，就细说了：连队评选优秀士兵是一个月评一次，年底综合全年12个月的得票情况进行总评，根据团里下拨的优秀士兵名额按得票多少往下刷。你怕我不明白，就加重语气说：“现在，评选优秀士兵成了连队的一件大事，战士看得很重啊！”你又说：“四班长李泽盛前两次在评选优秀士兵时，得票明显偏少，这次票数上来了。我在琢磨，四班长的‘缺点’并没有改，为什么得票多了？”

李泽盛是个直筒子脾气，把他叫来一问，他就讲了。这次评选前，他在班务会上作了一番动员：我知道有的同志对我有意见，我得罪人是由于我爱批评人，不符合连队规定的事我就要说，这是我的责任，我不怕丢选票。我想说的是，其他班的同志不理解我没关系，日久见人心嘛，你们可得支持我，得投我的票，我评上优秀士兵也是我们班的光荣。

听罢李泽盛的一席话，我禁不住一拍大腿，惊叹说：“哎呀，这是一条新闻！战士敢用手中的民主权利了！”没想到，你却唱起了反调：“我教育战士要见困难就上，见荣誉就让，四班长这样做是不是有觉悟低之嫌?”

就这个问题我俩争论了好久，谁也没说服谁。于是，我们决定到群众中去找真理。我们在五班进行闲聊式的调查，很快就有了结论：无记名投票选拔优秀士兵，是战士的民主权利，由此产生的战士拉选票现象，是这种制度的派生物，稍加引导是可以纠正的。我俩终于互相让了一步。我说，战士拉选票，也不能放任不管，投票时要教育战士出以公正，多看大处少看细节，多看工作实绩少看私人感情。你说，连队出现了新情况，我往往看问题多，主要是习惯思维作怪。凡是文件中没有写的，领导没有讲的，一般我不敢轻意持肯定态度。

怎样看待“选票”问题，你还是有点拿不准，翻开《决定》要找找依据。一会儿，你就高兴地大声念了起来：“军队政治工作改革是一个不断探索的过程，要努力摆脱过时的思想观念和陈旧思维方式的束缚，勇于研究新情况，解决新问题，创造新经验。”

顿时，你觉得底气足了：对基层思想政治建设中出现的新情况、新问题，指导员要有“慧眼”，能够及时发现；要有“胆子”，不绕道走，敢于设法去解决。

祝你在基层思想政治工作改革中取得更大成绩！

记者　欧世金

2000年初夏于乌鲁木齐

（2000年6月2日3版头条）

战士在向干部挑战

——本报记者欧世金与指导员谢拥军通信之三

谢指导员：

一天晚上散步时，你突然对我说："我有一种危机感，我的文化就是入伍前高中毕业那点底子，许多知识真比不上战士懂得多。"

说真的，你这话让我很感动。敢正视自己有不如战士的地方，说明你具有人格魅力。当时本想夸你几句，但我还是忍住了，只是问："你遇到了来自战士的哪些挑战？""几乎是全方位的。"你举例说，前几天上科技练兵重要意义的教育课，这一课去年我就讲过了，这次照着去年的讲稿讲了一遍。讲的时候，几个文化程度比较高的战士眼神飘向了别处，我装作没看见，没有批评他们。因为我想，这个教育课我自己都没全部搞懂，怎能让战士服气呢？

对这个问题，你的认识是很清楚的：从文化程度上看，今年连队的新兵高中文化占50%，还有几个中专生；从经历上看，他们从市场经济大潮中走来，具有不少现代意识，而我当兵的13年里，部队生活与社会的发展有着一定的"隔离"，我再凭自己过去的印象和观念去带兵，肯定是牛头难对马嘴。

你说这种体会是从亲身经历中来的。战士焦利刚1997年底入伍，新兵期间就闹着要回家，干部骨干谈了数十次心也不起作用。我得知后给他讲道理，他一句不吭。我让他表表态，他站起身来："指导员，没事了吧？"说罢就走。

"后来呢？"我问。你说："故事还长着呢！实在没法，我给他父亲写信讲了实情。小焦本不想当兵，是他父亲让他来的。焦父赶到部队给儿子做工作，焦嘴里答应不回家了，但干工作就是'混'。我无计可施，焦利刚成了心头的一块病。"

“当时，我正在自学电大法律专业。一天，我突然冒出一个念头：用法来‘治’焦利刚行不行？我将《兵役法》等法规中有关不履行兵役义务的惩罚规定划上红杠杠，让焦利刚学习。真是‘无心插柳柳成荫’，焦利刚像突然变了一个人，把聪明劲儿全用到了工作学习上，后来当了副班长、班长。”

“焦利刚的转变改变了我的一个观点，我过去也跟着喊‘兵难带’。事实上，不是兵难带，而是干部不会带，或者说，是战士的素质高了，干部还抱着‘老黄历’去识兵、管兵、教兵，结果‘拧着劲’。”

你说：“认识新时期的战士，需要干部多长几只‘眼睛’。”有个兵叫邵伟杰，高中生，在家做过生意。一次，这个兵向班长建议，部队服务社的百货比市场价高20%至50%，能不能由他去为全连进货，自己不赚钱，只想为战友做点好事。这个建议反映到你耳朵里，你当即就否了：“那不行，战士怎么能去干这种事。”乍一听，觉得这个兵真是“毛病”多。但你细一想，又觉得他没错：服务社的货高于市场价，自己早就知道，为啥就没有想法去改变这种现状呢。后来你折衷地采纳了他的办法，让司务长为全连到市场批发日用品，确实为战士节省了一笔钱。当然你没有忘记表扬提此建议的邵伟杰。

你说自己总结出一条经验，当遇到难题时，多请教战士，战士身上有取之不尽的智慧。对此，我深表赞同。

指导员，我这次蹲点，尚属蜻蜓点水，对基层思想政治工作的理解很肤浅。与你的几次通信，肯定有错误之处，请你和战友们不客气地修正我的认识。

记者　欧世金
2000年初夏于乌鲁木齐

（2000年6月6日3版头条）

“本连没有‘个别人’”

——本报记者欧世金与指导员谢拥军通信之四

谢指导员：

记得我曾问过你：“咱连有几个‘重点人’?”没想到，你说我的提问不妥，“重点人”这个提法近年已经不用了，“火药味”太浓，改为“个别人”了，这个改变意味着军队思想政治工作正在得到改进和加强。

你接着说，眼下连队新兵刚下班，情绪还处在调整适应中；新年度工作全面展开，任务繁杂，战士思想比较活跃；外出培训、学习、探家的人员多，增加了思想政治工作的难度。尽管这样，你还是敢拍着胸脯说：“本连没有‘个别人’!”

我耳朵听着，心里却并不服气：十个指头还不一般齐呢，何况连队有百十号人！你看出了我的心思，解释说：“上级要求我们要重视做好‘个别人’的思想政治工作，这不等于说，连队什么时候都要找几个人来当‘靶子’。我认为，如果有，就不要回避；没有，也不要硬凑数。”

接着这话，你说你经常纠正一些班长的认识。不久前，连队召开思想形势分析会，两位班长都说本班有“个别人”。你让他们具体说说这两个“个别人”究竟“个别”在什么地方。一个班长说，有个兵花钱大手大脚，一次就将一个月的100多元津贴花光，还借了战友20元钱。另一个班长说，他们班有个兵总爱顶嘴，管不了。你一听觉得不是味，便严肃地对他们说，“个别人”这顶帽子不要随意戴。战士的性格脾气、生活习惯与部队不合拍，要注意引导，但不能“上纲上线”，任意拔高。

为进一步阐明你的观点，你又讲了自己当新兵时经历的一件事。连队有个老兵，集合站队，他总是磨磨蹭蹭最后一个入列；娱乐、休息时，他总爱一个人蹲在角落里抽烟；劳动、训练，他显得有气无力，心不在焉。看他那个稀拉样，连队干部认为他“刺头”，就把他定为“重点人”。“重点人”这顶帽子一戴，战友们就像避瘟疫一样躲着这个老兵。其实，那个老兵就是有点懒，早晨贪恋热被窝。

听了这个故事，我心里压抑得有点喘不过气来。或许这事对你的教育太深了，所以你说你当指导员后，从不轻意定哪个战士是“个别人”，慎之又慎，时时记住不要伤害战士，不能让战士背一块“石头”度过美好的军旅生涯。《心理学》上有个原理说，人都受心理暗示的影响。特别对连队干部来说，一句表扬或一句批评，可能使战士好的做得更好，差的滑得更远。

我问你：“你当了5年指导员，有没有给战士处分过？”你说，有一个战士受过处分，他探家期间，家里遭了灾祸，超假3天。我问：“受了处分还不算‘个别人’？”你说：“不应该算。这个兵对处分口服心服，没有背任何思想包袱。”“那么在你眼里，什么样的战士属‘个别人’？”我又问。你答：“有可能或已经出现了明显的问题，并且需要在全连甚至更大范围内公开解决的，否则，千万别将他划入‘另册’，孤立于大多数战士之外。”

你的谈话使我深刻认识到，正确划定“个别人”，是关系到如何认识战士、培养战士的大问题。这既是我军思想政治工作要关心人、尊重人、理解人的原则需要，也是新时期基层政治干部能力素质的新要求，是对战士真正负责的爱心体现。正因此，你们连充满着官兵友爱、团结向上的氛围。今年3月，连队之所以荣立集体一等功，不能不说这是个重要原因。

致以军礼！

记者　欧世金

2000年初夏于乌鲁木齐

（2000年6月12日3版）

请关注兵兵关系

用官兵之情滋润兵兵之谊

■周锦涛　本报记者　欧世金

盛夏，我们一行记者在部队调查研究兵兵关系时，都谈到另一个问题：官兵关系。有人把兵兵关系形象比喻为官兵关系的“晴雨表”。也有人说得更实在：兵兵关系是官兵关系的直接反映，其中的是和非，或多或少都与官兵关系有关，纯洁健康的兵兵关系要靠良好的官兵关系去影响、去带动。

“支流”会影响“主流”

同兵兵关系相比，官兵关系自然是主要矛盾。近年来，由于认识到位，工作得力，官兵关系越来越好。与此相比，我们对新形势下兵兵关系的新特点，还应当进一步加深认识。

部队有的领导总结出当前兵兵之间出现了5个差异：贫富差异；文化差异；背景差异；年龄差异；个人理想差异。其实差异远不止这些，仅此，足以证明关注兵兵关系的迫切性。

不少人把兵兵关系中出现的新情况新问题说成是支流，这是符合实际的。问题在于我们不能等“支流”问题变成了“主流”问题才去抓。

重视兵兵关系，要学会用新视角去观察，用新思路去处理，切忌遇到问题老是那么“几板斧”。解决兵兵关系中的矛盾，与兵朝夕相处的基层带兵人首当其冲，化解士兵之间的疙疙瘩瘩，一线带兵人责无旁贷。

营造净化风气的氛围

干部在处理兵兵关系中应做什么工作，某集团军政治部刘主任说了6个字：“带头净化风气。”

真是有感而发！战士张海波，在参加紧急集合时，班长刘佃兵帮他打了背包。事后，小张给班长送去一大堆饮料食品，以示“感谢”。战士胡伟光，工作表现一般还想入党，他私下对战友说：“谁投我的票，我请谁的客。”

记者了解到的大量事实说明，兵兵关系的主流是融洽的、纯洁的、健康的。但必须清醒地看到兵兵交往中存在一些值得重视的现象：战友关系的庸俗化，投桃报李的“物化”，等等。

有人说时代变了，兵兵交往的方式也会变，不必大惊小怪。这话顶多只说对了一半。一些基层干部说，凡是有利于部队建设、有利于增强兵兵感情的新方式，我们都表示欢迎和接受。但对那些沾染着低级趣味的东西，军人必须断然拒绝。

问题出在兵身上，根子往往在官身上。记者多年在基层采访，有过这样的体验，只要尝尝连队饭菜的味道，大抵能猜出连长指导员是哪里人。几十号兵，连口味都得随干部习惯，战士还有什么事情会不受干部的影响？一位连长说，假如我今天抽某班长一根烟，明天这个班长就可能心安理得抽战士一盒烟。

采访中，不少干部说，净化风气的道理好讲，做起来却很难。看来，要营造“净化”兵兵关系的氛围，关键在于干部要言行一致。同时要敢于纠正官兵交往中的一些不良习气。要从一言一行做起，从一点一滴做起，从一人一事做起。守好自己那块“阵地”。

听起来这都是些老话。不错。但老话总被重复，说明老话自有其道理，讲原则、讲正气是我们带兵人的“定盘星”。只要官兵关系的“星”定准了，兵兵关系就不会有太大的误差。

学点调节的艺术

兵兵关系中的一些矛盾，大多是些鸡毛蒜皮的小事。有时因为一句玩笑话伤了和气，有时因为争一双筷子而动了手脚。也不难理解，战士们有各种差异，年龄小，处事还不成熟，加之任务繁重，家庭牵挂多，产生一些疙疙瘩瘩的事是正常的。但小事不可小视，小事处理不当，就可能变成大事。小事因其小，用不着做“伤筋动骨”的大手术，往往更需要“春风化雨”之功。某师政治部主任李军说：“处理兵之间的小事，化解兵之间的矛盾，要讲究艺术，干部要学会做调节工作。”我们从采访的事实中顺手拈来几例，感到颇能启发人——

某团防化连十班8个兵，平时相处亲如兄弟。突然有一天，一个兵通过“关系”调走了，有的战士当晚一夜没合眼。第二天，指导员邓建军专门对战士谈这个话题：他靠“关系”，咱靠本事，人生成败哪论一时一事。战士们的脸由阴转晴，因为他们的心灵被指导员一席话拨动了，心理也就平衡了。

某团六连四班班长吕效志和战士黄勇，在一次训练中顶了牛，俩人好长一段时间互相不说话，谁都不愿主动让步。一位连队干部把副班长王瑞明找来，让他替班长给黄勇写张便条，表示歉意与和解的诚意。纸条放在黄勇床头柜的当天，他们就和好如初了。

某部坦克三连战士沈亮，母亲病逝后，父亲再婚。临近退伍，父亲来信对他说：“你退伍后可不能和我过，要不我这个新家就毁了。”沈亮回家将独自面对孤灯冷灶，怎能不心灰意冷？此时，连队干部并没有因为这个战士即将脱下军装就不管不问，在征得沈亮同意后，他们发动全连为他找“家”。很快，沈亮通过法律程序选择了同乡战友徐进的家。干部们做的这件事，不仅温暖了沈亮的心，更增进了兵兵之间的感情。好雨知时节，润物细无声，这便是不着痕迹的艺术。

（2000年8月17日1版）

请关注兵兵关系

不能忽视文化差异

■曹宗祥　本报记者　欧世金

差异差在文化上

自从大学生新兵李庶光分到三班后，优秀班长陈健方总觉得有一双挑剔的眼睛在盯着他。

一次助民劳动，连里下达的任务是一天完成。陈班长要求全班3小时干完。李庶光当即提出不同意见：这样不便于平均分配体力，不要命地突击容易搞坏大家的身体，也难保证工作质量。陈班长听了脸上有些挂不住："这是命令，不要讨价还价。"

每顿饭前，陈班长要组织战士练练单双杠。杠上杠下，战士们龙腾虎跃，深得干部赞许。李庶光却唱反调："饭前剧烈运动，对肠胃消化有害，练兵方法不科学。"陈班长生气了："就你事多。"

如此这般三番五次之后，陈班长每次布置完工作，总要飞快地瞄一眼李庶光，怕他又提什么意见。同时，班务会上李庶光挨批的次数渐渐多了。当他明白这是陈班长对自己有"看法"后，很快就变得少言寡语了。

谈起产生分歧的原因，李庶光直言不讳地说："我是大学生（青岛大学计算机系），班长是初中生，我俩文化修养不在一个档次上，观察问题、处理问题的立场、观点肯定不一样，有点冲突是必然的。"

记者调查表明，目前高学历兵呈逐年上升趋势。高学历兵的数量还不多，但由此引发出的新情况新问题却不少。我们研究兵兵关系，绕不开文化差异。军营里常见的“公说公有理，婆说婆有理”的现象的背后，起主导作用的往往是文化差异和思想观念。

“鹤立鸡群”心理要不得

某装甲旅一连战士周发生，身体素质好，入伍前上过体校，当兵后在军事训练上比战友要“跑得快”。对班里“连字都认不了多少”的战士，他的口头禅是：“真笨!”

一次，连队组织五公里越野比赛。班里有个战友没跑及格，影响了全班的成绩。他当众埋怨：“连五公里都跑不及格，还当个屁兵!”一句话伤了那位战友心。

“鹤立鸡群”高人一等的心理在高学历兵中带有一定普遍性。某师政委邓长宇分析说，高学历士兵进入军营，是部队的一笔财富，对我军现代化建设有很大的积极作用。他们脑子灵，接受能力强，有主见，个人目标明确。容易受到干部的赏识，在考学、提干、转士官、学技术等方面往往“优先”。其他战友对他们也高看一眼。因此，有的高学历兵滋生了高人一等的优越感。

将上述事例“立此存照”，意在提醒有的高学历兵，自己在军营受到偏爱，就更应从严要求自己，多想军营的特殊性，多看看别人的长处。学会用自己的短处比别人的长处，是兵兵交往的黏合剂。

有点“冲撞”并不都是坏事

“文化不等于文凭。”一些带兵人谈到，文化差异会造成兵兵之间认识、处理事物的差异，但文化差异不仅包括文化程度高低，而且还包括每个兵自幼以来耳濡目染的“文化背景”，所谓一方水土养一方人正是这个意思。

今年3至6月，某部通信连参加光缆施工。工地上，19个温州兵有两种现象让从西部地区入伍的兵感到不理解。一是温州兵不喝连队烧的开水，只喝自己掏钱买的矿泉水、健力宝等饮料；二是温州兵都能保质保量完成任务，但不愿主动帮助体力弱的战友捡块石头动锹土。

照惯常分析问题的方法，我们很容易得出这样一个结论：温州兵思想觉悟低。如果我们从文化的角度来看一看，得出的答案就会有所不同。温州地处改革开放前沿，经济相对发达，从这里入伍的兵大多经过商打过工，他们的言行无不打上市场经济的烙印。仅从上面例举的事实中，就可看出他们头脑里的观点：等价交换、消费刺激生产、自强自立等。这些观点没有错误，但战友之间不能搞等价交换，这个理他们还不懂。

学会从文化差异角度分析、处理问题，远比简单地搞清谁是谁非更有意义。兰州军区某装甲旅政委张能绪谈到，一碗面条怎样放佐料就大有“文化”。黄土高原地区的兵没有醋就嘟嘟囔囔，四川、湖南兵没有辣子就说没味儿，东北地区的兵爱吃酱油，江浙一带的兵喜欢清淡。

融入军营文化中

高学历兵进入军营，不同文化背景的兵走到一起，他们之间的文化差异怎样缩小？就这个问题，记者请教了部分官兵，他们的思考给我们不小的启发。

军队是一所大学校，这所大学校里孕育出了独具特色的“军营文化”。概而言之，“军营文化”就是条令条例和各项规章制度，就是军人道德和行为准则，就是“一看就是解放军”的那种特质。我军“军营文化”是中华民族传统美德与军队建设实际相结合产生的“瑰宝”。历史已经证明，我军“军营文化”喷射出的强大精神动力，可以使广大官兵在任何条件下压倒一切困难，战胜一切强敌，战争年代靠小米加步枪打败了飞机加坦克的敌人，和平年代为了人民的利益赴汤蹈火视死如归。中国人喜欢送子女当兵锻炼，往往就是冲着我军“军营文化”能让人成才而来的。

“军营文化”有其不可动摇的权威性。比如服从命令，听从指挥；步调一致，整齐划一；又如，团结奋斗、互帮互学、生死与共；再如，党指挥枪，人民是靠山，祖国利益至上，等等。在这些原则、立场问题上，不论你是什么文化程度，你来自哪个民族哪个地区，你的心理、个性多么不同，你都得符合“军营文化”所包含的准则。

“军营文化”有很强的包容性，并不一味排斥“多样性”。特别是对社会上流行的健康向上又受到青年人喜爱的文化方式，部队都积极

“引入”。前几年，一些刚入伍的新兵爱唱卡拉OK，各级机关很快就给基层配发了这类文化器材，并组织卡拉OK演唱比赛。少数民族官兵的风俗习惯在军营受到普遍尊重。在西北地区部队，凡是有不吃猪肉的官兵的单位，哪怕只有一个人，也为他专门设立了“清真灶”，并购买清真食品，配有专用炊具。

总之，“军营文化”有其特殊性，作为战士，应将个体的文化差异自觉融合其中。如同阅兵中的方队，将我们每个人融入整体才能显示出无与伦比的美和力。

（2000年8月29日3版）

请关注兵兵关系

家有贫富　兵无贵贱

■冯接夏　本报记者　欧世金

贫富不该隔开战友心

温州籍战士张大江，刚入伍时腰别“掌中宝”手机。一次，他见有个战士羡慕地盯着自己腰间，就顺手将手机递过去：“给家里报个平安吧！”这个战士脸一红，连连摆手：“我家连电灯都安不起，哪来的电话？”

让张大江想不通的是，家里寄来的钱他从来都没独享过，好吃好喝都是大家共享，不仅没落个好人缘，战友反而总在躲着他。提起这些事，王龙内心很不平静。这位甘肃靖远籍战士在座谈时，提起张大江，一律用“人家”代称。人家有钱，人家会来事，人家总讨人喜欢，人家打一个电话就花100多块，我是挤牙膏都想着节约点，哪敢凑到一堆？

新疆军区某工兵团政治处陈副主任说，现在，战士家庭贫富悬殊越来越大了。以今年的新兵为例，有的随身带钱达1万多元，光吃的就提来几大包；而个别战士几乎分文没带。该团收发室统计表明，一些沿海地区和经济比较发达地区的战士家庭经常寄来汇款，最多的一个战士家里在一个星期内寄过两次“4000元”。同样，也有部分战士连津贴费都舍不得花，每月除了留几块钱买生活用品外，其余全部寄回家中。记者在某团采访时，发现节假日家贫家富的兵各自成堆。家富的兵喜欢外出，吃零食，相互请客；家贫的兵则呆在营区看电视，打扑克，睡觉。

调查中，官兵们肯定地说，家贫家富问题受到各级的重视和引导，兵兵之间并没有因此产生明显的矛盾。同时大家也指出：贫富像一层纸，战友间心上的隔膜是难免的，如处理得好，“纸”一捅就破，战友情仍能达到水乳交融的理想境地，如处理不当，战友间心与心就会出现缝隙，产生不应有的隔膜。

穷不自卑，富不自负

某团十连战士王小亮，平时抽的是100多元钱一条的“三五”烟。不管连队伙食好差，他隔三差五要吃点零食，十天半月要下次馆子。经常被他“请吃”的同班战士小王，对他很羡慕，觉得他活得潇洒。时间长了，小王心里过意不去。有一天，他咬咬牙给父亲发了一封加急电报，说自己得了重病，急需2000元钱。靠工资维持全家生活的父亲，东拼西凑给他汇了一笔钱。

小王所在连队指导员王映国说，一般来说，家富的兵后顾之忧少，受教育程度高，接受现代信息多，反应比较灵活。家贫的兵比较踏实，能吃苦，上进心较强，有忍耐力。但上面这个事例也说明，家富的兵如果处理不当，很可能误导家贫的战士。反过来，家贫的兵如果爱虚荣，像小王一样打肿脸充胖子，也会给家里造成不必要的负担。

其实，家贫家富是由多种原因造成的，战士在服役期间对此不宜看得太重，家富不应骄傲，家贫也不必自卑。许多战士总结说，家穷别自己看不起自己；家富别自以为了不起。

出身于“小康”家庭的某团十一连战士范宁军，当兵后从不乱花钱，他特别尊重家贫战友，说话做事从不伤害他们的自尊心。有一次，连队的馒头欠把火，班里的战士纷纷去买方便面、火腿肠吃，唯独有一个来自贫困地区的战士没买，范宁军为了避免这个战友难堪，就多买了一碗方便面，请他同大家一起吃。

同样，许多家贫的战士把思想压力变成奋斗的动力，不与谁比家穷家富，只比谁的成绩大贡献多，在军营里快速进步成才。

带兵人不可嫌贫爱富

班长曲启成带新兵时，班里有一个“胖胖兵”，体重90多公斤。家里很有钱。他训练跟不上，曲班长批评他时嘴下有些留情。其他战友私下议论：班长偏心眼儿，肯定得了什么好处。新兵下班后，曲班长知道了战士们当时的这些想法，虽然心里有些委屈，但他明白了一个道理：带兵要一视同仁，千万不能嫌贫爱富。

也难怪战士们对“嫌贫爱富”如此敏感。记者了解到，近些年，个别干部骨干对那些能给自己带来“好处”的兵比较“亲”，对来自贫困地区的兵略显淡漠，产生了一些负面影响。在基层带兵10多年的某团教导员唐斌说，带兵人嫌贫爱富从小处说是私心作怪，是庸俗化的表现；从大处讲是不讲正气，对部队建设极为有害。

战争年代，方志敏烈士提出共产党人要有“清贫”的思想，新形势下，带兵也不应该有爱富嫌贫的思想，不要为小恩小惠所动，别被“吃点”、“喝点”、“送点”所惑，万不能因小失大。

一些基层干部骨干还强调，对家庭贫困的兵，关心要更多一些，因为他们同家富的兵比，在心理上处于劣势。另外，他们一般比较内向，有苦强往肚里咽，不善于表达。因此，带兵人要经常主动过问他们家里的困难，帮助他们解决一些实际问题，减轻思想负担。

干部不另眼看人，家贫的战士就会消除顾虑，埋头工作。战士李忠平来自贫困山区，文化水平较低，连队为了让他学一门实用技术，就派他养猪。有一年冬天，一只猪仔病了，他抱在怀里在雪地里走了3公里送到兽医站。战友无不被他的精神所感动。当时连队有一个学驾驶的名额，全连全票推荐他。

家有贫富，兵无贵贱，这个命题是一个有现实意义的提示，也是我军光荣传统应有之意，更是一个新形势下处理好兵兵关系的指南。

（2000年9月10日3版）

济南军区某师清退超占公勤人员一百五十三人

师部门以上领导共用两名公务员

本报讯 记者欧世金、曹瑞林报道：济南军区某师师长、政委没有专职公务员，包括代职干部在内的12名师部门以上领导共用2名公务员。这事听起来不太让人相信。元旦前，总参军务部一位副部长来到该师警卫连，一番细查之后，佩服地伸出拇指："你们动了真格的！"

清理兵员工作是从几个月前开始的。当时，有人提出异议："年年清，年年超，做这个表面文章干啥?"异议不是没有"来头"。多年来，师领导、机关用兵有一不成文的惯例，师团首长一人一个公务员，提升的、调走的、转业后没搬家的团职以上领导，也一家配一个。机关不少科室则以各种理由超占兵员，帮着打字、打扫卫生，干杂活。

对照"七一"重要讲话和"三个代表"要求，师党委提出，占一个兵，战斗力就损失一份，不仅增加了管理难度，还违反了中高级干部廉政建设管理规定，必须痛下决心从我们这一届班子抓起。师长李晓星首先表态："让我的公务员带头回连。"师机关按照编制，清退了所有师首长的公务员，只留2人共同使用。同时还清退了调离、转业干部家里的公务员，包括从本师提拔的2名现任上级领导家中的公务员。师首长带了头，各团领导闻风而动，对超占的公务员全部清退，每团只留一人共同使用。据统计，师团共清退超占公勤人员153人。

撕下面子清退超占公务员后，个人和家里的私活没有战士帮忙了，有的师团领导刚开始不习惯，但很快就适应了。渐渐地，官兵们发现了师团首长身上发生了一些变化：有的自己动手处理文电，开会时自己拿水杯，在办公室里自己倒开水，工作之余也动手做一些家务。正是这些细微之处，透出了领导干部践行"三个代表"的新气象。

编后

生产力在军队的直接体现就是战斗力。某师党委站在维护和确保战斗力的高度清理超占兵员，体现了他们认识问题的高起点。领导敢于从自身做起，“先拿自己开刀”，问题才能切实得到解决。

党中央、中央军委反复强调，加强和改进党的作风建设，领导干部、领导班子、领导机关是关键，特别是各级主官要发挥示范作用，坚持讲真话、听真话，坚持讲实效、办实事。这个师的实践再次表明，任何难办的事情、任何棘手的问题，只要领导带头，事情就好办；只要思路对头，难题就迎刃而解。

（2002年1月24日3版头条）

济南军区某师帮基层缓解工作组多的压力有实招

将迎来送往尽量揽在师部

本报讯 刘创、记者欧世金报道：5月下旬，记者来到济南军区某师采访时发现：今年到这个师的工作组数量仍然不少，但所属的几个团却反映，工作组来得不算多，对基层的干扰并不大。师机关的同志告诉记者：其中的诀窍是，师里采取了一个有效办法，即把所有跑面的工作组揽在师机关食宿，确保团以下单位不为迎来送往劳神。

这个师荣誉多，成果多，前来指导工作的各级工作组也相对比较多，师团领导迎来送往牵扯了不少精力。师党委从部队建设的经验教训中得出结论，要保持基层的正规秩序和安全稳定，首先要保证作为“一线指挥部”的领导、机关有足够的时间和精力抓工作。去年初，该师党委提出了“宁忙师，不扰团”的思路。他们规定，除老兵退伍和帮抓后进等时机，师领导和机关干部可与上级工作组一起沉到营连外，平时上级跑面和搞检查的工作组，由师里派人陪同下团，因路途较远中午不能赶回师机关就餐的，在团里按标准就餐，其他情况下全部回到师机关食宿，购车票、接送站也由师机关办理。

宁忙师，不扰团，把繁琐的接待工作揽在师里，各团接待费明显减少。某团今年前5个月的实际接待费比预算少了近一半。更重要的是团领导、机关的工作负担减轻了，抓基层的精力集中了，部队面貌焕然一新。

接待工作组的任务主要由师里担负之后，师领导、机关比以往忙一些，但并不乱，特别是看到明显对基层建设有好处时，他们坚定了持之以恒抓下去的决心。副师长陈凤辉说：“只要有利于基层和部队建设，师领导、机关吃点苦受点累也值得！”令人感到意外的是，上级工作组对该师的这个做法普遍感到满意。前不久，来师检查工作的一位军区领导说，这样做既保证了工作组到基层开展工作，又没有让工作组给基层添麻烦。

（2002年6月7日3版）

济南军区某师贯彻落实军官任免条例出现新景观——

首长门前“冷” 干部劲头足

本报讯 记者欧世金、特约通讯员龙云飞报道：岁末年初，济南军区某师党委正在对一批干部进行提升、调整。同一些单位明显不同的是，看不到络绎不绝找领导的现象，师首长办公室和家门前显得有些冷清。这是该师党委严格落实有关干部任免条例带来的新景观。

干部提升使用，是官兵们关注的敏感问题。以往到这个时候，有的同志为了提职，想方设法去找领导，否则总觉得心里不踏实。有的打电话、递条子，还有的提着“包”上门。师首长不仅在办公室无法清静，连回家也睡不了个安稳觉。

师党委“一班人”对这些不正常现象进行了深刻反思，认为用什么人不用什么人，对党的作风建设具有重要的导向作用，也是领导干部是不是真心实践“三个代表”重要思想的试金石。为了提拔使用作风扎实、政绩突出、群众拥护的干部，他们严格落实关于军官职务任免方面的规定，依据规定的程序进行考核、选拔、任免，考核排名靠前的优先提升使用，排名靠后的，限期改正或调离本职岗位。他们严格落实群众在选人用人中的知情权、参与权、选择权、监督权，把尊重群众公论的原则真正落到实处。坚决做到下级党委不推荐的不用，民主测评不过关的不用。全师上下形成了凭素质立身、靠政绩进步的良好氛围。

“我提职连自己都没想到。”某团政治处干部股长王晓伟十分感慨地说。他任指导员期间所带连队连续两年被集团军评为标兵连队，荣立集体三等功。当领导找他谈话要提升他时，真有点不相信自己的耳朵。据统计，去年以来，全师共调整干部近千名，没有明显用得不合适的，群众比较满意。经师、团纪委无记名调查，群众满意率达到98%。

不靠关系靠实绩，使那些没有提升的干部也服气。某炮兵团四营教导员徐广润，任现职3年多，各方面表现也不错，但这次没有被提升。他说：“没提我也服气，心里感到很踏实，我相信只要好好干，组织和群众是不会埋没我的。”

坚持任人唯贤，反对用人上的不正之风，是贯彻“三个代表”重要思想的必然要求，也是加强和改进军队党的作风建设的根本保证。某师党委贯彻落实干部任免条例，较好地解决选人用人中的突出问题，出现了“首长门前冷清，干部干劲十足”的新气象。这种“冷清”令人鼓舞，这种“干劲”催人奋进！

最近，中央军委颁发了《中国人民解放军现役军官职务任免条例》，这是我军历史上第一部军官职务任免法规，也是全军上下多年实践的经验总结。只要我们严格落实这个条例，依据条例规范军官职务任免工作，就能够进一步解决选人用人上的不正之风，使我军干部队伍充满生机和活力。

（2002年12月8日3版头条）

真诚帮战友　携手求进步

——兰州军区某高炮团开展“三互”活动密切内部关系侧记

■王小文　东永政　马　颖　本报记者　欧世金

兰州军区某高炮团针对官兵关系中出现的新情况新问题，扎实开展群众性“互学、互帮、互教”活动，引导战士在文明竞争中成长进步，在学习互助中增强素质，在和谐共处中塑造当代军人形象，取得显著成效。11月中旬，兰州军区总结了他们的经验。

时时有竞争处处见真情

前年士官选取期间，团里分给三连一个火炮专业一级选取二级的指标。预选过后，矛盾的焦点集中到了朱洪涛和张永身上。

其实，自打新兵起，他们两人就在暗地里较劲。你内务卫生得了红旗，我军事训练非争个第一不可。就这样，他们你追我赶，谁也不甘落后，不仅双双入了党，还同时当上了骨干。

这次，在连队组织的第一轮民主测评中，他们两人又是旗鼓相当，打了个平手。强强相争，谁肯服软？他们两人都放出话来：这回非分出个胜负高下不可！由于实力相近，连队干部一时也犯了难。思想工作做不通，只好再来一次群众评议。

为了赢得支持，他们明的不行来暗的，悄悄拉选票，在官兵中造成不良影响。结果，士官名额被团里收回。

这件事，引起团领导深刻反思。他们认为，充满竞争是现代社会的一个特点，军营也不例外，一个战士从新兵连开始，就将面对各种竞争。如教育引导得当，这种竞争就能转化为部队建设的积极因素，否则，就会影响官兵的健康成长。

为此，这个团把开展“三互”活动作为官兵文明竞争、携手进步的平台，大力开展“组内比，组外赛”、“台上比着干，台下帮着练”、“场上是对手，场外是帮手”和评选“三互”活动优胜组等活动，倡导大家既比强弱，又比风范，互补短板，努力使单项强变为多项强、一人强变为众人强、局部强变为整体强，使战友间既充满竞争，又充满情谊。

“三互”活动的健康开展为团队建设注入新的活力。今年7月，在兰州军区组织的“岗位练兵，岗位成才”比武竞赛活动中，某雷达站长巩虎强和本组战士鲁晶双双入选。他们两人铆足了劲，要在赛场夺金。然而在预赛中，巩虎强发挥失常被淘汰，但他不计个人得失，积极调整心态，主动申请到集训队给鲁晶当帮手。为帮助鲁晶赛场夺魁，他托人从防空兵指挥学院带来《雷达故障排除215例》、《某型雷达构造与保养》等专业书籍，总结自己比武失利的教训，帮助鲁晶规范操作程序，手把手教动作要领。在集训的两个月时间里，巩虎强每天提前一小时起床，帮助鲁晶准备训练器材，默默无闻当陪练。最终，鲁晶在军区组织的“岗位练兵，岗位成才”竞赛中夺得雷达专业第一名。师里为鲁晶记了二等功，团里也给巩虎强记了三等功。

走出“小圈子”融入大集体

这个团在调查中发现，由于地域环境、文化程度、性格爱好、社会阅历等差异，士兵中自然形成了“乡友圈”、“牌友圈”、“球友圈”、“网友圈”、“老兵圈”等人际交往圈。团党委分析感到，这种现象如引导不当，容易诱发矛盾冲突和集体违纪。

对这些各式各样的“圈”怎么看？这个团没有简单地否定，而是引导大家开阔视野、更新观念，深刻认识“小圈子”的危害性。同时，他们坚持以行为引导为重点，在“三互”活动编组时，注重把兴趣相投、性格相近、经历相仿的战士分别编在不同的小组，引导各小组广泛开展“别人长处学一学，不良习惯改一改”、“互找差距，互讲不足”、“说文明话，办文明事，做文明人”等活动，大力倡导同乡异乡一样亲、先进后进一样帮、有无背景一样待，形成了平等相处、互相帮助、共同进步的好风尚。

三连战士朱荣亮是个“游戏迷”，过去常跟几个“游戏迷”来往。连队干部发现后，感到小朱的交际圈子比较狭窄，就把他与连队的“电脑专家”孙永杰编在一个小组，让他跟着孙永杰学习网络技术。在孙永杰的帮助下，小朱的兴趣发生了转变，很快从一名“游戏迷”变成了一个“网络通”。前不久，团里建设局域网时，小朱主动承担了全营的网络联接和调试工作，出色完成了任务。

该团团长董普选有一个观点：战士都有追求上进的强烈愿望，谁都不愿当“孬种”，所谓的后进战士和“重点人”，都是带兵人工夫没有下到造成的。

江西籍战士朱文标，入伍时操一口浓重的家乡话，别人听起来很费劲，战士们时不时学他两句，常常引得哄堂大笑。小朱也感到很丢面子，除了与几个江西“老表”来往，他很少与别人交流，还因言语冲突，与战友发生摩擦，成为连队关注的“重点人”。

为了帮助朱文标融入连队这个大集体，“三互”小组长张迪动了不少脑筋。先是帮他学拼音，接着带他读报纸、读刊物，一字一句领着练，每天坚持一个小时。今年8月，部队在腾格里沙漠驻训，临走前张迪特地买了《散文选刊》和《演讲与口才》等杂志，训练之余，就带朱文标到僻静处大声朗诵，还及时给连队提建议，让小朱在排里、连里指挥唱歌，为他搭设锻炼平台。一年下来，小朱讲话越来越顺溜，脸上的笑容也越来越灿烂。

压力同承担快乐共分享

俗话说，一个篱笆三个桩，一个好汉三个帮。战友之间最能理解成长的烦恼，也最容易走进对方的情感世界。

着眼于此，这个团在组织“三互”小组长集训时，把提高做思想工作的本领作为重点，组织大家围绕“战士的心锁怎样开，战士的困惑怎样解”等问题进行研讨，教大家以平等的态度带兵，以兄长般的情怀爱兵；掌握谈心交心的技巧，学会倾听、学会疏导，成为战士成长进步的“小向导”。

导二连战士张万强前段时间患了“鬼剃头”，一撮一撮掉头发。一向活泼的小张背上了沉重的思想包袱。“三互”小组长彭奎主动靠上去做工作，经常给小张讲奇闻趣事，分解他的思想负担。一次，彭奎在杂志上看到治疗斑秃的广告，当天就汇钱邮购，小张吃了两个疗程仍不见效，小彭心里也急了。于是，他发动全班同志都来想办法，找药方。经多方联系，找到了十几种药方。他还带着小张求医问药，后来，终于找到了有效的治疗方法，小张的头发一天天长出来了，心病也不治自愈。

生活压力共同承担，战友进步大家帮助。今年9月，三连战士魏涛，接到乌鲁木齐陆军学院的录取通知书后，喜极而泣。他动情地说："是'三互'小组帮我圆了军校梦。"

魏涛考军校，说起来真有点玄乎，除了文化功底好一点，军事课目样样吃力。连队党支部根据这一情况，把魏涛和训练尖子朱向坤、一级士官王建文编在了一个"三互"小组。朱向坤是个带兵骨干，不仅自身素质过硬，训练还肯动脑筋，针对魏涛的情况，为他量身定做赶队计划，循序渐进加码。魏涛的400米障碍老不及格，朱向坤就故意少掐几秒，帮他树立信心。军事考核那天，魏涛在场上跑，朱向坤在场下助威，时不时提醒，帮助他过了军事关。

王建文参加过军校招生考试，他不仅把自己的感受体会毫无保留地告诉魏涛，还为他买来复习资料，一起解难攻关。

就这样，在朱向坤、王建文的无私帮助下，小魏顺利考上了军校。可谓一人上学，全组光荣。他们的"三互"小组，还被团里评为"学习互助标兵组"。

（2005年12月5日3版头条）

掌握好思想工作的“火候”

——济南军区某团政委申芮华一席谈

■本报记者　欧世金

高明的厨师都知道“火候”的重要，做思想工作也要重视“火候”。

被关心的战士为啥不领情

3月初的一个晚上，记者与济南军区某团政委申芮华在营区散步。他边走边给我讲起这么一件事：一营有个战士去年考军校落榜后，班长对他倍加关爱，几乎与他寸步不离；排长对他十分亲近，有事没事找他聊天；后来，连长、指导员也分别找他谈心。他从大家的“关心”中觉出了不对劲：自己成了“重点人”。他为此很“窝火”。

一天，团政治处一位领导到连队检查工作，也提出要与他谈谈。他实在受不了了，没等这位领导把话说完，他便大声吼道：“你们有完没完？我犯什么错误了？我考军校没考上不是很正常的事情吗？怎么就成了‘重点人’呢？”

记者说，申政委，你讲的这件事也许属于个案。但提出了基层思想政治工作中的一个问题：为何常有被关心、被帮助、被教育者不领情的事情发生？

角色定位不准是主要原因

“若说战士不领情，原因还得从干部身上找。”申政委谈了他调查研究后所得出的结论：个别政治干部对自身角色定位不准，是主要原因——

太把自己当医生。有些同志把思想政治工作等同于治病救人，把自己等同于医生，在他们眼里，被教育、被帮助者就是“病人”。不管人家有病没病，总习惯于用医生对病人的态度、眼光去“找”出或“挑”点什么毛病来。

太把自己当家长。爱兵如子，从态度和感情上讲并没有错，但机械地套用到思想政治工作的方方面面、时时刻刻，动不动就以家长对孩子的方法、口吻去对待战士，效果往往不太好。

太把自己当教师。有的同志认为战士是一张白纸，啥都不懂，觉得自己很高明，总想把战士当“好学生”的模式来培养。他的嘴里难有商讨、平等的口气，常常居高临下，不容置疑。

太把自己当裁判。个别同志只知道吹口哨、判对错，心里装的全是“不准”、“不允许”、“不应该”，而没有“应该干什么”、“能够干什么”。

“许多原本好的和对的东西，加上一个‘太’字，就容易变味、变形。”申政委接过记者的话说：“当然，我概括这些类型也有失偏颇。我只是想提醒一下政治干部，要根据变化了的形势和任务，针对变化了的环境和对象，对自己的角色进行新的审视和定位。免得你在那里忙了个半死，人家却在心里嘀咕：‘你以为你是谁呀！’”

忙要忙到点子上

熄灯号吹响了，营区内一片沉寂。申政委的谈兴越来越浓，他情不自禁扯起了“政治干部如何学会忙到点子上”这个话题。

这个问题太重要了！有的同志往往只讲主观愿望不管客观效果，只注重自己热情投入，不注重教育对象反应如何。其中一个重要原因就是没搞清思想政治工作的重心在哪里，结果事倍功半，甚至好心没办成好事。

申政委接着谈到，思想政治工作要创新发展，必须紧扣打得赢、不变质两大历史性课题，政治干部为此要做的工作很多，其中有几点值得提醒：

既要关心个别人，更要关心大多数。关心所有官兵的成长进步，应是思想政治工作的重心和重点。我们抓个别“浪子回头”的典型，树一些“领头羊”、“领头雁”式的典型，目的是为了更好地教育引导大多数人，而不是为了出名挂号。

既要注重“救助人”，更要注重“成就人”。思想政治工作要始终把发现、调动和培育积极因素作为重要的追求。政治干部要学会用欣赏和鼓励的眼光看战士。对战士不要横挑鼻子竖挑眼，要多看他们身上的闪光点，多看积极因素，多为他们的成长进步创造好的环境和条件。既要告诉战士们“不能干什么”，更要告诉和鼓励他们“可以干什么”、“应该干什么”。

既要看重上级的评价，更要看重下面的议论。思想政治工作说到底是群众工作，理所应当把群众的呼声当作第一信号，把群众的需要当作第一要求，把群众的满意当作重要标准。把考军校落榜的战士列为思想政治工作的重点对象，并作出“众人帮助，专人负责”等规定，那是多少年以前的工作方法，现在的战士价值取向多元化，成才的路也宽广得多了，没考上大学是公平竞争的结果，绝大多数人都没什么承受不了。类似这种情况还不少，应当引起足够重视。

编辑点评

现代管理学中有一个概念叫做“时动标准”，强调的是“在恰当的时候做恰当的动作”。做思想政治工作的人也应当强化这个概念。否则，就难免出现你给别人吃错了“药”，别人也怀疑你是不是“吃错了药”的尴尬。

政治工作者的角色定位要准确，首先是对思想政治工作地位作用定位要准确。你是做服务保证工作的，起码要记住需要和可能这两个前提。在“不需要”的地方使劲与在“不可能”的地方使劲，都会导致出力不讨好甚至出的力越大犯的错越大的结果。

（2003年3月25日3版头条）

融入军营有学问

——三名从地方大学毕业入伍的干部谈适应部队生活

■费士廷　本报记者　欧世金

没有当过一天兵，跨入军营就成了军官。如何适应部队这个全新的环境，成了摆在从地方大学毕业入伍的干部面前的一个不容回避的问题。适应里面有学问，希望这3名同志的故事和经历能对已经步入和即将步入军营的大学生干部有所启发。

适应，适时展示自己特长

伴着歌曲《踏浪》的旋律，战士们一会跳、一会蹦，一会蹲、一会坐，手舞足蹈，短短的七八分钟体操，战士们大汗淋漓，却快乐无比。

这套操叫体能韵律操，创作者是某高炮团九连三排长宋利强。“当时，新的体能训练课目还没下来，连队体能训练就是跑步、器械和军体拳，比较单调乏味，战士们训练积极性不高。当时我就琢磨，搞一个什么样的活动既锻炼战士身体又能让战士感兴趣呢？”河南师范大学体育系毕业的宋利强刚下连不久，就开始了思索和创新。

健美操是宋利强在校时的专业课目之一，但是直接让战士们跳健美操似乎又不太合适，他就把健美操和一些体能训练课目糅合在一起。考虑到青年战士们大多数都喜欢流行音乐，经过反复挑选，他把节奏比较明快的流行歌曲《踏浪》作为伴奏音乐。就这样，一套形式新颖、欢快活泼的体能韵律操诞生了，宋利强也在不知不觉中融入了这个集体之中。

后来，这套操又先后在团里、师里进行推广，宋利强也给大家留下了好印象。

小宋对记者说:“适应，只能是主动的，而不能是被动的。是骡子是马拉出来遛遛，有什么优势就发挥出来，有一个好的开端，就等于成功了一半。”

适应，关键要迎难而上

大学毕业生入伍是一种潮流，也是一个职业选择，某团汽车连排长方正就是带着这种观点入伍的。

走进军营，方正才发现自己其实是选择了挑战。第一次五公里考核就出了洋相。那阵子，因为打篮球，他的脚扭伤后还没有痊愈，一向要强的他还是坚持参加考核。全副武装，几十斤重的装具，24分钟内跑完，就是脚上一点伤没有，方正都有点发怵。但他什么也没有说，咬着牙坚持着，眼看离终点还有十几米了，他却眼前一黑，一头栽倒在地上。躺在医院的急救床上，方正觉得只剩下脑袋还属于自己，其他什么都不存在了。

“现在跑五公里还会出现那种情况吗?”记者问。“现在再晕倒，那就白练了!”这个毕业于焦作工学院的小伙子笑着回答。

刚下连不久，方正又遇到一次挑战。当时上级准备搞一个大型训练观摩活动，连队要承担一个“铁路输送装载”课目。当时连长来征求他的意见，问他愿不愿上，“没问题!”方正想都没想就答应了。

“其实，当时我心里也直打鼓，万一搞砸了，别说战士们瞧不起我，弄不好以后的前途也完了。但想想自己初来乍到，连队就这样信任自己，自己有退路吗?”

方正把自己在汽车管理学院的教材全都翻了出来，又把排里的骨干、士官全都召集在一起出主意、想办法。此后，他拿计划、作方案、组织训练，方正不懂就问，一丝不苟。经过精心准备，课目演示一举成功。今年3月初，团组织司机复训，连队又让方正随队参与组织，方正又圆满完成了任务。这下，官兵不得不对他这个地方大学毕业生刮目相看。

适应，要学会宽容

去年初，王高峰被任命为六连指导员，正当他踌躇满志地要在连队大干一番事业时，连长却给他来了个“下马威”。

那天，连队召开骨干会。骨干们到齐之后，由战士提干的连长并没有直奔会议主题，而是很严肃地问骨干们：“你们都说说，咱们连队究竟谁当家？”真是语惊四座，不仅王高峰，连班长们都愣住了，你看我，我看你，都不知连长葫芦里卖的是什么药。

“你说！”连长开始点将。

“连长说了算！”第一个被点的班长怯生生地回答。

在一片“连长说了算”的声音中，也有人小心翼翼地说：“指导员说了算！”“哈哈！你们说得都不对，谁说了都不算，党支部说了算。”虽然连长最后给出了这么一个标准答案，但一旁的王高峰明显地感觉到了连长笑声中的用意。

“不管他当时是出于何种动机，我都觉得那绝对是个‘下马威’！”看得出，毕业于郑州大学的王高峰至今还记忆犹新，“但事后想一想，不同经历的人对问题的看法和处理方式自然不同，组织上让我这个地方大学毕业生与土生土长的连长配‘班子’，不就是让我们在‘差异’中互补吗？”

射击训练一直是新兵入伍训练中的重点难点课目，以前训练考核时总有一部分新战士不合格。王高峰经过调查发现，主要是新战士以前没有接触过枪，射击基础太差，组织新兵训练的仅限于新兵班排的干部骨干，而忽视了连队其他老兵骨干作用的发挥。今年新兵入伍训练展开后，王高峰就依据读大学时学过的模糊概念，打乱新老兵班排建制，按照每个战士的实际情况进行优化组合，实行模糊编组，最大限度地提高教学质量。想法虽好，但由于王高峰自己实际组训能力不高，落实起来依然困难重重。这时连长则主动把组训、教学的活揽了过来，连长曾是军区表彰的“优秀四会教练员”，组训、教学都是一等的好手。由于两人的珠联璧合，今年连队新兵射击考核合格率达100%，考核成绩全旅第一。事后，两人露出了会心的笑容。

宽容出向心力，出凝聚力。现在他和连长在战士面前几乎就是同一个声音。工作、学习都能互相取长补短，各自实现了“长处更长、短处变长”的最佳效益。去年底，连队结束了连续4年没有评为先进单位的历史。

王高峰对记者说：许多地方大学毕业生入伍后最感头痛的一个问题就是处理人际关系，他们往往忽视自身原因，总觉得周围的人很难相处。其实，只要学会了宽容别人，生活处处都有灿烂的阳光。

（2003年8月28日3版）

“吃”字里面有学问

——工兵某团落实早餐一个鸡蛋记事

■本报记者　欧世金

吃出花样

5月5日，早餐号响过，记者走进新疆军区工兵某团四连饭堂，见各班餐桌上摆有水煮鸡蛋、“荷包蛋”、腌鸡蛋。穿白色卫生服的司务长车宗福介绍说：“这是按战士的不同口味做的，战士们乐意吃啥自己选择。”三班新兵聂森吃的是鸡蛋羹，他这是在家养成的习惯，改了不顺口，炊事班为他特意开了“小灶”。

望着餐桌旁脸上写满笑意的战友，车司务长说起刚吃鸡蛋时的情景：当时每天早餐一人一个水煮鸡蛋，吃了一个星期，战士们就开始发牢骚了：“天天吃重样的，真倒胃口。”炊事班还发现，各班总剩下一两个鸡蛋没人吃。

这种情况不仅四连存在。团后勤处长耿明贤率工作组检查了30多个伙食单位，了解到连队战士有一个普遍的呼声：把鸡蛋吃出花样来。

“花样”就在官兵中。团里请几十名司务长、炊事班长介绍鸡蛋的烹调方法，并让几名炊事班长当场掌勺表演。不一会，大家面前摆出了20多种不同做法的鸡蛋，有炒、炸、煮、蒸……各式各样，令人垂涎。

从此，餐桌上的战士笑得更甜了。餐桌上再也没有剩下的鸡蛋了。

吃进营养

天天吃鸡蛋，战士们就常常闲聊鸡蛋，其中的焦点是：怎样吃才有营养？这引起了团军需官们的注意：把鸡蛋做出花样，是为了增加战士的食欲，只有让战士们把鸡蛋吃下去，才能达到补充营养的目的。

让战士们懂点营养学成了重要一环。该团运用多种形式宣传鸡蛋的营养知识，连队墙报上随处可见介绍鸡蛋营养的文章，其中一篇写道：鸡蛋的不同食用方法，人体对其吸收也不尽相同。根据实验，鸡蛋的烹调方法及营养利用呈如下数据：煮鸡蛋，利用率100%；去壳煮，利用率82.2%；低温油炸，利用率89.5%；高温油炸，利用率81.1%；炒鸡蛋，利用率97%；生喝鸡蛋，利用率30%–50%。另有一块黑板报上抄录的是总后军需部统编教材《营养与食品学》中的资料，它介绍了几种增进风味、便于贮存的鸡蛋加工方法，如做成皮蛋（松花蛋）、咸蛋、干蛋（蛋粉）、冰蛋（冷冻）等。

以营养学为标准，炊事员把鸡蛋做得更精心了，战士们吃鸡蛋更讲科学了，“做饭的”和“吃饭的”一对矛盾自然统一了。

吃够定量

鸡蛋吃出花样，也出现了新的问题，有的连队炊事班天天做炒鸡蛋，一桌一盘子，战士们三五筷子下去就见了盘底，难怪有战士发牢骚说：“一个鸡蛋变成了‘一筷子鸡蛋’。”

为了保证战士能真正吃到一个鸡蛋，这个团成立了检查领导小组，加大了检查指导力度；团、营、连及炊事班按级负责，谁没有落实“一个鸡蛋”就打谁的板子；发挥连队经委会作用，鼓励战士监督，发现有弄虚作假行为及时纠正。采取这些措施后，一个鸡蛋既吃出了花样，又吃足了量，战士们都很高兴。团政委陈郁说：“一个鸡蛋就是一面镜子，可以映照我们落实上级指示是否坚决，爱护战士是否真心，我们要尽全力保证让战士长期吃上鸡蛋，并吃得科学。”

（1997年6月20日2版）

抓好基层主官的艺术

——新疆军区某装甲团党委加强基层建设纪事

■刘　永　李凤鸣　本报记者　欧世金

把能人用在主官岗位上

1996年，新疆军区某装甲团六连连长位置空缺。六连是多年的先进连队，谁能担当这个重任呢？选来选去，大家都感到军务参谋赵勇的管理能力强，自身素质好，富有开拓精神，但就是任职最低年限不到。党委会上，团长高龙福发表了自己的意见：要想把工作推上新水平，就必须把干部推上创新路。而对于那些想干事、能干事、德才兼备、善于创新的人，就是要委以重任。团长的意见被团党委采纳。赵勇任连长3年，连队连续3年被军区评为标兵连队，去年，连队荣立集体二等功，他被兰州军区表彰为优秀连长，被新疆军区树为标兵连长。

吴建明，从排长到营长，有人形容他是“跑步”上去的。其实，在他成长进步的道路上也是一波三折。

吴建明的军事素质好，坦克通信、驾驶、射击，样样精通，共同课目的成绩至今在团里还排在前几名。他从排长直接提升连长后，带领连队参加兰州军区装甲兵比武，夺得两个单项第一名。任连长三年，连队两年评为先进连队，一年评为标兵连队。

就是这样一个标兵连队的优秀连长，因性情急躁，一次在处理战士纠纷时欠冷静，造成不良影响。为此，他在全团军人大会上做检查，还受到处分。

怎么看这个人？上下议论纷纷。

高团长、吴政委却有相同的看法：一个锐意进取、奋力开拓的干部，难免在工作中有点失误。对他们工作中的“闪失”，甚至错误，要善意地进行批评帮助。为了吴建明的全面发展，经党委研究，他被调到机关工作。不久，又被选送到院校深造。

吴建明上学不久，团里空出一个副营位置，当时条件差不多的同志有四五个，大家都盯着这个位置。团党委坚持报吴建明。这消息传到学校，吴建明的同学感叹不已：上学期间还调职，在这样的团队工作，再苦再累也值得。

一年后，吴建明回到团队。当时空一个营长位置。团长、政委再次把目光盯在吴建明身上。消息传出后，上下都有不同意见。

把能人用在主官岗位上话好说，但真正实行很难。难在在选人用人上，长期以来存在着一些不良的惯性思维和做法，最为普遍和突出的就是“论资排辈”、求全责备问题。

一连几天，团长、政委找不同意见的人挨个做工作。启发、开导大家说，只有解放思想，更新观念，大胆选用和积极培养人才，才能形成人才辈出的良好局面。吴建明在代理三营营长的一年时间里，通过加强自身修养，克服了自己的毛病，营里的全面建设也有了明显进步，多年未评上先进连队的九连，甩掉了后进帽子，其他两个先进连队你追我赶，谁也不甘落后。

回想起吴建明的成长经历，高团长深有感触地说：“主官这个位置，绝不能凑合，要确实把那些素质好、能力强、有敬业精神的人用在主官岗位上，让爱干的、会干的、能干的人挑大梁。”

让主官个个都成顶梁柱

坦克二连指导员徐海台是由专业军士提干的。他任指导员后也想烧“三把火”。为了上好第一堂政治教育课，他挑灯夜战，准备了几十页的讲课教案。结果，不少战士在课堂上不是打瞌睡，就是思想“溜号”。之后，他又精心组织了几次专题教育课，效果都不尽如人意。一些战士私下议论，怎么听指导员的课就是提不起精神。

在连队蹲点的吴政委得知这件事后，他翻阅了前几次的讲课教案后对徐指导员说，你的教案里连队的东西太少，难怪战士说你讲的内容太空，都是大话。吴政委结合自己多年的实践经验，就专题教育前如何搞好官兵思想调查、教案的准备、怎样结合实际等，一一对徐指导员帮教。他还把徐海台带到七连，向该连指导员学习，听他的政治教育课。

不比不知道，一比就看到了自己的差距。徐海台一边勤奋学习，丰富自己的知识，一边虚心向优秀指导员求教，以提高自己的素质。经过一年多的学习锻炼，徐指导员已成为团队政治干部的佼佼者。在今年4月进行的艰苦奋斗教育中，他把平时听到的事情、看到的现象，分成若干话题，让官兵"实话实说"，方法活效果好。团政治处还组织政治干部现场观摩。

谢强华任副连长时，是群众公认的优秀干部，团党委让他到榴炮二连任连长，就是想摘掉这个多年后进的"帽子"。刚当连长那会儿，连队大小工作，他事事都管，样样都抓，军事训练、部队管理他亲自抓，后勤建设、军民共建他也亲自管，一天到晚忙个不停。结果连队还不时发生不假外出、酗酒打架等违纪现象，受到了批评。谢强华对自己用全部精力抓工作所得到的结果，怎么也不理解。团长找到他耐心开导：一个团队，如果每项工作都要团长去抓去管，就是累死也抓不好，也管不过来。抓连队建设也是一样，要严格按职责办事，讲究层次领导。

团长的一番开导，使谢强华走出了抓工作的误区。他与连队干部一起根据《纲要》和条令条例，对各自的职责进行细化，并张贴在会议室。谢强华走出事务圈子，一门心思抓军事训练和部队管理，其他干部对分管的工作也尽心尽责。年底，连队一跃成为先进。谢强华任连长4年，连队连年被军区评为先进连队。去年，他被军区表彰为优秀连长。

下大力对主官进行培养提高，使团队看到了巨大的收益。吴政委告诉记者这样一组数字：3年多来，军政主官带领部队执行军事演习、军事比武、光缆施工等重大任务30多次，次次圆满完成任务；18人被师、军区表彰为"一对好主官"、标兵连长、优秀指导员，有21人立功受奖，其中5人荣立二等功。去年，被评为一级军事训练单位的该团，军政主官考核成绩都是优秀。

给主官真正的自主权

团队6个连队连续3年未评上先进，为了帮助这些连队赶队，团党委投入了不少人力和精力，团主要领导住在连队，手把手地传帮带，他们希望通过自己的工作，给这些连队建设带来明显变化。然而，事实并不是他们想象的那样，这个连队的问题还没解决完，那个连队又“冒泡”了。是连队干部管理经验不足吗？团领导能做的都做了，该教的经验也教了。那么症结在哪里呢？团常委分头到连队调查研究。

这6个连队的教训使团党委感到，靠“一杆子插到底”的方法抓基层，必然会出现“你不放心，我不用心；你不放手，我不动手”的现象。

不干自己该干的事是失职，干自己不该干的事也是失职。团党委依照条令条例和《纲要》，公开向全团官兵承诺：将连队官兵的休假权，发展党员、调配骨干的自主权，士兵考学、提干、学技术、改转专业军士的推荐权等7个方面的权力，完完全全地还给基层，让基层主官有真正的自主权。

炮营教导员张德才任职以来最大的感受是：营一级主官不再是过去所说的是传话筒、传达室、中转站。他说，我们现在有权力，更主要的是有了责任。营党委有对排、连职干部调整任用的建议权，对战士“热点”问题有处理权。比如，战士正常探亲，由营里统一做计划，报机关备案；战士入党、入学、提干、改转专业军士、学技术、退伍等问题，也要营里做计划，拿方案。去年，营连干部补缺时，一名在营里工作的军医心想自己天天与营领导打交道，肯定会报他。结果，在营党委会上没通过，机关有名同志暗示，能不能重报一次。营主官明确表态：集体的意见不能推翻。

为了真正把基层享有的一切权利归还到位，团党委还明确规定，没有营党委调整方案不研究连排干部的调配；没有营党委对干部的奖惩上报意见不上会；对于全面性的工作，把任务安排到营；连队需要团解决的问题，须经营党委正式报告；团到连队帮助解决问题，事先通知到营并由营党委参与解决。做到该营一级把关的不插手，该营一级定调的不变音，该营一级决定的不干涉，并作为党委办事制度坚持。

（1999年9月4日3版头条）

公开考评　现场打分　张榜公布

新疆军区选改志愿兵增加透明度

本报讯　徐斌、记者欧世金报道：去年12月初，新疆军区数千名志愿兵"苗子"像考军校一样，分别在天山南北的50多个考场参加考试。据了解，选改志愿兵实行公开考评，在新疆军区尚属首次。

志愿兵选改工作是部队官兵关注的焦点之一。为纠正一些单位在选改工作中存在的不正之风和专业不对口等问题，新疆军区今年改变以往由少数领导关起门来划圈的做法，以师团为单位集中考试，为选改人员较少的专业跨团跨师设考场，实行统一命题，公开考评，现场评分，入选者张榜公布。

记者在某师看到，200多名经过政治、文化、身体初试合格的战士，打起背包统一来到师部，接受共同课目、专业理论和实际操作三项内容的考核。军区工作组在现场监督检查，师机关有关部门进行逐人逐项考评。

考评中他们严格执行规章制度，不走过场。汽车某团四连文书考试作弊，经监考人员警告两次后仍不改正，被当场取消考试资格；军区后勤系统参加考试的223名战士中有83人因条件不符被当场淘汰。许多战士说，这样考评，入选者高兴，落选者服气。

为使选改工作更加公平合理，他们还将考评与战士的平时表现和军事素质挂钩，实行加减分制。如对特级技术能手、立功者、班长和优秀士兵加分，对有违犯纪律现象的则扣分。某边防团3名战士档案中有"酒后驾车"等记录，均被扣分。

（1997年1月5日1版）

为士兵建立正规“户口本”

新疆军区采取措施加强战士档案管理

本报乌鲁木齐4月28日电 徐斌、记者欧世金报道：今天，新疆军区1997年度兵员的档案内，分别装进了一份制式的《中国人民解放军士兵登记表》。至此，这些战士再不用为丢缺这份如同“户口”一样重要的表格犯愁了。

据介绍,《士兵登记表》是战士接收入伍的手续，退伍安置的依据，发放津贴、服装的凭证，也是考军校、提干的必备材料。去年上半年，新疆军区调查发现，由于士兵档案管理中存在责任心差，交接手续不清，没有及时填写，挪作他用等问题，造成一些部队程度不同的丢缺《士兵登记表》，影响了战士考军校、提干、退伍安置工作等切身利益。

新疆军区有关业务部门把解决这一问题作为服务基层、爱护士兵的实际行动。他们抓住《士兵登记表》丢缺的关键环节，在教育有关人员加强责任心的同时，采取了一系列有效措施。从去年底部队接兵起，军区就制作下发了《新兵交接复审责任书》，由武装部交兵人员和部队接兵营、连、排三级干部签名，责任到人，杜绝了不合格新兵和计划外超征、超接的现象。在此基础上，由师、旅带“责任书”和花名册，统一交军区依据士兵的年龄、出生年月、入伍批准号、居民身份证号码等项目进行审核，在确保兵员与档案材料相符后，军区机关抽调专人统一填写《士兵登记表》，并限期装入每个士兵档案，做到一兵不漏，一份不错。

新疆军区还于近日组织工作组深入边防、基层抽查其落实情况，如发现《士兵登记表》有涂改、复印、更换等问题，将采取措施及时进行纠正。

（1997年5月1日2版）

新疆军区某仓库官兵向曾经自豪的作业手段挥手告别

“人推火车”终成“老照片”

本报乌鲁木齐11月16日电 刘传好、记者欧世金报道：俗话说：“牛皮不是吹的，火车不是推的。”新疆军区某油料仓库官兵偏偏用手推了8年火车。这个被视为具体体现艰苦奋斗精神的作业方式，今天在官兵革新成功机车牵引装置后成为历史。

该仓库由于牵引装置不配套，火车机车无法进入洞库内，8年来油罐车进洞库只能靠人推。每次收油，全体官兵都得放下手中的活儿一齐推车。官兵们齐心协力，喊声震天。这“人推火车”的壮观场面，一度成为上级表扬时常挂在嘴边的典型事例，也成了官兵艰苦奋斗的象征。为此，画家画过画，将军题过词。

今年初，有人动议：“人推火车”虽然热闹，但毕竟劳神费力，效率太低，应该尽快改革。对此，有人提出不同意见：“人推火车”是我们发扬军队优良传统的具体体现，受到上级领导机关的充分肯定和多次褒奖。如果没有“人推火车”，我们发扬艰苦奋斗精神还有什么说服力？但更多的官兵则认为，新时期发扬艰苦奋斗传统，不是当“苦行僧”，不是熬苦日子，而是要有更高的标准，要通过不断地拼搏奋斗，改善工作生活环境。

有了这样的认识后，今年该库投资4万多元，经过几个月的试验，研制的火车牵引装置终于获得成功。火车再不用人推了，收油人员不仅比原来减少三分之二，还省时省力。新疆军区联勤部领导在观看了他们改造的火车牵引装置后，连连夸奖仓库官兵在积极发扬优良传统的同时，又融入了科学态度。

该库领导说，“人推火车”的历史虽然结束了，但画家的画、首长的题词我们还珍藏着，我们将用它激励官兵，把艰苦奋斗的可贵精神永留心中，发扬光大。

老实说，带有时代印记的“人推火车”，时至今日才成为“老照片”，给人的第一感觉是：似乎晚了点。由此也显得新闻的立意偏低。可按“革命不分先后”的规则，这事儿依然可贺。“上海最后一辆人力车送进博物馆”成为标志性话题，但愿这“人推火车”也是“最后一个”。人们抄起科学工具就一定丢掉奋斗精神吗？别担心，不会的。

（1999年11月18日2版头条）

大雪纷飞寒流至　爱兵情深暖意浓

某集团军40名师团领导深入新兵连嘘寒问暖

编者按　我们送走了让中国人倍感自豪、载入史册的2002年，我们迎来了让中国人倍感自信、更加美好的2003年。我们企盼新年，我们相信未来，但是，美好的未来要靠我们创造。十六大报告指出："发展要有新思路，改革要有新突破，开放要有新局面，各项工作要有新举措。"从新年的第一天起，我们就应该将"新"字体现在工作中，体现在思想中，体现在精神状态中。"打得赢"、"不变质"的历史使命需要我们去完成，机械化和信息化建设的双重历史任务需要我们去完成，每一个官兵都责无旁贷。在新的一年里，让我们共同努力创造更多的辉煌！

本报济南12月30日电　程健、记者欧世金报道：2002年12月下旬，寒流席卷大半个中国，中原地区的气温陡然下降至摄氏零下10多度。济南军区某集团军40名师团领导深入新兵连嘘寒问暖，排忧解难。领导的关心如股股暖流，驱走了寒意，温暖着初入军营的新兵。

新兵刚到，寒流即至。集团军领导要求各师团领导要像爱护自己的孩子一样关心、爱护新兵，确保新战士吃得可口、住得舒心、穿得合体、训得科学、玩得开心，确保广大新战士无一冻伤、冻病。各师团领导把工作重心放在新兵工作上，他们纷纷来到新兵中间，及时为新兵排忧解难，让新兵感受到了军营这个大家庭的温暖。某团政委魏世春挨个到新兵宿舍查看，发现有的开水瓶不保温，有的宿舍窗户破损，有的洗脚热水供应不足，他要求机关当天解决。某高炮团政委闫凤岗查铺时，看到一名高个子新战士因被子不够长脚露在外面。第二天一大早，他就让机关给这名新战士送来了加长的被子。

12月28日一大早，某团团长高翔和其他团领导，冒着摄氏零下十几度的严寒，分头来到新兵连，查看暖气、被褥，看门窗透不透风，晚上烫脚的水烧得热不热，新兵的鞋晚上能不能烤干。离开时，高团长对新战士说："我把我的电话告诉你们，有困难就给我打电话，有不满意的地方找我'投诉'。"为确保新战士训练中不会冻病冻伤，有的师团领导还深入训练场，与带兵干部骨干研究、探讨训练方法，调整训练时间和内容。有些团规定，在气温特别低时，夜间不得搞紧急集合，允许训练时戴手套，操课内容可以根据天气变化作调整。

一场寒流就是一场无声的考验。新兵宋小伟对记者说："看到师团领导这样关心我们，爱护我们，我们更要刻苦训练，安心服役，尽快实现从地方青年到合格军人的转变。"

（2003年10月10日3版头条）

新战士黄应钦公开带锁的日记坦露心迹——

官兵情同手足　连队温暖如家

本报济南1月18日电　梁训栋、记者欧世金报道：新兵黄应钦怀揣一个带锁的日记本，本想应朋友的要求记录部队的“实况”。没想到，一个多月的军营生活，他记下的竟是一连串饱含官兵情、战友爱的动人故事。日前，他自愿向战友公开展示日记，并致信远在家乡的同学、亲友：别再轻信那些道听途说，连队就像温暖的家，官兵亲如兄弟。

去年12月7日，高中毕业的黄应钦从四川省旺苍县入伍，来到济南军区某海防团新兵一连。报名参军期间，他听人说，在部队里，有的老兵打骂、体罚新战士，有的班长也欺负新兵；入党、选改士官、考军校，都得有关系。几个同学劝他早打退堂鼓，但见小黄决心已定，就给他买了个带锁的日记本，让他把这方面的见闻实录下来，以免将来吃“哑巴亏”。父母还给他准备了2000元钱，让他在部队见机行事。

黄应钦入伍后天天想着同学交待的“任务”，可亲身体验的却是另一番景象。第一次上训练场，练习“齐步行进”和“立定”动作时，一名新兵不是“顺拐”就是慢半拍，班长不厌其烦地做示范，脸上虽然很严肃，可没有一句粗话，更没有打骂体罚的意思。下雪后，新兵棉鞋湿透了，班长将他们的鞋垫一一取出来，放在炉子上烤干。看到这一切后，黄应钦在日记中感叹：“父母能为我们做到的，也不过如此！”

真正让黄应钦改变“看法”的有两件事：一件事是海岛上风大、雾多，天气寒冷，睡在门口铺上的排长，因起夜的新兵多受了风寒，班长想让排长睡在暖和些的铺上，提出要与他换铺，排长却说啥也不同意。从两人的争执中，新兵们懂得了战友的真正含义。另一件事是，小黄想给班长留个好印象，花了90元钱买来一条烟悄悄送给班长。第二天晚上，班长又悄悄还了他90元钱，并严肃地对他说："部队要靠真本事，不要学那些歪门邪道！"这一件件事，黄应钦都认真地写进了日记。

新兵连召开尊干爱兵座谈会时，黄应钦再也按捺不住内心的激动，第一个站起来发言，讲述了自己从担心到放心、从忧虑到高兴的心路历程。他拿着日记本说："我要用事实告诉亲友和同学，不要偏听偏信那些不实之词，人民军队永远是一所大学校，连队像个温暖的家！"

黄应钦的发言和日记在带兵干部骨干中引起强烈反响。新兵连长白光强对记者说，我们要把黄应钦的日记当成一面镜子，坚持依法带兵，以情带兵，进一步纯洁官兵关系。

（2002年1月19日1版头条）

爱兵要讲原则

都拉塔边防连干部既严又爱对战士成长进步负责

本报讯 阎会作、记者欧世金报道：强调要爱兵，就是对战士松一点、宽一点吗？最近受兰州军区表彰的“尊干爱兵先进单位”都拉塔边防连干部们的体会是：爱兵也要讲原则。

体会不是偶然所得。3年前，战士杰仁探家归队不久，他父亲病故，连队干部想到要关心战士，就破例让他再次探家。此后的一个多月里，先后有4名战士拿着家信或电报，说家中有特殊困难，要求照顾。

接着，3名农村籍战士，提出到地方学习烹调、摄影技术，2名想考军校的战士，要去驻地一所中学补习文化。从关心战士个人成长角度考虑，这些要求并非过分，但连队工作“一个萝卜一个坑”，如果都满足战士的要求，执勤、训练怎么搞？连队主官犯难之时，才翻出有关法规，让战士们一一“对号”，结果干部解了难，战士也心平气和了。

正反两方面的经验教训，使连队干部明白了，爱兵不能脱离原则。近3年，连队以条令条例和规章制度为“尺子”，对有毛病、犯错误的战士，不迁就，不溺爱，爱兵不娇兵，严格要求，严格管理，“一碗水端平”。战士李兵，入伍后不改吊儿郎当的旧习，一次竟私自离队准备回老家，数小时后被班长找回。当天，连队报请上级给他记严重警告处分一次，并发动全连共同帮他。李兵后来变了，还当了班长，他根据自己的经历自编自演的小品节目在军分区文艺汇演中获得一等奖。他在谈体会时说：“处分对我是一种特殊的爱，它教我学会了今后怎样做人。”

这个连队的干部是“严师”，也是“慈母”。战士夜间上5公里外的前哨班，干部要护送；战士巡逻、探家、出差归来，不论等多晚，干部不见面不睡觉；战士们最难忘的是每年初夏为连队的发电站水闸打冰排洪时，下到齐腰深冰水中的全是干部。

战士一律不准下水。三年来，该连没有出现一起打骂体罚战士、侵占战士利益的事，战士支持、理解、尊重干部蔚然成风。连队连续3年被评为基层建设标兵连，荣立集体二等功一次，11名战士考入军校或被破格提干。

编辑感言

严格要求　为兵负责

●志　荣

对战士是真爱还是假爱，标准只有一个，看其是否真正为兵负责。如果士兵有了过失、缺点，不批评不帮助，甚至还“护短”，这便是溺爱，实际是害兵而不是爱兵。

通过尊干爱兵教育，在基层干部中打骂体罚士兵的现象基本上看不到了，但又出现了一种新的情况，有的干部宠兵、娇兵，不讲原则。比如：对后进战士，有的让其当后勤兵，安排轻活干；有的竟私下许诺入党、奖励、学技术等。对犯错误的战士，批评起来轻描淡写，怕影响“情绪”；有的则干脆让其提前退伍了事。在日常工作中，往往从战士的个人角度考虑过多，照顾过多，执行规章制度随意性大。出现这种状况的一个主要原因是，个别干部认识上有一种误区，一强调爱兵，就误认为要对战士松一点、宽一点。

其实，对战士严格要求，严格管理，一切按条令条例办事，才是为士兵着想、为士兵负责，才是真正意义上的爱兵。都拉塔边防连对战士严爱相济，敢抓会管，给我们的启示是有益的。

（1997年5月6日3版头条）

视战士为亲人　把战士当主人

“马仁义排”所在连落实“三个代表”谱写爱兵新篇

编者按　今年初召开的全军抓基层工作座谈会提出，要把学习贯彻“三个代表”进一步向基层延伸，向实践拓展，使“三个代表”真正进入连队工作，进入官兵思想。在新的形势下，进一步发扬我军尊干爱兵的优良传统和作风，有利于打牢军队建设的基础，有利于调动基层建设的积极性，有利于增强我军的凝聚力、战斗力和创造力。从这个意义上讲，“马仁义排”所在连用爱兵行动落实“三个代表”，既体现了我军特色，也体现了与时俱进。

本报讯　特约记者曹晓明、记者欧世金报道：战士张昊宇入伍4个月打了5次架，换了5个班，后被调到济南军区某旅“马仁义排”所在连，仅一个多月他就变了样。近日在部队开展的尊干爱兵教育中，这个曾自称是“浪子”的战士，主动登台倾吐心曲：“连队干部对我的那份真爱，能让石头开花。”

视战士为亲人，把战士当主人，是该连延续50多年不变的传统。抗日战争时期，排长马仁义的爱兵故事和爱兵方法，被八路军总政治部推广。新的历史时期，连队党支部在学习贯彻江总书记“三个代表”重要思想时，深刻体会到：要使“三个代表”进入连队工作、进入官兵思想，仍然要自觉坚持官兵一致的原则，干部对战士的根本态度不能变。

记者来到这个连队，就有一种走进家的感觉。餐厅里，没有“连部桌”，干部分别与各班战士同桌进餐；新兵训练间隙，干部与新战士打成一片；隆冬，烧醋防病，熬茄子秆、辣椒秆水泡脚泡手防冻伤，都是干部的事。一天深夜，新兵邓路感冒发高烧，排长夏延兵守候在他的床前，用毛巾为他冷敷降温。夜深了，邓路一觉醒来，看见训练一天的排长已趴在他床前睡着了。战士李磊患败血症后，“马仁义排”第47任排长郃宝春和战友们一起精心照料他，使李磊倍感温暖。对有关法律、法规赋予战士的休息权、自主消费权、通信自由权、隐私权以及人格尊严等方面的权益，干部们更是自觉维护。连长刘德忠说：“心中无兵莫为官。”

干部关心、爱护战士，真正把战士当成主人，战士们焕发出无穷的干劲和持久的热情。排长张建辉从理工大学通信指挥学院毕业，分到步兵分队后军事训练一度跟不上，全排3个班长主动帮他赶队。去年底，上级给连队分配3个士官选取名额，可全连符合标准的有6人。民主测评后，排列为后3名的战士主动撤回申请，没有一人想不通，高高兴兴地退伍回家。

据记者调查，这个连队多年来无打骂体罚现象，无私自离队行为，无重大责任事故，连队被济南军区授予“官兵团结模范连”荣誉称号。

背景资料

抗日战争时期，八路军某部在排长马仁义的模范作用影响下，形成了一个亲密无间的战斗集体，各项工作走在前列，被树为全军的典型。马仁义被评为甲等模范工作者，出席了陕甘宁边区群英会。1945年3月16日，延安《解放日报》发表了社论和“马仁义排”官兵关系的长篇调查报告；八路军总政治部专门发出通知，号召全军军政干部“学习马仁义排的官兵关系和马仁义的领导方式”。中华人民共和国成立后，“马仁义排”所在部队积极发扬官兵团结的优良传统，谱写出尊干爱兵新篇章，本报曾多次介绍过他们的经验。

（2002年4月13日1版头条）

济南军区某集团军要求蹲点干部盯着重点难点寻对策求突破

提高蹲点质量　确保抓基层实效

本报讯　左起超、记者欧世金报道：少数战士光顾地方网吧，热衷于“空中交友”，喜欢购买福利体育彩票……诸如此类的新情况、新问题刚露头，便受到济南军区某集团军在基层蹲点的领导干部的重视。很快，部队上下开展了“八个不应该”的系列教育，避免了倾向性问题的发生。

该集团军领导日前接受记者采访时谈到：“实践证明，蹲点抓基层，蹲与不蹲不一样，用心蹲与不用心蹲不一样。”为切实提高蹲点质量，这个集团军从党委书记、副书记做起，每次蹲点由常委带队，三分之一的机关干部参加，不住招待所，不吃机关灶，不要汇报材料，坚持到连队与官兵“五同”。集团军党委要求蹲点干部盯着重点、难点问题进行调查研究，拿出切实可行的对策。集团军有7个连队连续6年没有评上先进，去年以来，集团军和旅团领导蹲到这些连队帮建，目前已有4个连队跨入先进行列。针对以往年年讲新兵有新特点、却又不知“新”在哪里的实际，蹲点干部对今年新兵的文化、家庭、经历等数十项内容进行全面摸底，然后进行综合分析，不仅弄清了今年新兵教育训练中要解决的重点问题，还厘清了战士服役期间教育管理的思路。

集团军领导在蹲点中不仅自己去解决问题，还通过蹲点传帮带提高部队解决问题的能力。比如，官兵私自使用通信工具、士官人情消费高等问题，都是各师、团及时发现主动纠正的。每次蹲点结束，集团军都要安排时间集中汇报和交流体会，对蹲点情况进行点评，并形成会议纪要下发部队。对蹲点中发现的普遍性问题，他们注重及时寻找对策摸索经验，并形成制度规范在集团军推广。去年以来，针对基层“两个经常”工作薄弱、一些营级单位作用发挥不够好、士官家庭生活困难多、重学历轻能力等问题，集团军分别拿出了切实可行的办法，掌握了工作的主动权，提高了抓基层的整体效益。

（2002年4月26日1版头条）

变“假、套、空”为“真、新、实”

某坦克团在讲课中扫除“八股腔”

本报讯 特约通讯员李凤鸣、记者欧世金报道：兰州军区驻疆某坦克团在服从大局、拥护和支持深化经济体制改革教育中，一改以往讲课中的“八股腔”，变“假、套、空”为“真、新、实”。

前来指导教育的师政治部主任周法武告诉记者，一些政治课让听者昏昏欲睡已是教育中的老大难问题。如何才能使政治课变得入情入理、入耳入心呢？官兵们反映，首先要扫除讲课中存在的说假话、说套话、说空话的陋习。

把假话变真话。他们在讲课中不回避矛盾，先从战士中间找题目。战士有什么疑虑就讲什么，使讲课能拨动战士的心弦。在这次教育中的三次辅导课，授课人面对官兵关心的职工下岗、利益关系调整、军人后路三个问题，既讲成绩又分析矛盾，令人口服心服。

把套话变新话。他们在讲课中不照抄文件、材料、报纸上的话，不照着讲稿念，不让别人代写讲课稿。授课人用自己的话讲课，使语言通俗易懂，战士好记。

把空话变实话。他们不讲“隔靴搔痒”的话，不讲漫无边际的话，坚持实话实说，有啥说啥。

这次教育出现了一个有趣的现象：三次辅导课，主持人都没有像往常开会那样宣布会场纪律，但会场秩序井然，官兵全神贯注，听得津津有味。

变“我问你答”为“大家问大家答”

某坦克团官兵在讨论中进行自我教育

本报讯 特约通讯员李凤鸣、记者欧世金报道：“我问你答”的讨论模式在兰州军区驻疆某坦克团的“服从大局、支持改革”教育中被“大家问大家答”的方法所取代。

讨论是教育中的一个重要环节，但在以往的讨论中，常常是干部问战士答、班长问战士答，结果有时三言两语草草结束，有时东拉西扯不知所云，难以达到讨论的效果。在这次教育中，他们采取互相提问、互相解答的办法，使讨论收到了较好效果。

团长高龙福向记者介绍他们探索讨论的经验主要有四条：一是讨论前充分准备。对讨论的主题、内容进行研究分析，翻阅资料做好提问或解答的准备，主持人对讨论中的开始词、插话、结束语等进行了“想定”，不搞仓促上阵，不打“无准备之仗”。二是创造一种畅所欲言的氛围。讨论中做到不训斥、多开导；不讥讽、多理解。少搞“一人说了算”，力争人人开口说心里话。三是主题集中。一次讨论解决一两个问题，既不三言两语“收场”，也不漫无边际“聊天”。四是主持人掌握讨论的主动权。随时对讨论的问题加以分析、归纳、总结，引导官兵得出正确的结论，或树立正确的态度。

变“漫无目的”为“有的放矢”

某坦克团带着问题走出去请进来

本报讯 特约通讯员李凤鸣、记者欧世金报道：同样的方法效果却不尽相同。兰州军区驻疆某坦克团带着问题走出去请进来，使“服从大局、支持改革”教育“别有洞天”。

记者曾多次参加过一些部队“走出去、请进来”的活动，发现“热闹”一番收获无几。“走出去”看不出名堂，“请进来”说不出道道，主要症结就是没有针对性和目的性。

为了使“走出去、请进来”有针对性，团政委吴辉和政治处主任裴应武带机关的同志先到连队弄清战士的思想疑虑后，再到地方搞调查研究，确定参观的“点”和作报告的“人”，并与他们具体商定“看什么”、“讲什么”，总的要求是释疑解惑，增强官兵对改革的信心。

在参观国有大型企业新纺集团时，官兵们既看到了这家企业扭亏增盈的巨大成绩，也看到了深化改革中的困难；既看到了职工下岗的严峻现实，又看到了职工再就业的喜人前景。参观后第二天，全团有20多名官兵致信下岗亲属，希望他们理解、支持改革。

被邀请来队作报告的新疆经济干部管理学院的彭成能教授，是从工人成长起来的经济专家，并有经常到部队作报告的经验。他围绕我国经济体制改革、国有大中型企业改革等热点问题，讲得深入浅出，战士们听了很解渴。

（1998年4月24日3版头条）

来自江主席视察过连队的报告

不变的军魂　坚强的堡垒

——济南军区某团红一连纪事

■本报记者　欧世金

红一连的兵，红一连的枪，
红一连的历史远又长。
秋收起义举红旗，
支部首先建连上。
毛委员和我们吃过饭，
红菜盘精神放光芒。

七十多年的辉煌历史谱进了济南军区某团红一连的《连歌》，江主席的庄严嘱托铭刻在全连官兵们的头脑里。

1991年2月7日，江主席来到红一连。他双手托举着毛主席当年在连队使用过的红菜盘，语重心长地说："毛主席用过的红菜盘，你们要好好保存！'支部建在连上'是一句全军不朽的名言，你们要代代相传！"

初夏时节，记者到驻守中原的红一连采访，欣喜地看到：该连党支部牢记江主席的嘱托，把"支部建在连上"作为坚如磐石的"根基"建连育人，确保了党对军队绝对领导的军魂永远不变。

把"党指挥枪"落实到基层

每当红一连党支部重温江主席的嘱托，总是特别强调一个鲜明的主题：党对军队绝对领导的核心是“党指挥枪”；要落实好这一根本政治原则，党支部第一位的责任就是管好管“枪”的干部。

1999年初，红一连选派排长张志祥和4名战士参加国庆五十周年首都大阅兵。他们分别被编到3个方队。到达驻训点后的第一个星期六下午，没有任何人提醒，4名战士不约而同来到张排长身边，向他汇报各自的思想情况。现任团组织股干事的张志祥说起这件事，内心十分激动：“战士们有这样强的组织观念，确实出乎我的意料。”

在远离连队的阅兵场上，张排长是他们几个人中唯一的党员，在战士的眼里，他就是“党代表”。在长达半年的训练期内，他们的“组织生活”每周雷打不动。

在阅兵期间，战士王彦召双脚溃烂，脸部长癣，苦不堪言。就在他打退堂鼓想当预备队员时，张排长和其他战士给他打气鼓劲：红一连没有逃兵！王彦召终于挺了过来，驾驶战车通过天安门，接受了江主席等党和国家领导人的检阅。

当年受到江主席接见时还是个新兵、如今已是红一连党支部副书记、连长周道斌说：“枪听我的，我听党的，‘党指挥枪’的原则不能有丝毫动摇！”

把党支部建成坚强的“战斗堡垒”

红一连支委“一班人”懂得，要保证党对军队的绝对领导，关键在于党支部能战斗、当“堡垒”。

2000年4月，刘汉林从排长提升为副连长后，头一次参加民主生活会，平时与他感情很好的班长冯传强，毫不留情地向他放了一炮：“你性子急，好训人，批评人像火药枪。”刘汉林平时最忌讳别人说他脾气躁，手下的兵竟当着众人的面捅他的老底，他急得抓耳挠腮。事后，他说：“当时真想找个地缝钻进去，现在越想越觉得批评真能让人进步。”

红一连党支部敢于直面矛盾解决自身问题。年初，上级给连队分配一个学装甲车驾驶技术的名额。新兵王克佳、孟飞，在民主测评中得票并列第一。从个人感情上讲，两个主官都想让孟飞去。支委会上，有人提出，这次学的是新装备，应该让文化高的去。两个主官二话不说，投了高中毕业的王克佳的赞成票。

记者在列席红一连的民主生活会时，党员们没有因为连队建设捷报频传就沾沾自喜，反而找了两位主官许多“毛病”：连长遇到大项任务急于求成，对大学生排长交任务多，教方法少；指导员还有“老步兵”思想，特别是官兵分训后，做思想工作的新办法不多……

思想经常交锋，红一连党支部的“战斗堡垒”越来越坚强，连队全面建设越来越过硬。

把党的指示刻在每个官兵的心中

1998年8月，红一连南下长江抗洪，镇守洪湖七家垸。19日晚9点多，官兵们摸着黑，冒着风雨，在泥水中一气跑了10多公里，赶赴决口处。在前面领跑的连队党支部书记、指导员左朝阳连摔了3个跟头。赶到目的地一看，不知什么时候右脚上的鞋已跑掉了，脚趾头鲜血直流。

左朝阳对记者说：“作为红一连的‘党代表’，我时刻想着的是江主席发出的号令，一切行动听从党中央、中央军委的指挥，不折不扣地执行党中央、中央军委的决策和指示，个人安危早已置之度外。”抗洪期间，左指导员两次路过家门口，心里想着父母妻儿的安危，却硬起心肠，没有进一次家门。

执行党的指示不讲任何价钱已成为红一连官兵铁的纪律。2000年11月，红一连受命向军委领导同志汇报表演新装备形成战斗力情况。班长冯传强受风寒发高烧，仍咬紧牙关坚持演练，就在他指挥第一辆装甲车通过检阅台后的一霎那，他直挺挺地晕倒在战车上。

采访结束，红一连官兵反复表达了这样一个思想：请党和人民放心！请江主席放心！今天的红一连永远会像当年红军一样，一切听从党指挥！

（2002年6月29日1版头条）

一百个鸡蛋为啥成了某团荣誉室的珍藏品，原来——

这是一份特殊礼物

■本报记者　欧世金　张占辉

即使在收藏成为时尚的今天，也没有听说过有谁收藏鸡蛋的。而新疆军区某坦克团却于5月6日举行隆重仪式，把100个不同寻常的鸡蛋收藏到团荣誉室。这是些什么鸡蛋呢？为什么会受到官兵们如此的钟爱？

原来，这些鸡蛋上用维吾尔、哈萨克、蒙古和汉4种文字书写着对子弟兵的赞美、祝福之语。有的是一句深情的话，有的是用维汉两种文字写下的一首诗，有的写着一组2090（南疆光缆工程长度）数字，有的用稚气的笔调画着象征军民一家的图画，还有的用彩笔画着红五星、国旗、雪莲花、红心等图案。记者随手抄下几句文字：“南疆通信光缆施工说明，解放军离不开各族人民，各族人民离不开解放军”、“祝你快乐、平安、幸福！”“我长大了也要当解放军”、“和硕二小不会忘记你们！”还有一个写着“古丽亚，和硕二小五甲班，这就是我”字样的鸡蛋上，画着一个大眼睛、高鼻梁，面庞秀美的女孩头像，看上去很可爱。

正如战士所言，一个鸡蛋后面藏着一个动人的故事。塔哈其乡维吾尔族女生玛里奴尔，家里没有养鸡，她就买了4个鸡蛋。她多么想把自己对解放军的祝福写成一首诗，可她不懂汉语，只好在鸡蛋上画了两朵象征团结和友谊的雪莲花。

乌什塔拉乡清真寺阿訇马国祥，从部队进驻施工点那天起，他就开始集存鸡蛋，到部队完成施工任务时，他已在地窖里存了两筐鸡蛋，和孩子一起送到部队。因为鸡蛋太多，战士们执意不收。马老汉动情了：“解放军是天底下最好的人，施工那么苦，还帮群众盖房、修路、治病，给困难户送粮送菜、捐衣捐物。村里腾出的热房、热炕不住，硬是住在戈壁滩上。我的这点心意你们一定得收下！”

对这些寄托着少数民族群众深情的鸡蛋，团领导根据官兵们的建议，决定挑选100个，用注射器抽空，再经药物处理后收藏到荣誉室。

（1996年5月16日1版）

最是纯洁战友情

■欧世金

□打骂体罚士兵，是条“谁碰谁流血”的高压线，是明令禁止的违法违纪行为，无论是谁、也无论找任何借口这样做，都将受到严肃处理。

近些日子，新兵陆续结束新训生活，补入连队。记者采访发现，一些新兵存在担心：下连之后，与老兵是不是不好相处？同干部是不是不好交往？连一些新兵家长也表示焦虑：当新兵的时候，各级关爱较多，会不会下连之后关心照顾就少了……

这种担心和忧虑是不必要的。士兵生活可能随着岗位的变化，生活环境、工作条件也发生改变，但官兵关系、兵兵关系的原则要求是相同的，团结友爱、和谐纯洁的追求是不变的。

新兵下连之后的一段时间，是每位新兵成长的重要适应期、转折期。各级带兵人要关心帮助新战士度过这一特殊时期，特别是防止简单粗暴，坚决杜绝打骂体罚和变相体罚现象。

打骂体罚士兵，虽然在部队是极个别现象，但这是一条“谁碰谁流血”的高压线，是我军条令条例和《军队基层建设纲要》明令禁止的违法违纪行为，无论是干部还是班长骨干都不允许找任何借口这样做。谁违反都将受到严肃处理，绝不姑息迁就。我军红军时期就实行“三大民主”，不准打骂体罚士兵。毛泽东同志曾经深刻指出：“同样一个兵，昨天在敌军不勇敢，今天在红军很勇敢，就是民主主义的影响。”

战友、战友，亲切的称呼，崇高的荣誉；战友、战友，相濡以沫的兄弟，同甘共苦的手足。军营里，职位有高低，阅历有深浅，兵龄有长短，能力有大小，反应有快慢，家庭有贫富，但大家一律平等，要像一家人一样互相尊重、互相关心、互相帮助。即便偶尔出现一些小矛盾，只要本着体谅、理解、宽容的态度，就没有解决不了的问题。想一想同吃同住同生活的深情厚谊，想一想危难时刻的同舟共济，想一想训练场上的携手拼搏，想一想未来战场上枪林弹雨中的生死相依，还有什么理由不珍惜纯洁的战友情呢?

防止粗暴带兵和打骂体罚士兵现象，需要批驳“歪歪理”，什么“打是亲骂是爱”，什么“巴掌底下出好兵”，什么“打你骂你都是为你好”，什么“敢打敢骂才有魄力”，等等，都是与科学带兵、文明带兵的要求格格不入。还有的打着“从严”的旗号，不考虑法规制度的刚性要求，不考虑基层官兵的心理和生理承受能力，随意抬高工作标准，甚至在条令条例之外搞“土政策”“土规定”，都是要不得的。真正意义上的关爱，是做到爱不放纵，严不失格，爱中有严，严中有爱。

至真至诚似兄弟，最是纯洁战友情——我们每一位军人都当精心呵护，倍加珍惜!

（2013年12月13日4版）

在军舰上采访编队指挥员

第四板块

军事训练报道

导读清单

中心居中

军事训练是部队的中心工作，军报历来将军事训练宣传摆在居中的位置。

抱歉的是，阴差阳错，我长期在政工部工作，与军事部算“亲兄弟”，尽管十分喜欢军事报道，但毕竟受分工所限，多年没有涉及过军事训练报道，本书所选作品是当记者时采写的。由于实践少、思考少，军事训练报道我没有多少发言权。

由此，我想到一个问题，报人在做学问上要做“杂家”，在报道题材上也应成“杂家”，少一些作茧自缚为好，各个工作领域的专业知识、新闻素材都要有所储备，一旦有机会要敢于下手去写。我们知道，许多记者编辑成熟之后都要撰写综合类重大主题稿件，如果平时只练独门绝技，喜欢剑走偏锋，关键时候就难当大任，更不可能成为复合型记者、独步天下了。

一场演练不见炸药包

济南军区某师着眼武器装备变化练就现代破障本领

本报讯 韩志庆、记者欧世金报道：我军基层部队延续了数十年的破障方法——抱着炸药包炸雕堡，日前在济南军区某师实兵实弹演练中不见了。

此次演练在大别山北麓的崇山峻岭中展开。记者透过滚滚浓烟和冲天沙尘看到，当“红军”在破障碍时，演练官兵不再抱着炸药包、肩扛爆破筒去炸雕堡，呈现在记者眼中的是一幅惊心动魄的远程立体火力破障图：空中，各种战机实施精确打击；地上，导弹、坦克、火炮集火摧毁，最后，工程机械风卷残云般地清除残障。

在现场观摩演练的一位将军说：“破障方式的变化，是我军武器装备发展的结果，也是部队更新传统作战思维模式的结果。”

据一位训练行家介绍，以往我陆军由于火炮数量少，缺乏制式破障器材装备，破障方法主要以人工爆破为主。这种方法对于破除种类单一、纵深较浅、科技含量低的障碍设施是有效的，但对于现代条件下多种类、高密度、多功能、纵深大的障碍群已难以奏效。因此，在这次演练中，该师大胆“扬弃”，首次取消了人工爆破这一传统课目。

为练就现代战争中攻城拔寨的硬功夫，近年来，该师立足打赢高技术条件下的局部战争，设想与强敌在最困难、最复杂的情况下作战。在空中火力支援下，他们充分利用远程大口径火炮、火箭扫雷车、导弹及各种特种爆破弹，经模拟仿真、实装实弹效能试验、实兵检验，对各种障碍物及爆破方法进行定性定量分析，探索出多种空地一体远程综合火力破障的训法和战法。

“人工破障的方法不见了，但敢打必胜的精神要永远发扬。”一位趴在壕沟里的士官，与记者谈起了抱着炸药包舍身炸敌堡的董存瑞。他动情地说:“只要祖国需要，我一定也会像他那样视死如归!”

（2002年10月17日2版头条）

用新的练兵实践发展"本本"

——济南军区某旅探索训练指导法改革的一段经历

■王继平　胡　宇　本报记者　欧世金

开篇的话

在全军深入学习贯彻江总书记"七一"重要讲话之际，总部颁发了指导我军军事训练与考核的新大纲。新大纲产生的过程，是全军在科技练兵新的实践中，不断认识真理、揭示现代军事训练规律、与时俱进的过程。

从今天起，本报推出一组来自新大纲试训单位的报道。这组报道通过旧大纲留下的"老照片"，新大纲带来的新景观，展现我军在军事训练领域构建训战一致的内容体系、推开官兵分训的组训形式、实行统放结合的指导方式、采取质量调控的管理手段、确立开放共享的保障方式、走开滚动发展的路子等方面进行的一系列改革与创新。

贯彻落实新大纲，要以江总书记"七一"重要讲话为指导，用解放思想、实事求是、与时俱进的要求，着眼科技的进步、时代的发展、战争和军队建设历史条件的变化，正确认识和把握新大纲的变化和创新。只有这样，我们才能摆脱过时的思想观念的束缚，不断研究新情况，解决新问题，总结新经验，使科技练兵一步一个脚印地不断向前发展。

●学"七一"重要讲话紧跟时代的脚步推动科技练兵与时俱进

●翻开昨日"老照片"目睹今天新景观谈新大纲带来的新感受

2000年3月，一份急电从济南军区某旅发往上级领导机关。电文中称，多年来形成的框框，使我们在试训新大纲中遇到了许多矛盾和困难……

领导机关的回答态度鲜明：现有的“本本”是过去实践经验的总结，如果它今天已落后于形势的发展，那就需要编写出新一代训练指导法，用新的实践来发展“本本”。

一年后，我军新一代训练指导法在这支部队产生了。今天，人们翻开训练场上的一幅幅“老照片”，目睹一幕幕新景观，深刻感受到这一改革构建了训练场上的新训法，对学习贯彻江总书记“七一”重要讲话，推进科技练兵与时俱进，有了更深切的体会。

摒弃落后的“硬指标”

——训练时间的统放结合增强了训练的科学性

翻开“老照片”：

旅作训科的文件柜里，存放着三年来的各类训练计划表。旅作训参谋讲，这些表看了一个连的，就等于看了全旅的，因为大家都在同一时间“齐步走”。于是，便有连队文书代替连长行使职权的事。一个连队的文书说：“连队的训练计划虽然都盖着连长、指导员的印章，其实不用干部操心费神，因为全旅训练一个样，只要抄好，再盖上他俩的章，就行了。”

目睹新景观：

今年这种现象不见了，连队有权调整训练时间了。新的训练指导法规定，自动步枪应用射击训练只给一定的参考时间，各连根据自己的训练实际，基础好的少安排时间，基础差的多安排时间。二营一些连队老兵多，加上平时训练基础打得牢，手榴弹投掷就没有专门安排训练时间。

谈谈新感受：

训练时间是训练大纲统一规定的，它一直是各级检查训练是否落实的“硬指标”。要改动它，让连队有训练时间调控权，当初很多人担心训练质量掉下来。但是改革后的实践证明，这种担心是多余的。过去训练好的，也要把时间训够，训练差的也是“时间到，任务了”。现在，实施了训练质量调控，“时间落实”不再占据训练的主导地位。单课目训练时间不是“指令性”，各单位可以根据实际情况合理控制，提高训练时间的利用率。训练质量有了可靠保障。

变革过时的“统一动作”

——训练内容的统放结合加强了训练的针对性

翻开“老照片”：

三连是“特级英雄”杨根思所在连。该连军事训练一直是标杆。有的课目，他们不用训练或搞点复习性训练，就达到优秀标准。可是不论这些课目如何过硬，官兵们年年还必须在“统一动作”上摸爬滚打。一次，在训练期间，连队干部把战士带到了菜地，机关同志批了他们一顿，连队官兵却委屈道：“胖子瘦子，拧着脖子让吃一样多，谁受得了?”

目睹新景观：

今年8月下旬，记者在该旅训练场，看到的是“东边日出西边雨”的景象。操场上有的连队在搞班战术教学，有的在进行射击教学，而三连正在进行抗眩晕新课目训练。旅领导介绍说，过去是同吃“大锅饭”，现在可以吃“自助餐”了。如今部队针对未来可能担负的作战任务，在规定的“自选训练内容”范围内，有针对性调整训练内容，打破了过去的“统一动作”。

谈谈新感受：

虽然作战对象、战场环境、作战任务常常对每个单位是不同的，可是多年来大家训练内容却是相同的。对这种“一锅煮”的训练内容，大家早就想改，可是总怕改变了“统一动作”，训练秩序乱了套。这次勇敢地迈出这一步，实践证明效果是好的。如今，训练内容紧贴作战任务、战场环境和编制装备，训练的针对性有了进一步加强。

打破陈旧的“单一模式”

——训练方法的统放结合提高了训练的适应性

翻开“老照片”：

去年，四连接受上级组织的连战术训练考核。考官将四连的战术训练从班、排、连全考了一遍。结果，每一级战术演练，只是面孔不同，人数不同，而他们的组训方法，完全是一个模式，只要都照规定程序一步一动地做完，准能得高分。对此，有的官兵开玩笑说：战术训练，官练一张嘴，兵练两条腿。

目睹新景观：

今年8月下旬，记者在该旅采访期间，巧遇部队正在进行战术训练。今天看到的是虽然都搞战术训练，可方法却是“百花齐放”。一营开通了局域网，官兵们在网上作业；几个驻地偏远的营，则是结合电化教学进行图上和沙盘作业，多法并举；坦克营则把部队拉到军区训练基地去了。

谈谈新感受：

过去强调训练方法、步骤完全统一，认为只有整齐划一，才能保证训练标准严而不乱。但导致了有些课目出现“程序化”、“表演化”。现在，对具体课目的组织实施方法，鼓励从实战、实际、实效出发，因人、因地、因具体内容而宜，不再一味地强调训练方法、程序统一了。练兵的方法活了，离实战近了，训练效益也高了。解放思想无止境。

江主席在与军队高级干部理论研讨班学员座谈时指出：“马克思主义的一个基本道理，就是不能用本本去框实践，而只用实践去发展本本。如果一切都要先看本本上有没有，老祖宗讲过没有，就很难在实践中迈开步子。”坚持用发展的、与时俱进的科学态度对待“本本”，是在这个不断变革的时代，使我们的事业充满生机和活力的根本之所在。

伴随科技练兵实践的发展，我军原有的训练大纲，日渐显露出制约部队战斗力提高的种种问题。济南军区某旅在总部的指导下，围绕探索统放结合的训练管理体制，进行了卓有成效的改革，创建了有益于增强训练科学性，加强训练针对性，提高训练适应性和调动各级训练积极性的训练指导新方式。他们的实践，对于我们坚持用“七一”重要讲话精神指导工作，按“三个代表”要求抓好部队全面建设，大力推进科技练兵与时俱进，有着深刻的启迪。

如火如荼的科技练兵实践，为理论的发展、“本本”的创新，提供了丰富的素材。直面今天种种新情况、新问题的挑战，我们必须打破唯书不唯实的本本主义，从习惯于用“本本”去框实践，而不是用实践去发展“本本”的旧观念中走出来。我们要牢记江总书记的这一指示：“实践没有止境，解放思想也没有止境。我们要突破前人，后人也必然要突破我们。”

（2001年9月13日2版头条）

提升须过军事关

某师对拟提营连干部进行军事考核，一批考核不及格者被暂缓提升，增强了基层干部苦练军事的紧迫感

本报讯 欧世金、杜献洲报道："提职考试如同军校毕业考核一样严格，压力真大！"4月8日，在天山北麓某师训练场上，一位拟提升为副连长的少尉抹着脸上的汗水对笔者说。

这天，该师上百名拟提升为营连干部的军官在符合其他提升条件的情况下，进行最后的闯"关"——参加教学法、手枪射击、手榴弹投掷、器械、军事理论等10多个课目的考核。考核结束后，16名成绩不及格者被宣布暂缓提升。

曹师长在训练场上向笔者介绍了对拟提干部进行军事考核的原由：3年前，师里提升了一批基层干部，当时忽视了对这些干部军事素质的考察，结果有一部分营连干部军事技术差，组训能力弱，难以完成训练任务，影响了部队建设。从1991年开始，他们对全师的营以下所有拟提干部进行军事考核。

在连续3天的考核期间，笔者采访了该师设置的6个考场，发现他们对提升干部的军事考核已形成一套较为科学的方法和健全的制度。他们针对干部的年龄、拟提职务和岗位不同，在考试课目难易、标准评定上有所区别。考核坚持从难从严，不走过场，不迁就照顾。一名上尉完成手枪第一练习射击后，5发子弹靶上出现6个弹孔，成绩被当场宣布无效；另有一位拟提指导员的机关干事，手榴弹成绩不及格，结果他们都被暂缓提升。

这个师对拟提干部进行军事课目考核，增强了基层干部练好军事技术的紧迫感。两年多来，全师干部中涌现出120多名"四会"教练员和训练标兵，在师以上单位组织的比武活动中有50多个单位和个人获奖。

（1993年5月5日2版头条）

瞄准强敌　贴近实战

某师今年战术训练有五个转变

本报讯　王雁翔、记者欧世金报道：仲秋，牧草枯黄的天山已披上了薄薄银装。新疆军区某师在高山阔野摆开战场。“红”“蓝”军对抗、夜间实弹战术演习、诸兵种合成演练……一个接一个训练课题的完成，把该师的战术训练提高到了新的水平。

这个师的领导介绍说，今年的战术训练与往年比有“五个转变”。即由注重单方演练转变为注重对抗演练，由注重昼间演练转变为注重夜间演练，由注重非实弹演练转变为注重实弹演练，由注重单个战术课题演练转变为注重多课题综合演练，由注重单一兵种演练转变为注重诸兵种合成演练。

这个师今年战术训练的显著特点是瞄准强敌，贴近实战。记者在演练地域看到，在对抗演练中，“蓝军”凭借高技术优势把“红军”一次次逼入险境；分队战术演练时，昼夜连续实施，突出演练了防“敌”突然袭击、由遭遇转入追击、奔袭、反机降、担任重要目标警卫等课题；诸兵种合练期间，步、炮、坦以及通信、防化、工兵、侦察和后勤、技术保障分队等兵种、专业自始至终“共同作战”。

在战术训练中，这个师还利用天山腹地生疏地形、恶劣环境、复杂气候锤炼精兵，把练战术、练指挥、练协同、练保障有机地结合起来。针对地域特点，他们进行爬山、越野、攀登等课目的训练，提高了官兵的身体素质。为了锻炼野战生存能力，他们进行断水、断粮、远离部队的生存训练，官兵学会了一套觅食找水的生存本领，提高了在艰苦、激烈环境中的适应能力。

（1996年10月10日2版）

演兵火焰山

——新疆军区某团从难从严练兵见闻

■欧世金

吐鲁番盆地，被中外气象学家称之为“火洲”。当地新编《旅游指南》称，中华人民共和国成立以后这里的最高气温记录是48.9℃，地面温度是82.3℃。

新疆军区某团距“飞鸟千里不敢来”的火焰山口不远，团综合训练场就坐落在天山余脉的一片铁灰色山峦下，场地上布满坚硬的卵石和粗糙的沙砾。7月上旬，笔者跟训“火洲”，写下这篇见闻。

（一）

7月4日13时，团司令部作训股长华新科在训练场测试：今天最高气温45℃。因受场地限制，各连队训练课目不一。进行单兵综合演练的是二连。战士们携带着装具，两人一组在15分钟内完成包括射击、翻越壕沟、通过铁丝网等24个课目，一趟约800米。战士们奔跑时，扬起一路沙尘，卧倒时碰得石子飞溅。我随第三组“空跑”一趟，站定后，像刚从水里捞出来一样。

训练场上不见一棵树，没有一丝荫凉。太阳似乎比别的地方更大更亮。等待上场演练的战士整齐地坐在沙地上，作训服上泛出块块汗碱，看上去像盔甲。他们起身时，屁股上沾满泥土，坐的地方留下一个个被汗水打湿的圆印。

在训练场上转了两个多小时，我脚底灼烫，又不敢歇脚，只能利用行走时换脚的间隙缓解。团长王德高抹一把头上的汗对我说：“这还不是最热的时候，一般情况，每年5月中旬气温进入40℃，7月中旬到8

月中旬气温最高，到9月下旬气温才低于40℃。长时间的高温，逼着我们必须适应，否则训练就无法落实。”

戈壁上没有一丝风。为了观察弹道，便于修正，六连冲锋枪实弹射击使用的是穿甲燃烧弹。出膛的弹头似小火球在戈壁上飞舞，撞击之处顿时腾起朵朵灰白色的烟团，好一会才慢慢散尽。远处，10米高的白杨树纹丝不动。战士们说：“有风更糟糕，高温下的风就是热浪，吹得人头晕目眩，一刮风卷起尘土，土随风走，无孔不入，更令人难受。”

22时，两颗红色信号弹升空，夜训开始了。此时，戈壁释放出白天吸收的热量，在地面形成1米左右高度的热流，人行走时，腿部像在蒸笼里，战士们蹚着热流开始了夜战。

（二）

火焰山的主峰，貌似一柄熊熊燃烧的大火炬，突兀在官兵眼前。

7月6日，四连官兵向它挑战而来。当天下午，连队一边“作战”，一边摩托化开进到火焰山口。

经过在火焰山口一夜露营、养精蓄锐的官兵，第二天8时整开始向主峰冲击。我突然记起团参谋长吴亚飞在为部队送行时说的一句话：“未来战场可能会在最恶劣的环境中，你们攻下火焰山主峰，就是占领了战场的制高点。”

主峰山体表层是被高温烤酥的石块，下面是深红色的细沙，踩上去陷至脚脖，走几步双腿就发软。一排长陈新接过了战士肩上重达21.5公斤的八二无后坐力炮炮身，不少军衔高的战士抢过军衔低的战士的背包、枪支，扛到自己的肩上。

两个小时后，太阳更毒了，地面更烫了，山坡更陡了。远远望去，官兵们相互之间像头和脚挨在一块，整个身子全贴在地上蠕动。

越往上，我越感到吃力。脚抓不住地面，往后滑，只好借助手的力量，爬行几步，便斜躺在坡上喘口气。负重20多公斤装备的战士，一个个从我身边超了过去。

11时35分，头顶传来“胜利啦”的喊声。我又爬了约半个小时才到。回头望望刚才爬行的路，有种眩晕的感觉，我倒吸两口热气，赶紧后退几步。

喘息片刻，我找到了第一个登上山顶的战士。他叫韩富兵，四班长，当4年兵了。一位少尉向我介绍：他是全连最“老”的兵，全团的训练尖子，因名额有限，失去了提干的机会，但他练兵热情一点不减。我问：“你为啥要来吃这份苦。”他说：“我们部队驻守火焰山，征服不了它，岂不留下一辈子遗憾。”

（三）

轮到战士李晓波当报靶员时，他扛的那根塑料靶杆，怎么也直不起腰，出靶时东倒西歪。连长的喊声不时传进耳鼓。

一轮射击完毕，作训股的张参谋向小李询问情况，然后对连长解释说：“别怪他，气温太高，靶杆烤软了。”第二天，训练场上的靶杆由塑料全换成了木头。

张参谋是团训练服务组的成员。基层官兵们说训练场上有困难，找服务组就能解决。

据团政委魏怀润介绍，开训以后，团6名常委带司、政、后、装四大机关各一名干部，组成6个训练服务组，“承包”6个训练“片区”。他们除了检查、指导外，主要任务是对训练实施全方位服务和保障。团司令部训练情况分析记录显示：仅6月份，机关对训练的服务、保障达80多次，涉及训练的10多个方面。

团后勤处袁处长每转一趟训练场，就想到如何多为官兵送去一缕“清凉”。他列举了这样一组数字：5月以来，为每个连队每月特供30至50公斤绿豆，给官兵熬粥消暑；给每个连队配发1个保温桶、一台小锅炉、一个烧水壶，保证战士喝上开水；购买了3000多元的防蝇药和1000多元的人丹发放连队，把中暑和患传染性疾病降低到最低程度。良好的后勤保障，调动了官兵练兵的积极性。

7月7日上午，团政治处维吾尔族副主任迪里夏提推门进屋，急匆匆告诉我，有一群少数民族群众来慰问训练场的官兵。

我随即赶到团部大门口。看见3辆毛驴车拉着3只肥羊和葡萄、哈密瓜，后面跟着20多人，有头缠白巾、身着白衣的宗教人士，有穿戴漂亮衣裙的少女，还有两名抱着哈密瓜的小男孩。

迪里夏提将我介绍给了领头的一位银须老人。他是吐鲁番市亚尔乡戈壁村德高望重的努尔阿吉。努尔阿吉老人说：“我一直生活在吐鲁番，亲眼目睹解放军一心为民造福，他们的心比火焰山还热。最近天气奇热，乡亲们都躲到‘地下室’去了，可解放军还在顶着日头训练，他们天天从我家门口路过，一身汗水一身土，精神感人呀！”

听说四连是全团训练尖子连，努尔阿吉一行直奔四连训练场。一位下士给战友说：“有人民群众的理解，我们再苦再累也无怨无悔。”

（1995年8月7日2版头条）

标志我军合同战役训练实现新跨越

兰州战区举行联合战役演习

傅全有观看演习并讲话

本报兰州8月17日电　特约记者樊增民、记者欧世金报道：8月中旬，兰州战区在西北某地成功举行联合战役演习。从战役课题设置到导演、指挥机构组成，从战役环境营造到实兵实弹演练，都突出联合作战特点，体现高技术作战手段运用，全面检验和提高了首长机关联合战役指挥能力和诸军兵种联合作战能力，总结了联合战役训练的方法和路子。这次演习的成功，是兰州战区推动科技练兵向高层次发展的重要成果，标志着我军由合同战役训练向联合战役训练的跨越。

中央军委委员、总参谋长傅全有观看了演习，并在演习总结时讲话。

为提高部队高技术条件下联合作战能力，今年初总部赋予兰州战区联合战役训练试点任务。战区各级领导和机关以新时期军事战略方针为依据，贯彻科技兴训的思想，着力探索在现有体制下，建立以作战任务为牵引，以战役课题为纽带，战区诸军兵种同训共演的联训机制，确保战役训练在组织领导、训练计划、课题内容、方法手段和标准要求上实现联合。

兰州战区的这次联合战役演习，是对联合战役训练成果的一次全面检验。记者了解到，在获取分析信息、谋划联合战役阶段，陆军、空军、第二炮兵和地方战役军团的指挥员根据联合战役的特点，就组织指挥、作战力量、作战计划和作战保障的问题展开研究。在综合火力打击，争取战役主动阶段，当出现“蓝军”发起地面进攻，“红军”主力部队一时难以投入战斗的复杂战场环境时，第二炮兵部队实施常规导弹远程火力打击演示，空军航空兵和地空导弹部队实施空中突击作战，使

“蓝军”进攻锐势受挫。在实施联合反击，达成战局转换阶段，联合战役军团充分利用空军、第二炮兵火力突击的效果，显示了联合战役指挥员准确把握全局，诸军兵种几个主角同唱一台“戏”的联合作战能力。

副总参谋长隗福临和总部机关有关部门的领导，国防大学校长邢世忠率指挥员班也观看了演习。

（1999年8月18日1版头条）

“立体战场”练“打赢”着数

——兰州战区联合战役演习呈现“堵耳挖眼”、“掏心点穴”等作战新样式

作战新样式目不暇接 “敌”后破袭显神威

本报讯 记者欧世金、杜献洲报道：“堵耳挖眼”、“掏心点穴”……特种部队“敌”后破袭的奇招，成为“红军”战役反击作战的一把“尖刀”插入“蓝军”心脏，对达成战役转换目的发挥了突击队作用。

敌后破袭战是以突然袭击和破坏等手段，对敌部署起支撑和连接作用的目标实施结构性打击的作战行动，是高技术条件下作战的一种重要样式。

记者看到，8月××日，联合战役进入反击作战阶段，为加强战役进程，达成战役转换目的，“红军”运用小群多路、向心攻击、打炸烧捕、掏心点穴相结合的战法，破击“敌”指挥中心、通信枢纽、导弹阵地等要害部位和目标，使“敌”陷入指挥中断、协同失调、补给不济的混乱状态，为正面主力攻击部队实施反击作战形成有利态势。破袭战演练的成功，是对兰州战区近几年加强特种部队建设的一次综合检验。

科技支前样式新 专家走进“中军帐”

本报讯 记者欧世金、杜献洲报道：在联合战役军团指挥部，“地方专家组”席位格外引人注目。3名身着便装的地方专家正在为高技术条件下的信息战出谋划策，展示了新形势下人民战争的新发展，创造了地方科技支前的新形式。

这3名专家是地方大学计算机专业和电信部门的副教授和高级工程

师，在计算机、通信网络、信息工程等方面取得过显著成绩。他们参加这次战役演习，主要担任信息作战阶段的“高参”，为“红军”反击“黑客”入侵、预防和消除计算机病毒出“高招”。

8月××日，“蓝军”“黑客”入侵，导致“红军”军事要地、党政机关以及民航、交通、电力等系统计算机网硬盘数据大量丢失，部分系统瘫痪。3名专家立即测试、会商，提出了网络隔离、安全屏蔽、消除病毒、组织“黑客”小分队主动攻击等建议，这些建议被采纳实施后，立即扭转了不利局面，制信息权很快被“红军”掌握。

（1999年8月25日2版头条）

听到“准备”就来劲

——济南军区某炮兵旅实弹演练中政治工作见闻

■本报记者　欧世金　特约记者　魏国梁　申　虎

编者按　当前，各部队正在进行野外驻训、实弹演练，持续兴起大抓军事训练热潮。如何为加快转变战斗力生成模式提供强大精神动力，是我军政治工作的重要职责和任务。本报记者近日走进演兵场，在演练中感受新变化，在硝烟中记录新成就。这组来自济南军区某炮兵旅实弹演练中政治工作见闻，给人一种新风扑面之感。

“01炮射击，101号目标，准备好，报告。”

8月29日9时23分，上级突然下达的一条指令，让济南军区某炮兵旅十六连炮长、上士黄涛兴奋起来。他娴熟地操作键盘，指挥火控手、地控手解算装定射击诸元。

“01炮报告，准备完毕，一切正常，可以发射！”随着现场指挥演练的某集团军副军长谭民一声令下，4枚火箭弹喷着烈焰呼啸而出，命中目标。

新装备列装当年，也是黄涛带领全班打的首发，一发命中。之后，在戈壁沙漠、濒海滩涂，他们都百发百中，成为神炮班。

“听到‘准备’就来劲！”身着迷彩服走下战位的黄涛说，我天天想的就是营区巨幅标语上的那句话：明天走上战场，你准备好了吗？

该旅导弹二连射手、上士耿建峰，被战友们称作“坦克杀手”。当年，某新型反坦克装备列装部队后，他也是打的全旅第一炮。

准备，就是千锤百炼。“只要搜索到目标，闭上眼我都能打中！”耿建峰说。为练就“盲打”绝技，他摸索出以车代靶法、限制画图法等8

种训法。

盛夏时节，战车内温度高达50多摄氏度，他在瞄准镜上一趴就是两个多小时，靠感觉就能掌控导弹。

2009年9月，部队组织实弹射击。就在耿建峰摁下发射按钮的那一刻，阵地上逆风突起，烟尘遮障时间比平时延长了两倍，目标若隐若现。仅剩4秒时间，战机稍纵即逝，耿建峰果断采取“盲打”方式，一击命中！

当兵10多年，耿建峰是旅里打实弹最多的战士，打的13枚导弹发发命中。他说，我打的导弹价值几百万元，一发打不中，我都受不了。

响当当的耿建峰，打心眼里最佩服的却是另一个兵：导弹一连导弹技师兼检测班班长柴照林。

“全军士官优秀人才奖二等奖”获得者柴照林，是有名的士官专家，编写过多套新装备教材，两所军队院校邀他授课示范，总部机关请他参与鉴定装备质量。

“官兵们真正做到了脑子里永远有任务、眼睛里永远有敌人、肩膀上永远有责任、胸膛里永远有激情。”该旅政委李军说，旅党委深入推进军事训练中政治工作，有效激发了官兵的使命感责任感，人人牢固树立起“时刻准备战斗”的思想。

去年，十连侦察班班长柏永龙面临退伍。家里人告诉他，老家正在搬迁，如果当年退伍，户口能落到城区，还能拿到50万元的拆迁款。但当指导员说战位需要时，他二话没说就留下了。

还是炮长黄涛，有一次实弹射击成绩优秀，连队为他请功。他坚持不接受，建议给本班优秀射手、副班长王攀记功。

“你后悔吗?”在火炮阵地，记者问黄涛。“没啥后悔的，我们是百人一杆枪，打得好，是大家的功劳。”

演练结束，一门门战炮昂首列阵，官兵们唱响了那首《当那一天来临》：准备好了吗，士兵兄弟们，当那一天真的来临，放心吧祖国，放心吧亲人，为了胜利我要勇敢前进……

（2012年9月15日5版头条）

第二炮兵某旅开展战斗力标准大讨论进一步解放思想

按实战要求破除条条框框

■本报记者　欧世金　欧　灿　李兵峰

战车轰鸣，长剑倚天，口令声此起彼伏。4月21日下午，第二炮兵某旅正在训练大厅进行实装操练。

“号手就位！”48号战车前，发射架指挥长、中士王永安一声令下，几名操作号手取捷径迅速跑向各自战位。

这是一个细微的变化。以前，号手跑向战位，要按队列动作立正稍息，左一拐右一拐，才能跑到号位上。

现在，改变的虽然只是几小步，但却是向解放思想迈出的一大步。

在战斗力标准大讨论中，官兵提起这件事，思想交锋异常激烈：“不按队列动作跑位，显得乱糟糟的，不好看！”“几十年都是这样练的，我们能说改就改吗？”“兵要练精练活，不能练呆练傻了”……

用战斗力标准这把尺子一量，官兵们猛然醒悟：这种看似“整齐划一”“正规有序”的做法，不知耗去了多少时间和精力！一场突破思想桎梏、改变行为痼疾、纠正习惯做法的大扫除、大清理在全旅展开。

“我们能打仗吗？我们能打胜仗吗？”训练大厅内，高悬的巨大标语，向官兵发出警示之问。刚看完《甲午大海战》的发射二营营长方建平对记者说：“历史的悲剧，决不能在我们这一代军人身上重演。”

什么是战斗力标准？差距在哪里？应当怎么办？该旅开展战斗力标准大讨论不是坐而论道，而是边讨论边改进。

确立战斗力标准，首先树立用人导向。最近，旅里调整提升20多名干部，人人都在综合素质量化考评中排名靠前。作训科科长李超，多次牵头组织重大演练、实弹发射任务，还在作战现实问题研究中挑大梁，荣立二等功，任职刚两年就被推荐提升为基地作训处副处长。

能打仗的干部提得起来，不想打仗的干部混不下去。3月初，旅里组织专业理论集训，技术室一名教员心不在焉，90分钟的课只讲了20分钟就草草收场，被战士评为最差一课，受到行政严重警告处分。

想打仗、谋打仗、练打仗，正在成为一种习惯。该旅即将参加上级组织的重大演习，旅党委决定，不临时拼凑操作号手，把平时考核较弱的单位拉上去。旅长陈前说："不怕在领导面前丢面子，就怕打仗有软肋。"

前不久，上级组织诗歌、散文、报告文学征集，宣传科拟发通知，要求每个连队上交5篇作品，活动被旅领导叫停："当前训练任务较重，尽可能不要牵扯太多人的精力。"随后，宣传科指定几名文学爱好者承担这项任务。

聚焦战斗力，一边做减法，一边做加法。该旅正在部署开展"带出队伍虎虎生气、带出官兵融融暖气、带出班子堂堂正气"专题教育活动，把战斗力标准大讨论进一步引向深入。

记者在旅里采访4天，他们每天组织一次千人百车战备拉动，按照旅里制定的战斗力"十条标准"，紧贴实战开展"动中通、扰中通、山中通"等重难点课目演练。甩掉了制约战斗力建设的包袱，官兵们轻装上阵，部队快速反应能力大大提升。

今日长缨在手，何时缚住苍龙？该旅官兵厉兵秣马，枕戈待旦，正在用实际行动将那句振聋发聩的警示之问，变成掷地有声的回答："我们能打仗，我们能打胜仗！"

（2014年5月8日1版）

指导员考场拉后腿之后

■马　林　本报记者　欧世金

“我现在一见战士心里就觉得内疚。”11月17日，七连指导员张会军说起连队参加军事训练等级评定的事，心里还是沉甸甸的。

一个多月前，七连党支部研究连队申报军事训练评定等级时，大家都异口同声地说：“一级。”连长付大俊归纳了几条理由，去年连队申报“二级”顺利通过，今年连队军事训练又取得了优异成绩，其中共同课目、班战术演练、班用机枪等项目成绩名列全团前列。

考核那天，全连战士一鼓作气，成绩呱呱叫。接下来就眼睁睁看干部的了。官兵们都明白，军事训练等级评定规定中有一条硬杠杠：连队军政主官考评达不到“优等”成绩，连队就没有评“一级”的资格。干部考核共设4个课目。在军事理论、手枪实弹射击考核中，连长和指导员成绩都不错。进行3000米长跑（30岁以上者）、教学法两个课目的考核时，指导员张会军突然对连长说：“我不考了。”连长急得一身汗：“为什么?”张会军不好意思地说：“我军校毕业后，在机关一干就是6年多，训练那一套早就生疏了，即使上场也得败下阵。”于是，连长只好独自参加考核。

军事训练等级评定结果，七连被评为“二级”，全连辛苦一年、实现“一级”的愿望落空了。而且按有关规定，军事训练达不到“一级”，就实行“一票否决”，连队不能评为“基层建设先进连”，更不能评为标兵连，连队干部不能立功。

最痛心的还是指导员张会军。他在党支部大会上主动承担了责任，说自己一个人拖了全连的后腿。随后，他还从思想上分析了个人训练素质不过关的原因。年初，从机关调任连队指导员，本来知道连队主官军事训练成绩必须“达标”，但想到自己刚从机关下来，又是政治干部，军事训练弱一点谁还较真？从此以后，压力带来动力，张会军制定了强化军事训练的措施。过去连队出早操，他跟着队伍跑两圈就下来了。现在他不仅与战士一起跑完全程，还请连队训练尖子帮带。战士们也没有埋怨张指导员，知道他脚上长了鸡眼还为他找偏方。张指导员的训练信心更足了。

在该团蹲点的师政治部主任李军了解到类似七连这种因政治干部军事不过硬影响全连荣誉的事，在全师部队有一定的普遍性。为此，他在一次干部会上提出，连队政治干部要主动上训练场，只有把自身军事素质练过硬，才能有效地做好训练中的政治工作，同时，任用干部要严格执行军事训练等级评定有关规定，达不到应有“等级”者不得提升。

“一票否决”，真正把这个师的政治干部推上了训练场。

（1999年12月7日2版）

敢于对战斗力负责

——济南军区某机械化步兵团勇当“打赢”开路先锋纪实

■张登华　陶爱兵　本报记者　欧世金

军事训练变革，常常是新军事革命的先声。军事革命的蓝图只有先在训练中反复试验，才能拿到战场上运用。因此，对部队进行逼真的训练，与拥有先进的技术同等重要。

——军事理论专家的话

济南军区某团由摩托化步兵团改编为机械化步兵团，武器装备由过去的枪、炮更换为集火力、防护力、机动力于一身的步战车，伴随而来的是作战样式、训练内容、方法和手段的全方位变革。面对新情况，该团指战员经过3年多的艰苦磨砺，新装备成建制形成战斗力。探寻他们成功之路，团长刘法峰说了7个字：“科学求实练为战。”

“打得准”不等于“打得赢”

几十年来靠一杆枪、两条腿打天下的步兵，今天坐上了战车，如同插上了翅膀。在一营召开的新装备训练动员会上，二连代表发言：“我连要发扬当年飞夺泸定桥那种拼命精神，当年训练当年形成战斗力。”

3个多月后，全团第一次新装备专业技术训练摸底考核，却扫了一营的威风：名次是“副班长”。为什么事与愿违？团党委在分析这个现象，也在剖析自己：直接原因是专业训练基础没打牢就转入单车合练，根子在于没有认识新装备成建制形成战斗力的客观规律，不切实际地提出“当年训练当年形成战斗力”。团党委认真听取专家和上级机关的建议后，提出了“循序渐进打基础，突出重点练技能，递进合成求效益，3年形成战斗力”的目标。

但仍有一些人不服气。换装不就是添了几件新装备，再苦练几个月还能拿不下来？不久，团里进行了一次演练，开进中30多台战车突然中断联络。一位连长十分纳闷：在营区练得顺顺当当的，怎么一拉出来就出洋相呢？行家解释起来并不复杂，战场上各种干扰增多，上下情况传递频繁，如果再加上地形阻隔、“敌”电子进攻，步战车的通信就可能出现混乱，甚至发生“堵塞”。看来，平时联得通，不等于战时联得通；靶场上打得准，不等于战场上“打得赢”。

官兵们悟出，检验新装备形成战斗力的标准，既要看有关人员使用和操作新装备的能力，又要看首长机关对新装备的作战运用和组织指挥能力；既要看新装备的各种保障能力，又要看新装备与其他装备的协同作战能力。如果停留在“老步兵”的战斗力标准上，训练走弯路就不足为怪。

于是，该团党委进一步端正训练指导思想，制定了新装备训练3年规划，确保了新装备训练的健康发展。

出了事故训练标准不能降

九连战术课目训练没几天，就拉到野外。战车轰鸣，硝烟乍起，还真像那么回事。不料，一名战士在车前做战术动作时发生了意外事故。

事故，是部队安全工作的大忌，挨批是免不了的。各种议论也不少。“过去步兵提着一杆枪冲锋就行了，现在人车结合，一不小心就会出事。”“事故是衡量全局的一把尺子，事关全局呀，动枪动弹要慎之又慎。”

训练中安全防事故工作，是加强部队战斗力建设的一个重要方面。但做好安全防事故工作的根本途径，在于严格训练，严格管理，提高部队的训练水平。团党委认真总结了事故教训，统一了思想：“事故教训要认真吸取，但训练标准不能降。为了明天的胜利，我们要敢于对战斗力负责。”近年来，该团先后担负了一系列新装备训练试点和演习任务，部队常年在实装、实打、实爆中摔打，在贴近实战训练中提高打赢能力。

去年，该团远程机动到沂蒙山腹地。按上级要求完成战斗射击训练任务后，还留下一批炮弹。刘团长和参谋长张德恩商量，这里的训练地形良好，回到营区就失去了这样的训练机遇，利用剩余的训练弹药，继续进行营连实兵实弹演练。上级同意了他们的建议。一个营和六个连山地进攻战斗演练开始了。虽然团领导又一次担了风险，部队却增加了一次锻炼的机会。

千变万变练好手中武器不能变

以提高打赢能力为目标的科技练兵热潮在这个团形成后，团领导在调查分析本团科技练兵形势时发现，基层出现了学电脑热、学英语热、搞革新器材热。

科技练兵到底练什么？团党委“一班人”进行了深刻反思：虽然未来战争打的是“高科技”，武器装备也在不断更新，但不论如何变化，我们不能离开现有装备去打仗，不能离开手中武器去练兵。为此，团党委明确提出，要把新装备训练作为科技练兵的主课。及时纠正一些不正确的做法，为部队科技练兵健康发展引了路。

考核不仅仅是比成绩高低，更是让上级检验训练质量的难得机会，不能来半点虚假。去年底，军区、集团军工作组来团组织军事训练等级考评。当时，部队正在换发军官证，旧的收走，新的未发。考核组觉得事出有因，提出照花名册抽考就行了。团领导想，照花名册考可能给弄虚作假留下“空子”，不能检验部队的真实训练水平。于是，团里派人连夜赶到师机关取回所有干部的旧军官证。第二天，考核组依据军官证一个个验证，堵住了弄虚作假的“漏洞”。考核结果，该团被评为军事训练一级团。

仗怎么打，汇报演练就怎么搞，不能掺半点水分。上级赋予该团九连担负装步连乘车战斗综合火力运用训练任务，并作为向总部验收新装备成建制形成战斗力的汇报课目，有人提出在全团范围内挑选训练“尖子”。团党委“一班人”考虑，总部领导想看的是部队训练的真实水平，如果拼凑“尖子”搞“代表队”，不仅带坏了部队作风，更不利于部队战斗力建设。最后，他们坚持九连成建制参加新课目训练成果汇报演练。

[采访札记]

敢于对战斗力负责，是履行我军根本职能的需要，也是提高打赢能力的必然选择。敢于对战斗力负责，一定要坚持科学求实的态度，把实战需要作为衡量训练质量的标准，勇于舍弃曾给我们带来荣耀，但已不适应未来战争需要的经验和手段，以改革创新的精神，探索新的训练路子，才能不断缩小训练与实战的差距。端正训练作风要敢动真格的，只要是利于战斗力生成的事，即使有风险也要努力去探索；不利于战斗力生成的事，即使能争得一时的“彩头”也不能染指。只有这样，平时训练形成的战斗力，才能经得住实战的检验。

（2001年4月4日3版）

制度改革调动千军万马

——全军士官队伍建设情况的调查与思考

■本报记者　苏若舟　欧世金　本报特约通讯员　田兆广

编者按： 士官制度改革，是我军一项重大制度改革。从1999年这项新制度出台，至今已有一年多的时间。这项新制度的实施对我军建设产生了哪些影响？在士官的选取、教育、管理、培训、使用、考评、奖惩、进退等方面，有哪些成功的经验？存在哪些迫切需要解决的问题？士官队伍的素质能否适应军队现代化建设的需要？广大士官在工作、学习、生活等方面还有什么难题？带着这些问题，本报派记者赴三军部队进行了一个月的专题调研，撰写了8篇“调查与思考”。这些稿件力求贴近基层实际，从领导机关、基层带兵人和士官等多个视角，对士官队伍建设中的成功经验和存在问题进行剖析与思考，提出了一些可资借鉴的意见。从今天起，本报将在一、二版陆续刊出这组稿件。

优化我军兵员结构的重大变革

一项重大制度改革牵动着千军万马。1999年7月，国务院、中央军委颁布了《中国人民解放军现役士兵服役条例》，新的士官制度改革由此启幕，我军兵员结构出现了一次历史性的变革。

2000年元月，全军首次选取的士官和从原志愿兵套改的士官，以几十万人的阵容，戴着银灰色的不同级别军衔的肩章，行进在我军的士兵行列里。绿色军营星光灿烂。

2000年12月，士官开始有序地进出。

这项制度实施一年后的今天，全军部队的士官人数已占士兵总数的近40%，高技术部队达到60%以上。全军部队所有建制班班长全部进入士官队伍，全军42大类、千余种专业、数千个专业岗位编配了士官，一批女士官第一次载入中国军史。高级士官走上了技术复杂、特别重要的岗位。

数字蕴含着丰富的内涵。1978年至1999年，我军曾经实行过21年志愿兵制度，志愿兵在士兵中占的比例比较低。那时，大部分志愿兵分布在司机、炊事员、机关打字员等岗位。而今，我军几十万士官中的85%分布在基层和作战、训练第一线的重要岗位，从数量到质量，都远远超越了以往志愿兵的概念，跨过了一道从旧质走向新质的分界线。江主席在1997年12月军队一次重要会议上提出，要把兵役制度、士官制度的改革作为军队政策制度改革的重点。新的士官制度实施一年多的实践说明，这项制度不仅适应了新的形势，而且深层次地改变了我军兵员成分，优化了军队员额编制结构，提高了士兵队伍的素质。我军新的员额结构已经产生并将继续生成战斗力。

新制度产生巨大凝聚力

那是去年12月中旬的一个晚上，沈阳军区军务部副部长蒋光辉刚刚入睡，电话铃又响个不停，某集团军军长向蒋副部长提出多要几个选取士官的指标。为挽留人才找指标的电话，使蒋副部长十分为难，也使他十分振奋。

蒋副部长谈到，1999年首次选改士官时，由于士兵们还不能透彻地了解士官制度改革的意义和作用，各部队尽管做了许多“留”的思想政治工作，但不少优秀的义务兵还是没留下。许多部队指挥员忧虑：那些素质高的战士不愿当士官，将来的士官队伍会不会成为低素质的队伍？一年后，情况迥异：有专长的优秀士兵都急切地要求改士官，这年思想政治工作的重点是做“走”的工作。这种现象反映了新的士官制度经过一年的实践已经为广大士兵所认同。

纵观三军练兵场，可以说士官制度改革虽然时间不长，但它已经给我军建设尤其是基层建设带来了新的生机和活力：一是士官担任建制班班长，稳定了部队管理、训练的骨干队伍，基层建设不因为老兵退役而减弱；二是大批士官走上各部队技术密集型的重要岗位，并直接操纵主战装备，最大限度地稳定三军部队的专业技术骨干队伍。可以说，广大士官队伍支撑着我军基层建设的大厦，构成了部队战斗力最为活跃、最为稳定的要素。

在沈阳军区某师训练场上，记者看到，在单兵训练阶段，分队军官与士兵分训，士兵的基础训练由士官组织实施，而分队军官则集中精力攻克军官训练科目。某集团军参谋长艾虎生兴奋地对记者说：打赢高技术条件下的局部战争，对军官素质要求更加苛刻，兵练兵的“绝活”、官练官的本领，是通行于发达国家军队的基本做法。如今部队基础训练由士官组织，合同训练由军官组织，军官和士官的积极性、创造性都能得到充分发挥。

北海舰队某支队五级士官苗杰，谈起舰艇枪炮维修专业是那样自信：“我比美军的士官素质高！他们的武器装备坏了交技术人员修理，我既会操作，又会修理，还会教学。”这位多次随舰远航的高级士官并非言过其实。他研制的“舰载导弹快速检测系统”，把单舰导弹弹架协调时间，缩短到原来的1/8，操作人员减少到原来的1/4。目前，这套系统已获准批量生产，不久将装备海军所有舰艇部队。一个士官的能量居然会有这样大，这是我们始料不及的。

记者和某师士官教练员标兵闫长春、海军某部技术尖兵苗杰谈起新的士官制度，他们说，新的士官制度之所以受到士兵们的拥护，这里面当然有个人利益的因素，因为新的士官制度改善了士官的福利待遇，拓宽了安置渠道，保障了士兵的权益，对士兵产生了吸引力。但更重要的是，这项政策为士兵的成长、才能的发挥创造了更广阔的空间。他俩快言快语：过去选取志愿兵不少是警卫员、公务员、炊事员，而且是“一改定终身”，没有淘汰的机制，熬上13个年头，转业搞个城市户口就是目标。现在不行了，士官要带兵、管兵、练兵，要有过硬的专业技术，没有真才实学踏不进士官的门槛，就是进了这个“门”，不继续提高自身素质也会被淘汰。新的士官制度已经产生了巨大的凝聚力和向心力，说明这项决策完全符合部队建设的实际和军队发展的趋势。

基层盼望加快完善配套政策

阳春三月，记者就士官队伍建设问题来到济南战区进行专题调查。

在某集团军记者与济南军区司令员陈炳德一行不期而遇，原来他们也是在作士官队伍建设专题调查的。

陈司令员与记者谈到，士官队伍的强弱对基层至关重要。国务院、中央军委颁布了新的《中国人民解放军现役士兵服役条例》、《士官退出现役安置暂行办法》。四总部出台了《关于改革与完善士官制度实施办法》、《全军士官编制标准》、《士官管理规定》、《士官学员招生工作实施办法》等，这些新的制度和政策怎样落实？加强士官队伍建设，领导机关、基层干部和士官本身还要做些什么？如何进一步提高士官队伍素质？如何解决好士官在生活、工作和婚恋方面存在的困难？迫切需要各级领导有一个真切的了解，并继续完善配套政策。

记者和基层官兵的看法完全一致：加大培训力度，提高士官队伍素质是士官队伍建设的当务之急。某团流传着两个发人深省的故事：一级士官吴汝军是团里有名的训练尖子，可是当他上军事心理学课时，却结结巴巴，不知所云，搞得自己下不了台。另一名士官在讲解军事地形学时，紧张得浑身冒汗。

这两位士官的尴尬，至少给我们两点启示：士官本身文化素质偏低，还达不到作为思想工作、军事训练、专业技术、行政管理骨干的要求；士官队伍迫切需要再培训。据调查，靠士官院校培训士官，对于基层来说是“杯水车薪”，远远满足不了需要；大部分士官都直接从义务兵中选取，他们从义务兵转变为战士的教官，光靠自身努力难以实现质的飞跃。因此，培训士官需要各级领导机关拿出办法来。

诸如此类的问题，牵动着各级指挥员的思绪，各部队正紧锣密鼓地进行着各种各样的探索。可以预见，随着我军现代化建设的推进，一支具有更高素质的现代化士官人才方阵必将诞生。

（2001年5月8日1版头条）

重在把好“入口”关

——全军士官队伍建设情况的调查与思考

■本报记者　祝寿清　欧世金　本报特约记者　肖福恒

导读：把好士官队伍的入口，是提高士官队伍素质的根本。《士官管理规定》明确规定：选改士官要过“群众评议”这一关。怎样让“群众评议”真正算数，面对从方方面面刮来的“人情风”，各级领导和机关该如何对待？本文报道了一些部队的作法和经验，值得借鉴。

每年年终选取士官工作一开始，从基层连队到机关干部都难以平静：基层部队的领导操心的是怎样才能把真正的好兵留下来，士兵们则睁大眼睛盯着机关能否秉公选人。这期间，也有条子、电话甚至不速之客上门说情。记者采访这个“热点”问题时，基层官兵众口一词——

别让“人情风”损伤战斗力

士官李德伟是济南军区某团标图的一把好手，在集团军是出了名的。他组织训练也很有一套，周围的战友没有不服他的。前年，部队套改士官时，李德伟心想，自己当兵12年，就是套改了也快到最高服役年限。李德伟办妥请假手续，回到了老家，一边筹备盖房的事，一边等待安置工作。去年4月18日，新房上梁那天，部队突然打来电话，团长扯着嗓门说：“别在家上你那根‘弯弯’梁了，回来扛‘大梁’吧。”李德伟已套改为四级士官，是集团军特批的。

李德伟套改为士官纯属“无心插柳”，而“有意栽花”的人却被挡在了士官队伍的门外。有位“老海军”，孙子在海军某基地服役。去年选取士官时，这位“老海军”给基地领导打电话，希望孙子再干几年，替他为海军建设出把力。基地领导很作难：改吧，“老海军”的孙子不够格；不改吧，怕驳了老首长的面子。这位“老海军”了解到孙子的真实情况后，很是通情达理：“与其在未来战场上淘汰一艘战舰，不如现在就淘汰一个兵。”

有些关系、条子、电话，基层部队是顶不住的。有个战士连兵都没当明白居然也想改士官。他的“关系户”发话：无论如何得给他改了。基层顶不住，连队官兵意见很大：“该改的没改，不该改的改了。”这个兵改士官后，不思改进，仍稀稀拉拉，时有违纪行为发生，“兵头”成了“兵尾”，给连队建设带来的负作用不小。今年初，连队党支部报请上级批准，取消了这个兵的士官资格。上级并没有让这个兵一走了之，而是对其选取士官的内情进行调查，一翻连队党支部会议记录，该连7名支委无一人同意，群众评议时没几个投他票的。

让“群众评议”真正算数

去年秋，某团王参谋长接到军区机关一位战友的电话。一个车皮拉来的，说话没有客套：有俩兵在你那里，一个爹死娘改嫁，一个是孤儿，你给改成士官，也算是个照顾吧。王参谋长很干脆：如果群众评议时名次靠前，肯定优先考虑；要是群众评议过不了关，那就难说了。王参谋长对这俩兵当面作了考核。结果是一个专业技术不合格；另一个不敢应考，说：“首长，我给您做几个俯卧撑吧。”王参谋长火了：“要是‘鬼子’进村了，你做俯卧撑顶什么用。”王参谋长给他的那位战友回了个电话：“办不了。”

王参谋长不是打“官腔”。记者到过的部队都对选取士官工作制定了许多硬“杠杠”，其中一条就是必须按规定过好群众评议关，有的还分别划定了群众同意率要达到65%、70%、80%的选取线。这既有效地保证了选取质量，又还给机关、基层干部一个清白，同时也为基层干部顶住不正之风找了个实实在在的理由。

分析选取士官工作中出现的不正之风，主要有两种不良现象：有“门子”的托关系，没“门子”的请客、送礼。不好理解的是，表现一般的士兵这样做，排在“必改”行列的班长、副班长也去上“保险”。

这虽是极个别现象，但负面影响不容小视。

让群众评议真正算数也是广大士兵的呼声。去年初，一位退伍水兵给某基地领导写来一封信，信中说，我和我们连的某某人同年入伍，我是队里的科技练兵标兵，他榜上无名；我四次立功受奖，他常受队上的批评；他各方面都不如我，这是大伙公认的。可是，他改成士官，我却办了退伍手续。我写信不是问这是为什么，而是恳请首长为部队建设着想，在选取士官时别忘了听听群众的意见。基地领导传阅了这封来信，并对这封来信反映的问题进行了调查。原来是一位基层干部偷梁换柱，私改"民意"所致。基地党委对这位干部作了严肃处理，并作出规定："过不了群众评议这一关，谁插手就追究谁的责任。"

为了使群众评议真正算数，加大监督检查力度是十分必要的。在北海舰队部队采访，基层官兵反映，舰队向基层部队公开了举报电话，解决了不少他们关心的问题。记者隐去身份拨通了这部电话，接电话的是舰队军务处长梁满红，他反复问要举报什么事，并表示是有"举"必查。他们还公开了纪检处的电话，将群众评议结果向官兵公开，接受群众的监督。群众评议的权威被强化了，群众参与士官选取工作的自觉性高了，电话、条子、送礼求情者少了，军务部门和基层的工作好做了。战士最了解战士，用战士这杆"秤"衡量选取士官工作最准确。因此，《士官管理规定》第三章第十二条第二款明确规定，基层党支部要组织对申请人进行群众评议。关键是循"章"办事，把住入口。

走开淘汰的路子

某工兵营班长小张，当战士是优秀士兵，改为一级士官后是优秀班长，升任为二级士官后工作干劲松了下来。原因很简单，再干3年，小张的服役期就到顶了。所以，小张产生了"熬年头"的思想，甚至不假外出拉关系，受到留用察看6个月的处分。本该吸取教训，可小张依然不思进取，在"察看"期内照样"混日子"，最后被取消了士官资格。

小张的经历，给广大士官一个警示：分期服役的士官制度打破了"一改定终身"的"铁饭碗"，不进则退，"熬年头"不行了，"混日子"混不下去了。

那么，怎样才能激活士官队伍的内在动力？某通信团"建立考评机制，实行全程淘汰”的五项制度：述职制度，考核制度，评议制度，讲评制度，奖惩制度。全程淘汰制度成了这个团加强士官队伍管理的治本措施。

一个只进不出的湖泊是一潭死水，一个只有进口而没有出口的管理机制是缺乏生机和活力的。“五项制度”实行后，基层干部反映，士官再也不敢像以往一些志愿兵那样“改前拼命干，改后松一半”；士官们说，干不好不行了。淘汰是无情的，对于被淘汰者来说是失落，是挑战，但对于军队建设来讲是前进，是希望。

（2001年5月14日2版头条）

“新官”与“老兵”怎样磨合

——全军士官队伍建设情况的调查与思考

■本报记者 欧世金 祝寿清 本报特约记者 曹晓明

导读：一批批年轻的大学生走上军队基层指挥员岗位，一茬茬懂技术会管理的士官服役期长了，这使得军官与士官之间在年龄、阅历、实践经验等方面出现了差异。差异处理好了，可以互相学习，取长补短，融洽相处；处理不好，则难免产生矛盾、造成隔阂、影响工作。友爱和相互尊重是融洽“老兵”与“新官”关系的“黏合剂”，年轻干部管理士官既要坚持原则，也要讲究艺术。

士官比“顶头上司”大11岁

在北海舰队青岛舰上采访，记者听到这样一件事：主机班长郄兴京，在舰上干了10多年“主机”，是个“手到病除”的专家型高级士官。他的直接领导是动力分队长金天舒，去年刚从院校毕业分到青岛舰，今年23岁，年龄比他小整整11岁。

这个事例或许有些特别，但它反映了我军士官制度改革后出现的一个新情况：刚从军校毕业分配到部队，或在部队工作时间不长的军官，比高级士官年龄偏小。

两方面的差异是明显的：新干部年龄小，中、高级士官兵龄长，形成了较大的年龄差异；新干部在军营的时间短，有些情况没经历过，中、高级士官在部队的时间相对较长，新干部理论知识相对丰富，中、高级士官则有实际的管兵、带兵经验，从而形成了经历、阅历、实践经验和工作能力等诸多差异。新疆军区政治部主任刘巨魁认为，差异就是矛盾，如果处理不好这对“新”“老”矛盾，难免影响官兵团结，但处理好了可取长补短。因此，新干部与中、高级士官如何谱好协奏曲，是士官队伍建设中一个不容忽视的课题。

尊重是最好的“黏合剂”

济南军区某团三级士官童光观在团里比武中，夺得第二名。班里战友要他“请客”。不便扫大家的兴，童光观悄悄地买了几瓶啤酒。正当战士们举杯相庆的时候，高连长怒气冲冲地闯进屋，不由分说将啤酒瓶全砸了，而且还大会点、小会批，搞得童光观灰溜溜的。童光观想不通，找到教导员章新诉苦：“喝酒是违犯了规定，但连长太不给面子了，我毕竟比他早当5年兵，他这样做叫我这个老兵在全连面前怎么抬得起头?”章教导员对此事做了慎重处理：让童光观在全连面前做检查，承认喝酒的错误；让高连长当着全连官兵的面，向童光观道歉，承认了自己工作方法简单的错误。

章教导员借此事召开全营干部大会，教育干部：“尽管有些干部可能很年轻，但由于干部处在领导地位，是官兵矛盾的主要方面。干部与士官能不能相处好，关键在于干部对士官的根本态度。”童光观对记者说：“有一点我心里很清楚：士官再老也是兵，干部年龄再小也是官，任何时候士官都要服从领导，听从指挥，如果没有这一条，军队的令行禁止就是一句空话。我惟一的要求就是干部对士官要尊重，如果军官居高临下，盛气凌人，就会伤害士官的自尊心和积极性。”

尊重是最好的“黏合剂”。一些基层连队的实践表明：新干部尊重士官，就是要尊重他们的人格和尊严。沈阳军区某部九连三排排长韩禄军是去年5月从东北大学毕业分来的本科生。他所在的排里有个二级士官叫董国辉，善管理、能带兵，在战士中很有感召力。每次开会，韩排长总不忘问一句：“董班长，你还有啥要说的吗?”董国辉告诉记者：“好语一句三冬暖。有他这句话，我总想到一个老兵的责任!”

“放手”不“放任”

某高炮旅修理所的士官比干部多，比义务兵多。更有意思的是，比所长、指导员入伍早、年龄大的士官竟有13人。干部如何管好这些士官，他们有过一段耐人寻味的经历。

改选和套改士官初期，所里干部很兴奋，觉得士官的待遇提高了，肯定比过去好带了。再说，士官都是受部队多年教育的老兵，专业技术好，只要他们关键时候能冲得上去，平时管理就不要太苛求了。所里领导这种思想一流露，几个排长对士官中出现的问题也睁只眼闭只眼。干部管理上偏松、偏软、偏宽，士官中就出现了“三多”：穿便服的多，交地方朋友的多，不愿干细小工作的多。

反思所里这段经历，这个所的士官们站在干部的“角色”与记者说短论长：对士官信任和尊重无疑是正确的，但人都有惰性，缺少必要的约束就会松松垮垮；再说人是变化的，脱离组织和群众的监督就可能出现“滑坡”；还有作为军人不能以为资格老就得照顾情面，对部队有过贡献，技术有专长，就可以当“特殊兵”，这样做看起来是“爱”，其实是“害”。因此，在工作上对士官必须“放手”、“放心”，但在日常管理上却不能“放松”、“放任”。

思路决定出路。此后，修理所领导依据条令条例大胆管理士官。对士官身上发生的问题敢抓敢管。针对三级士官中存在的“船到码头车到站”的心理，对士官每月进行量化考评，并张榜公布。虽然这一招表面看起来有些无情，但干部与士官的感情反而更深了，因为所里的工作和所里的士官常受到上级的表扬。大家脸上有光，何乐而不为呢！

管士官要多点“艺术手法”

对士官要敢于管理，还要善于管理。某团政委吕宇强说：“年轻干部管理中、高级士官，要讲点艺术，否则就会事与愿违。”

打组织的“牌子”。三级士官高秀明家属来队到了规定期限，仍然没有要走的意思。张连长与他是同年兵，又是老乡，几次想动员他让家属孩子赶快离队，话到嘴边却张不开口。这天，连队召开党员民主生活会。党员们一个接一个对自身存在的问题进行严肃地自我批评，最后一个轮到高秀明发言了。他低着头沉思了好一阵，说“明天我就叫老婆回家”。

发挥家庭的作用。付海是个三级士官，在修理高炮底盘方面是个

“权威人士”。他觉得自己是个老兵了，大的工作咱不含糊，其他方面随便点无所谓。为了治他“小错不断”的毛病，李指导员把士官每月量化管理考评表寄给他家属。他妻子收到后，心急火燎地写信数落他：“我一年四季面朝黄土背朝天，在家为你上养老下养小，委屈的眼泪往肚里吞，就盼你在部队有个出息，你这样做对得起谁呀？”从此，付海哪敢不好好干。

让士官管士官。某团四营教导员许平在全营推广的方法是，让“德高望重”的士官担任班长、代理排长职务，保证他们在班、排的管理工作中有建议权、指挥权。同时规定，如果所管理的班、排士官出了问题，板子首先打在“老士官”身上，并做到责、权、利相统一，充分调动了士官管士官的积极性。

（2001年5月20日2版头条）

济南军区一场网上对抗演练“打”出新情况

“人机”冲突谁之过

指挥员掌握现代化作战训练手段刻不容缓

本报讯 韩志庆、记者欧世金报道：“八一”前夕，济南军区师旅首长机关的网上对抗演练遇到新情况：计算机拒绝执行有的指挥员下达的作战命令，计算机裁决结果有的指挥员拒不接受。演练后，军区通过引导大家分析这些“人机”冲突现象，使指挥员们更新了观念，增强了提高现代化素质的紧迫感。

演练进入火力准备阶段，“蓝军”封闭通路，“红军”指挥员下令：“尽快开辟通路”。可是令指挥员恼火的是，计算机对这一指令置之不理。随后，面对“蓝军”坚固阵地防御，“红军”指挥员命令：“压制射击”，而计算机却不买这个账。对此，“红军”指挥员说是计算机有问题。导演部点评：计算机认的是精确指挥口令，命令必须有时间、地点、作战单位、作战方式等，要素不全，它不执行。

演练时“红军”攻击分队报告，“蓝军”10辆装甲目标向我一高地机动。“红军”层层开会，层层报告，“一步一动”式的套路指挥。结果命令还没发出，计算机上已显示：“蓝军”已通过该高地，向新的方向机动。战机稍纵即逝，指挥员们叹息不已。

这次网上演练，此类“人机”冲突一幕接一幕，“红军”屡遭重创。演练结束，当计算机作出这样的裁决时，某师领导瞪大了眼睛。一位指挥员对裁决结果提出了异议，导演部将演练过程重新播放，将评估数据一一显示，这位指挥员口服心服。

总结这次演练，“人机”冲突的现象令指挥员们警醒：我们不能责怪计算机无情。网络模拟训练这一新的训练手段，虽然已走进训练场，可是我们有些指挥员缺少驾驭它的素质。网上演练，计算机高速运行，模拟的各种战场情况错综复杂，一些指挥员对此应接不暇，频频失手，这说明指挥员的素质还不适应现代战争灵活、高效的实际。军区一位领导说，可喜的是在网上打了败仗的指挥员，打出了提高现代化素质的紧迫感。

（2001 年 8 月 17 日 2 版头条）

济南军区某训练基地与院校联手搭起对抗平台

“蓝军”网络专家上门叫阵

本报讯 桑世新、记者欧世金报道：初秋时节，一批“蓝军”网络专家主动上门与3个师的首长机关“叫阵”。经数次较量，多番拼杀，“红军”指挥员深感：“与这样的对手练兵越练越有劲儿。”

根据新大纲把战术作业作为首长机关训练重点的要求，济南军区领导调查分析后认为，只有打破部队长期延续的自训自考、自导自演的训练格局，才能在对抗中演练提高战术作业水平。为此，在军区有关部门的组织指挥下，济南军区某训练基地和济南军区陆军学院联手，选派一批网络专家当“蓝军”，精心拟制了多套方案，深入到部队与师首长机关进行战术对抗作业。记者在某装甲师首长机关战术作业现场看到，该师指挥自动化系统与“蓝军”导调系统对接联网，组成了导调、辅助、可视作业网和战场景况显示网，实现了导调文书、作业成果的机上拟制和网上传输，“红”“蓝”双方的决心、处置，由导调人员输入计算机作战仿真系统，进行态势和战损的自动评估，改变了以往对抗裁决以人为主的模式，增强了客观公正性。记者注意到，计算机最多时1分钟便“吐”出战况报告24份，为分析双方得失提供了详实的资料。与此同时，战场音响资料制作成的多媒体课件，则在演练过程中不断造势，使首长机关室内作业变得“硝烟四起”，动人心魄。

“蓝军”网络专家上门叫阵，使对抗各方获益。某训练基地和陆军学院发挥了人才和先进设备的作用，弥补了部队缺乏高水平对抗力量和裁决系统的不足；部队则通过对抗有效地深化了对作战对手、作战环境、战法运用的研究，进一步检验论证了部队战法研究成果。济南军区军训部门的同志认为，这种组织专家组上门对抗的方式，为严格按新大纲组织首长机关训练探索了新路。

（2002年9月6日2版头条）

体能不过关　下连去当兵

济南军区某师十三名机关干部到连队进行“补差”训练

本报讯　程剑、记者欧世金报道：6月底的一天，济南军区某师机关办公楼前，13名机关干部因体能考核不合格，打起背包登上去师属某团连队的汽车。这些体能素质不过关的机关干部，成了连队一“兵”，接受“补差”训练。

师长李晓星宣布完下连当兵人员名单后说，去“补训”的同志，必须和连队官兵一起生活，不许搞特殊化，什么时候过关了就向司令部申报，由陈凤辉副师长考核合格后才允许返回机关。

7月3日，记者来到该师某团训练场。只见进行“补差”训练的同志个个汗流浃背。在环形跑道上，记者与正在跑5公里越野的师自动化站站长蒲德洋上校交谈，他感慨地说：“以前总认为自己是搞技术的，练不练体能无关紧要，放松了对军事训练的要求，结果身体发胖了，上次考核有多项不合格。”

据介绍，最近该师采取分批强化集训的方式，严格落实机关干部训练，组织以业务基础、专业技能和体能等6个课目共23项内容的训练考核，体能不合格就下到连队当兵，进行“补差”训练，直至达到标准为止。

蒲站长一边擦汗，一边信心十足地说：“我由于平时训练太少，基础较差，已连续参加了3次集训，体重减轻了13公斤，现在快全部合格了。”

机关干部下到连队当兵进行“补差”训练，给那些长期只注重业务工作不注重军事训练的机关干部敲响了警钟。对此，全师官兵议论纷纷，归纳起来就是8个字：“令人震动，发人深思。”师机要科参谋刘海山说：“以前，都是我们去考基层官兵，没想到我们机关干部自己也成了被考的对象，而且考不合格还要补训。军事过硬不是一句空话，战争中子弹哪管你是官是兵，我们必须迎难而上，应对挑战。”

（2003年7月13日2版）

昔日按“脚本”走程序　今日设情况随时处置

济南军区某炮兵旅指挥员战斗命令均口述

本报讯　周红波、记者欧世金报道：10月下旬，济南军区某炮兵旅组织检验性演练，旅首长下达战斗命令，一改以往拿着稿子念的做法，100多份命令全部由指挥员经过快速准确判断，口述下达。

10月20日凌晨2时，刚结束一场战斗躺下没多久的该旅旅长王忠智被一声“报告”惊醒，气喘吁吁的作训科王参谋把一份上级情况通报递给王旅长。通报显示在我基本指挥所上空突然出现两颗信号弹。王旅长断定这是“敌特分子”在显示我指挥所位置，说明我方位置已暴露，便立即对王参谋口述命令：“火速转移指挥所！搜捕‘敌特分子’！”由于判断准确，指挥果断，确保了指挥所的快速转移，也为战斗的胜利奠定了基础。

记者近年多次跟随部队参加演练，发现有的部队“仗”还未打，指挥所人员就把作战文书拟制好，即便“战斗”实施过程中情况设置稍有变化，也是由参谋人员反复研究写出草稿，再打印交首长签署上报下达。这样，有时一个战斗命令要费不少冤枉时间，演习有时变成了“演戏”。

这次上级组织该旅进行实弹战术考核，按照全要素、全过程要求，采取不设预案、随机导调、昼夜连续实施的方法，行程上千里，历时数昼夜，并与“蓝军”全程对抗，情况一个接一个，官兵们甚至顾不上吃饭睡觉。记者在这个旅指挥中心看到，上级情况通过网络传到指挥中心后，王旅长立即和相关部门领导碰头，迅速作出判断，定下决心，尔后直接口述下达作战命令，改掉了以往拟制战斗文书逐级报告、反复修改的繁杂程序，使指挥变得更加快捷高效。5天演练，他们大小仗打了20多次，涉及军事、后勤等方面口令百余份，指挥员均口述。

指挥员的高素质得益于平时严格的自我磨练。近年来，这个旅按实战要求从严从难摔打部队，尤其是注重抓好首长自身的训练。旅军事指挥员人人能以炮兵群长身份进行战术作业，人人会应用指挥自动化系统、会操作部队的新装备、会组织指挥射击。平时工作中，一般性讲话和活动不让部属代写讲话稿。

（2003年11月5日2版）

参加战术训练

第五板块

典型人物报道

导读清单

可亲可学

一个过得硬的典型人物影响一个时代，一篇叫得响的典型报道催生一个名记者。

典型人物报道是媒体宣传的重中之重，传统媒体的报道经验积累已经十分丰富，但是随着时代的发展、社会的进步、读者价值追求的多元和心理需求的多样，让典型人物报道可爱可信、可亲可学的问题，还有许多工作要做。

主要问题在于，有的典型人物仍属于“高大全”。有的培养典型功利心重，喜欢拔苗助长、添枝加叶；有的组织典型报道重程序和套路，忽视宣传效果；有的采访者点到为止，写稿吃现成饭，与典型人物缺少情感交流，自己都没有感动哪能感动别人。还有一个问题，典型报道是各媒体在同主题、同内容、同时间、同要求的条件下竞争，在追求传播规模效应的同时，也容易产生负面影响：同质化让受众产生审美疲劳。

典型是一个民族、一个国家和一支军队的前进方向和时代标杆。站在这个高度来认识，记者编辑要采写好典型人物，最根本的是要满怀深情地爱党、爱国、爱人民、爱军队，把采写典型当作“塑魂工程”来对待，深入采访、精心写作、反复打磨、多元包装，使典型人物的先进事迹感染更多人、影响更持久。

除了写好指令性重大典型报道外，媒体和记者要主动出击，多推出一些微型的、平凡的、原创的、有个性的先进典型人物，以适应浅阅读时代读者的口味。

幸福的西西玛

■本报记者　欧世金　特约记者　史照栋　特约通讯员　林云安

3月初，已成为警校学员的西西玛，应邀回武警8672部队给新兵讲述自己的成长故事：一个初中毕业的藏族青年，入伍6年多时间，取得了大专文凭，入了党，先后被选取士官、提干，还保送上了警校。

千言万语，西西玛浓缩成一句话："我是一个幸福的士兵，因为我生长在一个伟大的时代和一支有着光荣传统的部队。"

新兵训练期间他不是最优秀的士兵，但受到的关爱最多

2000年12月，西西玛穿上警服，成为康巴高原海拔3800多米处一个藏族村里解放以来惟一一个当兵的人。

他被父老乡亲视为骄傲，但初到部队，却感到不适应。西西玛初中毕业，接受的是藏语教学，识不了几个汉字，也听不懂汉语。他说要上"茅厕"，班长以为他要"帽子"；班长让他取打土埂的"抹子"，他拿来头上戴的"帽子"。西西玛说，恰恰是我出了一连串的"洋相"，引来了干部骨干更多的关心。

汉族战士罗伟与他是同乡，懂藏、汉两种语言，被连队干部指派给他当翻译。指导员周传奇给他制作了一块黑板，送给他一本《新华字典》。大学生排长张宏权给他当老师，教他识汉字学汉语。

一次，新兵营抽查"停止间转法"。西西玛上场后，因为紧张，多次出错。他又羞又愧，心想肯定要挨批了。没想到，班长微笑着宽慰他说："没关系，任何人都是在出丑中一步步学习和长大的。"3个月的新

兵训练期结束，尽管17岁的西西玛使出了吃奶的劲，但总评成绩只得了及格。

看到身边的战友披红戴花被评为“优秀新兵”，坐在台下鼓掌的西西玛在心里对自己说：西西玛，你这样对得起谁呀？对得起生病的父亲、残疾的哥哥吗？对得起宁愿自己辍学也要冒着生命危险到雪山上去挖药材供你上学的姐姐吗？对得起身边一个个把你当“思冬木”（藏语：兄弟）的领导、战友吗？

选取一级士官时有人劝他送礼，他说他的“礼”就是干好工作

西西玛出名是在新兵下连不久的“五一”节。部队组织“五一”爬山比赛。班长问：“谁爬山厉害？”在山里滚大的西西玛自信地举手：“我！”

比赛那天，西西玛“嗖嗖”地跑得像风一般快，一口气冲上高高的山顶，手举红旗不断挥舞。那些拥有一身功夫的老兵，也不得不叹服：“这个新兵是块好料！”

西西玛当兵以来首次夺了第一，接着在连队“优秀士兵”评比栏中他的名字后面加上了第一颗“小红星”，一个多月后，他获得连嘉奖。

这份喜悦让西西玛彻夜难眠。他用汉语写了当兵以来的第一封信，给亲人报喜讯。村支书帮助念完信，全家人都激动地哭了。

西西玛学习、训练更卖劲了。他身材瘦小，体质较弱，新兵训练的时候连枪都端不动，验枪时拉不开枪机。他决心从增强体质练起，穿上班长给他缝制的“沙背心”，一穿就是4年，除睡觉外不离身。他经常悄悄提前起床练长跑，熄灯后偷偷练俯卧撑。后来，他的军事训练课目全部达到优秀，五公里越野在连队次次夺冠。

一天，西西玛怯生生地问班长：“我能当士官吗？”班长肯定地说：“能！”他又问：“怎样才能当上？”班长干脆地回答：“好好干！”

西西玛记住了班长的这些话，还记住了部队首长经常讲的另一句话：“只要在连队民主测评中得第一名，就能当上士官。”

转眼到了2002年11月，部队选取士官工作开始了。在连队民主测评中，西西玛得票最多。

此时，西西玛听到一些“劝说”。“你这家伙太天真了，不找关系，不送礼，还能办成事？”听了这些话，西西玛心里有些没底了。他心想，要说“关系”，除了入伍后认识的领导、战友，我一个山里娃还认得谁？要说送礼，每月几十元的津贴，一大半要寄回家里，给长期患病的父亲治病，哪里还有钱送礼。

他将担心告诉了连长李光伟。连长安慰他：“别胡思乱想，我从一个战士成长为一个连长，不靠别的，靠的就是好好干。”

一级士官命令宣布后，西西玛又给父母亲写了一封信。他在信中写道：“部队真是太好了，就像家乡那片蓝蓝的天空，雄鹰的翅膀有多硬就能飞多高。”

晋升二级士官时被“卡壳”，两名主官为他“求情”

一晃3年过去，西西玛又面临晋升二级士官。

一看公布的士官晋升条件，他觉得没戏了。上级明确规定，非专业原则上不得晋级。

西西玛默默地收拾行李，打好背包。想到自己马上就要脱下警服离开心爱的部队，他是多么地难舍难分呀。傍晚，他来到哨楼，一遍遍抚摸使用过的钢枪。班里的战友听说他要退伍，都依依不舍。

部队长马汝和、政委雷万军也急了，在电话中向上级首长“求情”：

西西玛选取一级士官3年来，多次在上级组织的军事训练比武中获奖，被武警部队表彰为“基层带兵优秀士官”，荣立三等功2次；

他入伍时连汉语都不会说，现在能用汉语写信、演讲，会操作计算机，会制作多媒体课件，还学习了英语；

他多才多艺，自编自导自演节目30多个，台上台下的官兵常被感动得一起流泪；

他所带的战士中有30人被评为“优秀士兵”，28人当了骨干，8人入了党，12人选取士官……

这位首长还没听完，就肯定地答复：“请你们放心，部队不会亏待优秀的兵。”

就在西西玛准备退伍时得到通知，他被破格晋升为二级士官。

提干保送入学时他正在探家，等他赶回部队提干报告已上送

选取晋升士官的经历，让西西玛坚信：在部队好好干就能成才，靠实绩就能进步。他决心把自己从五公里冠军练成全能冠军。

2006年初，营里确定由他带队组织赛前训练，准备参加上级举行的比武。那段时间，战友们说西西玛训练像疯了一样。每天，跑完10公里，接着跑障碍，然后把一根绳子绑在腰上，拉着轮胎，在操场上一趟趟地奔跑。

一天，西西玛给战友做示范。不料，左脚踢起一块核桃大的石头，击中了他的右脚跟腱，“咚”地一声，他从高板墙上摔了下来。战友托起他的右脚一看，脚筋断了。

在战友们的精心照料下，西西玛的伤恢复很快。为了让他有更好的养伤环境，部队领导商定，把他护送回四川省黑水县老家休养。

一天，正在跑步锻炼身体的西西玛接到营长王昌斌从六盘山下的警营打来的电话：部队正在进行士官提干保送入学工作，你在连队民主测评中得了全票，营党委已经把你的情况报上去了。西西玛听到这个消息，几乎不敢相信自己的耳朵：我人都不在部队还能提干？他再也待不住了，立即下山往部队赶。

5天之后，西西玛回到一千多公里外的警营，部队党委已将他提干的报告呈送上级机关了。

采访结束时，部队政委雷万军对记者说：“西西玛是基层风气建设的受益者，像他这样在部队团结和谐的环境中成长成才的官兵在我们身边有许多。”

（2007年3月25日1版）

藏族战士西西玛的起飞平台

——武警8672部队党委机关加强基层风气建设纪实

■曹英华　林云安　史照栋　本报记者　欧世金

藏族战士西西玛成长的故事见报后，在基层官兵中引起强烈反响。有人问：发生在他身上的故事是真实的吗？他所在部队真是一片“净土”吗？

带着种种疑问，记者来到西西玛所在的武警8672部队采访，深感这里形成的学习之风、精武之风、和谐之风、公平之风，为官兵学习成才搭建了良好的平台。政委雷万军高兴地说：“像藏族战士西西玛这样的官兵在我们部队还有不少。”

把学习当工作干

西西玛由一个不会说汉语、不识几个汉字的藏族青年，到部队6年多时间，成长为一名会讲汉语、会写汉字、会操作计算机，并取得大专文凭的优秀士官。

不要说读者质疑，就连武警总部的一位将军都有点怀疑。

一天上午，将军到八连“考”西西玛。没想到，西西玛不仅汉语说得流利，而且操作电脑很熟练。一连串干脆利落的动作赢得了一片掌声。将军拍拍他的肩膀说：“小伙子非常不错。”随后拉着他合影留念。

在二营六连，记者看到了《橄榄情怀》、《老兵情怀》、《星光闪闪》、《边关明月》4本书，约有20多万字，里面汇集着战士们书写的人生感悟。

上等兵杨欣在笔记中写了这样一段话：“学习开阔了我的视野，自己由一个井底之蛙，变成了一只在蓝天飞翔的雄鹰。”字里行间闪烁着他学习后的思想火花，也折射出官兵把学习当工作干的崭新观念。

把学习当工作干，在这个部队不是一句口号，不是一个软指标，党委机关有布置，有检查，有措施。2004年，他们在经费十分紧张的情况下，拿出120余万元用于信息化建设，实现了网络到连，微机到班；还给每个自购电脑的干部500元补助；为100多个战斗班新建学习室；开办了战士函授教育，让战士们“入伍即入学，退伍即毕业”，满足了官兵学习新知识、追逐高科技的愿望。

去年9月，该部被四总部表彰为“科学文化教育先进单位”。

谁精武谁光荣

西西玛刚入伍时，身体瘦弱。后来，他成了部队的全能训练标兵，其中5公里越野多次获第一名，还荣立了三等功。

在训练场，身着作训服的部队长马汝和对记者说：“西西玛取得这样的成绩，是党委机关创造了谁精武谁进步，谁精武谁光荣的好环境。”

这支在抗日烽火中诞生的部队，战争年代曾被彭雪枫誉为“钢铁二十六团”。在营区，一个个精武人物和部队历史上的战斗英模一样，他们的照片上了灯箱，发出耀眼的光彩。

三连代理连长赵佩荣就是其中的一个，他靠精武提干、靠精武立功、靠精武提前晋职。

赵佩荣精武在全部队出名。他自身素质全面，还善于动脑，自己革新出脚靶、拳靶和橡皮球反弹靶，使擒敌训练更具针对性，他提出的训法和研制的器材被部队推广使用。

赵佩荣精武的事迹在部队得到大力宣扬，戴大红花、登光荣榜，还上了广播、电视和灯箱。这一切，让官兵感受到了精武的光荣。

为使部队精武的风气不断升温，涌现出更多的赵佩荣，部队党委借助全军大抓军事训练的浪潮，大力开展岗位练兵活动。

党委机关制定了“军事训练奖励办法”，每年拿出20万元作训练奖励基金，对训练中表现突出的先进单位和个人给予奖励；对精武尖子，在考学、入党、立功、选取士官、提干、晋升上，给予政策性倾斜；对干部调整使用实行训练成绩不合格一票否决制。

管用的措施确保了精武人才脱颖而出。近年来，每年都有精武标兵被保送入学，100余名士兵立功，一批又一批精武尖子被选取为士官。去年底，该部被评定为“军事训练一级单位”。

把战友当兄弟带

西西玛刚入伍时，由于语言不通，各方面表现一般，之所以后来成长进步较快，除了他个人的努力外，是部队团结和谐的内部关系成就了他。

与西西玛一样，通信连战士杨峰也是一个典型例子。2001年9月14日，正在参加集训的杨峰接到消息，他母亲、父亲、妹妹三人在菜窖中取马铃薯时先后中毒死亡。杨峰痛不欲生。

部队党委高度重视，“一班人”带头为他捐款救济，连夜派一名连队干部陪同杨峰回家安葬了亲人。杨峰退伍的时候，党委没有忘记他的困难，专门派人到他的家乡协调联系，帮无依无靠的杨峰找到了一份工作。

解决杨峰的困难，只是这个部队“把战友当兄弟”带的一个缩影。

多年来，该部党委坚持做到官兵的人格受到尊重、实际问题得到解决、成才成就事业的愿望得以实现、主人翁地位得到保证，巩固和发展了团结、友爱、和谐、纯洁的内部关系。

据该部机关提供的一份材料显示，和谐的内部环境，使该部连续17年没有发生过案件，没有因内部关系问题引发过突出矛盾和问题，没有发生过侵占士兵利益的现象。部队党委两次被武警总部表彰为“先进党委”。

不让实干者吃亏

西西玛常对别人说：“我能有今天，不靠金钱、不靠关系，靠的是实干、苦干，因为部队形成了公平公正的良好风气。”

刘国斌的成长进步也有代表性。他提干后，被分配到贫困的六盘山区警营。报到当天连长告诉他：“环境好坏都一样，只要踏实工作就有立足之地。”他性格内向，平时只知道埋头苦干，3年间他的父母先后因病去世，但从不在领导面前叫一声苦，好几次，他只是痛苦地躲在僻静的角落里大哭一场，接着又投入到工作中去。

组织没有忘记实干的人，6年间，刘国斌所带的排两次荣立集体三等功，任连长、任指导员，两次荣立三等功。如今他已成为部队最年轻的代理股长。

原二连连长刘勇，军事素质过硬，是优秀的“四会”教练员，但是他一见到上级首长心里就发“怵”。两次在上级领导来连队检查工作时出了“洋相”。有人说，我们部队这么偏远，首长来一次不容易，刘勇关键时候“掉链子”要好好处理才是。

部队党委却认为，刘勇平时工作非常出色，只是在上级领导面前心理素质不过关而已，我们不能过分地责怪他。后来，他先后带出了两个先进连队。今年，党委把他提升为军需股代理股长。

近年来，该部先后送20多名官兵到院校学习深造，提前调整50多名靠实干立身的干部。另外，也有6名政绩平平的干部暂缓提升。

实干出实绩，风正气更顺。去年底，部队被武警总部表彰为“连续6年预防事故案件工作先进单位”，先后两次被上级表彰为“基层建设先进单位”。

编辑点评

爱的力量有多大

■欧世金

爱的力量有多大？藏族战士西西玛的成长经历作出了很好的回答：一个入伍前连汉语都不会说的初中毕业生，在部队短短6年多时间里，取得了大专文凭，入了党，还被选取为士官，后被提干保送上了警校。

这些成绩里面，固然有西西玛个人的艰苦努力，但更多的是各级组织和领导、战友对他的关心关爱。武警8672部队党委机关营造的学习之风、精武之风、和谐之风、公平之风，为西西玛的成长进步搭建了良好的起飞平台。难能可贵的是，西西玛只是这个部队官兵学习成才的一个突出代表，而不是专门树立的什么“典型”，这就是一种大爱。

这种爱，蕴含着各级领导干部学习贯彻科学发展观、坚持以人为本理念的能力素质，体现了他们对部队长远建设和官兵全面发展负责的精神和作风。从这个角度说，我们要感谢西西玛这个爱军精武、勤奋好学的好士兵，更要感谢武警8672部队党委机关为培养西西玛这样的士兵付出的爱，还要感谢我们这个伟大的时代和我们这支具有光荣传统的人民军队。

让我们都来献出一点爱吧！爱党、爱人民、爱祖国、爱战友、爱亲人、爱师长。爱是战斗力，爱是向心力，爱是凝聚力，只要有爱，一个人能走得更远，一支军队能战无不胜，一个国家能和谐安康。

（2007年3月27日6版头条）

风气建设的一面旗帜

——武警驻宁夏某团党委加强风气建设纪事

■本报记者　欧世金　特约记者　史照栋　温常青　齐明宇

去年3月，本报以《幸福的西西玛》为题，突出报道了武警驻宁夏某团藏族战士西西玛的成长故事，在部队产生强烈反响。

西西玛入伍6年多，从一个连汉语都不会说的初中生，成长为一名取得大专文凭的优秀士兵，先后入党、选取为士官，被师团评为训练标兵，被武警部队表彰为优秀带兵士官，并被保送上警校。

西西玛的成长经历，在武警部队引发了一场“西西玛成长进步说明了什么”的群众性大讨论。去年11月11日，西西玛在全军学习宣传贯彻党的十七大精神高级干部研讨班上，作了《党的创新理论引领我成长》典型经验发言，受到军委首长的赞扬。

为什么一个藏族战士的成长经历能引起如此大的反响？最近，总政和武警部队政治部联合组织工作组，到这个团进行了深入采访调查，发现像西西玛这样的例子还有很多。

近5年来，该团50多名优秀干部提前晋职晋级，120余名有发展潜力的干部被选送到院校深造，选取士官435名，23名战士考取军校，全部是在“阳光”下操作，上下都比较满意。

联合工作组的调查结论是：武警某团党委用良好风气凝聚兵心士气、维护了党的形象、促进了战斗力的提高，不愧为“风气建设的一面旗帜”。

用好风气把官兵凝聚在党的旗帜下

要把部队建设抓上去，不能没有好风气。该团党委坚持用胡主席关于党风廉政建设的一系列重要论述统一思想，增强抓风气建设的政治责任感。

抓风气就是维护党的形象。2002年底，五连通信员想选取士官，他找到在作训股当参谋的老连长，塞给他一个“红包”请其帮自己活动。这事在团里传开后，大家议论纷纷，一时间团收发室汇款单多了起来。团党委果断对这个参谋进行了处理，责令他如数退还钱款。

团党委认为，事关党的形象、事关军心士气的事，就要瞪起眼睛抓，用好风气把官兵凝聚在党的旗帜下。他们在全团开展了“讲党性、正风气、树形象”教育整顿。多做为党旗添彩、让群众喝彩的事，成为党员干部的自觉行动。

八连战士李凌岳来自偏僻农村，工作表现突出，被列为预选士官对象。父母听说后又喜又忧：喜的是，儿子有望选取为士官；忧的是，不花钱能办成事吗？全家东拼西凑了几千元钱，谁知钱还没有寄到部队，儿子选取士官的消息传到了家里。

不久，小李的母亲背着一袋自家种的大红枣，来到部队表示感谢。她捧着红枣激动地说：“共产党有这么好的部队、这么好的干部，真是咱们老百姓的福气。”一颗大枣一颗心，望着小李母亲布满皱纹的脸，团领导感到肩上的责任沉甸甸的。

抓风气就是凝聚军心士气。几年前，团党委对风气建设作过一次调查，没想到一下收到战士的意见、建议一大堆。团党委从中强烈感受到广大官兵对加强风气建设的热切期盼。“一班人”形成共识：官兵希望在风清气正的环境里健康成长，作为带兵人，就要为党凝聚军心士气，营造一方净土。

二连战士张玉强7岁时父母相继去世，是姑姑把他抚养成人。2004年，正当他准备高考时，姑父突然病故，姑姑再也没有能力供他完成学业。小张报名参军，希望到部队能改变命运。离家前，姑姑对他说：“现在办啥事都要花钱，你考军校时哪怕贷款送礼咱也要争取。”小张入伍后为了实现自己的梦想，勤学苦练，当上了班长。考学预选前夕，小张的姑姑忙着为他贷款，他自己也想送礼找关系。指导员吕献勇对他说：“你别把心思用歪了，在咱们团，干好工作就是送给领导的最好礼物。”后来，小张不再琢磨送礼的事，一门心思干工作，顺利地考入了武警工程学院。

离队上学那天，他深情地给全连官兵敬了一个军礼，泣不成声地说："我是个孤儿，是部队给了我成长进步的平台，是组织给了我实现人生梦想的机会，我一定好好学习，报答组织！"

抓风气就是提高战斗力。去年6月，团里有两个尖子连队为了在地方社火表演上争"彩头"，一味让战士加班加点排练，占用了不少训练时间。这种风气如不及时整治，部队建设就会走弯路。团党委在这两个连队召开现场会，翻箱倒柜查找问题，使影响部队战斗力提高的不良风气得到较好治理。

抓风气需要"五不怕"精神

多年来，该团党委"一班人"抓风气建设提倡"五不怕"精神：不怕得罪人、不怕背骂名、不怕告黑状、不怕丢选票、不怕穿小鞋，敢于拉下脸子碰硬，抹开面子较真。

敢于给自己套"紧箍咒"。领导干部搞一次特殊就降低一分威信，破一次规矩就留下一个污点，谋一次私利就失去一次人心。

前年，团党委针对请吃、吃请之风制定了几条禁令。不久，一名团领导到连队蹲点，送行时，连队干部硬拉着这名领导到外面的饭店去吃饭，被查勤的团长抓个正着。团长报告团党委后，责令其在党委会上作检查，并通报全团。

在团队进行大规模营房建设时，不少包工头找上门来，也有一些地方领导打招呼，团党委"一班人"坚决按照营房建设招投标规定办，杜绝了"暗箱操作"和个人说了算。党委会上，时任政委雷万军说："这些条条框框，看似捆住了自己手脚，实际上是确保我们不犯错误的'护身符'。"

敢于跳出"人情圈"。抓风气建设，人情是最难迈过的一道关口。团党委始终做到带头跳出"人情圈"，冲破"关系网"。

去年底，上级分给团里一个晋升四级士官指标，团长马汝和的亲侄子马峰及其他3名士官是晋级对象。官兵在私下议论，班子成员也有人担心团长难过这一亲情关。结果是，马峰退伍了。马汝和的哥哥责怪他："你当了官，就六亲不认了？连点个头的事你都不做，还配当叔叔吗？"马汝和诚恳地说："如果我点了这个头，在官兵面前就抬不起头啊。”

每年干部提升，士兵入党、考学、学技术、选取士官期间，团领导都接到不少说情的电话和条子，他们坚持公平竞争，不够条件的，“来头”再大、关系再硬也不给办。团干部股一位干事的舅舅是驻地市委的一位领导，他任正连职满3年时，请舅舅给团领导打招呼希望解决副营职务。团领导感到，这些年，地方领导对部队建设帮助很大，干部转业、家属就业、子女入学也离不开他们的支持，按说这个人情应该给，但原则问题决不能含糊。经过公开考核、群众测评，那名干事落选。

敢于让群众监督。不受监督的权力必然滋生腐败。团党委坚持以公开促监督，以监督促风气，为官兵搭建起监督的广阔平台，使风气建设具有广泛性和群众性。

团党委把党务、政务、警务、财务四个方面细化为27项监督内容，通过网上公示、设立举报电话、悬挂意见箱，及时上报下发团党委会议纪要和首长办公会纪要，设立每月官兵接待日等形式，接受群众监督。在涉及官兵切身利益的问题上，把群众评议作为必经程序。今年，团里选拔48名预提骨干进教导队培训，有的单位图省事，几个干部一碰头就把名单上报了。问题反映上来后，团领导责成机关在组织民主评议基础上，把考场搬到训练场，由群众监督，现场考试亮分，当场宣布结果，全团官兵口服心服。

团领导感慨地说，风气建设这难那难，有了群众监督就不难。

好风气重在培育

团党委按照社会主义荣辱观的要求，坚持从点滴入手，精心培育新风正气，营造出奋发向上、催人奋进的良好风尚。

谁学习谁进步。营长张宏权是从宝鸡文理学院毕业的大学生干部，他刚毕业当排长时，以为凭自己的学历，带兵肯定没问题。没想到第一次组织连队会操，就闹了个“大红脸”。指导员鼓励他说：“部队也是一所大学校，不学习就成不了合格带兵人。”从此，张宏权狠下心来补军事课。一年后，张宏权总结出科学练兵“十二法”，把一个多年与先进无缘的排带成了先进。张宏权6次变换工作岗位，干一行、钻一行、精一行。今年初，他被破格提升为二营营长，成为全团最年轻的正营职干部。

团党委倡导谁学习谁进步的良好风气，让广大官兵的人生因学习而精彩，事业因学习而发展。近几年，他们先后投入120万元为基层购置电脑，添置图书，完善网络学习室；规定为取得自学考试毕业证的干部报销全部学费。

目前，党委班子成员和基层干部靠自学全部完成学历升级，80%以上的士官通过函授教育取得大专学历，500多名战士拿到计算机等级证书。该团被四总部表彰为“第四个五年科学文化教育先进单位”。

谁精武谁光荣。团党委每年拿出20多万元奖励训练尖子、技术能手、岗位尖兵。让训练标兵的照片和战争年代的英雄一样，上营区灯箱，进团史馆、连史室。年终表彰，给每个精武标兵颁奖，给他们家乡邮寄喜报，并在考学、立功、晋职、选取士官等方面，向精武标兵倾斜，真正让他们香起来、红起来。

五连战士刘博兴参加全师军事比武，获得个人全能第一。师通报下来时，年终评功评奖已经结束。团党委专门召开党委会，决定给刘博兴记三等功一次。三连代理连长赵佩荣靠精武提干、靠精武立功、靠精武提前晋职。他潜心钻研训练中的难题，革新出擒敌训练用的脚靶、拳靶和橡皮球反弹靶等器材在部队推广使用，团党委为他召开表彰大会。一批像刘博兴、赵佩荣一样的精武标兵成为官兵心中的明星。

谁实干谁吃香。营房股长刘国斌参加过国庆50周年大阅兵，从军校毕业后，分配到该团。来到一个陌生的环境，他担心成长进步会受到影响，工作打不起精神。营连领导对他说：在我们这里，只要你踏实干，准不会吃亏。后来，每一步都让刘国斌没想到：当排长时，所带排两次荣立集体三等功，他个人也两次荣立三等功，并提前晋职。当连长时，连队被评为基层建设标兵连，他再次荣立三等功。今年初，他又被破格提升，成为机关最年轻的股长。刘国斌从中悟出一个道理，实干有作为，实干有地位。

官兵们普遍反映，在该团想干事就有机会，能干事就有舞台，干成事就有位置。

风气好不好，关键在领导

团党委认准一个理，风气好不好，关键在领导，班子有底气，干事就硬气。良好风气的形成需要领导抓，更要抓领导，以自身的模范行动弘扬正气、影响部属、带动部队。

诱惑面前一身正气。团加油站地理位置好，驻地5家公司先后找到团领导，提出以双拥共建的名义，租用、承包或者联合经营加油站，承诺每年至少给团里20万元。团党委认为，违反规定的事给再多好处也坚决不干。

2003年，部队赴南方执行任务，全团官兵分布在98个执勤点上，经常经受金钱、美色等考验。执勤一年，党委“一班人”始终坚持不义之财不取，不法之物不拿，不净之处不去，不善之友不交，先后谢绝工作对象宴请160多次，拒贿95起。

短评

抓风气也是抓战斗力

武警驻宁夏某团党委弘扬新风正气，凝聚兵心士气，不愧为部队风气建设的一面旗帜。学习和宣传这个典型的事迹和经验，对于推动全军和武警部队深入贯彻落实党的十七大精神，开展深入学习实践科学发展观活动，加强党风廉政建设和基层建设，特别是领导干部坚持带头讲党性、重品行、作表率，具有示范作用。

我军一贯重视部队风气建设。抓风气也是抓战斗力。培育风清气正的建连育人环境，就要像武警驻宁夏某团党委那样，下功夫解决好官兵最关心、最直接、最现实的热点问题，特别要把选人用人的风气搞端正，为官兵成长进步搭建公平公正的平台，进一步巩固和发展我军团结、友爱、和谐、纯洁的内部关系。

风气好不好，关键在领导。好风气与其说是抓出来的，不如说是领导干部以身作则带出来的。领导干部要牢固树立正确的权力观、政绩观、道德观，不断提高自身素质和领导能力，常想立身之本，常思贪欲之害，常修为政之德，常怀律己之心，以良好的形象和模范行动带动部队风气建设，推动部队建设又好又快发展。

（2008年10月5日1版）

☆群山环抱的神秘军营
☆销毁弹药的高危职业
☆男人堆里的唯一女性

请给我分个女兵做伴吧

——“全军优秀共产党员”刘晶的心路历程

■本报记者　欧世金　欧　灿　特约记者　赵　鹏

她的请求很“雷人”

“刘晶，你的心愿有望实现了！”6月中旬，当一位机关干部兴冲冲地透露这个消息时，刘晶的反应有些出人意料，连句谢谢的话都没说。

刘晶是北京军区装备部某仓库助理工程师，从事特殊危险品销毁工作，是这座深山军营里唯一的女军人。

“如果可能，请分个女兵来，跟我做个伴吧！”两年前，刘晶正在国防科技大学读硕士研究生，北京军区装备部副部长吕登高找她和几位学员谈心时，刘晶脱口说出了这句憋了许久的心里话。一个20来岁的姑娘，生活在一帮男人中间，“寂寞像野草一样在心里疯长”。

对刘晶的请求，有人评价说“很雷人”。吕登高当时没有答复，但心里却很不平静。他把刘晶的想法带到了机关和常委会上。让大家为难的是，要找个学相同专业的女军人与刘晶一道工作并不容易。

但是，现在的刘晶，心态与当初完全不同了。她对那位捎来喜讯的机关干部诚恳地说：“如果只是因为我个人需要，就派个女军人来，这不是给组织出难题吗？”

刘晶笑呵呵地说：“现在我已经彻底走出那段‘野草期’了。”

山谷的幽静更让她觉得凄凉

初夏，在大山深处的一座军营，我们初次与刘晶相见。她身着迷彩服，“噔噔”几步跑上前来，标准的军礼，有力的握手，显得利落爽快。

满脸阳光、一说话就带着笑声的刘晶，谈起往事一点也不遮掩。

2004年6月，她从防化指挥工程学院毕业。到仓库报到那天，她倒了3次公交车，最后打了一辆“摩的”，翻过一山又一山，折腾几个小时才找到群山环抱的军营。

头一次到食堂就餐，3个打饭的战士经过她身边，竟接连摔倒在地。她心想，这地板也太滑了！不料，紧接着就听到窗外传来军医杨展鹏的“骂声”：“你们太没出息了，见到个女的就熊成那样，连路都不会走啦?”

第一天出操，值班员故意让男兵们加快步伐，一口气比平时多跑了两公里。刘晶咬着牙，紧紧跟在队伍后面，反倒让一帮大男人有些难为情。

更难熬的是，寂寞在发酵。刚开始，战友们因刘晶是个女的，除了工作上的事情，跟她没啥话说。上网没有条件，发短信要举着手机满院子找信号，旗杆下和锅炉旁信号最好，是她每天都要去的地方。驻地处于雷电区，电视卫星接收器被雷劈坏是常有的事。

相恋3年的男友没有任何“说法”，离她而去。刘晶感觉被抛弃到了一个世界上最偏僻的角落。

深夜，静静的山谷里，布谷鸟的幽鸣和野狗的狂吠，更让她觉得凄凉。夜那么漫长，难以入睡，有天晚上她一口气喝了一瓶红酒。

宿舍对面的山梁上，是蜿蜒的古长城。此时的刘晶，看到长城总会生出几分怨恨，“我咋会来到这么个鬼地方?”

一号工位，勇士战场

刘晶第一次休假，回到远在新疆塔城的家乡。父亲是个“老军垦”，深知女儿的苦闷，带她去了家乡附近的“小白杨哨所”。这里，曾诞生了著名的军旅歌曲《小白杨》。父亲说：“你看看这些从内地来边疆的同龄人，他们是不是比你还苦？”

回到单位，刘晶用拼命工作来战胜孤寂。

2006年夏天，一项重任落到她肩上。单位有个洞库存放着大量危险品，需要清理。其他人都没学过相关专业知识，刘晶责无旁贷。

她带领两名战士，穿着厚重的防护服，刚打开尘封多年的洞库，手中的检测仪就发出急促刺耳的尖叫声。刘晶转身把战士推出门外，自己在前面继续检测数据。战士米国富谈到当时的情景，依然感动不已：“她是用身体给我们当防护墙啊！”

“其实我也是第一次接触这种危险品，每往前走一步，腿没发抖心却在狂跳。”7天时间，他们在洞库工作40多个小时，将4000多件危险品逐一检测、分类、包装、储存。只有刘晶心里清楚：那些无色无味的危险品对人的危害到底有多大！

一号工位，是刘晶在销毁作业线上的“战位”，负责特殊危险品的切割、解体。这是最重要、最危险、最辛苦的岗位。

仓库领导为我们调取了一段作业录像：

刘晶把一枚老化变形的危险品送进解体机柜。机械切割时，突然一道红光闪过，危险品发生爆炸，滚滚浓烟瞬间弥漫开来。刘晶转身切断电源，一把拉开正在燃烧冒烟的解体机柜，铲起旁边的消防沙往里填。与此同时，她大声指挥其他操作员：“赶快把其他危险品搬出去！”

短短几分钟，险情控制住了。刘晶裸露在防护服外的手腕和脖子，被药剂灼伤，一片通红。

去年7月，单位承担了一项特殊销毁任务，机器和人员都在超负荷运转，一名战士累得晕倒在岗位上。刘晶得知后，立即中止研究生学业，重返一号工位。

她给刚刚半岁的儿子强行断奶，送到4000多公里之外的姥爷姥姥身边。分别那天，她狠心掰开儿子死死抱着她的小手，含泪离去。车开出好远，还能听见儿子撕心裂肺的哭叫……

一号工位只能站着操作。刘晶怀孕时落下了腰椎间盘突出的毛病，她强忍疼痛，每天几个小时站下来，腿经常发肿。正值高温酷暑，刘晶穿着密不透风的防护服上岗，有时候防护靴里都能倒出汗水来。她却笑着说：“这是最好的减肥办法。”

最难忍受的，是对儿子的思念。来探亲的孩子们在操场上玩耍，她总是趴在宿舍窗台上，偷偷地看了又看。有一次，她抱起助理员马利斌的儿子，刚学说话的小家伙脱口叫了声“妈妈”，她当场哭得泣不成声。

山还是那座山，人已不是那个人

当初，向领导提出“分个女兵来做伴”的请求后，刘晶还有些担心：自己是不是觉悟太低了？

没想到，领导和同事们都很理解她，对她更加关照。干部宿舍盖起来后，她不用参加打分排队，第一个选房。但刘晶不愿成为照顾对象，装卸物资、拉电缆，样样都不落下。20多公斤重的废旧弹药箱，她和男兵一样，扛起来就走。

刘晶渐渐融入了这座军营，到处都能听到她银铃般的笑声。她和战友们一起打CS游戏、打台球、打扑克。连营区里的4条军犬，都成了她的好朋友。

一个高大帅气的小伙子独具慧眼，喜欢深山的宁静，崇拜与“死神”打交道的军人，并爱上了刘晶，婚后主动提出随军。他对我们说：“心中有大爱的人，最值得爱。”

心态变了，刘晶眼里的一切都变得那般美好。过去，她有满满一箱裙子，却没心情穿。现在，一到节假日，她就打扮得漂漂亮亮的，成为营区的一道风景。

“七一”前夕，刘晶被总政治部表彰为“全军优秀共产党员”。入伍11年，党龄8年，这个28岁的姑娘，在偏远闭塞的军营完成了人生道路上的“美丽转身”。

傍晚，刘晶漫步军营，翠绿的山峦披上万道金光，古老的长城巍峨雄壮，在她眼里是那么亲切温暖。

（2011年6月28日3版头条）

新一代青年士兵的楷模——向南林

■本报记者　张　弛　欧世金　孙兆秋　特约记者　吴溪

简介：向南林，1981年9月出生，1999年12月入伍，2002年11月入党。沈阳军区某师高炮团修理连情报指挥技师兼雷达修理班班长，大专学历，二级士官，十一届全国人大代表，被四总部评为全军爱军精武标兵，荣获首届全军士官优秀人才奖二等奖；被沈阳军区树为学习贯彻科学发展观标兵，学雷锋学苏宁学习成才标兵；被沈阳军区某集团军树为优秀士兵标兵，荣立一等功1次、二等功3次、三等功1次。

这是今年两会期间的一个镜头。

3月10日下午，中共中央总书记、国家主席、中央军委主席胡锦涛来到京西宾馆，参加解放军代表团审议。胡主席发表重要讲话后，亲切会见了来自基层的部分军队人大代表，这其中就有沈阳军区某高炮团二级士官向南林。

“听说你是学习实践科学发展观的标兵?”握着向南林的手，胡主席问道。

“我做得还很不够。”

“希望你好好学习。”胡主席勉励向南林。

向南林表示：“我们青年官兵要时刻牢记主席的嘱托，用中国特色社会主义理论体系武装头脑，提高打赢本领，按照主席提出的‘四个新一代’的要求，做让主席放心的好战士。”

“今年多大了?”

“28岁。”

“这正是年轻的时候，年轻要有为啊!”胡主席勉励向南林。

一股暖流，在向南林胸中激荡。他长久沉浸在激动之中。一个从大山里走出来的农村青年，抚今追昔，浮想联翩，夜不能寐。

当兵去

向南林出生于四川省广元市旺苍县。这是一块红色的土地。当年，10万人口的旺苍，就有1.2万多人参加红军。向南林的爷爷、父亲、叔叔都是共产党员，在他的心中，留下许多红色的记忆。

向南林童年时，家乡还比较贫困。村小学是简陋的，一间四处漏风的平房就是教室，几个年级的孩子挤在一间教室里。升入初中后，到学校要走50多公里，翻越多座大山。每天吃着红薯，就着咸菜，点着煤油灯读书。贫困的家庭生活，让向南林从小就懂得：知识能够改变命运，读书才能走出大山。他的成绩一直很优秀，被市里评为“优秀少先队员”、“三好学生”，当上了学生会主席。

1994年深秋，母亲在去卖粮的路上，从农用车上掉下来摔成重伤，在医院抢救了7天。性命保住了，家里却因此背上了沉重的债务。一天，向南林听说学校附近一家工地找人卸砖，一车开价80元。晚上学校熄灯后，他偷偷跑到工地。工头一看是个半大小子，有些担心：“你能行吗?”瘦小的向南林使劲拍着胸脯说：“天亮之前搬不完，就当白干!”整整一夜，向南林就像蚂蚁搬家，一趟又一趟……

天亮了，一车砖被向南林连滚带爬卸完，磨破的手套沾满了血迹。他累得瘫坐在地上，心里却很高兴：能为父母帮点忙、做点事，吃苦受累也心甘情愿。

母亲吃药、兄弟俩上学，家里生活越来越艰难。

1999年10月，正在上高二的向南林悄悄报名参了军。离家的那天，母亲一边帮他收拾行李，一边偷偷抹眼泪。父亲满怀愧疚地说：“孩子，家里穷，供不起你，出去闯条路吧!”

翻过一座山头，向南林回头望去，看到父母依然站在山顶上，目送自己远行。

军官梦

向南林当兵，就是想当军官，在部队长期干。然而，新兵连第一次摸底考核，就让他心凉了半截。

5项内容，他有4项不及格。身体瘦小、体重只有53公斤的向南林意识到，自己的起点低，要想达标，就要吃更多的苦、流更多的汗。

向南林给自己缝了两个粗布沙袋，绑在腿上练腿力；早起晚睡，练俯卧撑、仰卧起坐、引体向上；节假日，一个人跑到山坡上去练冲刺。他觉得自己的体力不够，就让人骑到自己的肩膀上，蹲下起立，锻炼腰腿的爆发力。

一次，向南林练手榴弹投掷，右胳膊脱臼，一动就钻心地疼。那些天，不能参加正常操课了，他用一只左手，把全连的卫生打扫了个遍。地面、楼梯一点一点地擦，裤子膝盖处被磨得变了色。胳膊伤痛刚好，向南林就赶紧去练投弹。他要把耽误的时间抢回来，每天都比别人多投两三箱手榴弹，经常练得吃饭都拿不住筷子。

新兵结业考核，向南林体能、队列、射击、投弹、器械等各科成绩全优，军事理论考试全营第一，荣获新兵营嘉奖。

2001年3月，向南林被连队推荐到学员苗子队，复习文化准备考军校。这时，他感到，自己离梦想越来越近了。

然而，仅几分之差，他失去了报考军校的资格。向南林是个优秀士兵，获得过军械员比武第二名。机关的同志很惋惜，就推荐他报考士官学校。

那几天，他整夜整夜睡不着觉。美好的军营生活，让向南林产生了深深的感情，对军人的价值也有了深刻的理解。他在笔记中写道：军人生来为国家！即使我当不了将军，也要成为将军手中一把利剑！

两年的士官学校生活很快就要结束了。学校原本打算让品学兼优的向南林留校，却没想到军队体制编制调整改革，院校精简人员。留校不成，他又听到了老部队撤编的消息。

一位校领导找到他，关切地说："我跟你家乡军分区的领导熟悉，帮你联系回家乡吧！"在许多人眼里，这是求之不得的好事，向南林却婉拒了领导的好意。他说，当兵就不能恋家！如果所学的专业派不上用场，两年军校岂不是白读了！

向南林回到了驻哈尔滨市某部。报到那天，军务参谋看这个兵挺机灵，说："就留在机关吧。"向南林却说："谢谢你，我还是想到专业对口的单位去。"最终，他被分配到远离省城400多公里的某高炮团修理连。

好像鱼儿游入了大海。向南林毕业不到两年，就在修理连技师兼修理班班长的岗位上，夺得了集团军专业比武第一名，荣立二等功1次、三等功1次。

2005年4月，士兵提干的机会来了。经过层层选拔，向南林作为全团第一号提干人选被推荐到上级。然而，政策规定："全日制士官学校毕业的战士，原则上不能提干。"

"提不提干是组织的事，能不能当好兵是我的事!"向南林在此后的一年时间里，被沈阳军区表彰为"优秀共产党员"、"装备技术士官优秀人才标兵"，荣获首届全军士官优秀人才奖二等奖。

第二年，向南林毫无争议地再次被作为全团第一号人选推荐提干，还是因为同样的原因被"卡"了下来。

当天晚上，夜深人静，他冲向空旷的操场，拼命地奔跑。不知跑了多少圈，累得直喘粗气，实在跑不动了，才停下来。汗水夹杂着泪水，流满了脸庞……

回到宿舍，他在日记中写道："遇到点挫折就退缩，就不是我向南林，就不是中国军人！做一个有理想有追求的新一代青年，就要笑傲风雨，从容面对。心若在，梦就在，失败了，从头再来。"

理论迷

深夜，三江平原漆黑如墨。修理连连长任振东查铺查哨，发现从士官学校刚毕业的向南林的铺是空的。连长从一楼找到三楼，最后终于在一间小仓库里，发现了向南林。他蹲在墙角，借着手电筒微弱的光，正在读书。

"干什么呢?"任连长压低嗓音问。

向南林一激灵，猛地站起来，怯生生地说："看会儿书。"

连长拿起书一看，是一本《军队政治工作研究》杂志。

一个兵在深夜看政治理论书刊，这让任连长意想不到，不由得心里一动。

第二天中午，他把向南林领到一楼杂物间，对他说，你收拾收拾，这间屋就是你和战友们的学习室了。从此，“理论小屋”就在修理连叫开了。

这事后来被团政委孙殿文知道了。一个周末，孙政委来到修理连，直奔“理论小屋”。嗬！好家伙，四面墙上挂满了向南林写的励志书法条幅，桌子正中是一台电脑，周围摆满了书籍、笔记、剪报本，足有十几摞。

孙政委随手翻开剪报本，见大都是理论文章和言论，不少观点用红笔划了醒目的波浪线，有的还在旁边密密麻麻写着学习感言……孙政委越看越激动：“你怎么对理论有这么大兴趣?”向南林回答：“上级要求就是任务，工作需要就是动力，学进去了就有兴趣。”

向南林产生学理论的兴趣，启蒙人是新兵连指导员曹树林。曹指导员是沈阳军区“学雷锋金质奖章”获得者，有天天剪报学习的习惯。他对向南林说：“革命理论是人生的航标灯。”这句话，深深地刻在了向南林心里。

考入武汉军械士官学校后，教员周艳忠的成才经历，坚定了向南林学理论的信心。周艳忠来自鄂西山区贫困家庭，靠自强不息苦学成才，成为当年1000多名毕业生中唯一留校任教的士官，后来提了干，被评为“全军十大学习成才标兵”。

向南林也想成为曹树林、周艳忠那样的人。从此，他对理论学习着了迷。一次，他探亲归队，在沈阳转车。等车时逛书店看到《构建社会主义和谐社会若干重大问题学习导读》、《社会主义核心价值观初探》两本新书。他眼睛一亮：部队进行学习教育急需这方面的理论辅导书籍。可一摸口袋，身上带的钱，连买一本书都不够。回部队后再买，又怕没货。怎么办？这时，向南林想到包里有一部女朋友刚送的“好译通”。他狠狠心，跑到电子市场，把500多元的“好译通”卖了200元钱，然后跑回书店买了书。

书买到手了，他又担心女朋友知道了会不高兴，两个月后，向南林用积攒的零用钱，重新买了个一模一样的“好译通”。

一段时间，连队战士对“以人为本”的理解，出现了一些偏颇：抢修火炮多加一会儿班，有的战士就喊着要休息；有个士官刚休完假，小孩感冒住院，他又提出要回家；一个战士维修发动机，一颗螺丝没拧到位，干部严肃批评他，说了几句重话，他就说干部没有人情味……

对这些问题，向南林觉得有必要从理论上加以解答，可他一时又说不清楚。他打电话向病重住院的方永刚教授请教，还与“红九连”指导员葛百军交流。经过精心准备，他以“什么是真正的以人为本”为题，给战友们讲了一堂辅导课。“平时严格要求、严格训练，战时才能少流血、少牺牲，对我们基层官兵来说，这才是真正的以人为本。”这些话，让战友们心里豁然开朗。

学习越深入，疑问就越多。

2004年9月的一天晚上，他鼓起勇气，通过总机拨通了军事科学院政治工作研究所副所长公方彬教授家中的电话，一口气提了好几个问题。从此，他和公方彬建立了热线联系，成了公教授的“编外学员”。

公方彬了解到，向南林阅读了40多本理论书籍，记下30多万字读书笔记和学习感言，整理出的《科学发展观基层读》、《理论观点随机学》等小册子，成为基层官兵学习理论的辅导教材。公方彬被向南林学理论的执着打动了，去年7月，他专程从北京来到北国边城，与向南林倾心交谈，鼓励向南林做“真的探索者、善的示范者、美的传播者”。

向南林讲党的创新理论越讲越好，名气越来越大。他从连队讲到军区机关，从军营讲到地方高校，40余堂课，场场爆满。听过他讲课的将军、士兵、大学生，都夸他是“战士理论家”。

兵专家

修理连雷达修理班“小秀才”余威，写了一篇散文诗《一名精武战士的手》，赞美班长向南林：

这双手，能操作、保养、维修团队五分之四的装备，神奇般地使50余台“趴窝”的大型装备“起死回生”；

这双手，曾7次接过军区、集团军、师、团领导颁发的专业技术比武冠军奖章、奖杯或证书；

这双手，取得了6次换岗、岗岗优秀的骄人业绩，写下了“我的技术请放心、我的岗位无差错”的铮铮誓言；

这双手，撰写的8篇学术论文在专业刊物上发表，总结了团队新装备雷达快速形成战斗力的经验……

文写意，诗言志。战友稚嫩的语言，勾勒出向南林忠诚使命、爱军精武的奋斗历程。

2003年底，一位优秀政治教员到团里巡回授课。这位教员制作的多媒体课件图文并茂、生动感人，让身为教练员的向南林十分羡慕。当时，他每月工资只有600多元，却向战友借了7000多元，在全团战士中第一个购买了高配置的电脑。

底子薄，他就从计算机基础知识学起，不懂就向自动化站的参谋请教。仅用3个多月，向南林就掌握了计算机基本操作技能，能够独立制作多媒体课件。

向南林养成了上网的习惯。一有空闲时间，他就打开部队局域网，浏览世界军情动态，了解世界军事变革，学习先进军事理论。他在网上看到有军事理论专家预言，随着武器装备技术含量的日益提高，未来战争将成为“士官的战争”。这些理论，激发了向南林争当专家型士官的热情。

2004年底，传来了团里列装新型雷达的消息。想到指挥仪专业撤编，自己苦学两年的专业没有用武之地，向南林有一种即将“失业”的感觉。

他很快从痛苦和迷惘中走出来：“军事变革越深入，武器装备淘汰就越快，对部队来说，淘汰就是进步，对我们这些战斗员来说，是挑战，也是机遇，否则就理解不了‘装备等人才’的深意。”

向南林感到肩上的担子沉甸甸的。新雷达还没到，他就和厂家、母校频繁联系，收集了百余万字的资料。

新装备列装后，既无教材又无骨干，向南林从头学起。数九寒天，他一大早就爬起来，踩着厚厚的积雪，来到训练场，钻进冰冷的雷达车里，一个动作一个动作反复练操作，一个字一个字编写教程。新装备电路构造复杂，他趴在雪地里，冒着–30℃的严寒，反复调试。手被冻伤，并裂开了好几道口子。几个月下来，他熟练掌握了新装备的操作和维修技术，与战友们一起汇编出《××型雷达光电维修实例》手册，制作了两部多媒体教学课件，带出了15名雷达操作手，为新装备当年形成战斗力打下了坚实的基础。

茫茫草原，硝烟弥漫。新装备首次走进演兵场。向南林和战友们操作“电子眼”，将空情准确、及时上传到团指挥所。随着一声令下，群炮怒吼，拖靶被不断炸飞。“成功了！成功了！”耳机里传来战友们的欢呼声。

当晚会餐，向南林成了各个连队争抢的“座上宾”。

一次，向南林参加防空作战演练。突然，一门火炮与雷达连接中断。他查来查去，发现问题出在火炮上。可他对火炮修理一窍不通，只能望“炮”兴叹。

这件事对向南林触动很大。他感到，要使装备保持连续战斗力，一线维修人员必须成为多面手。从那以后，向南林抓住各种机会多练几手。

团里每年都要到武汉送修装备，这是个苦差事。平板车上风餐露宿，冬天冒着“大烟泡”，夏天顶着毒太阳，有时一连几天吃不上一口热乎饭。可向南林每次都主动要求去，目的就是拜师学艺。

厂家的师傅人人都是技术“大拿”，但要从他们手里学点真东西也不容易。听说有个老师傅手艺高超，向南林想拜他为师，可人家软硬不吃。向南林不灰心，先做徒弟样，干杂活、下苦力，端茶倒水，讲故事、说笑话，逗他高兴，老师傅被感动了。

那天，老师傅郑重地端出一个小箱子，里面装着他多年积累的维修资料和一套自己设计的维修工具。老师傅说：“这是我的看家老本，原想自己干不动了再传给别人。现在就把它当成见面礼，送给你这个穿军装的徒弟吧！”

向南林练就了浑身的武艺，向更高的目标发起了冲击。

未来战争，野战装备抢修是一块“硬骨头”。团里成立了攻关小组，团长王志恒点名让向南林担纲。经过数百次的反复试验，一个个“拦路虎”被攻克。在专家的指导下，他和战友一起，大胆进行技术嫁接、模块集成，将系统确定为数据库、图像采集、信号传输、信息处理4个模块。这套“某型野战抢修综合支援系统”一问世，就显威演兵场，受到专家一致好评，获得了军队科技进步三等奖。

好班长

2007年8月，向南林被破格保送到石家庄机械化步兵指挥学院学习。同时入学的，还有团导弹连士官王涛涛。接到入学通知书的那一天，王涛涛激动地对向南林说：“我能有今天，离不开你的真诚帮助。”

向南林和王涛涛都是全团有名的班长骨干，两个人互相佩服。王涛涛觉得自己军事技能、组织管理都不输于向南林，但理论水平有明显的差距。一天晚上，王涛涛怀着忐忑的心情找到向南林，想借两本理论书。向南林热情地把他拉到“理论小屋”，说：“这些书和资料，你需要什么拿什么。”更让王涛涛没想到的是，向南林像老朋友一样，毫无保留地把自己学习理论的经验、方法一股脑儿地“倒”给他。临别，还把自己学习科学发展观的两本心得送给他。

王涛涛刚走，就有战友数落起向南林：“你傻啊，王涛涛是‘优秀士兵标兵’，立了二等功，谁都知道他是你提干的竞争对手，你怎么还帮他。”

向南林坦然地说：“在提干上我们是对手，在战场上我们是战友，帮战友就是帮自己。”

战友们说，向南林的心能装下一个天。

姜宝成和向南林一起入伍，一起上士官学校，毕业后又分到同一个班。小姜觉得自己士官学校毕业，可以“直选”三级士官，进了保险箱。再说班长向南林和自己资历差不多，自己学不学习、工作差点好点，他怎么也会给自己留点面子。有点空余时间，他就上网玩游戏。看到别人学习，他还说风凉话：“学这有啥用？能当饭吃，还是能当钱花？”

没过多久，姜宝成突然收到空军长春飞行学院法律专业自考本科教材。正纳闷儿时，向南林说：“我替你报的名，学不学就看你的了。”向南林的良苦用心，让姜宝成感到心头热乎乎的：“你这样帮我，再不上进，我脸往哪儿搁啊！”从此，姜宝成成了连队爱读书、肯学习的骨干。3年后，他顺利拿到了法律专业自考本科文凭。

向南林带新兵时，组织过这样一次讨论会，主题是：李银雨家里寄来的锅巴好不好吃？

“好吃！”众新兵异口同声。“那你们说，这个锅巴吃起来是什么味道？”向南林问。

“孜然味，我就喜欢这个味，特意让妈妈用航空快件寄来的。”李银雨抢先回答。

可班长向南林却说：“我觉得它有点酸味。”

“怎么会有酸味呢？这可是空运来的，根本没过保质期。”小李说。

“我说的是父母的辛酸味，锅巴本身顶多也就几十元钱，可邮寄费少说也得200元。”

“没关系，我妈说了，我是家里的宝贝疙瘩，只要我吃得舒心，花多少钱都乐意。”李银雨大大咧咧地说。

“当兵了就是大人了，父母生我们养我们不容易，我们要学会感恩！”

战友们纷纷低下了头。李银雨心里更不是滋味，晚上拨通了家里的电话。母亲在电话那头哽咽了：“儿子，你真的长大了！”

记者在向南林事迹材料上，看到这样一组数据：几年来，向南林带的兵有40多人次立功受奖，11人成长为班长骨干，8人退役回家成了乡镇企业带头人，3人当上了村干部……

2007年新兵下连时，有5名新兵主动要求分到向南林班。他们说：向班长是我们的青春偶像！

主人翁

“有人负责我服从，没人负责我负责。”向南林说的这句话，现在成了团队的一句流行语。

2003年8月，毕业才几天的向南林找到连长任振东：“毛巾叠成豆腐块，大热天摆在脸盆里容易馊，表面看整齐划一，实际上不利于战士身体健康，建议把毛巾打开晾起来。”

“小红牌儿”的举动，让任连长多少有些意外：“这是部队几十年的习惯，你有什么看不惯的！”

向南林觉得连长没理解自己的意思，跑回宿舍，拿了一块毛巾递到连长鼻子前。一股刺鼻的馊味，让任连长直皱眉。

见连长没表态，隔了两天，向南林送给连长一份建议书，还附了一份从报刊上剪下来的健康资料。

“这个兵有个性！”任振东认真看了向南林送来的建议书和资料，很惊讶，没想到毛巾里还有这么多学问。

随后，任连长到班排一问，全连官兵都说，这个问题早就该改了。在机关的支持下，修理连战士的毛巾统一挂在了床头的横杆上。他们的这一做法，很快在全团推广。

一天，向南林出公差，到团文化活动中心打扫卫生，发现角落里零乱地堆放着一些乐器：架子鼓、电子琴、唢呐、萨克斯……看见上面落满了灰尘，向南林很心疼，擦灰时一捣鼓，发现这些乐器大都能用。他找到宣传股长："这些乐器闲着白瞎了，我想重新利用起来，组建一个乐队。"宣传股长半信半疑："团里刚组建乐队时，全是新家伙，现在都快成废铁了，你能行？"

"放心吧，我有办法！"向南林很有自信。说干就干！召集人才、维修乐器、加班排练……国庆节，团里组织文艺晚会，向南林带着乐队闪亮登场，结果一"炮"走红。

篮球联赛是团队一年一度的体育盛事。经过几个月的激烈角逐，一个周末下午，团首长机关和二连争夺冠亚军。国家二级篮球裁判向南林担任主裁。

哨声一响，比赛开始。篮球场四周观战的官兵，很快看出一些名堂。这边球队，有团长、副团长、参谋长和几个股长，那边是二连的几个毛头小伙子，这胜负不明摆着吗，还打啥？

但是，二连上场前，连长下了动员令："今天打胜了晚上会餐，打平了跑5公里，打输了跑10公里。"

比赛一开始就很激烈。团长王志恒是首长机关队的主要得分手。上场不到10分钟，就连续投进了几个3分球，一下子就成了围攻的主要对象。在争抢中，团长连续3次被向南林吹犯规哨。

团长第4次犯规的哨音一响，站在一旁观战的修理连连长任振东坐不住了。暂停时，他一把拽住向南林，两眼一瞪："你小子别犯傻！"

比分咬得越来越紧。突然，"嘟"的一声，团长又犯规了。虽然动作很小，但还是被眼尖的向南林盯住了。团长被罚下场，形势很快发生逆转，机关队以几分之差败北。

这时，王团长来到向南林跟前，拍着他的肩膀："裁判就得这么当，做人就得这样做！"

遇事有主见，处事有原则。这，就是向南林最鲜明的性格特征。他既懂得尊重领导，又敢于坚持原则。上级工作组来团里进行战斗力评估，机关让向南林参加汇报，而他专拣问题说，又说得有条有理。工作组的同志说，这个战士真可爱！

多面手

“一个战士真有这么厉害?”带着疑问，去年八一，集团军一位首长专程到团里考察向南林。一下车，他就对团领导说:“你们都说向南林多才多艺，让他办一台晚会我们看看。”

从节目准备到演出，只有十几个小时。当时，大家都为向南林捏了一把汗:“这么短的时间，水平能发挥出来吗?”

当天晚上，晚会在优美的乐曲声中开始。“首长和战友们，晚上好!”个子不高、留着小平头、面带笑容的向南林一登台，就给人一种青春、阳光、上进的良好印象，赢得了长时间的掌声。第一个节目，是向南林的架子鼓表演。只见鼓槌飞舞，鼓声如惊涛拍岸，气势夺人。鼓点刚落，台上又响起向南林悠扬的笛声……

“我把太阳迎进祖国，太阳把光热洒向万里山河……”向南林优美的歌声，让官兵同声唱和。更让大家叫绝的是，他边唱边跳边挥毫泼墨。一曲终了，“与真理同行”5个苍劲有力的大字呈现在观众面前。

顿时，台下掌声雷动。集团军首长激动地站起来鼓掌:“名不虚传!”

向南林见啥学啥，一学就会。官兵都说，真是“可怕的向南林”!

学书法，他主动向佳木斯书法协会主席何常贵请教。学唱歌，他拜佳木斯市歌舞团团长战斗为师。他会6种乐器，能自编自导自演节目，先后主持过团春节文艺晚会、佳木斯市军民双拥晚会和官兵的集体婚礼。他参与的一个歌伴舞节目在总部文艺汇演中获二等奖。他是国家二级篮球裁判，团队比赛大都由他主裁。他的多幅书法作品在全国性比赛中获奖。

修理连分来一个大学生士兵，叫王守名。刚到部队没几天，就开始和班长蒋国良“较劲”:交代任务同意了就用“Yes”，不同意就用“No”，满嘴的“洋话”，弄得班长很尴尬。

蒋国良去求助向南林。向南林了解到，小王在大学时就曾多次担任英语翻译，对文化程度不高的班长有些不服气。一天，小王独自在宿舍哼唱英语歌曲时，向南林走了进去，一句“I hope you are perfect”(我希望你是最棒的)脱口而出，顿时让这个大学生士兵来了神儿。随后，向南林用英语与他交谈起来。几次接触，小王收起了自傲的心，与班长相处融洽了。

一天，战士王磊很沮丧地找到向南林：“班长，我和女朋友闹掰了，她嫌我干得不怎么样，没啥品位，你说咋办呢？”

“赢得姑娘的芳心，要靠自己的魅力和修养。”在向南林的点拨下，王磊给女朋友写了一首情诗：

接到分手电话/心情复杂/写首小诗/把心迹表达/从此/勤奋学习不想其他/远方的你/请让我拿行动作答

……

女友一看王磊“有两把刷子”，气消了，很快打来了和好电话。

王磊从此像变了一个人，学写诗、练书法，成了连队的骨干，还被评为优秀士兵。

向南林的情感细腻，内心丰富。当班长以后，每年大年初一，他都送给班里战士一个“红包”，里面装着精美的贺卡，上面写着祝福和鼓励的话：

“王浩：人生处处是选择，当你用乐观向上的心态去面对，眼前就如朗朗明月；沉溺于痛苦之中，用消极的心态去面对，未来就会变得黯淡无光！”

“沙魏：贝多芬有句名言：‘卓越的人的一大优点，是在艰难困苦的环境中仍然勇往直前！’希望你永远不抛弃、不放弃！”

“刘志宇：母亲有病，父亲在外打工，他们不容易！你只有把自己锻炼成为一名优秀士兵，才是对父母最大的感恩！”

这些话，让战友怦然心动，深受启迪。

亲爱的读者，你们看到这些事例会想到些什么？当我们听到这一切时，都被向南林身上的阳光、才气和追求深深地打动了。

活雷锋

2005年10月，部队体制编制调整改革，三级士官邓文全原单位撤编，被调整到高炮团修理连。报到那天，妻子说啥也要带着女儿一起，到新单位“认认门”。

在车上，邓文全一直低头不语，心里直“打鼓”：到新单位人生地不熟，刚报到就领家属一起来，人家能接待吗？

到团大门口一问，他心里更“打鼓”了：部队外出驻训，连里只有一个士官留守。到时冷锅凉炕的，老婆孩子咋办呢？

见到向南林，邓文全的顾虑很快打消了。向南林热情地把他领到连队休息，自己一个人跑到机关去，给他张罗士官公寓、代交押金，到服务中心领取生活用品，打扫房间卫生。

来到士官公寓，推开门，邓文全一家人简直不敢相信自己的眼睛：房屋被打扫得干干净净，被褥散发着清香，柴米油盐等生活用品一应俱全。

“爸爸，这是咱们的新家吗？真漂亮！”女儿天真的话语，让邓文全心里像喝了蜜一样甜。

从那以后，邓文全经常对人说，向南林爱帮人，是个热心肠。

一次，向南林在报纸上看到一则消息：9岁女孩王佳在大火中失去双亲，丧失了听力，成了佳木斯福利院的残疾孤儿。

向南林动情了。周末，他利用上街的机会，把50元钱送到福利院，署名：解放军。此后一年，向南林每个月都准时把钱送到福利院。

这名“解放军”究竟是谁？感动之余，福利院领导打听了整整一年多时间。最后，在民政部门的帮助下，才找到了向南林。

那天，佳木斯福利院教育科长陈洁带着一群孤残孩子，把一面绣有“铁肩担道义，爱心助孤残”的锦旗，送到向南林手中。见到向南林后，几个孩子激动得抱着向南林，久久不肯松开。

一次探亲休假，向南林和女朋友阮绍艳在武汉街头散步，看到一位衣衫褴褛的老大娘跪在街边乞讨。向南林掏出10元钱塞到老人手里。

“社会上需要帮助的人多了，你帮得过来吗？”向南林回答说：“能帮一个算一个，能帮一时算一时！”

采访中，记者了解到这样的事情还很多：

在佳木斯火车站，向南林为丢失钱包的民工买过返程车票；冬训时，听说房东秦大爷的儿子遇车祸身亡，孙子交不起学费要辍学，他掏出了身上仅有的218元钱；在地方学习期间，他动之以情，晓之以理，把一个深陷于网络游戏的男孩儿从危险处“拉”了回来……

向南林资助别人很大方，自己却很节俭。为了把钱节省下来给母亲治病、供弟弟上大学，他不抽烟，不买零食，一年四季总穿那几件绿军装。

前年年底，团里组织欢送退伍老兵文艺晚会。向南林忙前跑后，累得满头大汗。休息时，宣传股股长卢炳光递给他一瓶“冰红茶”解渴，向南林一小口一小口地抿着喝。

“你怎么像个大姑娘似的?”卢炳光开玩笑地问。

“股长，不怕您笑话，长这么大，我很少喝这样的饮料。”这个细节，让卢股长逢人就讲，这个兵真懂事啊!

2006年9月，向南林到佳木斯大学军训。学校组织大学生参观教官内务，学生们无意间在抽屉里发现了向南林夹在歌词本里的一张开支计划表，上面清楚地写着：月工资956元，弟弟学费400元，寄父母100元，资助福利院儿童50元，买书100元，存款250元，日常开销56元。

这张开支计划表从一个人传到另一个人，在场的大学生惭愧了，感动了。

向南林幽默的谈吐、大方的举止、出众的才艺和军人特有的风度，引起了一个女大学生的爱慕。

“向教官，你有女朋友吗?”军训时，这名女大学生悄悄问向南林。

“有啊，看我长得这么年轻吧，早已是当爹的人了!”向南林一本正经地回答。

女大学生将信将疑:“把部队地址告诉我们吧，以后有机会也好去看看嫂子啊。”

“等她来队了，我一定带她来看你们。”

军训结束时，学校准备了欢送仪式，但向南林却悄悄地走了。这名女大学生还是不甘心，到处打听，遇到当兵的就问:“认识向南林吗……”

直到这次首都记者到佳木斯采访，这名女大学生才得知，当时向南林严格按照军训纪律规定，没有把部队地址告诉她。采访中，她反复地说:“嫁人就要嫁向南林这样的人!”

（2008年4月21日1版头条）

与时代同行

——向南林成长启示录

■本报记者　欧世金　孙兆秋　特约记者　杜善国
　特约通讯员　刘建伟

用党的创新理论建连育人，是我军面临的时代课题。

在科学发展观要求下行动，是青年士兵的必然选择。

向南林，沈阳军区某高炮团的一个普通士兵，怀着现代军人的强烈使命感和当代青年的社会责任感，执着学习、践行和传播党的创新理论，忠实履行使命，在本职岗位上做出了突出成绩，充分展示了新一代青年士兵的良好风貌，被誉为"学习实践科学发展观的标兵"、"新一代青年士兵的楷模"。

向南林的成长历程启示我们：党的创新理论是引导青年官兵健康成长的"航标"，是青年官兵走好军旅人生路、忠实履行历史使命的"方向盘"。只要真学、真信、真用，青年士兵就能全面发展。

从"小我"到"大我"——如果说人生是一艘航船，那么党的创新理论就是指引当代青年士兵前行的航标

"出去闯条路吧！"当兵临别时，父亲充满期待的话语，始终在向南林脑海中萦绕。走进军营，他带着一个热血青年的抱负：考军校、当军官，在部队建功立业。谁知，人生不如意事常八九，一个个机遇总是在伸手可及时拐了个弯儿，与他擦肩而过。考军校当军官的梦想破灭，退而求其次考了个士官学校；毕业有望留校，又因院校改革而作罢；两次

提干的机会，突然而来又转瞬即逝……面对一次次挫折，他也曾痛苦、迷惘。

是部队用党的创新理论建连育人的探索，给向南林送来了“清醒剂”。联系自己家庭生活的变迁：弟弟上大学可以申请助学贷款，母亲看病有了医疗保险，家里再也不用交农业税了……向南林得出一个结论，科学发展观的贯彻落实，改变了国家的面貌、改善了人民的生活，也为青年人成长成才搭建了广阔的舞台。

火热的连队生活，同样让向南林感到了浓厚的“校园”氛围。军队的科学发展，为官兵学习成才提供了良好的条件。工作、训练、教育，处处都是课堂，每一个岗位都能成才。战士王东强入伍时文化程度不高，但他当兵期间刻苦学习，退伍回到家乡考上了公务员。向南林在武汉军械士官学校学习时的计算机教员周艳忠，自学成才，被评为“全军十大学习成才标兵”。向南林身边的一批批士官，在操枪弄炮中练就了一身的武艺，训练场上是标兵，回到地方成为“抢手货”。

国家的强盛、军队的发展，让向南林坚定了一个信念：舞台越广阔，越需要人才；只要有才能，到哪里都能成就一番事业。

从“小我”中走出来的向南林，把个人的“成长设计”与军队现代化建设和岗位需要结合起来，坚信不当军官照样有出路，照样能成才。

向南林在和大学生座谈时，曾感慨地说：这几年我经历了这么多的坎坎坷坷，如果仅仅局限在寻找个人出路上，也许我早就坚持不住了。是科学发展观给了我人生的大智慧。如果说人生是一艘航船，那么党的创新理论就是指引当代青年士兵前行的航标！

从“一专多能”到“多专多能”——在为打赢做准备的同时，青年士兵也为个人发展做好了准备

向南林在武汉军械士官学校学习时，被教授高尚华称赞为“指挥仪专业的尖子”。毕业后参加集团军专业技术比武，年纪最轻、资历最浅的他，一举夺魁，成为“一匹黑马”。从那以后，向南林接连6次在军区、集团军和师团组织的专业技术比武中夺得第一。

意外突然降临：部队配发新型雷达，指挥仪被淘汰。向南林产生了从未有过的危机感，好不容易练就的专业技术，一夜之间就派不上用场

了，这不等于砸了饭碗吗？

读书思考、战友交流、领导谈心，向南林的思想观念在“裂变”：军事斗争准备越深入，武器装备更新就越快，这对基层官兵来说，既是挑战也是机遇，淘汰就意味着更新，固守就等于落后，我们在为打赢做准备，也是在为个人的发展做准备。

心态决定成败。新装备没到，向南林就向团长王志恒主动请缨，牵头成立训练攻关小组，为新装备训练编教程、培训操作手。他和厂家、母校频频联系，收集了百余万字的资料。几个月下来，向南林瘦了一圈，但他与战友们一起编写的20多万字的操作教材，制作的6个教学课件，手把手带出来的15名雷达操作手，在实现新型雷达当年形成战斗力中发挥了“酵母”作用，真正实现了“让人才等装备”。

“8年6个岗，岗岗叫得响”，这是战友们对向南林的评价。当兵8年来，向南林干过6个岗位。每次换岗，他都当成学知识、练技能、长本领的难得机会，熟练掌握了全团五分之四装备的性能、操作、保养、维修检测技能，并和战友们一起摸索出一整套部队机动作战保障方法，攻克了多个野战装备保障难题。他被军区评为“装备技术士官优秀人才标兵”、“优秀新装备操作手”。

训练大纲对士官的要求是“一专多能”，而在某高炮团，向南林却创造了新的标准：“多专多能。”

从“追逐新潮”到“有所选择”——时尚五彩缤纷、眼花缭乱，青年士兵理应追求主流时尚

青年人都喜欢追求时尚。有的人热衷穿名牌、买高档化妆品、玩网络游戏，还有的人爱说“火星人语言”、习惯当“月光族”……

向南林也追求时尚。去年夏天，他的女朋友从武汉第一次到部队。有的战友听说他的女朋友是个大学生，又从大都市来到边疆军营，就给他出主意：“要住地方宾馆，在大饭店请客，别让人家小瞧了咱当兵的！”向南林心里却早拿定了主意。接站那天，他跑到营区外的山坡上，摘了一大束娇艳的鲜花去接站。他的女朋友后来说：“那一束鲜花，让我一辈子难忘！虽然住在部队招待所，吃的是连队家常饭，但心里感到格外甜。”

向南林更追求主流时尚。他说，时尚五彩缤纷、眼花缭乱，对一般青年人来说无可厚非，但作为青年士兵，要担当起履行使命的历史重任，就必须追求主流时尚。他说："我们要让社会主义核心价值体系，成为我们社会最大的主流时尚。"

三级士官楚军伟是修理连年龄最大的战士，对学理论劲头不足。连队组织学习时，他总爱说"又是老一套，能不能来点新东西"。向南林与他交流学习心得时说：发展是当今世界进步的潮流，发展也是当代中国的主旋律，科学发展观是马克思主义中国化的最新成果。要说时尚，这是我们党、国家和军队的最大时尚。你不学习不就赶不上潮流了吗？一席话说得楚军伟豁然开朗。此后，他一有时间就找向南林交流学习体会，渐渐成了连队的理论骨干。

向南林在全团士兵中第一个买电脑，但他从不在军网上聊无意义的话题。他的电脑里装满了政治理论、军事训练、装备技术等方面的图文音像资料，仅科学发展观方面的理论文章就有200多篇。

一位将军调查了解向南林的事迹后，深情地说："像向南林这样的'80后'士兵，让我们老一辈放心！"

从"顾自己"到"帮别人"——军人与高尚为伍，每个青年士兵都应该是一张"道德名片"

团里开展以感谢组织、感谢连队、感谢父母为主题的"三感"教育，方案下到连队后，修理连官兵又加了"一感"：感谢向南林！他用行动教会了我们怎样立身做人，怎样过高尚的生活。

向南林连续3年每个月都将50元钱送到佳木斯福利院，资助失去双亲的小女孩王佳。有人对他的这种举动不理解，说："你本身经济条件也不好，这样做有必要吗？你这点钱能起多大作用呢？"向南林回答说："有多大力就出多大力，能帮多少就帮多少。"

他在一篇笔记中写道：我们国家正在建设社会主义和谐社会，社会要和谐，每个人都需要互相帮助。我们青年士兵要按胡主席要求那样争当"四个新一代"，就不能只顾自己，还要"帮别人"，与高尚为伍，每个士兵都应该是一张"道德名片"。

2006年夏天，向南林的同班战友姜宝成家乡遭遇大旱，庄稼面临绝收。家里打井抗旱急需用钱，小姜一时拿不出，整天闷闷不乐。向南林深知，保住秧苗对农民意味着什么。他很快以姜宝成的名义，把4000元钱寄给了小姜父母。当时他的积蓄不够，只得从战友那里借了1000元。得知实情后，姜宝成的父母一定要认向南林做干儿子。秋收后，他们还特意给连队寄来一袋大米，感谢部队培养了这么好的兵。

一次冬训时，向南林听说房东秦大爷的儿子遇车祸身亡，孙子交不起学费，当即掏出身上仅有的218元钱，塞到秦大爷手中："这钱您先拿着，不够咱们再想办法，怎么也不能耽误孩子上学呀!"

一位专家在解读向南林时说："向南林的一举一动，像黑夜里的点点星光，为自己照亮了行程，也让夜行的人看到了希望！他在践行民族美德、社会公德、军人道德方面树立了榜样，他让我们看到了一个'80后'的活雷锋!"

从"会来事"到"干实事"——希望之花需要汗水浇灌，青年士兵必须一步一个脚印迈向自己的目标

刚当兵时，向南林每天天还没亮，就提前起床抢扫帚，打扫连队卫生区。越是有领导在的时候，他的腿脚越勤快。为的是让领导"发现"自己，多得表扬。

指导员曹树林推心置腹地对他说："我当新兵时也像你现在这样，很上进、有激情，这些都是当个好兵的前提，但一个士兵要真正发展顺利、走得很远，就要防止和克服浮躁心态。希望之花需要汗水浇灌，青年士兵必须一步一个脚印迈向自己的目标。"

这番话让向南林的心静下来了，脚步迈得扎实了。

一年盛夏，团队野外驻训。白天，向南林参加训练；夜晚，他挑灯夜战读书学习。帐篷里气温高达30℃，待一会儿就汗流浃背；数不清的蚊虫叮咬，叮得他满身是包。驻训一个半月，他用掉了40多根蜡烛和10多瓶风油精，编写出的《科学发展观基层读》小册子，成为全团官兵学习科学发展观的辅导教材。

在士官学校上学期间，向南林为了弥补自己的"知识差"，给自己制订了"魔鬼学习计划"：白天听课、看挂图、记数据，晚上学习新知识、默画电路图。困了就嚼口红辣椒，提提神儿。两年下来，向南林硬

是啃下了《电工原理》、《机械工程学》等20多本书籍，记下了20多万字的学习笔记。

从“会来事”到“干实事”，向南林走上了“可持续发展”的坦途。当兵第一年，他成为全营同年度兵中第一个“全能炮手”；当军械员时，他天天一身油污刻苦训练，夺得全旅军械员比武第二名；当指挥仪修理技师，向南林把大大小小的零部件玩得溜溜转，在集团军修理专业比武中取得第一名；改任雷达修理技师后，他带领全班参加军区雷达修理专业比武获4个单项和团体第一名。

善于自主学习是向南林踏实做事的一个主要特点。他自学法律知识，帮助官兵解决涉法问题20余起；他是国家二级篮球裁判，先后执裁军地大型比赛40多场；他擅长书法，多幅作品在全国性大赛中获奖；他还是文艺骨干，当导演，做主持，会多种乐器，自编自演的节目《当兵的哥们儿》在总装党代会文艺演出中获二等奖。

从敢说话到说有用的话——促进和实现官兵的全面发展，青年士兵既要有个性更要讲理性

在新兵连第一次班务会上，向南林第一个站起来自我介绍：“我叫向南林，擅长书法和唱歌……”向南林的自我介绍，让战友们觉得这个兵有个性、敢说话、很直爽。

部队尊重官兵的主体地位和创造精神，鼓励战士对团队建设大胆提意见建议，向南林每次都带头发言。他提出湿毛巾叠成豆腐块虽然整齐好看，但是会产生馊味，建议改掉老规矩；他提出外出两小时假太短，坐公交车来不及，常常不得不打车，让战士花钱太多……

可贵的是，向南林提意见从来不是乱发牢骚，咋咋呼呼，总是言之在理。所以，常常能得到领导的支持和肯定。“以人为本”思想的深入人心，让向南林这一代士兵的个性得到了充分的保护和鼓励。

“有人负责我服从，没人负责我负责。”向南林的这句话，表现出一种主人翁责任感，让各级领导非常欣赏。“我们当兵时，见了连长连话都不敢说，向南林他们这一代多阳光啊！”团长王志恒说。

在连队组织的科学发展观学习交流会上，向南林谈了自己的感受：是改革开放的时代，给了我们开放的心态，现在的青年士兵有个性、敢

说话、民主意识强，这是连队建设的宝贵财富。但是，有个性不是由着性子来，敢说话不是发牢骚，民主意识强不是处处为个人私利争高低。促进和实现官兵的全面发展，青年士兵既要有个性更要讲理性。

今年3月，向南林作为全国人大代表出席十一届全国人大一次会议。为了反映基层官兵的心声，他在会前做了大量调研工作。在分组讨论时，向南林作了精彩发言。他围绕士官的培养、选拔、使用、婚恋和“第二次就业”等问题，发表自己的意见，视野开阔，事例翔实，有分析有对策，受到其他代表的赞同，引起军委领导的关注。

一个在党的创新理论哺育下全面发展、健康成长的士兵，给人们留下了深深的印象。

（2008年4月22日1版头条）

西部，一个士兵的葬礼

■本报记者　乔林生　欧世金

3月10日，我们在穿越塔克拉玛干大沙漠途中遇到了一支送葬的队伍，是风尘中扑面而来的花圈和低回的哀乐拦住了我们行进的脚步。这个地方叫叶城，离乌鲁木齐大约1800公里。

护送的战友们异常悲痛，遗像上是一张年轻的有点稚气却又十分可爱的脸庞，那两只黑黑的眼睛注视着前方。后来我们才知道，他叫陈才君，只有3个多月的军旅生涯，年仅19岁。

3天前，陈才君所在的排进行双杠二练习训练。他上杠做直臂摆浪时，对班长王林说“我有点头晕”，班长便让他下杠。他的两脚刚着地，突然瘫软，战友们手疾眼快地将他抱住。只见小陈口吐白沫，眼睛翻白，舌头发白，昏迷不醒。之后，医护人员尽了全力抢救，但边疆地区的突发病“心脑缺氧综合症”还是夺走了他年轻的生命。人在高原，经常会遇到这样那样的危险。

载着陈才君遗体的灵车驶进了荒漠中的一座烈士陵园。这里掩埋着30多位烈士和250多位因公牺牲的官兵。这时是上午11时，南疆的太阳刚刚升起不久，南疆军区阿里军分区留守处侯政委宣布：陈才君遗体告别仪式开始。神情凝重的数百名官兵依次从陈才君的遗体前走过，和他作最后的诀别，每个人都在流泪。

陈才君的排长张洪兴泪如雨下，痛哭失声。张排长不能不哭，因为陈才君是他喜爱的一个兵。

去年12月3日，四川籍新兵到达叶城。张排长得知有个新兵的父母离异，立即召来问话。第一次相见的他们有这样一段谈话：

“你知不知道你到什么地方当兵来了？”

“知道，我要到西藏阿里当兵，是边防军人。”

“你了解不了解阿里?”

“阿里是党的好干部孔繁森工作过的地方。”

“除此之外，你还知道些什么?”

“阿里是雪域高原，是世界屋脊，条件艰苦，气候恶劣。”

“你怕不怕?”

“不怕。我们家的好男人都当过兵，当兵就要到最艰苦的地方去，越艰苦越能磨炼人。”

短短一席话，令张排长对这位全排个头最小的新兵刮目相看。他立即站起来拉着陈才君的手说：“走，我带你去军人服务社打个电话，给家里报个平安。”电话通了，听见陈才君高兴地和母亲通话，张排长暗暗下定决心：我一定要带好这个兵。

面对艰苦的训练，张排长总是担心陈才君小小的个子能不能顶得住。陈才君回答张排长最多的一句话就是“我不累!”各项训练科目考核，他项项都能过关。

新兵训练结束后，一部分人要上山守卡。有的新兵害怕上阿里高原，陈才君找到张排长，急切地说：“排长，我不怕。我要上山，去骑马巡逻，去站岗放哨，做一个真正的边防战士。”他知道张排长是山上派下来的，经常问长问短，还在日记中写下“我一定要上阿里高原守边防”的豪言壮语。然而，陈才君壮志未酬身先去，怎能不叫张排长肝肠寸断。

战友们忘不了，在陈才君和大家相处的日子里，他给大家带来许多的欢乐和笑声。每当训练间隙，只要班排长一句话，陈才君不是为大家跳一段热情奔放的霹雳舞，就是唱一首优美动听的通俗歌曲，大大方方，从不忸忸怩怩。今年春节，部队举办联欢晚会，要每个班出一个反映新兵生活的节目。陈才君领受任务后，反复地听军旅歌曲，寻找感觉，最后编排了一个集体舞《新兵一日》，并带着全班新兵加班加点排练。这个节目彩排时是最好的，遗憾的是正式演出那天，他们刚演了2/3，别人以为已经演完就将大幕拉上了。即使这样，这个节目还是获得了二等奖。

陈才君平时并不多言。新战士李祖宴的脚腕扭了，他轻轻地走来，不顾自己一天训练的劳累，帮战友推拿按摩，解除了病痛。新战士王合兵练投弹时拉伤胳膊，他又轻轻地走来，不厌其烦地为其治疗……战友们都说，陈才君是一个充满爱心和上进心的人。他帮班里所有战友整理过内务，打过洗脸水，无论是他自己值日还是别人值日。连里、排里组织的义务劳动，他也总是走在前头。新战士曾志亮从别处调来，人生地不熟，陈才君主动找到他，轻轻地说："你一个人谁也不认识，你要谈心就找我吧！"后来，他俩成了无话不说的好朋友。

同班新战士韩冬永远忘不了，去年12月8日，全排战友为他过的那个生日。陈才君既做主持又表演节目，充满感情地演唱《生日快乐》，那动人的歌词韩冬仍然记得："你的生日让我想起很久以前的朋友，那是一个寒冷的冬天，他流浪在街头……"

心灵手巧的陈才君还用装蛋糕的盒子为韩冬做了一顶礼帽戴在头上，并用纸叠了两只变形玩具赠给他，上面写着："祝韩冬生日快乐！""祝你在军营中生活快乐！"那歌声和礼物，使韩冬觉得部队生活是那样丰富多彩，战友的情谊是那样纯洁美好。

望着陈才君安详的面容，韩冬在心里默默和他告别："才君，你安息吧，你虽然离开了我们，但我们将永远怀念你。我会带着你赠给我的礼物上高原，实现你没有来得及实现的梦想。"

葬礼上有两位女性——陈才君的母亲陈春芳和小姨陈桂英，令人同情。她们辗转几千公里从四川老家赶到叶城。她们以为君君只是部队电报上说的"病重"，带来了他爱吃的香肠、米花糖等食品。然而，离开她们仅仅3个多月的君君已长眠不醒。陈妈妈目不转睛地盯着儿子的脸庞看着，没有眼泪，没有悲伤。这真是一位非同寻常的母亲，一位坚强的母亲。下葬时，陈妈妈一边从口袋里一把接一把掏出大米朝墓穴里扔去，一边不停地说着"绝情"实际是充满深情的话，令在场的人悲痛不已。

她的儿子是多么好的一个儿子啊！离异后的日子，她的心情一直不好，什么家务活都不愿干。小君君不到10岁就担负起了一天做3顿饭的任务。天长日久，连亲戚朋友都说君君炒的菜就是好吃。9年多时间，无论天阴天晴，无论刮风下雨，君君每天中午、晚上都要给在镇上做事的妈妈送饭送菜，从没有耽误过一顿。

君君不愿意让别人提起爸爸妈妈离婚的事，有时陈春芳痛恨地数落前夫的种种不是时，君君总是说："妈妈，那是你们大人之间的事，别对我说，好吗？""妈妈，爸爸已经组成了新的家庭，过去的事已经过去了，我们不要再恨他，好吗？"每次去看奶奶和爸爸的时候，儿子总是跟她要点钱，买点吃的东西。他说："奶奶这么大年纪了，我怎么好意思空着手去看她呢？"入伍走时，他去和奶奶和爸爸告别，他又怕母亲知道后生气，再三叮嘱小姨："千万别告诉我妈妈。"

到部队之后，君君心里最牵挂的还是妈妈。他先后给镇长及很多叔叔阿姨写信，要他们帮助他照顾妈妈。今年春节，他总共领了120元津贴费，就给妈妈寄回家100元。2月14日，他又给家里写了最后一封信：

亲爱的妈妈：

这已是第3封信了吧！我前天才收到您的来信。近来家中一切都好吧。听说您把租的房子退了，在铺子里干活习不习惯？怕不怕？现在没人做饭给您吃，只有靠您自己了，在这里我要真心地对您说句："对不起！"

妈妈，过年的时候我没有给您打电话回来，不会生气吧？说句实在话，我到电话亭去过几次，拿起电话又让给了别人。因为我想，不光是我一个人想家，而是所有的边防战士都很想家。再者，也因为怕过年那天打电话回家，引起你们心情不愉快。妈，请放心，我对部队已经适应了。班长对我很好，战友们都很有同情心。每天的训练强度加大了，但我能挺得过去。

祝身体健康，欢乐与您相伴！

儿：陈才君

2000年2月14日

陈妈妈在坟前和儿子诀别："君君，你出生在'八一'建军节那天，你从小就喜欢部队，你选择了当兵，妈妈不埋怨你。你也不要担心妈妈，妈妈会很好地生活下去。这个陵园里埋的都是你的战友，你就和他们在一起吧……"

战友们在陈才君的坟头插上一块木牌，木牌上写着："陈才君，男，1981年8月1日出生，初中文化程度，团员，四川成都市龙泉驿区人，1999年12月入伍，系新疆军区阿里军分区新兵二连二排六班战士，于2000年3月6日18时50分病故。"

（2000年4月18日3版头条，获中国新闻奖二等奖）

闪耀时代光彩的好军嫂——王惠萍

■曹晓明　魏　国　本报记者　欧世金　周　奔

王惠萍去世虽然已经7个多月了，但前来悼念的人仍然络绎不绝。在她已长出青草的坟头，常常摆满鲜花。

王惠萍是济南军区某训练基地教员、国防大学在读博士研究生辛锡禄的妻子，去世后被济南军区官兵称为“新时期的好军嫂”。一位普通军嫂，为什么会受到这么多人的崇敬？

“我嫁给你，就嫁给了你的事业”

1994年5月，26岁的山东省潍坊市姑娘王惠萍不要金不戴银，自选了一个10多元钱的铜戒指，高高兴兴地与从农村入伍的大学生排长辛锡禄成了亲。结婚前一天，辛锡禄忍不住问王惠萍：“我长相平平，个头不如你高，家境也没你好，明知跟着我受罪，还死心塌地嫁给我，图个啥？”王惠萍笑着回答：“我嫁给你，就图你是个有理想有知识的军人。”辛锡禄明白她的心思后，打心眼里更爱她了。

婚后一段时间，王惠萍从丈夫的来信中，觉察到他谈学习求知少了，讲居家过日子多了，便请假驱车赶到军营，劝说已是军校本科毕业生的丈夫：学习不能停步，要报考研究生。辛锡禄参加研究生入学考试前，王惠萍为了让他专心复习，在医院生小孩难产，也没让他知道。

1998年，辛锡禄从石家庄装甲兵指挥学院毕业获得硕士学位，被分配到军区坦克训练基地当教员，成为本单位学历最高的干部。

“该歇歇了！”辛锡禄的一声叹息，引来了王惠萍的责怪：“安于现状，放松学习，将来肯定要被淘汰。”不久，王惠萍从潍坊市随军到济南，俩人订下了学习竞赛“条约”：王惠萍力争在2001年拿到自学考试本科文凭，辛锡禄力争考上博士研究生。

一次，辛锡禄一个要好的战友结婚，邀请他去喝喜酒。王惠萍知道后劝道：“若是平时应该去，但你现在正准备应考，这场酒还是算了吧；随个份子，解释一下，战友能理解。”面对“严妻”，辛锡禄点头应允。

去年9月，辛锡禄考取国防大学攻读军队指挥专业博士学位。拿到录取通知书，辛锡禄充满感激地对王惠萍说：“我能有今天多亏了你。”王惠萍深情地回答：“我嫁给你，就嫁给了你的事业。”

“你事业有成，才是对我最好的爱”

王惠萍随军后，一时没有安置工作。为了贴补家用，她到饭店端过盘子，摆地摊卖过菜，干过推销员，还当过钟点工。虽然很忙，但王惠萍依然坚持给自己“充电”。随军前，王惠萍以优异成绩完成了山东大学法律专业大专课程的函授学习。随军后不久，她就报考了全国成人高考本科课程的学习。成人高考学习期间，有时每周有几个晚上要听辅导课。辛锡禄因工作忙下班后回不了家，她就把孩子带到课堂上。看到王惠萍一手抱着孩子，一手拿着书本，老师和同学都深受感动。

为了改变家庭经济状况，给辛锡禄创造一个良好的生活环境，王惠萍利用自己所掌握的园林知识，尝试着承包园林绿化工程。由于经验不足，当年就赔了2万多元。部队领导得知后，主动把营区的一块草坪承包给她，鼓励她大胆创业。

创业初期，为了节省经费，王惠萍曾一个人养护过上万平方米的草坪，一天挖过10几个一米多深的树坑。去年春天的一个下午，王惠萍到30多公里外的农村去买草苫子。装完车已近傍晚，天又下起了小雨。王惠萍怕草苫子掉下来，她就骑着摩托车跟在飞奔的汽车后面。回到工地，工人们已下班回家，她就一个人卸车。干完活，她成了个泥人。一次，她发现有的工人没有把石头挖出来就直接种上了草，便要求全部返工，并亲自动手做示范：用筛子把石头筛出来，再垫进细土。

由于过度劳累，王惠萍回家后常常累得直不起腰来。可是当辛锡禄要放下手中的书本帮她干家务时，她却说啥也不让。她对辛锡禄说：“你事业有成，才是对我最好的爱。”

几年来，王惠萍承包了3项园林工程，总面积3万多平方米，收入达10多万元。王惠萍成了能挣钱的“女老板”后，仍然一如既往地支持辛锡禄的工作学习。看到辛锡禄英语基础差，她就每天把难懂的英语单词注上音标，写在卡片上，让辛锡禄带在身上以便随时记背。看到辛锡禄英语口语能力弱，她先后到山东大学、济南大学给辛锡禄请来两位家教补习。

在王惠萍的关心、支持下，辛锡禄先后发表学术论文80多篇，出版了两部120多万字的学术专著，获得全军教学成果一、二等奖3项，两次荣立三等功。

“为了我们共同的事业，我吃点苦值得”

1999年11月，王惠萍被查出患有早期乳腺癌。她手术出院不久，总参兵种部让辛锡禄到北京参加一个军事课题研究。想到妻子大病初愈，需要照顾，辛锡禄想请假。王惠萍知道后说：“我帮不了你，也决不拖累你。这样的学习机会你千万不能错过。”辛锡禄一去就是4个多月。一次通电话，辛锡禄心疼地说：“我离家这么久，让你受苦了。”王惠萍说：“为了我们共同的事业，我吃点苦值得。”

2001年4月的一天，正值辛锡禄为考博士研究生复习备考期间，王惠萍突然晕倒在园林工地上，医院确诊为肺癌晚期。王惠萍想到，如果辛锡禄知道了实情，他肯定会放弃参加考试来照顾自己。为了不让辛锡禄分心，她决定隐瞒自己的病情。王惠萍不仅没有住院，还把病历和药悄悄藏起来，白天坚持上工地，晚上照样陪丈夫复习备考。辛锡禄从一些细微处感到妻子有些异常，几次要带她去医院检查。她总是说：“我的身体我知道，就是干活累了点，休息休息就好了。”

去年“十一”，辛锡禄向学校请假回济南看望家人。王惠萍强打精神，像正常人一样陪他散步、看书、看电视。辛锡禄返校时，头晕目眩的王惠萍还是坚持把他送到火车站。辛锡禄走后，王惠萍想到自己支撑不了多长时间，为自己处理后事肯定会影响辛锡禄的学习，便回到老家潍坊市进行“临终治疗”，并把后事交待给了娘家人。

医院下了病危通知书后，家人几次要打电话告诉辛锡禄，都让王惠萍挡住了。她苦苦哀求：“不能让锡禄知道，他回来既耽误学习，又起不了作用。”

10月20日，处于弥留之际的王惠萍断断续续地说：“请转告锡禄，他虽然小有成绩，但需要学习的东西还很多，千万松劲不得。所有书的目录，我为他整理好了，放在床头柜的第三个抽屉里了……你们要帮锡禄再找个合适的伴侣，照顾好他和孩子……”在场的人听了，都感动得流了泪。

大哥不忍心妹妹去世前见不上丈夫一面，背着王惠萍给辛锡禄打了电话。当辛锡禄第二天赶到医院时，王惠萍已经说不出话了。她在辛锡禄怀里微笑着离开了这个美好的世界。

哀思绵绵，人们呼唤着一个闪耀着时代光彩的好军嫂的名字——王惠萍！

短评

感人至深催人奋进

王惠萍爱军报国，无私奉献，倾尽心血支持丈夫学习成才，把自己的生命融入丈夫事业中的事迹，感人至深，催人奋进。

她高尚的道德情操和精神境界，不仅体现出中华民族的传统美德，而且闪耀着时代的光彩。她不愧是新时期的模范军嫂，她的生命虽然短暂，但她的精神永存。

王惠萍不仅给千千万万的军嫂做出了榜样，也给广大官兵树立了一个学习奋进的楷模。她的感人事迹将激励广大指战员们深入学习实践江总书记“三个代表”重要思想，树立正确的事业观、利益观、家庭观和道德观，为推进部队现代化建设和军地两个文明建设贡献力量。

时代造就了王惠萍这样的好军嫂，时代需要更多具有王惠萍这种精神的人。王惠萍的事迹对我们每个官兵来说，无疑都是一本生动的人生教科书。我们学习王惠萍，就要像她那样，勇立时代潮头，振奋精神，锐意进取，在自己平凡的岗位上，为国家强盛、民族复兴、军队现代化建设做出新的贡献。

（2002年6月22日1版头条）

一对在边陲建功的大校夫妇

■李　翔　本报记者　欧世金

★阎洪法是党的十四大代表，其妻龚慧云是九届全国人大代表。阎洪法、龚慧云夫妇均是普通军医，在新疆伊犁边防戍边30多年，现分别担任解放军第十一医院脑外科、内一科主任，都佩戴大校军衔、享受国家特殊津贴待遇。

30年间，这对平凡的夫妇有着不平凡的经历。

1970年1月，阎洪法主动舍弃在乌鲁木齐大医院工作的优越条件，携新婚才3天的妻子龚慧云，到伊犁边防一片不毛之地上参与筹建一所战地医院。他们住的是“泥巴房”，烧的是“地火龙”，喝的是“苦涩水”，一年四季吃不上新鲜蔬菜，连油盐酱醋等生活必需品也要到几十公里外去买。

条件的艰苦，动摇不了他们对事业的执着追求。一次，阎洪法接受了抢救一位颅脑重伤的战士的任务，那战士在爆破作业中被飞石击中头部，颅骨开裂，脑组织外露，呼吸微弱，生命危急。他知道，这样的伤情只有立即实施手术，才有挽回生命的可能。但这里是海拔3000多米的雪山高原，空气中氧气稀薄，医疗设备简陋，实施手术风险很大。然而，如果把伤员送下山手术，山高路远，生还的希望更小。怎么办？阎洪法果断决定：“立即手术！”他用救护车代替手术台，用手电代替无影灯，大胆、审慎地在伤员头部划下第一刀。

18个小时后传出了振奋人心的消息：“手术成功了！”守卫在风雪高原的边防战士激动地奔走相告。喜讯传到北京，全军神经外科创始人、军事医学科学院院长涂通今教授拍案叫好，称赞阎洪法是我国第一个把开颅手术带到海拔3000米以上高原的人。

从此，阎洪法在脑颅手术和治疗癫痫病的道路上取得了一连串的辉煌成就。20世纪80年代初，我国开展一项新技术——脑立体定向术，对治疗癫痫有较好的效果。此项手术需要200毫安大功率X线机和灵敏度较高的进口造影剂等高档设施。而阎洪法的手术室里只有一台30毫安X线机和用于血管造影的国产造影剂。他走访专家，查阅资料，进行动物试验，模拟手术，年复一年地刻苦研究，终于摸索出用小功率X线机和国产造影剂等设备治疗癫痫的成功方法。至今，阎洪法共作脑颅手术5000多例，成功率在90%以上；动用立体定向术治疗癫痫1000多例，有效率达93.6%，曾一度达到国内领先水平。他共获得军队科技进步奖48次。

龚慧云在事业上也当仁不让。1984年2月，双眼高度近视的龚慧云为赶着给将要退伍的战士做胃镜检查，受到强光刺激，加上劳累过度，右眼突发“视网膜剥离”。送到乌鲁木齐时，已错过了最佳手术期，虽然全国著名的眼科专家潘桂芬亲手为她做了手术，但已回天无术。她右眼失明了，剩下的左眼视力也达不到正常视力的一半。冷静深思后的龚慧云说：“与双目失明的人比，我还有一只眼睛；与残疾的人比，我还有完好的大脑和四肢；与癌症患者比，我还有健康的身体。”她克服了常人难以想象的困难，靠一只眼睛取得了19项军队科技进步奖，还被评为全军巾帼建功立业先进个人。

阎洪法、龚慧云夫妇不仅医术精湛，而且把满腔热忱都献给了边防军民。哈萨克族牧民卡德尔赛马时摔成重型脑损伤，在医院昏迷了106天，经过阎洪法和同事们多次抢救和精心治疗才转危为安。他刚醒来，阎洪法便送去吃的穿的，还帮助购买日常用品。卡德尔家里经济困难，阎洪法又组织大家捐钱捐物帮助他，出院时还亲自买好车票，用自行车推着送他去长途汽车站，感动得这位牧民直流眼泪。

龚慧云也深受少数民族群众的信赖。1994年10月，哈萨克族乡干部哈英别克骑马从马背上摔下来，造成重度昏迷，等家人送到十一医院时，他已不省人事。当时脑外科不仅无空床，而且医生都在手术台上。龚慧云见状，冒着风险把哈英别克安排在自己的科，经过她和全科同志半年多的精心救治，哈英别克奇迹般地活过来了。从那以后，几乎与龚慧云同龄的哈英别克一直喊龚慧云“妈妈”。他说，我们哈萨克族有这个习惯，你给了我第二次生命，就是我的再生父母，你年龄再轻，我也得这样叫。

由于阎洪法、龚慧云夫妇把病人当亲人，当地军民深深地爱着他们。边防战士退伍时，总要赶到医院与他们告别，向他们献最后一个军礼；一些哈萨克族群众翻山越岭来求他们治病，遇到他们外出，宁愿住露天啃干馕也要等他们回来。

阎洪法、龚慧云夫妇的名声大了，北京、上海、西安等大城市的医院都愿以优厚待遇聘请他们，但都被一次次婉言谢绝。当年，他们风华正茂主动到“最艰苦的地方”，如今，两鬓斑白还甘愿留在“最艰苦的地方”。新疆军区司令员李良辉、政委周永顺夸赞他们：“一对夫妻兵，两个奉献人。”

（1998年12月4日5版头条）

冰峰雪莲

——记模范共产党员吴登云

■本报记者　欧世金

雪莲，笑傲于雪山之巅、岩石缝中。新疆各族人民把它看成质朴、坚贞、圣洁的象征。

吴登云，共产党员、新疆维吾尔自治区乌恰县人民医院院长。高原的风雪在他身上留下深深的烙印：头发稀疏，背已微驼，皮肤黝黑而粗糙。如果不听介绍，还真会把他当成当地柯尔克孜族牧民呢。

吴登云以实际行动实践我党全心全意为人民服务的宗旨，扎根祖国最西端的帕米尔高原36年，把青春和热血无私地奉献给了边疆各族人民，被当地人亲切地喻为冰山上的一朵雪莲花。

热血凝聚民族情

今年5月15日，柯尔克孜族牧民买买提明，骑马翻山越岭赶到乌恰县城，领着儿孙三代向吴登云表达感激之情，了却他20多年的心愿……

1971年12月1日，买买提明两岁的儿子扎合达西，在家玩耍时爬进火堆，被严重烧伤。心急如焚的买买提明怀抱儿子骑着骆驼，在风雪中颠簸两天多赶到县人民医院。经检查，孩子烧伤重达三度，全身50%的皮肤被烧焦，一直处于昏迷状态。面对小生命，吴登云全身心地投入了抢救。10多天后，孩子度过了休克关、感染关，最后就要闯创面愈合的难关了。但孩子的完好皮肤有限，自体移植如同杯水车薪。吴登云用鸡皮试验又告失败，他把植皮的希望寄托在孩子父亲身上。没料到，对现代医学一无所知的买买提明，顿时露出惊恐万状的神色："要割我身上的肉，不等于要我的命吗？"他吓得连连摇头。

吴登云没有别的选择，只有移植自己的皮肤。"什么？割你的皮肤？你疯啦？"在场的几个医务人员因为心痛都不同他配合。吴登云恳切地说："柯尔克孜族群众是我们的兄弟姐妹，我不能为他们治病疗伤，那我来边疆干什么？"

吴登云自己动手了。消毒麻醉之后，他忍着剧痛，毅然在自己腿上下刀。皮肤割去的地方，立即现出渗着殷殷血丝的嫩肉。一块，又一块，左腿上的皮肤割完了又割右腿上的，双腿4处整整割去13块皮肤……

扎合达西今年已30岁了。他掀起衣服露出大面积的伤疤让来访者看。买买提明一边摸摸儿子腰腹间紫黑色疤痕，一边摸摸吴登云割去皮肤后留下的"印记"，泪水在眼眶里打转，半天说不出话来。

与各族群众血肉相连，生死与共，是吴登云30多年孜孜以求的理想。

摆在我们面前的是一份"吴登云义务献血花名册"。一长串名单背后隐藏着一个个催人泪下的故事。

1966年严冬，吴登云到乌恰的第三年。一位患功能性子宫出血的柯尔克孜族妇女，因严重贫血无法实施手术。那时，大山里连简单的医疗设备都不齐全，哪来血库？那些父老乡亲对一根管子插在胳臂上输血更是闻所未闻。吴登云想到了白求恩：一个外国人都能毫不利己地给中国人输血，我为啥不能把血输给同胞姐妹？在其他医护人员的帮助下，吴登云这位南国汉族兄弟的300毫升热血，流进了高原少数民族妇女的血管。

从那时起，吴登云为病人输血从未间断。30多年来，他无偿献血30多次，共计7000多毫升，相当于一个成年人全身血液的总量。

在吴登云的影响下，他的儿子、儿媳、女儿都曾为危重病人献过血，其中在医院工作的女儿吴燕生前献过4次血。

滴滴热血，凝结着对少数民族群众的多少深情！

哪里艰苦哪安家

乌恰雄跨帕米尔高原腹地，是祖国境内日落最迟的地方。这里冰山连绵，高寒缺氧，风多雪大，自然环境恶劣。36年前，23岁的吴登云从江苏扬州医学专科学校毕业后，响应党的“哪里需要哪里去，哪里艰苦哪安家”的号召，告别慈爱的双亲和山清水秀的苏南故乡来到高原。那时，他吃不惯牛羊肉，睡不惯牧民毡房，强烈的紫外线照得他脸脱皮，骑马巡诊时腿胯被马鞍颠烂，梦里全是亲人和故乡的影子。

当地勤劳善良的柯尔克孜族群众的真诚却深深感动着他。他们将舍不得吃的细粮留给他吃，宁愿自己受冻也要把被褥让给他盖。每当他巡诊离开毡房时，牧民群众把喂得饱饱的马牵到他跟前，恭敬地扶他上马背，一家老小冒着风雪送他一程又一程。

“冲着这份信任和爱心，我也要在这里好好干！”吴登云渐渐喜欢上了这块土地，依恋上了这里朴实的各族人民。

从20世纪60年代初到80年代末，吴登云每年都有三四个月时间在基层走村串户，巡回医疗。乌恰山高路险，地广人稀，往往巡诊一户人家或治疗一个病人，就要爬山蹚河走几天，饿了啃干馕、渴了吃雪团，遭遇寒流、雪崩、洪水等险情也是常事儿。在雪山上迷路，摔下马背受伤，他一次次死里逃生。春去冬来，他的足迹踏遍乌恰的山山水水。

多年来，吴登云养成了这样的习惯：晚上睡觉前，必须到医院查一遍病房，否则就睡不安稳，无论什么时候，只要病人需要，他随叫随到。看到群众因缺医少药经受病痛之苦，他发誓一定要成为一名手到病除的好医生。他养过4条狗，曾一遍遍地在狗身上做各种试验手术；为了满足病患者的需要，他从外科到妇产科再到五官科，什么医疗技术都自学。他说：高原艰苦不能躺着叫苦，奋斗创业才是共产党人的本色。经过多年刻苦钻研，吴登云终于把自己磨炼成了适应基层工作需要的多面手。

1984年秋季，吴登云走上了乌恰县人民医院院长岗位。人才严重缺乏是医院当时最大的困难，他决心培养一批土生土长的柯尔克孜族医生。在有关领导和部门的支持下，他到各乡卫生院和州卫生学校挑选苗子。柯尔克孜族医生进修时，他不远千里坐长途汽车去看望，解决他们学习生活中的困难。柯尔克孜族医生做手术、写论文，他手把手地教。10多年来，乌恰县人民医院先后选送26名柯尔克孜族医务人员前往新疆大学、自治区人民医院、石河子医学院等院校进修。现在全院9个科室的正副主任中，少数民族医生有7人，3名副院长中柯尔克孜族就有2

人。许多少数民族医生都能独当一面。如今，乌恰各族危重病患者再不用像过去一样辗转千万里到山外去治病了。

对建设、保卫同一片国土的边防军人，吴登云也格外偏爱。在“西陲第一哨”斯姆哈纳边防连，吴登云与官兵的情谊延续了30多年。现在逢年过节，他还到乌恰县境内几个边防连去慰问官兵。县武装部没有编配医生，官兵头痛脑热去县人民医院治疗，享受多项优待。武装部独立连战士贺亮亮患痔疮，灌肠后，仍解不下大便，吴院长就用手帮他一点点往外抠。

献身高原终不悔

1986年初，强烈地震将乌恰县城夷为平地后不久，吴登云接到弟弟打来的电话:“父病危，千万回家与父亲见一面。”回到万里之遥的家中，望着被胃癌折磨得骨瘦如柴的父亲，吴登云又想起了过世的母亲。那是1969年，吴登云在乌恰最偏远的吉根乡巡回医疗，突然收到母亲去世的消息，顿时泪如雨下，牧民们也围着他默默落泪。一直对母亲怀着愧疚心情的吴登云，如今又看见父亲病成这样不能尽孝，眼泪止不住往下流。

吴登云曾有多次机会调回家乡工作。有一次，家乡高邮县政府给他寄去了调转工作的一切手续，只需他填一张表格就行。那些天，他想了许多：边疆的条件虽然比不上家乡好，但这里同样是祖国的土地，需要一代代人来建设和奉献。

吴登云这次回家只住了两天。他急呀！乌恰地震后，医院的工作全在地震棚、地窝子里进行，病人多，条件差，群众的防病治病工作任务繁重。他对父亲说:“我那边还有成百上千个父老乡亲在等着我呢。”在家的几十个小时里，吴登云悉心陪伴父亲，端水喂药，擦身换洗，晚上紧挨父亲睡在一起，父子俩贴心话一直说到天亮。

数月后，父亲去世的噩耗传来，吴登云含泪写信请儿时的一位同学帮他在父亲墓前栽几棵青松。他说：忠孝不能两全。等我退休了，我要带上一生中获得的所有奖状、奖章和荣誉证书，跪在父母的坟前，痛痛快快地大哭一场，告慰二老在天之灵。

吴登云特别心爱自己的小女儿吴燕，然而不幸的事情发生了。1997

年5月23日，吴燕护送一位病危的柯尔克孜族民警去乌鲁木齐会诊，在返回途中遇车祸因公牺牲。

吴登云闻讯后，心如刀绞。他想起吴燕就悲痛欲绝：女儿考干后本应进入金融部门工作，是自己的“引导”才使她选择到医院当了一名护士；女儿有两次调往北疆大城市工作的机会，自己总说“边疆建设需要人才，我这个‘老边疆’一家应该带好头”；女儿工作近十年，没有出一点差错，人家都说“吴燕真像他父亲”；女儿28岁就走了，留下一个5岁的儿子……夜幕降临，他独自来到老屋前的一片树林里，双手一遍遍地抚摸一棵沙枣树，那是吴燕小时候最爱爬上爬下的一棵树。

亲手将女儿掩埋后的第二天，吴登云又出现在医院病房里，他投向患者的仍然是亲人般的微笑。他安慰周围的同志说：“我入党时就宣过誓，随时准备为党和人民牺牲一切，现在我只是履行了一个党员的誓言，尽到了一个党员的义务。”

最近，吴登云被新疆维吾尔自治区党委授予“模范共产党员”光荣称号。他在天山南北做事迹报告时总爱说一句表露心迹的话：“如果我还有第二次人生，我还选择帕米尔！还选择乌恰！”

当地群众送给吴登云一副对联：

献血献肉献青春献终身献子孙鞠躬尽瘁三十六载情动千万人
爱党爱国爱群众爱边疆爱高原赤胆忠心一生无悔功昭帕米尔

这，就是他扎根边疆36年的真实写照。

（1999年6月22日5版头条）

毡房里的“白衣圣人”

——柯尔克孜族群众眼里的吴登云

■本报记者　欧世金

乌恰县民间传唱着一首极富柯尔克孜族音乐特色的歌曲《白衣圣人》。歌中唱道：永远热爱人民，从未亏过人心！你是我们生命的保护神，对你，我们感激不尽，愿你这位白衣圣人永远健康长寿！

歌中称颂的“白衣圣人”就是吴登云。

歌曲演唱者是柯尔克孜族著名歌唱家哈力洽·艾沙。1974年，年仅12岁的哈力洽·艾沙进入被周总理誉为帕米尔高原上的“乌兰牧骑”的乌恰县文工团。然而两年后的一天，哈力洽·艾沙扁桃体发炎化脓，高烧咳嗽，被送进了县人民医院。

吴登云安慰她，照顾她，为她做了扁桃体切除手术。病愈后，哈力洽·艾沙的嗓音一点没变，她从心里感谢吴登云。多年来，她有个心愿，就是想用自己的歌声来表达柯尔克孜族人民对吴登云的崇敬之情。她的这一想法与县文工团副团长托乎提乃孜尔一拍即合。吴登云曾为托乎提乃孜尔切除过阑尾，并治好了他的肝病。他俩合作很快写出了歌曲《白衣圣人》，从此，文工团演出到哪里，这首歌就唱到哪里。

在帕米尔高原，对吴登云怀有深厚感情的人何止他们俩。今年5月，中央新闻单位采访团在乌恰采访期间，一批又一批农牧民跋山涉水赶来，一个个动情地讲述吴登云为他们做过的好事，采访者无不热泪盈眶。

医院外科主任吐尔洪，原是乡卫生院的副院长，吴登云发现他是一个有培养前途的医生后，为了把他调到县人民医院，在5年时间里，他做有关领导和部门的工作，不知费了多少口舌。吴登云的真诚终于打动了所有人。吐尔洪1985年调到县人民医院后，先被送到自治区人民医院口腔科进修，后又被送到新疆医学院泌尿科学习。学成归来，他受命组建了乌恰县人民医院口腔科和泌尿科。现在，吐尔洪能做普外科、泌尿科和妇产科的十多种较大手术，成了医院的业务骨干。

在医院西侧的凉亭里，记者随意采访了一位穿黄军装的柯尔克孜族老人。他叫于米西，今年74岁，1978年退休后回到家乡乌恰。提起吴登云，他感慨万千。他说，我们柯尔克孜人祖祖辈辈从来没听说过谁把自己的血献给别人，把自己的肉（皮肤）割给别人。老人竖起大拇指：吴院长是真正的共产党员！

这位老人还谈到一件难忘的事。1985年，乌恰震灾后，县城一片废墟，吴院长搭了一座毡房，作为给农牧民治病的诊室。不久，一场大风把毡房掀翻了。吴院长仿照柯尔克孜族牧民毡房的模样，用水泥、砖块砌了一座"固定毡房"。在医院重建的日子里，他就在这个特殊的"毡房"里给人治病。吴院长常常既当医生，又搞护理，冬天风雪严寒，夏天酷暑难耐，他不知在毡房里度过了多少个不眠之夜。

老人指着身旁的树林、草坪、鲜花说，过去这里全是石头，是吴院长带着大家搬掉石头，拉来泥土，引来泉水，花6年多时间，把这里建成县城环境最美的地方，像公园一样。我每天都到医院来，把呼吸这里的新鲜空气当成不花钱的"疗养"。你说说，吴院长给我们做了这么多不图名利的好事，我们能不感谢他吗？

克孜勒苏柯尔克孜自治州人大常委会主任阿山拜克·吐尔地，回忆了与吴登云交往的两件事。阿山拜克当乌恰县县长时，发现吴登云德才兼备，曾提议让吴登云当常务副县长，吴登云以"我给人治病更适合"为由推辞了。阿山拜克当州长时考虑吴登云在高原工作时间长，年龄大了，应该把他调下山，换个条件好一点的地方，到州卫生局或州医院担任领导。吴登云说，当领导的人选多得很，但在乌恰当院长最适合的就我一个。阿山拜克说，我的职务比吴登云高，但我常把他当一面镜子，做人做事时时对照一下。

（1999年6月23日4版）

我们最心爱的人

——吴登云亲人的心里话

■本报记者　欧世金

在亲人的心目中，吴登云是个什么样子？从他几位亲人的讲述中，我们走进了吴登云的情感世界，也看到了一个共产党员的平凡与伟大。

大儿子吴忠说，在我小时候的印象中，父亲只是个专门给人看病的医生，就如同他成天套在身上的白大褂，留给我的记忆几乎是一片空白。有一件事倒记得很清楚：有一天，我和妹妹玩耍回家，看见父亲痴痴地望着远处土路，眼里竟充满泪水。父亲怎么会哭呢？我们百思不解。后来才知道，有一位柯尔克孜族孕妇，送诊时在马背上颠簸几日，终因流产大出血，死在了崎岖的山路上。父亲是在巡诊途中听说这件事的，但他很伤心，觉得自己是个大夫，没尽到责任。

小儿子吴杨晨说，1992年秋，我正在医院实习，那年我20岁。一天，父亲突然跑来拉我去献血，说是有一位柯尔克孜族妇女产后感染急需输血，并且血型与我相同。献血后，我同父亲开玩笑：你不给我点营养费？正在吃饭的父亲放下饭碗，一本正经地说，现在每100毫升血是60元，你输200毫升血就是120元，这些钱给你，你富不了，可那是一个牧民一两个月的生活费。听了这话，我很感动。

父亲也有让我误会的时候。我哥是在离乌恰县城几十公里的康苏镇结的婚。喝喜酒那天，我爸到康苏医院检查工作，看到了窗户上贴的“喜”字也没进门。我结婚的时候，吸取这个教训，早早给他讲了举办婚礼的日期，他没有给钱，还说：不要请客大吃大喝。那天，亲友都到齐了，左等右等就是不见他的踪影，我感到很委屈，直到婚礼结束后，他才赶来。

为这事，我忍不住问父亲，为什么要这样做？他说，我在这里认识人多，如果我来参加婚礼，有求于我的人就会借机送礼，这个礼是收不得的，我是一个党员干部，不能在生活小节上让群众指指点点。

吴登云的弟弟吴登林说，自从哥哥到新疆后，他30多年只探过4次家，我们兄弟间十年八年才见一次面，我知道他很忙。回到家，印象最深的是他说病人“转院”的事。他说，那边，你没去过，条件很差很苦，尤其是偏远山乡的农牧民，若有个病痛，几十里几百里山路，马驮人抬送到乡上，治疗不了再折腾到县上，轻病也折腾成重病。如果我们县医院再不能解除病痛，再往州上转院，那病人咋受得了？人心都是肉长的，看到这种情形，我心里能不难受，能不着急？哥哥说这话的时候眼睛湿湿的。

哥哥从小就是个非常有爱心的人。上学时，偶尔赶上食堂吃顿白米饭，他自己舍不得吃，捏成饭团拿回家孝敬父母，给我“长身体”。父母在世时，他都定期把赡养费寄过来，从未误过。

我理解哥哥的心。那年母亲去世，他未能赶回来奔丧。事后，他给我写了一封很长很长的信，诉说了对母亲的深深怀念和歉疚。父亲病危时，他赶回来了。哥哥心里清楚，这可能是他最后一次见父亲了。背着父亲，他对我千叮万嘱，说他这一回去，事多事忙，就很可能不能回家送父亲了。他说，如果我赶不回来，你就把父亲的后事处理好，让老人好好上路，说着他就流泪了，捶打着自己的心窝说，等我以后有机会回家，再去坟上看望父亲，看望母亲。我总想，哥哥是把对亲人的爱心，对父母的孝心扩大了，延伸了。

妻子杨晓安说，老吴在家的时间没在医院的时间多。他常说，饭一顿不吃没问题，抢救病人一分钟也不能等。他有时给病人献血后还要主刀做手术，回到家累得连饭都吃不下。病人的困难就是他的困难，给病人钱是经常的事。有次下乡巡诊，见病人家中有困难，他掏出身上所有的钱救济，自己却借钱搭车回家。在牧区抢救病人后，途中进牧民家讨口水喝，见人家贫穷，他就把兜里的100元钱全留下。平时见农牧民患者付医疗费有困难或有的病人经济拮据向他开口，他都会慷慨解囊。一次，我让他上街买菜，他空手回来，把钱送人了。家中吃的用的，他经常拿去送给农牧民。他自己生活上却节俭得要命，一年四季都是那件白大褂，儿子给他买的一双皮鞋，他穿得都裂口了，也舍不得扔。

老吴是一个感情很丰富的人。他常为不能给亲人多做点事而内疚，特别是爱女吴燕走了以后，他常常思女落泪。这些天，记者来采访，他一夜夜睡不着，他说睁眼闭眼都想起女儿。

（1999年6月25日4版）

“海军宝贝”陈光明

■刘亚迅　本报记者　张　弛　欧世金

他是一名舰艇声呐兵，被树为全军爱军精武标兵，当选为全国人大代表；他从一名高中生成长为“士官夜校”校长，被海军两所院校聘为客座教授。

陈光明，东海舰队某驱逐舰支队二级军士长，很多领导提到他，都欣赏地称他是“海军的宝贝”。

电话会诊见功夫

4月上旬，一场联合反潜演练即将举行，舰艇编队准备起航。支队长严正明一上舰，就问:“陈光明来了吗?”

陈光明是133舰的士官，但是舰艇编队出海，支队领导总是让他上指挥舰。为什么？因为他在关键时候常常能起到关键作用。

3艘舰艇组成的编队紧张地搜索着潜艇的踪迹。忽然，542舰报告：“声呐出现故障!”声呐是舰艇的耳朵，捕捉潜艇好像“大海捞针”，而水面舰艇一旦失去了声呐，就成了潜艇的活靶子。

时间一分一秒地过去，故障原因仍未查明。关键时刻，指挥员请陈光明“电话会诊”。

茫茫大海，两舰遥遥相望。故障出在哪里，陈光明看不见摸不着，只能听542舰的声呐班长在电话中讲述。不少官兵看着他，心里都打着问号。

没想到，仅仅通话5分钟，陈光明就判定了原因：问题可能出在一块集成电路板上。542舰声呐班人员迅速拆机器、查线路、换备板。“故障排除，声呐工作正常！”指挥舱里传来喜讯。

陈光明是怎样练就过硬本领的？一句话很难说清楚。只能说，他看过的教材，几乎能背下来，写的研究笔记摞起来比人还高。在海军、舰队组织的雷达声呐、电子侦察“四会”教学专业比武竞赛中，他20多次获得第一名。入伍20多年来，他先后排除重大装备故障100多起，为部队节约经费上千万元。

某研究所新装备海上验收，请陈光明把关。3天海上试验结束，他指出14个问题，提出7条改进意见。专家非常欣赏他，聘请他担任新装备质量监督员。近年来，他先后参与验收科研院所和兄弟部队的11套新装备。

陈光明虽然是个士官，但是常常从指挥员的角度思考问题。每次出海训练，他都会写一份情况报告，详细分析通过声呐捕捉到的各种鱼雷数据。这些数据成为考核组判定潜艇训练成绩的重要依据。潜艇艇长们见到他，常常开玩笑地说：“我们的命运在你手里捏着呢。”

客座教授受称赞

上舰能操作，上台能授课。

2002年6月，陈光明应邀前往蚌埠海军士官学校为雷达、声呐两个专业的学员讲课。一开始只有200多人参加。课还没有结束，能容纳360人的教室就坐得满满当当。本来计划只上两节课，因场场爆满，学校请陈光明连续讲了10天。

在最后一堂课上，学校专门举行仪式，为陈光明颁发“客座教授”证书，邀请他每年定期为学员讲课。他的照片挂进了教学楼。近年来，陈光明先后被海军工程大学等10多家院校、工厂请去讲课。他抓住这个难得的机会“充电”，一边为学员讲课，一边虚心向专家教授请教。先后编写出装备管理、维修方面的6本教材，有的被编入海军装备操作维修规范。

2008年初，陈光明建议办一所“士官夜校”，对所有士官分级分批进行轮训。支队请他担任夜校校长。

陈光明最让人称赞的一项教学成果，是他带领几位高级士官搞出了一套多媒体课件，形成涵盖7个专业近一百个型号装备的教案和教材，总计400课时、500余万字。官兵只需轻点鼠标，根据语音和画面提示，就可以进行模拟训练和故障排除，训练效能大幅提高，还节约了大量的训练资源。

这个支队每个士官在夜校的学习成绩，成为选升高一级士官的重要一票，如果考试成绩不合格，一票否决。近年来，支队取得革新成果30多项，8项获军队科技进步奖，其中60%以上是由士官提出并主持完成的。

支队政委翟永远说："支队有一支能挑大梁的高素质士官队伍，陈光明功不可没。"

人大代表敢直言

1987年，陈光明以17分之差高考落榜。他是怀揣考军校的理想参军的。入伍后，他曾两次被作为提干人选，却未能如愿。他也曾经消沉过，但很快就振作起来。

老父亲突发脑溢血去世时，他正在出海远航。收到父亲去世的电报，身为独子的陈光明把自己关进房间，流着泪给家人写信："忠孝古难全……"近年来，有多家大型企业许以住房、高薪，想聘请陈光明，他说："我是一个兵，要听组织的。"2003年底，有个单位还提前汇来5万元工资想挖他去。想到身为儿子、丈夫、父亲却不能尽孝、尽责，陈光明动心了。而此时，支队正在进行全军装备信息化建设试点，支队军政主官登门挽留他：部队需要你！陈光明不假思索地说："我听组织的！"

陈光明的技术精、人品好，许多战士有心里话、为难事常去向他说。他说话，有时比干部说话还管用。

有个士官花钱大手大脚，向家里要钱买了部高档照相机。不久，父亲生病了，他却没钱给父亲治病。陈光明知道后，用高出市场价的钱买去了他的照相机，让他寄钱给父亲治病。从此，这个士官再也不装阔了。

士官小汪学技术不用功，还发牢骚说："专业好不如关系硬，我想继续留队，学好专业能让我实现愿望吗？"陈光明郑重地告诉他："我从义务兵干到二级军士长，没有送过一分钱，没有请过一顿饭。"小汪后来像变了一个人。

陈光明敢于对错误言行直言，也敢于为基层建设建言。2008年，他作为海军惟一一名士官当选为全国人大代表。近年来，他先后在人代会上提交了《加快推进军人职业化进程》《加快士官驻地化改革》《建议提高因公牺牲军人、烈士抚恤金标准》等议案和建议。今年初，支队政委翟永远上任，第一次找他谈话，他一口气提了11条意见，不少被支队党委采纳。很快，饮用水源受到污染的问题解决了，临时来队家属住房实现了“宾馆化”，每个官兵在岸上都有了衣帽柜……

基层官兵说，陈光明做人做事就像他的名字一样阳光、透明。他的高超技术让大家佩服，他的人生追求也成为青年士兵的楷模。

（2010年12月5日1版头条）

80岁老兵还27年“心债”

——广空原航运团运五中队飞行员朱卜良的一封“还款信”发人深省

马克思已在向我招手，我想做一个尽量少一点缺点、多一点清白的共产党员去见马克思……

——朱卜良

来信摘登

把我“不光彩”的事告诉同志们

团政委同志：

您好！我不知您的姓名，故请司令部的同志将信转交给您，同时把我的“不光彩”的事，请您告诉同志们。

我原是航运团运五中队一名飞行员，1982年停飞转业时，在团修理厂买了一副铅管电视天线，款约20元左右，具体数已记不清。当时为什么不付钱，我也不知为什么。我没主动付款是主要原因，我为什么不主动付款，至今也不知为什么。

当时没离开部队前忙于搬家、联系工作，这都不是理由，到地方后，虽曾多次想到此事，但没有采取如今的行动，认为钱不多，自己离开部队，也就算了。近年来经常回忆起以前的许多往事，其中包括此事，成了我的心事之一，影响着我的睡眠和休息。

我想，20多年前的20元不算多，今天更显得不多，但体现了一个人的品德，其性质是一样的。我80岁了，1989年胃癌开刀后，身体一直不好，现在一身病，马克思已在向我招手，我想做一个尽量少一点缺点、多一点清白的共产党员去见马克思，特此短信，想洗刷我的耻辱，您可把我当反面教材去教育部队。

我想1983年以前的老领导、老同志不多了，我经常想起他们，请您代我向他们问好。

此致

敬礼！

朱卜良

2009年12月8日

荐信人的话

一个好教材

编辑同志：

年前，朱卜良老人的信在广空某场站常委们手中传递，大家深受感动。

事情传开，官兵议论纷纷，有人认为老人觉悟高、人品正，区区20元钱至今耿耿于怀；也有人认为小题大做，芝麻绿豆大的陈年旧事也翻出来……

场站决定将老人的信复印下发各连队，开展大讨论，让官兵读懂老人的真实想法。“做一个尽量少一点缺点、多一点清白的共产党员去见马克思”等真诚话语，让官兵深受教育。

我们感到，这封信是培育当代革命军人核心价值观的一个好教材，请军报加以宣传。

赖智铖、周建华、李少飞

2010年1月15日

编稿感想

清白无价

■欧世金

80岁、27年、20元，这已经不是一串简简单单的数字，它把我们引入一个思索的空间：80岁高龄的一位老兵，要经历多少人生的苦乐与艰辛，当他回首往事时，以什么样的价值标准来评判平生、检视得失？27年的岁月，可以承载人间多少事，这位老兵又为何把区区20元钱当成一笔“心债”，铅一般地背负在心……

我们虽然与朱老素昧平生，但可以料想，当27年前他还在蓝天上飞翔的时候，“我是一个兵”的操守已经在他的血液里奔流。兵的意志、兵的情怀、兵的赤诚，都已经深深印记在他的人生观和价值观里。以至27年后，他还在忏悔当年军旅生活的“一闪念”过失，这种越过时空的面对，需要一种怎样的勇气和担当！

付出20元钱，还人生一个清白，赢得众人敬佩，这是多少金钱都换不来的品格。希望更多的官兵来看一看朱老这封信，品一品朱老这个人，想一想如何做到朱老所说的“少一点缺点、多一点清白”。

（2010年1月26日2版头条）

在“被种植的地方”成长成才

——李德林从军轨迹对大学生干部的启示

■本报记者　欧世金　特约记者　吕志强　游成锋

“我是一粒小小的树籽，心怀长大成材的梦想。无论是被播撒在富饶的平原水乡，还是被种植在荒凉的高山顶上，我都不放弃长成大树的渴望……”这首歌曲名叫《树籽的梦想》，兰州军区某旅三营藏族教导员李德林特别喜欢。

李德林所在集团军政委在接受记者采访时谈到，李德林从社会青年成长为合格军人，从地方大学生成长为优秀基层带兵人，其成功秘诀正是：热爱西北边关，扎根基层军营，勇于在“被种植的地方”成长成才。

学士变列兵——
勇于“归零”方能塑造新我

初入军营，法学学士李德林佩戴的是列兵军衔。

站在队列里“副班长”位置上，李德林脚步与其他战友合不上；对全连官兵作自我介绍，说了句“请多关照”就没词了；带队出操，喊出的口令连自己都踩不到点上；第一次参加五公里武装越野，刚跑三公里便支撑不住被架上了收容车……

面对一个个“笑话”与尴尬，李德林虽然感到苦恼，却没有怀疑自己的从军选择。有本介绍美国西点军校的书引起了他的深思。“初入西点的青年，在中学时代大多是天之骄子，不论是学业或课外活动上，都是名列前茅的高材生……西点让这些意气风发、志得意满的青年，明白自己不懂的地方还很多，要将自己贬到最低点，尔后重塑一个新的自己。”李德林边读边悟，心胸豁然开朗。他用“苍鹰不会被风刮跑”的藏族谚语勉励自己，决计告别“大学高材生”的昨天，像计算器“归零”一样，在军营、在基层“从零开始，从头学起!”

他把自己当成新兵，一点一滴补“军事课”。五公里武装越野，他穿上沙背心，裹上沙绑腿，跑得两腿酸痛麻木；炮阵地设置，他与战士比着挖坑，手上磨出了血泡，两臂肿得抬不起来；他把自己摆在外行的起点上，勤学苦练打牢第一任职基础：装改瞄是炮兵专业重难点课目，为达到心算快、操作稳、接收目标准的要求，他主动与士官班长结对子，虚心请教，还把训练场周围目标特征一一记录下来，只用了3个月，便基本掌握了连队炮兵专业的操作技能。年终干部军事训练考核，他一举夺得五公里武装越野、炮兵射击练习、识图用图3个单项第一和总评优秀的成绩。全团大学生干部中，取得全优成绩的只有他一人。

2008年12月，李德林被集团军推荐出席兰州军区大学生干部座谈会，他的发言题目便是——《军营，我人生的又一所大学》。

任劳又任怨——
有志者何惧摔摔打打

从穿上军装那一天起，李德林从排长到副指导员、指导员、教导员，在基层一口气干了8年。领导要求严、工作头绪杂、训练任务重、带兵难题多、心理压力大，他从不言苦，干劲十足。

和他“出身”相同的大学生干部，向他取经缘何总能干得“风风火火一头劲”，李德林坦然相告：根本一条，就是别因为多喝了点墨水就自尊心太强、脸皮太薄。一个合格带兵人，必须任劳又任怨，经得起摔摔打打。

当排长时，李德林带3名战士参加团里演讲比赛，得了第二名。但战士们仍不高兴，连队主官也不满意。他开始想不通，觉得受苦受累还不讨好，后来换位思考，理解了官兵珍惜荣誉争第一的心情。

当指导员期间，连队粉刷战士宿舍。当时连长在外学习，李德林忙前忙后、楼上楼下指挥。但一名战士站在高低床上刷房顶时床架折断，摔断了肋骨。那些天，李德林白天组织连队工作，晚上到医院陪床。向领导机关，他深刻检讨；对受伤战士，他笑脸相对。他说：“我是连队主官，对上不能推诿责任，对下不能有埋怨情绪。”结果他在官兵心中的形象越来越好，自身的组织能力也实现了“吃一堑，长一智”。

看到基层建设中有不科学的做法，李德林喜欢直接向领导提意见。因他的建议，团里改变了冬季训练不戴棉手套、战士参加函授学习报同一所学校、开展大项活动中止官兵休假等习惯性做法。刚开始，有人觉得他爱出风头。后来，事实证明他说的有道理、做了有好处，大家很快就理解他、赞赏他了。旅政委饶成勇说：“李德林是把部队真正当成了自己的家，看到有不如意的地方就着急，就想改进它，这种主人翁精神难能可贵。”

“基层锻炼人的筋骨，更磨砺人的心智”；“不过基层关，难有大作为”，这些道理，李德林体悟尤深。

学历≠能力——知识付诸实践才有力量

一次，几位刚入伍的大学生干部向李德林诉苦：我们一肚子的知识，怎么就带不好几个兵呢？他回答说：没有一种课堂知识可以简单地拿来就用、一用就灵。进了军营，每一个人都需要立足本职、付诸实践，把知识转化为能力素质。

受社会环境、个人经历、任务压力等因素影响，官兵心理和涉法问题逐年增多。李德林便在部队政工网上开设心理疏导和法律咨询专栏，普及心理知识，解答疑难问题，诊治心理疾患，开展法律服务，并开通“教导员信箱”，集中或个别解答事关官兵利益、家庭涉法及个人隐私问题。几年间，他先后帮助9名官兵解除了心理疾患，为35名官兵提供了法律援助。

李德林任指导员后调查发现，80%以上的新生代战士入伍前是“网民”，有的甚至当过网管、开过网吧。为合理满足官兵的求知与成才愿望，他与其他支委商议，决定将连队库房改建成网络室，率先在全旅建成了拥有20台电脑的连队局域网。他还把自己的电脑拿出来供大家使用，并亲自担任教员，帮助官兵学习掌握电脑知识。任教导员后，他将这一做法在全营推广。光缆通到团里，全军政工网开通了，李德林又组织官兵参加八一学院、解放军信息工程大学开办的远程教育，让官兵足不出营门就能接受高等教育。

“对战士的要求不轻易说不，对战士的建议不随便否定，对战士的差错不乱扣帽子。”这是李德林以辩证思维、和谐思维作指导，总结的“三不”带兵法。他用真理的力量、知识的力量，教育引导“80后”、“90后”士兵，使曾经的“追星族”变成了崇拜英模、爱军精武的标兵；一度买名牌、比消费的战士知道珍惜津贴，花钱不再大手大脚；爱在网上交友的战士学会剔除交往圈里的杂质，珍惜关爱身边战友。由此，李德林被官兵们称赞为“人生进步的良师、健康生活的益友”。

融入兵方能带好兵——
奉献他人也是成就自己

初入军营，李德林与士兵亲近不起来。战士们聊天，他觉得缺乏“共鸣点”；战士们娱乐，他在一边看书。不久，一件事深深触动了他。当时，他与战友们一起到高原地区担负光缆施工任务，每人每天要开挖30米的缆沟。面对恶劣的施工环境，一天，李德林情绪低落，开起了小差。晚点名时，做好挨批准备的他却受到了表扬。原来，排里战士悄悄帮他干完了活。

多么朴实的战士！李德林想起那句“和朴实的人在一起可以纯洁灵魂”的名言，在深刻反省中，把自己与士兵完全融在一起。为了和战士们业余时间玩到一起，他练唱歌、学打架子鼓、吹口琴。原先他在士兵面前讲话都脸红，后来指挥全团干部参加集团军网上拉歌比赛获奖。

一天，李德林在炊事班发现士官刘帅工作无精打采，一摸他身上居然没穿绒衣。原来，他父亲下岗，母亲重病在身，一家人靠最低生活保障金生活，家里负债5万多元。前几天，天一凉他就急忙把自己的绒衣寄回了家。了解这一情况后，李德林当即把妻子织的一件崭新毛衣给他穿上，还塞给他500元钱，并动员全连官兵帮助他。小刘后来不仅入了党，还当上了班长。

与士兵贴得越近，李德林越想为士兵多做点事。考研原本是李德林的一个目标。可这几年，他一次也没有进考场一试身手。他的大学同学问他为什么，他回答：“我身后有几百号兵呢，哪顾得上考研！”针对当代青年士兵成才愿望强烈但往往方法不当、办法不多的实际，他建议为营连每个战士建立素质档案，并分别进行成才设计，实施素质补差。一些文化底子薄的战士对成才没有信心，李德林便精心准备了《我离成才有多远》一课，从“勤于开启发动机”、“敢于战胜拦路虎”、“勇于激发潜力源”和“善于寻找金钥匙”四个方面，对战士授课引导。后来，这一课在兰州军区政治教员授课比武中获得一等奖。

采访时，曾当过李德林指导员的某营教导员马富对记者说：“作为大学生干部，李德林身上最可贵的一点是知识献战友，带兵动真情，育才出实招。”的确，李德林带兵出现了“三多”现象：所带战士在各级比武竞赛中夺奖牌的多、考取军校的多、退伍返乡有出息的多。他所带的连、营先后11人考取军校，5人荣立二等功，16人荣立三等功，6个班荣立集体二等功，98%的士官获得大专以上学历，90%的战士报名参加各类学历升级教育；退伍转业的360多名干部战士，有60余名被地方党政机关、企事业单位录用，12人走上经理、记者、教师岗位。

在奉献他人中成就自己。入伍8年来，李德林收获了组织的信任、官兵的信赖，先后被总部表彰为“第九届全军学习成才先进个人”，被军区表彰为“优秀政治教员”、“优秀大学生干部”，荣立二等功、三等功各一次。

（2009年4月30日2版头条）

生命为党的事业燃烧

——追记实践“三个代表”的济南军区某旅炮二连指导员姜升立

■田兆广　曹晓明　本报记者　徐　生　欧世金

胶东半岛，莱阳烈士陵园。那片重彩，是姜升立牺牲一周年时官兵和人民群众扫墓留下的一排排花圈……

“姜升立，1971年12月出生，1990年3月入伍，1991年5月入党，1994年7月毕业于沈阳炮兵学院，历任排长、副连长，1998年1月任指导员。先后2次荣立三等功，2次被师、旅和集团军表彰为‘优秀党支部书记’。在任指导员期间，连队党支部连续3年被师、旅和集团军表彰为‘先进党支部’。2000年5月30日，为救战士光荣献身……”青灰色的墓碑缩写着这位优秀共产党员的不朽人生。

追忆他平凡而壮丽的一生，人们深情地称赞他是用生命和鲜血实践“三个代表”的楷模！

今年1月3日，济南军区党委作出决定，号召全区官兵向他学习；

某集团军党委批准他为革命烈士，并追记一等功；

驻地海阳、乳山、文登、威海等市党委发文要求党员干部，用姜升立这面镜子照一照，时刻不忘为党旗增辉；

一位将军听了姜升立的事迹汇报后，含泪挥毫写道：“生命为党的事业燃烧。”

“爱兵就要像爱护自己的生命一样，甚至超出自己的生命”

——他用爱心把兵心紧紧凝聚在党旗下

你/你替我站过夜班岗/你说那天天太冷/你/你替我做过病号饭/你

说你手艺还行/你说都是远离父母的人/都需要有人疼/我说如果人生有来世/我还来当你的兵

5月14日，记者在军营采访，二连官兵泪水涔涔地唱着这首为怀念指导员姜升立而作的歌曲……歌词如同他的墓志铭。一年前的5月30日下午5点10分左右，济南军区某摩步旅榴炮二连正在组织五公里越野训练，指导员姜升立陪着身体素质比较弱的新战士黄健、关丽杰等人跑在队伍的最后面。突然，地方一辆农用四轮车因驾驶员酒后疲劳开车，车辆失去控制向队伍冲来。在这危急关头，只听姜升立一声大喊："快闪开！"随即一把将身前的黄健推开。黄健得救了，姜升立却因躲闪不及，被车撞出几米远，倒在血泊中，停止了呼吸……他用自己的青春、鲜血、生命编织了献给党、献给战士的美丽花环。

怀着崇敬的心情，记者来到了英雄事迹陈列室，走近了那一件件遗物，那一本本学习、工作笔记，那一册册备课笔录。在一篇日记里，姜升立这样写道："视战士高于自己，爱战士胜过自己，为战士不顾自己……"这段充满博大爱心的话，不禁把人们引入到姜升立生前为党带兵的日日夜夜。

那是一个寒冷的冬天，半夜12点多钟，与姜升立同居一室的连队文书王国军突然肚子疼，他怕影响指导员休息，就用手指顶着肚子，咬着牙坚持，终因疼痛难忍从床上掉了下来。姜升立惊醒后，不由分说，背起他就往医院跑。从营房到医院有1公里多路，体重只有60公斤的姜升立，背着75公斤的王国军，累得气喘吁吁，但他咬着牙坚持到医院。经医生检查，王国军患的是急性胃痉挛。治疗完毕，王国军这时才看清，指导员身上竟只穿着秋衣秋裤，而自己身上却披着指导员的一件棉衣。

王国军讲起这件事，禁不住潸然泪下："在我的记忆里，有一年发大水，是父亲把我背到了大堤上。那天晚上，当指导员背我去医院时，我不禁想起了父亲……"

王国军入伍5年多，姜升立始终似"一盆火"，真心真意地关心他，帮助他。他曾因报考军校未能如意而情绪一度低落，甚至产生轻生念头，姜升立有半个月时间形影不离地给他做思想工作，还送给他2本能够激励斗志的书，直到他从忧郁颓丧的阴影里走出来。

姜升立牺牲前，王国军休假回河南老家结婚，临行前与姜升立约定：带一包喜糖送给指导员。可当他归队一下汽车，听到的却是指导员牺牲的消息。他怎么也不相信这是真的！他控制不住自己的感情，跑到指导员的宿舍失声痛哭："指导员，我给你送喜糖来了，我给你送喜糖来了……"尔后颤抖着手一把把将喜糖撒在他心中最崇敬的指导员生前睡过的床上……

新兵郑伟从小父母离异，没有享受过家庭温暖。入伍后，姜指导员就成了他最亲近的人。

郑伟入伍前经常患感冒，来到二连后却从未感冒过。原来，他从小睡觉有蹬被子的习惯，常常一觉醒来就打喷嚏、流鼻涕。姜升立知道后，几乎天天晚上到他床前查看，给他掖被角、盖被子。郑伟在对记者回忆起这件事时，流着眼泪说："指导员牺牲后，我连着几个晚上睡不着觉，一闭上眼就看到指导员来到我的床前。几次做梦都梦见指导员来给我盖被子……"

姜升立爱兵动真情，他常对党支部"一班人"讲："爱兵就是把党的温暖传递到战士的心坎上。要通过我们这些党员干部的一言一行，让群众去认识党，信赖党，热爱党。"

一批南方籍新战士忘不了：1999年冬季训练时，他们因适应不了北方的寒冷，手上都患了冻疮，一动就会裂口子，血顺着手指往下淌，吃饭拿不住筷子。姜升立看在眼里疼在心里，带着这些新战士到卫生所诊治，用盐水洗、涂冻疮膏，就是不见效。后来他打听到用辣椒秸和茄子棵能治疗冻疮，便冒着寒风大雪四处寻找，经过一天寻找，终于在一个老乡家的菜地找到这两样东西。他将挖来的一大堆辣椒秸和茄子棵抱回连队，每天晚上亲自和炊事员一起熬一锅汤，让战士们泡洗患处。果然，一周过去，大家的冻疮就好得差不多了。

战士陈艳伟忘不了：1999年春节前夕，他患重病住院了，这时姜指导员未满周岁的儿子森森也患病住院。期间，姜升立的妻子赵玉梅怕他挂念，让弟弟从乳山市给他打电话，说森森不要紧。姜升立此时也非常想回去看看儿子，但想到战士陈艳伟因患急性胃炎还住在烟台的107医院，快过年了，陈艳伟肯定会想家，应该去看望一下。于是他买上水果乘汽车去了烟台。指导员走后不久，连部文书接到姜升立内弟的电话，说森森病情加重，让姜升立赶紧回去。文书马上把这一情况打电话告诉给住院的陈艳伟。

姜升立到了107医院，陈艳伟眼里的泪水就禁不住往外流："指导员，森森病情加重了……"原来森森住院已19天，病情刚有好转，又染上了痢疾，引起脱水，医院正进行紧急抢救。

当晚，姜升立请假赶到乳山医院。他一进病房的门，就见到了焦急万分的岳父、岳母、内弟和疲惫不堪的妻子。内弟气冲冲地对他说："姐夫，你看这病房8张床位，哪一个不是爸爸妈妈在陪床，你倒好，儿子病成这样你顾不上管，却跑到烟台看病号！你看把我们全家给急的，你难道不要这个家了吗?"姜升立听了，泪水在眼圈里直打转。许久，才满怀内疚地说了一句："真是苦了你们啦。"过了一会他向妻子解释说："连里的战士都是十七八岁的孩子，远离家乡来当兵，也需要父母爱啊！森森病了，还有你和他姥姥照顾，而这些兵病了，我们不去关心谁去关心他们呢？我们连长指导员就是他们的兄长啊!"

就这样，姜升立用自己的模范行动把兵心凝聚在党旗下。

"把政治工作当事业干，这是一种使命和责任"

——他牢记党的嘱托勇于开拓，有所作为

人们赞扬姜升立在爱兵知兵上表现的崇高品格，也同样赞美他忠于职守、敬业奉献的精神。

姜升立的好搭档、原二连连长赵建军，满怀深情地给记者讲述了姜升立干工作时那种"把油门踩到底"的精神。

姜升立患有慢性胃炎和胆囊炎，衣袋里经常装着止痛药。可一干起工作来，他就什么也顾不上了。1998年9月，二连一下子从外单位接收了50多名官兵，其中大部分年底面临转业或退伍。那段时间，官兵思想比较活跃，管理难度很大。姜升立和连队其他干部一道，白天跟班作业，晚上逐个谈心，常常工作到深夜。正在这时，姜升立的胆囊炎又犯了，疼得寝食难安，医生让他立即住院，他却把诊断书悄悄揣了起来。由于劳累过度，他曾2次晕倒在工作岗位上……

有人说，"家门口"干部恋小家。可是，姜升立的家离驻地只有20公里，他却很少回家。生前，他与妻子赵玉梅有"三个约定"：家里没大事不要往连队打电话；孩子一般的头痛脑热不要轻易叫他回去；不是节假日不要到连队来。近两年，他妻子和孩子先后4次住院，家中3次租房搬家，他都因工作忙而没能照顾上。

“把政治工作当事业干，这是一种责任和使命。面对新的形势和挑战，我只有加倍努力，有所作为，守好党交给的这块阵地，才能无愧于组织的重托，无愧于‘党代表’的称谓。”这是姜升立的内心独白，也是他行动的写照。

二连的战士说，他们“最爱听指导员讲政治教育课”。记者翻阅姜升立当指导员期间撰写的18万字的45课教育提纲，每一课的开场白都别具一格：或剖析事例，或引经据典，或用名言警句，或答问结合等。知识含量高，信息量大，说理性强，离战士近，针对性也强。

二连的随机教育，在全旅是出了名的。

又一茬新兵入伍了，连队的汇款单渐渐多了起来。有的战士花钱大手大脚，部队发的内衣内裤鞋袜不穿，去商店买新潮产品。一个政治教育日，姜升立把全连人员带到车炮场施工工地。这是一个寒风凛冽的冬日，民工们正挥锹举镐劳动，筋骨裸露的大手裂开了口子。吃饭了，民工们碗里清水煮白菜，就着凉馒头，喝的是白开水。看着这一切，那些花钱大手大脚的战士脸上现出了惭愧的神色。整个过程，姜升立什么也没说。第二天，那些穿着高档内衣裤的战士悄悄换上部队发的绒衣绒裤，花钱大手大脚的战士也把手中的钱存到了银行。以通俗生动的事例来诠释深奥的道理，以新鲜易懂的比喻来启发战士丰富的联想，用营养丰富的知识琼浆来润泽战士的心灵，因而，姜升立把有些人认为难以搞好的政治教育搞活了，搞新了。他组织的读书演讲、知识竞赛等活动，被战士们誉为“受教育、学知识”的“流动课堂”；连队黑板报上常年开辟的“新闻点评”、“送你一份精神食粮”栏目，成了官兵们了解国家大事的“时事窗”和“知识窗”。他以一个基层政治干部思维的敏锐与迅捷，紧紧扣住时代脉搏，潜心研究带兵之道，并将那些“道”条理化系统化，他总结的45个带兵小方法，计12万余字；析理出战士发生争吵的10种原因，管理者形象差的3条教训，做战士思想工作的10多10少，与战士谈心要掌握的10种“火候”，观察战士思想变化的8看……也许，机械的数字展示会令人乏味，但是，当你耐心地走近其中某个数字时，在你眼前，立时就会展示出一幕幕生动活泼、令人心服的新时期带兵画面，给基层政治工作带来一股强烈的创新冲击波，为“打得赢”“不变质”提供了强有力的保障。

"批评战士用纸条"的故事，在二连无人不晓。老兵尹建华从小在优裕的家庭环境中长大，饮食极讲究，饭菜哪怕有一点不合口味儿，他都宁愿饿着肚子不吃一口。就是这么个讲究的人，在这一天吃早饭时分到了一个不太新鲜的鸡蛋，他要求炊事班换，可鸡蛋已经分完。啪，他把鸡蛋摔进了泔水桶里。

姜指导员看在眼里，没有马上批评他，而是让通信员把自己的鸡蛋送给他。当时，尹建华的脸一阵发红。上午课间休息时，姜升立递给尹建华一张纸条。那上面写的是："天气炎热，鸡蛋变质，有情可原，别无他意。你摔掉的不仅是一个鸡蛋，而且……"尹建华认识到了错误，主动向炊事班的同志道了歉。

从那时起，这张字条一直夹在了尹建华的笔记本里，伴随他走进了军事院校的课堂，又走进了毕业后的连队……

"作为连队党代表，官兵时时处处都在观察你，决不能让党的形象受一点损害"

——他把自己的形象视作群众认识党的"窗口"，从自身做起为党"积分"

记者在姜升立生前所在部队采访，无异于是在接受一次人生教育的洗礼。他廉洁自律、一尘不染的故事，透视着年轻一代共产党人的风骨……

据战友们回忆，姜升立曾4次任接兵连长到外省接兵。他都以一个党的带兵人形象来约束自己，做到一尘不染。一次他到江苏接兵，一名应征青年家长送给姜升立一个厚重的红包和一套高档西服，恳切要求把身体不合格的孩子带走，他耐心地向这位家长讲明了征兵政策，拒收红包和礼物。还有一次，他到郑州接兵进行家访时，新兵翟言伟的父亲邀请他到酒店吃顿饭，姜升立谢绝后，小翟的父亲又拿出几条香烟硬要塞给他，他坚决不收。他对翟言伟的父亲送子参军的热情给予了充分肯定，并明确表示，只要小翟各方面合格，不用送礼也能带走，否则送礼也不能带。4次接兵，他从没有吃过一回请，收过一点礼，赢得了地方政府和新兵家长的赞扬。

姜升立常说："作为党的带兵人，就是要把自己的形象视作群众认识党的‘窗口’，从自身做起为党‘积分’”。1998年春节快到了，姜升立为照顾家远的其他连队干部回家团圆，便给妻子赵玉梅打电话，让她来队过年，并特意嘱咐她，把吃的用的带全。腊月二十八，赵玉梅雇了辆出租车来到部队。听说嫂子“驾到”，战士们呼啦啦围上来，等打开汽车的后备箱，只见里边塞得满满当当，锅碗瓢盆、米面肉蛋，还有水果蔬菜，连油盐酱醋、葱姜大料都带来了。战士们一边帮着搬东西一边开玩笑说：“嫂子，你这不像来过年，倒像是搬家……”

赵玉梅对记者讲起这件事，显得很自豪。她说：“升立总是告诫我，来队时不能占连队一点便宜，这是立身做人的一条原则……”

姜升立非常爱自己的儿子淼淼，但他却给赵玉梅立下一条规矩：双休日歇班来连队，不要带孩子。妻子问为什么，姜升立说，孩子来了，战士们买点零食、送个玩具什么的，似乎都在情理之中，收下不好，不收也不好，时间长了就说不清楚，我的形象也就没了。正是因为这条规矩，到姜升立牺牲，快2周岁的儿子见父亲的次数很有限，这对生者和死者都是憾事。但赵玉梅还是说：“我理解升立，等孩子长大了，懂事了，我会把这些告诉他，他也会理解他爸爸的。”二连是济南军区授予荣誉称号的先进连队，在处理关系战士切身利益时，一向很顺畅，但意外的事也出了一件。

一天，姜升立突然发现自己的床头柜里不知什么时候多了两条香烟。过了几天，通信员邓昌国要到教导队参加军校统考复习班，临行前，他递给姜升立一份入党申请书。联想到自己床头柜里的那两条烟，姜升立心里明白了，这一定是邓昌国送的。当确认后，便严肃地对小邓说：“想入党要靠自己的真本事，不能走歪门邪道。你打听打听咱们连的党员，有哪一个是靠送礼入党的？就凭这一条，你离党员的标准还差一截子！”

有道是：滴水见太阳。有时越是小事，越能反映一个人的品格和人格。有两件小事，让当时任司务长、现任副指导员的王秀根终生难忘。

1999年老兵退伍前夕，全连官兵照了张合影。连队研究，这张合影照，退伍战士免费，留队的同志想要，一律自费。姜升立对王秀根说：“给我洗一张，留个纪念。”第二天，王秀根把照片送给了姜升立。看着照片上即将离别的战友，姜升立心里很不是滋味，但他还是没忘了问：“多少钱？”

王秀根压根没把钱的事放在心上："就两块五毛钱，我一块开到发票里了。"姜升立一听脸就沉下来："连里有规定，该我拿的钱就得我拿，你快回去换张发票。"说着，就把钱放在了桌子上。王秀根说："不就一张照片钱吗，用得着这么认真?"姜升立却说："两块五毛钱虽然不是大数，但就侵占连队和士兵利益来说，和二十五、二百五甚至两千五性质没什么两样。我作为连队的党代表，官兵时时处处都在观察你，决不能让党的形象受一点损害。"

一个星期日的上午，王秀根得知指导员老家来了几个人。王秀根一看表，都快到吃午饭时间了，就跑到营房门口的饭店里要了6个菜，还提了些啤酒，送到了指导员宿舍。

看到司务长拿来了酒菜，姜升立高兴地说："我正愁着怎么招待客人呢？这下问题解决了。"并招呼王秀根一块坐下，陪客人喝了两杯。看到指导员挺高兴，王秀根心里也美滋滋的：看来这回是干明白了！

转眼到了月底，发工资时，姜升立给了王秀根80元钱，一下把他给弄愣了。姜升立提醒说："你忘了，月初我老家来人时，你帮着买的酒和菜，钱数我去问过饭店了。"

"嗨，不就是一顿饭钱吗？我放到客饭费里能报销的。"

"你我都是管钱管物的，千万不能在我俩身上出了漏洞，你要坚持原则，管好这个家，原则是铁，不能有弹性。我们都是共产党员，决不能干那些为党抹黑的事，要为党当好'积分'手。"姜升立的一席话，说得王秀根打心眼里佩服指导员。回忆起当时的情景，王秀根眼含热泪："指导员的个头虽不高，但他的形象却很高大！"

姜升立走了。他把那平凡而又伟大的感人事迹留在了人间，他把不灭的理想的火炬传给了战友。他用那短暂的但却无比充实的一生，谱写了一曲忠诚实践"三个代表"的追求之歌，塑造了一个共产党员光彩照人的形象！

（2001年6月5日1版头条）

唱着军歌闯西部

——记全国优秀军转干部、新疆巴音郭楞蒙古自治州州委副书记董兆国

■本报记者　欧世金

割不断的军旅情结与董兆国的人生紧密连在一起。

他在驻京某部当兵11年，从机要股长岗位上转业，服从分配来到塔克拉玛干沙漠最南端的且末县，从县委文教卫生科副科长干到新疆巴音郭楞蒙古自治州州委副书记，成为受全国表彰的优秀军转干部。24个春夏秋冬，24载风吹沙打，他是怎样在大漠里走出一条成功之路的呢？

1975年9月，董兆国所在团有一个转业去边疆工作的名额。人员确定后，那位同志提出各种理由不想去。领导找到机要股长董兆国，问："你愿不愿意转业到新疆去？"董兆国回答说："哪里需要我就到哪里去。"

听说他要到新疆去，战友们纷纷劝他。"你可要想好呀，这一步走错，可影响一辈子！""你都30岁了，还没成家，今后咋办？""你还是留在北京吧，离老家河北阜平近，照顾老人总方便些。"师机要科长对他说："你要不想去，我可以向领导提出充分的理由。"

那些日子，董兆国内心也不平静。当一丝犹豫爬上心头的时候，他想到了抗日战争期间曾担任游击队长的父亲，想到了在敌人刺刀面前毫不惧色的母亲，想到了拼死8个鬼子后壮烈牺牲的四叔……老一辈为了国家和民族的安危，在生死关头是何等的英勇和豪迈，与他们相比，有一点私心都应该感到羞愧！

董兆国踏上了西去的路。一路上，他唱着那首著名的军营歌曲《毛主席的战士最听党的话》。在新疆维吾尔自治区军转办报到时，接待组

的组长正好是他多年没有见面的一位亲戚。亲戚把他拉到家里，悄悄地说："且末是新疆最艰苦的地区之一，你别去了，我帮你说说，把你换到乌鲁木齐。"董兆国谢绝了他的好意："这事组织已定了，我不能再变了。"

汽车在翻越天山的公路上颠簸着，12个小时后到达了库尔勒市。市郊的铁门关是西域36关的最西一关，而董兆国最艰难的旅途才刚刚开始。从库尔勒到且末有800公里，沿途大多是沙漠，还要路过"吃人"的罗布泊。当时且末"三不通"，即不通民航，不通铁路，不通公路，只有一条不是路的路。没有班车，他们坐的是卡车，车上装着两根方木，随时准备汽车陷进沙漠后用于垫路。

4天后，董兆国终于到了人口不足3万、面积却达14万平方公里的且末县。县委机关干部群众听说从北京转业来了个营职军官，别提有多高兴。大家帮他提水沏茶，清扫房间。尽管住的是土坯房，睡的是两块木板支起的简易床，但董兆国心里热乎乎的，十几天的旅途疲劳一扫而光。第二天，他就参加了清除水渠泥沙的劳动。

这一干，董兆国就在且末干了整整20年。他踏大漠，进深山，乘车、骑马、骑驴、骑骆驼、徒步，走遍了且末的山山水水。不久，他从文教卫生科副科长升任县委宣传部副部长，后又当纪委副书记、县委常委兼组织部长、县委副书记，1995年5月任县委书记。董兆国说："在这儿工作，不是当什么官，而是出苦力，要苦干、苦斗。"

董兆国还是部队那一套工作方式，喜欢到第一线指挥，部队发的黄挎包和行军壶也是多年不离身。为了调查研究，他攀上了海拔5000多米的昆仑山雪峰。高寒缺氧，上去的人都气急胸闷，头痛欲裂。为考察一个玉石矿点，要爬上一道80度的悬崖陡壁，其中一段须拉着绳索才能上去。这地方很险，董兆国劝阻同去的人留在下面，他自己攀到了最高点。

穷窝里要踩出富裕路。一向被视为贫穷落后的且末，在董兆国的眼里遍地是宝。地下有油（石油），地上有草（牧草），河里有水，山里有宝（玉石、黄金、石棉）。围绕这些资源优势，他和县委"一班人"带领全县各族人民打了一场脱贫致富的攻坚战。经论证，且末县适宜种植棉花，但是这里的农民没有种棉经验，并且舍不得投入，科技措施难以落实。董兆国在县委会上倡导领导干部亲自种"指挥田"。他选欠债户肉孜其玛西家为试点，自己买来化肥，帮他家种植6亩多地膜棉花。春天帮他下种，夏天帮他打杈，秋天帮他拾花。当年肉孜家亩产皮棉136公斤。第二年，植棉工作在全县顺利推开。1994年，仅棉花一项，每个农民就增收460元。在他当县委书记之后的4年时间里，农牧民的人均收入翻了一番。且末从最贫困县一跃成了全州有名的富裕县。

身为领导干部，董兆国十分注意把少数民族群众的冷暖挂心上。哈斯木达吾提在20世纪70年代为公社牧羊时冻坏了双腿，成了残疾人，是村里的困难户。董兆国在下乡时听说了这件事，马上去看望70多岁的哈斯木达吾提，只见老人用两块羊皮包着下肢，双腿跪在地上爬行。看着残疾的老人和贫困的家庭，董兆国说："我们不应该让有功之臣受委屈！"他与有关部门商定，把老人按"三老"人员对待，每月发给160元的生活补助费。前不久，他又利用开会的机会，专程驱车300多公里，走了10多个小时山路，为老人送去了新轮椅。

1995年6月，董兆国被评为"全国优秀县委书记"，受到中共中央组织部的表彰。此时，他已成了一个真正的且末人，受到了当地各族干部群众的信任和尊敬。1995年5月，董兆国提升为州委常委兼组织部长，成了选官、管官的官。他却说："不论工作环境怎么变，我永远都是党的一个兵，过去穿军装，现在穿便装，但都是为人民服务，任何时候都不能为个人谋私利。"他在这个重要的岗位上5年，清正廉洁，工作干得十分出色，今年4月底又升任州委副书记兼组织部长。

年过半百的董兆国，如今头发全白了。记者问："你后悔当初的选择吗？"董兆国说："没有当兵的经历，我没有今天；没有党的培养，我没有今天；没有转业到新疆，我没有今天。"

（2000年5月10日1版）

悠悠岁月　殷殷孝心

——记开封军分区政委潘智敬养老人的事迹

■颜章才　本报记者　欧世金

河南省开封军分区政委潘智，先后赡养过4位老人：外祖母、母亲、岳母、姨妈。最长的达25年，最短的也有10多年。岳母两年前去世时90岁，外祖母去年去世时还差两个月满100岁。另两位健在的老人现在都70多岁了。

“滴水之恩，当涌泉相报。”潘智常念叨这句古话。他4岁时，父亲去世，眼看就要辍学，母亲说：“我逃荒要饭也要供你上学。”麦收季节，母亲和20多岁就守寡的外祖母从河南老家爬上煤车，远去安徽拾麦子。那些日子，潘智放学后无家可归，惟有姨妈照料他，到姨妈家能吃顿饱饭。靠政府的救济金和亲人的温暖，潘智于1966年以优异的成绩读完了高中。

后来，潘智当兵并提了干。他说：“我第一要感谢党，第二要感谢母亲。”因此，他家属符合随军条件后，第一件事就是把母亲和外祖母从农村接到城里，一住就是20多年。后来，姨父去世后，姨妈在乡下生活困难，他又相继把姨妈、岳母接到家中。一家4个老人，看电视坐一排，出门晒太阳坐一溜，真是其乐融融！

吃苦受累的却是潘智夫妇。开始，他们的工资较低，吃粮有困难，潘智就到农村去买些红薯等粗粮回来掺着吃。母亲来部队的头一年，潘智夫妇给她添了8件新衣，而潘智的妻子胡爱莲过年却没钱买新衣。外祖母爱吃西瓜，贵的买不起，潘智就和妻子一起到农村去批发，买回来后放在阴凉处“冷藏”，可以一直吃到春节。为了老人生活方便，潘智省吃俭用，在本部队机关干部中第一个买电扇，第一个买电视，第一个买冰箱，第一个买空调。现在家里经济条件好了，他们给两位老人一人买了一台彩电。

最难的是老人生病。有一次，外祖母生病，岳母骨折，请来照顾老人的保姆也病了。潘智白天忙工作，晚上回家侍候老人，床前床后，又急又累，满嘴起泡。岳母骨折时已80高龄，瘫在床上几年后，竟奇迹般地站了起来。

潘智说："养老不难，难在敬老。"多年来，他坚持一条，回到家里，总是一张笑脸，有高兴的事，他让老人分享；有不愉快的事，他从不在老人面前表露。老人有不对的地方，他和风细雨地指出，不让老人难堪。前些年，逢年过节，他用三轮车把老人拉到街上去看焰火晚会。现在，他仍坚持陪老人赏菊花，逛商场，看市容。

当然，他对老人也不是百依百顺。去年春节期间，外祖母回老家不久就去世了，母亲劝潘智按家乡风俗把丧事办隆重些。潘智不同意，说："我们不能搞迷信那一套，对老人要厚养薄葬。"那几天，他担负节日值班任务，没有顾得上参加外祖母的葬礼。为了防止有人借机送礼，包括自己的司机在内，他没有给部队任何人透露外祖母去世的事。

潘智对自己的老师十分敬重。1991年初，潘智调到开封军分区工作，他报到的当天晚上，就赶去看望自己中学时期的3位老师：王若清、于建文、丁国杰。看着这几个白发苍苍的老人，潘智百感交集。他上中学时，患了扁桃体炎，两个腮肿得像馒头，但没钱治。教导主任王若清提议给他救济50元钱，并让他去找从本校调到开封的于建文老师办理住院手续。于老师为他跑前跑后，还让他在自家吃住，直到把病治好。丁国杰曾是潘智的班主任，有一年冬天，大雪一场接一场，其他同学都换上了棉袄，惟独潘智还穿着单衣。一个星期天，丁老师冒着风雪，走了10多公里路，赶到潘智家，送来了8尺黑棉布。丁老师对潘智的母亲说："天太冷了，给孩子做件棉袄。"

这些事，潘智至今记忆犹新。近些年每逢教师节，他年年宴请这3位老师。王若清老师是回族，潘智每次请老师们吃饭都选在清真饭店。王老师患心脏病后，他掏500元钱为他家安装了电话，让他有事随时找他。于建文老师夫妇重病缠身，又没亲生儿女照顾，他更是随叫随到。今年春节，于老师把潘智叫到床前，专门交待了后事。这位老人对记者说："我是南方人，当年从华东师范大学毕业，响应国家号召到北方乡村教书，有潘智这样的学生，我这一辈子值!”

还有一些老人与潘智非亲非故，他也敬重有加。在开封农村，有10多位老人的子女在外地当兵。逢年过节，他去一一问候；家里有难事，他全力相助。他说：“我是为他们当兵的子女尽孝。”

潘智从军34年，从士兵干到军分区政委，其间爱国爱党爱军的事迹可以说上一大串，但记者只想单表他敬老爱老的事，他知道后却说：“是否孝敬老人是一个人的道德底线，是一个党员干部的义务和责任，如果说出来再写出去就没多大意思了。”

（2002年5月9日3版头条）

伤残军人重走长征路

■康新民　袁柏岭　本报记者　欧世金

长征，作为中华民族精神的丰碑，正成为世人敬仰和追寻的热点。

新疆军区后勤部7438工厂军工、一等伤残退伍军人董新军，率5人组成的“新疆残疾人重走长征路”队伍，拖着伤残之躯、骑着三轮摩托车，历时4个月，行程19000余公里，足迹踏遍11个省区的100多个县市。

自称接待过无数批“重走长征路”客人的贵州省遵义市委宣传部长李可仲说，新疆残疾人重走长征路创造了奇迹。

9月17日，身着迷彩作训服走完长征路的董新军回到了乌鲁木齐。社会各界纷纷邀请他去做报告。他痛快地答应，但提出一个条件：我报告的题目就叫《我是一个兵》。

国防施工中腰椎骨被石块砸断，见义勇为时头被歹徒砍伤。他说：“我两次瘫倒为啥又爬起来，因为我曾是红军团里的一个兵。”

1988年中秋节，董新军在抓一杀人凶犯时，头被歹徒用椅子砸破，歹徒企图越窗而逃，董新军忍着剧痛，将歹徒的双腿紧紧拖住，直到公安人员赶来将凶犯抓获，医生在他的头上缝了十八针。几个月后，他的伤情恶化，先是脑震荡，后来又诱发了腰部的旧伤。

早在1981年9月，董新军在新疆军区某红军团服役期间，施工时被石块砸伤，致使四五节腰椎滑脱。当时，他在床上整整躺了半年。

1990年4月，在军区后勤部的帮助下，他来到北京协和医院治疗。

手术前，妻子周顺琴陪他来到天安门广场观看升国旗仪式。当他仰望五星红旗冉冉升起，他哭了。仰望人民英雄纪念碑，他感到纪念碑那么高大，他觉得纪念碑不是用花岗岩、大理石砌成的，而是用成千上万先烈的遗骨砌成的，是一种新的生命。特别是看到红军战士浴血奋战、前赴后继的浮雕时，他深为先烈们不怕流血牺牲，不怕艰难险阻，勇往直前，争取最后胜利的精神所感召，从此萌生了手术后一定要站起来，一定要重走长征路的决心。

钱花光了，一天只吃一顿饭，百余公里的洪涝区走了5天5夜

6年间，董新军魂牵梦绕的是长征。他做了大量的准备工作，也得到了社会各界的广泛支持。然而，今年5月17日出发前，董新军的积蓄全部加起来才7000多元，而按预算至少要3万多元才够用。就在他愁眉不展的时候，一位边防军人的妻子打电话给他，表示愿意无息借他3万元。

钱是映照人心的一面镜子。南方一家公司曾答应给董新军一行“捐献”4辆三轮摩托车。经过拍照、录相和进行了“广告式”的宣传之后，厂家提出要他们付3万元钱，并私下对董新军说：付钱后我们给你个人送一辆。董新军说：“人穷志不短，我走长征路不是为发财来了，我们不要施舍，就是讨饭我们也要走完长征路。”说完，他礼貌地把钱如数交付对方。

钱已所剩无几，董新军一行只能省吃俭用，不到万不得已不花钱。他们从不离开“长征路”去看另外的旅游景点。有时一天只吃一个馒头和一碗面，两三天两人合吃一份菜，饿得实在不行，他们就买些便宜的西红柿和黄瓜充饥。有一次，他们买了十多斤洋芋，煮熟后放在摩托车后架上，饿了就啃一个。在广西境内，一伙人拦住他们的车队，气势汹汹上前翻包搜身，翻了半天，除了被子和书籍外，连好吃的都没有，气得骂道：“一帮穷鬼，还走长征路，真是神经病。”

长征精神产生了无穷的力量，董新军靠着它，战胜了一个又一个困难。

在湖南和贵州两省交界的黎平县，有一段长达100公里的羊肠小道

已多年无人通行，董新军认为，那是毛主席率领红军走过的路，必须走原路，绕道岂不是失去了“重走”的意义？道路坑坑洼洼，不少路段只能推着摩托车走，董新军忍着腰、脊椎的疼痛，在5个人只有一根香肠、两块巧克力的情况下，整整走了14个小时，深夜才走出山区。

在贵州凯里至贵阳途中，董新军一行遭遇特大暴雨，山洪冲毁了道路。为了赶时间，他们不能停下来休息，只得冒雨前进，车一次次陷进坑里，大家一次次跳进泥水里，互相帮助推车、拉车。许多群众见状，自发赶来协助。5天5夜，董新军一行几乎全在泥水中度过，衣服没有一块是干的。

委屈、犹豫、孤独的时候，伸过来的总是一双双“当兵的”或“当过兵的”手

云南省永仁县的老虎山名不虚传。抬头望不见山巅，低头看不见山涧，盘山小道似在云中缠绕，令人望而生畏。不幸，队友刘建勋视力不好，连车带人摔到山下。曾先后两次翻车受伤的董新军从望远镜中看见满身是血的小刘被一棵树挡在悬崖边上，摩托车摔在了一边，悬在空中的心落到了实处。董新军连滚带爬费尽周折才靠近小刘。两人庆幸没有造成重伤时，却犯难了：摩托车怎么搬上公路，仅靠两个人的力量是办不到的。他们便爬上山顶站在公路上拦车，好不容易等来一辆，“呼”的一声冲了过去，再等来一辆，减了一下速，又擦身而过。又饿又急的董新军委屈得鼻子发酸。正在他们感到无望的时候，一辆装有油罐的大卡车停在他们身边，跳下两个年轻人，急切地问身着迷彩服的董新军：“你们是当兵的吗？我们也当过兵，出事啦？需要帮忙吗？”

4个人加在一起力量倍增，又遇5名放牛的侗族同胞。9个人连推带抬，一寸一寸地往上挪，挪一步就用绳子将摩托车绑在树上休息一会。两个小时才把摩托车推上公路，人人累得一身汗。就在董新军检查摩托车有没有损坏时，那两个“当过兵的”已登上汽车走了，连个姓名都没来得及问。

董新军在日记中写道：战友，就是用一个“兵”字作通行证，获得生死相依、肝胆相照，真是千金难买战友情！

摩托车队一路风尘，到达重走长征路终点站——新疆哈密，长征队

清一色的迷彩服被哈密军分区星星峡机务站指导员李文伯注意上了，他问明情况后，坚决挽留长征队留下。当晚，全站9名官兵坐在会议室，聆听董新军作报告。半个小时的演讲，获得战友的多次掌声。李指导员说：“连队正在进行‘忆长征、学传统，争做红军好后代’的专题教育，你的一席话比我上十天课管用。”第二天清晨，当董新军跨上摩托车起程告辞时，看到李文伯集合8名官兵列队欢送，9只右手齐刷刷举在帽檐久久不放，他和队友们的眼泪夺眶而出。

董新军凯旋后，他找到党支部领导请求：我要入党，请考验我。其实知情人说，董新军档案里有4份入党申请书，因两次受伤住院离开工作岗位时间较长，入党的事一拖再拖。

董新军告诉记者：重走一次长征路，思想得到升华，心灵得到净化。长征启迪了我，我越来越明白自己在“新长征”路上该做什么了。

（1996年11月15日6版）

情系黄河二十载

■王小明　本报记者　欧世金

去年深秋时节，“纪念人民治理黄河50周年大会”召开在即。会议组织者——水利部黄河水利委员会的同志都深感遗憾：特邀代表“刘建军”就是不肯到会。

黄委会为寻找“刘建军”费尽周折。去年10月10日，他们在给新疆军区政治部的一封公函中写道：1991年以来，我委每月收到50元支持黄河小浪底工程建设的汇款，汇款人署名是：贵军区乌鲁木齐部队“刘建军”。几年来，我们多方查找，都没有得知“刘建军”的真实身份和通信地址，现值中国共产党领导人民治理黄河50周年之际，特请你部再次协助查找。

“刘建军”的事迹感动着新疆军区机关的同志，他们千方百计才找到了“刘建军”。他叫刘相坤，是新疆军区一名转业干部，现任乌鲁木齐市水区公安分局保安公司经理。刘相坤1969年12月从河南濮阳入伍，在部队先后荣立二等功1次、三等功3次。

鲜为人知的是，刘相坤与黄委会结缘已20多年了。他当兵第5年，便把省吃俭用节余的300多元津贴费，一次性寄给黄委会。从那以后，他先后用“向兵”、“刘向坤”等化名给我国贫困地区、受灾地区寄钱。

1991年，黄河小浪底工程上马。喝黄河水长大的刘相坤得知后，深知该工程的价值。他先后两次寄去5000元后，又在每月给父亲寄50元赡养费的同时，给黄委会寄50元。不同的是，给黄委会的钱是“保密”的，他求助财务科的柴会计，让他每月从工资扣出钱后寄出，并只准在汇款单上留下：“乌鲁木齐部队刘建军”的字样。柴会计告诉记者：“近几年有许多人来查询、采访此事，我都按老刘的意愿一口否认。”

会期一天天临近，记者几次催促老刘启程，他都说:“不想去。”经再三追问，他才看在“战友面子”上说了心里话:“我寄钱从没想过要宣传自己。从当兵到现在没买过一件便服，在部队穿军装，转业后穿公安服，吃的、穿的、用的全是党和人民给的，人民哺育了我，我付出一点点，有什么资格到处张扬？再说我去开几天会，少说要花国家二三千元钱，这可够贫困地区10多名群众花一年的。这钱花得不值呀!”

当记者请刘相坤阅审此稿时，他不停地问:“还要写我的名字吗？还要写我的名字吗？”

（1997年1月29日3版）

大胆摈弃过时做法

——新疆军区某师政治部主任李军探索继承和发扬我军优良传统二三事

■梁仕信　本报记者　欧世金

优良传统永远是我军现代化建设的传家宝，但如何摈弃那些过时的具体做法，确实需要眼光和勇气。任现职6年的新疆军区某师政治部主任李军在实践中进行了有益的探索，仅举二三例为证。

水寒渗马骨，让战士下河铺缆对吗？

那年6月，埋设光缆的队伍抵达北疆额尔齐斯河畔。几十个突击队员抬头望望皑皑雪山，低头瞅瞅滔滔河水，心里虽有几分胆寒，但还是脱光衣服，拍着胸脯雄赳赳地准备下河铺缆。正在这时，李军赶到。他大声阻止说："一律不准下河。"并批评带队干部瞎指挥！

原以为会受表扬，结果却挨了批。一位带队干部想不通："我们战士连死都不怕，还怕水寒吗？你看，为了赶进度争第一，战士们争先恐后要下水，我们挡都挡不住。"李军不容置疑地说："宁可不争这个第一，也不能损害战士的健康。"

见官兵眼里还有疑惑，他一边帮战士穿衣一边说："古诗说这条河'水寒渗马骨'，你们现在年纪轻，下河不觉得什么，但会留下后遗症。"转过身，李军又开导带队干部：把战士弄得伤痕累累没有必要，人命关天，不是战争等非常时期，要慎提不怕死的口号。

随后，李军与大家一起商量，想出了一条既能铺缆，战士又不必在水中作业的方法：先用草袋在河道一侧垒坝，在坝的下方埋设光缆，然后再堵另一半河道，埋另一截光缆。

给干部一点处理私事的空间

进入第4季度，部队工作千头万绪。

工作越忙，领导机关对干部抓得越紧。某团给师政治部上报了一份干部管理措施，其中说，近期家住营区的干部只能两个星期回一次家。

李军手捏材料反复思考，《内务条令》中规定，配偶住在军营附近，在保证连队军官按编制数50%、并有一名主官在位的前提下，军官星期六、星期日可以轮流回家住宿。这个团为什么要搞“土政策”？是不是遇到了什么特殊情况？他来到了这个团一了解，还真有情况：最近，请事假的干部多了，节假日有的值班干部不在位，还有两名干部不假外出办私事。

团领导把出现上述问题的原因归结为，现在的干部恋家思想重，觉悟低。因此，团里对基层干部上紧了“发条”，李军来到基层干部中间，还走访了部分家属，了解到这样一些情况：营连干部大多拖家带口，孩子上学、入托要人接送；冬天到了，家里的火墙炉子该盘了，烤火煤该拉了，蔬菜该贮藏了，哪件事缺了男人行？

“安排工作要顾及干部私事，要给干部一点处理个人事务的空间。”李军把这个观点带到了师党委会上。后来，全师各级领导机关坚持做到严格按照有关规定落实干部的探亲、休假制度，并特别强调：基层干部遇到家属生孩子、老人病故等特殊情况，要尽力安排他们回去。

不要在战士与社会之间砌上“墙”

某团有两个营从天山深处搬到繁华市区，团里各级干部神经紧张，制订了一系列教育管理措施，其中一条是：战士一律不许请假外出。

正在该团蹲点的李军经过一番调查后，提出一个完全相反的意见：大胆让战士走出去。

李军分析说：“刚从山里出来的战士想进城，不外乎好奇，有组织地让他们进城，一是能满足好奇心，二是能接受改革开放教育，三是能减轻工作中的心里压力，一举三得何乐而不为呢？

“我曾听一个连队干部汇报，虽然营区离县城只有几公里，但有一个服役3年的兵没进过一次城。他当成‘先进事迹’讲，我把它作为‘反面教材’批。”

“像我这样40多岁的人，隔一段时间还想上街转转呢，能说不正常嘛？能说要出事吗？”

“人的思想是‘封’不住的，关键在于平时的教育，干部要在提高战士的觉悟和素质上动脑筋，千万不要把战士带‘傻’了，不以为愧反以为荣。”

团领导被李军说服后，等搬迁部队安顿停当，第一件事就是组织战士进城。

别说，李军这招还真灵，部队的违纪现象越来越少。

（2001年11月5日3版）

在某红军师师史馆采访

吹盡狂沙始到金

欧世金军事新闻作品选

下卷

欧世金◎著

解放军出版社

下卷目录

第六板块　典型单位报道

导读清单　**聚焦矛盾**

第七板块　边海防报道

导读清单　**我在现场**

第八板块　突发事件报道

导读清单　**冲向一线**

第九板块　散记式报道

导读清单　**有闻必录**

第十板块　新闻理论文章

导读清单　**善于总结**

［注：本书收录作品除标明原发报刊外，均原载于《解放军报》。］

第六板块

典型单位报道

导读清单

聚焦矛盾

先进典型分人物和单位两大类，第五章主要是典型人物报道，这一章选的是典型单位报道。

典型单位报道又分两类，一类是先进事迹报道，重在宣传他们的业绩和精神；另一类是工作经验报道，重在宣传他们的工作思路和方法。

先进事迹类，选的作品主要有:《屯垦戍边 功昭日月》《驶向深蓝的航迹》《科学发展好九连》《“红十连”的强大气场哪里来》等；

经验做法类，选择的主要作品有:《提高质量效益，我们面临的紧迫课题》《抓住政绩观这个关键》《向“深入”和“实效”聚焦》等。

先进典型单位报道大部分是为破解重大现实问题而推出的，因此，报道要聚焦矛盾问题，抓住部队建设中的重点、难点、堵点、痛点和官兵关注的焦点，如此稿件才能纲举目张、势如破竹、引人入胜。

提高质量效益，我们面临的紧迫课题

——南京军区某分部党委贯彻落实科学发展观的19条笔记

■本报记者　欧世金　特约记者　王余根
特约通讯员　潘正军　许艺芳

编者按　近年来，全军部队学习贯彻科学发展观越来越深入，兴起新的热潮。摆在我们面前的课题是，怎样进一步向“求深入、见实效”聚焦使劲，推动部队建设又好又快发展。南京军区某分部在这方面进行了有益探索，其主要经验就是继续解放思想，盯着质量效益做文章，把质量效益作为贯彻落实科学发展观的根本着眼点。相信他们的经验和做法能给读者以启发。

引子：一堂书本上读不到的科学发展课

盛夏，江苏无锡太湖蓝藻暴发。往常碧波万顷的湖面，突然飘来一股股臭鸡蛋味儿，给人们上了一堂书本上读不到的科学发展课。

南京军区某分部驻在太湖边。正当蓝藻消退之际，分部部长沈忠参加军区领导机关和军师干部理论集训班。会上，他代表分部党委作经验交流发言，题目叫“认真贯彻质量效益原则，努力提高联勤保障水平”。

沈忠对记者说：“提高质量效益、实现又好又快发展，必须贯彻到发展建设的全过程和各项工作中！”

当前，我军面临新一轮发展潮，军事斗争准备各项工作正紧锣密鼓地进行，在这个大背景下，强调提高质量效益，显得尤为重要和紧迫。

（1）设立“协调发展基金”

关键词：追求整体效益

长三角是中国最富裕的地区之一。南京军区某分部及所属数十个单位全部部署在这里。前些年，部队发展建设总体良好，但伸出十个指头也有长有短。驻山沟、海岛部队与大都市部队相比，差距还不小。

上级领导提醒现任分部党委：要协调发展，出整体效益。这话分量很重，击中了分部发展建设的“软肋”：有的搞“一招鲜”，靠几个项目、几个尖子撑门面，特色很明显，短板也很扎眼；有的搞锦上添花，对急需帮助的单位、薄弱部位关注不够，导致发展不平衡。

为解决“软肋”问题，分部党委把协调发展当作一个系统工程来抓。其中一项是每年调剂出500万元到800万元，设立“协调发展基金”。

驻在海岛上的413医院是2005年转隶该分部的，基础设施建设落后，自补能力弱。分部从家底厚实的几个所属单位调剂资金1000多万元，对其实施重点帮扶。同时还采取干部交流、技术支援等措施，使这所医院的总体发展建设水平明显提升。

“协调发展基金”连用4年，成果初显。如今，你到这个分部所属部队营区，已看不出哪个是在城区，哪个是在山沟。

（2）8000多万元与8个训练基地

关键词：一项建设就是一份“准备”

记者近年在部队采访，常遇到这种情况：有的领导干部一说起部队的发展建设，就眉飞色舞地夸本单位盖了几栋楼、修了多少路。该分部有的单位也曾把功夫下在建“楼堂馆所”上。

是军事斗争准备这个紧迫任务，逼着分部党委“一班人”转变思路：把每一个发展项目、每一个建设工程，作为一份具体的“准备”。

分部所属单位高度分散，专业门类多、专业组训人才缺乏，组训难度大。为了解决这个难题，分部投入8000多万元建成了运输、军械、卫勤、油料等8个训练综合基地，实现了基础训练有依托、重点课目有设施、勤务训练有场地。他们在完成出国维和、抗击“非典”、“神六”发射等重大支援保障任务中，表现出色。去年，分部被南京军区评为军事训练先进单位。

去年夏季，在海训场上，南京军区一位首长突然下令：100名伤员一次性通过野战医疗救护所。对这样的高难度演练课题，许多人都为分部捏了一把汗。没想到，演练十分成功，首长们的脸上露出了满意的笑容。

“打得赢”是质量效益的最佳标尺。

（3）简化5栋综合楼

关键词：何必强求“高精尖”

2005年初，分部所属某仓库要盖综合大楼。他们的设计豪华壮观，并得意地说：“保证50年不落后。”分部党委没有急于表态，而是认真研究分析了仓库的编制人数、担负任务、建设经费以及综合楼的用处，然后给他们泼了冷水。

党委认为，搞建设谋发展，片面追求“高精尖”，一味讲大气、阔气、豪气，说轻了是虚荣心作怪，说重了是败家。“够用、适用、配套”是发展建设的一条重要原则，动不动在造型设计、装修装饰上讲多少年不落后，不如讲保证质量多少年不出问题。

最后，这栋原本打算盖6层的大楼被减至4层，风格也从豪华型变为简约型，节约建设经费200万元。

分部还对另外4栋综合楼实施简化处理，有效防止和克服了超财力、超标准、超预算的“三超”现象。

（4）缓建一个“时尚项目”

关键词：有时不妨慢半拍

两年前，分部打算在所属单位开通视频会议系统，进一步促进信息化建设，总预算需投入500万元。

对此说好话的还不少：这个项目很“时尚”，建好了是个“亮点”，上级肯定表扬，再说分部开个会，领导讲个话，基层官兵都能从大屏幕上看到，多便捷！

是几位专家的话改变了党委的决定。专家指出，这项建设缺乏统一标准，没有统一接口，容易造成“烟囱林立，互不兼容”的不良后果。

分部政委施金毛事后说：“这个项目要是仓促决策、盲目上马，那将造成多大浪费？”

党委“一班人”从这件事中拣了个明白：发展建设要抑制有害的积极性，不能跟风、赶浪头，有时“慢半拍”是为了下一步又好又快发展。经过深入调查和专家论证，这个项目今年上马比较合适，目前正在筹建之中。

据统计，3年来，分部党委砍掉47个待建工程项目、38台待购医疗设备项目、26个科研攻关项目，防止了盲目建设、重复建设。

（5）控制医院床位膨胀

关键词：敢于做“减法”

医院展开的床位数量，像GDP一样，是个重要的发展指数。“十五”前期，分部所属医院进入加速发展期，增强了综合实力。

到“十五”后期，医院的情况变了：体制编制调整改革，医院人少事多任务重。有的医院不顾变化了的情况，继续增加床位、上项目、铺摊子、一味“攻城略地”。一些单位床位数量上去了，但经济效益并没有增加多少，而且导致医疗纠纷增多，医疗质量下降，为兵服务意识弱化。

发展建设，适度的规模是必要的，但必须保证姓军为兵服务方向不变，服从实际需要，注重实际效果，不是摊子越大越好，数量越多越好。如果偏离了效益原则，往往规模越大，浪费越大，为部队服务的质量也会受到影响。

分部及时召开会议，主旨十分鲜明：严格控制床位膨胀，把需要与可能、速度与质量、规模与效益、投入与产出统一起来。

去年，在规模不变的情况下，分部10所医院医疗收益率比往年提高了9个百分点，实现了从数量规模型向质量效益型的成功转型。

（6）从“毛收入”到“纯收入”

关键词：数字背后是政绩观

从去年下半年起，分部规定，统计收入时不再说“毛收入”，一律改为说“纯收入”。“毛收入”，即不讲成本消耗，只看账面多少；“纯收入”，就是去掉成本消耗之后的纯收益。换句话说，就是去了泡沫，挤了水分。

数字背后显示的是政绩观。只有政绩观正确了，质量效益思想才能从根本上确立起来。

（7）创新4项管理模式

关键词：领导干部要懂点经济学

3月下旬，南京军区在该分部召开医院全成本核算管理现场会，推广他们的经验做法。这个做法的核心，就是把医院各类医药开支、物资消耗、水电气暖、人力成本、行政管理、服务保障费用等全部列入成本管理，把医院运行的各个环节、资产活动的各个部位、经费运行的各个末端都纳入成本控制范围。以所属101医院为例，去年以来，他们推行全成本核算管理，创下新纪录：净收益达到25%，成本降低7.4%，群众满意率达97%，走在了军区同类医院的前列。

像这样的管理模式创新，他们在军区挂上号的还有财经集中统管、全资产管理和物资集中采购。

一组数字可以看出这些经验的实效：财经集中统管推行3年，分部共收拢资金5.2亿元，增加利息收入3000多万元。去年，分部清查核实了部队资产20多万件，盘活利用存量资产4.8亿元，使资产实现了保值增值。

在讲到这个问题时，南京军区一位领导说，我们一些工作质量效益不高，很重要的原因是受陈旧的思想观念、思维定势影响，把工作当成果，把过程当结果，把投入当效果。有的组织一项大的活动，总喜欢讲要钱给钱、要人给人、要物给物，究竟该给多少，没有好好考虑；有的完成一项重大任务，一讲保障就说全力以赴，一讲时间就说一切服从；有的对现有资源不注重整合共享，有些设备你有我也要有，动辄新建、新购、新换，利用率并不高。

其实，南京军区某分部的经验里还包含着一个新问题：抓部队建设，各级党委和领导干部要懂点经济学。“枪炮一响，黄金万两”，光会算政治账还不够，还要会拨算盘珠子。如果我们动不动把“不惜一切代价”等口号挂在嘴边，很容易让人觉得这是蛮干。

（8）赔钱也要建好三个中心

关键词：讲效益不是该花的钱不花

分部有3个全军医疗科研中心，分别是101医院的颅脑创伤中心，

102医院的心理疾病防治中心、精神医学中心。这3个中心明明赔钱，但因与为兵服务和战斗力建设紧密相连，他们当成宝贝始终不放手。

讲成本意识和效益观念，不是一切都为了赚钱，或者该花的钱都不花了，对部队长远建设和战斗力生成有好处的，不赚钱甚至赔钱也要搞，因为它产生的效益是综合的。近年来，分部共贴补部队军免医疗经费5.8亿元。

102医院年纯收入只有1000多万元，而每年补贴部队的经费就达800万元以上，为了建好军区精神疾病康复中心，当初毅然将年利润80多万元的招待所改造成康复病房，并投入60多万元改善病房条件，还从各个科室抽调26名医务人员组成精干技术力量。这个中心成立以来，连续3年荣立集体三等功。

“真是帮了我们的大忙!”提起这个中心，一些军师团领导赞不绝口。过去他们部队出一个“病号”，让上上下下跑不完的腿，操不完的心，现在中心从接收治疗到康复评残、办理退伍手续，实行一条龙服务，把部队完全解脱出来了。

（9）20万变1600万

关键词：观念一新遍地黄金

分部所属98医院，临街有一排门面房，共42套，年租金收益20万元。

3年前，医院收回这些出租房，新设美容中心、神经内科、显微骨科3个病区，现在3个病区每年新增收入1600万元。

同样的人同样的客观条件，靠老办法、旧经验办事，只能出低效益；换个脑筋，变个思路，效益就成倍增长。

记者看到了他们正在兴建的投资1.6亿元、16层高的现代医疗综合大楼。这栋大楼，他们没有向上级机关要一分钱，全靠平时积累的家底建设。

医院院长高水清、政委邵志祥说：四五年之后就能把这栋楼挣回来。

（10）一项科研工程搞十年

关键词：不能“一个领导一个令”

“一个艄公一条河”、“一个领导一个令”，这是对谋发展搞建设不保持工作连续性、持续性的批评。分部所属85医院三届党委班子则与此相反，连续10年全力支持远程医疗发展。

1996年，一则新闻引起85医院骨科临床专家连平的关注——“远程医疗”使美军在远离本土的海湾战争中，最大限度地减少了伤亡。他建议：研发我军的“远程医疗”系统！医院党委经过讨论，认为连平的想法具有超前发展的眼光，代表了现代军事医学的发展趋势，如果建成这一系统，将大大提升部队卫勤保障能力。院党委决定，为连平建立一个科研工作室，并给他聘请1名信息专业博士和1名网络工程师当助手。

1997年9月，连平和同事们初步研发成功的“远程医疗会诊系统”首次亮相，并在总后卫生部支持下，开始在部分医院推广。然而，这一系统只是一个雏形，研发升级工作还面临着视频通信远程控制、医学放射影像远程实时交互等诸多技术难题。

2000年，医院新一届党委班子刚刚成立，作出的第一个决定便是：将年创收近千万元的一幢门诊楼改造成远程医学实验室，投入200多万元添置通信和网络设备，同时安排连平赴海外学习考察远程医学技术。

2006年初，又一届新的党委班子成立，适逢远程医学向未来战场保障研究拓展，党委继续给予大力支持。连平在原有享受副院长待遇的基础上，又进入了常委班子。

如今，这个全军远程医疗应用技术研究所，整体技术已达到国际先进水平，获得了军队科技进步一等奖，总后卫生部确定在该院建立“全军远程医学研究开发基地”，国家科技部也将这项工程研究纳入国家重点研究课题。

(11) 设立“决策智囊团”

关键词：尊重专家意见不是把责任推给专家

近几年，分部集中采购率超过90%，节约资金近亿元，没有一例质量问题，没有一起经济纠纷，没有任何违规违纪问题。有何秘诀？回答是：用好“决策智囊团”。

由400多名地方专家组成的“物资采购专家库”，100多名军内外专家组成的“分部医院大项建设专家评议库”，帮助分部党委决策做到科学正确高效。101医院新病房大楼20余次3200多万元的物资采购，全部邀请专家参加评审，保证了所采购的设备质优价廉。该病房大楼被评为

"全军优质工程"，并获得全国工程质量最高奖"鲁班奖"。

分部党委清醒地认识到，提高质量效益，听取专家意见是一个重要的程序，不能减少，但同时也要防止出现把责任推给专家的现象，对质量效益负总责的是党委和领导，这是任何时候都不能含糊的。

（12）应聘博士被婉拒

关键词：人才不是"门面"

前来应聘的名牌大学的医学博士，在分部遭到婉拒。记者刚听说这个信息时半信半疑：争抢高学历干部在一些单位是普遍现象，这个分部党委为啥拒博士于门外？

分部政治部主任陶春阳说："这两三年，我们每年都要拒聘三四名博士。"

细打听，才搞清，不是分部党委不爱才，而是他们不把人才当门面、当摆设。人才资源是第一资源，不能用其所长、用当其时，就是最大的资源浪费。目前，分部已有硕士生干部172名，博士生干部57人，大部分专业人才已经饱和。有一年，有个单位花重金引进一名生物工程学博士，因单位客观条件和所学专业限制，这名博士一直坐"冷板凳"。他苦恼地说："我在这儿，还不如一个开电梯的工人有用。"

（13）游览风景区的故事

关键词：把每个人的力量都调动起来

分部有个仓库，驻在浙西某国家级风景区附近。战士们守着风景区，能不能参观游览一下风景区呢？就这样一个问题，仓库党委经历了3次认识上的转变，时间长达好几年。

1999年底，分部战士文艺节目调演。这个仓库根据发生在身边的一个真实故事，排了一个小品。说的是老兵退伍前一天，突然来了接收大批物资的任务，6个老兵毅然放弃游览风景区的打算，与战友们一起将物资入库。

"要是女朋友问我去没去过风景区，我怎么说？"有个老兵提出这个问题后，大家想出了一个应付的办法：到驻地照相馆，把拍有风景区湖光山色的大照片作为背景，一人照了一张相。

节目的主题思想很清晰：守在风景区，不游风景区，这就是仓库战士的情怀。

这个节目后来一直演到了南京军区联勤部，还获得了创作奖。

2002年“五四”青年节，仓库组织团员青年活动，团员们提出最想去游览风景区。仓库党委认为团员们的要求合情合理，就答应了。游览归来，团员们兴奋了好几天，对美丽山水赞不绝口。有的党员听了却不太高兴，说团员都能去，我们党员为啥不能去呢？这一问问得不无道理，后来仓库又组织了党员游览风景区活动。

去年以来，仓库规定，义务兵在两年之内都有一次机会去游览风景区。

说起党委机关对这件事的认识过程，仓库政委单庆感触颇多：“过去战士们不去游览风景区，我们觉得这是军人应有的觉悟，后来把组织团员、党员游览参观当成了一种奖励；直到去年，我们才自觉实践以人为本的理念，从内心觉得应该让战士们看看身边的著名风景，这是对战士应有的尊重和关心。”

单庆没有把这件事与仓库的工作联系起来说，但记者了解到，这个仓库由5个仓库合并而成，人少了事没有少。另外，由于仓库高度分散，不少硬件设施都还没有搞起来，但仓库的各项建设并不弱，特别是保持了安全发展的好势头。

不少人片面地认为，抓质量效益就是搞硬件建设，从这个仓库的实际看，尊重官兵的主体地位，调动起每一个官兵建设部队的积极性，同样出质量效益。

（14）天天走在“钢丝”上

关键词：细节决定效益

分部所属仓库大多与油料、弹药等危险品打交道，官兵天天走在“钢丝”上。没有安全就谈不上质量效益，更谈不上科学发展。分部多年没出事故案件，一条基本经验就是精细化管理、精细化操作、精细化落实。

小事连着大局，细节决定成败。党委机关不仅要善于谋全局抓大事，还要善于抓具体抠细节。如果一味抓大放小，1%的失误可能导致100%的失败。实践证明，一具体就能落实，一精细就有质量。

在基层建设上，分部制定了《基层两个经常性工作规范手册》、《按纲建连实用手册》等实用性手册，落实了日、周、月工作法，促进了基层经常性工作的规范化制度化。在部队管理上，通过数字化计量管理、“条形码”可视管理、科技智能管理等手段办法，实现了对战备训练、物资收发、医院运行、工程建设等各个领域的全程精确管理。

分部去年被南京军区评为安全工作先进单位。所属某仓库党委机关把按纲建连当日子过，心思和精力用在做好经常性基础工作上，创下了连续57年无案件、无重大责任事故的纪录，受到中央社会治安综合治理委员会的表彰。

（15）一个兵“搬动”一座库房

关键词：用好“信息化”这只手

坐在高高的调度中心指挥室里，二级士官刘毅有指挥千军万马的感觉。他的眼前，是一座拥有近万个货位、年收发物资相当于300个火车皮容量的现代化立体库房。

他刚到仓库时，物资收发全靠手搬肩扛，一个火车皮的工作量，几十个人要忙活一整天。碰上物资紧急收发，吃不上饭、睡不上觉是常有的事。如今，他操作电脑，输入几组数字，物资就像听话似的出柜、上梯、入轨、登车。刘毅说：“这座库房我一人就能搬动。”

这是分部向科技要效益带来的新变化。他们大胆借鉴先进的仓储物流技术和物资条码识别系统，在所属仓库先后建起安全监控系统、巡更系统、智能巡防系统、温湿度监控管理系统，并完成了弹药托盘移动车、野战化装卸机具等重难点攻关任务，科技建库的技术含量高了，工作效率成倍提高。

分部所属某仓库主任周莱说：“以前需20名左右保管员才能进行的物资收、发、管工作，现在只需2名保管员就能完成；以前清一次库，5名保管员要干半个月，现在只需1名保管员干4个小时就能完成。”

信息化这只巨手，是战斗力新的增长点，也是提高质量效益新的增长点。

（16）军地急救联动机制

关键词：确立“大效益”观念

6月9日，分部所属98医院军地联动110电话骤然响起：“这里发生重大车祸，30多名群众受伤……”时间就是生命。医护人员在第一时间赶至事发地点。

同一时间，医院迅速启动成批伤员紧急救治预案。院长、政委坐镇指挥，紧急抽调33名医护人员组成抢救小组，严阵以待。伤员一到，抢救小组快速进行分流疏散、交叉检查、紧急救治。仅仅90分钟，受伤群众就得到有效救治。

可别小瞧这个军地110急救联动机制。南京军区一位首长称这一做法是个创举，送给他们八个字：“平时救民、战时救兵。”

医院建立这个机制的初衷，是因为地处交通枢纽，车辆事故多。没想到，他们不仅每年在6个急救点要拉回几千个伤病员、创收5000多万元，而且医务人员练就了一身“战场救护”的真功，还受到群众的好评，真是一举多得。

分部党委的看法是，不能把提高质量效益看窄了，更不能搞变味了，讲质量效益必须坚持军事效益、经济效益和社会效益相统一，“大效益”观念不能少。

目前，分部所属医院全部建立了军地急救联动机制。

（17）29个人为何管不好7部电梯

关键词：解决矛盾问题需要勇气

这是发生在分部所属一个医院临床部的蹊跷事：29个职工管不好7部电梯。

这29个职工组成一个电梯班，负责管理病区电梯的运行及维护，临床部每年为电梯班发放工资、福利需要40多万元。人多有时并不等于力量大，古话不是说“三个和尚没水吃”吗？

人浮于事就是不讲质量效益。后来，他们依靠社会化保障，全年只需支付托管费用16.8万元。仅此一项，每年可节约资金26.7万元。

分部还撤销了19家军人服务社，将人员全部分流；清退临时工952人，每年节省经费开支上千万元。

干这些事，考验的是党委和领导干部的勇气。不敢碰矛盾和问题，哪来质量效益？

（18）工程建设实行终身责任追究制

关键词：给领导干部套“紧箍咒”

“房子造起来，干部倒下去。”有人这样形象地描述一些地方工程建设中的不正常现象。工程建设出问题，一个重要原因是缺少责任追究。

分部依据总部、军区有关规定，制定了项目管理、质量监督、统计报告、工程例会及廉政监督5大类共计28项具体管理制度，形成了以管理为核心、监督和奖惩并重的“横到边、纵到底”的监管机制。特别是在战备工程上，对领导干部实行终身责任追究制。

分部有一项战备工程投资数亿元，工程建设周期长达5年。分部所属某仓库主任王锋、政委张瑜良谈起当初负责这项工程建设时，用“如履薄冰、战战兢兢”来形容当时的心情。他们都曾亲手在数十份责任书上签字。凡是签过字的项目，他们都是睡觉都要睁只眼。他们说：这是战备工程，我们到死都要负责任的啊！

后来，这项工程被评为全军优质工程，单位被四总部表彰为全军战备工程建设先进单位和全军战备工程建设经费管理先进单位。

（19）把医院仓库当“大连队”带

关键词：减少“空转”、“空耗”

部队建设发展要出质量增效益，党委机关责任重大。随着编制体制调整改革，分部人少事多矛盾突出，仓库、医院虽是团的架子，但他们直接指挥的是分库、保管队、科室，像个“大连队”。仓库大多只有百十号人，有几个仓库只编配三两个政治干部。

分部党委机关对基层怎样实施有效指导和有效服务？分部领导带工作组经过充分调查论证，提出对分部和仓库、医院两级机关职能重新定位。即分部领导机关对上履行师级单位的职能，对下履行“一线指挥部”的职能，实施面对面指导、服务，把医院仓库当“大连队”带。

态度变角色换，作风随之改变。机关能用电话传达的不用传真，能口头汇报的不用材料，能下去面对面指导的不坐在机关“遥控”，既减少了中间领导层次，又提高了工作效率，防止和克服了机关工作“空转”、“空耗”。

今年分部大抓小散远直单位建设，党委常委分头带领工作组，沉到一线搞调研，拿出了一系列对策，基层建设形势喜人。

结束语：咬住“质量效益”不放松

科学发展观所要求的发展，是高质量、高效益的发展。当今社会正处在一个大变革时代，军队建设也处于加速发展的重要时期，我们要继续按照胡锦涛主席的指示要求去做，把高质量高效益的发展思想贯彻到各项工作中去，推动部队全面建设又好又快发展。

（2007年7月6日1版头条）

解放军报
JIEFANGJUN BAO
2010年7月31日
星期六
庚寅年六月二十
中国军网 http://www.chinamil.com.cn 今日8版 第19195号
国内统一刊号：CN81-0001（J） 代号1-26 解放军报社出版

绘制基本实现教育现代化的宏伟蓝图

——国家中长期教育改革和发展规划纲要诞生记

我国教育事业站在新的历史起点上

驶向深蓝的航迹

——东海舰队某驱逐舰支队履行使命科学发展纪实

部队要闻

交接：有一种使命在传承

交锋：有一种标准叫打赢

四总部致电慰问抗洪救灾官兵民兵预备役人员

参加抗洪救灾的部队官兵和民兵预备役人员：

总参谋部 总政治部
总后勤部 总装备部
二〇一〇年七月三十日

战士李守信刘磊抗洪抢险英勇牺牲

沈阳军区某集团军党委批准他们为烈士并追记一等功

全军创先争优活动领导小组召开第二次会议

全军师级以上医院管理创新研讨会召开

牢记维护国家战略利益的崇高使命

短评

钱伟长同志逝世

钱伟长同志遗像 新华社发

海军远航训练编队出访南太平洋五国

《解放军报》影印件

驶向深蓝的航迹

——东海舰队某驱逐舰支队履行使命科学发展纪实

■本报记者　张　弛　欧世金　钱晓虎　毛　俊

这是一支在人民海军发展史上具有传奇色彩的部队：

伴随着新中国诞生的礼炮，她成为海军组建最早的水面舰艇部队，先后取得解放一江山岛、击沉“满庆升”号舰等“七战七捷”的辉煌战果，名扬海疆；

60多年来，她成为海军的一支“种子部队”，先后抽调7700多名舰长、业务长、高级士官和政治干部，参与组建新型舰艇部队；从这里走出了108位共和国将军；

从全军开展军事训练等级评定活动以来，他们连续12年被评为全军军事训练一级单位；

在军史馆里，记载着他们创造的新中国海军史上诸多第一：首次组成舰艇编队出国访问，首次到海外参加联合军演，近年来承担全军和海军各项先行试点任务30多项，首创40多项训法战法和政治工作、管理工作经验，连续8年无责任事故、无刑事案件……

今年6月，总部和海军联合组织力量调查总结这个支队按科学发展观要求，用使命牵引、靠训练推动、以人才支撑、按法规抓建，全面加强部队建设的基本经验。

本报记者最近来到这支英雄的部队，跟随舰艇出海，观摩实弹演练，与官兵倾心交谈，见证和记录新一代水兵肩负使命走向深蓝的风采。

交接：有一种使命在传承

今年3月，支队新任政委翟永远上任，老政委李建军交班时的一句话，让他一下子意识到沉甸甸的责任。

“你既然到了这儿，就要准备比在别的部队吃更多的苦，操更多的心，使命感在这里真的不是一句空话。”

5年前，李建军上任时，无论是向海军首长表态，还是与时任支队长邱延鹏交心，都是这么一句话：“我到这里来，没准备来当官，是准备和战士一起剃头，当尖兵打头阵的。”至今，在舰船上、码头上和机关的墙壁上，到处可见他布置写的标语：丢掉幻想，准备打仗。

李建军带着翟永远去看鸦片战争纪念馆，去看记载着支队光荣历史的军史馆，有一种使命感责任感让他们心潮起伏。

1953年2月，毛泽东同志视察海军，乘坐的就是这支部队的舰艇，分别为南昌舰、洛阳舰、长江舰等题词，几次题词都是一样的内容：“为了反对帝国主义的侵略，我们一定要建立强大的海军。”

1975年6月，邓小平同志检阅海军，乘坐的也是这个支队的舰艇。鹰潭舰上，小平同志迎着风浪与水兵在一起的情景，成为支队官兵永远的记忆。

1991年10月、1995年10月、2004年7月，江泽民同志3次到这个支队视察。这在全军部队都是难得的殊荣。

2006年12月，胡锦涛同志会见海军第10次党代会代表时，发出号召：“努力锻造一支与履行新世纪新阶段我军历史使命要求相适应的强大的人民海军。”这句话现在就镌刻在支队党委会议室的墙上。

翟永远天天琢磨这句话，问计于官兵，描绘新的蓝图。他激动地去找支队长严正明谈心：“我现在心里好像烧着一团火，我们要保持光荣，还要抓事业心，把工作往实里抓，向战斗力聚焦。”

比翟永远早一年上任的严正明，在这个支队干过舰长，如今重返老部队，他和老战友们时常谈起支队老领导的带兵之道……他对翟永远说：“你说得对，老一辈给我们留下宝贵的财富，但我们不能把光荣当包袱背，我们要天天把使命当光荣讲。”

他们决定把这种蕴含着使命感责任感的交接，延续到每一天：延续到每天早晨的交班会上，天天通报国际风云变幻；延续到“生命力巡逻更”等细节检查法之中，天天坚持几十年不变的领导巡更夜查……这种使命感责任感，成为支队“我是一个兵”主题实践活动的重要内容，让“我的战位请放心”不只是一句口号。远海训练，他们请随舰出航的专家举办“海上百家讲坛”，探讨最前沿的海军装备知识、海洋战略竞争态势，拓展官兵的视野。

每一个到过支队的人，都会对营区的“剑园”留下深刻印象。园区通道上，铺设着印有全球14个重要海峡地图的玻璃砖，清晰可见走向深蓝的航线。如今，官兵已经操纵战舰驶过巴士海峡、宫古海峡、朝鲜海峡、津轻海峡、马六甲海峡等7个海峡，闪光航迹铸忠魂。

官兵课余假日到这里来散步，用礁石垒起万里海岸线上的岛屿礁群，北起鸭绿江口南至曾母暗沙，大到台湾岛小至赤瓜礁，“剑园”就是“使命园”，吸引着官兵关注国家战略利益的目光。

光荣的使命感，就这样融入官兵生活的每一天，进入官兵的心灵。

交锋：有一种标准叫打赢

在东海舰队，以至全海军，这个支队训练有素都是有名的。稍懂训练的人都知道，连续12年的“军事训练一级单位”绝非易事。近3年支队实射导弹成功率为100%，他们首创的43项训法战法被纳入海军相关法规制度。

这些数据的背后，有多少令人感动的故事？他们有哪些与众不同之处呢？7月上旬，记者随舰参加一次实弹演练，目睹了这样一件事。

这次实弹演练，有最新机型试飞，有刚结束厂修的舰船进行检验，发弹数量也是最多的。从结果看，任务完成得非常出色。可是，他们没有沉浸在喜悦之中。返航途中的党日活动，让我们见证了一次“检讨式讲评”。

发言者很多，内容涉及编队协同、心理素质等问题。522舰对空导弹发射班长打的一枚弹成为焦点。他在抗击一枚靶弹时，因为第一枚导弹没有击中，他违反要求紧接着发射了第二枚导弹，虽然击中了目标，然而这位班长却没有受到表扬，支队参谋长赵卫东说：“现代作战是基于信息系统的体系作战，第一枚没有击中，在这种情况下就要检验编队兄弟舰的拦截能力。你自己想打就打，致使体系作战能力的检验被打乱。靠单打独斗是不能打赢现代战争的。”

这可能就是他们与众不同的地方。现代海战是体系作战，一味地提倡“见第一就上”也许会影响大局，所以，打中了未必受表扬。支队长严正明说：“一些同志讲实战标准，仅仅停留在不要弄虚作假，这实在是一个太低的标准。其实更重要的是，到底什么是实战标准?”所以，他们每一次演练总结，从来不是以成绩为主，始终把目光盯在找问题上。

严正明说：“不同的思维决定不同的标准，导弹能否击中目标是一种标准，敢不敢找问题是一种更高的标准。”他讲起前任支队长邱延鹏的往事。

那一年，中国最先进的军舰列编到支队，着实让官兵们骄傲了一番，“按造价算，每个人都是百万富翁”。然而，新装备并不像游戏机那么容易掌握，没它盼它，有它怕它。老装备虽然落后，但用起来驾轻就熟。结果，新舰入列一年多，还没有打过一次靶。

当时还是舰长的邱延鹏主动请缨用新装备打靶，第一次没批准，第二次获准却打了个“大鸭蛋”。巧就巧在其他用直瞄手动式老办法打靶的舰一个个打了优秀。一时，“新不如旧”的议论出现了。但邱延鹏并不认输：不是新装备有问题，而是没有很好地掌握系统的调试。当时的支队长支持他：“我们宁要‘光头’，也不要低标准的优秀。”

他们的“鸭蛋”成为全支队一笔财富，逼出来新的飞跃。后来，有位外国海军将军来到支队观摩新装备系统打靶。出海后碰到大雾，从指挥台用肉眼只能看到舰艏。还打不打？所有的人都紧张得出了一身汗。率舰出海的参谋长问操纵手“有把握吗?”得到肯定答复后，他果断下令射击。炮声一响，检靶结果出人意料：发射48发，命中18发。这一成绩远远超过当时的优秀标准，而且是在大雾中，这是老装备根本无法做到的。

后来，就是这个打“光头”的舰长邱延鹏，创造了“4个首次”：2007年2月，他带领两艘战舰远赴巴基斯坦参加多国联合军演。这是首次由任务部队主官率编队到海外参加联合军演，首次不带补给船伴航，首次在国外实际使用武器。巴方担心双方联络出现问题，提出派遣通信联络官。于是，争论出现了，要不要呢？如果不要，出了纰漏谁负责呢？最后决定，“不蒸馍馍争口气”，自己干。为此付出了怎样的辛苦，不足为外人道，但他们确实创造了首次由中国指挥官用英语和北约通信格式组织指挥演练的成果。在8个国家10多艘战舰的同台竞技中，中国护卫舰表现出色，将2个浮体靶全部打爆，赢得参演各国海军的敬重。在演习结束的冷餐会上，一名美军驱逐舰长专门找到邱延鹏，向他表示祝贺。

班长打得对不对？新型装备用不用？外方联络官要不要？三件事的背后，是激烈的思想交锋。我们从中看到了他们训练过硬的源泉——不仅仅是每年260多天的出海演练，不仅仅是领导随舰出海的天数，而且是永远盯着新问题，永远不满足，永远找遗憾。前任政委李建军说："这支部队有一个最宝贵的传统，就是鼓励不同意见的争论，因为唯唯诺诺的人是打不了胜仗的。"

交流，有一种贡献是人才

我们见到了陈胜琪。

谁是陈胜琪？在这个支队采访的日子里，天天听说陈胜琪。当年，他30多岁就已头发花白，担任支队导弹业务长，已出版6本导弹教材。他的一大专长是研究反舰导弹看谁"打得快"，就是当敌我两舰同时发现对方时，谁能先把导弹打出去。为此他研究了整整10年，他的"反舰导弹射前检测法"获得国家专利。

如今，陈胜琪已成为海军导弹业务长。在7月初的东海舰队实弹演练中，他是指挥舰上最活跃的人物。作为导弹专业的权威，本次演练的所有靶弹均由他掌控，每当导弹发射之后，他总要跑上跑下向指挥员报告导弹命中情况，大家的情绪也随着他的通报而变化。

从这个支队走出去的人才，像陈胜琪这样的大有人在。有"上天能驾机、下海能操舰"的优秀舰长柏耀平，博士舰长刘喆，全军爱军精武标兵陈光明，等等。营区英模大道上的人物灯箱有26个。60年来，这个支队平均每年向其他舰艇部队输送人才120多名，"种子部队"名不虚传。

海军是专业技术非常复杂的军种。"百人同操一条舰"，一个岗位甚至一个操作，就可能决定一场战争的胜负。据说，培养一名优秀舰长需要18年时间。这样多层次、全方位的人才方阵是怎么培养的呢？经验有很多条，我们印象最深的有这样几点：

一曰"打破成规"。

如何让舰长从“两眼一睁，忙到熄灯”的事务中解脱出来，腾出时间来研究作战问题？这个支队创造性地在各舰成立“士官管理组”，设立“士官主任”。由优秀士官挑起管理全舰战士的担子。没有政策，没有经费保障，面对种种质疑，支队党委敢于吃第一只“螃蟹”。舰艇管理新模式收到奇效：懂信息化作战的舰长越来越多，善管理的士官脱颖而出。他们没有停止探索的步伐，又在海军范围内率先组成“士官专家组”，发挥高级士官在专业教学、技术革新方面的作用。

二曰“允许失败”。

驱逐舰副炮系统压弹挂弹速度慢，支队枪炮业务长沈建章建议搞革新。支队支持他，投入30万元。搞了大半年，结果搞砸了。怎么办？连沈建章也想打退堂鼓。支队从院校请来七八位专家，反复论证，改换思路，又投入150万元，让他接着干。最后终于搞成海军第一套舰炮武器综合模拟训练系统，使得副炮系统压弹挂弹时间比大纲要求缩短了70%，而且命中率也大为提高，获得军队科技进步二等奖。沈建章说：“就是这种允许失败的氛围，激励出一批革新能手。”近年来，支队取得技术革新成果34项，5项获国家发明专利，8项获军队科技进步奖，其中60%是士官提出并主持完成的。

三曰“提供舞台”。

每一级士官的选升都有更高一级的标准。那么，士官问：“谁来培训我？”2008年3月，五级士官陈光明提出解决这个问题的方案。他建议开办一所“士官夜校”，支队当即聘请他担任夜校校长，对所有士官分级分批进行轮训。陈光明不负众望，带出一个高素质的士官群体，而且带领士官专家组集体攻关，开发出一套集“结构原理、虚拟操作、维修保养、训练考核”等6大模块于一体的多媒体仿真训练教学系统，不仅提高了官兵的操作技能，还节约了大量的训练资源。陈光明如今成了支队的宝贝。他作为一名士官天天与科长以上干部一起参加支队交班会，每次编队出海训练，他都被点名上指挥舰。有两所海军院校聘请他为客座教授。

今年第一季度，又有200多名官兵转隶到驻大城市的部队，这些官兵依依不舍，很多人写报告要求留下。副支队长杨宏给大家做工作，这位“上天能驾机、下海能操舰”的双料舰长，用自己的经历告诉大家：“我们希望自己的人才是雄鹰，没有什么比雄鹰展翅更让我们振奋了。”

交融，有一种管理靠动情

在随舰出海演练的过程中，我们注意到两种颇有意思的现象。

码头上，一边是舰艇出港，井然有序；一边是留守官兵中请假外出的身穿便装集合整队，交代注意事项——并没有我们常见的那种紧张，一有演习就把所有人召回来。

航行中，指挥舱里气氛紧张，平时文质彬彬的指挥员，好像一下子脾气变大了：嗓门高，语速急，不容置疑。这些大部分是独生子女的青年士兵，心理脆弱些的能承受得了吗？

支队政治部主任范玉定解释一种管理理念：部队就是部队，该严的一定要严起来，带兵不是带孩子；部队也是家庭，在生活上，要像爱你的兄弟一样爱士兵。

两本书概括了他们按法规抓建的全部内容。支队编印的《军官手册》《士兵手册》，除涉密内容外，部队5大类15项工作全过程向官兵公开，入党、提升、考学、选取士官、晋级、评功评奖等涉及官兵切身利益的政策规定、名额、程序，清晰具体。据介绍，所有干部的提升都要通过双向测评、公开答辩；所有舰艇专业的班长都是比武产生的。一位总部机关的同志看到后，大受启发。他说，大家都说要用法规指导工作，现在的问题是，你知道多少法规？更难的是，能否一条一条照着办！

三件事代表了他们用情感带兵的细节追求。在学习实践科学发展观活动中，他们讨论了一个问题，作为基层党组织，解放思想需要直面矛盾，破解难题，让官兵看到活生生的变化。于是，三个令人欣喜的变化出现了。

水兵蹲在岸边吃饭的历史结束了。过去，老式驱逐舰上没有餐厅，官兵吃饭只好蹲在甲板上、码头上，常常是“冬天吃冷饭、夏天一身汗”。支队党委筹资1000多万元，建成一座设施齐全、集生活保障、休闲娱乐于一体的水兵餐厅，在海军部队率先结束了老式驱逐舰官兵就餐无场地的历史。

让孩子上最好的幼儿园的心愿实现了。支队幼儿园原先规模小、师资弱，官兵常常为孩子教育分心。10年前，他们将幼儿园从乡村搬到市中心，近年来全部引进幼儿专科教师。如今，支队幼儿园成为海军十佳示范幼儿园之一。今年，有人建议提高收费标准。支队党委决定不涨学费，并增加一条：士官子女也与军官子女一样享受优惠待遇。

官兵出海后家庭发生困难的担心消除了。支队专门设立“24小时帮困热线”，家属遇到难处，只要一个电话，马上就会有人帮助处理。4月中旬，523舰士官王文定出海执行任务，小孩夜里突发高烧。当时下着瓢泼大雨，家属刚随军，对驻地环境不熟悉，焦急之中她给帮困热线打了电话。支队立即派车把孩子送到医院。王文定出海归来，听到妻子的述说，看到活蹦乱跳的儿子，疲惫一扫而光。这样的经历很多人都有过，大家说，每一次出海，我们可以很放心地对妻子说，有困难找组织！

今年以来，支队新班子又为基层办了3件实事。一是投入100多万元对水兵公寓、临时来队家属住房进行改造整修，确保家属“一来就能住，住得很舒心”；二是考虑到部分饮用水源受到污染，支队下决心将饮用自产水改为饮用地方自来水；三是为解决新式服装配发后舰艇官兵存放衣物的难题，专门为每个官兵制作了衣帽柜。

就是这样的一件件小事、实事，让好多人动情了，劲足了！支队党委务实创新、风清气正干事业的形象，在官兵心里树立起来。

不是尾声

返航了。

我们跟随这支英雄的舰队，从东海之滨走向大洋，看到威武的编队劈波斩浪，一往无前，心潮逐浪高。他们就是人民海军从艰难中起锚，为着国家战略利益昂首远航、走向深蓝的缩影。

战舰驶向定海港，我们又看到了记载着历史屈辱和民族精神的“三总兵”纪念碑。1840年，鸦片战争爆发。7月5日，定海沦陷。次年9月26日，英军出动29艘战舰，再次进犯舟山。定海三总兵葛云飞、王锡朋、郑国鸿率军5800人，分兵把守定海东岳宫山、晓峰岭、竹山门，在滂沱大雨中与敌人血战6昼夜，壮烈牺牲。每一个人看到纪念馆公园门口那副对联：“那六天洒流五千人英雄血，这一仗打痛每一颗中国心”，都不由得肃然起敬。

战舰驶向军港码头。我们又看到了码头上那句耐人寻味的标语：

“离开了精湛的武艺，还有什么能证明你是一个合格的军人。”我们来到码头上的战斗精神展厅，看到8块并列的图板，前7块分别标注着支队组建以来“七战七捷”的战果、场景和时间，而在最后一张图板上，是震撼人心的一句话：“第8次战斗，下一分钟打响……”

短评

牢记维护国家战略利益的崇高使命

人民海军从近海驶向远洋、驶向深蓝的航迹，浓缩在东海舰队某驱逐舰支队的队史中。

驶向深蓝，既是光荣，更是使命。“练兵千日、用兵千日。”该支队始终把有效履行使命任务、提升核心军事能力作为建设方向，在真打实备中练硬功，在完成重大任务中砺精兵。近5年来，他们出色完成500多项急难险重任务，天天有舰艇和兵力在海疆行动。深化军事斗争准备，加强信息化建设，强化基层建设质量，艰巨而繁重的任务，逼出了支队官兵的忧患意识，催生了大批优秀人才，培养了官兵的爱国情怀和战斗精神，提高了部队战斗力。

国家的利益拓展到哪里，军队的使命就延伸到哪里。全球化蕴含着对海洋的巨大依赖。随着维护国家战略利益对海军战略需求的提高，党中央、中央军委对海军建设新发展确立的奋斗目标更高了，全国人民对海军建设发展的关注度和期望值更高了，检验海军建设发展水平的参照系也更高了。为了维护国家战略利益，为了应对各种威胁和挑战，我们需要建设一支与履行新世纪新阶段我军历史使命要求相适应的强大的人民海军。

（2010年7月31日1版头条）

向东海舰队某驱逐舰支队学习，就要像他们那样，把眼光投向世界，把目标定在深蓝，紧紧抓住现实作战能力与打赢未来信息化战争不相适应的矛盾，不断提高领导部队现代化建设和指挥信息化战争的本领。这不仅是海军官兵的历史责任，也是全军官兵的历史责任。当一支部队面对类型众多、起点不一的基层建设现状时，该如何抓建？海军东海舰队开展“一年抓一片、四年抓一遍”活动，取得明显成效。请看调查报告——

基层建设六大问题求解

■本报记者　欧世金　钱晓虎　特约记者　方立华

“一年抓一片、四年抓一遍”是海军东海舰队学习贯彻落实科学发展观、按照《军队基层建设纲要》抓基层建设的一个成功实践。

从2002年开始，该舰队面对类型众多、起点不一的基层建设现状，把部队分成4个片区，坚持每年集中一个方向，突出一个主题，抓好一批重点，从基层物质文化生活设施的改善，到战斗力、保障力的提高，从加快部队信息化建设步伐，到加强小散远直单位建设，既一个点一个点地抓，又整军整师整团抓；既抓作战准备、装备建设等硬件，又抓组织功能强不强、官兵士气高不高、内部氛围好不好、发展后劲足不足等软件，做到横不漏项、纵不断层，通过两轮8年的不懈努力，形成了主动作为谋发展、迎难而上搞建设、一心一意抓基层的强劲态势，促进了部队建设整体上台阶。

——编者

1

一问：部队点多线长、起点不一，基层建设该咋抓？

解答：分片推进，整体跃升

针对部队特点，东海舰队党委形成这样一个共识：把改变基层物质文化生活设施陈旧落后面貌作为突破口，通过建成一批有特色的亮点，形成一种新的导向，确立一个新的标准，提升新形势下基层建设起点，激发部队内在动力。

从2002年开始，东海舰队按照“统筹发展、分片推进、整体跃升”的思路，根据基层部队驻地的地域分布，把部队分成4个片区，每年抓一片、看一片，4年一个轮回，逐年抓建、逐片推进、滚动发展。

在“抓一片”活动中，各级党委机关科学筹划，集中精力“抓”；基层单位立足自我，想方设法“建”；舰队每年组织团以上党委书记实地观摩，逐个单位“看”。

第一轮抓过，东海千里海疆的座座军营里，一批全新的生活、训练、学习基础设施相继建成，基层全面建设形势喜人。

此时，舰队党委开始谋划第二轮怎么抓的问题。

他们从军委、总部关于基层建设全面发展、整体提高的阶段性目标要求中，找到了突破口：只抓点不抓面会造成基层发展不平衡，官兵也难从“抓一片”实践中普遍受益。

但整师整团推进，谈何容易？建设经费从哪里来？会不会给部队造成忙乱……

2006年初，正当关于是否抓整体推进的思想碰撞比较激烈时，军委首长到南京战区视察，对舰队“抓一片”活动给予肯定，并明确指示抓建活动要全面看、看全面，在全面建设、科学发展、整体推进上下功夫。

某保障基地点多线长，所属部队财力各不相同，“抓一片”活动的开展，需要动用部队“家底”。当时，有领导提出，基地保障任务很重，“家底”还是少动为妙。

这是一次解放思想、更新观念的过程。“今天搞建设，还的是历史欠账，用的是现有资源，谋的是长远发展，尽的是应尽责任，惠及的是基层官兵。”主流的声音最终占了上风。

8年来，“抓一片”活动经历了党委班子调整、军事斗争准备任务紧迫、内外环境发生深刻变化等考验，但历届党委坚持把它作为党委工程、主官工程和基础工程紧抓不放，保持了“抓一片”活动的稳定性和连续性。

采访中，舰队政委岑旭告诉记者：“‘一年抓一片’活动，整合的是现有资源，改变的是基层面貌，解放的是各级党委、领导的思想观念，增强的是部队战斗力凝聚力，推动的是领导工作重心下移，形成的是抓建基层的长效机制。”

2

二问：不同地域、不同类型部队如何协调发展？

解答：偏远不落后，投入无亲疏

某水警区机关和某猎潜艇大队与一风景区相邻，环境如画；而所辖的某护卫艇大队驻守在一个偏远海岛上，环境艰苦……

有人提出，地处特区的水警区机关和某猎潜艇大队是窗口形象单位，基层建设起点高、优势多，容易出看得见的成果，应作为重点建设对象；而驻地偏远艰苦、基础设施建设落后的某护卫艇大队建设可以一点一滴慢慢投入建设。

锦上添花，不如雪中送炭，部队发展不平衡，后患无穷。水警区党委否决了这个提议，在上级的支持下，对护卫艇大队予以经费倾斜，先后投入1000多万元重点抓基础建设，“一步到位”地实现了现代军港建设要求。

对于水警区机关和某猎潜艇大队，水警区党委利用驻地特区城市的地域优势，请地方城市规划人员进行设计，基础设施的升级改造项目纷纷成为特区的亮点项目。

东海舰队所属部队高度分散，基础不一，发展不均，区域差异性极大，仅小散远直单位就占基层单位总数的48.8%。在“抓一片”活动中，舰队党委要求各级党委因地制宜，量力而行，坚持偏远不落后，投入无亲疏，既满足部队建设需要，又有效防止和克服超财力、超标准、超预算的“三超”现象。

驻福建片区部队抓住构建海峡西岸经济区的机遇，驻上海、温州、台州等沿海城市部队借助城市改造时机，走军民融合式发展路子。有“上海第一哨”之称的某观通站所处海岛面积只有0.088平方公里，在长江口外离大陆40海里。岛上多雨、多雾，无淡水、无电、无常住居民，日常生活用水、粮食等物品都是通过船只定期补给。通过纳入上海市边海防体系建设后，建成了可停靠500吨级舰船的码头，海岛观通站拥有了信息化战备、办公场所和良好的生活环境。

偏远不落后，投入无亲疏，把小散远单位建“暖”了，把高山海岛部队建“美”了，把艰苦地区部队建“好”了，实现了不同类型、不同情况的基层部队协调发展、整体推进。

3

三问：基层建设作为一项系统工程，怎样防止偏颇一方、囿于一时？

解答：硬件和软件建设要一起上台阶

某观通旅基层部队全部驻守在高山、海岛等偏远地区，生活条件艰苦。在海岛观通站连续工作22年的雷达技师王小林记忆犹新：当年，家属小孩随军上岛后，没有学校上学，只好夫妻俩轮流当老师，在狭小的宿舍给孩子上课……

“抓一片”活动中，在上级支持下，该旅先后筹措资金1000多万元，在厦门市区建设随军家属生活保障基地，调整、装修、新建公寓房200多套，优先分配给常年驻扎在高山海岛的基层干部和高级士官，并与厦门市政府协调，将随军家属户口安置到厦门，子女们能上厦门较好的学校。如今，全旅21个偏远基层单位符合条件的干部和高级士官实现了“高山海岛服役，经济特区安家”的愿望。

基层建设的核心是促进官兵的全面发展。在第二轮抓建中，舰队党委强调“硬件更硬、软件不软”，突出“人”这一主导因素。

各级升级改造了学习室、军官训练中心等学习教育场所，整合扩容了图书阅览室；健全普及了军营网络，普遍接通全军政工网和士官远程教育网。

某驱逐舰支队二级军士长陈光明告诉记者："以前我们舰艇官兵学习是一块黑板、几支粉笔、几十个马扎，几十个人，或挤在舱室里，或坐在甲板上，抱着书本听课、在膝盖上记笔记。现在，我们学习就跟在大学里一个样！"

各部队充分发挥这些硬件设施的作用，广泛开展学习成才活动，创办"军港理论辅导站"，建立"水兵理论教员"队伍，努力使官兵听党指挥、建功东海的思想基础更加牢固。

舰队选取辖区鸦片战争遗址等11个纪念场馆建起了战斗精神教育基地、当代革命军人核心价值观教育基地，指导6个单位进行战斗精神培育试点，探索了战斗精神系统化、具体化、可视化、常态化培养手段，基层建设软实力不断提升。"一幅漫画一个理，一组漫画一堂课"等教育做法受到军委、总部首长的肯定。

舰队党委还以硬件建设的跃升带动"四个基本"建设的整体提高，基本实现了同一个军、师、团内部没有明显落后的单位，同一个舰连基层8项经常性工作没有明显弱项，涌现出了全面建设过硬的某驱逐舰支队，全国先进基层党组织322艇党支部等一大批先进典型。

四问：房子新了、设施全了、环境美了，如何避免过度生活化、社会化倾向？

解答：建战斗化军营，为战斗力服务

在"抓一片"过程中，舰队党委把提高战斗力作为根本出发点和落脚点，一大批现代化、信息化的战备值班场所、指挥控制设施、训练管理系统得以建成和使用。

某潜艇支队刚建成的潜艇虚拟仿真训练中心里，数十名艇员端坐在电脑屏幕前，在虚拟信息化战场上练指挥、研战法、斗谋略。支队长支天龙向记者介绍，潜艇模拟训练系统，不仅训练方法和过程与实装一致，还能随机出情况、设课题，自动评估训练效果。艇员经3个月集中训练，便可以单独上岗值更。

建战斗化军营，使战备训练条件不断改善。他们每年在近似实战的战场环境下，进行全要素、全过程、全方位的体系对抗和实弹演练，走开了“联通、联演、联动”之路，具备了在各种复杂条件下遂行作战任务的能力。

今年7月上旬的一天，随着一声令下，这个舰队组织的实射演练拉开了帷幕。记者在指挥舰看到，“蓝军”从岸、海、空、天、电多维空间对“红军”编队进行多波次的立体攻击。一时间，多批目标涌入指挥中心，编队指挥员及时分发目标活动要素和作战指令，迎头痛击来袭之“敌”。只见4枚靶弹从不同方向贴着海面朝“红军”舰艇编队飞来。“红军”当即启动反导系统实施拦截，高速飞来的4枚靶弹被击落大海。

舰队副参谋长邱延鹏介绍说，这次演练，以信息融合为主导，依托指控系统和舰队自主研发的“一体化训练支持系统”，对来自岸基、水面、空中等不同信息源的情报进行采集、传输、处理、分发，最大限度地发挥信息融合功能，高效实施兵力的指挥控制和远程精确打击。指挥员操纵键盘就能指令三军，咫尺荧屏可一览波涛万里的海空战场，信息化的扁平化指挥方式已成为现实。

近年来，舰队部队圆满完成了“和平使命”多国联合军演、亚丁湾索马里海域护航以及APEC会议、上海合作组织峰会、上海特奥会、北京奥运会以及支援地方抢险救灾等多样化军事任务，在实践中总结完善了多套行动预案。先后有67个单位被评为军事训练一级师团，43名官兵被总部、海军表彰为训练标兵、技术能手。

五问：面对日新月异的外部世界，怎样避免基层建设与时代脱节，或者建起来就落后？

解答：不能关起门来搞建设

在航空兵某师采访，记者发现，每名战士都拥有一张双层的立体床，上面睡觉，下面有书桌书柜供学习，并配有立式衣柜；室内健身房器材多样，跑步机前面还装上了小电视……

该师政委陈振魁介绍，基层建设的高起点，是走出去学、向兄弟单位学带来的结果。

面对迅猛发展、日新月异的外部世界，在“抓一片”活动中，舰队党委采取“部队自主建、办班实地看、相互交流学”的办法，每年举办一次团以上单位党委书记集训班，组织大家现场观摩，实地调研，开阔眼界，转变观念，取长补短，使“抓一片”活动一年为一年立标杆、一片为一片做样板，基层建设紧跟时代步伐。舰队各级党委在顶层设计上，大胆探索，既着眼当前，又适度超前，调整“焦距”，选准“焦点”。

上海是国际化大都市，驻上海片区的部队能不能创造出驻大都市部队的品位和魄力？

驻沪部队领导纷纷走进上海城市建设规划馆、世博会展览馆以及陆军、空军兄弟部队，在参观考察中看不足，在学习借鉴中思对策，并依托上海市雄厚的科技实力，专门聘请了现代设计集团、同济大学建筑学院的专家担任技术顾问。

某登陆舰支队为百年军港量身设计了“营区现代化、设施配套化、环境生态化、功能多元化”的新规划，实现了前瞻性与实用性的最佳结合。航空兵某师确定的空勤小区、地勤小区、文化活动区和体能训练区“四区八大工程”的建设规划和配套方案，使服务基层、服务官兵的宗旨得到充分体现。某保障基地党委针对部队类型多元、分布广泛、发展不均的现状，充分运用政策调整、资金扶助、技术支援、资源倾斜等综合手段，既突出了建设重点，又兼顾了建设类型，还拉齐了建设标准……

学习借鉴地方先进理念，凝聚专家和群众的智慧谋发展，开创了“跟进时代，创造亮点”的生动局面。曾跟现代都市不太般配的舰队驻上海部队，成了国际化大都市里一抹亮色，也为前来观摩学习的其他单位提供了有益的思路。

六问：抓基层建设，怎样确保建得管用，管得科学？

解答：广征意见，科学论证，加强指导

一位士兵的意见改变了一个党委涉及近百万元的决策！

这事发生在某潜艇支队。

几年前，该支队将原来一处杂草丛生、污水横流的洼地，改造成一个人工湖。“抓一片”活动启动后，支队党委决定投资近百万元对人工湖进行改造，为官兵提供更加优美的环境。

没想到征求意见时，却有一位士兵投了反对票。

理由很充分：近年来由于驻地淡水资源紧张，人工湖常年处在几乎干涸状态。而支队的运动场地一直比较拥挤，迫切需要新建一个集心理训练场和体能训练场为一体的现代化综合运动场。

支队党委将这条意见向群众公布，再次广泛征求建议，并进行认真研究论证后，支队党委决定把人工湖填平，投资700余万元建设综合运动场，一举赢得交口称赞。

随着“抓一片”活动深入开展，舰队党委通过调研，提出了按照提高战斗力与增强凝聚力、前瞻性与实用性、主动作为与量力而行、改善物质文化生活条件与完善战备训练设施相统一，坚持“建、看、管、用”一致的要求，成立工作组，对部队“抓一片”工作进行督促指导。

为确保建得管用，各单位对科技含量高、风险性大的建设项目邀请专家进行论证，充分了解基层官兵意愿后再作决策，确保眼前有保障、后续有发展。

华灯初上，某登陆舰支队学习室里座无虚席，图书学习室里，军事类、政工类、社科类、文学类图书包罗万象，就像小型图书馆；舰艇长学习室里，舰长们运用网上模拟训练系统，开展战法研讨、图上推演、模拟对抗；电子阅览室里，官兵正在阅读电子图书，浏览军事期刊，畅游知识海洋；网络学习室里，官兵或博览新闻，或上远程教育网听讲座，尽情网上冲浪。一个充满生机、充满魅力的军营学习室展现在记者面前。

支队政委叶建林介绍，支队水兵文化活动中心建成投入使用以来，各活动场所和学习室在自由活动时间全时开放，已先后举办专题讲座31场次，邀请军地专家讲课16场次，听众达近万人次。

建好是前提，用好才是目的。通过抓建，各部队的学习室、军官训练中心、图书阅览室等传统学习教育场所，普遍具备了多媒体教学、远程教学等多种功能。舰队党委、机关指导各单位坚持边建设、边培训管理人员，制订完善管理规定和使用规章的配套建设，确保相关场所天天开放，时时为官兵服务，营造了创建学习型军营、争当知识型水兵的浓厚氛围。

某潜艇支队支队长马立新说，基层官兵的学习环境校园化、学习手段现代化、学习视野国际化，大大拉近了官兵素养与推进海军转型的距离。

两轮8年的持续抓建，东海舰队基层建设登上了一个新的台阶，实现了整体跃升。

面对新的起点，舰队党委有着清醒的认识。司令员杜景臣告诉记者："新一轮抓建活动，我们将更加注重在科学建硬件、有力抓软件、关注小散远、服务战斗力、统筹建管用上动脑筋下功夫，让官兵更加实在地感受到科学发展的成果，体会到党委机关的关心，不断增强部队的凝聚力战斗力。"

（2010年8月23日2版头条）

屯垦戍边　功昭日月

——新疆生产建设兵团创业纪实之一

■本报记者　欧世金

来到新疆，更深切地了解到祖国的辽阔宽广。看了天山南北亘古荒原上崛起的绿洲、城镇，更真切地感受到新疆生产建设兵团的伟大奉献。

42载沧桑巨变，三代兵团人用青春和热血铸成了屯垦戍边的丰碑。

军垦“长子”、“独子”、“骄子”，展现党中央三代领导集体的高瞻远瞩

“屯垦戍边”，在我们祖国是吟诵了两千多年的一首古韵长歌。当“八一”军旗飘扬在天山南北的亘古荒原时，我国的屯垦史掀开了崭新的一页。

那一幕充满了豪情。1952年2月，毛泽东主席号召人民解放军要“站在国防的最前线，经济建设的最前线，协同全国人民，为独立、自由、繁荣、富强的新中国继续奋斗！”1954年10月7日，在王震将军率领下，10.5万解放军官兵奉党中央、毛主席的命令就地转业，成立新疆生产建设兵团，共和国军垦的“长子”在祖国西陲降生。

这是参加过反“围剿”、长征、南泥湾大生产、保卫延安、兰州攻坚战的英雄部队。指战员们还没有拂去身上的征尘，又扛起了坎土曼，开始在白纸上描绘最新最美的图画。他们住地窝子，靠人拉犁，以盐下饭，一年实现了粮食自给，三年实现了丰衣足食。

党中央第一代领导集体始终无微不至地关怀着兵团的发展。刘少

奇、朱德、周恩来、董必武、陈毅、贺龙曾先后到兵团视察指导工作。从20世纪60年代初开始，党中央又从内地调来大批军队复转官兵、知识青年，为兵团发展注入了新鲜血液。

“文革”期间，兵团于1975年3月25日被撤销建制。邓小平同志1981年8月到新疆考察军垦情况时，饱含深情地对军垦战士们说，原生产建设兵团的军垦战士在新疆的业绩，新疆各族人民不会忘记，党中央和全国人民不会忘记。

尔后，以邓小平同志为核心的党中央第二代领导集体作出英明决策，决定恢复新疆生产建设兵团，并指出，生产建设兵团屯垦戍边，发展农垦事业，对于发展新疆各民族的经济、文化建设，保卫祖国边疆，都有十分重要的意义。从此，新疆生产建设兵团，作为共和国的军垦“独子”，在新疆重新崛起。

以江泽民同志为核心的党中央第三代领导集体同样十分重视、关心兵团事业。江泽民总书记在1990年8月视察石河子垦区时，为兵团题词:“艰苦奋斗，屯垦戍边，建设新疆，保卫边疆，维护祖国统一，增强民族团结，促进各民族共同繁荣。”国务院总理李鹏也为兵团题词:“屯垦戍边，再立新功。”这些题词，为新疆生产建设兵团在新时期“奋起二次创业，再造兵团光辉”指明了方向。“八五”期间，新疆生产建设兵团一举将年生产总值由46.69亿元提高到121.6亿元，成为共和国开发西部的“骄子”。

屯垦戍边，在西北边陲耸起又一座“天山”

地头边，烈日下。“砰砰砰”，枪响靶穿。7月14日，记者在塔里木盆地北部参观农二师二十九团的民兵射击训练，被兵团人爱军习武的精神和精湛的武艺深深感动。

黑瘦的团武装部部长李润河是位从事武装工作34年的“老民兵”。他告诉记者，兵团从成立那天起，就肩负着“生产队、工作队、战斗队”三大任务。为此，兵团一直沿袭了人民解放军兵团、师、团、营、连、排的编制序列，保留着人民解放军完备的政治工作机构和政治工作制度。现在，兵团已有自成体系的公安局、检察院、法院和武警部队、预备役师、民兵，配合当地军民承担起“戍边”的重任；有现代化装备的172个农业团场和725个独立核算的企业承担着“屯垦”任务；有教育、科研、医疗卫生等各种社会机构组成的军垦城镇作为屯垦戍边的“堡垒”。

兵团预备役部队和民兵，一边生产，一边进行军事训练。42年来，虽然80％的经费是兵团自筹，但软、硬件都达到了现役部队的标准，多次受到军委、总部的表彰。

新疆与8个国家为邻，58个边境团场戍守着2000多公里的漫长边防线。50万兵团人不论条件多么艰苦、环境多么恶劣，落地生根，永不换防，成了有生命的“界碑”。兵团军事部政委薛书伟说：“兵团百万职工，在新的历史条件下，用热血架起另一座天山，成为牢不可破的钢铁长城。”

天山南北，戈壁茫茫。42年来，百万军垦战士在此营造了石河子、奎屯、五家渠等近200个军垦新城镇，在世界第二大沙漠——塔克拉玛干和世界第十一大沙漠——古尔班通古特周围筑起了一道道绿色长城，把一片片焦黄的沙漠变成了总面积比两个台湾省还大的绿洲，创造了“人进沙退”的世界奇迹。

为祖国甘愿奉献青春、奉献终身、奉献子孙

兵团的历史，既是一部戍边史，更是一部奉献史。

原兵团副政委李书卷满含激动的泪花说：兵团人历经艰难，但始终牢记毛主席“要为新疆各族人民大办好事”的教导，一言一行都要符合各族人民的利益。共和国不会忘记：新疆的现代化企业，是从兵团人节省一顶军帽、变军服双层衣领为单层衣领、每月3元津贴发2元、献出了1500万元转业费开始建起的。兵团人把亲手创建的包括七一棉纺厂、八一钢铁厂、十月拖拉机厂、红雁池电厂在内的42个大型骨干企业无偿移交给了地方政府，奠定了新疆现代化工业基础。兵团人修筑了南疆铁路、北疆铁路、乌伊公路、乌库公路……从根本上改变了新疆交通落后的局面。

乌苏县各族人民不会忘记：农七师每年将治理过的2亿立方米奎屯河水无偿提供给他们，使全县成为自治区的农业大县。为了治理奎屯河，40多年来，农七师投资10多亿元，牺牲在治河工程中的职工达100

多人。现在，新疆大地上有兵团修建的3200多项灌溉工程，戈壁上几乎每片绿洲无不流淌过军垦战士的热血和汗水。

至今，兵团仍有上万名当年的开拓者、老红军、老八路。他们平均每月只领400元左右的退休费，许多人屯垦戍边40年没有到过乌鲁木齐，没有坐过火车，直到兵团40年大庆才由组织出面把他们接到乌鲁木齐。居住在离边界仅几十步的老战士白玉书曾在辽沈、平津战役中荣立战功，现在他的4个子女也在这儿屯垦。他对记者说，边境虽苦，但也是祖国的土地，不能没有人啊！

在发展社会主义市场经济过程中，兵团人依然把为祖国做奉献放在首位。兵团生产的优质皮棉占全国总产量的8%，主要供应京、津、沪、渝等地国有大型棉纺织企业。前几年，全国“棉花大战”，市场上棉价每吨升至17000元，兵团人不为所动，始终把最好的棉花以每吨7000元的国家收购价交售给国库。农一师二团一连女青年蒋玲芝，在塔克拉玛干沙漠西缘种地，10年累计种稻1200亩，产粮58万公斤，并创大面积单产726公斤的全国高产纪录，被称为“塔里木女粮王”。她说：“国家需要粮食，我要在这儿种一辈子粮食。”

大批科技人才为兵团的事业呕心沥血，功昭日月。研究员刘守仁培育出具有国际水平的军垦型系列细毛羊，打破了西方世界对美利奴羊的垄断，创造经济效益1.5亿元。内地的一些大学想聘请他去任教，人们担心他东飞不归。他在农场干部大会上掷地有声地说：“我的事业在边疆，活着不离开草原，死后骨灰喂种羊。”

为祖国西陲的经济发展、社会稳定、边疆安宁创造了辉煌业绩的兵团人，如今虽然面临着各种严峻挑战，但他们为了祖国和人民的利益，仍高举“屯垦戍边”的旗帜，豪情满怀地勇做西部边疆的戍边人。

（1996年8月22日1版头条）

“我们是359旅的后代”

——新疆生产建设兵团创业纪实之二

■本报记者　欧世金

在抗日战争时期名震中外、创造了“南泥湾精神”的英雄部队“359旅”如今在哪里？记者在新疆生产建设兵团采访期间，许多单位领导介绍情况时，“开场白”都惊人的相似：“我们是359旅的后代。”

在塔里木盆地西北角的农一师，师长李昌信说：我们师的前身是真正的359旅，至今在师干休所安度晚年的2000多名老红军、老八路、老解放都是见证人。在塔里木盆地东北角的农二师，师长杨耀华说：我们师的前身是359旅的数百名干部到山东渤海组建的教导大队，根儿也是359旅。处在塔里木盆地西南角的农三师史志也写得明明白白：该师的老一辈是首次穿越塔克拉玛干沙漠的英雄，他们徒步15昼夜，行程1500多公里……

记者与兵团司令员金云辉交谈。他说，兵团人都说自己是359旅的传人，他们争的不仅仅是老一辈创造的荣誉，而是蕴含着艰苦奋斗、无私奉献的“南泥湾精神”，这笔宝贵的精神财富是兵团创造第二次辉煌的力量源泉。

被探险家们称为“死亡之海”的世界第二大沙漠——塔克拉玛干沙漠周围，如今万亩稻田金黄，千顷棉花银白，58个团场变成了58座新城镇。农一师老师长白晨回忆说：“当初官兵们到此屯垦真是困难重重啊！好在我军有南泥湾精神，没有房子，大家住地窝子，没有大米、蔬菜，官兵都吃盐水煮麦粒。风沙大，天气变化无常。官兵们把狂风当电扇，以暴雨洗衣衫，每天劳动10多个小时，硬把荒漠改造成了金银川。”

在军垦新城石河子瞻仰王震将军的塑像，在场的兵团老战士廉殿邦介绍说，石河子是古代的一个驿站，解放时这片戈壁滩上只有17户牧民。20世纪50年代初，王震将军带领官兵到此集体落户，开荒种地。现在它已变成了城区面积23平方公里、拥有300多家工业企业，交通邮电和教科文卫设施齐全的新城市。1965年，陈毅元帅来此看到这繁荣景象时，写下了“人人勤奋为集体，集体生根最自豪”的动人诗句。

进入改革开放的新时期，兵团经济发展面临许多新的困难：兵团恢复后，上百家军垦战士创建的大中型工商企业交给了地方，削弱了兵团经济的工业基础；经过40多年的历程，几十万素质高、有经验的老战士退下了工作岗位，需要新一代兵团人负担；作为高度计划经济体制下的产物，兵团人更面临解放思想、转变观念的挑战……然而，兵团发扬南泥湾精神，迅速赢得了这场“经济战役”的主动权，“奋起二次创业，再造兵团辉煌”这一口号成了90年代兵团战士的誓言，响彻天山南北的农牧团场。

为建立适应市场经济的新经营管理体制，“八五”期间，兵团农户实行统分结合的土地承包制度。兵团一些老模范又重返工作岗位，带头承包土地。麦盖提垦区退休女工张斗兰承包的21.3亩棉花，创造了亩产皮棉200.89公斤的全国纪录。如今，兵团承包的耕地已达72.6%，使现代化大农场增加了内在发展动力。

兵团企业进入制度创新阶段。目前，全兵团已组建企业集团17家，股份制企业43家，股份合作制企业122家，并选择八一毛纺厂、12团、102团进行现代企业制度试点。兵团作为特殊的、特大型的经济集团也开始引起国内外企业界的关注。今年6月中旬，兵团的百花村股份有限公司向社会发行股票，认购的金额达189亿元，创全国纪录。证券界人士评价，这是人们对兵团人特别能吃苦、特别能战斗，集团意识强，善于运用军事战略组织大规模生产建设和打“经济战役”的信心与期望。

额尔齐斯河流域的农十师师长赵洪洲说，新疆今后是国家开发西部的重点，单是农业开发一项，国家即准备投资百亿元，这是兵团发展的大机遇。今天兵团已得到国家授权的对外贸易进出口权，又实行了计划单列，只要兵团人能克服封闭保守的思想，将发扬南泥湾精神与改革开放的新思想、新观念结合好，大胆走出兵团，走向市场，走向世界，百万军垦大军就一定能在新疆的土地上创建一个世界闻名的经济建设大兵团。

兵团战士的特殊品质和他们历经42年艰苦创业锤炼出来的精神告诉我们：新疆生产建设兵团的军垦事业将像巍峨雄伟的天山一样，屹立在祖国西北边疆。他们不愧是359旅的后代！

（1996年8月28日4版）

群众路线教育实践活动
记者一线见闻

本报记者蹲点调研“三帮一带”活动发回报道

“红十连”的强大气场哪里来

出征宣誓

写在前面

8月16日，刚到陆军第27集团军某旅“红十连”采访，连队门前橱窗内一张发黄的老照片吸引了记者的目光：1964年7月，连队代表北京军区参加全军大比武，夺得建制连总分第一名，毛泽东、周恩来、刘少奇、朱德、邓小平等党和国家领导人接见连队30多名代表并合影留念。

自渭华起义诞生至今85年来，这个红军连队始终保持昂扬向上的强大气场——

5次被授予荣誉称号，4次荣立集体一等功，16次荣立集体二等功，13次荣立集体三等功；

近年来，有7位军委和总部领导先后到连队视察，100多位将军到连队调研；

52年无刑事案件，无责任事故；

今年年初，集团军党委常委到该连召开基层建设现场会，进一步总结推广连队开展“帮思想进步、帮技能提高、帮身心健康，带优良作风”的“三帮一带”活动的经验……

“红十连”强大气场从哪里来？该连第29任政治指导员孙文禄说：“深入持久开展‘三帮一带’活动，是连队永葆青春的活力源泉。”

1 和谐之气

帮带是相互的，没有你高我低，官兵不会有“被落后”的感觉

2 骁勇之气

帮带重在培养军人血性，传承红军部队敢打必胜的精气神

在连旗上签名

3 清正之气

感情很纯洁，做事很透明。帮带就像手电筒，哪里黑就往哪里照

4 奋进之气

个人融入小组，分担一分责任，增加一分力量，1+1大于2的效应凸显

5 坚忍之气

帮带活动听起来是个老做法，实际上常抓常新，越抓越有效

（本版稿件由本报记者欧世金、马越舟，特约记者覃照平、张晶智、陈风波、张鉴涛采写）

参观连史馆

本版图片由郭 奎、郑立新提供

相关链接

“三帮一带”活动

“三帮一带”具体内容：

帮思想进步，就是使官兵理想信念坚定，思想道德纯洁，自觉践行当代革命军人核心价值观。

帮技能提高，就是使官兵熟悉掌握应知应会基本军事理论和技能，掌握信息化知识，精通手中武器。

帮身心健康，就是使官兵有强健的体魄、健全的人格。

带优良作风，就是通过党员骨干的模范带头作用影响和带动官兵，自觉养成雷厉风行、勇猛顽强、艰苦奋斗、令行禁止的良好作风。

“三帮一带”七种方法：

谈心交心，细化标准，监督提醒，包帮包教，行为引导，自查互纠，总结讲评。

“红十连”简介

“红十连”诞生于1928年5月爆发的渭华起义期间，是一支具有光荣历史和优良传统的红军连队，刘志丹、谢子长、习仲勋和徐海东是该连的主要创始人和领导人。

建连85年来，连队先后5次被授予荣誉称号，荣立集体一等功4次，二等功16次，三等功13次。土地革命时期，参加了大台镇收枪、马渡十三县，直罗镇歼敌等战役战斗，被陕甘边苏维埃政府授予“爱民如玉”称号。抗日战争时期，参加了平型关大捷、百团大战等战役战斗。解放战争时期转战晋、察、冀、热、辽、甘等地，荣获“敢打硬拼”“攻坚大库”等称号，涌现出了爆破英雄王勇生等一大批战斗英雄。抗美援朝时期，参加了第五次战役、铁原阻击战，并战保卫战等战役战斗，所在部队参与全歼美军“北极熊团”。社会主义建设时期，出色完成了国防施工、入闽备战、军政比武、卫戍首都、抢险救灾等任务。

转隶某旅后，连务被评为军事训练一级单位和先进连队。新的历史时期，连队连续52年无事故无案件。2009年，被北京军区表彰为“先进基层单位”，党支部多次被军区表彰为“先进基层党组织”。2012年4月，连队被军区授予“思想政治工作模范连”荣誉称号。

《解放军报》影印件

本报记者蹲点调研“三帮一带”活动发回报道

“红十连”的强大气场哪里来

■本报记者　欧世金　马越舟　　特约记者　覃照平　张晶智　陈风波　张圣涛

写在前面　8月16日，刚到陆军第27集团军某旅“红十连”采访，连队门前橱窗内一张发黄的老照片吸引了记者的目光：1964年7月，连队代表北京军区参加全军大比武，夺得建制连总分第一名，毛泽东、周恩来、刘少奇、朱德、邓小平等党和国家领导人接见连队30多名代表并合影留念。

自渭华起义诞生至今85年来，这个红军连队始终保持昂扬向上的强大气场——

5次被授予荣誉称号，4次荣立集体一等功、16次荣立集体二等功、13次荣立集体三等功；

近年来，有7位军委和总部领导先后到连队视察，100多位将军到连队调研；

52年无刑事案件，无责任事故；

今年年初，集团军党委常委到该连召开基层建设现场会，进一步总结推广连队开展“帮思想进步、帮技能提高、帮身心健康、带优良作风”的“三帮一带”活动的经验……

“红十连”强大气场从哪里来？该连第29任政治指导员孙文禄说：“深入持久开展‘三帮一带’活动，是连队永葆青春的活力源泉。”

1　和谐之气

帮带是相互的，没有你高我低，官兵不会有“被落后”的感觉

“红十连”的“三帮一带”活动诞生于1962年，当时连队备战北京军区军事大比武，一批新兵补入，战技水平参差不齐，连队党支部提出开展“三包一带”活动，要求老同志把新同志的思想进步、技术提高和生活安排包下来，把作风带起来。这一做法很快享誉华北军营，并发展成“三帮一带”活动。

今天的“三帮一带”活动紧贴时代发展和使命任务，和当年相比已经有了新的飞跃。帮带活动不是我高你低，不是你先进我落后，也不完全是师傅带徒弟，而是实现了自愿组合、灵活编组、平等互助，官兵在帮带活动中没有“被落后”的感觉。

2009年6月，国防生陈海勇刚到连队时，看到战士们整天摸爬滚打，觉得自己一肚子知识无用武之地，跟战士说不到一起，玩不到一块。班长邓超坤主动提出与他结成帮带对子，起初陈海勇并不情愿，认为自己一个堂堂大学生，被一名战士帮带很没面子。邓超坤耐心解释“三帮一带”的含义，告诉他：“帮带都是相互的，我帮助你迈出军营第一步，你也要帮我学好信息化知识。”

邓超坤鼓励陈海勇从主动接近战士做起，每天有事没事跟战士聊上几句，出公差一起参加，业余时间跟战士多甩两把扑克。

慢慢地，陈海勇跟战士玩到一起了，干工作更有信心了。3个月后，陈海勇当上了邓超坤的排长。整整两年时间，两人互帮互学、共同提高，结下了深厚的战友情谊。今年4月，陈海勇被破格提拔为十二连连长。邓超坤向他祝贺时，陈海勇真诚地说：“老班长，我是你带出的兵啊！”

现任指导员孙文禄和时任连长郭广亲曾在同一个帮带小组。当年两人都是排长，郭广亲是训练标兵直接提干的，军事素质一流；孙文禄是大学毕业生，高考时曾是老家所在地区理科“状元”。两人刚上任，就双双走了“麦城”：郭广亲在旅里组织的信息化知识考核中尴尬垫底，孙文禄在手枪射击项目上全部脱靶。两人自发组成一个帮带小组：白天，郭广亲给孙文禄传授射击要领；晚上，孙文禄手把手教郭广亲制作多媒体课件。两人取长补短，进步神速，几年后同时走上了十连的主官岗位，被称为“黄金搭档”。

“三帮一带”活动成为官兵联系感情的“纽带”、沟通心灵的“桥梁”、密切关系的“润滑剂”，连队充盈着和谐之气。战友之间一个眼神、一个微笑、一个手势，大家都心领神会。在“红十连”蹲点调研的几天时间里，官兵之间的兄弟情谊让记者深受感染，多次听到战士说，如果将来上了战场，自己情愿为战友挡子弹。

2 骁勇之气

帮带重在培养军人血性，传承红军部队敢打必胜的精气神

太行山麓，“秋老虎”将某战术训练场炙烤得热浪滚滚，气温达到摄氏40度以上，头戴钢盔、身着作训服、人均负重10公斤装具的“红十连”官兵，正在组织实战背景下的轻武器射击。还未赶到训练场，记者全身已经湿透。这样的桑拿天，官兵如何适应高强度训练?

“做好战斗射击准备!”指挥员一声令下，全副武装的“红十连”官兵，箭一般冲出战位。透过望远镜可以看到，战士们战术动作干净利落，枪响靶落，成绩全优。“红十连”的铁血雄风，让现场观摩的人们啧啧赞叹。

旅政委张三忠介绍说:“我们开展‘三帮一带’活动，始终聚焦战斗力，官兵保持着随时上战场的激昂状态。”

“红十连”战功赫赫，面面锦旗奖状诉说着昨日的辉煌。战争年代，该连所在部队在胶东“反扫荡”、血战孟良崮、攻打济南城、解放上海等战役中取得骄人战绩。在抗美援朝战争中，一举全歼美军“北极熊团”，缴获其团旗，创造了消灭美军整建制团的经典战例，形成了敢打硬拼、英勇顽强、连续作战的战斗精神。

新一代官兵多数成长在舒适安逸的环境里，不少人刚出校门就进营门，没吃过什么苦、受过多少累，在困难面前容易退缩。如何把官兵帮好带好，锤炼无敌血性，成为“三帮一带”活动的着力点。

“全军和武警部队百名好班长新闻人物”之一的李高威，在军区组织的比武中，多次摘金夺银。2006年他刚到“红十连”时，虽然身体素质很好，但是训练成绩一直不够突出。帮带组长、代理排长全勋方为他制订了一套强化训练方案：每天跑1个5公里、5次400米，做100个俯卧撑、100个仰卧起坐、100个蹲起。历经这样的超强度训练，李高威很快崭露头角，在军区组织的侦察兵“猎人障碍”比武中获得冠军。

如今，李高威已经成长为参加过14个帮带小组的训练骨干，带出了旅“铁人三项”冠军董律东、旅狙击步枪射击冠军赵海军等20余名精武标兵和10名班长骨干。

2011年，李高威和李见红等4名战士远离部队参加军区侦察兵比武集训，他们自发组成一个帮带组。比武前一星期，因弟弟突然意外去世，李见红悲伤痛苦，一度想放弃比武，组长李高威觉察到他的情绪变化之后，一边安慰他，一边迅速向连队报告。很快，旅里派出专人帮他妥善处理弟弟的后事。深受感动的李见红，把全部精力投入到比武中，夺得了一枚单项金牌。

2011年5月16日是“红十连”的建连纪念日。适逢旅里组织5公里考核，官兵们憋了一股劲，下决心要夺冠。冲刺时刻，一路领先的“红十连”战士陈记荣突然脸色发白，栽倒在地，距离终点只有500米。跑在前面的连长没有丝毫犹豫，立即回身，完成急救处理后，便和几名战士抬着陈记荣通过终点。苏醒过来后，陈记荣第一句话就问：“冠军拿到没有?”

“红十连”虽然此次屈居亚军，但敢打必胜的战斗精神，“争任务、争第一、争头功”的光荣传统却由此更深入地融进了全连官兵的灵魂血脉。

3　清正之气

感情很纯洁，做事很透明。帮带就像手电筒，哪里黑就往哪里照

战士李春雷三代单传，在家备受溺爱，从没有做过家务。入伍前，他经常和同学朋友下馆子，一花就是几千块。眼看儿子越来越不像话了，父母把他送到了部队。刚来“红十连”，他跑超市比跑训练场还勤。袜子一买就是40双，脏了顺手就扔掉。

帮带骨干刘鹤不动声色，李春雷扔掉一双袜子，他就悄悄拿去清洗。一个月后，刘鹤将洗得干干净净的一打袜子捧到李春雷面前，真诚地说：“家里条件再好，也不能浪费啊！在咱们连队，你这样做是很丢人的。”

渐渐地，李春雷变了。新兵下连后，一直放心不下的父亲来队探望。与儿子一起吃饭时，他无意中发现，儿子把掉在桌上的饭粒捡起来吃掉。爷儿俩一起上街，他想给儿子买点零食，李春雷说：“连队伙食挺好，不用了。”

“那就买件衬衣吧？”儿子连连摆手：“穿军装挺好，不必浪费了。”

连队究竟施了什么“魔法”，让李春雷的变化如此明显？走进“红十连”，你就不难找到答案——

无论是战士宿舍，还是学习室，到处都洋溢着浓郁的育人氛围。墙上挂着“今天你读书了吗”“今天你进步了吗”“不让一个战友掉队”等温馨提示；班用柜上，贴着“把小事做认真，把大事做精彩”“苦累是快乐的起点”等座右铭；床头上，贴着“只要干得好，进步不用找”“战友进步我高兴，帮带战友我有责”等励志格言……

新时期许多官兵经历丰富，学历、年龄、家庭背景差异较大。帮带中，连队注重顺应官兵需求，引导他们不分职务高低，不论家庭贫富，不管素质强弱，彼此真诚关爱互助，营造和谐融洽、风清气正的内部环境。

战士张鸿志参军前，有人告诉他：当兵入了党，安置有保障。入伍之后，张鸿志一门心思想入党。一天晚上，他拿了一条名烟想悄悄塞给班长，结果被拒绝。他又拿着两条名烟找到排长，没想到再次失望而归。

当天晚上，指导员孙文禄把张鸿志叫到连部，给他讲了一班长邓超坤靠实干入党、当班长的故事。“花钱找关系在咱连行不通，干好工作才是最硬的‘关系’。”在孙文禄的帮带下，张鸿志思想进步很快，成为连队的训练尖子，如愿加入了党组织。

“红十连”形成了走正道、求上进的好风气。5公里武装越野，水壶没装满，会有人提醒；枪绑在背包上，有人会指出这不符合实战要求；射击时有人想把连发改成单发提高精度，立即会有人纠正；睡觉前，衣物摆放不符合战备要求，有人帮助整理。

4 奋进之气

个人融入小组，分担一分责任，增加一分力量，1+1大于2的效应凸显

“红十连”宿舍门楣上，“思想红、作风硬、技术精”9个大字格外醒目。这是50多年前北京军区为连队授称时的评价，也是“三帮一带”活动中“红十连”官兵不变的追求。

旅政治部主任赵文国说，在十连，每个人都有帮带责任，帮带别人就是成就自己，不分干部战士、新兵老兵，大家优势互补、共同提高。连队根据个人爱好、成才愿望和素质基础，科学编配帮带小组，为每名官兵设计成长成才路线图。

郑海山、赵恒宇是2012年入伍的新兵。小郑身高1米80、体重115公斤，小赵身高1米68、体重90公斤。他俩耐力较弱，5公里跑不到1000米，就累得气喘吁吁、浑身发软。新兵班长与他俩结成帮带小组，从瘦身开始，循序渐进，加大体能训练量。两个人比着练，谁也不甘落后。新兵连3个月，郑海山和赵恒宇的体重分别减了30公斤和25公斤，5公里越野成绩达到良好，该小组获得连队“帮带进步奖”。

彝族战士阿力色日，刚入伍时一句汉语都不会讲，更不会写汉字。记者采访时，他拿着自己写得满满的5大本日记，自豪地说起自己的成长经历：排长、班长主动与他结成帮带对子，有的教他说普通话，有的教他写汉字，还有的教他用电脑。

短短两年时间，这个大凉山里走出来的放牛娃，取得旅基础训练比武竞赛铁人三项总分第一名，不仅被选取为士官，还光荣加入党组织。

五班战士侯鹏程15岁时父亲去世，母亲带着妹妹外出打工，他觉得自己被抛弃了，一直心怀怨恨，几年不跟母亲联系。来到部队后，时任排长张冬旭主动帮带侯鹏程，帮他解开心中的那个结。除夕之夜，张冬旭拨通了侯鹏程母亲的电话，向她讲了小侯在部队的良好表现，并把听筒送到了侯鹏程嘴边。一声“妈”，喊得母子二人泪流满面。

亲情的滋润让侯鹏程奋发向上。他刻苦训练，在旅军事体育运动会上，一举夺得五项全能冠军，成长为连队帮带骨干。

在“红十连”，学习成才的氛围时常感染熏陶着官兵，读书活动开展得有声有色。帮带小组引导官兵互荐好书，分享心得；鼓励官兵书写成长日记，记录军旅人生；提倡人人登台讲故事，传递连队好声音。

帮带活动激发出官兵的主人翁意识。连队网络学习室电脑桌上直立的屏幕影响听课做笔记，九班副班长陈慧明和学过室内设计的大学生士兵孙凯，主动承担攻关任务，设计出多功能电脑学习桌。一名总部领导来连队调研时说，这样的电脑学习桌很实用，可以在部队推广。

5 坚忍之气

帮带活动听起来是个老做法，实际上常抓常新，越抓越有效

一项群众性的帮带活动，在一个连队持续开展了52个年头，这不能不说是一个奇迹。

帮带活动不显山、不露水，很难出名挂号，但“红十连”党支部，不急不躁抓落实，气定神闲练真功。

帮带活动始终依靠群众，惠及官兵，从实际出发，务求实效，激发出官兵积极参与的热情。

创新是帮带活动的不竭动力。有一名战士刚入伍时，因训练压力大患上强迫症，一到训练场就难受，听到口号就紧张，治疗期间，父亲又遭遇车祸去世。接连的打击使这名战士情绪低落，帮带小组的同志使出浑身解数，也见效不大，最后心理医生进行心理干预，才帮他克服了心理障碍。

这件事引发了党支部“一班人”的思考。新形势下，个别官兵心理承受能力较弱，遇到训练强度大、成才要求强烈等情况时，容易产生焦虑急躁情绪。

帮带活动与时俱进势在必行。连队党支部把帮生活安排改为帮身心健康，突出心理疏导工作。在形式上，帮带活动由静态向动态延伸，由营区内向营区外拓展，由平时向战时转换。

一位军区领导在连队调研时说：“‘三帮一带’活动关键是帮，重点是带，党支部要加强组织领导，党员干部骨干要发挥模范带头作用。”这一要求为帮带活动厘清了创新的思路。

“红十连”的“三帮一带”活动产生了良好的辐射效应。第27集团军推广了这一做法，形成纵向到底、横向到边的帮带网络。集团军连续4年组织30余场演习，万人千车，真枪实弹，做到了“不伤一人、不损一装、不丢一弹、不泄一密”。

今年4月19日，总政领导到“红十连”调研时，对“三帮一带”活动给予高度评价，称赞这是基层经常性思想工作的好形式，值得学习借鉴。

相关链接

“三帮一带”活动

“三帮一带”具体内容：

帮思想进步，就是使官兵理想信念坚定，思想道德纯洁，自觉践行当代革命军人核心价值观。

帮技能提高，就是使官兵熟悉应知应会基本军事理论和技能，掌握信息化知识，精通手中武器。

帮身心健康，就是使官兵有强健的体魄、健全的人格。

带优良作风，就是通过党员骨干的模范带头作用影响和带动官兵，自觉养成雷厉风行、勇猛顽强，艰苦奋斗、令行禁止的良好作风。

“三帮一带”七种方法：

谈心交心，细化标准，监督提醒，包帮包教，行为引导，自查互纠，总结讲评。

“红十连”简介

“红十连”诞生于1928年5月爆发的渭华起义期间，是一支具有光荣历史和优良传统的红军连队，刘志丹、谢子长、习仲勋和徐海东是该连的主要创始人领导人。

建连85年来，连队先后5次被授予荣誉称号，荣立集体一等功4次，二等功16次，三等功13次。土地革命时期，参加了太白镇收枪、马踏十三县、直罗镇歼敌等战役战斗，被陕甘边苏维埃政府授予“爱民如玉”称号。抗日战争时期，参加了平型关大捷、百团大战等战役战斗。解放战争时期转战晋、察、冀、热、陕、甘等地，荣获“敢打硬拼”“立功太原”等称号，涌现出了爆破英雄王美生等一大批战斗英雄。抗美援朝时期，参加了第五次战役、铁原阻击战、开城保卫战等战役战斗，所在部队参与全歼美军“北极熊团”。社会主义建设时期，出色完成了国防施工、入闽备战、军政比武、卫戍首都、抢险救灾等任务。

转隶某旅后，连年被评为军事训练一级单位和先进连队。新的历史时期，连队连续52年无事故无案件。2009年，被北京军区表彰为“先进基层单位”，党支部多次被军区表彰为“先进基层党组织”。2012年4月，连队被军区授予“思想政治工作模范连”荣誉称号。

（2013年8月29日5版）

向“深入”和“实效”聚焦

——南海舰队某潜艇支队用科学发展观指导基层建设纪实

■本报记者　欧世金　通讯员　张罗灿　梁庆松　蔡年迟

编者按　学习贯彻科学发展观，最终成效要体现在解决问题、推进发展上，这是根本着眼点和落脚点。当前，部队任务很重，各级面临不少现实矛盾和问题。要完成任务、解决问题，关键是切实以科学发展观为指导。各级领导机关既要有科学精神，始终把握好以人为本、全面协调可持续发展的思想，又要有务实精神，清醒地看到问题，在狠抓工作落实、务求取得实效上下功夫。南海舰队某潜艇支队在这方面进行了有益探索，值得学习借鉴。

观念篇

紧迫感来自使命感

最近，我们一行应海军的邀请，前往护卫南中国万里海疆的某潜艇支队采访。出人意料的是，第3天才采访到支队长魏学义，第5天才见到支队政委杜本印。

那些天，支队领导组织考核，带艇出海训练，送数十名官兵到新单位，事情一件接一件，工作一环扣一环。就说出海训练吧，一去就是三五天，哪能中途停下来干别的？

这个支队是我海军一支快速发展的“拳头”部队，素有“南海蛟龙”的美誉，近年创造了10多项潜艇训练新纪录。战斗精神教育、军事训练、岸勤建设、装备管理等方面，获得过全军和海军的表彰。

“基层建设要实现又快又好地发展，领导机关首先要树立‘急起来’的观念，老牛拉破车一样，慢慢腾腾的，哪能跟上我军现代化发展建设的节奏?”党委“一班人”认识明确。

新情况多，新问题多，随之而来的是基层建设面临的压力就大。比如，一艘潜艇光技术资料就有两卡车。指控业务长杨法弟为老潜艇设计的专业知识考试题库，可以管十年不用添新内容。而一艘新艇就需要更新三分之二的考试内容。

紧迫感来自使命感。支队作战值班室统计，今年以来，党委“一班人”出海训练次数和频率明显上升。

从习惯做法中解放出来

支队地处热带，一年之中有好几个月气温高达摄氏30度以上。水兵一身疲惫从海上归来，却常常因气温太高睡不着觉。躺在凉席上，不一会汗水就溻出一个人印。2004年初，支队决定给潜艇官兵宿舍安装空调。

一位老首长参观后，担忧地问：“条件这么好，还有人愿意出海吗?”

支队领导用事实来回答。水兵宿舍安装空调后，大家恢复了体力，调适了精神，工作劲头更足了。

党委从中体会到，贯彻落实科学发展观，必须从思维定势、习惯做法中解放出来，如果思想观念滞后，面对基层建设中的矛盾和问题就可能视而不见，甚至知难而退。

潜艇入海，水兵数天甚至数十天进入一个狭窄的空间，生活条件艰苦，训练任务繁重，心理压力巨大。

支队报请上级批准特招了两名心理学专业毕业的大学生，在海军部队建起了第一个心理宣泄室，为全体官兵建立了心理档案。在执行重大出海任务前，官兵要经过心理健康水平测试。如今，在一艘艘潜艇上，官兵有了心理问题，再不忌讳找“心理医生”了。

科学发展是硬道理

入夜，营区酷暑渐消，海风轻拂，椰树婆娑。“水兵休闲广场”上，电子大屏幕正在播放着新闻，草坪音响流淌出优美舒缓的音乐。

“水兵休闲广场”的背后藏着支队党委机关追求科学发展的一个故

事。原先，这块场地是支队的“防风、防水、防晒菜地”。这个“三防菜地”，曾是支队基层建设中的一个“亮点”，得到过上级有关部门的不少好评。但是，基层官兵的意见不小：营区中心地带养猪种菜，污泥浊水，不雅观。

支队党委体会到，发展是硬道理，不科学发展没道理。他们随后填掉了菜地，建起了花草繁茂、绿树成荫的“水兵休闲广场”。广场中心区，还放置了8个高大的灯箱，里面有支队二等功荣立者的大幅照片及他们的事迹介绍。

海军政治部领导在支队调研时说，你们的建设真正体现了全面协调可持续的发展观。

关爱篇

建好“校园”当好“校长”

刘江波入伍来到支队，他第一印象是“走进了一所大学校”。

他首先接受了文化基础摸底测试。然后，他被带到“水兵文化补习班”。这是一个宽敞明亮的现代化教室，艇领导指着漂亮的课桌对他说:“这就是你的课桌，今后咱们互相学习，我相信你能早日成才!”刘江波还领到了课本和文具用品。

每逢周六,“水兵文化补习班”开课。让刘江波没想到的是：前来授课的，都是支队从军地院校请来的专家教授。一个周末，授课者竟是中科院院士。

刘江波当兵3年，先后4次被支队送往院校培训。

刘江波并没有受到什么特殊照顾，他只是支队潜艇官兵的一个代表。支队党委认为，各级带兵人要有“校长”意识，要创造“校园”氛围，努力满足官兵求知成才需求。基于这一理念，支队把提高官兵综合素质，作为党委抓基层建设的重要内容。

网络是学习的重要平台。一大批电脑落户支队，平均每两个战士就拥有一台电脑。在支队局域网上，轻点鼠标，立即进入全军政工网。各艇电脑学习室投入使用以来，因利用率太高，光是板凳就已经换了两次。

目前，支队80%的官兵实现了学历升级，91%的干部达到了本科文凭。今年军校招生，在整个南海舰队考区，考分最高的出自这个支队，考上军校最多的也是这个支队！

让战士热爱战斗岗位

2005年7月，张良从军校毕业来到支队。看到潜艇上的官兵成天一身油污一身汗，他暗自庆幸自己被分到岸勤部机关工作。

不久，他被安排到潜艇上代职锻炼。零距离感受潜艇兵的生活，让张良彻底改变了自己的选择。3个月的代职结束后，他主动请求留在潜艇上任职。

办公室不坐，偏偏往条件艰苦的潜艇上钻，张良有自己的看法："潜艇战位，领导最重视，机关最关心，官兵最自豪，成才进步最快捷！"

党委看得更远：重视基本设施建设，想方设法让官兵吃好、玩好、休息好，最终就是要让所有的官兵热爱战斗岗位，让所有的战士成为合格的战斗员，而这好那好，没有战斗力不算真好。

战士李中平铆在战位上，当兵2年，2次打破支队训练纪录，荣立了三等功。去年老兵退伍之际，这位来自广州的战士，主动放弃多家单位的高薪聘请，毅然留下当了一名普通士官。他说："我舍不得这个像校园一样的'家'。"

打赢篇

某潜艇支队在基层建设中坚持战斗力标准，先后完成了上级赋予的潜艇极限深潜、海上演练等重大军事训练任务，连续6年被四总部评为军事训练一级师单位。

精神的培养更重要

最近，支队在海上进行了一场带有实战背景的演练。为锤炼官兵海上生存能力，他们按照实战要求，在不影响航行和装备安全的情况下，不使用空调、不开火做饭，在摄氏40多度的高温下坚守岗位几十个小时，饿了吃块饼干，渴了喝口矿泉水，培养了官兵顽强的战斗精神。

精神的培养比掌握一种新的装备更难，比做好其他作战准备更重要。这一深刻的认识是支队党委机关从实践中得来的。

士官廖勇在弟弟病故、父母需要照顾的情况下，在接到部队执行紧急任务的电报后，毫不犹豫回到了部队。在远航准备过程中，他在高达40多度的舱内长时间工作，由于劳累过度，晕倒在舱底，小腿被铁板扎了个大洞。伤情稍一好转，他就回到了岗位上。就是这个兵，先后4次远航，4次全训，累计出海1100多天；11次被支队评为优秀士官，连续9年专业考核获一级技术能手，被官兵称为“雷神”。

在廖勇的身上，支队党委悟出一个道理：装备再先进，也需要高素质的人来操作，吃苦耐劳、乐于奉献的精神永远是珍贵的。

这种精神是怎样培养出来的？支队政治部主任刘正华说：“靠的是长期的战斗精神培育。”

目前，支队储备了18名具有全训艇长资格的指挥员，24名实射15条以上鱼雷的军事指挥干部，近千名经受过远航战备巡逻、重大任务考验的潜艇员。

从严要求是真爱

一次，某艇艇长在执行出海任务时，想提前到达指定海域，竟然提前10分钟指挥潜艇离开码头。支队党委因其违反命令，给予他纪律处分。

对这样的处理，一些人有看法：这名艇长主观愿望是好的，批评教育一下就行了。支队党委认为：抓基层建设，一定要关心爱护官兵，但关心不是偏心，爱护不能溺爱。训练场就是战场，擅自变动出发时间，表面看是一种积极行为，实质上严重违反了法规制度。这是军队绝对不能允许的。

时隔1年，这名艇长谈起此事时，深有感触地说：“当初这样处理，我还有些想不通，现在我才明白，党委从严要求是真爱。”

支队党委教育引导官兵：严格要求、严格训练，表面看有些无情，实质上是对官兵的生命健康负责，因为军人最终是要上战场的，如果平时松松垮垮，战时就会付出惨痛的代价。

“严”字当头推动了基层的全面建设。支队连续16年无案件、无严重责任事故。某艇还创造了43年无案件、无事故的奇迹。

服务战斗力的意识不能变

7月18日，两艘潜艇训练归来。刚靠码头，装备保养小组立即迎上前去，等官兵下艇后，就用高压喷水装置对潜艇进行清洗。

以前这些活都是艇员们自己干。出海回来本来就累，冲洗一次艇身就得大半天，现在机关专门组成保养分队，半小时就把潜艇洗得干干净净，不仅减轻了艇员的工作强度，还保证了清洗质量。

走进刚刚竣工的损管大楼，就如同进入了一艘巨大的潜艇。这项投资数百万元的工程，完全按照潜艇的形状和大小设计建造，在全军潜艇部队还是第一家。这项基本设施的建成，改变了以往在岸上潜艇损管无处训、无法训的历史。支队还投资40万元新建了可同时容纳200人洗澡的水兵浴室，较好地解决了冬天艇员出海归来洗热水澡难的问题；支队卫生科给各艇配备了频谱仪、理疗床等器材，为艇员就近做理疗提供了方便；为解决潜艇官兵用车难问题，支队为艇上专门配备了两台车。

党委机关抓基层“四个基本”建设向打赢聚焦，推动了支队战斗力的稳步提升。

求实篇

在这个潜艇支队，有一道特别的风景线：常委在营区内活动都喜欢骑自行车。从中我们感受到了党委“一班人”扎实的领导作风。

以科学发展观指导基层建设，离不开求真务实的作风。用他们的话说，就叫“两脚落地抓基层”。

讲了、抓了，不等于落实了

去年初的一天，一名领导打开支队“深海蛟龙”局域网发现，多数官兵对支队用人问题表示满意，也有个别人发牢骚。

这一现象引起了党委“一班人”的高度重视。反复讲、反复抓的事，为何官兵还不满意？事实证明，我们有的工作讲了、抓了，不等于落实了。

支队党委统一了认识：凡事不仅要看过程，更要看末端；不仅要看形式，还要看结果。支队在征求多方意见的基础上，对《干部评价任用实施细则》进行了修改和完善，加大了群众监督力度，对各级各类干部的使用原则、任用程序和考核标准进行细化量化，增强了干部评价任用的客观性、规范性和科学性，形成了凭党性干工作、凭实绩用干部的良好导向。

一名干部感慨地对记者说："这几年，我几次提升，都是在宣布命令时才知道！"2004年，支队纪委被评为全军纪检监察先进集体。

忙了、累了，不等于有功了

两个月前，在一次"机关与基层双向讲评"中，虽然机关干部下部队的次数多了，写材料多了，加班加点多了，但基层对机关的满意率并没有随之提高。

党委提出，忙，要出效益，累，要有价值。要防止偏离战斗力标准的工作精力投向，纠正单纯讲数量、讲形式的粗放式套路，克服急功近利的短期行为，减少各种忙机关、乱部队的无效劳动，真正把重质量、讲效益的原则体现在部队建设的方方面面。

支队政治部率先在机关开展了"争创先进政治机关、争当优秀政治机关干部"的活动，叫响了"六个不让"的口号，即不让事情在我手里延误、不让工作在我手里中断、不让文件在我手里积压、不让差错在我手里发生、不让办事的同志在我这里受到冷落、不让政治机关的形象在我这里受到影响。

支队成立了由支队副政委丁光启带机关干部组成的抓基层协调指导小组，每月下基层一次，现场解决问题，现场解决不了的在每月召开的支队办公会议上研究解决，重大问题提交党委讨论决定，并确定解决问题的内容、标准、时限、人员，把责任落实到具体人头上。

基层官兵说，现在机关的作风实了，办事效率高了，忙到基层官兵的心坎上了。

好事做了，不等于难题解决了

前年春节前夕，某艇一名三级士官的家属临时来队探亲，因为住房紧张，只得临时在部队驻地租了一间简易的房子。类似这样的事，在那年春节前后发生了好几起。

此事引起了支队党委"一班人"的关注：这几年党委机关为基层办了不少好事、实事，应该说已经尽心尽力了。为什么还有不少问题没想到呢？究其原因，是机关一些人办事拈轻怕重，避难就易，没有把官兵关心的、自身难以解决的重点难点问题解决好。

党委树立了这样一个观念：抓基层就要在突破重点、难点问题上下功夫，通过解决一个个矛盾问题，提高基层建设水平。

住房难，在支队曾是一个热点敏感问题。盯住这个问题，去年初，支队多次召开常委会研究讨论，决定克服各种困难，新建4栋干部宿舍楼和2栋士官公寓楼。如今，干部全按标准住上了新房；士官家属来队，只要提前一周申请，就能顺利分到一套设施齐全的住房。他们还想方设法解决随军家属就业问题。

相关链接

基层建设基本思路

2005年11月下旬，经胡主席和军委批准的全军基层建设座谈会召开。会议强调，在基层建设中贯彻落实科学发展观，就要按照“五句话”总要求和《军队基层建设纲要》，全面搞建设，扎实打基础，反复抓落实；就要牢固树立战斗力标准，着眼建设信息化军队、打赢信息化战争的目标提升基层建设起点层次；就要坚持以人为本的原则，充分调动广大官兵建设基层的积极性和创造性；就要抓住基层建设的关键环节，按照先进性要求把党支部搞坚强，切实加强新形势下基层干部队伍建设；就要坚持依法指导和开展工作，保证基层建设健康有序地发展；就要坚持一手抓基层、一手抓表率，以领导机关作风的转变促进各项工作在基层的落实。

2006年1月中旬，总政有关部门领导谈到今年全军抓基层建设的工作思路时说：新年度抓基层工作，总的是认真贯彻和落实科学发展观，按照全军基层建设座谈会要求，以求真务实的精神和作风做工作、抓落实，确保基层建设在科学发展的轨道上向前推进。着重围绕“五句话”总要求和《军队基层建设纲要》，在四个方面用力使劲：以打赢标准牵引基层建设，以解决问题促进全面过硬，以分类指导推动整体提高，以夯实基础保证持续发展。

（2006年10月10日3版头条）

科学发展好九连

——兰州军区某高炮旅九连运用中国特色社会主义理论体系建连育人纪实

■本报记者　欧世金　马三成　特约记者　宫曦岭　游成锋

用党的创新理论建连育人，推进当代中国马克思主义大众化，基层连队有些什么新变化？产生了什么新经验？还有哪些新情况需要引起关注？

带着这些问题，今年3月，兰州军区一位主要领导率工作组来到某高炮旅九连蹲点调研，与官兵同吃同住一周时间，分别与67名官兵谈心，还参加了班务会和电视新闻评议。

工作组的调研结论是，九连坚持不懈地用中国特色社会主义理论体系建连育人，与改革开放同行，与时代发展共进，以官兵的全面发展促进连队的科学发展。

科学发展，一个连队的舞台有多大？

身居大西北思想日日新

骊山脚下，渭水之滨。

10月8日上午，中央新闻单位采访团一行走进九连网络学习室，让见多识广的记者们惊讶的，不是那一排排宽屏液晶显示器、耳麦、摄像头，也不是九连局域网丰富多彩的栏目板块，而是全连几乎每一个官兵都有自己的学理论博客。

点击他们的学理论博客，不少话语兵味十足，耐人寻味："一天不学习，心里不踏实"、"点亮官兵心头灯，争做理论明白人"……

刚从旅政委提升为集团军政治部副主任的安宗让说，近年来，九连在旅里创造了诸多第一：举办军营时装秀；配置战士隐私柜；把IC卡电话接进宿舍楼；编辑电子版战士小报；组织网络游戏对抗赛，等等。

虽然身居大西北，九连官兵的思想和行动却总是紧跟时代潮头。党的创新理论每发展一步，官兵理论学习就跟进一步；官兵思想行为每出现新的特点，连队理论学习就作出新的回答。这是九连思想解放、科学发展的一个基本经验。

在学习贯彻邓小平理论热潮中，九连积极参加驻地兵马俑博物馆建设，被中宣部和总政治部联合表彰为“军民共建社会主义精神文明先进单位”；在学习贯彻“三个代表”重要思想热潮中，九连创造的经验受到军委领导的关注；科学发展观这一党的创新理论产生后，九连官兵真学真信真用，兰州军区推广了他们的经验。

“切实尊重官兵主体地位，让官兵‘把连队当家来建’；始终坚持士兵第一理念，干部骨干‘把战士当兄弟看’；充分开发官兵聪明才智，让官兵‘把工作当事业干’。”这“三把”精神把九连官兵紧紧凝聚在一起干事业、谋发展。

20世纪90年代初，连队提出这个理念的时候，“三把精神”只有后面半句话。今年初，又增加了三句“前缀”，它折射出连队在理论武装中落实以人为本的建军治军理念，思想认识进入了新境界，实践行动出现了新拓展。

士官邓国林来自江西，入伍前当过小老板，新兵时曾私自离队。他信奉的人生格言是“出人头地”，喜欢表现自己，爱争你高我低。九连这个大熔炉把这块铁变成了钢。当兵8年，他入党立功，代理排长，被兰州军区表彰为“优秀共产党员”，获得了全军“优秀士官人才奖”。

3次提干未成，邓国林毫无怨言，去年底退伍回乡。县政府录用他当公务员，他毅然放弃“铁饭碗”，只身到南方打工。聘用4个月，邓国林就凭着过硬的素质被提拔为单位行政人事主管，年薪10万元。

记者专门采访了邓国林，他一口气讲了“九连有九个好”。他动情地说：“当兵在九连，财富用不完！”

“改变你的思想，就能改变你的命运。”这是九连干部对青年官兵讲理论时说得最多的一句话。近年来，九连先后有45人考上军校或直接提干，近200人转业退伍后成为地方党政机关、企事业单位、乡村干部。

理论大众化武装你我他

7月2日，是九连官兵一个大喜的日子。士官杨再礼手持“祥云”火炬，参加了奥运圣火延安段传递。圣火传递归来，杨再礼将“祥云”火炬和纪念证书庄重地放进了连队荣誉室。他说，光荣属于九连！

杨再礼是2003年底带着当文艺兵的梦想来到部队的，新兵下连被分配到九连战炮班。

手中的麦克风变成了硬邦邦的冲锋枪，紧张艰苦的训练场代替了五彩缤纷的大舞台。杨再礼陷入困惑和迷茫，接连发生的两件事对他产生了影响：一件是旅里组织的“我与党的创新理论”主题演讲比赛，10多名训练尖子、技术能手和优秀士兵上台讲述他们在军营的成长故事；另一件是与他朝夕相处的排长韩建立被破格提升为连长。

杨再礼从他们的事迹中，领悟到部队对理论武装工作的重视。他积极参加连队组织的理论学习，经常到军网上浏览下载学习资料，坚持撰写学习笔记和心得体会，先后剪贴了5大本学习资料，整理了10多万字的学习笔记，撰写了30多篇体会文章。通过理论学习，杨再礼的世界观和人生观逐渐发生变化。

总政编写的学习贯彻科学发展观辅导教材下发后，杨再礼如获至宝，爱不释手，把书中的主要观点制成理论学习小卡片，带在身上随时学习。

杨再礼和12名大学生官兵，组成了连队理论骨干辅导小组。他们总结出“内容通俗化、对象群众化、方式多样化、时间经常化、践行具体化”的经验，在连队理论武装形成“本子有记录、脑子有烙印、行为有体现、工作有促进、连队有变化”的新格局中，发挥了重要作用。

理论大众化，首先通俗化。连队通过开展学习小辅导、网络小平台、文艺小演唱、战士小报刊、名句小传诵、学用小演讲等“六小”活动，架起了创新理论与青年官兵之间的桥梁，形成了“理论大众化、武装你我他”的生动局面。杨再礼在全军高级干部学习贯彻十七大精神研讨班上，介绍了学习实践创新理论的经验体会。

集团军领导说，九连学习党的创新理论，不是想把战士培养成理论家，而是注重培养实践者，把理论学习的成果转化为官兵的政治鉴别力、政治抵御力、政治执行力，使官兵在任何情况下都坚决听党话，跟党走。

当社会上流行“追星热”、“超男超女热”的时候，九连官兵始终保持着理论学习热；当一些人在投资彩票、股票的时候，九连官兵一心精武，无私奉献；当有人喜欢挂个玉佛、拴根红绳，甚至通过烧香拜佛来祈福人生的时候，九连官兵却崇尚科学，在拼搏奋斗中体验快乐；当歌星、影星、球星被粉丝狂热追捧时，“岗位成才之星”成为九连官兵心中的明星。

“学习一个观点，制作一个卡片，解释一个现象，明白一个道理”，九连创造的这一理论学习方法在兰州军区得到推广，还被总政宣传部收录进《军营理论热点怎么看·2008》一书。

成才有设计人人都发展

今年初，九连指导员赵喜业被破格提升为三营教导员。在连队举行的欢送会上，他发自肺腑地说：“是组织培养了我，也是九连官兵培养了我。”

赵喜业毕业于青海大学，学的是化工设备与机械专业。初到九连任指导员时，第一次点名，他头上直冒虚汗；第一次参加连务会，班长骨干讲得头头是道，他却插不上嘴。研究推荐技术学兵人选，他不会主持支委会。

一连串的“尴尬”，让赵喜业十分郁闷。就在他寻思是不是找领导请求换个岗位的时候，士官支委鲁东、单伟主动找他谈心：指导员，你学历高、知识丰富，是我们连队创新发展的希望，你现在不适应是暂时的，我们大伙来帮你。

一席话，说得赵喜业心里热乎乎的，他没想到九连战士素质这么高。后来，赵喜业与九连同进步，被军区评为优秀“四会”教员，成了战士们喜欢的政治干部。

注重人的全面发展，在实现官兵全面进步中推动连队科学发展，是九连用中国特色社会主义理论体系建连育人的又一个基本经验。

随着“80后”、“90后”青年特别是一批批打工族、经商族相继进入军营，兵员成分和结构发生了较大变化。针对每个人的文化程度、特长爱好、工作岗位、自身需求等特点，他们把胡主席提出的“思想政治、军事专业、科学文化、身体心理”四个素质细化成18条具体标准，按照自我评估、民主测评、干部审核、支部审定的步骤，为每个战士搞好成才设计，进行针对性培养，使全连官兵整体素质不断提高，促进了连队的科学发展，连队12次荣立集体二等功，41次被总部、兰州军区和集团军分别表彰为“基层建设标兵连”、“先进党支部”、“军事训练一级单位”。

旅司令部通信员王道开，主动要求到九连当兵，他直言不讳地说：“九连比武金牌多，战士成才机会多，我到九连就是想提干。”

连长罗战军告诉他：“你的想法很好，但你首先要成为一名优秀战斗员。”王道开按照班长、排长帮他制定的成才“三部曲”，发挥聪明好学的优长，弥补军事训练的短板，被评为优秀士兵，荣立三等功，当上班长，所带班荣立集体三等功。今年9月，王道开被保送上西安陆军学院。

“会不会演讲都请上讲台，能不能成功都给机会。”九连开展的六项育人小活动显示出大魅力：“学理论读好书”让连队形成了“不想学的想学习、不会学的会学习”的良好氛围；“热点问题大家谈”让官兵掌握了观察和分析问题的基本方法；“电视新闻评议”养成官兵想大事、论形势、学政治、懂政策的好习惯，锻炼了逻辑思维和语言表达能力；“学电脑用网络”让全连官兵都会用网络交流学习体会、会制作多媒体课件；“月评岗位成才之星”激发出官兵立足本职建功业的热情；“办战士小报”提升了官兵的写作能力和审美情趣。

一位将军评价说：“九连官兵的素质就是不一样，在部队有战斗力，回地方有竞争力。”

用开放的视角解读现在的青年，用期待的心态对待不断成熟的官兵，用欣赏的眼光多找官兵的亮点，不让战士有缺陷，不给战士留遗憾，不使战士受局限。九连培养人的这一系列新理念，既为官兵今天着想，更为他们明天负责。

记者采访中了解到，连队给不会处理父子、夫妻和战友关系的官兵上好为人处世课；给精神抑郁、情绪低落的官兵上好心理疏导课；给不在乎小节、不讲究仪表、不注意言行的官兵上好文明礼仪课。在用创新理论改变人、培养人、塑造人、实现人的全面进步上，九连可谓用心良苦。

提高战斗力实现新跨越

沙场秋点兵，大漠鏖战急。

九连参加集团军战斗力评估，全员全装长途奔袭，越黄河天堑，穿戈壁沙漠，跨茫茫高原。一路上攻坚克险，随机处置20多种“敌情”，安全抵达1300公里外的指定地域。

旅长王建党说，九连坚持把提高打赢能力作为建连育人的核心，是一支经得起考、经得起拉、经得起战的防空尖兵。

九连作为高炮旅的“窗口”，连续22年无案件事故和严重违纪问题。但随着荣誉越来越多，官兵的压力越来越大，有的甚至产生了片面保安全的思想。

在学习贯彻党的创新理论过程中，九连官兵感悟到，推动连队建设全面协调可持续发展，必须正确处理安全发展与创新发展的关系。他们注重提高人的素质，增强官兵的安全意识、风险意识，提高遇到突发事件、事故时的自我保护意识、互救意识和应变能力，使连队形成了“我的安全我负责，战友的安全我有责，连队的安全我尽责”的安全发展格局。

九连官兵针对作战训练中的老大难问题，大胆进行改革创新，先后填补了旅里夜间射击、移动射击训练等多项空白；打破炮手组长论资排辈参加比武的习惯做法，实行自愿报名，竞争参赛。在旅里组织的两次比武中，九连两名上等兵炮手组组长均夺得第一名。

近年来，九连先后涌现出董安宁、邱志峰、刘启树等一批爱军精武标兵，有32人打破集团军和旅里的竞赛纪录，在旅以上单位组织的各类比武考核中，取得了近百个第一。

在非战争军事行动中，九连注重培育官兵的战斗精神，磨砺官兵的战斗意志，锻造官兵的战斗作风，先后出色完成了西安黑河引水工程、蓝田森林灭火、渭河抗洪抢险等急难险重任务。

九连的辐射效应越来越大了，军内外前来“取经”的人络绎不绝。国防大学战略研讨班的将军们、总政直属单位党委书记集训班的学员，也千里迢迢来到九连参观，他们有一个共同的感受：真不愧是科学发展好九连。

短评

“大头”要有大作为

兰州军区某高炮旅九连创造的以官兵全面发展推动连队科学发展的经验，给人一个重要启示：基层作为理论武装和军队科学发展的“大头”，必须要有大作为，也一定能有大作为。

近年来，本报先后推出了“大功三连”、“红九连”、“李向群连”和方永刚、向南林等一大批真学真信真用科学发展观的先进典型，为推动基层部队用党的创新理论建连育人，起到了良好的示范导向作用。在全军深入学习实践科学发展观活动展开之际，我们又推出“科学发展好九连”这一先进典型，对于进一步用中国特色社会主义理论体系武装官兵，展示改革开放30年来军队基层建设的伟大成就，推动部队建设又好又快发展，具有重要的现实意义。

理论武装基层是“大头”，但落实起来有一定难度。九连为什么落实好、效果好？关键是他们高度重视推动党的创新理论大众化。要使基层官兵都来学习党的创新理论，运用党的创新理论来做好本职工作，提高思想境界，就要像九连那样，党支部高度重视，摆上重要位置；要从连队官兵的实际出发，总结摸索出一套官兵喜闻乐见、灵活多样的形式，让大家容易学习、便于运用；要突出实践特色，注重看思想武装在促进工作落实、官兵成才等方面的成效，以官兵的全面发展推动连队的科学发展。

“大头”要有大作为。一方面需要发挥基层官兵的积极性和创造性，另一方面各级党委机关要加强指导，精心组织，搭建平台，排忧解难，确保用党的创新理论成果建连育人，取得更加扎实有效的成果。

（2008年10月27日1版头条）

基层理论武装，领导机关应该干些啥

——从兰州军区某高炮旅九连的经验说起

■宫曦岭　魏　春　侯　鉴　本报记者　欧世金

兰州军区某高炮旅九连是一个地地道道的普通连队：没有辉煌的战史，没有最先进的装备，驻地不是穷乡僻壤也不算发达地区，兵员也不是刻意挑选的。他们能够在理论武装方面取得突出成果，一个重要原因是所在集团军对于当代中国马克思主义大众化的工作抓得很紧。

透过九连的实践，记者感到，领导机关在推进基层理论武装方面负有重要责任，关键在于营造中国特色社会主义理论体系宣传普及的环境氛围。

既要当好“先生”又要当好“学生”

翻开九连的连队要事日志可以看到，2003年以来，先后有军委、总部和军区、集团军的多名将军到九连调研。他们关注的一个重要问题就是基层官兵如何把党的创新理论学进去。

战士夏曾明对此感触颇深。他入伍不到两年，写了100多篇理论学习体会。今年3月，兰州军区李政委带工作组来到九连，将他的学习体会通读了一遍。有错别字的地方，就用笔改过来。李政委发现夏曾明从开始记流水账，到后来逐渐写得有观点、有分析，非常高兴，一再勉励他：学好理论，终生受益。

一周住下来，李政委从一个个战士的学习进步中，看到了九连用党的创新理论建连育人的成效，对领导机关指导基层部队搞好理论武装，心里更有底了。

去年中央媒体宣传九连士官杨再礼的事迹后，集团军领导和机关就一直思考如何进一步推动基层理论武装工作。他们在集团军建立了以200多名大学生官兵为主体的理论骨干队伍，在部队形成了“理论大众化、武装你我他”的生动局面。在这个基础上，机关推荐九连在杨再礼成长经历的启发下，学习实践活动搞得比较突出的经验做法。集团军领导多次和官兵一起座谈讨论，最后总结归纳了九连的经验。这一经验在集团军推广后，基层反映很实用。

曾经多次到九连搞调研的旅宣传科科长李斌深有感触地说，机关抓基层理论武装，既要当好“先生”又要当好“学生”，有时甚至要先当“学生”后当“先生”。集团军军长对记者说，社会转型时期，官兵思想活跃，只有紧紧围绕官兵思想实际搞好理论武装工作，用创新理论建连育人才能求深入见实效。

既要大抓学习又要大抓实践

前几年，九连的理论武装工作也存在一些问题，如学习教育抓得很紧，但理论联系实际不够，有时还有学用脱节现象。旅政委安宗让打起背包住进九连，与官兵们一起探讨如何“转化”的问题。他启发九连党支部认识到，抓好基层理论武装这件大事，既要体现在学习环节上，也要体现在实践环节上。

2002年底，在旅里组织的年终军事训练考评中，九连没有打中拖靶。考核一结束，旅长王建党就带着机关工作组下到九连，帮助连队认真总结训练考核“走麦城”的教训。对一些干部存在的连队靠文化工作起家、军事训练差一点无关紧要的思想进行了严厉批评。

九连在上级领导的帮助下，提出了抓好思想促训练、依靠支部抓训练、改进训法强训练、磨砺作风带训练的思路。官兵们开动脑筋挖潜力，创新训法战法。2007年8月，连队参加集团军作战能力评估，在恶劣天候条件下，准确命中4个拖靶。今年7月，在旅组织的单兵专业比武竞赛中，他们囊括了某型高炮专业的5个第一。

提前起床整理内务，打扫卫生不用扫把用抹布……曾经是九连的习惯做法。集团军工作组在九连蹲点时，发现连队管理上类似“土政策”后，及时引导连队党支部带领官兵按科学发展观要求，重新审视连队的习惯做法，把理论武装的落脚点放在以官兵全面进步推动连队科学发展上。

连长罗战军深有感触地说：“连队的理论武装工作搞得比较扎实，离不开各级领导机关的把关定向。”

既要指导到位又要服务到家

基层理论武装，需要领导和机关指导，更需要机关的服务，解决基层自身难以解决的困难。

记者手中的《九连故事集》，都是机关干部帮他们整理出来的。九连党支部概括总结出来的“把连队当家来建，把战士当兄弟看，把工作当事业干”的连魂，“忠诚 · 精武 · 创新 · 有为”的连训，“进连熟知连队传统、为连维护集体荣誉、建连发挥主动作用、兴连练强自身素质、离连留下经验做法”的连规，机关的同志帮他们进行修改完善，使九连形成一套符合连队实际的科学发展理念。

党的十七大召开后，基层官兵学习十七大精神的热情高涨，但缺少相关的学习资料。旅里及时组织人员以总政下发的《树立和落实科学发展观》士兵学习宣讲材料为基本依据，编印了《党的十七大报告100问》，还从西安政治学院等院校先后请来6名专家教授，到九连和其他基层单位授课辅导，解疑释惑。

由于受资金和场地等因素制约，九连建网络室的计划一直没能实现。旅领导和机关的同志进行论证，将一间房子改建成网络学习室，出资为九连购买了28台电脑，并配备了投影仪、打印机等，帮助九连建起了自己的网站，并联通全军政工网和军事综合信息网，使九连学习实践科学发展观插上了新的翅膀。

既要点上“开花”又要面上“结果”

典型效应，是典型的生命力所在。

九连的经验、九连的精神，首先感染了同在三营的七连和八连。同住一栋宿舍楼，同吃一个大食堂，同上一个大操场，为什么九连的歌唱得比其他两个连队响，奖牌拿得比其他两个连队多？

七连和八连的干部坐不住了，主动登门取经求教。在九连经验的基础上，他们根据各自的实际情况，制定了连队科学发展计划。九连也主动和七连、八连结成互帮互学对子。

很快，七连和八连都进入了先进行列，被旅评为“基层建设先进单位”。2004年，三营被集团军评为“基层建设先进单位”，荣立集体一等功。九连的基本经验，成了三营的基本经验。

从一个先进连到一个先进营，九连效应从内到外在一圈圈扩展。九连“以官兵全面发展推动连队科学发展”的经验在兰州军区推广，为军区部队理论武装提供了示范。

有人说，九连是一朵墙里墙外都香的花。可九连官兵说，没有各级领导机关的帮扶和推广，九连的荣誉之花就不可能开得这么红、香得那么远。

一段时间，时任旅政治部主任徐鹏发现，旅里一些连队主官慕名到九连参观取经，回去后连队建设却起色不大。仔细一调查，原来是九连虽然干了许多有开创性的工作，但对经验做法缺少总结梳理。

“培养典型的目的不是为了当门面、争彩头，而是要以点带面推进部队整体建设。”徐鹏向旅党委汇报后，带着工作组对九连的经验做法进行了全方位的梳理、升华。

今年5月，集团军召开“党的创新理论大众化学习实践座谈会”，九连介绍了经验。来自集团军各旅团的政治主官专门到九连参观，都感到九连的做法好懂、易学、操作性强。

为了防止九连出现自满现象，集团军和旅机关组织九连官兵代表到集团军部队的邱少云连学习严守纪律的作风，到特功五连学习他们的战斗精神；安排连队干部利用探亲休假的机会到“南京路上好八连”取经；组织九连官兵学习“大功三连”、“红九连”、“李向群连”和向南林、西西玛等先进典型学习党的创新理论的先进事迹。九连看到了山外有山，天外有天，前进的步伐更坚实了。

（2008年10月30日3版头条）

追求“人均素质”的提高

——兰州军区某高炮旅九连的一个新观念

■本报记者　马三成　欧世金　特约记者　魏　春　游成锋

兰州军区某集团军一位领导说：“九连一个突出特点是官兵全面发展，形象地说，就是官兵‘人均素质’比较高。”

什么是“人均素质”？九连官兵回答说，就是连队发展不搞“尖子拼凑”，只靠少数人撑门面；个人进步不满足于“单项冒尖”，防止“瘸腿”。人人都进步、大家同发展，这就叫“人均素质”。

邓国林从优秀士兵到企业主管启示我们：今天拥有战斗力明天才有竞争力

板寸头、黑T恤、牛仔裤、耐克鞋。如果不是连长罗战军介绍，记者很难将眼前这位打扮时尚的青年邓国林，与退伍还不到一年的九连战士联系起来。

邓国林退伍前是九连指挥班班长，现任珠海市某金属制品有限公司行政人事主管，年薪10万元，管理着近百人的企业，经常同外商洽谈业务。

去年老兵退伍后，这位二等功荣立者，被家乡江西省金溪县安置到政府部门工作。邓国林却毅然辞掉了“铁饭碗”，只身南下珠海闯市场。凭着在部队立功受奖的证书、与军委领导座谈的合影、当班长代理排长的履历，他从众多高学历人才中脱颖而出，被珠海市建材行业的一家龙头企业聘用，并很快走上了领导岗位。

邓国林入伍前，是面包房老板。入伍后，他个性张扬，爱挑毛病，受不了批评。

对待邓国林这样的“80后”、“90后”战士，九连干部本着以人为本的理念，注重用开放的视角解读战士的特点，用期待的心态对待战士的成长，用欣赏的眼光多找战士的亮点。

邓国林当兵8年，他入党立功，代理排长，被兰州军区表彰为“优秀共产党员”，获得了全军士官优秀人才奖。

今天拥有战斗力，明天才有竞争力。这既是九连退伍战士的体会，也是九连转业干部的心声。

林坤和张庆伟，曾是这个连队第14任连长和第11任指导员。两人都在工作岗位上做出过突出成绩，多次立功受奖。转业后，一个被分配在交警系统，一个被分配在司法系统。尽管岗位不同，却出现了一个相同的结果：都是上岗当年，就因完成任务出色荣立三等功。

“在部队我为九连骄傲，回到地方九连为我自豪。”近年来，九连先后有28人走上团职干部领导岗位，近200名复转官兵分配到地方党政机关、企事业单位，或担任乡村干部。

杨再礼从“马路歌手”到全能型人才启示我们：单项冒尖不算硬全面发展方过硬

10月12日，中央电视台新兵教育系列节目录制现场。第三课《立足军营成长成才》的讲解者，是九连班长杨再礼。

杨再礼入伍前是一个从音乐院校毕业的“马路歌手”，曾在长沙市一些歌舞厅从事演艺工作，2003年入伍被分到战炮分队时，他心灰意冷，一度产生不想当兵的念头。

连队党支部用创新理论指导他，从单项冒尖向全面过硬发展。很快，他从全连的军事素质倒数第一，变成了训练尖子，被兰州军区授予“学习实践创新理论全面发展好战士”荣誉称号。

战士张露群自幼喜欢读诗、写诗。到九连后，天天“大作”不断，但训练成绩却原地打转。针对他的弱项，连队干部因势利导：“你的诗大都是风花雪月、情呀爱的，部队需要尚武、精武的战士诗人。”

张露群把创作的激情转化为了训练热情，训练成绩提高了，诗歌的“军味”、“兵味”也浓了。他的诗不仅在官兵中开始传抄，而且陆续在

《诗刊》、《陕西日报》、《人民军队》等报刊发表。他成了兰州军区第一个出版诗集的义务兵，退伍后，被一家诗社聘为主编。

杨再礼、张露群从单项冒尖成长为全面过硬的战士，得益于九连着力培养新型高素质军人：信念坚定、道德高尚、军事过硬、知识丰富、身心健康、阳光快乐。

赵喜业从一介书生到岗位标兵启示我们：弘扬光荣传统传承现代文明

金秋十月，“感动九连年度十大人物”评选活动拉开帷幕。年初被破格提升为教导员的九连原指导员赵喜业，成了官兵热议的人物。

2008年是赵喜业的喜悦之年：作为大学生干部，他被破格提升；作为大龄干部，他喜结良缘，他爱人车莉还考取重点大学研究生。

赵喜业的喜悦，来自他对事业的执着。2001年，他从青海大学毕业后被接收入伍，2005年3月从一名排长被破格提升为九连指导员。

赵喜业初到九连时并不轻松。第一次组织晚点名，他吭吭巴巴张不开嘴；第一次参加连务会，他懵懵懂懂插不上话。

正在他愁眉苦脸的时候，几个理论骨干走近了他，鼓励他说：指导员，你别急，九连是个荣誉单位，你压力大是正常的。只要你熟悉了连队，摸准了工作套路，一定会把连队带好的。我们相信大学生干部！

连队官兵一点一滴帮助支持赵喜业转变角色。赵喜业也从日积月累的渐变中，找到了自己的发展路径：弘扬光荣传统，传承现代文明。

面对层出不穷的新鲜事物、目不暇接的时尚文化和正反交织的信息流入，九连始终注重用创新理论解放思想，武装头脑，开阔视野，没有一味地排斥拒绝，简单地反对封堵，而是承认其存在，有选择地利用。

熟悉九连的人都说：“九连的兵就是不一样。”集合站队，军容严整、口号响亮、队列整齐的是九连；执行任务，当先锋、打头阵、突击力强的是九连；军事训练，严抠细训、精益求精、敢于挑战极限的是九连；就连打扫卫生，最彻底、最干净、最到位的也是九连。这些都诠释了九连官兵“每事好一点，每次好一点，加起来就是卓越”的不懈追求。连队荣誉室悬挂的108块奖牌，就是九连官兵瞄准一流做工作、超越自我谋发展的真实写照。

王道开从外来“闲人”到保送上学启示我们：发展一视同仁不搞厚此薄彼

2006年3月，在司令部当通信员的王道开，调到九连时因为素质缺陷，自称是外来的“闲人”。

可是，连队却没有冷落这个军事素质仅够及格水平的“外来户”，而是帮助他实现了三次跨越：成为一名合格的战士；成为一名素质过硬的训练组长；成为一名优秀的班长骨干。

今年9月，他被保送上西安陆军学院。送别会上，王道开动情地说，九连官兵之间不嫌贫爱富、不厚此薄彼、不分远近亲疏，大家同进步共发展。

王道开的发言引起了上等兵张畅的共鸣。张畅是去年初从四营交流到九连的。从一般连队到先进连队，初到九连的张畅显得孤独忧郁、心事重重。

班长王道开脸上始终保持的笑容，让张畅感受到了亲切与温暖。

有一次，张畅的脚趾患了甲沟炎，散发出的异味很浓。班长、排长就轮流给张畅清疮敷药。在战友们的关心下，张畅很快融入了连队，现在成为连队的训练尖子和理论骨干。

记者采访中看到，九连用创新理论武装人、培养人，既注重思想成熟，又关注人格完善；既教你会做人，又教你会发展；既为今天着想，又为明天负责，始终做到不让战士有缺陷，不给战士留遗憾，不使战士受局限。就拿上课来说，坚持给官兵上好为人处事课、生活技能课、心理疏导课、文明礼仪课。

九连官兵最爱说的一句话是：当兵在九连，个个有进步，人人有发展，一生都受益。

（2008年11月4日3版头条）

抓住政绩观这个关键

——武警某师党委“一班人”践行科学发展观纪事

■林云安　史照栋　本报记者　欧世金

2008年，武警某师部队建设获得大面积丰收：在武警部队年度表彰的6个重要方面工作中，他们全部获得奖牌。

一支诞生于抗日战争时期的英雄部队，一个驻守在西部艰苦地区的机动部队，在新的形势下靠什么实现了科学发展？

接受采访的师政委朱宗立没有直接回答这个问题，而是讲述了一个感人的故事。

一个初春的夜晚，200多台车辆、数千名官兵经过千里机动，行进到一座海拔5000多米的大山之巅时，暴风雪突然降临。紧要关头，师党委班子成员站到了路段最危险、官兵最需要的地方。风雪中，几名大校成了最显眼的路标。

谈起这段经历和部队近几年的发展，朱宗立心潮难平：“我们党委‘一班人’不但把科学发展观作为方法论来践行，更作为世界观来确立，作为领导干部的核心价值来追求。抓住政绩观这个关键问题，多问几个为什么，领导作风就实一些，部队建设就好一些。”

什么是高标准？
靠抓好落实出政绩

2005年11月，武警部队联合工作组来该师帮建调研，在“群众满意度”测评中，师党委的群众满意率与兄弟单位相比是比较低的。

有的领导为此感到委屈：我们力没少出、苦没少吃，为什么群众满意率不高？问题出在哪里？

师党委分析这个问题时，大家感到，把层层拔高标准等同于抓落实质量，值得引起注意。

师长何良奎说，贯彻落实科学发展观，必须提高领导干部的执行力，但提高执行力不是人为拔高标准，而是要不折不扣地按法规制度和上级要求的标准抓好落实，落实到位就是高标准。

一次，师政治部主任陈晗带工作组下部队检查主题教育落实情况。基层准备了展板、电视录像汇报，摆好了教育计划、教育考评登记、官兵教育笔记等。陈晗没有表扬他们，而是与官兵座谈，发现并纠正他们存在的“进入笔记不进入思想”的问题。他说：“师团领导作为抓基层的主要执行者，同样是基层部队贯彻落实科学发展观的主要推动者，我们这一级干部的责任，就是要盯着落实干工作。”

团以上干部的管理是师党委工作中的一个重点。师主要领导不怕得罪人、不怕丢选票，敢于较真碰硬。就说领导干部用车吧，有时随意性比较大，是一个安全隐患。师长、政委带头落实车辆派遣制度，没有派车单一律不准外出。各团主官出车超过一定距离，要报师主官审批。

从总参机关到该师代职的副师长项红卫说，真没想到这里的干部管理这么严：师领导出营门要请假，出车要填派车单。

发展只追求“显性”的吗？
风清气正出政绩

西西玛是这个师所属某团的一名战士。他从一个连汉语都不会说的初中生，成长为一名取得大专文凭的优秀士兵，先后入了党、被选取为士官，被师团评为“训练标兵”，被武警部队表彰为“优秀带兵士官”，并保送上警校。

总政和武警部队政治部联合组成工作组，到这个团进行调研，发现像西西玛这样的例子还有很多。工作组的调查结论是：武警某团不愧为风气建设的一面旗帜。

西西玛所在团原政委、现任师副政委雷万军说：“实践中，睁眼就能看到的发展，容易做到、也很重视，但精神、文化、风气等这些闭眼都能感觉到的发展，容易被忽视，做起来也有难度，而恰恰潜性、隐性的发展更重要，师党委在这方面下了不少功夫，尝到了不少甜头。”

公正用人是部队风气的风向标。师党委认真落实好群众对干部选拔任用工作的知情权、参与权和监督权，特别是在团职干部使用时，实行党委全委会实名推荐，无论职务高低每人只有一票，有效防止和克服了“个别人说了算”的现象。

2007年初，师医院院长岗位空缺，内科主任和副院长都是合格人选。有人私下议论说，副院长与师主要领导接触机会多，提升希望更大。结果，在民主测评中，内科主任比副院长多4票，经过综合考评，内科主任得到了提升。近几年，这个部队调整使用干部800多人次，官兵都比较服气。

几年来，官兵关注的学兵选拔、士官选取等敏感问题，该师都做到了领导不打招呼，机关不插手，指标一次性分到基层，严格按照本人申请、群众评议、基层推荐、选前公示、党委审批等程序组织实施，连队考评排在前两名的直接选取。去年在教导队集中培训的120名预提士官苗子，毕业考核合格，年底直接选取士官，官兵形象地称之为“士官选取直通车”。

钱往哪里花、花得明白不明白，是一面镜子，群众能从中看出党委和领导的能力和境界。近两年，武警部队实施基层部队营房治理配套建设工程，上级给师里累计拨款9000余万元。为了把这项暖兵心的工程办好，师党委严把工程立项、项目设计、工程招标、建设质量、廉政建设五个关口，确保了工程优质、基层满意、干干净净。

政绩是谁的？
心底无私出政绩

采访中，几位师领导感慨最多的一句话是：“战士太可爱了！基层干部太能干了！”这不是一句客套话，而是树立正确政绩观一种应有的态度。

政绩到底该记到谁头上？有的领导取得一点成绩，就沾沾自喜，到处自夸，有的还以此向组织要求“回报”。

在民主生活会上，师领导就这个问题多次展开批评与自我批评，始终牢记：当官为什么？为科学发展；干事为什么？为科学发展；出政绩靠什么？靠科学发展。

一次，武警部队命令该师执行一项重大特殊任务，在师长不在位的情况下，政委朱宗立指挥数千名官兵利用现有装备成功穿越陌生地域，安全顺利完成了长途机动任务。

近几年，这个师获得一连串荣誉：军事训练一级师、无刑事案件无责任事故“双无”单位、所属团队都被武警部队表彰为“基层建设先进团”，还有3名官兵当选“中国武警十大忠诚卫士”。提起这些成绩，有人对朱宗立跷起大拇指，他却摆摆手说：“部队发展态势良好，政绩不能记到哪个人头上，而是要记到广大官兵头上，记到党委班子集体身上，从根本上说要记到科学发展观这个重要指导方针上。”

“权力是党给的，要为党创造政绩”，这已成为师党委“一班人”的共识。原师长杨雄埃身患疾病，直到调离前一天仍然坚守在工作岗位上。参谋长李广策在带领部队执行任务期间，妻子不幸遭遇车祸生命垂危，但他把家中的事情托付给亲戚，自己一门心思指挥部队出色完成了任务。副师长陈生虎到全师单独执行任务最偏远的团队指导工作，由于气候不适，工作积劳成疾，最后被强行替换下来到医院做了肾粘连手术。副师长余明全是班子中的“老大哥”，已到退休年龄，工作干劲不减，他说：“一辈子听党话跟党走，一辈子报效祖国，一辈子无私奉献，一辈子践行科学发展观，是师党委‘一班人’的集体承诺，我不能失信。”

去年，副师长洪先洲的儿子参加高考。考前，儿子多次打电话，要他一定回家：“你不在家我心里没底。”刚好部队有重要任务，洪先洲回不去。他说：“我实在想回家陪陪孩子，但任务在身哪能走开？我要那个时候走了，在部属面前说话还有什么分量！”

支队长蔡仲秋带领机关干部到某中队检查工作，中午吃了顿碰饭，临走时随行人员按规定交纳一行人的伙食费。中队干部觉得仅仅一顿碰饭，怎么也不肯收钱，随行人员也就只好作罢。但回到机关，蔡仲秋算账时发现了这一情况，责令那个随行人员如数作了补交。

蔡仲秋还把此事搬上了党委会，一脸严肃地说：“下基层交伙食费是制度，是制度就得坚决执行，维护它的严肃性。如果我们连这么一项‘小’制度都执行不了，还怎么执行其他制度规定呢？”支队长的一席话，如重锤敲响鼓，不仅促使机关各部门对下基层交纳伙食费的情况展开了一次自查自纠，而且催生出了一项新规定：以后工作组下基层返回时，必须将交纳伙食费的收据带回机关以备核查；检查机关干部下基层的情况，要把交纳伙食费作为一项内容。

这仅是支队依靠制度保障风气建设的一个例证。谈起这方面的事，官兵们不仅如数家珍，而且深有感受。比如，规定支队领导及机关干部下中队不得吃请之后，这几年支队机关所有下去的人员，不仅与官兵同吃一锅饭，不加一个菜，还自带洗漱用品，中队没有花过一分钱接待费；支队为防止基层干部出现离兵现象，规定必须“周站一班哨”，至今这一制度已坚持五年不断线；在用人问题上，党委明确规定：谁跑官要官，就让谁丢官。还真有一名干部撞到了此规定上。论工作能力和任职年限，本可以考虑提升，就因为他四处托门子找关系跑官要官，条件够了没能提拔。官兵们说：“在咱支队，制度如铁似钢。一旦形成制度，就得不折不扣地执行，谁也别想打擦边球。”

（2009年8月27日1版）

第七板块

边海防报道

导读清单

我在现场

边海防报道即特色报道、个性报道。

我在新疆军区部队工作16年，对边防有特别的亲近感，采写的边防报道在我的新闻作品中占有相当分量。

春节，上全军最高哨所神仙湾与官兵一起过年和巡逻；

在帕米尔高原斯姆哈拉哨所，为祖国送走最后一缕“千年夕阳”；

“三九”天，到“冰窟哨所”可可托海哨所体验极寒天候条件下士兵站岗的滋味；

“三伏”天，与驻训官兵一起在摄氏40多度高温中翻越火焰山；

在全军大雪封山期最长的红山嘴边防连，和战士一起站夜哨；

在伊犁都拉塔边防连，同前哨班战士一起进行夜间潜伏；

在额尔齐斯河滔滔河湾处，与老班长睡在巡逻艇上彻夜长谈；

……

边防部队是新闻宝库。山川风光多姿多彩，民族风情丰富多样，部队建设特点各不相同，官兵生活千姿百态，写出“这一个”特点，就会出好新闻。

关键在于多往边防跑！

每篇边防报道都应当发自“我在现场”！

到人迹罕至的地方，采闻所未闻的故事，写别具一格的新闻。

脚板底下出新闻，好新闻绝不是坐在办公室想象出来的，绝不是从材料堆里拼凑出来的，这是新闻常识，边防新闻更是如此。

边防路途的遥远和海拔的高度，让我体验到守边官兵艰难和奉献的深度，也跃升了精神和意志的刻度。

吃过边防的苦，天下再无苦；写过边防新闻，写其他新闻都不能叫苦。

有一种苦叫说不出口的苦！有一种记者财富是写过边海防报道的财富！

别情依依　守卡老兵下雪山

喀喇昆仑千余退伍战士挥泪离开部队

本报三十里营房11月20日电　记者欧世金报道：身背简单的行囊，千余名守卫喀喇昆仑山边防的退伍老兵，今天挥泪告别雪山哨所，撤至新藏公路沿线各兵站，踏上了返乡路。

几天前，当退伍命令传到雪山，老兵们变得默默无语。他们怀着依依不舍的心情，最后一次踏上巡逻路，将一山一石向接班的战友讲述清楚。临行前他们都站了最后一班岗。这些日子，战友间叮咛的话总是说不完，纪念相总也照不够。向军旗告别那一刻，老兵们个个眼含泪花。

从阿里军分区、某联勤分部、某边防团提供的退伍老兵花名册中看出，这批退伍兵大部分来自陕西、湖北、四川、重庆等内地省市，出生在改革开放初期，平均年龄只有20岁。两三年前，他们走上海拔5000多米的喀喇昆仑雪山，一年四季与风雪为伴。但是他们没有人为此感到遗憾和后悔。记者问一位常年站岗放哨、没能学到实用技术的老兵：回家“奔小康”有信心吗？他感慨地说：“我学到了老一辈守边人用血肉之躯铸就的喀喇昆仑精神。我理解这种精神就是遇到天大的困难不低头。有这种精神我还怕什么？”

老兵们离开兵站时，把宿舍、饭堂、操场打扫得干干净净。令记者最为感动的一幕是，退伍兵们把背包当凳子，坐在卡车大厢里，冒一路风寒，经数天颠簸，行程1000多公里，始终保持着良好的坐姿。

（2000年11月21日1版）

喀喇昆仑山，有全军海拔最高的哨所，有离北京最远的兵站。11月中下旬，记者陪伴1000多名退伍兵走出雪山。请看记者从雪域天路上发来的报道——

再见，喀喇昆仑

■本报记者　欧世金

离队前一天才知道自己要走

黄晓波，库尔拉克堡边防连三班长。去年服役期满被点名留队，言外之意就是今年转士官。哪想到，老兵离队前一天，团里突然发来电报：转士官名额有限，黄晓波退伍。

晓波个小、机灵、能干。去年夏天，连队外出执行一项特殊任务，他被派去做饭。有天中午，往山顶哨位上送饭，途中雨雪交加。他一步三喘将饭送上山，米饭已经冻成冰疙瘩。他就把饭倒进碗里，放到自己怀里去暖。

对待这样一个兵，连队干部把电报传来传去，不知该怎样对他说。不料，晓波的思想弯子并不难转，他这样告诉指导员："虽然最近我连做梦都在想转了士官后怎样干，但组织让我走，我服从，眉头皱一下就算在喀喇昆仑白吃了3年饭！"

11月17日晚，记者见到了黄晓波，怎么也看不出他有什么"心事"，只看清了他乌紫的嘴唇和起满干皮的脸。指导员说，这两天晚上，晓波让战友睡屋里，自己睡驾驶室，主动照看车辆和行李。夜晚，风大，天冷，他哪能睡得着？

回头看，黄晓波正憨憨地冲我笑着……

让我再指挥一次队列吧

与黄晓波同一个连的刘颖涛，也是多干了一年的老兵，也是不能转士官。消息传来，他一时茫然：家在甘肃农村，不转士官回去该干啥？

当晚，他一夜没合眼，一根接一根抽烟。第二天起床后，他向连队提出一个要求：再让我指挥一次班队列吧。他扎紧腰带，换上平时舍不得穿的新军装和新胶鞋，挺胸抬头站在队列前。口令，干脆利索；动作，利索干脆。

“你为什么提这个要求？”记者问。还没开口，这个一米八的汉子眼圈先红了。半晌，他才说：“那次，在5000多米的雪山风口哨位上，我被冰雹打得头痛，冻得直想哭，但我一动不动。我知道，我身后是祖国，再苦再难也不能趴下……”

停了一会儿，刘颖涛才将话题转到“走队列”上：“也许是吃的苦太多了，所以让我走，开始想不通——愿意享福不行，愿意遭罪还不行？后来想通了，铁打的营盘流水的兵，谁也不能穿一辈子军装。站在队列前头喊几声口令，是让自己明白自己是个兵，兵就是让留就留，让走就走。如果连这都做不到，让你去炸碉堡，能行吗？”

我要数着电杆下雪山

20日上午，越野车喘着粗气艰难地爬上麻扎大坂。

路上，记者看见电线杆上攀着几个兵。上前打听，得知这是某机务站连长黄宇强带着4个退伍兵在巡线。

黄连长指着一个兵说，这个兵叫朱文强，浙江嘉兴人，入伍前随父亲做生意，年收入四五万元。刚来机务站时，有些不安心。日子长了，反而离不开连队了。不久前，他提出想转士官。连队干部问：你家庭条件好，为什么要留下？小朱说，钱多买不到吃苦，能吃喀喇昆仑的苦，还有什么苦不能吃？

命令下来，转士官的名单里没有朱文强。队伍解散了，他还站在那儿抹眼泪。后来，他和3位今年复员的战友找连队干部要求：到雪山上再巡一次线。这些电缆线，是今年夏天朱文强和战友们一寸寸架设起来的，每一截线路都沾着他们的汗水。

记者向小朱告别，他说：“后天我下山的时候，想数着一根根电杆走，用这个形式向喀喇昆仑道别……”

临走还不知道氧气是啥滋味

记者曾在一篇报道中写过，近年喀喇昆仑海拔3000米以上哨所全部配发了制氧机。没想到，神仙湾边防连退伍兵刘宇朝告诉我，他在山上没有吸一口氧，连氧气的滋味儿都不知道。

叫刘宇朝的“老兵”，其实他今年11月1日才过18岁生日。刚上山时，他头晕、气喘、脚发飘，晚上睡不着，吃饭往外吐。班长搬来氧气瓶让他吸，他一把推开说：“以后巡逻还能背个氧气瓶？习惯了就好了。”

可是，在这个海拔5380米的哨所，想说“习惯”不容易。巡逻、打冰、施工，刘宇朝好几次被缺氧击倒。今年夏天，连队修建综合训练场，刘宇朝有时石块抱在怀里，眼皮一眨，石块就砸在了脚上；有时拄着铁锹把就打起了呼噜，每晚上床连梦都没有一个……

记者把刘宇朝没吸一口氧的事当奇闻讲给其他几位退伍兵听。谁想，他们互相看着笑：“我们也没吸过一口氧……”

送战友的老兵谁来送

运送老兵的车队开进库地兵站，有一位兵站的战士跑前跑后为老兵提行李。开饭时，他不停地给老兵添饭，还一个劲地劝说：“你们辛苦了，多吃点。”晚上，这个战士给老兵提热水，让他们烫脚祛寒。老兵们入睡后，他轮番给14个炉子加煤。第二天，老兵们都看到了他被煤烟熏红的双眼。

一早，这个兵将老兵的水壶一一灌满。老兵车队走出老远，他还站在风中招手。车上的老兵议论说：这个兵真好！

这个兵叫王重涛，是河南洛阳人，已是超期服役一年的老兵，送走这批退伍老兵，他也要打背包下山复员了。他这样对记者说，在喀喇昆仑山当兵，谁的岗位海拔越高功劳就越大，我们兵站才2920米，与这些从山上下来的老兵比，我差远了，理所当然该给他们服务得好一些。

听到这里，记者问他："你送了这么多老兵，你走的时候谁送你?"王重涛一下子埋下头去："送啥？你看我整天送别人，其实我最怕别人送，人家一送，就更不想走了……"

进山不容易出山更艰难

什布奇边防连，山高路险出了名。进山，像进鬼门关；出山，像闯生死线。

今年老兵出山，有8.9公里的路被洪水冲断。老兵们13号从连队出发，驮运行李的马匹不够，留队的官兵除两人留下值班外，全部出动帮助老兵背行李。

连长刘长峰牵着马走在前面探路。在一处山腰上，路太窄，马擦着山岩过去，马背上的行李已被刮落在地，顺着山坡往崖下滚，官兵们手疾眼快，才将行李抓住。

经过泥石流路段时，马踩在木板上，直往山下滑，二排长刘海峰跳下去用肩顶住木板，接着，战士们一个个扑通扑通跳下去，让马匹踩着"人桥"走过去。

早上9点出门，中午2点才到目的地。连队那条黄狗好像也知道老兵再难回来了，它一直跟着老兵，赶也赶不走。老兵们上车后，它跃上汽车，一头扑进一个老兵的怀里……

看到烈士墓心一下静了

天文点边防连一级士官陈明亮，今年也复员了。拿了一年工资，刚有点苦尽甜来的感觉，又不让干了，他的心情挺复杂。

两年前，他的心情与现在正好相反：特别想走。那年7月22日，陈明亮坐的车在天神大坂上坏了，他与另一个战友拿着一包压缩饼干、两瓶矿泉水，步行往连队走，87公里山路，整整走了30多个小时。看到哨楼上那面五星红旗时，他俩一齐跪倒在地，像孩子似的呜呜哭了。

这件事让他后怕：弄不好就把命丢在雪山上了。

有好处就想留下，有难处又想离开，从一个年仅20来岁的年轻人角度想想，似乎也不应有太多的责怪。

17日上午11时，陈明亮与战友一起走进康西瓦烈士陵园。这里埋葬着100多名牺牲的边防官兵。

站在烈士墓前，向烈士敬礼告别的时候，陈明亮的心一下静下来了："这些英烈，活着没有享一天福，牺牲了都没能回到故乡，连尸骨还要守边防。我们好好地回到家乡，还有什么不知足……"

编者后记

这篇稿件的主人公，是一群名字从来没有上过军报的喀喇昆仑老兵。在告别军旗的日子里，他们向我们展示了一片坦坦荡荡的胸襟。

留也无怨，走也无怨；苦也无悔，累也无悔；生也无愧，死也无愧。展读这些感人的故事，让我们叹服流传在风雪高原上的一句名言："在这里，海拔的高度就是精神的高度。"

在这里，编者还要告诉读者，把这些老兵介绍给您的欧世金记者，不久前刚刚做了胆囊切除手术。在1000多公里的天路采访过程中，他肚子上还蒙着纱布……

仰望巍巍喀喇昆仑，让我们看清这些平平凡凡的人——

他们，就是大山的脊梁！

（2000年11月26日2版头条）

两代人的恋岛情

——同某船运大队船修所工程师王明海一家过年纪实

■本报记者　欧世金

35＋33＝68。这个看上去极其简单的等式，却概括了一对父子68年的恋岛情。

父亲叫王化金，守岛35年，1988年离休时是济南军区长山要塞区的司令员；儿子叫王明海，守岛33年，现任长山要塞区某船运大队船修所工程师。

大年三十，在码头上我见到了王明海。他是个彪形大汉，脸庞被海风吹得黑里透红，还不到50岁，头发已花白，腰有些弯曲。

在一片海滩上，王明海指着十几条正在抢修的船艇，自豪地说："这百米船台就是我几十年的'工作间'。"此时，海风吹得巨大的船艇直摇晃，但缆绳却牢牢地拴着船艇。

说起守岛33年的经历，王明海动情地说："我是在给父亲交答卷。"

年已75岁的父亲本想今年进岛过年，因战争留下的腰伤加重，没能成行，一家人都感到遗憾。

大年初四，王明海邀我到他家吃年饭。饭桌的主位是空的。王明海说，这是给父亲留的。他摆上碗、筷，斟满酒，然后拿起了电话。

"爸，过年了，我给你敬酒啦！"

"不错，还有两年你守岛的年头就赶上我了！"电话里传出了父亲洪亮的声音。

"我还想超过你呢！"

"哈哈哈……"父子俩愉悦的欢笑声交织在一起。

已有27年"岛龄"的女主人于淑珍大校告诉我，这是他们父子俩每年“拜年”都要提及的话题。

15年前，王化金即将离开海岛到济南休息。本来可以把独生子带到身边，他却把儿子叫到办公室，严肃地说：“咱爷儿俩来个比赛，看谁守岛的时间长。”

开始几年，儿子有些想不通。16岁那年当兵时，好心人想给他找个体面轻闲的活干，父亲却要他去最苦、最累、最基层的船修所学修船，而且要求他不能说自己的父亲是何许人。

一次，王明海随艇外出执行任务，遇到台风，两条锚链被巨浪击断，船触礁搁浅。王明海沉着冷静，先让8名官兵顺着缆绳爬上岸，在船艇即将沉没的一刹那，他才将缆绳捆在身上跳入大海。被拖上岸后，他在医院昏迷了一天一夜。时任司令员的王化金通过电话问候部队，最后才问了一下儿子的情况。

吃苦受累，生死考验，儿子都经历过了，为什么父亲还这样“狠心”？父亲对他说：“我给你取的小名叫大海，就是希望你一辈子守卫祖国的大海。”听了这一席话，王明海再没提过离岛的事。以后每到春节，父亲都要老话重提，这成了他俩特殊的“拜年话”。

“爸，你放心，我会坚持下去的！”我请求跟老人在电话里说两句。

“你还想让他干多少年？”

“只要部队需要，他就不能离开海岛。不过他也是年近半百的人了，还成天在海水里泡……”从老人的话音里，我感觉到了一种父爱。

我与王明海夫妇一边吃年饭，一边聊天。他们读大一放假回家的儿子王春涵却不插一言。我问他：“你印象中的爷爷和爸爸是什么样的人。”他脱口而出：“两个都是怪人！我爸中级职称已评了14年，近4年连年申报高级职称，外语通不过，他也不去找找人，我劝他，他只有一句话：‘相信组织。’”我试探地问：“你大学毕业后，愿不愿回岛工作？”他肯定地回答：“当然不愿意！”

别看儿子嘴硬，其实父母心里知道，他特别爱恋海岛，因为这里是两代亲人毕生奋斗的地方，是生他、养他的故土。

作为儿子，王春涵对父亲是有意见的。父亲一年忙到头，连话都很少跟他说。在儿子眼里，父亲是平凡的，同时又了不起，因为王春涵知道，父亲曾获得全军科技进步奖14次，这里凝聚了父亲多少心血啊。

停了一会儿，王春涵突然说：“我特服我爸这股劲儿，不少人许以重金劝他转业离开海岛，他总是痴心不改。”

儿子说这话的时候，王明海双眼盯着远方的大海。此刻正是涨潮的时候，海水在深情地拥抱着海岛。

（本报长岛2月15日电）

记者感言

赞民族脊梁

我常想这样一个问题：为什么中华民族100多年间屡遭列强凌辱，却能百折不挠？采访完王明海父子，我终于找到了答案：因为中华民族有无数这样的优秀儿女，他们就是中华民族永不弯折的脊梁！

我们要实现中华民族的伟大复兴，需要数代人为之奋斗，为之牺牲。王明海父子不仅明白这个理，而且身体力行，无私奉献。我们要理解这样的人，尊敬这样的人，学习这样的人。这样的人越多，我们的事业就越能兴旺发达，我们的民族复兴就一定能实现。

（2002年2月16日1版头条，获中国新闻奖二等奖）

保车还是保战士？

■本报记者　欧世金

□新疆军区某汽车团一连在喀喇昆仑执行运输任务中，被特大暴风雪围困16昼夜。官兵们克服重重困难把物资完好无损地送到了哨所，却又不得不将陷进雪坑的3台卡车丢弃在冰达坂上。于是，引发了这样一场争论——

争论的起因——记功还是记过

这场争论是从去年年终总结引发的。围绕一连该立功还是该记过，争论的双方互不相让。

事情是这样的：1997年11月份，新疆军区某汽车团一连奉命为喀喇昆仑边防一线哨所送冬菜，途中遇到多年罕见的特大暴风雪。官兵们在高寒缺氧的风雪高原上顽强拼搏16个昼夜，圆满完成了送菜任务，创造了汽车兵高原运输的奇迹。同时，一连在返回途中，为了摆脱风雪围困，保护战士的生命安全，将深陷雪坑的3台卡车丢弃在冰达坂上，造成了汽车团历史上从未有过的“事故”。

该立功还是该记过？全团官兵议论纷纷，团领导、机关也一时做不出决断。年终总结的结果是，一连既没有立功受奖，也没有受处分挨批评。矛盾没有化解，争论持续到3个多月后的今天。

争论的焦点——争光还是丢丑

认为一连“争了光”的一方讲了好几个理由。他们执行的任务是全团最重的。路程最远，人均行车2300多公里；路途最险，海拔5000米以上的达坂13座，冰河20多条，所到区域海拔最高，平均4500多米；吃苦最多，官兵们为了及时把物资送到哨所，昼夜兼程，平均每天吃一顿热饭，睡眠3至4个小时。有2/3的同志出现轻度冻伤，有1/3的同志因缺氧产生高山反应。战士李庆兵患脑水肿、肺水肿，经过抢救，7天7夜才从昏迷中苏醒过来。一连车况最差。一连使用的车辆全是20世纪80年代初装备的，早已是"超期服役"，这次上山大部分车辆都出现了不同程度的故障；保障条件最差。一连从新藏线上的甜水海兵站南行以后，全是"孤军作战"，数百公里的"无人区"内，没有任何条件可依托，全连的药品仅有一瓶"去痛片"和一包"创可贴"。尤其是他们遭遇了特大暴风雪，气温降至零下30多摄氏度，地面平均积雪30多厘米，风力8级左右，由此产生的困难一个接一个，车队受阻，运行计划被打乱；车辆耗油量、耗水量大增；官兵的劳动量增加，体力急剧下降。

坚持一连是"丢了丑"的同志则说，一连的成绩应当肯定，但汽车是汽车兵的"第二生命"，官兵们应发扬"人在阵地在"的革命英雄主义精神，誓与汽车共存亡。丢弃了汽车，如同丢弃了枪炮，应该追究责任。

率队执行这次任务的连长苗建设向记者讲述了弃车时的情景：我是权衡再三才提出弃车的，并与几名老兵作了商量。我们这一组共4台车，送完菜返回至海拔近6000米的龙巴什达坂半山腰，已是凌晨2点。暴风雪刮得汽车直摇晃，雪厚处已到车前保险杠。战士们挖雪开道，有的累得躺在雪地上还坚持挖。为了防滑，大家把皮大衣、被子垫在车轮下，汽车几乎是一米一米往前挪。这时又有3台车陷进雪坑，同时8名战士出现了呕吐、头痛等高山反应症。我的左脚至小腿已失去了知觉（记者注：苗连长下山后用茄子杆熬水泡了10多天才恢复正常）。我想，要继续挖3台被困的车，当晚车队就不可能冲出达坂。到这时官兵已在高原上"折腾"了9天，他们极度疲劳，又冷又饿，如果不迅速离开达坂摆脱风雪围困，就有可能出现严重冻伤甚至冻残冻亡的险情。我下令弃车的时候，几名战士都依依不舍地流下了眼泪。

据介绍，官兵们冲出达坂已是上午10点，在以后的连续3天时间里，他们先后3次组织力量返回达坂救车，均因风雪太大无力靠近被弃车辆而作罢。九班班长田志国在回忆起这段经历时说，要不是连长当晚作出舍车保人的决定，我们也许就"光荣"在雪山上了。

苗连长在向团首长汇报时说："我不遗憾的是把战士们完完整整带回来了。"

争论的根子——求实还是图虚

采访至此，记者出了一个判断题：作为一名指挥员，在无法作出两全齐美选择的情况下，是应该保护战士的生命还是应该保护车辆装备？汽车团领导、机关的回答出人意料，他们几乎众口一词：保护战士的生命最重要。

"理论"上都搞得清，为什么遇到具体情况就产生分歧呢？有的说，一连是三总部表彰的"老先进"，对这样的典型应该严格要求，否则难以服众。也有的说，如果把一连这件事说成英雄壮举，可能给部队的教育管理带来负效应，尤其担心部队在今后的工作中干出不负责任的事来。还有的说，如果对一连只讲功不提过，担心会给上级领导、机关留下报喜藏忧的不良印象。

新疆军区机关的一些同志听后反映强烈。他们觉得一连在遇到不可抗拒的自然灾害面前，从实际出发，不盲目瞎干，抓住了保护战士生命这个主要矛盾，说明干部素质高，处置应急问题的能力强。至于丢弃的3台车的经济账很好算，如果有一个战士冻残冻亡，那是多少台车的价值也"赔"不起的。

新疆军区政治部主任周连江少将说得更深刻：说到底，引起这场争论的根子在于我们抓部队建设应该是求实还是图虚。邓小平理论的精髓是解放思想，实事求是，我们多年来几乎天天把这句话挂在嘴边，为什么落实不到行动上？关键是一些同志的头脑里"唯上"、"唯书"，不"唯实"，这是值得我们深思并需要加以纠正的。

3月5日，汽车团政委张国诠从数千里之外的团部给记者"捎"来好消息：一连近日被兰州军区评为军交运输先进单位，同时连长苗建设代表连队在大会上作事迹报告。

无疑，这是对一连的一种奖赏和肯定。持续了几个月的争论终于画上了令人欣喜的句号。

（1998年4月15日3版头条，获年度专栏稿特等奖）

帕米尔高原看上网

■本报记者　欧世金　曹瑞林　本报特约记者　宫曦岭

□全军宣传文化信息网络建设方兴未艾。从祖国最西端的边防某团的情况看，网络给宣传教育带来了新的活力和效益；

□新事物也带来了新课题。网络发展中暴露出的一些问题需要思考和探索：要树立正确的观念，要重视人才骨干培养，要避免出现“网虫”现象和“重复建设”现象。

北京——乌鲁木齐，乌鲁木齐——喀什。近日，我们转乘两次飞机后，从喀什驱车400多公里抵达帕米尔高原上的某边防团。高原上的冰山雪峰、蓝天白云，对我们没有产生太大的吸引力，让我们牵挂的是这遥远的大山中的那张“网”。

去年9月，兰州军区宣传教育信息网开通后，某边防团率先在边防部队第一个上网。团政委杨胜权一边指示机关人员进行上网演示，一边介绍说：“上网并不难，把原先用来打字的电脑与信息网一联结就实现了。”“如果团队建网络终端的全套设备重新购买，需要多少钱？”“不到一万元，团队能够承担得起。”

开通直拨电话是入网的必备条件。该团机关大楼右侧的“大白锅”是上级配备的地球卫星电话接收器，它标志着这里已实现了电话程控直拨。政治处的一位干事解释说，最近，团里的卫星接收器与兰州军区卫星站的保密机不配套，正在重新安装调试。这段时间，团里安装了一部直拨电话，供入网专用。

“入网并不复杂，用处却很大！”官兵们夸赞宣传教育信息网是理论学习的“好课堂”，开展思想政治教育的“好老师”，提高工作质量的

“好帮手”。陪同采访的喀什军分区宣传科陈科长举了这样一个例子：5月上旬，以美国为首的北约用导弹袭击我驻南联盟大使馆后，官兵们同仇敌忾，义愤填膺，有的甚至想拿起武器报仇雪耻。团里及时从网上下载江泽民总书记等中央领导的讲话，用这些精神很快统一了官兵的思想，把官兵的爱国热情引导转化到卫国戍边干好本职工作上来。

实地采访令记者感到，网络效益自不待言。但是，网络发展暴露出的一些问题，也值得进一步思考和探索——

对网络的认识需要深化

一位团领导谈到：认识网络首先要树立正确的科学观念。要防止入网一阵风、赶时髦，不要把入网当成一项被动的任务，更不能觉得是又多了一件麻烦事。许多官兵从实践中体会到，网络知识与高科技知识是一致的，并不矛盾；网络知识虽然不是高科技知识的全部，但它是高科技知识的一部分，学习好网络知识能够促进高科技知识的学习。只有认识到位了，各级干部才能积极支持、参与网络建设，变“要我上（网）”为“我要上（网）”。

人才短缺依然是“瓶颈”

以某边防团为例，40多名政治干部中，只有16人能独立上网，其他类型的干部更少。为解决这一问题，该团除了派人先后6次参加兰州军区组织的培训外，还大力鼓励干部上网实践。上网的同志感慨地说：“上网没什么诀窍，多上机摸摸就会了。”

“网络人才要从院校抓起。”兰州军区宣传部领导认为，要提高政治干部的科技素质，军队政治院校要像技术院校一样开设电脑课，使军校学员毕业后到部队能适应网络建设的需要。据悉，西安陆军学院已在学员中开设电脑课，效果很好。

还有一位干部提醒说，鼓励官兵上网，要注意避免出现“网虫”现象。某边防团的做法是，上网只限于工作需要，不准在网上“游戏”。另外上网也要有一定的时间限制。

内容要拓展管理要规范

在某边防团的兰州军区教育信息网上，记者看到，他们提供的内容包括政治教育、理论武装、科技知识等9个部分、近百个方面，据介绍，这些信息达6亿多字，其中中外名著就达3千多册。

网络功能的开发是无止境的，只要部队需要，想输入什么信息就可以输入什么信息。兰州军区宣传教育信息网上，已不局限于“教育”，上面有包括组织建设、干部管理、群众工作等多方面的内容。官兵们提出，“教育网”应逐渐变成“政工网”，使之成为政治工作的“信息总汇”，为部队政治工作提供全方位服务。

记者也联想到当前个别部队在网络建设中出现“重复建设”现象，在此提醒有关领导、部门，对网络建设要规范管理，不能想建就建，更不能“各自为战”，要进行科学论证，严格审批，以免造成不必要的损失浪费。

提倡工作通讯短而精

记者走了很远的路，从祖国最西端的帕米尔高原写回了这一篇不足1700字的通讯。在一些希望工作通讯“块头”越大越好的同志看来，是不是有点“亏”呢？

他们还可以采取另一种办法：把现成的机关经验材料加以小小的改造，或是原封端上来，又省力，又有“来头”，还可以保留“大块头”，何乐而不为呢？

然而，在勤奋和懒惰、费事与省事之间，他们自觉地选择了前者：用自己的眼睛去观察（包括文字材料在内的）活生生的部队生活，用自己的脑子分析综合归纳，然后再用自己的语言写下来；不仅仅关注工作中的先进经验、典型做法，而且随着军队改革的大潮去积极地思考探索，努力发现问题，提出问题，并由此带来了洗练的文风。文字的明快精练来源于思想的深刻和凝练，我们的工作通讯只有真正做到“有话则长，无话则短”，尽可能“短而精”，才能产生启人心智的活力和深刻有力的指导性。

（1999年11月1日3版头条）

●西部大开发，吸引着人们去关注西部的山、西部的水、西部的树、西部的路……

●在这片神奇的土地上，同样还有一群值得大书的兵。请看本报记者从西部边关发来的报道——

西陲好男儿　绚丽风景线

■本报记者　欧世金

很多人对西部戍边人的印象，还停留在电影《冰山上的来客》上。守卫21世纪中国国门的西陲卫士，不变的是本色，多了的是灵秀

风停了，雪住了，王灿跑出哨楼，冲着远处的雪峰扯开了喉咙："忽如一夜春风来，千树万树梨花开……"

哨所驻地叫做"怪树沟"。爱"喊诗"的王灿，被战友戏称为"诗人"。北约轰炸南联盟，王灿在世界地图面前站了半天，最后攥着拳头说："兵者，国之大事，死生之地，存亡之道……"战友们说王灿你又嘟嘟囔囔念啥诗，王灿一本正经地纠正人家："这是孙子兵法，不是诗。"

王灿，形象一点也不"灿烂"，但在关键时刻却尽显光彩。1995年冬天，他带3名战士站哨。大雪封山，通信全部中断。眼看战友们饿得连说话的力气都没有了，王灿当机立断，让路况熟、身体壮的副班长下山求救。等搬来救兵，一算，大家已经饿了36个小时。

还有一回，一名排长带队到冰达坂潜伏，突遇暴风雪。他们照原计划往哨楼撤，但走了不到20公里，人已精疲力尽，一匹患感冒的马倒在雪坑里当场就死了。天渐渐黑了，王灿建议：这样走下去人也得死，我们应顺势往山下走，休整后再返哨所。排长采纳了王灿的意见，全班人马终于脱险，战友们也觉得这个"湿（诗）人"肚里倒还有"干货"。

如今，王灿喜欢上了吹箫。明月高悬的时候，他吹《十五的月亮》；夕阳西下的时候，他吹《弹起我心爱的土琵琶》。最近，他爱吹《梁祝》。战友们悄悄说，咱“诗人”刚收到一个姑娘寄来的照片，挺漂亮的。

在西部戍边人的方阵中，如今常常会发现一些有本事的“特种兵”，他们就像耀眼的“新星”，等待着我们为他们“命名”

1997年初，列兵周正文被安排监理一项边防工程。他抓起一把沙浆一捏，说:“不饱满”；往墙上瞄了几眼，说:“上下没错缝，内外没搭接，返工!”

“我在内地包几百万元的工程都没返过工，在你这包个破工程还返工?”来自南方的大包工头，看他周正文肩上挂着筷子粗的一根细杠杠，不服气，嘴里还骂骂咧咧。周正文不急，说我是个兵，不和你吵，要在地方，我收拾得叫你服。

他不是吹牛。周正文是个“老板兵”。入伍前，他就毕业于成都科学技术干部管理学校，获得了建筑施工证和预算资格证，毕业后承揽的第一个工程就达150多万元。

包工头不听招呼，周正文就给营、团、军分区三级分管工程的领导打电话。领导们火速跑来。列兵周正文站在尉官校官们前面，翻开工程技术条款，律师一样有板有眼地念了一通。领导们一听全明白了，说:“听周正文的。返工!”

1999年，修建团部大门、道路，预算24万元。团长问周正文:“你讲讲意见。”周正文说预算没问题，但依我的办法施工可以节约10万元。果真，按他说的，请地方的大工，用地方的工程机械，其他活由团里自己干，只花了13万元。

周正文当兵3年，监管了造价300多万元的优质工程。民工见了他，毕恭毕敬叫:“兵老板!”

戍边人的心地，像雪山一样纯洁，像界碑一样正直。这，就是戍边人托举漫漫边关的凝重心灵底色

张启东倔，在博尔塔拉军分区出了名。

1995年8月，张启东到海拔2400米的卡昝河边防连当司务长。那天，上级机关一位科长到连队考核。临走，张启东跑步追上科长的车，敬了一个礼，说:“首长，请交了伙食费再走。”科长红着脸，补交了70多元伙食费。

一天，有位干部拿来电话费要报销。张启东一看，说你联系公务应往河南打，电话怎么打往四川了呢。干部问他，你又没跟踪我，怎么知道我是往哪打的。张启东翻翻眼睛说，你看我是干什么吃的？

连队大小东西都由张启东到80多公里外的集市去买。一天赶集途经营部，开饭时，营长到处找他吃饭也找不到，最后看见他在菜地边上啃冷馒头。营长笑着骂他，张启东说："我害怕吃了营部的饭交伙食费。"

一年多，张启东节约伙食费5万多元，团里将他调到财务股。两个月之后，团长去借款。张启东看借款人没签名，问："你是谁呀？"团长笑着说："你也太官僚了嘛！"

倔，往往得罪人。一位士官临转业，团里派张启东去审核账目。他硬是查出这人挪用公款2万多元。那位士官的家属离开部队时，不由分说，重重地打了张启东一耳光。张启东捂着脸说："这个耳光，值！"

最近，军分区调张启东去当出纳。团长舍不得，在干部大会上说："谁给我推荐一位像张启东这样的财务干部？"

不爱战友，能爱祖国？舍不得金钱，能舍得性命？在新一代边关军人心里，这是简单而朴素的基本逻辑

李广仁，军马医生。陕西蓝田人氏。与那个生活在100多万年前的乡党（蓝田猿人）相比，他太不起眼了。在一个连级军马所，他抱着马腿一干就是31年。

广仁亲马。一次他给马喂药，马一时烦躁，狠狠地咬了他一口。有战士抄起木棒要揍马，广仁捂着血淋淋的胳臂，挺身护着马，说："打马就是打我。"

对马尚且如此，待人还能差？哨所的官兵都把广仁家当自家，想吃想喝随便。守边军官，吃苦受累不在话下，找个对象却愁得掉头发。广仁也跟着急，见了有姑娘的人家，他就想方设法去撮合。最后，连小姨子也"赔"上了。

广仁默默无闻半生，前年被评为优秀共产党员，光荣得睡不着觉。哪曾想，一家地方报纸在报道他的事迹时有个细节失实。他曾"资助"了20年并认了"亲戚"的那家主人不依，说："你给我5万块钱，要不我就上告！"广仁说，稿件有假，咱俩家的情分还有假？那人说："你是想出名！"广仁被噎得说不出话来：老天爷，我20年前能想到有今天？

战友们见广仁气不顺，都劝他，今后少管闲事。俗话说，江山易改，秉性难移。那天，广仁看见部队大门口蹲着一位衣衫褴褛的人，忍不住上前打听。这人果真有难。一年前，他受雇于一个地方老板干包工，老板却不给工钱。广仁一听就急了，说凭我这张老脸，一定把钱给你要回来。不知广仁怎么弄的，当天，那人就高高兴兴地拿到了钱。

初到边关，一脸红润；离别边关，满脸风霜。他们大多回到家乡，有的还长眠在雪山下，长眠在他们生命最灿烂的花季里

高春富牺牲两年多了，战友们还在深情地念叨着他。

他是倒在国门哨上的。1997年6月12日深夜12点，风力11级。这里是我国著名的大风口，有一次，战士们眼睁睁看着风呜呜地将篮球板一块块撕掉，瞬间不见踪影。

班长高春富带着一名战士上哨。出门前，有战士说，这么大的风，我们都怕，还有坏人来？高春富黑着脸说，坏人还会挑天气？

两人出了哨楼，风更大了。不留神，风就把他们打跑几步，他们又顶着风退回来，站到哨位上。

不一会儿，邻国一列火车驶来。高班长对战友说，你站到铁轨外侧去观察，要不火车来了那面的情况看不见。

轰隆隆，轰隆隆，火车安全通过了。

班长呢？那位战士抬头见哨位上没了班长。高喊，没有回音。后来，在离哨位20多米远的地方，发现了班长血肉模糊的尸体。据后来调查分析，火车运行时的风与自然风相遇形成一股旋风，卷得高春富站立不稳，碰到了火车……

因为是意外事故，高春富没有被评为烈士。从老家赶来为儿奔丧的父亲蹲在地上想不通：全国人民都在享福的时候，我儿在站哨，他死了，怎能不是烈士？还有人说，这娃咋就不灵光点，风来了不知躲一躲，车来了也不闪一闪？

军人没有这样说的。战友们都说："高春富是一个合格的哨兵。"

（2000年3月20日2版头条）

空中欢迎新战友

■欧世金　杨功成

夜幕降临，150名新战士喜滋滋登上由乌鲁木齐飞往喀什的9981航班。

空姐的声音十分甜美："新战士同志们，欢迎乘坐新疆航空公司图154客机。现在是北京时间12月1日19时40分……"

被精心挑选为新兵服务的5名空姐，个个笑容满面。她们穿梭于机舱，送报纸，发纪念品，递饮料、热茶……乘务长孟梅的话更是句句暖心窝。她说：你们从中原大地、八百里秦川、巴山蜀水等地，当兵到边防，不愧是祖国的好儿郎，是我们年轻人学习的楷模……

一位常年战斗在喀喇昆仑风雪高原的接兵干部，情不自禁地唱起了自编歌曲《一辈子不遗憾》："好冷好冷的大坂，好高好高的冰山，当兵来到了天边边，爱哭的不是男子汉，腿软的别来昆仑山……"

歌声赢得了新兵的阵阵掌声，也打动了专程欢送新兵去边防的兰州军区副司令员兼新疆军区司令员傅秉耀中将。他站起身，向小伙们深情地介绍说："从乌鲁木齐到喀什，1500公里路程，乘汽车至少三四天，如果遇到暴风雪，要耽搁十天半月。新疆地区兵员输送由徒步到汽车再到空运，既体现了国家改革开放取得的巨大成就，更说明了中央军委和总部首长对边防军人的关怀和厚爱。"当他看到一位干部在为自己拍照时，立即拿过相机："来，让我给新战士照张相。"咔嚓、咔嚓，照了一张又一张。新战士被司令员的亲切和蔼深深感动，纷纷鼓掌致谢。最后，傅司令员对随行人员说："把名字记下来，照片洗好后寄给他们。"

从新疆察布查尔锡伯自治县入伍的锡伯族战士吴文宏红着脸对记者说："我做梦都没想到：一是当新兵就坐上了飞机，二是见到了司令员并受到了他的鼓励。我一定要安心边防，当好祖国卫士。”

乘务员肖舒也受到感染，提议与接兵干部、中尉刘红军合唱《当兵的历史》，表示对新兵的欢迎。没料到的是，新战士大部分会唱这支歌，二人唱唱成了大合唱。掌声，笑声萦绕机舱，飘向夜空。

（1994年12月7日1版）

背盘石磨回边防

■李　军　欧世金

在家中

“娃，这次回去给战友们带点啥?”

“把咱家那个石磨带回去。”

“这是你祖父留下的家产呀!”

“爹，你就依儿一回吧。”

“唉，不嫌累你就背走吧。”

进站口

“当兵的，把你的包打开。”

“同志，我的包里是石磨。”

“不准带，超重了。”

“我们哨所在一座雪山上，战士们吃不上蔬菜，手掉皮，头脱发，唇裂口……”

“少废话，不准就是不准!”

“同志，我是炊事班长，战友们吃不好饭，我心里愧得慌。上级配发的黄豆，只能吃盐水煮黄豆，带个石磨可以吃上豆浆……”

“当地买不到?”

“那是个鬼都不拉屎的地方，还能买到这东西?”

“看你态度比较好，就饶你这一回。”

哨所里

“班长，你才回来，都晚上12点了。”

“到哨所这30多公里山路，我是走回来的。”

“走回来？还背了这么重的东西？”

“我是有些累了，火车上没座位，几乎站了3天3夜，转乘汽车又挨了3天冻。”

“班长，这次带了什么好吃的？”

“我给大家带来了‘豆腐’。”

“当兵2年没吃上一回豆腐，真馋死我了。”

“嗯！怎么是石磨？”

“班长，你何苦呢……”

“没啥，比战友们巡逻轻松多了。”

作者补记

炊事班长章福海历尽艰辛，将一盘石磨从陕西汉中带到新疆军区伊犁军分区阿拉玛力边防连，解决了官兵吃豆腐难的问题。从此，这件事被边防哨所的官兵传为佳话。

（1995年12月21日3版）

笑饮昆仑雪　乐披大漠风

千余女军人西北边陲竞风流

本报乌鲁木齐2月16日电　李文芳、欧世金报道：笔者今天从有关部门获悉：战斗在新疆军区万里边防线上千余名女军人中，近年来因工作成绩突出受到嘉奖的有560多人，荣立三等功的有210人，受到军区以上表彰的有110多人，还有几人被评为全军“巾帼建功”先进个人、全军“三八”红旗手。

新疆军区每年都有一批女军人离开条件优越的大城市，奔赴被称为“生命禁区”、“死亡之海”的冰峰雪山和戈壁沙漠的军营。她们克服生理、心理、家庭等诸多困难，为保卫祖国的西北边陲，在医疗、通信、测绘、文艺等工作中，忘我工作，默默奉献。

被全军评为学雷锋先进集体的18医院三十里营房医疗站，60%是女医护人员。她们常年在海拔4000多米的风雪昆仑巡诊，先后收治各类病人2.3万多人次，抢救1000多名官兵的生命，出色地完成了艰巨的医疗保障任务，被边防官兵誉为“救命站”。

11医院内一科主任龚惠芸，在一只眼睛失明的情况下，与他人合作研究高寒地区防冻伤、防传染病成果突出，受到中央和军委领导同志的接见。驻守在塔克拉玛干大沙漠边缘的某师通信营女战士田菊，热爱通信工作，练就了一身过硬本领，爬杆、架线敢与须眉争高低，被评为全军“三八”红旗手。

（1995年2月18日1版）

“雪海孤岛”不“孤独”

■谢　旭　韩拴柱　本报记者　欧世金

素有“雪海孤岛”之称的新疆阿勒泰军分区红山嘴边防连闻名军内外。它是全军大雪封山期最长、戍边条件最苦的连队，也是近年来戍边条件变化最大的连队。如今的“雪海孤岛”不再孤独了。

9月初，我们从乌鲁木齐驱车近千公里来到这个位于阿尔泰山深处的边防哨卡。红顶房屋依山傍势，整洁庭院错落有致，国旗在高耸的哨楼上飘扬，“红山嘴边防站”6个大字在雪山映照下鲜艳夺目。

尽管我们都穿着夏常服，但连长李仁斌还是为我们准备了棉大衣。果然，我们刚到营区，便觉寒意阵阵袭来。李连长笑着说：“虽然‘雪海孤岛’天寒地冻，但有各级首长的关怀，我们心里始终热乎乎的！”

谈到哨所日新月异的变化，官兵们总结出几个方面具有“历史性”。

住——从木屋哨楼到“士兵别墅”。20世纪60年代建站初期，第一代戍边人用木头、泥巴垒起的哨楼，连风雪都挡不住。80年代，连队盖起了砖木结构房。1996年，连队的住房条件发生根本性变化，具备吃、住、浴、学习、娱乐、取暖等功能的“士兵别墅”落成，洗不上热水澡等生活难题全部解决。

行——从徒步到乘直升机进出哨所。红山嘴边防连离团部200多公里，路途被连绵的雪山阻隔，80年代以前，官兵们都是徒步或骑马进出哨所。70年代初还发生过3名战士踏雪下山被雪崩掩埋的悲剧。1990年，经过几次试航，上级拨出专款修建了直升机停机坪，大雪封山后，官兵们可以乘直升机上下站了。另外，总部还配发了两台摩托雪橇，冬季官兵们上下站更方便了。

饮水——从牛驮马拉到自来水。1992年，总部、军分区共投资30

多万元，4位高级工程师九上哨所，化验、测量、定点，1993年终于成功地将3公里外清洁达标的泉水引到班排，结束了建站31年来吃水靠牛驮马拉的历史。

菜——从吃干菜到吃鲜菜。军分区经过多年的科学实践和探索，1995年打破传统改良土壤，第一次在“雪海孤岛”建起了蔬菜温室，当年建造当年受益，当年就吃上了生菜、油白菜等6个品种的自产叶类蔬菜，使全年无霜期仅一个月的该连结束了建站33年来无自产蔬菜的历史。到现在他们已成功地种植了西红柿、黄瓜等果菜，将品种发展到19个，年自产蔬菜达5000公斤以上。

娱乐——从“一部录像看一冬”到拥有多功能娱乐中心。1995年8月，解放军出版社在这里建起了红山嘴边防连图书室。这是该出版社在全军东西南北中五个点中建成的最西边的边防图书室。哨所现已有各类图书近万册。他们还拥有地面卫星电视接收系统，使电视频道增加到30余个，大大丰富了官兵的业余文化生活。另外，他们还建起了新疆边防连队第一个多功能综合健身房。生活在“雪海孤岛”的官兵再不孤单了。

执勤——从徒步、骑马到坐车、乘直升机。1991年起，官兵们执勤巡逻冬季乘摩托雪橇，夏季乘上级派来的直升机或乘车，构成了全天候、陆空立体的新型执勤格局，边境管理与控制和应付突发事件的能力明显增强。

近年来，新一代戍边官兵发扬“三峰骆驼一口锅，风雪边防住地窝”和“苦中见精神，苦中有作为”的精神，忠诚地守卫着祖国的西北边陲，连队全面建设连连跃上新台阶。边防连去年被兰州军区树为基层建设标兵连队，党支部连续4年被新疆、兰州军区表彰为先进党支部，先后有3人荣立二等功。

红山嘴边防连的变化是祖国万里边防建设的一个缩影。饮水思源。官兵们深切地感受到了新中国成立50年特别是改革开放20年来的变化，无不为祖国的强盛和繁荣而自豪，纷纷表示一定要为祖国和人民守好西大门。

（1999年10月12日5版）

歌舞送到前哨班

■李福林　本报记者　欧世金

出丝绸古道重镇疏勒西行，拐上帕米尔高原，汽车在两座雪山相夹的沟底爬行百余公里，终于抵达白云缭绕的边陲哨所吐尔尕特边防连。2月1日，南疆军区“送歌送舞到边防春节慰问活动”在此拉开序幕。

连队的库房成了化妆、更衣室，会议室变成了舞台。虽然演出条件差，但演员们演得非常认真。《烛光里的妈妈》、《说句心里话》、《当兵的历史》……一首首优美的歌曲，拨动着戍边官兵的心弦。演出持续近两个小时，战士们的巴掌都拍红了。

当演员们得知在国门口站哨的5名战士没有看上节目时，便直奔5公里外海拔3700米的前哨班。

演出又一次开始了。维吾尔族女演员玛依努尔不顾感冒发烧，表演了舞蹈《美丽的维吾尔姑娘》，表达深深的祝福；演唱《我的老班长》的男演员武德成，未开口就泪水盈眶。他想起了前年10月到这里演出时遇到的一位老班长。老班长叫孙伟森，当兵5年，3次立功，退伍前一天还站在大雪纷飞的哨位上。

“老班长，你现在过得怎么样?”和着武德成的歌声，大家不约而同地唱起来，每个官兵的脸上都挂着泪珠。

演出结束了，演员们打点行装准备下山。刚才唱《我的老班长》时眼睛擦得红肿的现任前哨班班长谢长平和另一名战士已笔直地站在哨位上。哨位上空的五星红旗随风招展，身后是连绵的冰雪山峦。此情此景，令演员们久久驻足。

（本报新疆疏勒2月2日电）

党员闯雪山　群众紧跟上

神仙湾哨卡党支部战斗堡垒强；每年有百分之九十的党员立功受奖

本报讯　欧世金、李文芳报道：近5年来，新疆军区某边防团神仙湾哨卡每年有90%的党员因戍边成绩突出而立功受奖，哨卡树立的25名各类先进典型党员占20名，其中受总部和兰州军区表彰的5名边防执勤先进个人全部是党员。

神仙湾哨卡党支部把教育党员发挥先锋模范作用，作为凝聚军心、带领官兵扎根边关建功立业的重要保证。结合干部转业、人员换防等时机，党员教育常抓不懈。去年夏季，哨卡15名官兵执行长途巡逻任务，党支部把5名党员组成临时党小组，在历时10天的巡逻中，有3次党小组会是在冰达坂上召开的。首次参加巡逻的两名新战士发出感慨：哨卡党支部犹如屹立冰峰的战斗堡垒，执勤巡逻到哪里，哪里就有党组织坚强有力的领导。

只要有急难险重任务，冲在前面的准是党员。哨卡奉命到海拔6000多米的边境线巡逻，党支部副书记、连长杨建兵带领巡逻小组，蹚过6条河流，爬过8座冰山，露宿3个雪夜。为了弄清一条河的冰层厚度和水的深浅，杨连长把背包带一头拴在自己腰上，另一头交给岸边的排长，独自走向冰河。官兵们说："党员带头闯雪山，我们一步不落紧跟上。"官兵们以哨卡为家，艰苦奋斗，出色地完成了卫国戍边任务，10年来哨卡荣立集体二等功1次，三等功4次。

（1995年3月22日1版）

全军气温最低的可可托海边防哨所——

隆冬时节春意浓

■欧世金

本报阿勒泰1月15日电 欧世金报道：冒着三九严寒，笔者从乌鲁木齐乘车西行522公里，穿越北疆千里雪海，在布满冰凌、雪窝的素有“寒极”之称的阿尔泰山，绕行100多个盘山弯道之后，进入可可托海边防连。

当地县志记载：可可托海最低气温-57℃，年平均气温-2.1℃，是全国最冷的地方。放置在连部门前雪地上的特制温度计显示，当日最低气温-41℃，最高气温-28℃，“冰窟哨所”名不虚传。

在这个曾经一夜之间冻死4头母猪的连队，如今室内却温暖宜人。二班宿舍窗台上一盆“月月红”枝繁叶绿，写字台上温度计显示14℃。一位中士正穿着毛衣练钢笔字。

连队的菜窖、饲养圈在砌了1米多厚的珍珠岩当保温层后，还烧了火炉火墙。地窖里储藏的十多种冬菜没有一点受冻，猪圈里50多头猪活蹦乱跳，300多只鸡有的仍在下蛋。

锅炉房里，炉火熊熊。一墙之隔的洗澡间传出哗哗的水流声和战士的嘻笑声，4名战士正在洗澡。

陪同采访的阿勒泰军分区某边防团政治处副主任许孝康介绍说：军分区、团党委、机关对边防连实行全方位的保障。连队按标准用煤一年仅有72吨，实际上每年要烧煤上百吨，团里明确指示：“只要能保证哨所暖和，缺多少补多少。”

凌晨2时，笔者与四川籍战士谢自林同站一班哨。虽然此时的空气呛人，面如刀割，但他穿着上级配发的蒙古大衣、毡筒、皮裤，还绑上了皮护膝，已在营区站哨60分钟，说“一点不觉冷”。他还讲：“我们连战士享受许多优惠，比如每个战士有3床被子，其中一床还是丝棉的，特别暖和，全连没有一人被冻伤。”

（1996年1月17日2版）

领导情系基层 “雪海孤岛”不孤

阿勒泰军分区机关干部与哨所官兵共度“封山期”

本报讯 欧世金报道：从中央电视台的天气预报节目中可看到这样一个信息：在祖国版图最西北角的“鸡尾部”，每年有7个月都在下雪。驻守在这里的阿勒泰军分区10个边防哨所，只有一条电话线与外界相连，成了“雪海孤岛”。

大雪封山季节，官兵最盼望能看看新的面孔。这个愿望如今实现了：一批批机关干部背着背包，拄着拐杖闯进雪山哨所，与战士同吃同住同巡逻，把一股股爱的暖流送到官兵的心田。

军分区政委崔克荣大校介绍说，从1992年开始，军分区连年冬季派机关干部到大雪封山的哨所代职蹲点，到目前已达80多人（次）。司、政、后、技四大机关的干部人人轮了一遍。

通往哨所的路异常艰难。离军分区最近的哨所也有180公里。途中雪山连绵，汽车无法通行，有的地段马不肯走，爬犁上不去，蹲点干部只好徒步前进。后勤部李副部长到海拔4000多米的友谊峰下的扎玛纳什边防蹲点，正值三九寒天，气温达摄氏零下40多度，他骑马在雪海中走了3天，耳鼻和手脚被冻伤。

哨所的生活条件艰苦，但每个机关干部都坚持一次蹲点3个月以上，遇到困难从不打退堂鼓。蹲点干部为哨所解决了一系列难题。3年来，蹲点干部的100多条建议受到分区党委、机关的重视或被采纳。全军大雪封山期最长的哨所红山嘴边防连，远离团部400多公里，官兵到机关办事十分不便。一名蹲点干部提出在离哨所180公里的军分区设置红山嘴边防连办事处，并将连队的给养等交军分区直接代供，这一建议得到军分区领导的认可，从而为该连解决了困扰几十年的一大难题。

（1996年2月26日2版）

喜庆洋溢神仙湾

■本报记者 欧世金 特约通讯员 齐金光

银白的山峦，鲜红的国旗，持枪的哨兵……除夕中午12时，海拔5380米的全军最高哨所神仙湾，气温低至零下20多摄氏度。与记者相握的一双双手，粗糙而有力，再看看战士们黑黑的脸、乌紫的嘴唇，记者翻越4座平均海拔5000米以上的冰达坂带来的高山反应，顿时烟消云散。

“在各级领导的关怀下，如今神仙湾哨所的条件比从前好多啦!”记者刚落座，连长谢胜江边说边递过遥控器，29英寸的电视里正在播放中央电视台的节目。记者还看到，制氧机放在连部，谁缺氧了随时可以进去吸几口；第四代新营房即将竣工；太阳能发电机能保证24小时供电；图书室的图书达2000多册，俱乐部里有录像机、卡拉OK、VCD唱盘等现代娱乐器材；地下保温菜窖里，储存了10多种蔬菜；炊事班用的是特制的高压锅、汽油炉。

谢连长向记者介绍:“今年我们神仙湾哨所官兵过的也是‘神仙年’，前几天团机关挖雪开道，送来了牛羊肉、海鲜和新鲜蔬菜，还有香蕉、苹果、桔子，连鞭炮和大红灯笼都替我们准备了。”今天，记者在来神仙湾的路上先后与三辆为边防送温暖的大卡车相遇，一辆是三十里机务站为哨所查线的车，一辆是驻军18医院上山巡回医疗的车，还有一辆是送某边防团政委卫庆荣到一线哨所过年。

记者用电话发稿时，十多个来自浙江、陕西、安徽、四川的战士推门进来，请记者再加上两句，一句是向远在万里之外的父母报个平安；一句是向全国人民拜年!

（本报神仙湾2月6日电，1997年2月7日1版）

吉木乃边防站4名官兵在执勤途中遭遇暴风雪后，历尽艰险，互帮互爱，在茫茫雪海中跋涉23个小时，终于回到了哨所。请看——

搏击风雪逞英豪

■本报记者　欧世金

风来了，雪来了。

去年12月18日下午18时许，吉木乃边防站教导员王长虹和指导员张廷建，在护送战士到68公里外的执勤点后，返回至半路遇到了暴风雪。汽车喘着粗气，在雪窝里爬行了一阵，终于走不动了。

王长虹心里一惊：糟糕，遇到“疯狗”了。他在边防干了17年，这种鬼天气早有所闻，却是第一次遇到。“疯狗”是阿勒泰地区群众对一种暴风雪的别称，它来势凶猛，风雪交加，搅得天昏地暗。县志里有将一辆吉普车吹到两公里外的记录。

天渐渐黑了，挖雪开道已不可能，坐等救援只会被冻死。王长虹决定弃车步行。他们跳下汽车，寒风吹得连打几个冷颤，叫人喘不过气，只好侧身而行。雪粒像细细的柳条抽打在脸上，生疼生疼的。大家把远处吉木乃县城高高的街灯当“指示灯”，相互鼓励着一步一步朝前挪。

凌晨一点多，新的难题出现了：街灯熄灭了。抬头望，一片朦胧，低头瞧，全是积雪，只能凭着感觉辨别方向。张廷建说：“我身体最棒，我开路，你们跟着我。”

他费好大劲才挪一步，后面的人踩着他的脚印省力多了。

风越刮越猛，雪越下越大。战士陆鹏涛和黄天金累得走不动了。躺在雪地上，说啥也不起来。王教导员和张指导员懂得，此时不能歇气，一身汗停下来就会冻伤冻病。他俩一人挽着一个战士的胳臂，继续前进。风雪从左前方吹来，两名干部就走在左前方，用身体为战士遮挡风雪。

大家又渴又饿，一把一把地吃雪，满嘴已沾满沙子。突然，黄天金从借来的战友大衣口袋里摸出一块水果糖，高兴得大喊："我这里有糖，我这里有糖!"四双眼睛凑在一起时都泄了气。"唉，只有一块。"小黄说："教导员岁数最大，还是教导员吃吧!"王长虹说啥也不要。小黄就往嘴里一放，"咔嚓"咬成了两半说："教导员、指导员一人一半。"两名干部哪里肯吃，几番推辞，还是让两名战士分吃了。

天亮了，四周一看，4个人一屁股坐在雪地上，半天没说一句话。原来路走岔了，12个小时走了好几十公里，几乎全是冤枉路。

此时，只见王教导员挣扎着从雪地上站起来，说："只要还有一口气，就不能等死。"他们互相敲打了一阵对方身上的冰块，然后互相搀扶，一步一步在雪海里朝前蠕动。又经过8个小时的艰难跋涉，遇上了一辆牧民的汽车，才使他们得救了。

当回到边防哨所，看到哨楼上那面迎风招展的五星红旗时，4名官兵抱成了一团。一个月后，记者采访教导员王长虹，他摸摸自己冻脱一层皮的脸说："这次与阎王打了个照面，是不幸的，但作为戍边人，能有这种奇遇是值得一生骄傲的。"

（1997年2月21日4版头条）

直升机飞向“雪山孤岛”

■曾　政　本报记者　欧世金

红山嘴、白哈巴、扎玛纳什，这三个驻守在阿勒泰雪山之巅的边防连队，在遭受特大暴风雪袭击后，通往哨所的百多公里路段平均积雪1至2米，连马拉爬犁也进不去，成了“雪山孤岛”。

哨所官兵的冷暖挂在新疆军区各级领导的心头。1月20日大寒这天，天空浓密的云层刚裂开一条缝，陆航某团机组受命驾机起飞，直升机掠过一望无际的雪原，爬上峰峦起伏的雪山，紧贴着陡峭的山壁穿行，记者好像伸出手去就能抓一把雪峰上的雪。

直升机在雪海里盘旋3次，终于降落在位于半山腰的白哈巴边防连。飞机刚挨地，阿勒泰军分区参谋长韩连庆大校就跳下飞机，与哨所的战士拥抱在机翼卷起的雪雾中。大雪封山100多天了，哨所的官兵没收到一封家信，没见到一个山外来客，此时官兵们的激动之情难以言表。

为了保证官兵们度过漫长的严冬，上级机关在送来充足的肉、菜等生活用品的同时，也送来了丰富的书籍、报刊、文化器材等“精神食粮”。红山嘴边防连的卫星接收器前些天因遭暴风雪袭击而损坏，团里专门请当地电视台两名技术员，带上接收器和高频头，搭乘飞机赶来抢修，很快就修好了。

下山探亲、休假、治病的官兵登上了直升机，被大雪困在哨所的军嫂与丈夫挥泪告别。

直升机就要返回了，同机上山的一名少校和一名中尉却留了下来。原来，他俩是军分区和团里派到哨所蹲点的机关干部，他们将同战士一起度过5个多月的大雪封山期。

直升机连续飞行4架次，最后与红山嘴边防连官兵惜别。官兵们冒着摄氏零下30度的严寒，摘下棉帽不停地向飞机挥舞、挥舞……

（本报新疆阿勒泰1月21日电）

（1997年1月22日1版）

阿勒泰军分区关心边防一线干部见成效

“老边防”少了 “边防通”多了

本报记者欧世金5月19日发自新疆阿勒泰：在祖国西北角的阿勒泰千里边防一线采访，想找守边时间较长、个人困难较多的“老边防”难了！军分区司令员韩连庆说：“‘老边防’，是个既有荣光但包含更多的是艰难苦涩的特殊称谓，这个群体的减少，是我军各级领导、机关关心爱护边防一线干部的结果。”

据统计，目前军分区边防一线连队干部平均年龄28岁左右，在一线连队连续工作10年以上（包括当战士的时间）的几乎没有。一些在边防工作了20多年的师团职干部回忆，他们当战士的时候，边防连队干部的年龄与战士的父辈相差无几，不少干部从当兵到哨所一直干到转业就没挪过窝，连队干部在一个职务岗位上一口气干10多年并不鲜见。到20世纪80年代初期，“老边防”的人数仍然占一定比例。由于他们年龄偏大，在艰苦的边防一线工作时间长，大多身患疾病，家庭困难重重，他们辉煌的戍边史中都有一把“辛酸泪”。

80年代中期以后，解决“老边防”问题引起各级领导机关的高度重视。阿勒泰军分区持之以恒地贯彻落实上级指示精神，把减少“老边防”作为关心爱护边防干部的一项重点工程来抓。他们在优先安排“老边防”转业的同时，将边防一线干部与机关、二线连队干部进行交流，保证干部在一线连续工作时间一般不超过5至6年。为了保持边防连队工作连续性，他们采用高职低配一线主官，或者将在一线工作4年以上的优秀主官破格提升后调回二线。对到艰苦的点、位执行任务的带队干部也不搞“终身制”，一般3个月轮换一次。各级领导、机关在考核干部上，纠正过去单纯以守边时间论长短的做法，主要看谁的贡献多、成绩大。

“老边防”少了，守边人的心安了。过去，“老边防”多数的愿望是“向后转”。如今，边防一线干部年纪轻，有朝气，个人困难少，不少干部把在边防的这段经历当成人生的“磨刀石”倍加珍惜，请求组织“让我多干几年”的大有人在。同时边防一线干部守摊子的意识淡了，苦中有作为、苦中建功业的观念强了。

“老边防”虽然逐年减少了，但新一代边防干部的素质在不断提高。阿勒泰军分区边防一线连队干部100%达到中专以上文化，其中60%达到大专以上文化。他们在边防执勤巡逻中，既会马拉爬犁、骑马等传统方法，又能驾驭汽车、直升机等现代装备；在边防官兵的教育管理中，他们既懂得运用“老边防”积累的成功经验，又敢于探索现代教育管理模式，使边防建设水平大幅度提高，成为历史最好时期之一。目前，边防一线干部学外语、学电脑、学现代军事科技知识的热情高涨，一批适应现代边防建设的新时期“边防通”正脱颖而出。

（1999年5月21日2版头条）

崂山：那都市边缘的风雪

■本报记者　欧世金

夏日，记者登上青岛市海拔1133米的崂山。俯瞰奇峰怪石、松涛林海，记者禁不住对身旁的一位海军上尉说："在这里当兵真幸福！"

上尉没有吭声。半晌，才若有所思地说："崂山是美，可是我差一点就'报销'在这山上了。"不等我问，他又接着说："我活了下来，可是一个战士牺牲在山上了……"

有人在一旁介绍说，他叫任春先，是某通信分队中队长，从当战士至今在崂顶干了整整16年，是个真正的"老海防"了。

那是今年元月8日，崂山峰顶战备设施停电，任春先带领两名战士、一名助理员和水电班二级士官黄帮购，从早上6点半开始上山，沿着一根根电线杆巡查。

崂山千沟万壑，山陡林密。官兵们行走其间，加上在电杆上爬上爬下，体力消耗很大。中午，天气突变，暴风雪搅得天昏地暗，气温急剧下降至摄氏零下20多度。此时，已经查了100多根电线杆，还有38根未查。

不久，雪已至膝盖深，路早已辨不清了，肚皮也饿得贴后背了，小黄脸色蜡黄，气喘吁吁，走几步就得停下来歇一歇，官兵们轮流扶着他走。任春先想，这样拖下去，大家都有被大雪吞没的危险。14点一刻，他让助理员带两名体力好的战士先走。

战友们消失在茫茫雪雾中，任春先架着小黄一步步往前挪。没走多远，小黄的身体开始发软。任春先蹲下身，跪在雪地上，将小黄背起。小黄吃力地说："中队长，我不行了，你不要管我。"任春先打断他的话，说："只要我还有一口气，我就不会扔下你不管。"

走了一段路，小黄开始昏迷，在任春先背上说着胡话："我的绞机呢？""我的脚蹬呢？""中队长，你走！你走！"任春先跪在雪地上给他做人工呼吸，没有效果。看见60多米远的地方有一间废弃的工棚，他想背起小黄到那里去避避风。但实在背不动了，就拖着小黄走。雪地上，留下一条条长长的雪痕……

下午16时20分，救援队伍赶到。此时，小黄已经牺牲了。官兵含泪抬着小黄下山，任春先也被送到医院，战友们在帮他脱衣服和鞋时，看见鞋里全是冰碴，裤脚与小腿上的肉粘在一起，撕都撕不下来。

说到这里，任春先撩起裤脚，右小腿上两块伤疤还泛着红色……

结束回忆，任春先自言自语："我现在还常常梦见与小黄在雪中行走的情景，我没能把他活着背下山，心头总像欠着一笔债似的。"

走下崂山，青岛已是万家灯火。别墅、车流、歌声……让人不敢相信数十公里外就有带血的生活。

记者不禁感慨：军人无论身在何处，付出的都是热血和生命！

（2001年7月27日2版）

隆冬，记者跟随兵车穿越青藏线①

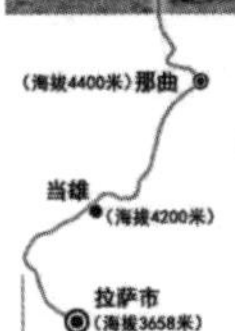

兵车，迎着风雪踏上天路

■本报记者 欧世金 马越舟 特约记者 唐向东

学习贯彻十八大 大型主题采访活动实录

编者按 **从青海格尔木到西藏拉萨的陆上交通线绵延千余公里，平均海拔4000多米，雪山莽原，坡高路险，这就是青藏线，又称“天路”。数十年来，总后青藏兵站部广大官兵用青春和热血呵护着贯穿其间的公路运输线、输油管线、光缆通信线，创造了“特别能吃苦、特别能忍耐、特别能战斗”的老高原精神。隆冬时节，本报记者跟随兵车迎着风雪穿越青藏线，近距离感受高原官兵艰苦奋斗、实干兴邦的时代风采。**

鞭炮震天，锣鼓动地，人声鼎沸，引擎轰鸣……

去年12月23日下午，在青海格尔木一座高原军营，我们见证了一个隆重的汽车兵出征仪式。总后青藏兵站部所属某汽车团140辆重型卡车缓缓驶出营门，向风雪弥漫的青藏线开进。此次“天路”之行的目的地是1000多公里外的西藏拉萨，他们将为驻藏部队提前送上“年货”——上千吨猪肉。

60年有780多位官兵长眠高原

这个英雄团队的引擎，已隆隆轰鸣了60多年。

1949年3月，该团出动100多台车辆，从西柏坡护送毛泽东等中央领导同志“进京赶考”；在抗美援朝战场敌机轰炸的炮火硝烟中，这个车队又化作那条令联合国军头疼不已的“钢铁运输线”上重要一环。

在官兵眼中，这次“上线”只能算是个常规任务。即便如此，团常委们还是一如往常，在路边一字排开，举手敬礼为车队壮行。

一辆辆重型卡车如威武出征的战士，在我们面前徐徐驶过。驾驶室挡风玻璃后面，一张张透着“高原红”的青春笑脸频频双手向送行人群致意。

“团长，你现在啥心情？”记者问团长常文华。

“说真的，现在我头脑里只有俩字儿在打转：‘安全’！”常文华说，“尽管驾驶员都很过硬，有的已经100多次‘上线’了，可我还是放心不下。车轮子一转，我和政委就睡不好觉。只有等10多天后看到他们平安抵达营区，我们悬着的心才能放下！”

他介绍，这条世界上平均海拔最高的运输线被称为险路，风雪变幻，步步惊心。自1954年通车至今，已有780多位官兵长眠高原。

“全力支持他，就是我最大的幸福”

担心车队安全的不只是团领导。送行人群中，几位带着孩子的军嫂脸上笑得像花，心里却五味杂陈。“每次他一走，我心里就空落落的！”军嫂应存玉说，“就担心路上有啥危险！”

应存玉的丈夫，是“上线”超过百次的团管理股管理员王永朝。自从2004年嫁给王永朝，这位青海师范大学的毕业生就只身来到格尔木这座高原军营，陪伴在丈夫身边。之所以不愿选择两地分居，是她觉得“只有两个人在一起才像个家”。哪知道丈夫经常“上线”，有时一走就是个把月。她怀孕那年，丈夫又扔下她“上线”了。妊娠反应强烈，呕吐不止，鼻血流个不停，恐惧无助的她给丈夫发了一条“求救”短信。没想到“回信”只有6个字：“喝点菊花茶吧”。应存玉抱着枕头痛哭了一宿。可后来一想，她还是原谅了丈夫——

“当时车队正行进在唐古拉山上，他又能怎么安慰我呢？”应存玉说，“我现在明白了，他的事业在青藏线，全力支持他，就是我最大的幸福！”

“一摸方向盘，我就觉得与战友的心在一起”

心里比军嫂们还不是滋味的，是在营门口执勤的四级军士长郝晓森。这位方脸浓眉、人高马大的河北籍战士，曾是闻名全团的“红旗驾驶员”，30多次开车“上线”。可如今，他只能手举信号旗在马路上指挥交通，目送着战友们开车出发了——

2009年4月，郝晓森在青藏线上因缺氧诱发脑水肿、肺水肿，虽经全力抢救脱险，可因为身体原因，他再也不能“上线”了。

“虽然不能‘上线’，可是我离不开车！”郝晓森说，“团里安排我在营门口带警卫班。刚开始的时候，我不敢看车队出发，一看就想哭。还是领导理解我，让我负责开洒水车维护营区绿色植物。只要一摸方向盘，我就觉得与战友的心在一起……”

总后勤部政治部宣传部副部长李信先也在送行队伍中。他介绍说：“这支部队是‘三个特别’精神的发源地。执勤高峰期间，每天有2000多辆军车、6000余名官兵奔战在高原天路，2万吨油料在1000多公里管线中高速传输，为祖国大西南的建设与发展提供了有力战略支撑！”

天路蜿蜒，车队浩荡。放眼望去，远处绵延千里的昆仑山脉若隐若现。紧随车队一起出发的记者在心中默默祝福——

战友们，一路保重！

题图：青藏唐古拉山下兵车行。

邹小庆摄
方汉合成

学习贯彻十八大精神 努力走在前列

科学的数据“会说话”

——广州军区某机步师学习贯彻十八大精神见闻

■王文锋 本报特约记者 李华敏 杨宏坚

数据是沉默的，又是会说话的，它们中间蕴藏着科学发展大变化。在学习贯彻十八大精神中，广州军区某机步师官兵印象中黑压压一片文字的宣传橱窗，这回却“变了脸”。他们惊喜地发现，一目了然的数据点缀其中，可以直观感受祖国发展辉煌成就，深刻领会十八大报告精彩论述，感悟自身沉甸甸的责任。

在“聚合峰英雄连”学习室内一片凝意融融，指导员顾刚带着全连官兵一同探寻党的理论创新之处。顾刚指着宣讲栏上翔实的数据，介绍说：“通过与十六大和十七大报告进行对照导读，这一组组跃然纸上的鲜活数据体现了十八大报告精彩之处。”

来自重庆的大学生士兵张毅龙第一个站起来：“我国人均耕地、淡水、森林仅为世界平均水平的32%、27.4%和12.8%，沙化土地面积为170多万平方公里，水土流失土地占国土面积37%之多。为实现经济社会永续发展，十八大报告专门把生态建设纳入中国特色社会主义总体布局，从‘四位一体’到‘五位一体’，进一步丰富了科学发展观的内涵。”

“说得好！”顾刚引导道，“其实从咱们军营也能看到生态文明建设。我们的营区内引进两个大规模人工湿地污水处理系统，1200亩的绿化面积实现了‘人在园中、路在林中、房在树中’的景观。”

要讲变化大，该师“警察吟英雄连”炊事班班长付小辉感慨最多。他掰着指头讲：“昔日，十几块煤砖烧、百来人饭菜两口锅，忙里忙外1个多小时，烟熏火燎；如今，自动化蒸饭机、揉面机、洗碗机、自动去皮机、甲烷灶等20多种现代化厨具设备，百来人5菜一汤轻轻松松1小时就完成。”

不仅是炊事班的变化，中士李航走上讲台，介绍他最熟悉的装备车库：“我们连队装备可是历经3次换装，‘退役’全连50余名官兵转岗，如今新的战斗岗位增加了上百种，光是训练教材就多达20余类，300多册，折射出国防和军队建设的快速发展。”

装备的更新，对人的素质也提出了更高要求。去年被借调机关参加数据库建设的中士刘冬说：“以往一名战士需要掌握的技能有限，如今一名优秀的士兵不仅要掌握通信、装甲和射击等技能，还要熟练使用数据库。”

采访中，师政委庄斌告诉记者：“十八大报告对国防和军队信息化建设提出了更高的要求，师里在制订新年度计划时，完成30余个训练重难点问题的梳理和研究的目的就是，以更加有力的举措提高基于信息系统的体系作战能力。”

不当“明星”当好兵

新疆军区某团双胞胎新兵立志爱军精武

■王雨 郑光伟 李可学

走进新兵连

郭中郎和郭中洲兄弟俩是新疆军区某团的新兵，沾了双胞胎的光，一到部队就受到了特殊礼遇：大家对他俩十分抬爱，连队干部经常来嘘寒问暖，听指导员说，有的班长还特意交代，要重点培养他俩呢。

本来小哥俩被分在两个连队，谁知，经过几位干部的协调，几天后，他俩被调到了一个连队，而且被分到一个班。紧接着，“烦恼”也找上门来：团里的新闻报道员像发现“新大陆”似的，闻讯赶来采访拍照。别的战友都在训练，他俩却动不动要接受采访。为了录制视频新闻，有时还把正在组织训练的全连战友拉出去当配角。一时间，他们成了连队的“明星”。因为忙于应付，他俩的训练成绩和一块入伍的战友拉开了距离。前一段时间的一次队列会操，弟弟郭中洲还“冒了泡”，影响了连队总体成绩。

对此，兄弟俩心急如焚。元旦前，营里组织新兵去军营网吧，小哥俩把心中的烦恼发到了首长网上信箱。令他们惊喜的是，当天下午，就有一位领导来连队了解情况；第二天，机关作出决定，他俩继续留在新兵六连，但分在两个班，明确要求没有特殊情况，不要干扰他俩的正常工作训练和生活。同时，要求他俩工作、训练比着干，比着练。对此，小哥俩别提有多高兴了，并暗暗立下志向：迈好军营第一步，争当爱军精武标兵。

1月6日，在新兵营内务卫生检查中，哥俩都被评为“内务标兵”。

武警上海市总队浦东新区支队

新年讲评会，官兵台上唱主角

■赵锋荣 陈劲松 本报特约记者 李明宇

1月6日上午，武警上海市总队浦东新区支队召开年度讲评会。站在台上发言的不是支队领导，而是来自各中队的16名基层官兵。他们拿着党委成员的述职报告，一条一条讲评。支队政委朱昌金说：“基层官兵实话实说，不留情面，脸上还真有点挂不住。”

往年，领导干部的述职述廉报告都是自己写、自己读，官兵只能在台下当听众。今年，支队党委一改习惯做法，请16名基层官兵代表上台，逐一点评领导干部的述职述廉情况。

记者看到，讲评会一开始，基层干部代表张力军首先为支队长画了一幅像：学习抓得紧，工作认真，作风比较实，但有时批评下属不分场合，抓工作喜欢一竿子插到底。支队长当即表示：“我这性子急的毛病确实容易伤人，大事小事都想亲自过问，不利于调动基层的积极性，希望今后大家监督我改正。”

对后勤部长的述职述廉报告，上等兵郭跃宜直接提出：部长协调为基层开通医疗班车，每天接送官兵到总队医院看病，基层官兵对此是满意的，但对支队卫生队的业务建设和服务质量着力不多，抓得不够，一味靠远水解近渴，容易误事。

讲评会结束后，支队所有领导干部对照基层官兵讲评，修改述职述廉报告挂到网上。对官兵指出的18个落实不到位或没有完成的工作，统一在电子显示屏上给予公示，并明确了整改期限。

沈阳军区某炮兵团

冬训第一夜，常委走上零点哨

■本报记者 刘建伟 特约记者 刘德武 崔永昌

作风建设进行时

1月5日，沈阳军区某炮兵团全员全装挺进茫茫林海雪原，在长白山腹地某陌生地域展开冬训。

当晚22时30分，团领导研究完第二天训练内容后正准备休息，作训参谋送来的一则气象通报引起了政委刘士秋注意：“寒流突至，驻地今晚将有6到10度降温，最低气温将达到-38℃。”

“今晚是冬训第一夜，官兵急行军一天很辛苦，再加上不少人是第一次参加冬训，没有防寒经验。我建议今晚11时以后的岗哨由党员干部来站，最冷的零点哨由团党委常委站。”刘政委话音刚落，就得到了其他常委的一致响应。

“团长——车场警戒，政委——宿营区巡逻，政治处主任——宿营地域外站岗……”他们紧急对宿营地警戒勤务进行了调整。离零点还有10多分钟，团长就早早起床，提前往车场警戒位置走去。记者和团长一起体验，冰天雪地里，寒风挟裹着雪花直往脖子里钻，虽然“全副武装”，可还是感到异常寒冷。

回来的路上，遇到正在宿营区巡查的刘政委。他边走边告诉记者：“这么冷的天，不到每个帐篷里去看看，放心不下……”

冬训第一夜，常委走上零点哨。第二天说起此事，战士们激动不已：“团领导这么关心我们，我们更要从严摔打，刻苦训练。”

政工影像

新训场走来“知心姐姐”

1月8日，南京军区某部心理医生组织新战士开展团体心理游戏。 庞祥川摄

《解放军报》影印件

隆冬，记者跟随兵车穿越青藏线①

兵车，迎着风雪踏上天路

■本报记者　欧世金　马越舟　特约记者　唐向东

编者按

从青海格尔木到西藏拉萨的陆上交通线绵延千余公里，平均海拔4000多米，雪山莽原，坡高路险。这就是青藏线，又称“天路”。数十年来，总后青藏兵站部广大官兵用青春和热血呵护着贯穿其间的公路运输线、输油管线、光缆通信线，创造了“特别能吃苦、特别能忍耐、特别能战斗”的老高原精神。隆冬时节，本报记者跟随兵车迎着风雪穿越青藏线，近距离感受高原官兵艰苦奋斗、实干兴邦的时代风采。

时间　2012年12月23日
地点　驻格尔木某团
海拔　2807米

鞭炮震天，锣鼓动地，人声鼎沸，引擎低吼……

去年12月23日下午，在青海格尔木一座高原军营，我们见证了一个隆重的汽车兵出征仪式。总后青藏兵站部所属某汽车团140辆重型卡车缓缓驶出营门，向风雪弥漫的青藏线开进。此次“天路”之行的目的地是1000多公里外的西藏拉萨，他们将为驻藏部队提前送上“年货”——上千吨冻肉。

60年有780多位官兵长眠高原

这个英雄团队的引擎，已隆隆轰鸣了60多年。

1949年3月，该团出动100多台车辆，从西柏坡护送毛泽东等中央领导同志“进京赶考”；在抗美援朝战场敌机轰炸的炮火硝烟中，这个车队又化作那条令“联合国军”头疼不已的“钢铁运输线”上重要一环。

在官兵眼中，这次“上线”只能算是个常规任务。即便如此，团常委们还是一如往常，在路边一字排开，举手敬礼为车队壮行。

一辆辆重型卡车如威武出征的战士，在我们面前接连驶过。驾驶室挡风玻璃后面，一张张透着“高原红”的青春笑脸挥动双手向送行人群致意。

“团长，你现在啥心情?”记者问团长常文华。

“说真的，现在我头脑里只有俩字儿在打转：‘安全’!”常文华说，“尽管驾驶员都很过硬，有的已经100多次‘上线’了，可我还是放心不下。车轮子一转，我和政委就睡不好觉。只有等10多天后看到他们平安返回营区，我们悬着的心才能放下!”

也难怪，这条世界上平均海拔最高的运输线坡陡路滑，风雪变幻，步步惊心。自1954年通车至今，已有780多位官兵长眠高原。

“全力支持他，就是我最大的幸福”

担心车队安全的不只是团领导。送行人群中，几位带着孩子的军嫂脸上笑得像花，心里却五味杂陈。“每次他一走，我心里就空落落的!”军嫂应存玉说，“就担心路上有啥危险!”

应存玉的丈夫，是“上线”超过百次的团管理股管理员王永朝。自从2004年嫁给王永朝，这位青海师范大学的毕业生就只身来到格尔木这座高原军营，陪伴在丈夫身边。之所以不愿选择两地分居，是她觉得“只有两个人在一起才像个家”。哪知道丈夫经常“上线”，有时一走就是个把月。她怀孕那年，丈夫又扔下她“上线”了。妊娠反应强烈，呕吐不止，鼻血流个不停，恐惧无助的她给丈夫发了一条“求救”短信。没想到“回信”只有6个字：“喝点菊花茶吧。”应存玉抱着枕头痛哭了一宿。可后来一想，她还是原谅了丈夫——

“当时车队正行进在唐古拉山上，他又能怎么安慰我呢?”应存玉说，“我现在明白了，他的事业在青藏线，全力支持他，就是我最大的幸福!”

“一摸方向盘，我就觉得与战友的心在一起”

心里比军嫂们还不是滋味的，是在营门口执勤的四级军士长郝晓森。这位方脸浓眉、人高马大的河北籍战士，曾是闻名全团的“红旗驾驶员”，30多次开车“上线”。可如今，他只能手举信号旗在马路上指挥交通，目送着战友们开车出发了——

2009年4月，郝晓森在青藏线上因缺氧诱发脑水肿、肺水肿。虽经全力抢救脱险，可因为身体原因，他再也不能“上线”了。

“虽然不能‘上线’，可是我离不开车!”郝晓森说，“团里安排我在营门口带警卫班。刚开始的时候，我不敢看车队出发，一看就想哭。还是领导理解我，让我负责开运水车维护营区绿色植物，只要一摸方向盘，我就觉得与战友的心在一起……”

总后勤部政治部宣传部副部长李信光也在送行队伍中。他介绍说：“这支部队是‘三个特别’精神的发源地。执勤高峰期间，每天有2000多辆军车、6000余名官兵奋战在高原天路，2万吨油料在1000多公里管线中高速传输，为祖国大西南的建设与发展提供了有力战略支撑!”

天路蜿蜒，车队浩荡。放眼望去，远处绵延千里的昆仑山脉若隐若现。紧随车队一起出发的记者在心中默默祝福——

战友们，一路保重!

（2013年11月5日2版头条）

隆冬，记者跟随兵车穿越青藏线②

天路缺氧，但不缺梦想

■本报记者　欧世金　马越舟　特约记者　李信光

时间　2012年12月26日—27日
地点　雪峰上的兵站
海拔　平均海拔4500米

"在青藏线走上一天一夜，你也见不到一棵树"

气势磅礴的莽莽雪山，冷光闪耀的凝冻冰川，依山傍岭的藏家村舍，低头吃草的成群藏羚羊……

车行青藏线，这样的美景随处可见。但沿着上千里的公路一口气向前，时间一长，总觉得被车窗框住的风景中似乎少了点什么，可少的究竟是什么呢？

"在青藏线走上一天一夜，你也见不到一棵树！"同车的青藏兵站部纪委专职副书记钱长庆不经意的一句话，让记者心里一动——这里缺的是绿色！

车轮下是永冻土层，树木在这里无法生长。兵站部流传着这么一个故事，说有个陕西籍战士在"天路"上服役8年，愣是一次没见过绿树。有人不解："整整8年，他就没回家休过假？"回答是："假是休过两次。可都是在正月，黄土高原也是一片光秃秃。"

在茫茫雪山荒原中，坚守着我们的战友。开车运输、巡线站岗、维修机械、值班输油，他们在平凡的岗位上战缺氧，斗风寒，与大自然顽强抗争。其实人不怕吃苦，就怕丧失希望。在这几乎看不到绿色的地方待久了，心中的希望与梦想还在生长吗？

“再过一年多我就该退役了，干一天少一天，得珍惜啊”

在海拔4852米的唐古拉兵站，记者见到了四级军士长邱洪涛。15年军旅生活，他全是在这里的输油泵站度过的，而且每天只做一件事：维护柴油机。走进机房，只见几台一人多高的机器轰鸣着运转，说话要提高嗓门。

“这几台机器主要起什么作用？”记者问。

“作用大了。兵站和输油管道运转需要的电力全靠它们。”邱洪涛回答。

“你15年来就这么天天维护机器？”

“对。我们三班倒，每天工作8小时，人歇机器不歇。”

“这里的噪音有多大？”

“80分贝吧。你大点声，我耳朵有点背。”

望着眼前这个憨憨的小伙子，记者一时无语。海拔4852米，80分贝，每天8小时，15年……这组数字意味着什么？

“你不觉得枯燥么？”

回答出乎意料：“不枯燥。再过一年多我就该退役了，干一天少一天，得珍惜啊！”

“那你的梦想是什么？”

“梦想？我儿子阿豪在浙江老家慢慢长大。我的梦想就是将来老了，让儿子陪我回来再看看唐古拉。”

在连部，记者见到了邱洪涛用“21金维他”泡水精心培育的一株君子兰，虽然叶子的宽度只有内地的一半，而且明显泛黄，可邱洪涛说他将来退役了，一定要把这盆花抱回老家。

五道梁兵站上士姚晓林的专业和邱洪涛的“工种”有些类似。小姚是司炉工，12年来每天围着暖气管道和锅炉打转转。

海拔4617米的五道梁兵站坡高路陡，缺氧严重。说起自己工作的苦，姚晓林没什么感觉；可问起他的爹娘，小伙子眼圈红了。

“我父亲过世了。母亲身体不好，家里还有一个眼睛看不见的爷爷需要照顾……”姚晓林说，“可是妈妈每次来电话，从来不说家里的难处，总是让我多吃点，她说我不能老这么瘦。”

姚晓林现在的工资，除了给在格尔木的爱人和孩子留一部分，余下的全寄回老家。

“我的梦想，是过两年退役了，先用转业费把欠的债还上，然后再开个小饭店，好好孝敬老人。”姚晓林说。

“让母亲河从源头起就清清亮亮，这就是我的梦想”

相比之下，沱沱河兵站站长王荣的梦想有些特别。海拔4356米的沱沱河兵站毗邻“三江源”，长江、黄河、澜沧江从这里发源，环保是个很现实的任务。驻守在这里，王荣感到肩上的担子不轻。在做好兵站工作的同时，王荣他们和保护区环保组织一道，向过往游客宣传环保常识，组织捡拾清运垃圾。

“让母亲河从源头起就清清亮亮，这就是我的梦想！”王荣说。

“让青藏线上所有官兵都健健康康，是我的梦想！”说这话的，是驻格尔木22医院护理部主任、党的十八大代表金霞。多年来，金霞和她的战友们背着药箱，顶风冒雪巡诊在青藏线。在这群白衣天使的真情呵护下，官兵的高原病发病率已经大幅下降。

“高原血液病的诊疗一直是个难关。我们医院正在计划把最先进的‘血疗’仪器和远程可视医疗系统送上天路兵站，更好地为兵服务！”金霞说。

青藏高原的夜晚来了，抬头仰望，繁星闪闪。记者蓦然发现，高原军人的梦想，不正像这满天的星斗吗？有大有小，有远有近，可是放射出的光亮都是指向同一个方向——

扎根高原，恪尽职守，为托举起伟大的“中国梦”贡献自己的力量！

（2013年11月7日2版头条）

隆冬，记者随兵车穿越青藏线③

高原官兵的幸福事儿

■本报记者　欧世金　马越舟　特约记者　樊厚东

时间　2012年12月26日—27日

地点　线上运输部队和雪峰上的兵站

海拔　平均海拔4000米

“你幸福吗?”

在内地，这句采访语几乎成了略带调侃的问候。但在青藏线采访提出这个问题，却多次得到官兵憨憨实实的回答：“我很幸福!”

高寒缺氧、草木不生、孤独寂寞……上线之前，记者对青藏线环境的印象仅此而已。可真正随兵车驰骋在平坦的柏油路上，亲眼看见官兵健朗的笑容与身姿，品尝着兵站战士端出的热腾腾饭菜，才真切体会到高原军人生活的丰富和充实。

车行青藏线，满眼是变化。随着国家和军队对青藏线投入的加大，官兵的物质生活条件已非昔日可比。在官兵的精神层面，这条天路正在串联起越来越浓的幸福感。

青藏线空气中氧含量只有平原地区的一半，活动量稍一大，就会感到头晕脑涨，心跳加速，思维迟缓。当年，不少青藏线官兵因为严重缺氧诱发高山疾病，牺牲在冻土高原。

如今，缺氧不再是魔鬼，驻海拔3000米以上高原部队官兵吸氧难题基本得到解决。兵站部在青藏线上建成了8个制氧站、2个高压氧舱和3300多个用氧终端，所有兵站客房和官兵床头都配置了吸氧装置。

几代高原人“吸饱氧”的梦想已经照进了现实。因高寒缺氧引发的疾病发病率大幅下降。

不过，战士们对吸氧有着自己的见解。在五道梁兵站，记者见站长温小平手背上粘着输液用的棉球，眼睛里布满血丝，乌紫的嘴唇干裂流血——他已发烧两星期了。工作太忙，一直没顾得上下山治疗。

“来，吸两口氧吧！”记者将氧气管递给他。

“谢谢！我一般不需要！”温小平笑了笑，“平时我们官兵都不吸氧。必须适应高原环境。将来打起仗来冲锋陷阵，总不能一人背一个氧气瓶吧！”

和平年代当然不用冲锋陷阵。但对于泵站官兵而言，巡查维护输油管线和打仗有几分相似。青藏线的冻土层下，横亘着绵延千里的输油管线。线路任何一处出现故障，都会影响整体输油。以往，官兵需要深入无人区莽莽荒原中巡查，不少战士被冻伤手脚。

如今，最让泵站官兵感到幸福的，莫过于数字化输油管控制系统让工作效率大为提高。在输油管线管理团控制指挥中心的大屏幕上，千里输油管线一览无余，各泵站值班画面实时传输，主控人员可通过电脑开启或关闭线上任何一个阀门。

“电脑能准确发现出故障管线的具体位置，抢修队官兵直奔目标，再也不用在无人区艰苦跋涉、反复探测了！”该团副政委李明涛说。

汽车一路向前飞驰，路边兵站的新老营房就像一部生动的教科书，在车窗上一页页翻过。当年的地窝子、干打垒老营房虽依稀可见，但它们正在慢慢融入冻土荒原冰封的历史。如今，沿线部队都搬进了新营房，窗户是双层玻璃，还统一配置节能供暖锅炉，冬季室内温度保持在摄氏20度以上。

住得暖了，吃得更好。青藏线沿线所有伙食单位全部实现了“八菜两汤三主食”自助餐。各部队建起蔬菜大棚和日光温室200多座，肉菜自给率分别达到100%和56%。

“这幸福那幸福，生个大胖孩子才最幸福！”在某汽车团，一位机关干部这样说。

特殊而严酷的自然环境，让不孕不育症成为困扰高原官兵的一个难题。几年前总后组织开展了以“关爱独生子女、关爱计划生育困难家庭、关爱官兵生殖健康”的“三关爱”活动，众多医生专家合力攻关。

如今，兵站部所属部队官兵不孕不育症检出率明显下降。记者听说某团一名士官结婚多年未育，经过两年治疗，他妻子最近刚生下了一对白白胖胖的双胞胎。正想前去采访，得到的答复是：“他得了儿子格外幸福，主动申请上线执勤去了！”

点开青藏兵站部“雪线政工网”，记者看到了官兵们自发评选出的“十大高原幸福事”：氧足了、水甜了、电通了、屋暖了、菜足了、路平了、见绿了、连队能蒸桑拿了……

幸福连成串，正沿着风雪青藏线不断向前延伸。

（2013年12月10日2版头条）

隆冬，记者跟随兵车穿越青藏线④

昆仑山，我愿与你生死相约

■本报记者　欧世金　马越舟　特约记者　何勇民

时间　2012年12月25日

地点　昆仑山脉

海拔　平均4000米以上

车队出格尔木一路向南疾驰，眼前场景让记者想起小学课本的书页——

“天路”沿昆仑山脉迤逦前行，途经黄河、长江、澜沧江这样大江大河的源头，串联起柴达木盆地、青藏高原和喜马拉雅山这样大开大合的地貌；西王母“瑶池”的仙乐依稀可闻，唐代文成公主进藏歇脚的日月山一闪而过，《白蛇传》中白娘子在这里的峰峦间盗去仙草救活了许仙，峭壁上开采出的美玉，被镶嵌在北京奥运会的奖牌上，随着各国运动员回到故乡……

路边美景和浪漫传说，在某汽车团修理连老士官刘峰纲看来都是“过眼云烟”。

车行“天路”，他所在的“收尾车”为车队殿后，任务是遇到故障车立刻检修。入伍13年，他和战友们不知在“天路”上来回奔波了多少次，经历了无数紧张辛苦的检修过程。

那年冬天，在一处海拔5000多米的风雪路段，气温降至摄氏零下30多度。14号车的变速箱出现故障，必须拆下来检修。将近500斤的大家伙从车上卸下来，还要抬到1公里外的公路养护道班院子里，刘峰纲和他的伙伴们使出了浑身气力。有人计算过，在海拔4000米以上的地方睡觉，所需的体力与平原地区炼钢炉前工的消耗有一比，那次抬零件所付出的体力可想而知。

“没啥，早习惯了。”刘峰纲说，自己最大的幸福，是这些年部队装备的车辆不断升级换代，故障率越来越低。

车行到风火山，山路越来越陡峭。每到这段路，某团修理所协理员张永林就会想起一件事。那年秋天，大雪铺满了路面。车队刚刚驶出陡坡路段停下休整，他发现路边坐着个战士，下身居然光着。

“这像什么话！”当时任连长的张永林怒气冲冲地吼，“怎么把这当厕所了！快把裤子穿上，别在这丢人现眼！”

听了“光屁股兵”的解释，张永林的眼眶一下子湿润了。原来，这名叫张永德的贵州籍驾驶员当天拉肚子，可是为了保证安全，车队经过陡峭冰雪路段一律不许停车，他实在憋不住，拉了一裤子……

“当天是中秋节，万家团聚的日子。看着自己的兄弟吃这样的苦，我心里特别难受。”张永林说。

采访中，像这样的事情听到了好多。某团一连驾驶员韦小勇痔疮犯了流血不止，可是任务紧急车队不能停，同车的恰巧又是个学徒兵，他只好蹲着“马步”开车。等车子终于停下来，两条腿都扳不直了。

海拔5231米的唐古拉山垭口风雪弥漫，一尊巨石雕像巍然耸立，这就是著名的西部军人雕像。当年冒死修建青藏线的英雄和几十年来牺牲奉献在这条“天路”上的勇士们，都能在这块巨石上找到影子。“青藏线军人特别能吃苦、特别能忍耐、特别能战斗之雄风，堪为后人师……”碑文铿锵，饱含深情。

为了军人的荣光，英雄的高原汽车兵付出了鲜血与生命的代价。在安息着780多位烈士英灵的格尔木烈士陵园，第一排左起第一个陵墓属于革命烈士、一等功臣成元生。1969年车队从拉萨返回前，他被检查出身患癌症。为了不影响车队运行，成元生坚决要求驾车。高原路段缺氧严重，成元生在途中突然发病，但他以惊人的毅力将车子稳稳停下，临牺牲前双手还紧紧握着方向盘。

烈士离去后的第19年，一位刚入伍的女兵捧着鲜花哭倒在他的墓碑前——成元生的遗腹子女儿成文君当兵来到格尔木，在父亲生前战斗过的团队当了一名通信兵。

时光飞逝。如今，女兵成文君也退役回乡了，但是英雄的血脉，仍在一代代汽车兵身上传承、延续……

（2013年12月20日2版头条）

隆冬，记者跟随兵车穿越青藏线⑤

敬礼！托举天路的伟大女性

■本报记者　欧世金　马越舟　特约通讯员　何勇民

时间　2012年12月28日—29日

地点　青藏线沿线

海拔　平均海拔4000米

沿青藏线采访，无论是在巍峨雪峰环绕的兵站里，还是在奔驰向前的军车车队中，都很难见到女性的身影。有个老兵说，前些年线上不论哪个单位都没有设女厕所，因为根本用不着，这两年才新建了几个。

青藏线恶劣的自然环境，让绿树都难以生存，莽原也许并不属于女人。但是，这丝毫不妨碍伟大的女性用包容与坚忍，共同托举起这条钢铁运输线的辉煌与荣光。

青藏兵站部政委王应德打开回忆的闸门，为记者讲述了一个催人泪下的故事。

那年，某团驾驶员郭群群驾车一路驰骋，从格尔木前往拉萨。完成这次任务，他就可以休假回陕西户县老家探亲结婚了。车行到唐古拉山口突遇风暴，车辆抛锚。排除故障过程中，郭群群突然栽倒在地，人事不省。还没等送到医院，这位22岁的年轻战士就因高原反应诱发严重疾病，牺牲在战友怀里。

团里派了几名干事去郭群群家乡帮助料理后事。走进农家小院，他见到了郭群群的母亲。这位60多岁的老人双眼几乎失明，当时还不知情的她，用粗糙而温暖的手摩挲几位军人的脸，发现没有自己的儿子，双手一下子冰凉起来。闻听噩耗，她当场就昏死过去。被救醒之后，老人用力拍打屋里一口缸，哭喊着说："儿啊，娘给你酿了一缸酒，新房也预备好了，就等你回来结婚，你怎么就这样走了呀！"在场所有人都泣不成声。

因为不符合烈士标准，当年给郭群群家的抚恤金、生活费只有1100元。泪已流干的老人接过钱递给郭群群的哥哥，说："再添点，买头牛，明年开春耕地干活吧。"

临别时，老人从缸里舀出米酒，敬给他们喝，几名军人不约而同冲她喊了声"妈"就泣不成声。

王应德政委说，现在只要他闭上眼，似乎就能咂出那酒的苦涩。"青藏线部队成千上万名官兵，每人身后都有一个伟大的母亲和多位亲人，他们的奉献和付出不比军人少！"王应德说。

时光荏苒，高原军人背后的女性们一如既往地奉献。再苦再累，只要选择了就不后悔。

因为青藏线的特殊情况，兵站部官兵的家属"随军难随队"，一般只能安排在格尔木营区。丈夫们经常"上线"，有时一去几个月，和两地分居没什么区别。大学时学的是英语的成新颖，是某汽车团副教导员雷景强的爱人。2006年，为了爱情，她放弃了内地的工作，只身来到格尔木。她没想到，自己随了军还是和爱人聚少离多。孩子刚一出生，雷景强只陪了她一天，就驾车上了青藏线。成新颖说，她曾哭着埋怨过雷景强，可现在想明白了——嫁给了高原军人，就意味着奉献和寂寞。

高原虽苦，但是这里壮阔的风景，也为军嫂的爱情平添了别样之美。李红芳是兵站部某大站站长吴忠义的爱人。她火热爽快的性格，像极了老电影《昆仑山上一棵草》中的主人公惠嫂。当年，为了支持丈夫的工作，她三次推迟婚期。说起往事，李红芳哈哈一笑。她说，每年春节，她都要陪着丈夫"上线"，和战士们一起包饺子、吃年夜饭。有一年春节在唐古拉兵站，她看到炊事班班长张黎情绪低落，就主动和他拉家常。原来小伙子谈了5年的女友来信要"吹灯"。李红芳亲笔给姑娘写了一封信，以自己的经历告诉她高原军人的深沉情怀。小张的女友最终回心转意。小张干劲十足，年底就荣立了三等功。

采访结束的时候，记者听到一个喜讯：兵站部张颖宇部长的儿子清华大学研究生毕业，获得硕士学位。长期在高原工作的张部长和爱人分居了21年，他基本没怎么管家，儿子全靠妻子贾秋娟一人培养。能在格尔木这样一个教育资源并不发达的地区，培养出一个清华大学的高材生，贾秋娟付出的心血可想而知。

离别的时候到了。青藏线上阳光和煦。洁净的蓝天，因为有白云的映衬而更加美丽，世界屋脊的群山，也因雪水滋润而满眼生机。记者觉得，应该在雪峰下为托举青藏线的伟大女性立一尊雕像，以褒奖她们的伟大情怀。

（2013年12月4日2版头条）

（特别说明：以上5篇系列报道的主要写作者、本报主任编辑马越舟因病英年早逝，令人悲痛不已，在此对他谨表怀念。）

风雪大营救

■韩栓柱　张怀敏　本报记者　欧世金

“新疆的雪，杀人不见血。”这句在新疆流传的民谚，最近一次次得到验证。

去年入冬以来，新疆阿勒泰、塔城、伊犁、昌吉、哈密等地区连降10多场大雪，造成多年罕见的雪灾。1月28日，自治区人民政府通报说，现在全疆遭受雪灾的牧民达近百万人，其中13人死于雪崩或寒流；被困牲畜1000多万头，其中10余万头已经死亡。

寒流滚滚来，群众呼声急。在偏僻的雪山深处，在风吹石头跑的“老风口”，在零下40多摄氏度的严寒下，1000多名各族群众被“冷妖雪魔”纠缠，死神步步紧逼。在这生死攸关的危难时刻，子弟兵来了……

2000年11月5日70多名民工断粮4天

这天，阿勒泰军分区某边防团接到报告，在富蕴县铅锌矿打工的70多名民工，下山途中被暴风雪挡在雪山之中，不能进退，已断粮4天，其中还有2名孕妇。

灾情就是命令。某边防团驻守在我国最严寒地区，防区素有“寒极”之称。帮助群众抗雪灾，已是他们多年的家常便饭。听到群众有难，他们迅速出动救灾应急小分队。牵引车、卡车、推土机隆隆开进。衣物、棉被、食品、防冻药品、通信工具等救灾物资准备齐全。

挖雪开道，经过20多个小时的苦战，他们赶到了民工们被困地点。只见这些民工身着单薄的衣衫，有的躺在雪窝里奄奄一息，有的几个人抱在一起用体温互相取暖，有的已写下了遗书。

听到汽车的轰鸣声，看着解放军的身影，有的民工扑打着雪地，号啕大哭：“我有救了！亲人啊，解放军！”

又经过20多个小时的跋涉，70多名民工在子弟兵的帮助下终于走出了雪山。那2名孕妇穿着战士们脱下的军大衣，坐在驾驶室里，被直接接到团部。卫生队军医为她们做了检查，所幸母子（女）双双平安。

2000年12月20日1000多名哈萨克族牧民在雪山中呼救

富蕴县哈拉通克乡可可布拉村孤悬阿尔泰山腹地。全村1000多名哈萨克族牧民在入冬以来连续经受了19次大雪的侵袭后，实在支撑不住了。老弱病残的牛羊不断死去，20多户人家已经断粮。

该村远离山外100多公里，沿途山高路险，加上天冷雪大，仅靠地方政府救助有一定困难，某边防团得知后，主动请战。侯副团长带领拉运救灾物资的车队，于去年12月20日出发。路上的积雪太厚，他们边挖雪开道边前进，马不停蹄，昼夜兼程。4天4夜的奔波，官兵们又累又饿，士官张立功在给汽车水箱注水时，晕倒在雪地上。汽车队队长朱永波和另外两名战士的皮鞋冻成了冰疙瘩，他们脱下毛衣，将双脚伸进袖筒里御寒开车。

物资送到灾区，哈萨克族群众终于得救了。他们说，有共产党的领导，有解放军的支援，我们面前没有翻不过去的“雪山”。

2001年1月5日27人在零下41℃的寒流中过夜

一辆满载27人的中巴车，从杜热乡开往富蕴县城，在离目的地还有40多公里时，铺天盖地的大雪很快将道路封死，他们遇到了新年过后最猛烈的一次寒流。

夜幕降临，气温降至零下41℃。不久，油箱冻裂，汽油漏光，车上的暖气停止供暖。8名学生手脚开始出现冻伤，2名哈萨克族老人逐渐失去知觉，几个壮实小伙子连叹气的精神都没有了。

1月5日凌晨5时，一支解放军救援小分队出现在雪原上，已经在寒流中度过了20多个小时的27名群众，真是喜出望外。官兵们给他们带来了食品、衣服和药品。见到2个小学生的脚伤情较重，战士刘方强、吕波把他们的脚放到怀里，抱着往回赶路。

被困群众抵达安全地域后，哈萨克族老人阿里达抱着官兵流下了眼泪，久久不愿离去。

2001年1月15日20多辆车数百人陷在“老风口”

新疆塔城老风口，以其风大风多闻名于世，将车刮翻，把房吹倒的事屡见不鲜。1月15日，塔城军分区某边防团接到一名群众打来的电话，说有20多台车数百人被困在额敏县骆驼脖子一带，已达10多个小时，急需部队救援。

赵副团长受令打头阵赶到38公里外的车队被困现场。这里正处“老风口”的风头，风力在10级左右，路面平均积雪厚达1.5米。车队被困在2公里长的一段山谷里，有的汽车已被积雪埋了半截车厢。

车队不能行动，群众只能在车内坐以待援。赵副团长了解情况后，及时向上级作了汇报，救援的车辆和设备很快抵达，他们与群众一道，挖雪、开道，将车辆一台台从雪坑里推出来。在风雪中干了3个多小时，车队才全部“疏通”。

受了一夜风寒之苦的数百名群众，刚刚离开老风口，大雪又紧追而来。望着身后漫天的飞雪，他们庆幸在子弟兵的帮助下终于逃离了“虎口”。

2001年1月23日除夕夜，官兵们在救灾途中

清河县是重灾区，一些乡村已是人断粮、畜断料。为了让受灾群众过一个放心的春节，阿勒泰地区决定将100吨救灾物资送到灾民手中。军分区司令员韩连庆、政委刘平俊接受任务后，立即调兵遣将，派副司令员那扎尔带队运送物资。

400多公里的冰雪路，他们用推土机挖雪，用牵引车压路，车队跑了17个小时才赶到受灾乡村。他们顾不得喝一口热水，帮助群众连夜卸物资。随后，他们连盹都没打一下，又冒着风雪踏上返回营区的路。

车队撤离村庄时，群众放起了鞭炮，几名哈萨克族妇女还跳起了欢

快的舞蹈。

哈萨克族牧民阿达力一家3口被大雪围困在深山里，生命危在旦夕，武警哈巴河县二中队的官兵连续3天3夜挖雪开道，将他们救了出来，帮他们找回了迷失的牛羊。春节这天，阿达力背着烤全羊和牛奶，专程赶到中队给官兵拜年。

蛇年钟声敲响的时候，救灾车队正奔驰在北疆茫茫雪原上。数十名官兵的战友、亲人正在等候他们吃年夜饭呢。

等候他们的还有阿勒泰地委书记张继勋。他已在部队等候了数小时。看到车队凯旋归来，他激动地跑上前去与每一个官兵握手，并致以深深的谢意。

子弟兵热爱各族人民，各族人民热爱子弟兵。新世纪初年的一场大雪灾、大营救，给边疆军民带来的是一次大胜利、大团结。

（本报乌鲁木齐2月2日电）

（2001年2月5日10版）

为了江主席的嘱托

——新疆军区霍尔果斯边防连建设文明窗口纪事

■欧世金　梁永利　本报记者　张占辉

对霍尔果斯边防连的全体官兵来说，1990年8月27日是个难忘的日子。那天，微风轻拂，天气晴朗，中央军委江泽民主席风尘仆仆来到连队。在战士宿舍，在炊事班，在营院的苹果树下，江主席和官兵亲切交谈近一个小时，中心话题是勉励大家当好国门卫士，建设文明窗口。告别连队时，江主席拉着徐连长的手嘱托：一定要把连队建设好。亲切的话语和深情的嘱托，使官兵们感受到肩上的担子沉甸甸的，激励着他们为国家的改革开放和边境的繁荣作出自己应有的贡献。

几年后的今天，记者专程赴霍尔果斯边防连采访，恰巧碰到全连官兵正在给江主席写汇报信。信上说：江主席在百忙中走天山，过戈壁，亲临视察一个驻守在伊犁河谷的边防连队，这是对共和国所有边防部队的关怀和鼓舞，是激励我们在祖国边陲建功立业的强大精神动力。5年来，连队连续被上级评为基层建设标兵连，荣立集体二等功，被自治区评为口岸精神文明建设先进单位，您期望我连建成“文明窗口”的目标已基本实现。

金钱撬不开国门一条缝

昔日沉寂的霍尔果斯，如今成了商贾云集的跨国商贸重镇。战士们站在哨楼上，各种社会现象尽收眼底。连队党支部坚持用江主席视察连队时的重要指示教育官兵，培养国门卫士特有的高尚气节。

今年1月14日晚，大雪下得正紧，一个西装革履的大老板悄悄来到哨楼下，跟前哨班长汪春强套近乎，他想趁雪夜从哨楼左侧100多米的河床上走私几车货，并说事成之后和小汪二八分成。小汪严正地说："休想，你面前站的是解放军战士。"那人悻悻地走了。

5月的一天，连长汪海军的老熟人、南方公司的一位姓吴的老板来找他，说有十几辆第三国的轿车，准备趁夜幕开进来。他的要求是"让国门哨兵打个盹，你就可得15万元"。汪连长淡淡地说："国门哨兵从不打盹。"

像这种事，前哨班战士人人都碰到过，但从没一人有过一点含糊。他们说，江主席关于当好国门卫士的嘱托深深印在每个人的心头，我们一定要为连队争光。

视壮举为平常

和平岁月，边界已不闻枪声炮声，但没有硝烟的战斗却不曾停息过，生死考验同样伴随着战士们的从军路。

戴修蝶，一位普通战士。2月中旬，伊犁河谷大雪纷飞，小戴正在哨楼上瞭望，突然，他的视线里出现了一个越境者，小戴迅速拦截了那越境者。不料几分钟后，围上来20多个不法分子，扬言"不放人就不客气"。面对歹徒的威胁，小戴威武不屈，带着那越境者头也不回地走了。类似这样的卫国壮举，大家都觉得很平常。

守卫国门3年　值得自豪一生

去年老兵退伍离队的前一天，18名摘下帽徽的老战士自动组织起来，踏上了长长的巡逻路，他们要履行最后一次职责。18名老战士每人拿一幅兵要地图，每人带一个新兵，给他们详细介绍边界标志，介绍边防线上的一沟一坎一草一木。回到庄严的国门前，18个老兵深情地唱起了"在离别故乡的时候，好像那哈密瓜断了瓜秧"。游人们被感动了。有人不解地问："他们到底留恋这里的什么呢？"

战士戴乐新，父母有病，小妹妹种全家的责任田，担起了养家糊口的重担。但是当连队安排他退伍时，这个刚强的汉子却坐在哨楼上哭了。他激动地说："我舍不得国门，舍不得哨位。"小戴的父母也给连队来信说:“听孩子说，你们连是江总书记视察过的，担子重啊，我们年纪大了，不能为连队做更多的事，只有把儿子献给连队，就留着他好好干吧。”江主席的关怀和嘱托，对战士及其家长是多么巨大的精神力量啊!

我们采访时听到过数十个这样的故事，这些来自大江南北的小伙子们，刚来连队的时候也曾有过思想波动，但几年下来，再苦再累他们却谁也不愿离开，考上学的要求回来，退伍回家的一直和连队保持着联系，关注着连队的进步和荣誉。

战士们为什么对连队爱得这样深?有的说我们要对得起江主席的关怀，有的说“戍边者是自豪的、光荣的，在我们连守卫国门3年，一生都值得骄傲”。

（2000年2月10日1版头条）

边关冰封雪裹　哨卡热流涌动

——新疆军区乌拉斯台边防连春节纪事

■本报记者　欧世金

导读絮语

●连俊义

军与民，一家亲，同呼吸，共命运，心连心。

说到这个话题，一位老将军言之谆谆：战争年代，我们处于“草创”，四处游走，八方出没，老百姓就是咱的“护身符”、“补给线”，那真叫鱼水相依啊！仗打完了，安营扎寨了，部队入营盘了，我们与老百姓的心可不能被围墙隔开啊！

诚然，长期的和平环境，数十载驻守一方，很容易把真正意义上的鱼水相依，淡化为一般意义上的毗邻往来，甚至等同于世俗的“关系单位”。这是十分危险的。人民还是如此可敬的人民，土地还是这块可爱的土地，我军宗旨和职能决定着，子弟兵过去曾在人民养育下成长，今天也只能在人民支持下强壮！

“视人民为父母，把驻地当故乡”——语言虽然质朴，寓意却十分深刻。以如此虔诚的态度对待人民，鱼儿将永远畅游在无际的海洋里……

请看本报记者欧世金采写的《龙年边关情》。

龙年春节，北塔山银装素裹，滴水成冰，气温降至摄氏零下28度。记者从乌鲁木齐驱车500多公里来到乌拉斯台边防连，亲身感受到奔涌在守卡官兵心中的热流。

2月1日，新疆军区司令员李良辉中将乘直升机穿云破雾飞赴乌拉斯台，带来了军区党委和机关对边防一线连队官兵的深情厚谊。他拉着战士的手，动情地说："你们常年守卫在风雪边关，吃了很多苦，受了很多累，党和人民理解你们，感谢你们。"李司令员一席暖心的话，说得守卡官兵热血沸腾，热泪盈眶。

满头银发的昌吉军分区政委汪仁武，是位在边疆工作了36年的"老边防"，春节过后就要到龄退休了。他不顾天冷路滑，拖着病体，挖开雪道上了哨所。他恋恋不舍地说："老习惯了，不亲眼看看哨所官兵，这年我过不安稳。"

新任团政委台一龙将妻儿接到了哨所。除夕夜，中央电视台春节晚会还没开始，他就走上哨位换下了哨兵于金栋。边防连的官兵们说，各级机关对边防一线连队及其干部家庭的关心是全方位的：分房优先，家属安排工作优先，还给家里安装了通往哨所的军线电话，连换煤气这样的小事也不用家属操心。就说哨所除夕这顿"团圆饭"吧，20多个菜，和都市餐桌上的东西差不多。这些菜谱是战士们根据各自的口味订的，有的青菜是团生活服务中心派人到几百公里外采购来的。

和平时期的守边是平凡的，但平凡之中常有生与死的考验。年初一，哨所官兵面向雪山祭奠一位战友，他的名字叫丁军，牺牲前是代理连长。1994年元宵节那天，他带两个战士外出查巡电话线路，途中突遇暴风雪。他踏着雪窝走在前面，为战友遮挡风雪，并将自己的皮帽子脱下来戴在一位战士头上。十几个小时后，两位战士抗过了暴风雪，而年仅28岁的丁军却倒在雪山，再也没有醒来。

春节这几天，记者在边防连看到，巡逻路上，干部总是一马当先；下山途中，干部又坐收尾车"断后"；站哨时，干部站的总是迎风那一面；晚上查铺查哨，他们还顺手为各班添煤封炉。

还有一件事，官兵们记得很清楚。司务长杨继红要在哨所举行婚礼。战友们帮他布置新房时，找不到红纸贴"喜"字。办喜事少了红颜色作衬托岂不扫兴？指导员毛永杰拿出一件红毛衣，用毛线绕出一个占了半面墙的大"喜"字。"喜"字喜气洋洋地印在墙上，可一件好端端的毛衣拆掉了一只袖筒。这件毛衣是指导员爱人半年前寄来的，他一直舍不得穿。一针一线，都编织着绵绵的情，真挚的爱。

"琵琶起舞换新声，总是关山离别情。"过去，哨所是军嫂们的禁区。如今，边防相对和平，新疆军区从照顾边防干部的实际出发，决定节假日允许军嫂到哨所与丈夫相会。

这次进哨所的军嫂分别是会谈会晤站蒙古族副站长乌力吉的妻子奥登其其格，副连长庄国强的妻子张月琴，维吾尔族翻译热合买提的妻子古丽。为了保障军嫂路途安全顺利，在节前5天，团里派出了性能最好的越野车护送。从团部到哨所247公里路程，爬冰雪道，过老风口，3台车爆了两个轮胎，整整走了7个多小时才赶到。军嫂们给哨卡带来了欢乐，给戍边在外的男子汉世界注入了温馨。她们帮战士洗衣服、缝被子，和战士一起包饺子、放鞭炮、看电视。一位列兵说："和嫂子们聊聊天，我就不那么想家了。"

今天上午，记者再次爬上耸立在连部对面山顶上的前哨班哨楼。刚下哨的战士陈春芳正伏在桌上给远在河北的父母写信。他在信中写道，边防是艰苦的，但首长们对我们可关心了。吃的、喝的、玩的都好，战友之间、官兵之间有一种说不出的亲近温暖。从初一到初五，我们守卫的地方虽然天天都在下雪，但我们每个人心里像揣了个火炉似的温暖，比家里还热闹。在哨所过春节有一种特殊的年味……

（本报乌鲁木齐2月9日电）

（2000年2月10日1版头条，获中国新闻奖三等奖）

发挥电视的教育功能

——新疆军区边防部队看电视问题的调查与思考

■本报记者　欧世金

"好朋友"为啥受冷遇?

电视，现代人生活离不开的朋友。

新疆边防部队大多驻扎在偏僻的戈壁大漠、深山雪岭，远离现代色彩。官兵们曾为一度打开电视"只见雪花不见人影"而急得抓耳挠腮。如今，在军委、总部首长和机关的关怀下，所有的边防连队都安装了被战士们称为"大铁锅"的地面卫星接收器，收看电视难的苦恼再也没有了。

记者在国境线上、雪山脚下的伊犁军分区某边防连采访时，夜宿离连部5公里的前哨班，看到执勤归来的3名战士被电视节目逗得捧腹大笑，竟忘记了哨楼外飕飕的寒风和戍边的艰辛。当时，记者真想对电视机说一句:"感谢你给我的战友带来了欢乐!"

今年1月1日，中央电视台又开设了军事频道。从此，中国军人有了自己的"电视舞台"，戍边人与电视的感情更加密切了。

对电视，官兵们有各自不同的理解：

我家在农村，生活较贫困，3年前父亲卖了一头肥猪，抱回一台黑白电视机，全家人像过年一样高兴。乡亲们也每天晚上挤到电视机前，播音员不说"再见"不走。对我这个当时从未出过远门的山里娃来说，电视就是教我认识、理解外部世界的老师。

小小荧屏，融数千年文化，汇几万里风云，让人足不出户便知天下大事。电视是军人学习知识、了解政策、培养高尚情趣的桥梁。

电视给我更多的是精神享受。军营生活紧张而艰苦，连作梦都在喊“一二一”。训练一天归来，往电视机前一坐，那优美的旋律、缤纷的画面、丰富多彩的生活场景，使我进入了一种美的境界。

新疆军区政治部宣传处长陈阳辉说得更形象：“电视是基层官兵的精神快餐，运用得当，它可以补脑提神、强身健体。”

但电视作为广大官兵的好朋友，也有受到冷遇的时候。

记者在某团作过这样一次微型调查：“你们连有收看电视时间安排表吗？”“你们连组织过电视评论吗？”“你们对连队组织的收看电视活动满意吗？”令人惊讶的是：答“没有”和“不满意”的占了近60%。

为什么战士们十分关心的问题却处理得不让战士满意呢？请听一些“领导者”、“管理者”的说法：

“基层工作，两眼一睁，忙到熄灯，哪有时间看电视！”

“我们连除收看中央电视台新闻联播节目外，其他节目很少看。”

“电视里不健康的内容也有一些，看多了怕战士受影响。”

由此看来，收看电视在一些基层连队并不是一个简单的问题，它值得各级领导、机关，特别是抓基层的“一线指挥部”和基层干部重视、研究、摸索。

多替战士想就会有办法

驻北疆某步兵团二连刘指导员，是一位任现职第5个年头的“老基层”。他告诉记者，作为连队干部，组织收看电视有两难：

一难是时间不好把握。除新闻联播外，其余时间如何安排，上级没有明确规定。二难是看电视的“名分”不清。看电视是有意义的教育形式？还是无所谓的娱乐活动？名不正则言不顺，工作就左右为难，有时机械执行“只看新闻”的规定，有时放任自流、看而无度。

一位班长则向记者诉说在连队看电视有两烦：

一烦看电视随心所欲，没有制度可依。干部高兴了天天让看，情绪不好了，三五天也难开一次电视机。我当兵3年了，没有从头到尾看完一部电视连续剧。二烦乱调频道。一个连队百十号人，官兵籍贯、兵龄、文化、阅历、心理都不同，选择频道当然也不一样。组织不好，连长来了调一下，指导员来了又动一下，说不定哪个班长再调一下，搞得大多数战士无所适从。

在驻乌鲁木齐某团，官兵们对收看电视有“四喜”。巧的是，这“四喜”正好是解除上述一些官兵“难”和“烦”的良方：

电视有位置。团里明文规定：电视是配合政治教育的好形式，是活跃文化生活的好阵地，是增长战士知识和开阔视野的好渠道，并把收看电视纳入了部队经常性工作轨道，有计划，有安排，有检查。

时间较灵活。一般情况下，每天收看中央电视台的新闻联播、焦点访谈、神州风采等黄金时间节目，如有好的专题片、连续剧、文艺晚会可适当延长收视时间。节假日晚上看电视时间以不影响第二天的正常工作为限度。

看什么节目由大家定。连队文书制定每周电视节目预报表，下发各班，尔后全连综合，以大多数人意见为主。特殊情况下，有时也照顾少数人的爱好。

一般不强迫参加。除必看的重要新闻外，经请假可不看或中途退场。

说起这些深受战士欢迎的措施，团李政委深有体会地说：“干任何工作都有它的难处，但只要真心替战士着想，办法总比困难多。”

引导战士学会看电视

新疆军区政治部一位长期从事政治工作的将军认为：优秀的电视节目是政治教育的艺术化，它的最终目的是为了教育人、引导人、鼓舞人。

不少同志也谈到：有的电视节目思想消极、格调低下，易产生负效应，但不能以此为借口否定电视的教育功能，忽视组织官兵收看电视活动。也正因如此，新疆军区大部分团以上单位自筹资金安装了闭路电视，这一“闭”便把不适合军人收看的电视节目排斥在外。某团结合多年的实践，还对基层连队看什么不看什么作了具体规定。

仅仅知道看什么还不够，更重要的是要引导战士从电视里学什么。

在“西陲第一哨”斯姆哈拉边防连，官兵们坚持在笔记本里记录当天中央电视台《新闻联播》节目里的“新闻标题”。战士当了3年兵，记下的厚厚几大本，稍加归纳，便成了很好的形势教育教材。

在北疆“雪海孤岛”红山嘴边防连，官兵在大雪封山季节里，兴起“视评热”，人人写稿件，择优在连队黑板报上刊登。开山之后，他们将稿件发往报刊，去年以来，已有10多篇视评发表。

在西部口岸霍尔果斯边防连，官兵从电视上看到东北“漠河好八连”的先进事迹后，提出：“同样经受金钱、美色的考验，八连能做到的我们也能做到。”他们对照八连一条一条地学，取长补短，连队全面建设上了一个新台阶。最近，新疆军区为该连荣记集体一等功。

在天山北麓某步兵团，凡是连队组织收看的重要节目，看前有提示，观后有思考题，把电视节目与树立正确的人生观、价值观结合起来，教育引导战士学先进、树新风、驳歪理、抵制歪风邪气。

近日，该团针对官兵们收看“焦点访谈”后产生的“腐败现象太多，看了让人泄气”的反映，各连组织了演讲辩论会。官兵们经过数番唇枪舌战，明白了“反腐倡廉是全球面临的共同问题”，“敢于揭露腐败，证明了党和政府惩治腐败的决心大、信心足”，“新闻媒介让腐败现象曝光，既给为官者以警告，也是让老百姓宽心解气”。官兵们从电视节目引发出的辩论演讲中受到了教育，也使部队的政治教育内容有了新的拓展，真可谓一举数得。

（1996年6月1日3版）

漫漫边关路　默默奉献情

——刘选奇养护的千余公里边防路连续11年畅通无阻

本报讯　记者欧世金、张占辉报道：与野驴黄羊为邻，与沙暴飞雪相伴。新疆军区边防某团刮路机械手刘选奇，拖着一辆不足6平方米的宿营车，在“千山鸟飞绝，万径人踪灭”的北塔山边防公路上度过11个春秋。1月初，刘选奇负责养护的1341公里边防公路第9次被确认为“达标路”，蜿蜒在中蒙边境上的这条边防公路已经连续11年畅通无阻。

刘选奇出身在山清水秀的关中大平原，1987年入伍后，当了一名刮路机械手。每年春天，当戈壁滩上的红柳丛泛出第一抹青绿，刘选奇就驾车上路了，刮路机隆隆的轰鸣声惊醒了沉睡的大戈壁，漫漫边防公路上留下他的第一行脚印。从阳春三月到皑皑冬日，他每年要在漫漫边关路上度过整整9个月。刮路机开到哪里，他就在哪里宿营；拾不到柴薪生火，他就啃干馒头；找不到甜水，他就吃苦水。十天半月见不到一个人，吃不到鲜菜，收不到家书，夜晚被野狼尾随，白天与野驴相伴是常有的事。夏天被沙暴驱赶，秋天被洪水阻隔，寒冬被大雪所困，他不止一次经历过。前几年，刘选奇受不了寂寞，托人从山下捎来一大捆书，几年来，他读了上百本机械方面的专著，写了30万字读书笔记，成为当地有名的机械专家。他所使用的刮路机已延长5年寿命，节约维修费30万元。

（1999年1月19日1版）

西部大开发与军人新使命

■本报记者　欧世金

世纪之交，西部大开发的号角催人奋进。西部大开发，是我国实现第三步发展目标的大战略，也是我军支援地方经济建设、提高自身战斗力的大舞台。中国军人又一次肩负起历史赋予的新的伟大使命，投身于西部大开发的滚滚洪流。

强国安邦大有作为

西部，自古以来就是历朝历代强国安邦的重地。西部的开发治理为我国边疆的安定和人民的安宁起到了至关重要的作用。新中国成立以来，从“一五”计划开始，国家就高度重视西部地区的发展，西部一直受到全国人民的关注。

作为驻兰州战区的军报记者，常年在西部一座座军营奔波。营门之外，目光所及，大多是高原、山区、大漠、戈壁和还没有摆脱贫困的群众。西部穷，但西部又是富有的。那里有令人振奋的“金山银海”：水能蕴藏总量占全国的82.5%，煤炭储量占36%，石油占12%，天然气占53%。专家预测，今后东部地区60%的原材料需要西部供给，50%的能源靠西部输送。

西部百姓生活贫困，需要加紧改善；西部自然资源丰富，需要加紧开发。世纪之交，以江泽民同志为核心的党中央高瞻远瞩，审时度势，不失时机地提出实施西部大开发战略。中国军人再一次听到了冲锋的号角。作为党绝对领导下的人民军队，从诞生那天起，就只有一个宗旨：全心全意为人民服务。每当人民需要的时候，这支军队总是赴汤蹈火，义无反顾地站在社会的前列。

当年，驻疆人民解放军十万将士，一夜之间，脱下军装，拿起镐头，在天山南北向亘古荒原开战；当年，驻藏人民解放军以牺牲数千英雄儿女的代价，修筑了通往雪域高原的“川藏”、“青藏”、“滇藏”等公路，架起了一座座“幸福桥”；当年，新疆生产建设兵团官兵响应党的号召，屯垦戍边，在艰苦条件下创造出奇迹。这几年，部队又将光缆铺到“世界屋脊”，使高原人民有了自己的“信息高速公路”。如今，在我国西部，无论是在黄河之滨，还是在雪域边陲，无论是在现代都市，还是在边远村寨，随处可见刻有“八一”字样的学校、桥梁、水渠……那是中国军人在西部开发中奉献出的赤胆忠心！那是中国军人为强国安邦构筑的历史丰碑！那是中国军人用血肉之躯修建的另一条牢不可破的钢铁长城！

历史昭示现实。今天，西部大开发，开辟了军队支援地方经济建设的新战场。在新的形势下，军队积极投身西部大开发，同样能够大有作为。

平战结合水涨船高

在西部军营，时刻能感受到人民与军队之间，那种同呼吸、共命运、心连心的血肉联系。

龙年春节，新疆军区首长坐直升机慰问边防哨所。在博乐、奇台等地，直升机在天上跑，加油车在地上昼夜兼程追。而在塔城、伊犁、喀什等有民航的地方，就省事多了，直升机需要加油，民航全力满足。新年，驻北疆哈巴河某边防连给记者发来新闻：国家实施“村村通电”计划，他们从邻村接通了电线，用上了长明电，结束了几十年靠自己发电的历史。

在西部，边防的建设与当地的建设紧密相联。驻地的经济文化发展快，部队的后顾之忧就少；反之，诸如吃水、用电、坐班车等在内地看来不算什么的事儿，对边防官兵来说却很困难。

再以新疆边防干部找对象为例。过去，多少常年驻守边防的干部为找对象愁白了“少年头”。如今，在北疆地区，特别是驻守在靠近城镇的部队，找对象已不是难题。原因是，这些地区的城镇建设相对发达，与内地差距进一步缩小，甚至比有些干部在内地的家乡发展还快。他们在这里成家一举多得：少了两地相思之苦，少了长途探亲之累，少了转业回内地安置之忧。

西部开发能够安定军心，也有利于部队的稳定和发展。国防大学军队建设研究所郝玉庆等5位专家在接受记者采访时提出，军队参与西部大开发，在改善交通、通信、电力、输送管道及战略储备过程中，军地可共同解决好平战结合、军民兼容问题，不仅能促进西部经济的发展，而且也可为提高我军战斗力奠定坚实基础。

可以肯定地说，西部大开发，既是我国经济新的增长点，也是我军战斗力新的增长点。遥想若干年后，西部经济飞速发展，我军社会化保障有可靠保证；交通便利，我军机动能力大增；通信发达，西部边关不再遥远。特别是信息通畅，人才济济，商贾云集，西部军人的思想将实现新的解放、素质将得到新的提高。

新的舞台新的课堂

水涨船高，西部军人对西部的发展有切身感受。一位将军说："参与西部大开发，军队要有勇于为中华民族复兴冲锋陷阵的大气魄；要发挥突击队作用，主动承担急难险重任务；要有在'大局下行动'的牺牲精神，不与民争利。"

这次西部大开发，重点是加强基础设施建设，保护生态环境，调整产业结构，发展科技教育，扩大改革开放。军队要抓住这一千载难逢的机遇，在交通、水利、生态等工程建设上，打几次胜仗，造成类似于我军20世纪50年代修建"康藏公路"、80年代修建"引滦入津"工程那样的影响。专家建议，军队应在西部交通大动脉的建设上，在"南水北调"的重大水利工程建设中，在长江、黄河两岸造林绿化工程中，修建一批写有"国防"、"八一"等字样的标志性工程。

西部大开发，不是历史的重复，而是全新的事业，为当代军人带来了一次难得的历史机遇，也带来了多方面的挑战。西部大开发，是一所新的大学校，是一个新的大课堂。

参与西部开发，有利于保证我军官兵政治思想更加合格。军人在参与西部大开发中，将更加深切地感受到中国共产党的巨大号召力，感受到中华民族无穷的凝聚力，感受到综合国力的提高，感受到军民团结、民族团结的威力，进一步激发热爱祖国，热爱各族人民的政治热情。

参与西部开发，有利于弘扬我军优良传统和时代精神。我军在支援地方建设中，曾创造过“大三线精神”、“引滦入津精神”、“抗洪抢险精神”。在参与西部大开发中，我军应牢固树立改革创新意识、开放意识，竞争意识、风险意识、效率意识，解放思想、大胆实践、敢为人先，创造出有时代特色的“西部开发精神”。

参与西部开发，有利于全面提高官兵综合素质。西部大开发，不仅需要勇于拼搏的革命精神，而且需要现代化知识和技能。西部大开发，是在全新的体制背景、市场态势下展开的。只有加紧学习，在观念、知识、技术等方面适应社会主义市场经济体制的要求，才能在支援西部大开发中作出新的更大的贡献。

（2000 年 3 月 19 日 4 版头条）

轮南:“西气东输”第一站

■本报记者　欧世金

说起塔里木的石油，几乎无人不知；而轮南，也因为塔里木的石油而驰名中外。

从乌鲁木齐越天山南行400多公里到石油城库尔勒，接着沿天山南麓西行100多公里至轮台县，再往塔克拉玛干沙漠腹地南折数十公里就到了轮南。随着“西气东输”工程的实施，轮南作为这一西部大开发标志性工程的起点，引起世人瞩目。3月初，国务院“西气东输”工程论证汇报会刚开过，记者就赶到了轮南。如今，这里已成了热闹又繁荣的石油小镇。据一位“老石油”介绍，早在塔里木石油大会战初期，即1987年9月，在轮南一井，首次发现了工业油流；一年之后，在不远处的轮南二井，获得单层日产原油613立方米的高产油流。随后，塔里木石油天然气勘探捷报频传。目前，新疆塔里木地区已探明天然气地质储量4190亿立方米，预计今后5至10年，该地区的累计探明储量将达到1万亿立方米。

如果把塔里木盆地比喻成“石油海”的话，轮南就是大海北边的一个重要“码头”。轮南北接314国道，往东可通过吐鲁番、乌鲁木齐直达内地，朝西能联阿克苏、喀什直达周边诸国，往南就是纵贯塔克拉玛干沙漠南北、全长522公里的塔里木沙漠公路。

“西气东输”工程，途经新疆、甘肃、宁夏、山西、河南、安徽、上海等9个省市区，全长4167公里。到2004年，该工程建成后，年输气能力可达120亿立方米，并能够实现30年稳定供气。初步预测，工程第一期投资约为1200亿元左右，将有力地拉动我国国民经济的增长。工程建设所需大批钢材、建材及配套设备，可带动机械、电力、化工、冶金、建材等相关产业的发展。据悉，日本钢铁业十分关注这项工程。日方有关人士说，仅销售钢管的金额就会超过4000亿日元，“如果得到中国的订货，将会带来巨大的效益”。

“塔里木沙漠公路纪念碑”是轮南最著名的景点。记者站在碑前，浮想联翩。4年之后，塔里木天然气输送到长江三角洲地区，会有成千上万个企业和家庭用上无污染的天然气。那时候，许许多多的人会想到，在遥远的管道的另一头，那个黄沙漫漫的地方叫轮南。

西部开发的标志性工程——“西气东输”管网建设的前期准备工作目前正在新疆塔里木、土哈等各大油气田进行。

（2000年4月3日4版头条）

涝坝水：一段历史的终结

■本报记者　欧世金

前些年，南疆和田、喀什地区的一些群众总闹怪病：上吐下泄，危及生命。这事惊动了党中央、国务院。专家赶赴实地会诊后，终于找到了祸首："涝坝水"。

涝坝，就是内地人说的池塘。由于南疆干旱少雨，当地群众就在房前屋后挖两个大坑蓄水，一个供人饮用，另一个用来喂养牲畜。涝坝水是引渠水灌注的。冬季，有的渠水枯竭，要等三四个月涝坝里才能加入新水。一潭死水，历经几个月的风吹日晒，哪能不病菌丛生。

在疏附县武装部政工干事买买提江的家乡疏附县站敏乡三村，记者调查了这里群众的饮用水情况。该村全是维吾尔族，他们都记得那个特殊的日子：1997年9月5日。那天，全村家家户户通了自来水，结束了祖祖辈辈喝涝坝水的苦难历史。

他们都记得，一位中央领导在南疆视察时，看见群众喝混浊的、布满小虫的涝坝水时，当场流下了眼泪。"一定要让群众喝上干净水"，这位领导回去后，发动全家捐款。后来中央投入数亿元巨资改善南疆群众的饮水条件。如今，南疆农村95%的村民用上了自来水。吃的水干净了，怪病也就少了。

涝坝水之忧解除了，是不是南疆人民就不忧水了呢？不是。随便到南疆走一走，你就会感到这里的焦渴。乡村路上，一年四季尘土飞扬；空中，每年春秋两季有数十天的沙尘暴天气，老百姓管这种天气为"下土"。老百姓说，我们这里可是滴水贵如油啊。在塔克拉玛干沙漠油气勘探前期，水完全靠飞机、沙漠车从外面运进去，一公斤水的成本高达20元。许多人经常遐想，1998年长江发洪水，要是那些水流到新疆来，该多好！还有专家正式提出：凿开“世界屋脊”昆仑山，引雅鲁藏布江水到塔克拉玛干沙漠，“再造一个中国”。

远水不一定能解近渴，但说明南疆地区太需要水。记者近日从自治区权威部门获得一个惊人的喜讯：在22.5万平方公里的塔克拉玛干沙漠腹地，地下水储藏量达到8万亿立方米以上，相当于8条长江的流量。如果将这些水全部抽上来，可以在这22.5万平方公里的沙漠上铺36米厚的水层。据介绍，这些水是塔里木盆地的144条河流（只含常年有水的）积存下来的。

当然，塔里木盆地的地下水大部分不是“淡水”，还不能够利用。水是人的命脉，是当地经济的命脉。看来，水的问题，确是南疆大开发的重中之重。

（2000年4月4日4版头条）

胡杨：大自然的警告

■本报记者　欧世金

著名作家贾平凹去新疆看石油大会战，在塔里木河河道旧址上，看到了一眼望不到头的胡杨林。他撰文说，这些胡杨林证明了过去这里曾有海洋存在，但现在它们全死了，成了死亡之海的根据。这些枯死的胡杨粗大无比，树皮全无，枝条如铁如骨僵硬地撑在黄沙之上。

终于，作家没按捺住激动，感慨地写道："胡杨林如一个远古战场的遗迹，悲壮得使我们要哭。"

贾平凹表达了人们面对塔里木胡杨时普遍的感受。据说，胡杨千年不死，死了千年不倒，倒了千年不烂。如此顽强的生命，呈现在我们面前的却是死了，倒了，烂了，怎能不叫人感慨系之，思绪万千。

形成于200万年前的罗布泊，是塔里木盆地沧海变桑田、桑田变沙漠的缩影。《汉书》记载，这里"多葭苇、柽柳、胡桐、白草，民随畜牧逐水草，有驴马、多橐驼"。18世纪，到过这里的清代学者徐松，在《西域水道记》中记载，这里虽已"山阳平沙"、"沙地旷远"，仍有不少地方"胡桐丛生、结成林箐"。20世纪初，瑞典人斯文·赫定等来这里旅行考察，记述这里有着"向荣的森林"，芦苇茂密得"像一堵墙一样"，在深邃的森林中，"不时有马鹿、野猪、黄羊出没"。近年，因气候恶劣，罗布泊先后吞食了科学家彭家木、探险家余纯顺，成了人们谈之色变的魔域。有关专家断定，曾经比中国现有最大湖泊——青海湖还大5倍多的罗布泊，是在1972年前后彻底干竭的。

河水断流，绿洲变沙漠，鱼死了，鸟飞了，连"永垂不朽"的胡杨也成片成片地"朽"了。大自然在对我们警告什么？

有关塔里木盆地的变迁，许多专家、学者从地质、气候等不同角度去解释、争论，但有一点认识是共同的：在干旱地区，河流、绿洲、人类活动三者之间存在密切的有机联系。

4年前，记者在地处塔里木河上游的阿克苏地区采访，看见群众正在进行开荒造田大会战。数十台推土机昼夜轮番作战：挖胡杨、开水渠、平沙地。好一个“人定胜天”的英雄壮举。近日，记者在南疆和田地区采访，又耳闻这里的官员表示，借西部大开发东风，今年要开荒四十万亩。

西部大开发，不是大开采，不是大开荒，这是众人皆知的道理。历史上的新疆屯垦，对稳定和发展边疆起到了积极的作用。新疆生产建设兵团屯垦戍边，不与民争利，将风沙地、盐碱地开垦成人工绿洲，为新疆绿化的发展做出了不可磨灭的贡献。

但是，新疆绿洲研究所所长钱云指出，人类对绿洲自然资源的利用常带有掠夺性、排他性。主要表现是，人口猛增，提高了对水土、生物资源的需求；短期行为，只顾现在，只顾自己；浪费水资源，破坏森林和草场；大量非农建设挤占耕地良田。

值得欣慰的是，新疆各级干部群众走“可持续发展道路”的自觉性越来越高。3月1日，新疆维吾尔自治区党委书记王乐泉对记者说，新疆要立即停止对原始森林的采伐，退耕还林，退耕还草，加快营造人工林，改善生态环境。王书记还特别透露，要引伊犁河水、塔里木河水入罗布泊。经过20年左右的努力，恢复罗布泊昔日沃野千里、鱼跃鸟翔的美景。目前，专家正在对这项浩大的工程进行论证。

人们有理由相信，西部大开发会让焦黄的塔里木披上绿装，会让枯死的胡杨发出新芽。

（2000年4月5日4版头条）

看不见的“丝绸之路”

■本报记者　欧世金

世界上有四大文化体系，即中国文化体系，印度文化体系，伊斯兰文化体系和欧美文化体系。北大教授季羡林先生说：“世界上四大文化体系唯一汇流的地方就是中国的新疆。”

3月中旬，记者沿着古“丝绸之路”新疆段南路采访，参观了古称精绝国的尼雅遗址（离民丰县城约100公里）。据介绍，这里出土了西亚的玻璃器皿，希腊风格的艺术品，印度的棉织品，黄河流域的锦绢、铜镜、纸片等。它进一步证实，繁荣兴盛了数千年，长达几万里，从中国一直通到欧洲，沿途有不少国家和民族兴兴衰衰的“丝绸之路”，就是横亘新疆的交通要道。这一条道路是东西文化交流的大动脉。

在新疆采访，我们发现了另一条看不见的“丝绸之路”，它延续了两千多年，至今仍兴旺发达，承担着祖国与边疆各民族经济文化交流的历史使命，它的名字叫屯垦开发。

对于新疆的屯垦开发，新疆生产建设兵团原副政委赵予征有独到的研究，他说：中央政府在新疆（古称西域）屯垦开发，有准确记载的是公元前60年前后。此后，屯垦开发历代相传。但真正兴旺的只有汉、唐、清三个朝代。期间，中原给新疆带来了农耕文明，同时，新疆的草原文明也流传到中原。如，一批姓“胡”的农作物品种就是从新疆引进的。最近，我在南疆和田地区还参观了寿命已达500年的“胡桃（又称核桃）王”。

写下中国2000多年屯垦开发史最光辉篇章的是新疆生产建设兵团。记者在塔里木盆地边沿看到，兵团进行的现代化大农业建设，开渠用挖掘机，播种用播种机，收割用收割机，施肥洒药用飞机，对长期拿砍土墁（形似南方的锄头）种地的少数民族群众有极大影响。如今他们也开始向兵团学习用机器耕种，追求规模效益。20世纪五六十年代，大批湖南、山东、上海籍支边青年在边疆安家扎根，宣告了屯垦事业一代而终历史的终结。他们成了现代文明的“使者”，给古老的新疆大地吹来一股新风。一批又一批大中专院校的毕业生来到新疆，给屯垦开发插上了知识的翅膀。目前，新疆普遍推广的地膜覆盖技术，滴灌喷灌技术，棉花、牛羊、小麦、甜菜、蔬菜、瓜果品种改良技术等，基本上是兵团的一代代大学生创造发明的。

我曾生活过5年的新疆布尔津县窝依莫克乡托洪台村，是个哈萨克、回、汉等民族杂居的村庄。那里的各民族共同挖渠引水，共同放牧种地。常常是你借我家的马，我借你家的草，民族间的风俗互相尊重，但民族间的心理、感情和生活方式在日益交融、靠近。那里的汉族家家户户都有几家哈萨克、回族朋友，大家互相往来，像亲戚一样，和睦相处，情同手足。同样，现在在北京、上海、广州等现代大都市，我们也能经常看到新疆的少数民族群众在那里学习、经商、旅游，充当内地与边疆交流的“民间使者”。

面临新世纪，又逢西部大开发，这是新疆各民族大发展、大融合、大团结的千载良机。人流、物流、资金流、信息流，将像汹涌的潮水“你来我往”，人们的思想会大解放，人们的观念会大转变，人们的素质会大提高。

我国有56个民族。各民族要发展进步首先就要安定团结，要安定团结就要加强了解与友谊。最珍贵的友谊是在同甘苦共患难中结成的。西部大开发是一个各民族携手并肩、团结奋斗的大舞台。

（2000年4月7日4版头条）

只有荒凉的大漠　没有荒凉的人生

■本报记者　欧世金　乔林生

这是一项前所未有的举动。从1990年起，新疆维吾尔自治区在驻疆部队中选留一批优秀退伍战士到南疆地区担任乡镇干部，以加强那里的基层干部队伍建设。10年过去了，这支干部队伍已发展到2500多人，其中已有200多人提升为科级以上干部。

他们是开发西部的先行者；

他们是西部的希望之星；

他们享受特殊的待遇：脱下军装上党校，当干部；

他们有着特殊的经历：说维语，啃干馕，住乡村；

他们做着特殊的贡献：用自己的青春和汗水浇灌着边疆贫瘠的土地。

一、沙漠尽头，昔日的战友过得可好

3月，我们走进西部的西部——新疆。

沿古丝绸之路，过天山，穿越焦黄的塔里木盆地。6日下午，在塔克拉玛干沙漠南缘的和田县拉依喀乡，我们见到了副乡长王庆皓。

王庆皓是河南新乡人，当了4年兵，是1994年2月被录取到和田党校的。他仍保持着当兵时那股劲儿，腰板笔直，跑着走路。听说我们是来访的军报记者，他叫一位维吾尔族青年打开乡党委书记的办公室，并对他交待什么事。他说的是维语，我们听不懂。我们说就在你办公室谈，他犹豫一番才开了门。

屋里光线很暗。拉灯绳，灯不亮。王庆皓说："现在停电了。"屋内有一张床，一张桌子和一个立柜，都像是20世纪六七十年代的那种家具样式，颇具沧桑感。屋中间支着一个大铁炉子，烟筒直通屋顶。墙上贴的红红绿绿的各种生产报表，除了里面的阿拉伯数字外，其他的我们不知所云，全是维吾尔文。

王庆皓说："我真不好意思让你们看，我屋里太不像样了。"一会儿，他又说："这里的老百姓生活很苦，比起他们来，我有吃有穿有住，已经是'小康'了。"

按事先安排，王庆皓下午去村里检查地膜覆盖种棉花现场会的准备情况。我们随他走在尘土飞扬的地头边。见到维吾尔族村民，他用维语打招呼，对方手抚前胸回礼，好像互相都熟。地里，稀稀拉拉站了几十号人。他先同村长嘀嘀咕咕说了一通，从语气和手势上判断，似乎这里的工作不太好落实，他要他们赶紧办。

他走到一位维吾尔族老人身边，接过坎土曼（形似南方的锄头），动作麻利地挖土盖膜。周围有的人静静地看着他，有的边看边学他的样子做。王庆皓说，这里的乡干部整天在地里忙。

王庆皓又领我们参观乡政府门前的巴扎（集市）。在一二百米地段上，站了不少穿黑衣的赶集的群众。肉铺，烤肉摊，馕饼……王庆皓说："我来的头两年，单身汉，天天都在这里买馕充饥。"

聊起这些年的经历，王庆皓说："我在新疆十多年，哭过两次。一次是跟车队过达坂，我们盖着大衣躺在地上宿营，雪花飘在脸上，我特别想家，哭了。一次是当年三名战友送我到和田，越往前走越荒凉，怎么连一棵树一棵草也见不着啊！我又哭了。也曾想打退堂鼓，可最后还是挺过来了。人生难得几回搏，越是艰苦越向前，才不丢退伍军人的脸啊！"听了小王的话，我们的心里只有感动两个字。

空气中飘着羊肉串的香味。我们与王庆皓话别。他说："这里是南疆农村建设的窗口，条件算好的，江主席都来视察过，我比许多退伍留疆战友幸运，他们的工作和生活条件才差呢！"

在疏附县，我们见到了乌帕尔乡党委书记文福来。这位30岁的甘肃小伙的特征是他的长相似乎更像一个维吾尔族人，鬈曲的头发，浓黑的眉毛，高高的鼻梁，深褐色的眼睛。当我们向他提出这个问题时，他幽默地说："可能是吃羊肉吃的多了，同化了。"

文福来在部队时当过文书、军械员、班长，又是党员，又具有高中文化程度，自然是选干的对象。到了地方，他先当乡秘书，半年后调县政府办公室当秘书，4年后到阿卡石乡当副书记，一年之后到县农工部当副部长，半年后到吾库萨克乡当书记，去年2月调到这个全县最大的乡工作。

文福来每年365天有300天在乡下工作。去年底，他领导的这个乡成为物质、精神文明先进乡。其中两个明显的指标是，计划生育全乡没有超生一胎，农民收入人均达到705元。他们今年发展生产的任务非常重，年初，他和县里签下带领群众奔小康的责任状。

文福来决定背水一战，对全乡的农业生产结构作大的调整。首先，他们将去年1.5万亩的棉花田改种色素辣椒。种子从美国进口，收成后出口美国。这种辣椒主要用于做化妆品和燃料，但成长期发病率高，风险很大，一旦失败，牵扯到千家万户。文福来说："各种风险和战胜困难的方法我们都考虑到了。否则，我们不会冒这个险。除此之外，全乡将种3万亩小麦，4000亩棉花，2000亩水稻，七八亩瓜果。"

乌帕尔乡尚有237户维族群众处在贫困线以下。除了县里乡里的干部和他们结对扶贫外，乡里决定将所有贫困户搬迁到人造平原上。

文书记带领我们参观了人造平原上的3000亩土地。在这块平展展的土地上，一砖到顶的房屋每隔十几米一幢，一共是50幢，每幢住一户人家。文福来说："我们已把水引到了这里，又引进了以色列的滴灌技术，屋前屋后可以栽葡萄、种大樱桃，前面的平地种粮食，要不了几年，移居到这里的维族群众就会过上幸福的生活。"说到这，文书记脸上充满喜悦之情："只有征服沙漠，才能看见希望的绿洲。"

我们想起了自治区人事厅干部录用处处长李军介绍的情况：2500多名退伍留疆干部全部分在塔克拉玛干沙漠南缘的地区乡镇任职，这些地区维吾尔族群众占96%。在许多乡村，几乎找不到汉族。这里是全国重点贫困地区，还有不少人为吃穿发愁。因此，这些地方最需要经过部队锻炼的乡镇干部。

沙漠尽头，昔日的战友过得可好？

二、吃下了昆仑山的苦，天下再没有苦

李卓良当了5年汽车兵。他最大的愿望就是在部队干一辈子。入伍

前参加高考只差几分。阴差阳错，到了部队还是没考上军校。考不上军校，就一门心思想当个志愿兵。他争着跑昆仑山、帕米尔边防，被评为“红旗车驾驶员”，是班长、党员，是全团有名的技术骨干。可因为种种原因，他的志愿兵最后还是没转成。他想不通。

一天，团政治处主任找他谈心，说：“你没转成志愿兵，到地方当干部去！”

当李卓良搞明白是一辈子要待在新疆最艰苦的和田地区时，他说啥也不干。李卓良想，在部队干不成，咱就回老家陕西商州。其实他家里条件不错，离市区只有一公里，岳父是有几百万元家产的个体老板，说好他退伍一回来，就给他买辆车跑买卖。

李卓良的愣娃性格最终没有拗过主任。主任说：“你是全团优中选优挑出来的，到地方当干部是政治任务，你是军人，应该服从组织决定！”没办法，李卓良参加了自治区、新疆军区联合组织的退伍战士留疆提干考试，在某分部40多名考生中得了第一名。

1990年春，李卓良成了第一批留疆提干的退伍战士。可他没有一点荣幸感。在和田地委党校学习了8个月，用他自己的话说是“大错不犯，小错不断”。毕业后，他被分配到和田县英尔里克乡当秘书。

他的宿舍是一间库房。在硬板床上，铺上部队发的那套已洗得发白的被褥。当晚，冻得睡不着，披着被子坐在床上还是顶不住。真是急中生智，床头有一大堆报纸，他就一张一张烧了取暖。

第二天，他提着桶去找通信员要煤。通信员是乡长的女婿，挺牛，不给他煤。他正一肚子气没处泄，就与人家打了起来。他说：“为什么给别人不给我?！我本来就不想来，你把我当要饭的?”

乡党委书记来了，批评了通信员，说：“他是选调的军转干部，要照顾。你把这个人冻死，我这个书记就当不成了。”

熬了3个多月，李卓良体重下降了10多公斤，又黑又瘦。后来，他以探亲名义回了老家一趟，连妻子都认不出他了。母亲说：“户口、干部指标不要了，咱买车开。”

当真要下决心不干了，李卓良又犹豫起来：我不干不就成黑户了吗？乡亲们不笑话？我是代表部队到地方去工作的，这不是给部队抹黑？战友们知道了不说我是逃兵吗？

假期满，李卓良携老婆孩子往新疆赶。坐火车转汽车，进入南疆塔里木盆地后，跑几百里见不到人，一面是漫漫黄沙，一面是光秃秃的大山，路边偶尔能见到几只牛羊。老婆抱着小孩不吃不喝，哭了一路。李卓良说：“见她哭，我就吹牛，说和田好得很。”

到了和田，李卓良不敢把老婆孩子领到乡里去。那里没有汉族，生活习惯与内地不同。县里找不到住房，他就把娘儿俩送到曾在同一个连队当兵的战友家。小孩太调皮，人家不喜欢。他又接他们到县里另一个战友家。说好只住3天，可他把娘儿俩一安顿，拔腿就返回了乡里。一去一个月没敢露面。“我要赖皮了，找不到房嘛！想见老婆又怕见老婆，因为一见就要吵架。”说到这里，李卓良停顿了好一会儿。

实在没法，李卓良找到县人事局张局长。张局长爽快地帮他找供销社借了3间平房。李卓良买了一张床，终于有了自己的家。他高兴地吼起了秦腔。

没有人做任何思想工作，李卓良开始好好干了，再不提要走的话。3个月后，他借调到县委组织部当干事。不久，组织上又将他和另4名同期来的战友家属的农村户口转为城市户口，还给了招工指标，安排了工作。3年后，他调到色格孜库里当乡党委副书记，又过3年，他被提升为该乡党委书记后又调到布扎克乡。至今已担任了3年乡党委书记的李卓良，成了全县同批战友中提升最快的一个。

南疆民族地区的条件虽然苦，但大家都挺过来了，没有一个当逃兵。李卓良深有感触：“最困难的时候，往往离成功只有一步之遥。”

也有说不苦的。和田县交警大队指导员邵坚强说：“这里比昆仑山强多了，昆仑山上的石头都是公的。我在海拔5380米的神仙湾当过兵，吃下了昆仑山的苦，天下再没有苦！”

采访中，大家都谈到一个真正吃了苦受了罪的战友，他叫陈诗友。小陈结婚不到6个月就患了白血病。地委宣传部、统战部筹措了3万元为他治病。他的妻子和岳父一家也竭尽全力，送他到内地医院治疗。但病魔无情，他于1997年8月与世长辞，年仅27岁。

除了陈诗友一人外，所有扎根在这块大漠上的留疆退伍军人乡镇干部都在拼命工作，都在不断进步，尽管他们面临不少实际困难。

三、要先适应环境，再改变环境

“入乡要先随俗。”疏附县托克扎克镇武装部副部长陈良忠侃侃而谈。他是1994年入伍的兵，1997年4月从喀什地委党校毕业。他和其他同志一样，刚来时雄心勃勃，有一种要改天换地的壮志。可现实并不那么简单。你要开展工作，别人听不懂你的话；你要抓工作，别人不理睬你。碰两次软钉子，自然气泄一大半。后来陈良忠发现，维吾尔族是个重感情的民族，只要你在感情上跟他近了，他可以给你掏心掏肺。

陈良忠听说有位战友刚分来时，头一顿饭，一位维吾尔族乡干部给他端了一碗羊杂碎，他尝了一口就吐了，周围的人都不高兴，好一段时间没人理他。陈良忠开始生活也不习惯，但他强迫自己，维吾尔族老乡吃啥他吃啥。他把这些当成工作的第一步。

古尔邦节，陈良忠到维吾尔族老乡家去拜年。老乡给他敬的两大碗酒，本来他不喝酒，可为了不伤害民族群众的热情，他一口气就干下去了。回到家，他吐了血。他知道酒不是好东西，喝多了会伤身体。但为了和民族群众打成一片，他顿顿喝，次次喝，喝了吐，吐了喝。维吾尔族有的群众以酒论英雄，喝了就是有血性，就是好朋友。权衡利弊，他只好宁伤身体不伤感情了。别说，一起喝过酒的老乡下次见了他，都伸大拇指，有的搂着他的肩膀称兄道弟，与他有说不完的话。他说的维语，虽然听起来别扭、费劲，但是别人愿意听。

陈良忠说，开展工作要会因势利导。去年下半年，乡里在一个村搞大棚温室种菜试点。镇政府建好大棚，并垫钱买来地膜、农药、种子，一个大棚交承包费3600元，年底再结账。这等好事，却没有一个维吾尔族老乡愿意干。陈良忠与其他乡干部商量，这事不能强求，得慢慢引导。他们从山东寿光请来了技术员，又动员当地的汉族同志试种。同时，陈良忠重点帮助维吾尔族村民艾尔肯承包了一个大棚。仅半年，这个大棚就赚了6000多元。这下不用再做工作了，有10多户维吾尔族村民争着承包了大棚。今年计划修建100座大棚，以此推动全乡农民脱贫致富。

疏附县萨依巴格乡专武干部戴云峰，接近维吾尔族村民是靠自己的技术。他入伍前读农业职高，学过果树栽培技术。

南疆农民有“半年桑杏半年粮”之说，可见果树在村民心中有“命根子”一样的位置。50多岁的牙库甫江种了2亩多杏树，品种已老化，他自己嫁接过多次，成活率极低。戴云峰从园艺场买来优良树种，给他家嫁接的杏树成活率100％。牙库甫江双腿有关节炎，病重走不成路。戴云峰平时学过的按摩、针灸技术又有了用场。一来二往，两人就有了感情。家里吃好的，牙库甫江总想着戴云峰，哪怕吃拉面也要给他送一碗。

牙库甫江看戴云峰大小伙子了身边没个姑娘陪着，总想给他找个对象。他明白南疆维吾尔族群众的风俗习惯，姑娘一般不嫁汉族，但他还是常开玩笑：“小戴，看上我们哪个维族姑娘嘛，拿（娶的意思）嘛!”去年，乡政府分来两个年轻汉族女干部，牙库甫江可高兴了，神秘地对戴云峰说：“你嘛，就说自己病了，我嘛，去找她们两个姑娘说。看她们两人谁来看你，谁来嘛，你就找谁。”

牙库甫江的这份心，戴云峰说够感动一辈子。

四、我们就是要争口气

现任和田县肖尔瓦克乡党委副书记的敬丕庆，称自己是1990年第一批战友中困难最多的一个。他是上门女婿，当兵前，老人要他结了婚再走。入伍第二年，他就有了小孩。从党校毕业分配到乡里工作一个月，他老婆就抱着娃儿从四川盐亭老家撵到新疆。

当时，敬丕庆每个月只有工资170元。一家三口，吃了上顿愁下顿。半年的工资提前领了也不够花。眼看揭不开锅了，他就打报告，乡领导也好说话，一次给他批几袋面粉。

一向要强的敬丕庆想：上党校的时候，老师说，你们的任务是带领群众脱贫致富，现在自己却成了扶贫的对象，这不是明摆着搞颠倒了吗？他说：“我不能等着组织来救济，不能依赖组织把什么问题都解决，要靠自己干。”

敬丕庆在部队培养军地两用人才技术时学过养鸡。他看维吾尔族群众喜欢吃鸡蛋，但会养鸡的人少，且养的都是土鸡，就打开了养鸡的主意。乡党委书记龚建新、乡长买买提艾山十分支持他，给他分房时，带了个前后院，还给他划了3分地。

他在这个院子里办起了养鸡场。他从近2000公里外的乌鲁木齐种鸡场引进良种鸡苗，坐飞机运到和田。很快，他的养鸡场就发展到饲养300只蛋鸡的规模。

摊子大了，每天鸡饲料就要喂几十斤，钱不够，眼看要断顿，敬丕庆急得嘴上起了泡。乡领导特批了5000元扶贫款才解了他的危急。

那些日子，他实在太累了。每逢星期天，老婆在家养鸡，他就拉着小推车到巴扎上去卖鸡蛋。有战友问他："卖鸡蛋不怕丢人吗？"他说："没钱才丢人！"卖完鸡蛋，再买鸡饲料回家。有一次，他又渴又饿，推着车累得瘫倒在地上，他爬起来敲了两个生鸡蛋倒进嘴里，觉得身上有点劲才推着车再往前走。一分辛劳一分收获。敬丕庆不愿具体说养鸡赚了多少钱，只说挣了几万块，还了账，家里生活再不困难了，还探了两次家。回想这几年走过的路，他说特别感谢乡领导。他们对他的帮助是发自心底的。刚来时，家里没生炉子，太冷，他安了个2千瓦的灯泡，从早到晚亮着，领导们见了也不说。有时工作不太忙，领导就说："敬丕庆，你回家养鸡去！"

敬丕庆不仅克服了家庭困难，而且各项工作任务完成得非常出色，受到了领导和各族群众的称赞。

现在在和田报社工作的杨济东也是靠自己拼出来的。他是1989年度的兵，1991年分到和田县不扎克乡，甘肃秦安人。

他的妻子是北疆地区的，不愿跟他到南疆来。两地分居两年多，老婆一见面就说："什么时候调回来？"看看生活条件，杨济东何尝不想调走？但他知道不能说走。如果都说自己有困难，得了好处就想走，国家不是白培养我们吗？不说觉悟有多高，至少得讲良心吧。

他只好动员妻子到和田来住住，说不定就爱上这地方呢。他的愿望没有实现。两年过去了，妻子天天吵着要调走。他心情越来越不好。由于住在一间废弃的洗澡堂里，太潮湿，他患了关节炎、脊椎骨疼痛等病，最后连床都下不来了。妻子失去了耐心，和他办了离婚手续，走了。

在这种艰难的情况下，杨济东没有灰心，他始终不忘学习，不停地读书，写作。当他身体恢复健康后，被县科委调去当秘书。1995年，《和田日报》在全社会公开招聘编辑记者。他报了名。他成了该报唯一的不是科班出身的编辑。算这家报社老总慧眼识金，杨济东很快成了业务骨干，在自治区拿了编辑奖，其作品在全国级报刊上频频发表。

组织部曾找杨济东谈话，打算提升他到乡里去干。他说："当官，我没那个能力，我就喜欢当记者。"杨济东对记者说："我们这些人刚来时，一张床一条被子，像打工的一样，有些人看不起，我们就是要争口气，做出来让人看看，我们不是光来吃馍吃肉的。"

据和田、喀什两个地委组织部介绍，这些留疆复转干部已有50%从乡镇调到县、地区机关工作。他们特别解释说：这些干部有朝气，能吃苦，有点子，适应能力强，给当地基层干部队伍带来了活力，是带领群众脱贫致富、增强民族团结、密切干群关系的新生力量。他们成了当地县、市、地区机关干部的重要来源，是经常被争抢调入的对象。

五、既然选择了，就不要走回头路

记者在南疆地区的任何一个乡采访都能遇到担任乡镇干部的留疆退伍战士。

曾松林现任疏附县布拉克苏乡武装部副部长兼四村党支部副书记。他是1997年4月份来的。当时分到离县城最远的阿克喀什乡。这个乡是全县最偏远的乡，也是最贫困的乡。乡政府没电话，经常停电，每个星期四才有菜卖。从乡政府到县城一天通一趟小中巴车，乡政府只有6个汉族干部。

曾松林刚来时，下乡去抓种棉花。村民喝的是涝坝水。中午，村民饿了，就摸出一个苞谷馕啃。有的老人牙齿不好，就把馕扔进水渠里泡软再吃。曾松林想：怎么也得把工作干好，把维族群众引上富路啊！他在党校里学过维语，但这里维语的方言很重，他学的那几句不够用，与群众交流不下去。

他不会做饭。每顿只能下点面条扔几片白菜。想吃大米，买不起，3元钱一公斤。当时他的工资只有330元，有时还不能按时发。

工作环境艰苦，他的心又被在四川老家的妻子牵着。他分来不久，妻子来乡里住了一个月，实在生活不惯就走了。妻子走了，他更不安心，想跑，不干了。从县卫生局秘书岗位上调来的乡党委书记李建阳劝他："既然选择了，就不要走回头路。"这句话曾松林牢牢记住了。

1998年4月，他分到四村，与维吾尔族乡亲"三同"（同吃、同住、同劳动）。村民肉孜伊不拉是贫困户，属"三无家庭"（无钱、无粮、无牲口)。老两口已70多岁，女儿离婚后住在他家。快到古尔邦节了，曾松林到民政所帮他要了一袋面粉和40元钱，老人一家才过了年。后来，他就联系这家人为扶贫对象。帮他家种棉花，收小麦，还申请扶贫款帮他家买了三只羊。做了这些事后，村民都说这个干部为群众办实事，是个说得少做得多的人。

“三同”期间，他每天早早来到地头，看谁家劳力少就帮谁家干。中午，他啃自己带的干馕。让他欣慰的是，这时候有村民主动为他送茶水了。晚上，他住在会计艾皮孜乌斯满家。几个月时间，他与村里人相处得非常融洽。维语懂得更多了，他在工作上的一些想法能付诸实践了。曾松林说：“准确地说，我是一个住村干部。”村民说：“他是共产党派来的好干部。”

去年5月，曾松林把家属再次从四川接到乡里。这件事，不知怎么被四村的人知道了。那天，副村长艾皮孜卡德尔、肉孜阿不拉等一帮人提着大包小包的东西，去乡政府看曾松林一家。四村距离乡政府有100公里，又不通班车，他们只好打的。到了乡政府，再一路打听，好不容易找到曾松林的家。

曾松林和妻子都流泪了。他妻子说：“有这么好的维吾尔族乡亲，吃再大的苦，我也愿意在这里生活一辈子。”

曾松林对记者说：“我只有一门心思为维吾尔族群众办好事办实事，才能受到他们的欢迎，也才能完成党交给我的任务。”

在南疆四地州采访，当地的许多群众都表达了一个共同的愿望：我们这里太缺有知识、有能力的基层干部了，像军队这样的优秀退伍战士来得越多越好。

据了解，第10批400多名退伍留疆战士于3月上旬已进入乌鲁木齐、和田、喀什三所党校学习。8个月之后，他们将像前9批战友一样，到边疆去，到最艰苦的地方去，到少数民族群众中去，到西部大开发的最前沿去，在那里生根、开花、结果。

(2000年4月5日8版头条)

第八板块

突发事件报道

导读清单

冲向一线

洪灾、火灾、冰雪冷冻灾、地震、爆炸等，当灾情到了一定程度，新华社发通稿，人民军队、武警部队或者民兵预备役部队参与了救灾活动，这些情况下,《解放军报》如同听到了报道的指令，军报记者必须立即冲向一线，发回相关报道。

记者在一线，是突发事件报道的鲜明特征。

突发事件报道，首先考验媒体和记者编辑的快速反应能力。应急预案的启动，组织指挥的高效，编辑策划的高超，记者从一线发回稿件的高速，哪一个环节都很重要，但至关重要的是记者发自一线的报道。日常报道，可以靠打电话或改材料写报道，而突发事件需要记者到现场去抓新闻，没有点真功夫，是玩不转的。

记者在一线，独当一面，需要具备各种艰苦条件下的生存能力，解决复杂矛盾问题的协调能力，与部队、地方和编辑部的沟通能力，熟练驾驭各种新闻武器的采写能力，哪样都得有几招硬功，平时要修炼，临时抱佛脚来不及。

突发事件报道，最折腾记者，也最成就记者。1996年3月，南疆伽师县发生6.9级地震，我在现场采访4天，在军报发表了5篇稿件，其中现场见闻《救灾官兵全吃清真灶》《赞美你，人民子弟兵》属独家报道。时任记者部主任江永红评价：欧世金当记者后第一炮打响了！

有人说，记者是“好事者”，从记者职业角度讲，我喜欢这种说法。如果遇到重大突发事件，记者不能满怀激情冲到一线去，就像战士听到号角而无动于衷一样，是不可理喻和不可救药的。

好记者，时刻准备着冲向一线！

擒歹徒挺身而出　不图名悄然离去

新疆军区某部参谋程国见义勇为，甘当无名英雄，荣立三等功

本报乌鲁木齐12月10日电　欧世金、邱明全报道：70次特快列车爆炸事件发生后，北京的几名记者闻讯前往采访，却未能找到在事件中勇擒歹徒的那名解放军干部。这名“隐姓埋名”半年多的军人，近日终于在新疆军区某部被发现。他就是某部参谋程国。

4月2日16时，满载旅客的70次特快列车开到离兰州40公里处，13号车厢突然发生爆炸。歹徒手持匕首，见人就捅，连伤无辜。回家探亲坐在14号车厢的参谋程国，立即向歹徒扑去，将其拦腰抱住，经过一番搏斗，在其他旅客的帮助下，终于生擒了歹徒。

车到北京站后，有的新闻单位记者在出站口准备采访抓歹徒的旅客，程参谋却悄悄地消失在人群中。到11月底，一个当时与他同车的战士在部队认出了他。部队根据程国的事迹，给他记了三等功。

（1987年12月12日1版头条）

智擒歹徒不流血

专业军士王卫峰荣立一等功

本报乌鲁木齐5月20日电 康庚、记者欧世金报道：孤身抓获抢劫杀人犯、自己连皮都没碰破一点的乌鲁木齐总医院专业军士王卫峰今天荣立一等功。

王卫峰在对记者讲述去年12月29日智斗两名持刀歹徒的经过时，说了他当时的真实想法：如果一个人赤手空拳硬拼，肯定吃亏；如果叫人来帮忙，耽误了时间，可能会让坏人逃走。于是他灵机一动，停止了对歹徒的直接追赶，抄近道赶到大院唯一的出口，躲在墙角黑暗处。当跑在后面的一名歹徒靠近时，他出其不意猛扑上去，将歹徒摔倒在地。歹徒还没回过神来，已被夺下尖刀，只好乖乖束手就擒了。

被抓获者是震惊乌鲁木齐的“12·29”特大入室抢劫凶杀案主犯。这伙歹徒一连杀害无辜群众3人，抢劫现金及珠宝价值60多万元。新疆维吾尔自治区公安厅副厅长杨德禄说：“王卫峰为侦破此案起了决定性的作用。”

（1998年5月22日1版）

兰州军区乌鲁木齐总医院严肃查处一起推诿部队患者事件

给不讲医德者亮“红牌”

本报乌鲁木齐10月20日电 刘传好、记者欧世金报道：今天，兰州军区乌鲁木齐总医院党委作出决定，对该院有关科室无故将一名前来就诊的指导员推诿达2个多小时一事进行严肃处理，其中一名科主任被上报免职，一名医生受到行政警告处分。

9月22日晚9点左右，从外地来乌鲁木齐开会的新疆军区某部四连指导员黄立峰因发高烧前往兰州军区乌鲁木齐总医院急诊科就诊。值班医生对其进行血常规化验后，确诊为急性化脓性扁桃体炎，并将病人介绍到耳鼻喉科住院治疗。不料，耳鼻喉科把病人推到血液内分泌科。发高烧到39℃的黄指导员被当作皮球踢来踢去，直至折腾了2个多小时后，才被收住入院。

乌鲁木齐总医院院长李广君、政委李洪书得知此事后非常重视，认为这是一起对基层官兵患者不负责任的典型事件，必须严肃处理。医院党委在对此事进行严肃查处的同时，决定集中7天时间对全院人员进行以改善服务态度、提高服务质量为主要内容的专题教育，全院医务人员一致表示，一定要以此事为戒，把为兵服务真正落到实处。

并非小题大做

兰州军区乌鲁木齐总医院对无故推诿部队患者的责任者进行严肃处理，可谓得兵心之举。

发生此事，令人遗憾；如此处理，却令人叫好。医院领导这么做，是不是小题大做？不是。军队医院姓军，首先是为广大基层官兵服务的。无故推诿部队患者，恰恰说明当事者没有把基层官兵的病痛当回事，是一种严重的失职行为。退一步想，如果被处理的两位同志早知今日这个结果，想必当初一定不会那么做。为了让更多服务基层官兵的“窗口”不再发生此类遗憾，对有关失职者进行严肃处理，显然是十分必要的。企业家抓质量有一句名言：谁砸了产品的牌子，我就砸谁的饭碗。我们抓为兵服务的质量，不也应该有这种意识吗？

（1998年10月22日1版）

克拉玛依火灾中的军人们

■欧世金

浓烟裹着烈焰喷涌而出，馆内毒气弥漫，熏得人口、鼻、胸腔灼痛难忍，眼不能睁——

第一个冲进火海的是军人

惊叫声、哭喊声瞬间取代了欢歌笑语。12月8日18时20分左右，正在演出文艺节目的新疆克拉玛依市友谊馆大幕起火。旋即，馆内众多中小学生被烈火、浓烟围困。

军分区张参谋长闻讯后第一个冲了进去。上街购物、行至友谊馆大门前的某部战士杨晓明，看见浓烟从馆内冒出，也以军人特有的警觉冲进馆内，救出了16个孩子。

15分钟后，离友谊馆仅500米的克拉玛依军分区发现了火情，政委张志颜带领30多名官兵跑步赶到。“解放军来了！”混乱的人群迅速闪开一条通道。浓烟裹着热浪从唯一的出口处——南门涌出，战士们似触电一般被弹了回来，口、鼻、胸腔灼痛难忍，眼不能睁，气不能喘。参谋长张文玉抓下帽子捂住嘴，再次冲进门去，高喊：“不要惊慌，我们来救你们了！”此时，馆内浓烟、水雾弥漫，化学材料燃烧后的毒气熏人，吊灯、电线满地。楼顶、天棚成块脱落，随时有触电、毒死、砸死的危险。但官兵们没有丝毫犹豫，冲进去，抢出孩子，再冲进去……完全将个人生死置之度外。

与此同时，正开饭的驻克市预备役部队的官兵也扔下饭碗，火速赶到现场。准备第二天返营、正在克市援建电力工程的某师工兵营官兵，也都不约而同奔向出事地点。

据了解，参加抢救的部队官兵有克拉玛依军分区、人武部、预备役工兵团、某师工兵营，共200多人。

孩子们的父母、亲人，都在疯狂地往馆内挤，一时堵塞了军人的抢救通道。这样下去，必将造成更大的伤亡！危急时刻，一只胳臂夹一个孩子冲出火海的军分区政治部副主任王福录，沙哑着嗓子大喊："大家不要挤，我的女儿也在里面，拥挤要误大事……"慌忙的人群让开了道。

渐渐地，馆内烟雾越来越大，能见度低，大门已被大火封死。如此下去，不但无法救人，且易出现新的伤亡。张参谋长当机立断："撤出部队，重新组织。"他提出消防人员打头阵，压住火势，部队随后，冲到哪里，水就喷到哪里，依次推进。抢救有序了。

在军分区值班室值班的维吾尔族参谋阿力甫江，负责向上级和周围驻军部队通报情况。他的妻子跑来了，说嫂子和两个侄儿、侄女都在友谊馆里，要他快去寻找。阿力甫江焦急得大汗淋漓，但电话没离手，不断地向外传递着消息。妻子哭闹着推他、撞他，他只能摇着头说："我是军人，我不能离开我的岗位。"

为了救出更多的孩子，3名军官的子女永远留在了火海中

无情的大火，毁灭了许多家庭的欢颜，其中包括克拉玛依军分区3名军官的家，而这3名军官当时都在抢救的队伍里。那位以"我的女儿也在里面"警醒群众的王福录副主任，摸着孩子就往外抱，见到大人就往外背，唯独没有救出自己心爱的女儿王吉吉。

被大火烧烂了衣服、满脸烟尘的副团职参谋许根强，一连救出12个孩子。一位战士拉着他的胳臂说："许参谋，快找找你的女儿，不然就来不及了。"许参谋拉着这位战士一边往火海里冲，一边说："现在是啥时候，还分你的他的！"其实，他多么心痛爱女呀！女儿今年10岁，上三年级，当班长，吹拉弹唱样样行，年年被评为优秀生。头天晚上，女儿欢快地告诉他："爸，我明天要上台演出节目，你和妈肯定能在电视上看见我。"事后，许参谋在殡仪馆找到了女儿，女儿的胸前还挂着他送的生日礼物项链表。

正营职参谋龚本好的儿子龚明，从连云港转学到部队才4天，火灾那天是他第一天上学。龚参谋和妻子两地分居10多年，儿子一直由岳母抚养。为了支持丈夫戍边，他的妻子和儿子放弃舒适的生活环境来到部队。龚参谋心里过意不去，盘算着要好好爱妻子、爱儿子，可是直到他在大火中救出最后一个孩子，仍然没有见到自己的儿子。在殡仪馆里，龚参谋面对儿子的尸体失声痛哭。

医护人员鉴定，3名军人的子女都是轻度烧伤，属窒息而死。面对孩子们的遗体，泪流满面的军分区司令员刘光学轻轻地说："孩子们，不要怪你们的爸爸，他们为了救出更多的孩子而没有顾上你们。"

国务院赴克拉玛依救灾工作组的领导专程慰问了这3位干部，并称赞说："解放军在关键时刻表现出的自我牺牲精神，永远是全国人民学习的榜样。"

（1994年12月24日5版）

人民子弟兵昼夜兼程奔赴灾区

南疆驻军武警和民兵全力抗震救灾

本报乌鲁木齐3月21日电 记者欧世金报道：少数民族聚居的新疆阿图什东北地区发生6.9级强烈地震后，南疆军区部队全力投入抗震救灾，1100多名官兵兵分多路，昼夜兼程奔赴灾区，救灾工作已全面展开。

部队抗震救灾指挥部设在震中附近的伽师县卧里托合拉克乡。官兵们不顾长途跋涉的疲劳，迅速投入抗震救灾战斗。

南疆地区最大的西克尔水库告急，官兵们在闸口以南出现裂缝6.1公里地段一线摆开，由干部、党员组成的突击队，背沙运石，加固堤坝。

地震造成不少房屋倒塌，许多群众无家可归，救灾部队帮助灾民抢救物品，搭设简易帐篷。地震使46所学校停课，官兵与教职员工一道抢救教学设施，维修校舍，力争早日恢复教学。

驻军12医院医疗队在废墟上开设了3个医疗所，抢救危重伤员，并组成5个医疗组，分头巡诊，防止震后疾病流行。

据悉，灾情发生后，武警部队也派出500多名官兵及时赶到灾区。喀什军分区连夜组织36个民兵应争分队共4000多名各族民兵，全力抗震救灾。截至今天上午10时，抢险的民兵已救出伤员87人，搬运救灾物资40余吨，搭简易防震棚4300多间。伽师县人武部还组织了15个民兵治安小分队，维护治安秩序。

（1996年3月22日1版）

危难时刻见真情

——南疆地震灾区见闻

■陈炳利　本报记者　欧世金

3月22日，记者来到新疆地震灾区伽师县卧里托合拉克乡。

该乡是此次受灾最严重的地区，许多房屋倒塌。但记者沿途发现，灾民基本都住进了防震棚，能吃上热菜热饭。震塌的一所所学校旁，临时搭起的简易帐篷里已经传来琅琅读书声，乡政府附近的地摊上，小商小贩开始营业。

“不让一个灾民挨饿受冻。”这是救灾部队近2000名官兵的心愿。截至目前，官兵们不但救出了大批伤员，还救出牲畜3000多头，挖掘粮食250余吨，化肥水泥80余吨，为1000余户群众抢修了房屋，搭简易帐篷300多顶。

据悉，南疆军区官兵已向灾区捐款9万元，捐献衣物4200多件。另外，军区还紧急筹措5000公斤大米、50吨水泥、20顶帐篷支援灾区。武警救灾部队600名官兵在救灾现场捐款8200元，当即分送到重灾家庭。

七村村长肉孜·阿吉全家10口人，9人丧生，只有11岁的女儿阿依古丽幸存。排长康亚军带领30多名官兵赶到她家，给她送油送面，同乡亲们一道帮她安葬亲人，拆除危房。阿依古丽泣不成声地对记者说：“我的亲人遇难了，解放军叔叔就是我的亲人！”

断垣残壁上，到处张贴着用维汉两种文字写的标语：“亲人解放军和我们在一起！”“团结起来，重建家园。”一位叫比尔迪的维吾尔族老人，拉着记者的手说：“解放军来了，我们心里就踏实了！”

昨天上午，国务院慰问团一位负责人在看到军民携手救灾的情景时，感慨地说："危难时刻见真情，在地震灾区，部队的救援，比什么都重要。"

（本报喀什3月23日电）

（1996年3月23日1版）

救灾官兵全吃清真灶

——南疆地震灾区见闻

■陈炳利　本报记者　欧世金

今天中午，记者来到地震重灾区伽师县三乡三村6组，正巧碰到救灾部队某部四连开饭，官兵们热情邀请记者一同就餐，连长赵福亮指着香气弥漫的饭菜说："洋葱炒羊肉、素白菜、炖粉条，全是清真。"

记者不解地问，这是少数民族连队？答："不是。"四川籍炊事班长王永贵边往记者碗里夹菜边说："大多数灾民都是信仰伊斯兰教的维吾尔族群众，我们在这里生活特别谨慎小心，真正做到入乡随俗。"

王班长告诉记者，连队每天到400米外的涝坝打水3次，每次都是先到维吾尔族的"邻居"阿不都依沙家借水桶，用他家的水桶从涝坝里提水，再倒入我们的水桶。

放下饭碗，记者一口气跑了10多个连队，发现无论是与维吾尔族乡亲仅一墙之隔的连队，还是远离村民单独住在戈壁滩的连队，全部清一色吃的清真饭。

（本报喀什3月24日电）

（1996年3月24日1版）

南疆地震灾区36所学校统一命题作文——

赞美你，人民子弟兵

■本报记者　欧世金

3月24日，伽师县36所学校6000余名学生做了一道题目相同的作文:《赞美你，人民子弟兵》。

县维吾尔族教育局长乌甫尔·吾斯曼激动地向记者道出了初衷:“地震让我胆战心惊，担心孩子们吃苦呀！当我赶到灾区时，看到每所学校都有解放军、武警官兵救灾的身影，拆危房，平场地，修道路，一幕一幕，常常感动得我流泪。

学校复课后，我们要求学校用这一生动的教材教育学生，让他们更加热爱共产党，热爱人民子弟兵。”

一道作文题表达了师生们的共同心声。

在武警部队宿营地，记者拦住两名为官兵抬水的学生采访。他们是兄弟俩，大的叫米吉提，小的叫肉孜。他们说，家里塌了4间房，是武警叔叔给他家搭起了宽敞的防震棚。说着，哥俩拉着记者来到他俩所在的乡中学。

记者看到：教室和宿舍已全部裂缝倾斜，操场上，26顶绿色帐篷，搭成一个方阵。肉孜说，这些帐篷是解放军叔叔送来的，是武警叔叔连夜搭成的。谈起今天的作文，他俩都说:“不仅要写在纸上，还要记在心上。”

在种子村，三年级学生牙斯尔向记者讲了他今天写的作文中的一段内容:“那天地动山摇之后，一大群解放军叔叔来到我家，房屋塌了，连爸妈都不敢进，他们在墙上掏开一个洞，怕用铁锹挖坏粮食，就用手一点点掏，我看到有个叔叔的手流血了，还在一声不吭继续干……从那一刻起，我暗下决心：长大以后要当兵，为人民做好事，为国家做贡献。”

（本报喀什3月25日电）

（1996年3月25日1版）

南疆抗震救灾轶事

你们是从天上飞来的吗？

■欧世金　张　林　王　锋

3月19日晚上，新疆阿图什地区伽师县卧里托合拉克乡一片静谧，偶尔传来一两声惊慌的狗吠，但并没有引起人们的注意。

101岁的维吾尔族老奶奶帕提汗招呼两个孙子睡下后，自己也在土炕的一角躺下了。突然，她感到房子在猛烈地颠簸，紧接着地层深处传来巨大而恐怖的隆隆声。黑暗中，只听到屋顶落地和土墙倒塌的声音，帕提汗惊呼两个孙子的名字，一家人跌跌撞撞地爬出几乎夷为平地的房子，在寒风中哆哆嗦嗦冻了一夜。

这是一次6.9级的地震。仅仅过了9个小时，天刚蒙蒙亮的那一刻，解放军和武警的身影便出现在震后的瓦砾之中。

南疆军区的两支突击队是在地震的当晚赶赴灾区的。

正在阿图什检查工作的武警新疆总队副参谋长李长勇，受命由工作组变为救灾前指，指挥600多名武警于20日下午抵达灾区。

南疆军区副司令员马殿魁少将组织1100名官兵和一支医疗队摩托化行军，星夜兼程数百公里，于21日凌晨4时抵达灾区。

冻饿交加已说不出一句话的帕提汗老奶奶看到一辆军车停在了前面，一帮穿军装的小伙子七手八脚搭起了帐篷，把她抬了进去。接着，战士们又从岌岌可危的断墙残壁间帮帕提汗挖出了粮食和食物，一一抬进帐篷……帕提汗解放前是巴依家的佣人，1944年阿图什发大水，家中7位亲人全被卷走，只剩下孤苦伶仃的她无人管无人问。今天冒险抢救自己的人从哪儿来？她问：“你们是从天上飞下来的吗？”满身土满脸汗的战士笑了：“老奶奶，我们是共产党专门派来救您的。”

帕提汗昏花的老眼里渐渐涌满了泪水，她竖起大拇指："北京，共产党，好哇!"

在一位名叫热依木的汉子家里，进藏先遣英雄连的官兵们被意外地拦住了。热依木说啥也不让部队帮他挖掘财物。直到翻译赶来才弄明白：这汉子受过某些别有用心者的挑拨，对解放军存有戒心，怕埋在土里的2000公斤杏脯挖出来后被军人占为己有。

担心是多余的。官兵们知道实情后，不由分说扔掉了铁锹，开始用手扒土。在热依木不理解的目光中，他们含着委屈，忍着呛人的尘烟和指甲缝往外渗血的痛楚，把杏脯一捧捧往外掏。有一些杏脯和泥土混在了一起，战士们便一颗颗地往外拣，又一颗不少地交给主人。

在吐尼沙大娘家，班长杨玉定和战士申亮正在搬东西，忽听房梁吱吱作响，杨玉定抱起两个孩子往外冲，申亮则猛地冲上去，用头和双手撑起房梁，让人们冲出去。"轰"地一声，房塌了，老人孩子安然无恙，申亮却被砸伤了。看到乡亲们没有吃的，战士们又把自己的午饭——两个干馕拿出来留给了吐尼沙和热依木。

当晚12点，雨雪交加，睡在地上的官兵们的被褥全湿了，冷得打颤，只好偎依在车厢里熬过漫漫长夜。热依木心里过意不去，硬要拉战士们到他的防震棚避寒。他拉扯了半天，也没有人过去。他终于明白了，这些兵是老百姓的亲人。他抖着双手说，饭嘛，你们吃清真，棚子嘛，你们不住，我的心里不好受！热依木竟陪着战士们在车厢里一直坐到天亮。

舍生忘死奋战6昼夜，近两千名解放军、武警官兵清理危房4500间，挖出粮食、化肥等物资500吨，搭防震棚2680个。但这对于毁了家园的维吾尔族群众是远远不够的。新疆军区的官兵在6天之内又为灾民捐款11万元，衣物1万余件。于是，就有了钱的故事。

3月26日上午，部队的车队即将撤离灾区时，一群维吾尔族少年围住了武警喀什支队的官兵，他们手里举着一元两元的钱钞，流着泪喊，"叔叔，收下、收下吧。"

原来，武警战士在救灾中借了乡中学食堂的一副水桶，临返营时，发现水桶不在了。时间紧迫，语言交流困难，战士们当场凑了40元钱交给了食堂的师傅。此事被早早等候在路旁准备为部队送行的学生们看见了，这群家产损失殆尽的少年感动了，他们使劲从衣兜里往外掏着，摸着，把仅有的钱全捧出来，要替部队赔偿。

支队政治处范主任耐心地解释："同学们，丢东西就要赔，这是解放军的纪律，不能违反呀。"

他的话被少年们的喊声、哭声淹没了："你们救了我们的命，丢个水桶算什么?""我们替你们赔!""恩人赔水桶，灾区人民不答应。"

为了不让这群真诚的孩子伤心，范主任灵机一动，答应收下。他颤抖着双手捧过学生们带着体温的钱，细细一数，共有53.5元。

范主任悄悄地找到校长库尔班·司马义，请他把钱还给学生。校长也生气了："主任你这是看不起我。水桶我来赔。"万般无奈的范主任只好说，水桶我们不赔了，这笔钱请你替我们买成奖品，奖给学习最好的学生。

钱塞进老校长手里，车队启程了。学生们有的抱在一起失声痛哭，有的追着军车跑出好远还在挥手……

（1996年4月19日5版）

震后伽师行

■李福林　本报记者　欧世金

2月3日，新疆伽师强烈地震已过去整整13天。记者来到震后灾区，深深感受到各族干部群众对子弟兵的热爱之情。

站在震后浮土上，82岁的吐拉克 · 托乎提老人回忆说，伽师方圆百余公里，近百年发生5级以上地震50多次，他父亲小时候遇到一次地震，南疆最大的西克尔水库决堤，许多人家破人亡，被迫远走他乡，乞讨度日。讲到今天的新景象，老人转忧为喜，他说，1985年以来，伽师周围发生6级以上地震4次，群众没有一户挨饿受冻。

18村3组克拉木汗的家庭情况进一步证实了他的话。克拉木汗的丈夫长期患病，在1月21日的地震中被砸断双腿，幸亏解放军及时送到县医院抢救。她站在被夷为平地的老屋前，身穿崭新的军用棉大衣，脚上穿的也是军用胶鞋。当记者来到她家宽敞的军绿色帐篷，克拉木汗指着铁炉、煤炭、大米、面粉说："这些都是解放军、武警官兵送来的。"

驱车重灾区数十公里，只见一片片废墟旁是一座座子弟兵搭起的防震棚；"感谢人民子弟兵"、"军民共建防震示范区"等红字标牌不时从眼前掠过；乡村土路上，拉运救灾物资的军车在穿行；村头、路口，一列列佩戴袖标的民兵小分队正在巡逻。

机器的轰鸣声吸引了记者，磨面师傅易权是18村唯一的汉族人，他告诉记者："房塌了，机器被压了，是解放军帮助我树立了信心。这几天，我给全村每户免费磨面50公斤。"问起他年货办得如何，他答道："子弟兵让我的机器尽快转了起来，就是最好的'年货'。"

在17村6组，伽师县武装部部长宋照斌询问灾民过春节、肉孜节有啥困难，一个叫肉斯尔 · 吾守的维吾尔族群众，一眼认出了这位天天奔波在灾区的上校军官，他转身跳进栅栏拉出一只大肥羊，举刀就要杀。宋部长赶紧阻拦，吾守急得眼泪汪汪……

（1997年2月11日1版）

士官柯宏孝抢救溺水者时摔断了一条腿，给自己的生活造成困难。他的行为受到社会各界的赞扬，但被救者却连一句感谢的话都没有——

好士官救人陷困境不言悔

■冯全保　本报记者　欧世金

至12月5日，柯宏孝救人已经整整5个月了。记者见到他时，他只能拄着双拐站起来。那条摔断的右腿悬在空中，还不能挨地。腿会不会残疾？刚为他作完检查的医生说，半年之后才能作出判断。

7月5日，在家休假的新疆军区某部修理所士官柯宏孝，与朋友一起去乌鲁木齐广汇游泳馆游泳。下午8点左右，柯宏孝突然看见泳池深水区内有一个人正在拼命挣扎，脑袋在水中时隐时现。他快速从跳台上跳下来，由于梯子太陡，瓷砖上又有水，他脚下一滑，重重地摔倒在池边。他忍着剧痛，跳入水中向溺水者游去。柯宏孝的腿已使不上劲了，他还是竭尽全力将溺水者托出水面，在游泳馆救生员的帮助下把落水者拉上岸。等溺水者吐出喝进肚子里的水，情绪渐渐稳定后，柯宏孝才发现自己的右腿肿得老高，已呈青紫色了。一阵阵钻心的疼痛，他紧紧咬着嘴唇坚持着，泪水无声地滴落下来。

此时，谁也没有注意到，被救者不见了。游泳馆一名救生员在淋浴间找到了被救者，大家才得知被救者是阿克苏兵团农一师高中二年级的一名学生，他和几个同学是利用假期到乌鲁木齐来游玩的。

很快，柯宏孝被送到医院。经诊断，他的右腿胫骨、腓骨骨折。医生为他紧急处理后，他坚持要回家，由下岗在家的妻子照料。

柯宏孝救人受伤后，他的邻居和战友们纷纷前来慰问，称赞他“用一条腿换一条人命”，是一位真正的英雄。遗憾的是，被救者及家人连一句感谢的话都没有。《新疆日报》、《新疆经济报》、《新疆法制报》等多家报纸电台为此鸣不平，有的进行连续报道，有的开辟专栏让读者讨论。时间一天天过去了，被救者还是没有露面。《新疆都市报》等报社记者想方设法打电话找到被救者，得到的回答是：那天我只是慌了，呛了几口水，想抓栏杆没抓住，也许再挣扎一会儿就上来了；再说他不救我，站在池边的几个同学也会救我。众多读者对被救者这种不讲起码情意的回答给予了批评。迫于舆论压力，被救者家里托人给柯宏孝送来1000元钱。柯宏孝说："我救人只是为了尽一个军人的义务，不是为了要钱，不是为了回报。"

现在，让柯宏孝最不安的，不是自己因救人摔断了腿，而是按服役条例规定，已到最高服役年限的他今年必须转业。虽然上级有关领导认为他是救人受的伤，同意他先养好伤再谈走的问题，但柯宏孝想在家还要躺半年，下一步找工作又有新的难度。尽管如此，柯宏孝仍然表示对救人的行为并不后悔。

（1999年12月19日7版头条）

柯宏孝笑了

■冯保全　本报记者　欧世金

柯宏孝救人陷困境却不言悔的事迹在《读者之友》专版见报（本报12月19日7版）后，引起了读者的普遍关注，纷纷来信来电希望进一步了解柯宏孝救人的有关情况。12月21日，柯宏孝看到报道并听到读者的反响后，连声道谢，脸上露出了欣喜的笑容。

其实，柯宏孝受伤后，尽管被救者不露面，不说谢，但更多的人在关心他，鼓励他，他始终被感动着、温暖着。乌鲁木齐各大媒体对他的英雄事迹进行了热情的夸赞，对被救者的不义给予了严厉的谴责。《新疆日报》的题目是《战士忍剧痛救落水学生》。《乌鲁木齐晚报》进行了连续报道，其中一篇题目是《被救者为何迟迟不露面》。在市民中颇受欢迎的《新疆都市报》也进行了多次报道，稿件有《救人者腿骨折，被救者悄然去》、《救人腿折引发社会关注》等。在事情发生后的头一两个月，新疆有10多家报纸、广播电台、电视台对柯宏孝的事迹进行了连续集中的报道。

媒体的报道在读者中引起较大反响。那些日子，给柯宏孝写信、打电话、打传呼留言的读者络绎不绝，几乎异口同声地称赞他："你是英雄。"

与柯宏孝素不相识的一位叫田明家的市民寄来一封热情洋溢长达4页的慰问信和80元钱。自治区商业厅的一位退休干部，打听到柯宏孝家的住址后，不顾年高路远，多次登门为他推拿按摩。天河星酒楼经理杨秀英从报道中得知柯宏孝的妻子已下岗，她表示愿意提供一份工作。市工交公司的一位职工，收集了有关柯宏孝的所有报道，还到事件发生现场作调查，他说要将这件事捅到中央电视台的《焦点访谈》去。还有的律师愿意为这件事帮柯宏孝打官司。一位叫左增杰的作家也在报纸上发表杂谈向柯宏孝表示敬意和理解。

部队的各级领导对柯宏孝更是关怀备至。新疆军区后勤部某分部政委赵武记得知情况后，当天就带着鲜花赶到柯宏孝家表示慰问，对他用生命和鲜血发扬我军优良传统的高尚行为给予肯定，同时安慰他安心养伤，不要有任何后顾之忧。柯宏孝所在的修理所领导经常给他家送去鸡、鱼、羊肉，让他补养身体。家中换煤气等生活困难全由官兵们包了。战友们还用轮椅将喜欢体育运动的柯宏孝推到篮球场，观看比赛。

目前，柯宏孝受伤的右小腿仍呈青紫色，肌肉有萎缩迹象，由一名老中医精心治疗，伤情正日趋好转。

在柯宏孝家采访的时候，他的5岁多的儿子一直在旁边玩耍。记者与他进行了以下一段对话。“小朋友，你爸爸的腿怎么啦?”“是救人摔断的。”“是谁告诉你的?”“幼儿园的老师。”“小朋友们对你说什么了?”“他们说你爸爸是英雄!”“你长大了最想干什么?”“像我爸爸一样当个大英雄!”

听到这里，柯宏孝流下了眼泪。他请记者转告所有关心他的人：“我救人腿折了是不幸的，但我又由此得到了莫大的幸福。还是那句话，我不后悔!”

（1999年12月26日7版）

这样的英雄我们要！

■冯全保　本报记者　欧世金

本报曾连续报道过的因抢救溺水学生摔断腿的新疆军区联勤某分部修理所军士长柯宏孝，3月21日被新疆维吾尔自治区建设厅破格录用，安置在所属标准图集站负责资料管理工作。柯宏孝原先存在的腿摔断了地方会不会接收的担心，现在变成了放心、开心。

去年7月，已被确定转业的柯宏孝在抢救溺水学生时摔断了腿。经过半年的休养，伤腿已基本痊愈，没有留下残疾。最近，他持介绍信到自治区安置办要求安置。自治区建设厅得知柯宏孝是救人英雄，对他十分热情，特派专人查阅、核实了本报等媒体有关柯宏孝的事迹报道。厅长张国文看了材料后动情地说："这样的英雄不要，我们要谁？"他指示立即将柯宏孝安置到条件较好的单位。

据了解，柯宏孝安置的单位地处乌鲁木齐人民广场，是该市最繁华地段。按规定，他应分到偏远的基层去。但地方有关单位认为，柯宏孝是英雄，理应得到关心和照顾。

得知柯宏孝的腿还不能剧烈活动，他所在单位的领导和同志们对他非常关心，不安排他干重活。同时，领导已让他打分房报告，近期就可分到住房。

（2000年4月5日7版）

济南军区万余官兵民兵奋战兰考东明黄河漫水滩区

帮助群众转移确保大堤安全

本报兰考10月14日电 记者欧世金、特约记者孟斌报道：在河南兰考、山东东明黄河漫水滩区，济南军区万余部队官兵和民兵连续奋战10多个昼夜，确保了黄河大堤安然无恙，帮助两万多名群众搬迁转移。

9月中旬，受黄河上中游降雨影响，黄河中下游出现较大强度的洪水。9月18日、20日、28日，黄河兰考段发生3次决口，生产堤被撕开长达500多米的口子，造成河南省兰考县、山东省东明县一些村庄被淹，10多万人被洪水围困。从9月21日开始，济南军区2000多名官兵奉命陆续开往灾区，执行抢险救灾任务。他们一部分镇守黄河大堤，加固堤坝，爆破切滩导流，一部分与开封军分区、菏泽军分区组织的广大民兵一道帮助群众搬迁转移。医护人员则穿梭于村庄和堤坝上临时搭建的帐篷之间，为受灾群众查体送药、防疫治病。

兰考县蔡集控导工程是控制黄河主河槽与滩区的重要工程，生产堤决口后河水直冲该工程。该工程堤坝一旦被冲垮，将会造成黄河主河槽改道，直接冲击滩区内密集的村庄。今天上午，记者在这里看到，某集团军600多名官兵正在风大浪高的坝前抛掷石料加固堤坝，某舟桥团官兵紧张地抢建临时码头、运送固坝物资，兰考县人武部300名民兵抓紧抢修一条运送固坝物资的临时道路。

据介绍，部队官兵已在大坝上战斗了10多天，但仍然士气高昂。目前，部队官兵和民兵继续一边帮助搬迁转移灾民，一边加紧做好封堵决口的物资、技术准备工作。

（2003年10月15日1版）

某舟桥团官兵在黄河漫滩地段转移群众封堵决口

救难排险打头阵

本报兰考10月18日电 记者欧世金、特约通讯员李启山报道：河南兰考、山东东明段黄河发生漫滩之后，数十万亩土地变成汪洋。在执行转移群众和封堵决口保障任务中，济南军区某舟桥团的600多名官兵，成为抗洪救灾的生力军。

10月16日上午11时，记者在兰考东坝头乘冲锋舟顺流而下。操作手、一级士官郭明科两眼布满血丝，嘴唇干裂。他天刚亮就驾舟渡人运物，几个小时一口水都没顾得上喝。我们向他道声辛苦，他却说："不算啥，我们团从团首长到士兵都这样。"

这个舟桥团是全军抗洪抢险专业应急部队之一，先后参加过'98长江抗洪、跨战区支援陕西安康抗洪，多次立功。这次黄河漫滩后，他们已连续奋战了12天。

冲锋舟在漩涡中打了几个转，好不容易才停泊在33号大坝边。记者看到，舟桥团一营官兵正在抢建临时码头。

卢教导员给记者讲了一件事。15日晚9点40分，兰考县谷营乡简村72岁的孟玉莲老人突患脑血栓，急需抢救治疗。官兵们放下刚刚端起的饭碗，分乘两艘冲锋舟向简村进发。因能见度低，水况复杂，再加上树枝、杂草和浅滩多，冲锋舟只能左躲右闪、忽快忽慢地行进。经过几十分钟的奋战，官兵终于将昏迷不醒的孟大娘送到医院，孟大娘经抢救脱险。

为尽快封堵决口，兰考黄河段沿岸数十公里一片繁忙。舟桥团官兵与兄弟部队携手并肩，有的构筑新码头，有的搬运石料，有的运送群众和生活用品。据团政委张新良介绍："到目前为止，全团共出动冲锋舟875艘（次），汽艇67艘（次），转移群众数千人，运送面粉、大米、食盐、煤等物资60多吨。”

（2003年10月19日1版）

为封堵黄河兰考段35号大坝决口创造重要条件某舟桥团在决口处成功架设浮桥

本报兰考10月20日电 记者欧世金、特约通讯员李启山报道：今天中午1时许，济南军区某舟桥团在黄河兰考段35号大坝决口处成功架设一座长达120余米的浮桥。担任现场指挥的某集团军副军长王太顺少将说：浮桥架设的成功，把蔡集控导工程这个“孤岛”与河岸连接起来，为输送物资和人员开辟了一条陆路通道，同时为在决口上作业搭建了一个良好平台。

决口处水情复杂，水速快，流量大，旋涡多，流向变化大，决口深，十来米长的钩篙捅不到底。特别是黄河“无根无底”，河底全是烂泥，舟桥无处下锚，架桥难度远远超过了我军舟桥架设规范要求和技术指标。

此次战斗是从早上7点开始打响的。3艘1000多匹马力的汽艇，“一拉二推”奋力将门桥推顶到决口处，并试图稳定在激流中。由于汽艇的上推力与洪水的下冲力发生碰撞，加上风大浪高，门桥突然沉入激流达50多厘米，随时可能将在后面推顶的汽艇掀翻。官兵们沉着勇敢，凭着在黄河上多年摔打出的经验和技术，数番搏斗，终于使最难架设的头两座门桥对接成功。接着官兵们一鼓作气，苦干6个小时，将一条宽8.5米、长120米、载重50吨的浮桥架设在决口上。

记者在浮桥上看到，虽然激流狂怒地拍打着桥板，但载重20吨的运输车从桥上稳稳驶过，地方群众以舟桥为依托正往激流中下桩。

为了确保一次架设成功，官兵们经过数日精心准备。他们走访当地群众，学习民间治水经验；请教治水专家，排解架桥疑难；昼夜观察水情、天候，多次修改架桥方案。为防万一，他们还在每个门桥上固定了

4个“逃生铁桩”，并挑选20名水性好的官兵组成了救援突击队，几位团领导自始至终在现场指挥。

（2003年10月21日5版）

2003 年 10 月 24 日

解放军报

(今日8版) ● 星期五 ● 癸未年九月廿九 ● 第 16723 号

● 国内统一刊号：CN81-0001 (J) ● 代号 1-26

● 网址 http://www.pladaily.com.cn ● 解放军报社出版

一切为了人民利益

——济南军区参加黄河抗洪抢险部队官兵践行“三个代表”纪事

●费士廷 孟斌 本报记者 欧世金

9月中旬以来，一场历史罕见的秋汛袭击黄河中下游地区。黄河兰考段生产堤多次决口，滚滚洪流直冲滩区，数十万亩土地一片汪洋，10多万群众被洪水围困……

当人民利益受到威胁的时候，济南军区5000多名将士全力以赴投入抗洪抢险，以实际行动践行“三个代表”重要思想，书写了黄河抗洪史上的新篇章。

(一)

汛情、灾情牵动着党中央、国务院、中央军委。胡锦涛总书记、温家宝总理分别作出重要批示。济南军区首长电令所属各部队要全力以赴，不惜一切代价，保护人民群众生命财产安全。

接到灾情通报后，某集团军领导带领机关先遣组，仅用1个小时就赶到了兰考灾区，现场察看灾情。10月4日晚10时，该集团军连夜召开党委常委会议。凌晨5时，第一梯队550名官兵在集团军首长带领下，到达兰考东坝头和35号大坝，迅速投入抢险救灾工作。10月11日下午4时50分，某旅接到抗洪命令后，立即成立指挥小组，边准备边动员，1小时后，官兵们冒着狂风暴雨连夜开进320多公里，于次日凌晨4时30分到达黄河东明段。刚刚从演习现场归来的某摩步旅1700名官兵征衣未脱，闻汛而动，直奔抗洪一线。某舟桥团20多名正在休假的官兵，立即停止休假赶回部队，有的官兵接到命令后直接赶到抢险救灾现场。

随着险情的发展，一支支部队火速出动。河南省军区、山东省军区民兵预备役部队紧急出征，两支医疗队开赴抗洪前线，民兵应急分队冲上大坝，进入滩区……数日内，济南军区共出动兵力5000余人，其中团以上干部近百人。

新式抗洪器材，新型运输车辆伴随保障、集约保障，各支抗洪部队齐心协力、全力以赴，他们心中只有一个目标：人民利益高于一切，把肆虐的洪魔牢牢踩在脚下。

(二)

洪水无情！人命关天！

奉命赶来的某舟桥团、东明县人武部的工兵渡河分队驾驶着一艘艘“生命之舟”冲向茫茫滩区。

10月9日晚20时50分，焦园乡井西村一名叫李淑苹的孕妇大出血，急需送医院抢救。刚刚驾舟归来的人武部军事科科长高建军二话没说，驾驶着冲锋舟就出发了。滩区水情复杂，水下障碍重重，水面漆黑一片，别说是夜晚，就是白天稍不留神也可能舟翻人亡。大家不禁为高建军捏了一把汗。但是两个小时后，高建军硬是把孕妇安全地送到黄河大堤上。

10月12日15时许，另一支舟桥部队的200多名官兵一到灾区，就驾着11艘冲锋舟到指定的搬迁村转移群众。他们连续奋战一天一夜，安全转移群众2000多人。

负责转移的群众一个不拉，负责防守的大堤万无一失！这是抗洪官兵立下的铮铮誓言，也是对党和人民的庄严承诺。

10月5日，汹涌的洪水将黄河兰考段十八号生产堤撕开一条500多米宽的口子，趁势直扑控导工程35号坝。如果此坝失守，下游滩区数万群众的生命和近千公里的黄河大堤将面临严重威胁。

某集团军360名将士临危受命，与洪魔展开殊死搏斗。狂风横扫，暴雨倾盆，巨浪一个连着一个。官兵们肩扛手抱，封堵洪水。渴了，喝一口矿泉水；饿了，啃一口凉馒头。他们有的腰闪了，脚扭了，手磨破了，但没有一个人停下来。八天八夜，35号坝安然无恙。

长缨在手敢缚蛟龙，沧海横流方显英雄本色。

为了抢时间完成18号生产堤的围堤任务，某摩步旅官兵日夜不停地进行突击作业，用汗水和忠诚筑起了一道坚不可摧的堤坝。

(下转第三版)

《解放军报》影印件

一切为了人民利益

——济南军区参加黄河抗洪抢险部队官兵践行“三个代表”纪事

■费士廷　孟　斌　本报记者　欧世金

9月中旬以来，一场历史罕见的秋汛袭击黄河中下游地区。黄河兰考段生产堤多次决口，滚滚洪流直冲滩区，数十万亩土地一片汪洋，10多万群众被洪水围困……

当人民利益受到威胁的时候，济南军区5000多名将士全力以赴投入抗洪抢险，以实际行动践行“三个代表”重要思想，书写了黄河抗洪史上的新篇章。

（一）

汛情、灾情牵动着党中央、国务院、中央军委。胡锦涛总书记、温家宝总理分别作出重要批示。济南军区首长电令所属各部队要全力以赴，不惜一切代价，保护人民群众生命财产安全。

接到灾情通报后，某集团军领导带领机关先遣组，仅用1个小时就赶到了兰考灾区，现场察看灾情。10月4日晚10时，该集团军连夜召开党委常委会议。凌晨5时，第一梯队550名官兵在集团军首长带领下，到达兰考东坝头和35号大坝，迅速投入抢险救灾工作。10月11日下午4时50分，某旅接到抗洪命令后，立即成立指挥小组，边准备边动员，1小时后，官兵们冒着狂风暴雨连夜开进320多公里，于次日凌晨4时30分到达黄河东明段。刚刚从演习现场归来的某摩步旅1700名官兵征衣未脱，闻汛而动，直奔抗洪一线。某舟桥团20多名正在休假的官兵，立即停止休假赶回部队，有的官兵接到命令后直接赶到抢险救灾现场。

随着险情的发展，一支支部队火速出动。河南省军区、山东省军区民兵预备役部队紧急出征，两支医疗队开赴抗洪前线，民兵应急分队冲上大坝，进入滩区……数日内，济南军区共出动兵力5000余人，其中团以上干部近百人。

新式抗洪器材、新型运输车辆伴随保障、集约保障，各支抗洪部队齐心协力、全力以赴，他们心中只有一个目标：人民利益高于一切，把肆虐的洪魔牢牢踩在脚下。

（二）

洪水无情！人命关天！

奉命赶来的某舟桥团、东明县人武部的工兵渡河分队驾驶着一艘艘“生命之舟”冲向茫茫滩区。

10月9日晚20时50分，焦园乡井西村一名叫李淑苹的孕妇大出血，急需送医院抢救。刚刚驾舟归来的人武部军事科科长高建军二话没说，驾驶着冲锋舟就出发了。滩区水情复杂，水下障碍重重，水面漆黑一片，别说是夜晚，就是白天稍不留神也可能舟翻人亡。大家不禁为高建军捏了一把汗。但是两个小时后，高建军硬是把孕妇安全地送到黄河大堤上。

10月12日15时许，另一支舟桥部队的200多名官兵一到灾区，就驾着11艘冲锋舟到指定的搬迁村转移群众。他们连续奋战一天一夜，安全转移群众2000多人。

负责转移的群众一个不落，负责防守的大堤万无一失！这是抗洪官兵立下的铮铮誓言，也是对党和人民的庄严承诺。

10月5日，汹涌的洪水将黄河兰考段十八号生产堤撕开一条500多米宽的口子，趁势直扑控导工程35号坝。如果此坝失守，下游滩区数万群众的生命和近千公里的黄河大堤将面临严重威胁。

某集团军360名将士临危受命，与洪魔展开殊死搏斗。狂风横扫，暴雨倾盆，巨浪一个连着一个。官兵们肩扛手抱，封堵洪水。渴了，喝一口矿泉水；饿了，啃一口凉馒头。他们有的腰闪了，脚扭了，手磨破了，但没有一个人停下来。八天八夜，35号坝安然无恙。

长缨在手敢缚蛟龙，沧海横流方显英雄本色。

为了抢时间完成18号生产堤的固堤任务，某摩步旅官兵日夜不停地进行突击作业，用汗水和忠诚筑起了一道坚不可摧的堤坝。

为了抢时间炸堤泄洪，菏泽军分区政委宋新立、东明县人武部部长宁友明带领20名民兵突击队员，不顾自身安危，连续奋战3天挖了1300多个1.5米深的坑，引爆炸药1000多公斤，确保了滩区内数万群众的生命安全。

（三）

一切为了人民利益，这是守堤官兵的共同心愿。10月13日晚，刚跳下冲锋舟、救生衣还未脱下的某舟桥团三营营长王中杰接到小女儿的电话："爸爸，你什么时候回来？我就要过生日了，你不是答应说给我买布娃娃吗？"王中杰心头一酸，哽咽着说不出话来。为了完成抗洪抢险任务，他已经多日没有回家了，他觉得欠妻子、女儿的实在太多。

某舟桥团江苏籍士官施金龙，爷爷刚刚去世，父母长年患病，年仅12岁的妹妹成了家里的唯一劳动力。当他拿着休假报告准备离队时，得知连队要去执行抗洪抢险任务，就毅然放弃休假，加入到抢险队伍中。

像王中杰、施金龙这样的官兵还有很多。他们有的家里困难很多，有的家就在灾区，但他们丝毫没有分心，全身心地投入抢险之中。某旅一连战士张文辉家住滩区，母亲换肾，房屋倒塌，他多想回去安慰一下亲人呀，但为了更多的人不受灾，一直坚守在岗位上。

在抗洪救灾中，许多团以上领导干部带头牺牲奉献。他们对重点的险工险段亲自勘察，亲自指导，既当指挥员，又当战斗员，哪里险情重，指挥所就设在哪里，哪里最危险就出现在哪里。某集团军5名常委始终奋战在抗洪一线，现场决策拍板，现场发现、解决问题。开封军分区司令员胡远地、菏泽军分区政委宋新立深入滩区村庄，协调部队和民兵预备役官兵做好迁移救助工作。某旅一批即将转业的干部，面对抗洪抢险任务，他们的口号是："走留听党的，抗洪看我的"，整天和战士一样扛沙袋、编铁笼，深入一家一户救助群众，以实际行动向党和人民交出了一份出色的答卷。

（2003年10月24日1版头条）

人民军队核心价值理念的集中展现

——军队参加汶川抗震救灾述评

■本报记者　欧世金

为什么一些踏入军营不久的新兵，刚经过短短的军营教育训练，在危难关头就像多年锻炼的老兵，英勇顽强，一往无前？

为什么一大批正在探亲休假的官兵、即将转业的干部、已经脱掉军装的转业退伍军人，像听到号令一样立即寻找部队，就地投入战斗？

当3岁儿童郎铮在担架上向抬着他的解放军叔叔敬礼时，当藏族小姑娘嘎里波绘制儿童画送给救灾官兵时，当北京师范大学大学生联名致信救灾部队希望得到一把浸染着战士鲜血的汶川土时，在这些动情的画面后面蕴含着什么？

生与死、血与火、苦与累……13万抗震救灾官兵交出了让党和人民满意的答卷。人民子弟兵用血肉之躯诠释了我军80年来一以贯之、代代相传的核心价值观的真谛。

从废墟中被救出来的群众，说出的话惊人地相似：我就相信解放军会来救我们的！这种信任来自哪里？来自人民军队80年不变的优良传统的传承。

四川省平武县泗耳乡茶坊村，是一个藏族村。这个村在地震中受到严重破坏，有10多名藏族同胞受伤，还有的家里断了粮。

奉命救援的济南军区某炮兵旅官兵，冒着余震和风雨，把物资背在身上，翻山越岭，经过近24个小时的跋涉，把物资送到藏胞手中。

与外界已经失去联系5天的藏族群众，看到好像从天而降的解放军，禁不住高呼："共产党万岁！解放军万岁！"

这样的口号声，我们并不陌生。32年前，在唐山大地震中，我们听到过；10年前，在’98特大洪灾面前，我们听到过；在年初那场雨雪冰冻灾害袭来时，我们听到过。其实，80年来，我军在迎击每一次灾难的斗争中，这种动人心魄的口号都不绝于耳。

人民群众对子弟兵的信任和厚爱，源于人民军队始终坚持继承和发扬听党指挥、服务人民、英勇善战的优良传统；源于人民军队一直坚持有效履行党赋予的使命，形成了强烈的使命意识，这就是党指向哪里，我军就打向哪里；源于我军长期重视思想政治建设，将政治理想和坚定信念作为广大青年入伍第一课，灌注每一个官兵；源自于人民军队在人民受难的紧要关头的一次次出色表现。

一位战士对记者说："关键时刻，我们知道该干什么！"难怪有人评价抗震救灾部队官兵：个个是雷锋、人人像英雄。

全军和武警部队坚持以人为本，把确保人民群众的生命安全放在首位。兵力大集结、生命大营救、抢通道路大决战、对被困群众实施大转移……灾区群众升起了生命的希望！从营救"72小时黄金时间"到2名绵竹矿工被困19天获救，一个个生命的奇迹在官兵们的努力下创造。

军事科学院研究员公方彬新近发表文章称：从抗震救灾看出了中国军人的核心价值观在闪亮展示。

不少官兵带着"遗言"出征，他们为了人民的利益不惜以命相搏。这种精神来自哪里？来自人民军队把牺牲作为一个集团的自觉行动。

兰州军区某部22岁的上等兵李愿是四川汶川映秀镇人，他的爷爷、奶奶在这次地震中不幸遇难。李愿强忍悲痛，随部队奔赴抗震救灾一线，在执行抢修道路、拆除危房、建设帐篷学校等任务中表现突出。在甘肃视察灾区工作的胡锦涛主席亲切接见了李愿。

像李愿这些年轻军人能经受住抗震救灾的考验，他们不是一时心血来潮，而是有坚定信念作支撑。近年来，各部队持续不断地学习党的创新理论，使官兵们对科学发展观的核心以人为本，理解尤其深刻。以人为本，归根结底是以人民群众的根本利益为本。

我军执行救灾任务的6位陆航团团长无一不是冲锋在最前面。他们在没有现成航线的高山深谷间，一次次地开辟惊险的生命航线。然而，他们这些"陆航尖兵"有的是留下"遗言"去出征的。

团长蔡有固把儿子当命根子，首次进入峡谷飞行登机时，他开玩笑似的对政治处主任说："老弟，我儿子就拜托你了。"

这就是我们的人民子弟兵！他们把牺牲作为一个集团的灵魂。人民军队不变的誓言是“一不怕苦、二不怕死”。

一直坚守在抗灾一线的几位政治干部告诉记者：80年来，我军始终高度重视树立军人核心价值观。特别是近年来的政治工作，突出了军队职能教育和战斗精神培育，打牢了官兵的军人核心价值观的思想基础。为了党和人民的利益，广大官兵任何时候都不惜以命相搏。

“不惜一切代价抢救生命！”这是各级指挥员口中频率最高的一句话；

“让我再救一个，我还能再去救一个！”这是武警绵竹市消防大队的新兵荆利杰跪求战友的一句话；

“我走得快一点，或许就能多救一个人。”这是中国工程院院士、解放军总医院骨科教授卢世璧提醒自己的一句话；

“我是军人，死也要死在战场上。”这是身患胃恶性淋巴瘤的空降兵某炮兵团一级士官钟旺的一句话；

……

我们为这样的共产党人而自豪！我们为这样的优秀军人而骄傲！

5月31日下午，成都军区抗震救灾部队一架米-171运输直升机失事。机组邱光华、李月、王怀远、陈林、张鹏5位同志遇难。

祖国和人民会永远记住他们的英名，人民子弟兵将踏着他们血染的足迹昂首前进、永不停步！

看，在唐家山堰塞湖泄洪区，人民群众在往外疏散的时候，人民子弟兵却在往里冲锋，他们要撤在老百姓的最后面；

看，在唐家山堰塞湖告急的紧要关头，直升机又起飞了，他们一个架次接着一个架次的起降，运送炸药、爆破分队和补给物资。

许多人在抗震救灾中产生了新的感悟：核心价值理念能转化为巨大的战斗力和凝聚力。越是在大灾大难面前、重大危急关头，越彰显出它的崇高。

5月19日，当时针指向14时28分，整个北京城似乎静止了一般。在天安门广场，3分钟的默哀过后，数万名自发赶来的群众依然不肯离去。他们共同高声呐喊：汶川加油！四川加油！中国加油！

那一刻，眼泪变成了坚强；那一刻，悲痛凝聚成了力量。

那一刻，我们懂得了如何面对灾难。我们在灾难中汲取信心、力量，我们在灾难中成长、崛起。

那一刻，使命、忠诚、纪律、牺牲……当我们再次品读这些字眼时，再次看到军人的核心价值取向，深切感受到人民军队的伟大和光荣。

那一刻，我军革命英雄主义的旗帜在灾区高高飘扬。战士们在废墟中的每一次挖掘，在山路上的每一次奔跑，在危险来临时的每一次坚守，都透着一种“不抛弃、不放弃”的必胜信念。“‘红一连’来了”、“‘杨根思连’来了”、“‘沙家浜连’来了”、“‘官兵团结模范连’来了”，一面面血染的旗帜，象征着胜利、象征着希望、象征着奉献。

那一刻，我们中间有许多人正在行动：数十万志愿者奔赴灾区，献出他们满腔的热情和挚爱；国内外社会各界捐赠款物总计达400多亿元；全军和武警部队党员交纳“特殊党费”9.64亿元。

多难兴邦。正在进行的伟大的抗震救灾斗争，使我们对核心价值理念有了高度的认同和深切的感悟：核心价值理念能转化为巨大的战斗力和凝聚力。越是在大灾大难面前、重大危急关头，越彰显出它的崇高。平时，我们把万众一心、众志成城、一方有难八方支援这些词句，会当成口号，轻描淡写地不往心里去。在利益诉求日趋多元的今天，人们愈加觉得它是如此重要，关乎国家、民族、军队的兴衰成败、生死存亡。

一个个英雄壮举，一个个动人故事，就是鲜活的核心价值理念的教材。

（2008年6月14日3版头条）

参加“西部99”军事演习

第九板块

散记式报道

导读清单

有闻必录

记者，将所见所闻如实记录下来的人也。

“读万卷书，行万里路，见万种人。”如此人生，岂不快哉！记者是能过上这种幸福人生的人之一。然而，光读书、行走、见各种人，不能转化为报端文字，那不能称为好记者。

有人将记者分为穷记者、富记者。此处说的穷，不是少钱缺物，而是说脑子里没新闻线索、题目、问题，富是说这个记者有写不完的新闻素材，甚至可以延续到工作生涯结束多年之后。

穷富的最大差异，在于记者勤与懒，或者说在于记者愿不愿动手动笔。谁记得多，谁就越富有，短期内可能看不出来，终有一天会见分晓。

2020年初夏，军报老社长孙晓青推出一部纪实文学作品《高原长歌》。这部书稿长达30多万字，是他根据十六七年前的采访手稿整理撰写的。试想，如果没有当时详细记录，这本书无论如何也是创作不出来的。许多跟随孙社长采访过的军报记者都知道，孙社长有一个习惯，随时记录。当时还有一位年轻记者不理解，在背后议论：“连一个兵说什么，他都全记下来，有什么用？”现在，大家都明白了，真正的记者应该像孙社长那样养成随手记录的习惯。

1.按新闻五要素原则，记下时间、地点、人物（包括姓名、单位、职务、年龄、籍贯、学历、家庭情况、联系方式等）、事件、情景、细节等，特别是要记下印象深的场景和感受。

2.随时整理采访记录。这是哈里森·索尔兹伯里的采访方法。他在沿当年长征路采访时，虽然年事已高，但无论旅途多苦多累，有时甚至患了病，他都坚持当天的采访记录当天整理完才休息。

3.新闻写作所用材料常常是“冰山一角”，几百字一条新闻，有时手中拥有材料可能有几千字、几万字，这是新闻规律制约的，但记者可以把那些“冰山”先收藏起来，说不定那天就起了化学反应，催生出意想不到的成果。

4.从狭义的散记式报道来说，范长江写的《中国的西北角》是典范之作。现在党报上这种文稿较少。即使有也从新闻报道类稿件变成了文学副刊类稿件。我在工作中的体会是，有些采访没有办法变成新闻，写成游记不失为一个变通法，总之是看见了经历了就要留下点文字，否则怎么叫记者呢？

真的，与过去不一样了

——一位国防大学学员入学两月后的体会

■欧世金

编者按　习主席3月23日在视察国防大学时强调："实现强军目标，建设世界一流军队，我军院校建设必须有一个大的加强。"

国防大学是我国最高军事学府，根植于红色井冈，传承着红大、抗大血脉，为党、国家、军队培养输送了大批优秀人才。好作风是战斗力。实现强军梦，风必清、气必正。国防大学不断加大从严治教、从严治学、从严治研、从严治考力度，严格对干部的教育管理监督，高标准抓好干部队伍建设。学员学习的过程就是思想提纯、灵魂回炉的过程。今天我们刊登该校指挥员班6队学员欧世金的这篇学习体会，既是一份生动的党员思想汇报，也是国防大学新校风新教风新学风的直观反映。

3月8日，我走进国防大学，上指挥员班（全称为第46期领导管理与指挥培训班）。两个多月时间里，多次遇到单位同事、部队战友和地方亲朋问我同一个问题：学习抓得紧不紧？管理严不严？喝不喝酒了……我总是急切地告诉他们：现在什么时候了？还敢喝酒？还敢拿禁令不当回事？听口气，感觉他们将信将疑，我赶紧又说："真的，真的，与过去真的不一样了！"

一开学，学校就保持高压态势，让学员感到"压力山大"。

3月11日，国防大学举行2016年春季开学典礼。校长张仕波作动员讲话。张校长传达军委首长的一段讲话，在学员中引起强烈反响：吃吃喝喝不是小节和一般的生活问题，而是政治纪律问题、听不听指挥的问题，如果明显违反规定，这个干部就不值得培养，应该被退学。

张校长在讲话中强调，全面落实从严治校规章制度，严格执行学员管理规定，严禁请吃吃请，严禁送礼收礼，严禁不假外出……要自觉当好普通学员、普通党员和普通一兵，任何人都不得搞特殊。

有人会说，前几年这类的话没少听过，这类的规定没少见过，管用吗？事实证明，真管用！因为，党的十八大特别是古田全军政工会召开以来，人民军队正风反腐、重整行装再出发！

“现在还张罗用公款、公车请吃吃请，就是刀口舔血，自毁前程。”联合指挥与参谋学院院长刘秦川语气严厉。他举例讲了去年几名学员违反规定受到处理的深刻教训，令人警醒。

学校在变，学员在变，许多情况与过去确实不一样，我和同学们有亲身感受。

学校召开开学典礼动员大会，全程不超过半小时，简朴高效。按常规，面对来自全军的数百名中高级干部学员，首长训话一两个小时并不为过。

教学安排特别精心。上大课、讨论交流、实践活动，形式多样。还有，周一晚上的选修课、周四晚上的“战争影视厅”以及周五学术报告和周六讲坛，学习内容多，知识含量大，教学转换节奏快。学员上完大课，还要赶紧读辅导教材，或到图书馆查阅资料。学校规定有10%的不及格率，这些学员不能取得毕业证，这让不少人着急！入学两个月来，基本上白天晚上都忙于读书学习，总觉得时间不够用。

教员教学特别用心。校领导、将军授课成常态。课堂上，专家教授们滔滔不绝，旁征博引，胸有全局，视野开阔，思想解放，导向鲜明。有时仅用一两个小时既要讲清一个领域的知识脉络、要点、概念，又要抓住学员们的兴趣点，难度极高。学员反映，国防大学不愧为铸将育人平台和国家重点智库，能在这里学习，十分有幸。

一些良好习惯在学员中形成：上课、集会不带水杯、不带手机；外出不打的、坐公交、坐地铁；讨论发言，大多脱稿讲，讲真话讲实话讲有用的话。

三号哨是学员出入国防大学教学区的主要岗哨，哨兵个个不讲情面，令学员望而生畏。我们班有一位同学，有次周末归队过三号哨时，离规定收假时间只差几分钟了，好险！他说，真着急呀，一路身上直冒汗。不是他胆小，而是开学以来，有的学员已栽在了三号哨：不仅要被登记通报，还要学员队领导写清理由、签名上报。事儿不大，人丢不起。

体能训练是学校的一道风景，但我更愿意将它理解成是一种精神和意志的修炼。除了每周两次集体出早操外，学员对体能训练抓得特别紧，一有时间就跑步、爬山。我的班长是位将军、武警某总队的司令员，50多岁了，几乎每天要跑一趟3公里。我们班有一位正师职学员，周末一口气跑了14公里。受同学们感染，我虽然多年没有跑过3公里，现在也练到合格标准了。

最难过的还是人情关。学员中有我认识多年的老战友，也有我采访过的部队领导，大家有缘相会在国防大学，非常难得。按常理，请他们吃顿饭喝杯酒，尽个地主之谊，不算过分。学校的规矩是高压线，咱不违反，个人掏钱请客总可以吧。没想到的是，我观察了一段时间，私人宴请也很少有人搞。我与同学们谈起这件事时，他们都说：其实大家的心情都一样，现在新风正气形成了，大家就自然理解了、习惯受用了，没有什么难为情的。听他们这样一说，我的心里一下也释然了。

最近，我一直在思考一个问题：为什么我们这些学员精神状态不错、好学习守规矩，除了大环境外，还有两点源于我们的内生动力，一是我们是好风气新体制的受益者，同时也想争做好风气新体制的贡献者；二是几百名高级干部在一起学习生活，组成了最大的“集体干部部”，每个人都在考察别人也在接受着别人的考察，谁还能掉以轻心？

变了，真的与过去不一样了！虽然路还长，但我们充满信心：海晏河清为时不远，改革强军可期必成。

（2016年5月10日4版头条）

沪杭九记

■欧世金

题记：身为学员本为记者。所谓记者，“历史现场的见证者”也。秉持唐代高僧玄奘的写作理念：“皆存实录，匪敢雕华”，特作此行九记。

时间：2016年11月17日至25日

地点：北京—上海—杭州

人员：由国防大学吴杰明副政委率领第46期领导管理与指挥培训班学员和教员近百人

内容：学习研究领导管理与创新实践

方法：理论学习、现地教学、行为训练

目的：拓展战略视野，提升思维层次，增强领导管理和创新能力

（17日一记）高铁·雾霾

从北京南站到上海虹桥站，全程1318公里。坐G13高铁，经停济南、南京两站，仅用了不足5个小时，时速约300公里。高铁是“中国速度”的标志，世界为之惊艳。据说，中国高铁的总里程已超过全世界其他国家高铁的总和。记得前几年访泰国时，刚下飞机，导游小姐说，机场有条高速路二三十公里修了十年时间才通车。今年暑假探亲，成都、重庆都有高铁直达我的家乡——地级市内江。

高铁飞快，心情愉悦；望窗外，雾霾沉沉，滋味就不同了。一位同学感叹：怎么把天气都搞成这个样子了！今天北京发布了雾霾黄色预警，中小学停课。出京往南行，河北地区似乎雾霾更重了，能见度更

低。到济南，天空逐渐亮了起来。至南京、上海，虽雾气飘飘、细雨蒙蒙，但气象预报空气质量良好。

入住中国浦东干部学院。此行的教学活动主要依托该学院。对他们的教学和服务，同学们反映良好。

（18日二记）上海大都市

对上海这个大城市，用什么词来概括，好像都不够劲儿，因为不论从政治、经济、文化、科技、军事哪个角度去解读，都有丰富的意蕴。

上午，简短的开班仪式后，上海市统计局局长周亚作报告，题为《上海改革发展的实践与思考》。他列举的一串串数字，给人留下一个个惊叹。

下午，参观上海中心。该中心高632米，号称中国第一高楼。站在119层552米高处，360度俯瞰上海风光，只见高楼林立、车水马龙，有眼花瞭乱之感。

小平同志曾说，上海人聪明，素质好。他老人家晚年连续7年在上海过春节，可见他对上海的偏爱。习近平总书记对上海寄予厚望：改革开放排头兵、创新发展先行者。

上海不仅是上海人的上海，它是中国人民共同的骄子，大家都宠他疼他。这个儿子也争气，样样拔尖，而且知恩图报，为国家做出过特殊贡献。

（19日三记）节能减排 · 危机管理

环境污染是世界性难题，也是我们高速发展之癌。

在火电行业，上海外高桥第三发电有限责任公司挺牛的：我们在节能减排方面的水平，是欧洲的明天，亚洲的后天。

到“外三”参观前，想象中的煤电厂，应该是震耳欲聋、乌烟瘴气的。没想到，高耸的烟囱不见烟，厂房一尘不染，车间不见工人，操控室像作战室，工人通过电子屏幕和电脑指挥生产作业。

由煤发电，存在“高污染”“高能耗”“高成本”之困。谁能相信，这个世界性难题已被“外三”攻克。领军人物是只有小学文化的公司原党委书记、董事长冯伟忠。他带领团队通过技术革新，获得22项世界第一，使煤电的排放标准优于天然气，达到“零排放”。美、德、日等国家的专家、记者纷纷前来参观、学习和访问。

下午，中国浦东干部学院赵杰、李敏两位女博士联手授课，题目是《危机管理情景模拟》。走进模拟实验室，看到墙上挂着习近平总书记参观实验室的照片。

课题设计新颖别致。先模拟某市突发公共安全事件，然后由学员分别扮演市长、受害方代表、媒体团成员，并根据不同角色提出行动方案，最后再由学员进行互相点评。

学员对这种教学方式很感兴趣，进入角色快，演得有板有眼，虽互为对手，多有交锋，但切磋琢磨，共同长进。这一课对提高领导干部临机处置公共安全事件能力，大有益处。

作为媒体人，我从中受到启发。比如，在报道公共安全事件时，要用事实说话，要保持客观公正，不偏袒任何一方，不武断妄评，不情绪失控，不激化矛盾。要有法律意识，要有建设意识，要有人文情怀，要防止正面宣传产生负面效应，等等。

（20日四记）江南造船·理论武装

江南造船厂，曾是中国人的集体记忆。我上中学时就将这个名字牢牢记住了，我猜测它会是一道高考题。

上午，我们来到位于长江出海口长兴岛上的江南造船有限责任公司。戴着安全帽的朱书记热情地当起了解说员。

工厂、船坞一片繁忙景象。由于保密原因，此地禁止拍照。

江南造船，诞生于1865年，以军工立厂，为国为生。厂门口矗立着八个红色大字：“悬规植矩，器惟求新”，颇耐人寻味。

江南造船，是曾国藩、李鸿章那一代先贤设计建造的，乃变革图强之创举。中国的第一支步枪、第一门钢炮、第一艘铁甲军舰、第一艘潜艇、第一艘护卫舰……无数个“第一”诞生在“江南人”手里。朱书记说：世界上任何类型的舰船，我们都能造。

有人说，这几年海军比较拉风，新军舰像“下饺子”一样入海。听了介绍，我们才知道，海军飞速发展，“江南人”功不可没，他们正在书写着“世界造船大国”的辉煌，誓言“把江南造船建设成为世界一流军工企业”。

下午，中国浦东干部学院原常务副院长奚洁人教授授课，题目是

《习近平总书记系列重要讲话的思想精髓与精神品格》。

奚教授是全国著名的理论家。他讲课思想性、理论性、导向性、逻辑性都很强。他从四个维度对主题进行了深入生动的阐释，一是坚定自信，信仰忠诚与理论自觉；二是担当勇毅，历史担当与改革胆略；三是务实亲民，实事求是与群众路线；四是开明睿智，眼界胸襟和思想方法。

（21日五记）大飞机·大学者

上午，参观中国商用飞机有限责任公司。

出发前，中国浦东干部学院李志强教授作辅导。他说，中国经济持续增长30多年并不容易，是前无古人的世界奇迹。当然，我们遇到的问题也很多。比如，房价飙升、地区差别、就业压力、通货膨胀、环境污染、城市拥堵等。

要解决中国发展中的问题，必须依靠科技创新。中国高铁、大飞机建设就是有力的行动。

参观中国商飞设计研发中心，登上C919样机，观看了习主席视察商飞的新闻专题片，记住了习主席的话："一定要把大飞机搞上去。"

中国商飞公司党委书记、董事长金壮龙作报告。他说，搞大飞机是我国改革开放的标志，也是建设创新型国家的标志。我国现有商用飞机2600多架，但没有一架是中国生产的。未来20年，我国需要商用飞机4000多架，大飞机商机无限。

下午，长江商业学院创办院长项兵讲课，主题是《世界大变革与中国复兴》，核心词是"从月球看地球"。

项教授是我国知名学者，讲课风格鲜明：手持话筒，在台上走来走去。他思维跳跃，视野开阔，互动性强。他的口头禅是："OK！""你懂！""你知道我的意思！"

项教授说，我们处在一个多种颠覆式变革汇聚的时代，需要我们的思维变革，学会多维度观察事物，要始终打开学习的"雷达"，具备全球视野，利用全球资源，把全世界看成是你的，用心修炼独步全球之功。

（22日六记）深水港·临港新区

上午，从浦东院驱车向东，上沪芦高速，跨东海大桥，登上洋山港观景台，俯视洋山港码头，似山一样的集装箱整齐列队，五颜六色，养眼又壮观。

已建设13年的洋山港，西北距上海市浦东新区芦潮港约32公里，南至宁波北仑港约90公里，向东距国际航线45海里，设计年吞吐能力1500万标准集装箱。

我们在蒙蒙细雨中，拿着手机不停地拍照，虽有寒意，但兴味很浓。

下午，参观上海临港开发区。该区建设管理委员会副主任吴晓华介绍情况。随后，看了两个工厂，给我们的感觉是，这个新城建设设计理念很先进，在国际上也得了奖，但实际发展中情况变数较大，他们正在调整之中。

（23日七记）南湖红船

8时，离开中国浦东干部学院。

往西南方向机动。途中参观了上海光源。

上海光源的建筑设计艺术感很强，仿鹦鹉螺外形，据说是世界同行业建筑的四大美女之一。

上海光源是个研究性机构，属国家重大科技工程，他们的目标是建设世界光学最先进科学研究中心。

室内有一标语颇显气魄：培育上海光源精神，建造世界一流装置。

下午，参观南湖，这是此行最具特色的项目之一。我是第3次到南湖，一次有一次的收获。

冒细雨，坐红船，看杨柳轻拂湖水，听教授细述历史，对先辈的缅怀崇敬之情油然而生。

嘉兴历史悠久，百姓富足，人杰地灵，随口说出几位都如雷贯耳：王国维、徐志摩、茅盾、蒋百里。

嘉兴市委副书记孙贤龙说，他们最自豪的还是：嘉兴，一为中国共产党的诞生地，二为世界互联网大会永久所在地。

住浙江宾馆。晚饭后，几位同学步行夜游西湖，虽夜暗路滑，但很兴奋，都说体验到了江南水乡之美妙不可言。

（24日八记）阿里巴巴·杭州

上午到阿里巴巴总部，看宣传片，听情况介绍，越了解实情越佩服马云。前不久，马云在国防大学作专题报道，我们听了无不赞叹。一位校领导当时点评说：马云是个奇才，阿里巴巴是个奇迹！阿里巴巴的总资产达5千亿美元。

下午，原杭州市委书记王国平作报告，题目是《以城市发展方式推动经济发展方式转变》。

杭州是中国的一个历史文化重镇和商贸中心，它的灵魂是西湖。“最忆是杭州”“一江春水穿城过”“浓妆淡抹总相宜”……历史上多少文人墨客拜倒在她的石榴裙下。

杭州正在建设“智慧城市”，这个定位富有时代感和文化感。因为智慧，才创造了千年不朽的杭州；因为智慧，也才诞生了像马云这样的风云人物。

夕阳西下时分，参观G20峰会会址。楼上楼下，匆匆转了一圈，感到真是“高富帅”啊！

（25日九记）不虚此行

坐G58次高铁，从杭州返回北京。

回想沪杭之行，感慨良多，用一个词来概括叫“大”。大厂、大船、大飞机、大城市、大人物、大学校。听到了“中国崛起”的惊涛骇浪，增强了实现“中国梦”的壮志雄心，不虚此行，相信会久久难忘！

（原载国防大学校园网）

与法国战争学院图书馆馆长合影

德法八评

■欧世金

2016年12月4日至11日，国防大学第46期指挥员班学员代表团共40人，在学校副政委吴杰明中将的率领下，赴德国、法国考察。期间，主要途经了慕尼黑、汉堡、柏林、巴黎4个城市，访问了德国联邦国防军指挥学院、德军直升机国际训练中心、德军作战指挥司令部、法国战争学院，游览了新天鹅城堡、柏林墙、凡尔赛宫、埃菲尔铁塔、凯旋门、卢浮宫、巴黎圣母院等著名景点，转乘了2次德军运输机。走马观花8日，特作八评。

1. 初见，却似曾相识

7个小时的时差，10个小时的航程，从北京到慕尼黑，虽远隔千山万水，但陌生感并没有想象那样强烈。几天的考察，住酒店，观市容，吃西餐，上高速……好像并没有太多的不适应。走到何处，都能听到中国话，看到故乡人。在柏林机场候机大厅，广播里用汉语反复提醒游客“防小偷”。出国前最担心喝不上开水，专门带去了烧水壶，结果没用上，酒店早有配备。欧标、德标电源插座倒是派上用场了。

为什么我们一行对异国他乡，并没有太多的惊诧？主要是地球变平了，祖国与世界的距离拉近了。经过30多年的紧追慢赶，我们有许多地方比德法建设的还好，比如首都机场，可以说是全方位比他们要高一个档次；比如说高速公路，他们明显落后了。另外，我们这一群人的思想观念特别是心理上自信了，心态平和了。过去我们对德法这些典型的老牌的资本主义发达国家，都是仰视，甚至不排除个别时候是“跪视”，现在我们会平视了，既看到别人的优长，也发现别人的不足；既不因别人的长处而自卑，也不因别人有缺陷而自得。

就说吃西餐吧，过去出国总担心不会用刀叉，失礼仪，丢了中国人的份儿。现在，想明白了，使刀叉用筷子，一是没有什么高低贵贱之分，各国习惯不同罢了；二是即便刀叉拿反了，又算失哪门子礼呢？这里是不是有个文化自信问题？

在德国，来回转了几个地方，碧蓝的天空下，大片的森林和草地，清清的流水，花园似的农村，引发不停地赞叹。但在法国，又经历了与北京一样的雾霾天。离开巴黎那天，楼群在雾霾中隐隐绰绰，还见到大烟囱冒着滚滚浓烟，不亲眼所见，很难相信这是在浪漫之都。在德国高速路上，也看到了堵车，排几公里长。

家家都有难念的经。看别人学别人，最终要过自己的日子，鞋合不合脚，只有自己知道，这一点什么时候都要清醒。

2. 老，不一定代表朽

德法之行，留下深刻印象的都是些老东西。

新天鹅城堡是德国的象征。白色城堡耸立在高山之上，山下有湖泊环绕。我们到的那天，一会儿云雾缭绕，一会儿霜花飘飘，一会儿又艳阳高照，城堡、山峦、湖泊景致随之不断变化，让人如入仙境。奇怪的是，这座已达150多岁的城堡，从开始到现在，一面遭到非议，又一面不停地建设。我们参观的时候，看到有的建筑搭上了脚手架。我想，大多数德国人肯定认为它有存在的价值。

德国联邦国防军指挥学院，创建于1801年，是世界上第一所培养参谋的学校，首任校长是普鲁士军事改革家沙恩霍斯特，学校培养了老毛奇、施利芬、古德里安等军事理论家和著名将帅。克劳塞维茨曾任校长12年，在此写出了军事理论巨著《战争论》。这样的老校，让人倍加尊敬。

巴黎荣军院，始建于1671年3月，直到1706年8月才正式完工。拿破仑的遗骸于1821年12月15日存放到这里。我们怀着崇敬之情参观了拿破仑的灵柩。江泽民、胡锦涛、习近平访问法国时，都在荣军院接受过欢迎，可见荣军院和拿破仑在法国人心目中的位置多么神圣。

法国战争学院，是路易十四王朝修建了凡尔赛宫后开始建的，戴高乐还是中校时，就在这里参加培训，拿破仑也曾在这里办公。主人骄傲地说："你们现在穿行在300多年的历史中。"学院有两个引以为自豪的景点：城堡和教堂。在城堡右侧一楼的几间屋里，四周壁柜里全是老旧藏书，有的书是500年前出版的。知道中国军人来，馆长出面接待，并拿出了馆藏珍品。其中有一份是18世纪传教士画的北京二环街景，一本是有7个弹孔的书。最让人惊叹的是一部兵书合集，其中有《孙子兵法》，还配有十八般兵器彩绘图，非常精致。

一路走一路看，老房子、老桥梁、老雕塑、老广场……主人想展示的是老东西，客人感兴趣的也是老物件。这给我们提出一个问题，中华民族五千年历史，要比老，我们最有资格，可能正因如此，我们常常忽视老，容易把新与老对立起来，似乎创新就要否定老，似乎老就是没用、老就是阻碍，其实，新都是从老中来，没有老哪来新？往大里说，抹黑祖宗、否定历史，无异于抽去一个民族的筋和魂，危害甚大。往小里讲，物品是越老越值钱，几千年前留下的任何东西，放到今天都成了无价之宝。

3. 多看才能眼界开

一行军师职干部，兴师动众、费心费力到外面去，为了什么？校领导在出国动员时说：德法之行，属学习实践活动、军事外交活动，不是一般的旅游观光。这话点到了要害！

表面上，我们能看到德法军人如何接待、如何开会、如何交流、如何介绍情况。往深里看，能看出他们比较务实高效。比如迎送就是站着握个手、说三五句客气话；照相没有座次之分，随便一站"咔嚓"完事；吃饭，没有七碟八盘。在法国军事学院午餐，宾主都是站着吃的。

他们也有很重视的地方。介绍情况就比较正式，介绍人选的比较权威，课件准备认真，都做了PPT，讲解有时不厌其烦。当然他们的介绍，有一说一，直奔主题，不讲虚话空话。

互动交流是考察的中心环节，双方都很重视。看得出来，我们同学在交流时，表现是良好的。首先是敢问，其次是大多能问到点子上，双方能产生共鸣。不过，也有个别时候不对路，有的同学用我们的问题和话语体系提问，而对方不知所云。比如“联合作战训练”“实战化”，对方半天也没弄清指的是什么。

德国联邦国防军指挥学院和法国战争学院的一些教学理念，给人留下深刻印象。比如，德指挥学院强调：教方法比教内容更重要。马丁·辛伯格上校解释说：知识淘汰很快，教得再多也跟不上，因此培养能力传授技巧更重要。他还多次提到我们国家的一句老话：活到老学到老。就是培养军官终身学习的意思。他还提到，希望学员突破常规，要创新。法国战争学院注重学员的个性化培训。他们根据每个学员的军种、职务、岗位、经历和未来的发展方向，采取不同的培训方式。这些经验都值得我们关注。

我们走出去，看到了人家在干什么和怎么干的，再通过鉴别比较，取长补短，扬长避短，这就是我们的收获。有的学员说：“我们看了，我们变得不一样了！”

4. 保密是军队的通则

在法国战争学院，一见面，他们就宣布，可以随便拍照录像。难道法军不讲保密，不是，因为我们所到之处，除了会议室和饭堂外，参观的地方都是对外开放的景点，没有必要保密，但我注意到，在一位上校介绍学校教学情况时，特别讲到，有关网络和核安全的教学内容，法国学员与其他国家学员有区别。这就关乎到保密问题。

而在德国，还没进他们的营门，武官就反复讲，进营区不能拍照录像，要求将手机等设备全放在车上。在温斯托尔夫军用机场，登上德军A-400M运输机前，他们还提出对我们的行李进行安检，后经交涉才放行。在一个会议室里，我看到电子屏上有一个Logo挺好看，就掏出手机拍了一张，屏幕上立即显示一个禁止拍照的图标。在直升机展示厅，听完介绍后，有学员凑近机舱想看看里面的设备，马上有德军上前示意不准靠近。有一名学员问：“这架直升机飞行的最大高度是多少？”介绍情况的中尉说：“不知道。”恰好，站在机头的另一位学员从标示牌上看到了具体数据，并随口说了出来。在场的两位德军相视一笑，看得出来，他们有点尴尬。有意思的是，我们一行在一名德军女兵的照相机里留下许多影像，但临走时，一张也没给我们。

其实，都是军人，懂得保密是常识，没有什么不好意思的。只是通过外军这扇窗，我们更加明白了常说的那个道理：先进要保密，落后也要保密。保密就是不让人家知道你的底细，底牌都被敌手知道了还能打胜仗？

5. 人文知识，我们知之甚少

卢浮宫的雕塑和油画；
凡尔赛宫的园林与建筑；
凯旋门的浮雕和不熄的火炬；
巴黎圣母院的宗教氛围；
协和广场的埃及尖顶方碑；
法国格言“自由、平等、博爱”；
玛利亚广场夜空萦绕的唱诗班歌声；
……

对这些，我们都懂了吗？扪心自问，我明白的很少。概括地说，这些都属于人文素养应知应会知识。在我们这一代人的教育中，这一课是缺位的，有些弥补也全靠自学。就说国防大学吧，精品课很多，但我没听说有人文艺术课。

缺人文知识，少人文精神，有多严重，不好下结论，但可以从一些故事中去理解。

多一些人文底蕴，我们就能更明白毛主席为啥下令不准动蒋介石的老宅和祖坟，就能懂得聂荣臻为啥在战火中救侵略者的小孩，就能体会到徐向前在中央政治局会上为啥不主张杀江青（《徐向前年谱》下卷第425页）。

我们既要学伟人们的政治气魄，也要学他们身上闪耀的人性光辉。

简单点说，缺人文素养，我们的心可能会变得冷漠，说话可能会很硬，做事可能会很绝，眼光可能会很浅，关键是自己对此还不以为然，觉得真理在手、牛气冲天。

一个时期以来，我们队伍里腐败分子成批量产，原因很复杂，其中我觉得与他们缺少文化包括人文常识有关。稍微想一想，那些钱，那些金银财宝，与生命、良知、友爱、荣誉等比起来，有多大意义？

6. 柏林墙是本大书

柏林墙，在我心中曾是一个精神之结。它建立的第3年，我出生；它倒塌的前5年，我入伍；东西德统一17年后，我们顺墙而过，站在“兄弟之吻”涂鸦画前照了相。旁边的易北河平平静静，我的内心却翻江倒海。

我想到了美苏两极世界的对抗与斗争，

想到了德国人民一分为二的苦难与眼泪，

想到了法西斯战争的疯狂与野蛮，

想到了和平年代的珍贵与美好，

当然，更不会忘记那个东方法西斯以及他们不散的阴魂。

柏林墙倒了，我们理当欢呼，但不能认为世界就此和平了，特别是像我们这样一个有着伟大梦想的国家，总有人看不惯的，总有人希望我们永远是“睡狮”的。作为军人，我们在乱云飞渡中要有定见，只求像一颗子弹，为了国家和民族利益，随时能射向敌人的胸膛，除此别无它求。

7. 到了把事做精美的时候了

参观巴黎圣母院，只有半个小时时间，说实话，我并没看出多少名堂来，但被它的气势和精美深深震撼。高耸的立柱、广阔的空间、彩色的窗户、低矮的小凳，营造出肃穆庄严的宗教氛围。墙上，有一排数字，刻录着巴黎圣母院建设的历史，从12世纪到19世纪，长达700多年时间。

何止是巴黎圣母院，我们走过的那些著名景点，哪一个不是经过长时间的精心打磨，才得以存世。既想粗制滥造，又想名留青史，那是痴人说梦。

在德法两国参观，我们最佩服的也是最没有争议的是，他们做什么都很精致。在“宝马世界”，我坐进展品车里体验一把，凡是触摸到的地方，说不出好在哪里，只觉得是那么让人舒服，人机融入度很高。

前些年，为了生存，我们做事干活粗糙一些，可以理解；现在，我们日子好过了，有条件讲究了，该把事情做精做细了。不给后世留下点好东西，我们用什么来证明今天的盛世、崛起。但切记，不要太着急，不要太浮躁，不要东下一个蛋西下一个蛋，要学德法那些好做法，用几十年、几百年时间持续干一件事，留下百年、千年丰碑，那才是大中国的气象！

8. 靠制度去“官本位”

德法之行，见到的第一个外国军人是德军国防部的费舍尔中校，不要以为他是一位年轻人，他已是62岁的老人了，但在他身上没有丝毫老态、疲态，我们在德国几天的行程和活动，全是他和他的另一位同事操办的，这样大的一支队伍，从早到晚活动一个接一个，他精神焕发、协调有序、忙而不乱。

我在此不是想夸费舍尔，而是想说德军的军衔制度。费舍尔已退役，但他在接待我们时，是穿着军装的。由此可看出，在德国，当过兵的军人，军装是可以穿一辈子的，军衔是可以戴一辈子的。在德军直升机国际训练中心，担任讲解的虽是一位中尉，但他已服役18年。

军衔主导，而不是官位主导，这是个好制度，能解决我们“只盯着官位”带来的诸多问题，但愿这次改革能从制度上搬掉“官本位”这座大山。

总而言之，我们此次走出去，看看外面的世界，大有收获，很有必要。从同学们议论看，目前，军人能出去的人还太少，能看到、能看清外面世界的人还不多，呼吁有关方面能让更多的军人走出去，以便顺应强军兴军的大趋势。

（原载国防大学校园网）

东盟三国见闻

■记者　欧世金

金秋十月，我随中国新闻代表团访问了新加坡、老挝，并途经泰国。10天游3国，尽管走马观花，浮光掠影，却也思绪万千，浮想联翩。最难以释怀的是孙中山先生那句名言：世界潮流浩浩荡荡，顺者昌，逆者亡。

小国有大志

一直向南飞行6个多小时，抵达与北京空中距离相差6000多公里的岛国新加坡。高楼林立、车水马龙、五彩缤纷，不时看到汉字，经常听到汉语……刚到新加坡，我仿佛置身于上海的外滩、北京的长安街。在一闹市街区，猛然看到一块块醒目的广告牌，上面印有孙中山先生的雕塑头像，下面有一行汉字：孙中山纪念馆“晚晴园”10月9日开馆。同一天，辛亥革命100周年纪念大会在北京隆重召开。开馆第4天，我们走进这座当年孙中山先生从事革命活动的精致小楼，从一件件珍贵的文物中，看到了先生与南洋华侨的革命友情，被这位民族英雄为推翻那个腐朽帝国不辞劳苦远渡重洋奔走呼号而深深打动。中国与新加坡有着千丝万缕的联系。新加坡华人约占75%，与我们同根同祖。在我的情感里，他们像远方的亲戚，想起来就心生暖意。接待我们的新加坡华文控股集团的新闻同行们，都能说出自己的祖籍在中国的某地，好像个个都是中国通，交流起来没有隔膜。在新加坡最有影响的华文报社《联合早报》编辑部大厅里，墙上的两幅书法作品十分醒目。左面是王羲之的《兰亭序》，右面是毛主席的《沁园春·雪》。编辑的电脑旁边，随处可见用汉文书写制作的卡通画和励志格言。毕竟新加坡是不一样的。新加坡在1819年成为英国殖民地及贸易中转站，一直到1965年，才真正成为独立国家。此后，从一个农村和以制造业为基础的经济体系，发展成为知识型的第一世界经济体系，跻身世界上最适宜居住的城市之列。在新加坡逗留数日，主人安排我们从“海、陆、空”三个角度欣赏了新加坡的娇美时尚，让人流连忘返。这里有以传说命名的经典雕像、国家象征鱼尾狮，有在165米高空俯视全市的摩天观景轮，有散发着超人魅力的滨海湾金沙，也有保留着种族特色的牛车水，还有日治时期蒙难人士纪念碑……现代都市风华和传统历史风情有机结合，吸引着全世界游客的目光。每看一个景点，主人都问：怎么样？还可以吧？那神情分明在说：看看，我们做得多好！可以从诸多角度解读新加坡的成功。新加坡外交部兼社会发展、青年及体育部高级政务次长陈振泉在会见我们时的谈话，或许是一把重要钥匙。他说，我最近去了中国的呼和浩特市和意大利的罗马市。然后应邀给新加坡的一所中学作了一场辅导报告，题目叫《双城记》。“双城”是指呼和浩特和罗马。他特别提醒同学们：世界在飞速发展，我们是个小国，小国要有大志，要有忧患意识，否则就要落伍。作为政治家的陈次长，在谈话中不时赞扬中国：在那个想象中是骑马去上班、去读书的呼和浩特市，参与座谈的青年都能说一口标准的美式英语，都有出国留学的经历，他们的眼光都是盯着世界的。听到访问者中有来自上海的记者，他眼睛一亮，马上夸赞道：上海了不得！现在世界上最新的产品一上市，首先在上海、北京就能买到，然后才到新加坡。上海是一年一个样，三年大变样，我们新加坡要争取三年一个样，五至八年大变样，十年“换”一次新加坡。陈振泉温文尔雅、说话慢声细语，在我听来却如雷贯耳。一个连饮用水、粮食都要依赖别国进口的弹丸小国，在形势大好的时候，仍然保持清醒头脑，勇立时代潮头，不断创新发展，这样的胸襟令人敬佩！

家家都有难念的经

家家都有本难念的经，这是我参观泰国的感受。导游阿春，祖籍广东，没到过中国，能说一口流利的汉语。一上车，她就拿出一张泰国国王和王后合影的相片，向我们介绍有关皇室的情况。听得出，她对国王、王后充满敬意。她强调说：诗琳通公主乐善好施救济穷人，老百姓都喜爱她。从机场出来驶上一条高速路。据说修了十来年，不久前刚通车。下高速公路后，出现堵车。车上有人问，不遵守交通规则怎么处罚？阿春毫不犹豫地回答说："给交警塞钱就行。"一路上看到，不少商店和家门口，都摆着沙袋，一问才知道是用来防洪的。泰国今年持续降雨3个多月，此时洪水已包围了首都曼谷。报载，此次洪灾造成的影响预计大于去年的政治冲突。当我结束访问回到祖国写这篇杂记的时候，我想，阿春和给我们开车的那位戴着小白帽的矮个子司机家里是否平安？我还想，如果危难时刻缺少坚强有力的领导、缺少冲锋陷阵的军队，仅靠老百姓那几只沙袋，哪能挡得住洪峰巨浪？如果把泰国的版图比喻为一只大象的头颅，那么芭堤雅就处在它的咽喉。芭堤雅海滩蓝天碧海、沙白如银、风光旖旎、游人如织，被誉为"东方夏威夷"。祖国北方此时已是寒气袭人的深秋，但这里阳光灿烂，温暖宜人。红艺人表演是此地知名度极高的旅游项目。同行议论说：男不男、女不女，人不人、鬼不鬼，为什么还能成为吸引游客的招牌菜？这是一个不好回答的问题，人性的美与恶有时是难分难解、纠缠在一起的。泰国，有"佛教之国"之称。走到哪里都能看到金碧辉煌、尖角高耸的庙宇、佛塔。泰国人对宗教的虔诚，我们不敢妄加评论，但他们对老祖宗留下的东西心怀敬意、倍加珍惜，是值得我们学习的。参观大皇宫玉佛寺，游客都要脱鞋、脱帽，衣着干净合宜。我有意观察了一下，在寺院各个角落，没有看见丢弃物和举止不文明行为。

幸福指数哪里来

三国比较，新加坡最富，泰国次之，老挝还不算发达。奇怪的是，访问结束，我们不约而同得出一个结论：老挝的幸福指数比较高，如果过日子的话，首选老挝。老挝首都万象，我们没有看到一头象。万象市区的外观，还比不上我国中部地区的一个普通的县级市街头繁华。我从首都主要街道拐出去一二百米，就看到了木质棚户，从他们家中简陋的陈设可看出日子过得并不宽裕。当然，万象有金光灿灿的寺院，有保存完好的法国殖民时期的建筑，有满街跑的日本原装汽车。从万象到古都琅勃拉邦，300多公里路程，我们驱车走了整整一天。据说这条路在法国殖民时期就开通了，到现在也还只是条柏油路。虽然路途颠簸，但繁茂的森林覆盖着连绵的群山，空气清新，令人心旷神怡。途中两次进乡村路边小店小憩，他们的厕所引起了我的注意。厕所远离餐厅厨房，独立建成一排，一人一个隔挡，厕位都是蹲式的，旁边有一水池，清澈见底，池边放一水勺，用于舀水冲池、洗手，俭朴又干净，不见一片纸屑和污渍。从这个细节能不能得出个结论：文明不在贫富，幸福不在钱多。琅勃拉邦是省名，也是首府名，还是一尊佛名。湄公河、南康河像母亲一样怀抱着琅勃拉邦古镇，浑黄的河水映衬着满目青山更显苍翠。老王宫的光艳夺目、香通寺的精致华美、浦西山山顶佛塔的居高临下，都让人叹为观止。这里的氛围很像中国的古镇，像浙江的乌镇？还是云南的丽江？似乎都不像，总之有一种特别的味道。一家挨一家的商铺，多为欧式建筑，装饰得多姿多彩。大多数游客来自欧洲，他们在这里晒太阳、赏明月、听涛声、喝咖啡、聊大天，生活简单，悠闲自得。幸福指数其实在每个人的心里。琅勃拉邦省副省长赛沙盟·康塔维会见代表团时给每人送了一个纪念章，上面是普拉邦佛像。这尊佛面容慈祥，最特别之处是他双手掌心向外平举胸前。这个动作背后有一个生动的故事，说的是从前有两兄弟闹矛盾，想找普拉邦佛评个高低，当时佛就做了这个动作，兄弟俩明白了佛的训示，便和好如初了。佛的意思是：众生是平等的，不应当争来争去，何况你们是兄弟。听了这个故事，我似乎找到了琅勃拉邦人崇尚和平、内心安详的精神源头。中老两国山水相连、唇齿相依、世代友好。老挝机场扩建、国家电视台办公大楼，连首都万象市的标志性建筑凯旋门下面那个音乐喷泉，都是中国投资兴建的。此次访问，我们真切地感受到了两国人民兄弟般的情谊。老挝记协的康盟秘书长、妇女报社的辛他玛拉编辑、外交部翻译苏佳敏，给我们留下了非常美好的印象。道别时分，大家都依依不舍地用汉语说："我爱您!"访问归来，孙中山先生那句名言仍然萦绕心头，100多年前的巨人之声，穿越漫漫历史长空，今天听来还是那样振聋发聩、耐人寻味!

（《军事记者》2011年第12期）

第十板块

新闻理论文章

导读清单

善于总结

“吃一堑长一智”“打一仗进一步”，这些老话老理儿的背后，强调的是要学会反思总结，才能增长才干、提高能力。

记者忙于采访写稿、编辑忙于组稿编稿，难得有时间静下来对新闻实践进行思考总结，这是一个客观原因。但更多因素是缺乏对理论思维重要性的认识，采访写作搞响搞哑都跟着感觉走，迷迷糊糊埋头干，也许这样并不影响写出好新闻，但不善于用理论指导实践，至少说是有遗憾的。

马克思主义新闻观是党的新闻舆论工作的“定盘星”。撰写新闻理论文章理所当然要坚持马克思主义新闻观。

报人撰写新闻理论文章，优势较多，最大的优势是身处采编一线，掌握有丰富的新鲜的材料，写出来的东西也比较实用。

我当驻站记者期间，写了《论驻站记者》，对驻站记者的地位作用、素质要求等进行了思考，在军队新闻界算是较早研究这个题目；

我当责任编辑的时候，总结过《责任编辑编稿中应把的60个关》，时任王梦云社长批示要求：“印发全社人手一份”；

我当基层组长的时候，写过《论基层报道》，对基层报道的基本规律和报道方法做了经验总结；

采写重大典型后，一篇报道引起反响后，组织一次重大战役报道后，党提出新的新闻思想观点后……我都比较主动地作些理论思考，适时写出理论文章，做个不仅知道“怎样写”，而且知道“为什么这样写”的明白人。

我们常说，记者是思想者，除了报道中体现思想外，新闻理论文章难道不是思想的体现？

论驻站记者

■欧世金

驻站记者，也叫驻外记者，是指媒体常驻某地的新闻专业人员。

驻站记者有媒体“半壁江山”的美称！其能力素质与媒体的政治、业务、纪律、作风建设紧密相联！不可不察。

驻站记者具有“双重角色”。一方面，编制实力在报社（或电台、电视台等，下同），是名副其实的“本报记者”；另一方面，驻站记者长年驻外，许多工作的开展要依靠所驻单位，必须尊重各级党委对他们的工作的指导。因此，驻站记者在工作环境、采写方式、通联协调等方面，都有其特殊性。

驻站记者岗位是“磨刀石”。实践证明，一个记者驻站三四年，是“骡子”是“马”，便可初见分晓。驻站记者怎样才能成长、成才？怎样才能有发展后劲？值得我们作深入的思考。

驻站记者体制，在国内外媒体中已有长期的实践历史，但在理论上还没有人进行比较全面系统的总结。我借鉴许多前辈和同行的探索成果，结合军报的实际，就驻站记者所涉及的主要问题进行简要的梳理。

一、驻站记者的地位和作用

驻站记者几乎与媒体同时产生。世界上现存最早的报纸是我国唐代的邸报，为邸报采写稿件的人叫“进奏官”，他们是当之无愧的最老的驻站记者。

古今中外，有影响的媒体大都有驻站记者。随着信息化的高速发展，媒体间的竞争越来越激烈，作为采写新闻中坚力量的驻站记者，其地位越来越重要。

驻站记者的作用，主要有以下几个方面。

1.冲在新闻一线的突击队

新闻姓“新”，其第一要素是时间，这就决定了采写新闻的突击性。特别是突发事件发生后，驻站记者就要像打一场遭遇战，短兵相接，速战速决。他们会第一时间向报社报告新闻，立即赶往新闻一线；以最快速度将稿件发回编辑部；稿件基本上是成品。此时，驻站记者就是报社抢抓新闻的突击队员。

2.啃“硬骨头”的生力军

驻站记者，第一位的任务是向本报发回新闻，但完成一般性采写任务不算本事，更说不上过硬，他们应是报社啃“硬骨头”的生力军。

采写报社最急需的稿件。当贯彻党中央、中央军委发布最新指示精神的时候，当抗洪抢险、防治“非典”等突发事件发生之后，当军队有重大行动、重要举措的时候，当部队发生牵动全局的新闻的时候，报社会急需新闻稿件。此时，驻站记者像等待战令的士兵，能随时发起冲锋，并表现出很强的战斗力。

采写报社最重要的稿件。报社的重点报道策划、重大宣传战役、重要典型宣传，驻站记者应争取当先锋、打头阵、作主攻。

采写通讯员难写的稿件。驻站记者因身份特殊，相对超脱，一些通讯员不好写、不愿写或者写不好的稿件，比如反映问题的报道，只有驻站记者担纲比较合适。军报一位老记者说得好，“什么叫记者？记者就是写通讯员写不了的稿件！”

3.新闻改革的排头兵

报纸要满足读者的需求，必须不断地改革。改革，改什么？怎样改？比较现实的做法就是从一篇篇稿件改起。稿件的写作改革，不能不抓身处采写一线的驻站记者。驻站记者是新闻报道的最前沿“生产者”，不能没有他们的热情参与。

探索新情况新问题的报道。从一个侧面说，军队现代化的过程，就是不断研究新情况解决新问题的过程。驻站记者长年在部队摸爬滚打，对部队的新情况新问题理应最先感知，最有“发言权”。近年，军报组织驻站记者采写的士官队伍建设、兵兵关系等系列报道，都属此类。

探索难点焦点问题的报道。部队建设中有些问题，上下关注却又暂时拿不出成套的办法，急需媒体进行宣传引导。驻站记者靠深入的调查研究，总结部队实践中的有益尝试，大胆提出解决问题的思路。这样的报道往往一碰就响。

探索新的采写方式的报道。创新写作形式，是新闻业务建设的重要课题，也应是驻站记者的拿手好戏。

探索新的专版专栏的报道。报社新辟专版专栏，好像新媳妇见公婆，总想打扮漂亮些。那些有经验的编辑喜欢找“放心”的驻站记者提供稿件，为其增色。

探索获奖作品的报道。军报获得的中国新闻奖等全国性新闻奖项中，驻站记者占了相当份额。

4.报社的“驻外大使”

驻站记者除了发回新闻外，还承担着为报社提供各种信息，帮助报社办事，接待报社来人等任务，有人把驻站记者称为报社的驻外大使这并非夸大其词。另外，驻站记者还有协助报纸发行，检查报纸印刷质量，反馈读者意见等责任。

二、驻站记者的发展思路

驻站记者的采写活动，前提是跟着新闻事实跑，但这并不等于记者的发展是跟着感觉走，写什么、怎么写全是“自然”状态，而是要在完成报社赋予的采写任务的同时，有自己的发展方向，目标和途径。

我理解，驻站记者的发展思路，就是驻站记者对当一个什么样的记者，怎样才能当一个受到编辑、读者认可的名记者进行自我设计。提倡自我设计，不是急功近利地追求出人头地，而是为了更好、更快地成为读者满意党放心的优秀记者。定位是否科学合理，关键是驻站记者要知己知彼。

知己，就是要正确认识自己。从个人的经历、学历、专长、性格、兴趣、人际关系等诸多方面来审视自己，搞清楚自己的长处和短处、优势和劣势。

知彼，就是要认识周围的环境。既包括认识世界媒体发展走势、全国新闻界的发展状况和本报的新闻发展态势，也包括认识所驻地区的政治、经济、科技、文化方面的历史和现状，特别是要准确把握所驻单位工作的特点、亮点、弱点。还要对本站人员素质有清醒的认识。

驻站记者的发展思路多种多样，可以归纳出以下几种。

新闻型记者。这类记者有较强的新闻敏感性、信息灵、反应快，稿件数量多，一般以发动态新闻为主。这类记者，编辑部喜欢，部队也很欢迎，容易出现的弱点是稿件深度不够。

问题型记者。这类记者所写稿件具有较强的指导性。他对部队的实际工作较熟悉，对部队建设中的焦点、难点、热点问题有一定的思考和研究，所写稿件大都是深度报道，容易出现的弱点是稿件出手慢、数量少。

学者型记者。这类记者对部队建设的某一个人或几个方面的问题有较深研究，所写的报道能体现出“专家”水平，他们的作用一般记者不可替代，需要注意防止的问题是因“专”而不博。

苦干型记者。这类记者以“铁脚板”打天下，俗称“拼命三郎”，哪里艰苦、危险，就冲向哪里，他们写出的报道能令人对其敬业精神产生好感。他们要注意防止的问题，是稿件远离部队中心工作，弱化针对性和指导性。

特色型记者。这类记者注重对新闻形式的研究。他在新闻的体裁、结构、语言等方面有自己的表现风格，深受读者喜爱。他们写的不少稿件，读者不看名字就能觉出作者是谁。他们要防止出现的弱点，是过度重形式的“包装”而损伤稿件的思想和内容。

驻站记者要从实际出发，既可攻其一点，突破一角，也可多管齐下、全线出击；既可精练绝招，“一招鲜吃遍天”，也可十八般武艺样样精通。条条道路通罗马嘛！

三、驻站记者的素质要求

1.要有强烈的政治意识

军报首先是党报。驻站记者就是党报记者。党报记者，就要有强烈的政治意识。通俗地说，就是要时刻听党的话、跟党走，坚定不移地宣传党的声音，反映人民的意愿。要把讲政治作为第一把尺子，对采写的全部新闻进行全方位的检测。要一切着眼于团结稳定鼓劲，坚持正面宣传。要严格执行纪律，不打擦边球。有规定的照规定办，对拿不准的要及时请示报告。对突发事件不抢不拖，按上级的指示要求适时进行因势利导。对敏感问题要慎之又慎，特别是对涉及民族、宗教、外交、边防和军事斗争准备的报道要倍加小心，采写此类稿件要尊重、服从领导和专家的意见。涉密报道是条“高压线”，决不能有“丝毫”的犯规。

2.要有单打独斗的采写能力

驻站记者采写新闻大部分情况下靠单打独斗。这就需要驻站记者具有较强的新闻敏感性，能随时发现、捕捉新闻；要有较强的新闻判断力：报还是不报？在什么时间报？用什么方式报？报多大的规模？需要报社给予什么样的支持？他们要有快速的应变能力，即不能拖泥带水，要当机立断，雷厉风行；要有熟练的采写能力，采，能一把抓着活鱼；写，能倚马可待。

3.要有独当一面的协调能力

记者站一般三五人，但它像个“小社会”。从采写稿件、接待来客到车辆配备、司机选调，还有家属就业、住房分配、子女入学等，都需要记者具有较强的协调能力。驻站记者的经常性协调主要有：向记者部请示汇报，主要是接受工作任务和思想教育；与编辑部交流，主要是研究题目、讨论稿件，掌握报社对稿件的需求情况，同时，要与来所驻单位采访的本报编辑密切合作，学经验，长本事；与所驻单位宣传部门沟通，主要是了解他们要宣传的重要工作、重要活动、重要典型；与部队通讯员联系，主要是把握部队工作、思想动态，传递报社宣传信息，寻找新闻线索。还应与其他中央新闻单位记者站、所驻大单位报社及有关部门保持友好交往。总之，驻站记者不仅要当一个采写新闻的高手，还要做一个敢于与领导交往、善于与采访对象交流、乐于与周围群众交朋友的“社会活动家”。

4.要有各个方面的知识储备

胡乔木同志说，记者是人民所聘请的教师。试想，在知识爆炸的今天，要当个合格的“老师”，我们应该拥有多少知识！驻站记者迫切需要学习现代高科技知识，熟练驾驭计算机、数码相机等现代装备。

5.要有严于律己的职业道德

人，要讲人品；官，要论官德；记者，必须遵守职业道德。驻站记者，所处环境相对独立，工作生活相对自由，讲究职业道德更有现实意义。不写虚假新闻，不搞有偿新闻，不在通讯员稿件上挂名，这些都是驻站记者应遵守的职业道德底线。当前，对驻站记者的最大考验是各种诱惑。在“糖弹”面前，记者要多想党和人民的利益，多想党报的形象，多想新闻工作者应有的品格和操守，始终保持清醒头脑，不为所动。

6.要有健康的身体和心理

驻站记者，长年风里来雨里去，生活条件艰苦，工作任务繁重，心理压力大，没有强壮的身体，很难适应工作需要。驻站记者的心理健康很重要。比如，看到别人生活环境舒适，看到别人进步快，看到稿件没有被处理好，看到付出没有得到回报，有时还可能出差错受批评，被误会受委屈，在这些情况下，驻站记者的心理天平容易发生倾斜。解决这些问题，既要靠组织和领导的关心照顾，更要靠记者自我心理调节。要牢记穆青同志的一句话：记者成才的一个重要条件是“要经得起挫折”。

（《军事记者》2003年第11期）

为战士掘一口“井”

——兼答《战士视点》专栏稿件怎样写

■欧世金

请你站到亮处来

去年年底，我由记者换岗当了编辑，并接手《战士视点》。该专栏前任责任编辑何鸣鸿告诉我，这个专栏的宗旨是：替战士说话，为战士解忧，帮战士明理，让战士发言。我理解就是要为战士掘一口井。井中有清泉，泉透明、纯净、甘洌、滋润，具有“解渴”“养人”之功效。

这并不是夸大专栏的分量。《战士视点》专栏稿件，虽然新闻加“感言”仅有千把字，再配一幅插图和一幅栏头，在军报三版也只占巴掌大的地方，但它贵在每周一期，且连续发了3年，已形成了规模，产生了效益。《战士视点》的分量，在报社领导心目中也不轻。仅从专栏稿件的“把关”流程足见一斑：责任编辑、政工部两位副主任、政工部主任、副总编辑、总编辑和社长。为什么要这样重视它呢？就是想让它成为军报的一个品牌，成为一个名专栏。

正如政工部饶洪桥主任所说，专栏就像舞台上的追光灯，谁为它写稿谁就如同站在了亮处，很容易吸引人的眼光。来吧！请战士们拿起笔来写自己，请关心战士的人拿起笔来写他们。

态度决定一切

目前，给《战士视点》投稿的人不少，有的作者一发就是三五篇。如果等些日子不刊用，有的还会打电话来央求：给照顾用一篇吧。我对这种态度，总会毫不客气地回应："不可能！"尽管说过之后有些后悔自己的粗鲁，同时又安慰自己：得罪人事小，专栏稿件质量下降可担待不起！

态度决定一切。简单地说，给《战士视点》专栏写稿需要三种态度。一是对战士要怀有深厚的感情。也就是要真心实意地尊重他们、理解他们、关心他们、帮助他们。采写稿件的时候，要站在战士的角度说话，多写与战士切身利益有关的内容，多写战士的疾苦、困难、情感、意愿、呼声，多写战士高兴的、满意的、感兴趣的事。这里不欢迎以批评战士为主的稿件，不欢迎以贬低战士来表扬领导干部的稿件，不欢迎对战士虚情假意的稿件。二是要有深入扎实的作风。由于该专栏稿件强调"亲历"，不可能靠抄材料、泡会议写稿；由于该专栏稿件强调写班排战士，不可能有舒适安逸的采写条件；由于该专栏稿件署名不搞"瓜菜代"，不可能有当"二道贩子"的空子可钻；由于该专栏稿件新闻事实强调"个性"，不可能走"想点子、找例子"的捷径。三是要有正确的名利观。与"大块头"、头条稿比起来，《战士视点》专栏稿件的确显得"小"，但小有小的规矩，小有小的难度，小有小的境界。没有正确的名利观不会给《战士视点》写稿，也写不好。

仅供参考的方法

老实说！我编《战士视点》稿件也不自信，随时做好了领导让改稿、撤稿的准备。仅从社、部领导对大样稿件的"肯定"与"否定"中，我找到一些感觉，供大家参考。

导向性。视点稿件的导向必须正确，所报道的内容最好做到：领导关注、战士关心、实际工作中迫切需要解决。导向正确还体现在"为战士说话"，并不是孤立地、片面地，而是要把"为战士说话"与"为党说话"统一起来，架起一座沟通战士与干部、战士与机关、战士与战士的桥梁，起到相互交流、相互理解、相互信任、相互提高的作用。

针对性。《战士视点》专栏稿件则以针对性取胜。针对性就是"靶子"。写每一篇稿件的时候，都要问一问为什么要写，针对什么问题来写，是不是战士当前最关心的问题，写出来要达到什么宣传效果，战士能从中得到什么启发、什么帮助。总之，要力求有的放矢，言之有物。

故事性。故事，让人好读、好记、好理解，讲故事是新闻特性的要求，也符合战士的阅读口味。《战士视点》特别欢迎具有故事性的新闻。当然，视点稿件中的故事，不是简单地追求情节的完整和新奇，也不是就事论事、好人好事，而是要选择那些富于思想内涵、有矛盾冲突的新闻故事，要让人读完了故事，思想上受到启迪。故事还要有时代感，不能一讲爱兵就写“鸡蛋面条”，一说助民就写“捐款捐物”，要让读者感到，这些故事只有新生代战士身上才能发生，只有在全面建设小康社会的进程中才能发生，只有在新军事变革的大潮中才能发生，只有在落实《政工条例》《军队基层建设纲要》的过程中才能发生。

思辨性。思辨性既存在新闻事实中，又体现在“视点感言”内。新闻事实中的思辨是隐性的，感言内的思辨是显性的，或者是由新闻故事引申的。

通俗性。《战士视点》主要是办给战士们看的，让战士们看得懂是写作的第一要求。因此，文风要朴实，语言要通俗。要注意把握口气，不要卖弄，不要做作，不要生硬，不要武断，不要训人。要多一些真情，多一点实话，多一些谦虚，多一些商量，多一些启发。

（《军事记者》2004年第7期）

我的“解放军报大学”

■欧世金

“学好用好军报，当个将军没问题；会给军报投稿写稿，当个记者没问题。”这句话是我 1984 年秋当新兵时听一位干部说的。从听到这句话起,《解放军报》就成了我的梦想！ 20 多年过去了，我从一个边防战士成长为一名军报记者、编辑，毫不夸张地说，没有军报的养育就没有我今天的自信和强壮。因此，每当有人问我你是哪个大学毕业时，我总会自豪地说:“解放军报大学！ ”

“通讯员学”的核心：苦读苦学苦写

我首先读的是军报“通讯员学”。1984 年 10 月，我结束了打工生活，来到天山北麓的一座军营当兵。刚入伍，老兵就告诉我，考军校主要考理科知识。我一听就傻眼了：我就是因数理化太差导致高考落榜的，这不是要彻底断我上大学的路吗？正在苦闷之际，一天，我翻阅发到新兵班里的《解放军报》，上面刊登了一则《解放军报通讯》改为《新闻与成才》的广告。当时，我不知道“新闻”是什么东西，但“成才”二字却触动了我的心弦。星期天，我冒着风雪，步行 10 多公里到县城订了《新闻与成才》。从此，我天天盼着杂志来，杂志来了从头读到尾，读完之后就照着《解放军报》上的稿件依葫芦画瓢。稿件虽然如泥牛入海，但我以敢给军报写稿提高了“知名度”。后来，我当了营部文书、团政治处报道员、师宣传科报道员。在当了 6 年多战士之后，我作为曾在军报上过头版头条稿件的战士被破格提干。接着，我调到新疆军区政治部宣传处当新闻干事。1995 年秋，我终于迈进了军报大门，当上了军报驻新疆军区记者站记者。

总结当军报通讯员 11 年的最大心得就是 6 个字：苦学苦读苦写。上不了稿的时候，我用我老乡巴金的一句话来给自己打气：多读多写，总有一天会成功。上了一般稿的时候还想上质量高的稿。总之，不能满足，不能懈怠，要保持写每篇稿都是从“零”开始的精神状态。且不说业余时间全用在了读书、写稿上，有时连作梦梦见的都是军报，都是稿件。当通讯员很辛苦，很清苦，没有一股子傻劲、韧劲，很难坚持下去。当营部文书的时候，营部给养员在报账途中因车祸致残，营领导要我接他的“班”，我坚决不干，说：“我上学最怕数学，不会算账。”其实，我真实的想法是，管钱管物哪有写文章有意思？当团政治处报道员的时候，领导又要我学照相、录像，我也不干，我怕一心二用最终一事无成。在军区宣传处当新闻干事的时候，也有人想让我改行搞教育，还有人提议我去当首长秘书，我都没有改变搞报道的初衷。我相信一句话，人的一生能干好一件事就不错了。

我在师里当报道员的时候，师政委曾在会上说，部队新闻报道员要具备“三大能力”：一是协调能力，一篇稿件从写作到发表，报道人员要与方方面面的人打交道，哪一关过不了稿件都上不去；二是竞争能力，全军有成千上万的报道人员为军报写稿，部队工作又大同小异，有哪篇稿件不是用眼泪和汗水泡出来的？三是敏锐力，就像鹰抓兔子那样，眼睛睁得大大的，脑子高速运转，一旦发现“猎物”就迅速扑上去。这一席话，让我看到了自己的差距。为了弥补没有上过大学的缺陷，我一边狼吞虎咽地读书，一边接受函授教育，先后获得了 3 张毕业证书。这些文凭对我当好军报通讯员有不少帮助。

“记者学”的要义：阅历就是财富

我接着读的是军报“记者学”。读这门“学”先当了 4 年多“旁听生”。为什么叫“旁听生”？因为我虽然挂的是“本报记者”的牌子，但编制实际却不在“本报”，这不像大学里那些夹着书本来听课、听完课就走人的“旁听生”吗？ 为此，我并没觉得委屈，只把它当成一个想进军报大门的人应该接受的考验，倒是有人讥讽说：“记者不是记者，干事不是干事，图啥呢?”我图的就是《解放军报》这块金字招牌。这是我梦想开始的地方，这是我的精神家园。为了它，我付出多大代价都心甘情愿，无怨无悔。

当“旁听生”，心理压力大，危机感重，因为报社说得很清楚，这期间就是考查，合格了就下正式调入命令，不合格就自动“拜拜”。我只能“背水一战”，没有退路。“三伏”天，我到吐鲁番与某团四营官兵一起翻越地表气温达60多摄氏度的火焰山；“三九”天，我到有“冰窟”之称的可可托海边防连体验哨兵在零下44摄氏度的“生存状态”；我曾连续坐23个小时的夜班车冒着风雪赶到阿勒泰灾区；曾在“蚊虫王国”的北湾边防连界河上潜伏；曾在斯姆哈纳边防连送走我国“千年最后一缕夕阳”；曾在新兵连与新兵同睡大通铺25天；曾纵穿塔克拉玛干大沙漠；曾30多次到南北疆边防一线采访…… 1997年春节前几天，记者部让我赴南疆伽师地震灾区报道灾民过节的情况，并说写完报道后赶回家安心过节。我到南疆完成指定任务后，主动请求到全军海拔最高哨所神仙湾去过年。大年初一那天，军报一版发表了我在神仙湾用电话传回来的现场新闻。这次采访创造了新闻记者首次在神仙湾过年的历史，“我与军报”征文被载入《新中国传媒五十年》一书。

2000年底，报社决定让我到军报驻济南军区记者站当站长。之前，问我有啥想法，我几乎毫不犹豫地答应“服从”。我不是没想到在一个人生地不熟的地方开展工作的难度，不是没想到家属工作调动、孩子转学的麻烦，但我更记住了新疆军区宣传处一位老处长说过的一句话：“吃了喀喇昆仑山的苦，天下再没有吃不了的苦。”一位社领导鼓励我说：“曾登帕米尔，何俱泰山高。”我也在心里念叨：有军报这棵大树遮风挡雨，我怕什么！ 在济南站工作的3年时间里，经过我和几位记者的共同努力，记者站被报社评为先进记者站。2002年，我在军报刊登了10个头版头条，受到报社和军区方面的好评。

在祖国东西部两个战区当记者，我除了多见过一些人、多听过一些故事外，还多跑了一些地方。老子、孔子、孟子、庄子、墨子……大海、黄河、泰山、嵩山、太行山、大别山……甲骨文、龙门石窟、少林寺、太极拳……在鲁豫两省，我被源远流长的中原文明所陶醉。高原、边防、沙漠、草原、风雪、少数民族、伊斯兰文化……雄奇瑰丽的西域文明同样动人心魄。这种不同文化的感染，让我对人对事多了一些参照，多了一些视角，多了一些包容。每当有人讲当记者多苦多难时，我总不以为然：我把当记者的阅历当成最宝贵的财富。试想，没有经历过磨练，没有独特的阅历，人生的厚度从哪里来？ 稿件的底蕴从哪里来？

“编辑学”的精髓：编稿即写稿

2003 年 12 月，我调到编辑部，担任政工部基层组编辑。从此，我又开始读军报“编辑学”。刚开始，我想，当了 8 年多记者，写过重大典型、重要活动和突发事件等不同类型的报道，中国新闻奖也得过两次，编稿还不是小菜一碟？ 一次，部领导交给我一篇典型稿。我看是一位大军区级宣传处长写的，估计不会有什么大错，溜了两遍就送到了领导手里，谁知一会就被退了回来。他说：“本来我可以在电脑上帮你改了，退给你是让你长记性。”我一看稿件中错了 3 个字。这 3 个字在记者稿件里也许并无大碍，但对于责任编辑就属重大差错。从此，我开始从编辑学 ABC 学起，从领导对稿件的修改、批示中领悟编稿要领，从同事编的精品稿件中学“棋高一着”的方法，从新闻教材中学习编辑历史的经验教训，从部队的反映中修正自己的编稿思路。2004 年度，我编发稿件 640 多篇，其中一版头条 14 篇，三版头条 84 篇，社领导在大样上批“优”或“好”的稿件 60 多篇。

难转变的是心态。政工部一位部领导曾说，“编稿就是写稿”，“把编别人的稿当成自己写的稿一样对待”。刚开始，这些话我并没有听进去，认为编稿顶多就是纠错，哪有写稿那样复杂；自己的稿就是自己的娃一样，编别人的稿再下功夫读者也看不见，谁能那样无私？后来，我理解了领导的话。有的稿件的确很好，不需要怎么改动，但也有一些稿件完全要重写。比如，我主持的《战士视点》专栏中的稿件 90% 左右是战士来稿，这些稿件我基本是重写的。至于把编别人的稿件当成自己写的稿件来对待，我的思想是这样转变过来的：我当记者的时候，多少编辑为我的稿件浇灌了心血和智慧！ 我忘不了一位编辑把我写的长达几千字的反映新疆生产建设兵团屯垦戍边的稿件几乎重写后发在了一版头条，忘不了一位编辑亲自采写了联合战役演习的稿件不署自己的名要挂我的名，忘不了一位领导坚持让我参与调济南站后的第一个典型报道，忘不了一位编辑在废纸篓里救活了我的稿件而获得了一个专栏的报道年度特等奖，忘不了一位部领导听说我有一篇“生存稿”后表示立即上版全力支持，忘不了有的编辑发现我的稿件有一点点进步就给予大力宣扬和鼓励……想起这些，我编起稿来就有一股冲动：感恩。报社收稿中心的同志说，我所在的基层组是编辑部接收自发来稿最多的组之一，我听了深感责任重大，总怕误了好稿，伤了人心。手捧通讯员的来稿，我就想到了自己当通讯员时的样子：心事重重、愁眉苦脸、面黄肌瘦。写稿的艰辛，寄出稿件后的期盼，来自领导的压力……想起这些，我有时真想替他们写稿。如果因我编发的一篇稿件调动了一个人的兴趣爱好，可能影响一个人的成长进步，甚至改变一个人的人生走向，这是多么有意义的事啊！在先进性教育活动中，我在讨论发言时提出，要讲“编辑良心”，总的意思是说要正确使用手中编辑稿件的“生杀大权”。我告诫自己：任何时候都不能忘了自己姓啥！

“人格学”的最高境界：会说会写更要会做

好人不一定是个好编辑，但好编辑一定是个好人。这属于我正在读的、也是要终身学习的军报“人格学”。这门学问最难读，书本上没有范例，生活中没有答案，全靠悟性。它体系庞大，内容丰富，主要课程包括理想、信念、责任、忠诚、正气、操守、诚信、真实、纯洁、情义、良心，等等。这些课程的“考试”大到立功受奖、晋职晋衔、职称评定，小到处理稿件时的一字一句和生活中的一怒一笑。

当然，军报“人格学”并非玄学，只要认真地从稿件中去判断，从“口碑”中去领悟，从“心碑”中去思索，定会时有所得。有一些原理是军报大多数人认可的，我觉得应当认同和遵循。如：“老实人不吃大亏”；“不要把别人当傻瓜看”；“好事不会都让一人得”；“谁也打不倒你，除了自己打倒自己”；“说一千道一万，最终要靠干活吃饭”；“不要写文章是精品，做人是次品”；“不在乎别人说什么，关键在于自己做什么”；“老天是公平的，人心是肉长的”；“得饶人处且饶人，该出手时就出手”。“人格学”的最高境界，不在于说得好、写得好，它贵在做得好，而且是一辈子做得好！军报有不少老前辈在这方面堪称典范，他们不仅是我的新闻导师，也是我的精神导师。我要像他们那样终身以学生的心态待人，以学生的姿态做事，把每一篇稿件编好，把每一件牵扯名利的事处理好，力争这门“人格学”的成绩不要太差了。

总之，军报这所大学校，传授我知识，磨炼我意志，陶冶我情操，因她我的眼神才有了光彩，因她我的腰杆才变得挺拔，因她我的脚步才走得坚实，因她我的生活才有意义。《解放军报》，我永远感激您！

（《军事记者》2005年第9期）

责任编辑编稿中应把的60个关

■ 欧世金

责任编辑有“把关人”的美称。那么，责任编辑在编辑稿件过程中应把哪些关？弄清这个问题，对于提高编辑的责任意识，更好地履行编辑职责，是大有益处的。在此，我根据《解放军报》的特点、要求和个人的实践体会，仅从编发稿件这个角度，归纳出责任编辑应把60 个关，意在抛砖引玉，供大家讨论、指正。

1.稿件中的观点是否符合马列主义、毛泽东思想、邓小平理论和“三个代表”重要思想，是否符合胡主席一系列重要指示精神，是否符合军委、总部有关精神。

2.报道在阐述重大问题和原则问题时，在立场、观点和方法上与党中央、中央军委是否保持高度一致。

3.报道在一些重大问题上的提法，与公开的、权威的报道口径是否一致。

4.报道是否有违反国家宪法、法律和法规方面的问题。

5.报道是否有泄露国家机密、危害国家安全方面的问题。

6.报道中是否有不符合我军条令条例和规章制度方面的问题。

7.报道是否涉及民族、宗教、边海防、外交等工作中的重大敏感问题。

8.报道是否涉及不宜公开的新时期军事战略方针的有关内容，军委、总部的重要会议、重大决策，军委、总部领导的内部讲话，军事法规及有关文件。

9.报道是否涉及部队的作战方案、编制、实力、部署及调动等。

10.报道是否涉及新的训法战法、战场建设、军事演习等不宜公开的军事斗争准备活动。

11.报道是否涉及新型武器研制生产和装备部队情况、军队体制编制调整、重要军事设施等不宜公开的内容。

12.报道是否涉及有损于部队形象的军民纠纷、军内事故和案件。

13.报道是否涉及宣扬伪科学和封建迷信以及色情、暴力、赌博等内容。

14.驻香港和驻澳门部队的报道是否按有关规定和审批权限报批。

15.报道是否有贬损少数民族祖先、文化、重要人物、风俗、习惯或其他伤害少数民族同胞感情的内容。

16.报道发布的时机与当时国际、国内、军内形势是否合拍。

17.报道是否涉及基层广大群众十分关心、又一时难以解决的重大敏感问题。

18.报道是否涉及中宣部、有关部门明确不准宣传或要慎重宣传的内容。

19.报道是否符合本报的特殊要求（如：不提“执政为兵”、“以兵为本”，一般不报道基层官兵捐款、献血和地方为部队捐款捐物）。

20.报道是否疏忽本报社领导以及部领导强调要注意防止和克服的问题。

21.报道的基调是否把握得当（如：喜庆与灾难）。

22.报道涉及军委、总部的重要工作，首长的重要活动以及重要的、特殊的典型人物、事件，审稿手续是否权威、完备。

23.报道部队抢险救灾是否新华社已发灾情通稿。

24.报道是否贬低他人的人格、名誉，是否侵犯他人的隐私。

25.报道中的五个W是否齐全，交代是否含混不清（如：一般情况下稿件中涉及的人员应写全名，不要用“小王”、“小李”替代）。

26.报道中的事理是否符合逻辑。

27.新闻语言是否符合现代汉语语法，标点符号是否规范。

28.新闻语言是否通俗易懂，报道中有没有生僻、生造、怪异的字、词、句。

29.报道内容是否真实；有没有无中生有、添油加醋、任意夸大、不合情理的地方。

30.报道有没有局部真实、全局片面的情况。

31.为新闻所配的言论在规格、基调上把握是否得当。

32.报道中的人名、地名、数字前后是否吻合。

33.报道中用语是否贴切。

34.新闻文体是否规范。

35.报道中日期是否核对（如：××年×月×日是星期天）。

36.报道的写作时间、地点与见报时间、地点是否张冠李戴。

37.报道中多余的字、词、句、段是否删除。

38.报道中专业术语是否让读者费解。

39.报道中人称是否混乱（如：我与我们、我与记者；他、她、它的使用）。

40.报道中的论断、评语、解释、驳斥、赞扬是否精当。

41.新闻标题是否准确、生动。

42.报道中的“新闻点”是否挑出来，有没有把“金子”混在“沙子”里的情况。

43.报道中时间、数字、人名、地名、引语、历史掌故是否准确。

44.报道是否有过满、过头的地方，有太片面、走极端的地方。

45.报道是否有不尽情理、不通人性、让人感到不可信、不可亲、不可学的地方。

46.报道涉及国家利益、军队重大问题的专家、学者访谈是否报批。

47.报道是否引用了互联网上不该引用的信息。

48.报道篇幅是否控制在规定字数之内（一般情况下，消息800字以内，通讯2000字以内）。

49.报道是否照顾到各大单位、军兵种以及各记者站的平衡。

50.报道对“大单位报道”是否遵守了有关规定。

51.报道对中高级干部的宣传是否符合有关审批要求。

52.批评报道是否掌握在可控制、能解决的范围内。

53.报道是否考虑了版面的要求。

54.报道是否保持了记者（通讯员）的风格。

55.消息、通讯、言论的编发比例是否适当。

56.报道作者署名是否遵守了照片不超过1人、消息不超过2人、通讯不超过3人的规定，如破格是否经社领导同意。

57.对记者（通讯员）稿件不与采用是否有合情合理的“说法”。

58. 对读者反馈的意见处理是否妥当。

59. 稿费的发放是否及时、足额、到位。

60. 编发稿件的程序是否正确；有没有越级或超越权限发稿的情况。

（《军事记者》2006年第2期）

述评报道的改进走向

■ 欧世金

社会转型，世事纷繁；网络时代，信息如潮；思想激荡，是非难辨……眼花缭乱的大千世界，赋予媒体重要的历史担当：给人一双“慧眼”，看清世间万象。在这种时代背景下，媒体如何运用述评报道提高舆论引导力，是一个值得研究的课题。

述评报道的势头强劲

只要稍加留意，人们就会发现：许多主流媒体的名牌专栏，多是经营述评的栏目。如《人民日报》的“任仲平”，中央电视台的《焦点访谈》,《中国青年报》的《冰点时评》，中央人民广播电台的《新闻纵横》。这些栏目的一个显著特点，就是抓住和依托有传播价值的新闻事实，用夹叙夹议的方式表达思想观点。由此不难看出，在当前的媒介环境下，述评报道备受媒体的关注，发展势头十分强劲。为什么主流媒体要下功夫发展述评报道呢？述评报道是主流媒体发出主流声音的重要手段。主流媒体担负着宣传党的方针政策、弘扬社会正气、表达社情民意、引导社会热点、疏导公众情绪、搞好舆论监督的重任。市场经济条件下人们的价值观日渐多元。社情舆情越错综复杂，越需要主流媒体引导受众辨是非、识善恶、知荣辱、明美丑，防止和克服出现只有新闻没有是非、只顾炒作没有责任的现象。在重大问题、敏感问题、热点问题上，主流媒体必须把好关、把好度，对新闻舆论有效引导。因此，述评报道成为主流媒体发出主流声音的重要手段。述评报道是传统媒体应对新兴媒体挑战的有力武器。以网络媒体为代表的新兴媒体，使传统媒体面临严峻挑战。面对新兴媒体信息快、信息量大、信息传播范围广等特点，传统媒体需要充分发挥发布信息的权威性和解读信息的深刻性优势 。述评报道就是完成这个任务的有力武器。有人说，网络时代，缺少的不是信息，而是真相和真理。从这个角度来说，述评报道的功能，就是加工、整合、选择信息，并揭示真相、传播真理。述评报道是尊重受众群体心理特点和接受习惯的良好形式。现代人视时间为金钱，把时间当生命，他们渴望在最短的时间内掌握更多的信息，理解信息背后的“为什么”、“怎么样”。述评报道发布信息并对信息进行深加工，为读者提供了事态的发展、工作的开展、运动的趋势、各方的关注、影响的程度、发展的方向等全方位、多角度、深层次服务，尊重了受众群体的心理特点和接受习惯，满足了现代人高层次的求知欲和新闻欲。一些新闻名家，之所以受到群众的喜爱，就是因为他们写出了不少述评佳作，并在此类报道中注重沟通民心、贴近民意、顺应民情、满足民众需求。

述评报道存在的问题

当前，主流媒体的述评报道整体质量较高，但也有一些稿件不尽如人意，改进和创新的空间比较大。不足之处，主要表现在以下方面。把述评等同于综述。有些媒体存在一种惯性思维，似乎一项工作、一次活动、一个事件结束，必须推出述评报道，否则，就觉得工作没有收尾，好像没完成任务似的。在这种思想指导下采写的述评报道，主要讲过程、做法、成绩，完全被“述”牵着鼻子走，把述评写成了综述。把述评等同于评论、理论文章。此类述评报道的毛病在于“重评轻述”，新闻事实太少，或者仅仅把事例当成一个由头，而没有体现述评报道的特性，即评论、理论与新闻事实是血肉相连的。思想观点是骨头，新闻事实是血肉。如果评论、理论味过重，那就是骨头太多，容易让人感到生硬，写起来费劲，读起来很累。把述评等同于材料。述评报道材料化，主要是综合材料过多、观点过多、概念过多、定性的叙述过多、面面俱到的东西过多、重复宣传的内容过多。文件指示等是机关文书，具有强制性，读者是被动接受；而述评报道是特殊的信息产品，需要关照读者的关注点和阅读兴趣。有的记者没有把角色搞清楚，写出的述评像作指示，“架子大”，口气硬，四平八稳，面面俱到，老生常谈。述评报道撰写中存在的这些问题，原因是多方面的，有重视程度不够的问题，有业务能力弱的问题，也有思想懒惰、腿脚不勤快的问题，还有后期编辑、制作不够精细的问题。但最根本的是采编人员轻调研重写作，轻内容重形式，轻实际重主观，轻基层重机关，花花点子、哗众取宠的多，不痛不痒、轻描淡写的多，被动应付、敷衍了事的多。中央电视台主持人敬一丹曾说：什么叫见多识广？什么叫孤陋寡闻？作为一名中国记者，没去过夏威夷，没去过拉斯维加斯，这算孤陋寡闻吗？不知道鲍鱼是什么滋味，不知道一只鲍鱼是600元钱，还是800元钱，这丢人吗？不丢人。但是，如果不知道那600元或800元对于一个贫病交加的家庭意味着什么，对于一个失学的孩子意味着什么，就丢人。由敬一丹的这段话联想到写述评报道，笔者理解，有的媒体从业者缺少群众感情，没有生活底蕴，视野不够开阔，是述评报道精品偏少的重要原因。

撰写述评报道应把握的几个问题

当前，从采写层面来说，提升述评报道的影响力，要从以下几个方面入手。述评报道要回答重大现实问题。主流媒体的核心竞争力，就是信息权威，导向正确。它的职责和任务，要求述评报道不能陷入小鼻子小眼睛、就事论事的误区，要放眼世界，立足时代，从全党、全国、全军的工作大局出发，围绕广大人民群众最迫切需要回答的问题，提供强有力的述评报道。通俗地说，重大现实问题，就是与5000年文明古国和平崛起有关的问题，与13亿人民幸福生活有关的问题，与7000多万共产党员永葆先进性有关的问题，与56个民族团结进步共同发展有关的问题，与200多万人民军队现代化建设有关的问题，与2600万贫困人口脱贫致富有关的问题，与30年改革开放继续深化有关的问题……总之，只有牢固树立政治意识、大局意识、责任意识、阵地意识，述评报道就能在回答重大现实问题中有所作为。

述评报道要说自己的话。述评报道，有述有评；述是基础，评是目的，成败的关键在评。评要合情、合理、合法，不能人云亦云，要有独到的、精辟的、深刻的、高人一筹的观察、分析和判断能力。说自己的话，就是要发出自己的声音，表明自己的思想和观点。除了要学会用事实说话、用典型说话、用数字说话之外，关键是要敢于说真话、说实话，说党和政府想说、人民群众想听的话，说符合社会主义核心价值理念的话。说自己的话，就不能坐在高楼酒店里拍脑袋、想点子，就不能靠听汇报、翻材料、看表演完成采访。说自己的话，就是要有真知灼见，不是从书本、文件中来，不是从网上剪贴而来，也不是关起门想出来的，它来自生活一线，来自新闻现场，来自人民群众之中。

述评报道要多一些平民视角 。贴近读者，是新闻写作的基本要求。述评报道的内容，不少是宣传党的方针、政策和重大活动的，容易说官话，行政色彩较浓，让读者觉得与自己无关。要变高端视角、行政视角为平民视角、生活视角，增加亲和力和感染力。有些人对强调报道的可读性存在误区，总在报道的“包装”上费心思，其实可读性，最核心的是让报道与读者的利益贴近。许多重要法规、重大活动、重要工作的述评报道，只要找准它与读者利益的关联点，也就有了可读性。述评报道要讲时效。时效不仅仅是快写快发，而主要是指报道的最佳时机和最佳效果。有些述评报道要抢先，赶在谣言、猜疑、误解之前；有些报道要与工作的进程、读者的关注点和敏感度相合拍，动手早了还可能误事，帮倒忙；有些报道需要冷一冷、压一压，在适当的时机推出，发挥其“后发优势”。

述评报道要彰显人的思想和情感。有些述评之所以让读者不感兴趣，主要是只见工作、成绩、过程、做法、事件，不见人的思想、情感、意愿、要求、呼声。述评报道坚持以人为本，就要以大多数人的所思、所想、所求为出发点。多数述评报道，应当融入人文关怀，写出人之常情、人心所向，让人觉得温暖，看到希望，向往美好，增强信心。

述评报道要改进文风。言之无文，行之不远。一般情况下，述评报道不能贪大求长，力求短小精悍，特别是不能随意搞长篇、系列，这是对网络时代读者的尊重，也是珍惜人力、财力、版面的需要。同时，述评要讲究文采，少一些机关腔、学生腔，不说空话、套话、大话，不把文学语言等同于新闻语言，尽力做到准确、通俗、简明、生动，言之有物、有的放矢。要多一些个性化的语言表达方式，鼓励记者写作风格“百花齐放”。

（《军事记者》2008年第10期）

论基层报道

■ 欧世金

来自基层的报道，产生了不少受到官兵好评的新闻作品。但也有一些军队媒体人，对基层报道的理性思考还不够深入。本文结合笔者的采编实践，对基层报道的定义、特征和目前存在的不足，以及基层报道的一般方法，进行梳理和总结，希望能对年轻记者和部队通讯员写好基层报道带来一些启发。

1.基层报道是军事新闻宣传中的一个亮点，军委总部高度关注，基层官兵高看一眼。当前，我军基层建设处在新的发展起点上，基层报道面临新的形势和任务，对基层报道的特点规律进行思考和归纳，有一定的现实意义。

2.胡锦涛同志在视察解放军报社时，曾深情地说："办好《解放军报》要坚持两条，一是紧跟党的路线方针政策和中央军委的决策指示，二是始终面向基层、面向广大官兵，并把这两方面结合好。"胡主席对军报提出的殷切期望，充分体现了马克思主义新闻观，深刻揭示了军报宣传的特点规律，为进一步搞好军报的创新发展指明了方向。

3.军报高度重视基层报道。社长王梦云、总编辑孙晓青提出，"要始终把基层报道在军报整个宣传中突出出来"。突出基层报道，是坚持党性原则的体现。党性原则是马克思主义新闻观的根本原则。坚持党性原则，就要求新闻工作者必须同人民群众保持最广泛最深刻的联系，从群众的实践中吸取智慧和力量。基层是部队战斗力的基础，军队的一切工作最终都要落实到基层。军报要真正成为广大官兵的良师益友，就要坚持面向基层，贴近官兵，尊重官兵的主体地位和创造精神，努力适应广大官兵全面发展的需求。事实证明，加强基层报道，就是贴近实际、贴近生活、贴近群众的集中体现，就是坚持对上负责与对下负责的统一、指导性与可读性的统一、体现军委总部的意图与反映广大官兵心声的统一。突出基层报道，是坚持以人为本的需要。坚持以人为本，是做好新闻宣传工作的根本要求。广大官兵的实践活动，是军事新闻报道的主体。多报道基层官兵的工作生活，多反映基层官兵的愿望要求，多宣传基层官兵中涌现的先进典型，是军报的职责和义务，也是增强新闻报道亲和力、吸引力、感染力的重要途径。突出基层报道，是培养名记者的捷径。基层是新闻的“富矿”，是新闻工作者成长成才的不竭源泉。军报在军内外新闻界的好名声，除了它在政治上特别过硬外，就是有一批知名度较高的名记者。他们的名气，恰恰是与一篇篇充满士兵汗味的基层报道联系在一起的。当前，许多媒体都在研究分众化问题，作为军队媒体来说，不论怎样“分”，基层官兵永远都是被宣传的“大头”和主体。如果在这一点上含糊，就从根本上动摇了军队媒体存在和发展的基础。因此，我们的记者要始终蹲在基层，“笔头”要多对准基层，版面要多留给基层。

4.什么是基层报道？ 基层报道就是有关部队基层建设方面的报道。从中央军委颁发的《军队基层建设纲要》看，基层报道就是有关各级领导机关按《纲要》实施指导、基层单位按《纲要》加强建设、广大官兵按《纲要》争先创优的报道，它包括以下主要内容：重大典型。如，单位典型有“硬骨头六连”、“炮兵十八团”、“红九连”等；个人典型近年如丁晓兵、向南林、西西玛等。重要工作。如，贯彻落实《军队基层建设纲要》、基层“四个基本”建设、基层小散远直单位建设、士官队伍建设、军人委员会工作、“指导员之家”建设、政工网建设、基层风气建设、基层“三大民主”建设、基层“双争”工作、训练中政治工作、经常性思想工作、新兵教育、老兵退伍、基层官兵学习成才等。重大活动（会议）。如，全军基层建设座谈会、全军英模代表大会、全军部队学习贯彻科学发展观活动等。重大问题。如，高校大学生入伍、大学生干部在基层成长、基层敏感问题如何处理、信息化条件下政治工作改革、军事斗争准备中政治工作准备、战斗精神培育等。从理论和实践两个方面，我们可以得出这样的结论：一般情况下，基层报道就是在旅团以下单位新近发生或发现的具有传播价值的事实的报道。

5.有的年轻记者和通讯员对基层报道存在认识误区，以为基层报道等于连队新闻，等于好人好事报道，等于小鼻子小眼睛的“低层次报道”。有的把基层报道与基层建设、基层工作混为一谈，还有的一说基层报道，就简单地理解为领导机关下工作组、为基层办好事。基层报道在写作方面的不足，一是“旧闻多”。这类新闻主题、内容、事例似曾相识，似乎只是更换了时间、作者和被报道单位而已。二是“材料化”。总的说，是作者不会消化、转化机关材料，不会用新闻的视角审视材料，不会用新闻的表现手法使用材料，不会用新闻语言改换机关语言。三是表面化。此类报道，没有针对性、思想性，说的是别人说过的事，讲的是大家都知道的理。有的提出了问题但是个老问题，没有新意；有的提出了新问题，但没写出新认识、新思路、新对策。四是“大而全”。这是许多基层报道的一个通病，口子太大，什么都想说又什么都说不清、说不透。五是不精细。写作比较随意，不讲究稿件的主题、角度、结构、起承转合、语言、篇幅等，想到哪写到哪。

6.一些基层报道质量不高，还有 3 条主要原因：一是报社新调入记者，有相当一部分不是新闻专业的毕业生，即便是新闻专业的学生，因缺少对部队基层情况的了解和体验，在短期内要写出较好的基层新闻有一定难度。加上培训体系不够健全，新记者采写基层报道大多是“跟着感觉走”、“摸着石头过河”。二是基层报道的作者，大部分是部队机关干部和营连官兵。他们有对实际情况比较了解、掌握信息比较快捷、政策把握比较准确等优势，但因受身份和所处环境的制约，写出的报道大多是领导视角、机关视角，宣传味儿太重，“表扬稿”居多。三是有的编辑把新闻与信息、新闻与政治、新闻与宣传混为一谈，不善于按照新闻传播规律办事，眼里只有“来头”、“关系”，结果使基层报道变了味、走了样。

7.基层报道的基本特征

具体。新闻是事实的报道。毛主席和邓小平同志都强调用事实说话。报道事实，就是新闻的几个“ W ”必须交待清楚。如果报道对基本事实交待不具体，读者对这条新闻的可信度就会大打折扣。基层报道要具体，是不要写得太大、太空、太全、太概念化。报道内容要具体，即有人有事，有时间有地点，有环境有背景，有起因、经过、结果；报道的主题思想、针对的问题、揭示的意义都应该是具体的。

管用。这是新闻指导性和服务性的体现。基层报道的内容主要属于政治工作范畴，涉及思想、理论、观念、精神方面的东西较多，搞不好就容易“虚”，虚了就容易让读者摸不着头脑。新闻要管用，就是要突出可操作性，让基层官兵学了就能用，用了就有效。

简单。简单的本质是精练。新闻，被喻为“快餐”，一般读者三五分钟就要翻一份报纸。基层官兵读报的时间不多，他们没有精力去读那些曲里拐弯、琢磨半天才明白的报道。

时尚。新鲜是新闻的别名，时尚的东西无疑是新鲜的。基层报道要满足青年官兵求新求奇的心理特点和阅读习惯，不妨多找点时尚元素。我们正处在大变革时代，军队正处于大发展时期，时尚的东西层出不穷，基层官兵往往是“春江水暖”的最先感知者。时尚思想、时尚观念、时尚做法、时尚语言等，只要是健康的，都应该尽快在基层报道中有所反映。当然，运用时尚元素要把握好度，要被主流价值观认同，并符合军队实际。

动情。有人说，新闻是感性的表达。基层报道，特别强调“情”字，情的背后是爱。基层官兵工作任务多、家庭负担重、心理压力大，基层报道要突出人文关怀，体现对基层官兵的真心诚意、深情厚爱。基层报道，需要一定的形式和技巧，但最重要的还是记者的心，这颗心要心甘情愿地为基层官兵燃烧。记者要站在基层官兵的角度说话，多讲述普通官兵的故事，多表现普通官兵的酸甜苦辣、喜怒哀乐。要把为基层官兵“代言”、为基层官兵立传，作为基层报道的一个重要着眼点。

8.基层报道的基本方法。从不同的角度和层面，可以总结出不同的基层报道经验方法。笔者概括了以下9种方法，挂一漏万，仅作提示。

一个故事。

新闻不仅仅是讲故事，但讲故事是写活新闻的一个好方法，能改变不少人喜欢用概念性语言的习惯，能做到以小见大，能生动活泼，基层官兵易于接受。一个故事一篇报道，是基层报道的常用方法。《硕士排长高云武主动申请当新兵班长》、《机关搬迁：没动基层一个兵》、《倡导领导干部以“网别”形式离任》等，报道中的故事，有头有尾，趣味盎然。故事讲完，要表达的思想自然流露出来，读起来亲切、轻松。

一个人物。

人物报道无疑应成为基层报道的重点。基层人物报道，除了要精心组织采写重大典型外，关键是需要报道一批又一批普通官兵。新兵、士官、班长、排长、连长、指导员、训练尖子、思想骨干、守纪标兵等，理当成为我们媒体宣传的主角。当然，即便是写普通官兵，也不是写他们的“全传”，而是在不长的篇幅里写出他们的“亮点”、“个性”。有篇稿件写的是一个支队政委爱兵的事迹，只写了一个典型细节：战士王强文化程度较低，说“一学习就头痛”，但在政委上教育课时却频频举手，可真叫他回答问题又一次都答不上来。政委私下与他交流，王强说就是自己好面子。政委与他悄悄约定：今后上教育课，懂的举左手，不懂的举右手。这篇题目为《举左手的秘密》稿件见报后，受到不少好评。

一项成就。

成就报道是基层报道中的“家常饭”，除了重大节庆搞战役性宣传外，几乎贯穿全年。成就报道也可以理解成“变化报道”。在纵向和横向的比较中，容易发现基层建设的诸多变化。这些“变化”在一定的时机如国庆、春节，或配合国内外形势，都能变成新闻。

一条经验。

紧跟中心工作是基层报道避免“小儿科”、“小技巧”、“小聪明”现象的有效办法。“中心工作”的含义，具有多重性，从长远建设来说，部队是以现代化建设为中心；从具体内容来说，部队是以教育训练为中心；从一个阶段来说，可能有时以抗震救灾为中心，有时以支援奥运会为中心；从基层业务建设来说，有时可能以抓好“四个基本”建设为中心，有时可能以抓好小散远直单位建设为中心。一篇好的经验报道，理当几个中心都贯穿其间、融为一体。2007 年 12 月 29 日，军报一版刊发了一篇 600 来字的消息，讲的是第二炮兵某旅年终总结“双争”评比的经验，题目是《比打赢能力 看奖牌质量 重群众口碑》，受到了总政领导的表扬，在当天的报纸上批示：“这篇‘小’稿子反映出‘大’主题，看后令人振奋。‘双争’评比，只要能把着眼点定位在战斗力的提升上，‘双争’工作就会有强大的生命力，就会充分调动广大官兵的积极性，就会推动基层建设又好又快发展。”从这个批示中，我们看到了一篇短稿反映了“双争”、“战斗力”、“调动官兵积极性”、“又好又快发展”等多个基层建设的“中心”。还有，如《“双帮”帮出了什么》、《像“许三多”那样“突击”》、《放弃“铁饭碗”勇气哪里来》等工作经验报道，都在版面头条位置突出发表，并被评为当日好新闻。

一个做法。

报道一个好的做法，让人看得见、摸得着、用得上，这就体现基层报道对读者的服务意识。宁夏军区机关干部在指导基层开展先进性教育中，深入连队蹲点帮带实现双向整改，消息《端端战士的饭碗 睡睡战士的床铺 闻闻战士的汗味》见报后，受到中央军委领导的表扬。还有《听排长讲故事》、《一个团长跟踪一个兵的一日生活》、《清理若干“领导小组”》、《层次领导代替“常委包营”》等报道，都是报道一个具体做法，形象生动、有滋有味、可亲可学，受到各方好评。

一个问题。

抓问题，是基层报道的一大特色。基层建设中的重点问题、热点问题、敏感问题、难点问题比较多。抓准一个上下关注的、实际又能够解决的具体问题，写出报道来，就可能一碰就响。如，《政工网触动了我们什么？》、《怎样防止工作空转》、《当了优秀士兵立功就该让吗？》、《破除“以会议落实会议”的不良习惯》等报道，就是分别针对基层建设中的一个突出问题，并围绕提出问题、分析问题、解决问题的思路或结构展开报道，主题鲜明，引人入胜，给人启发。

一个观点。

媒体不仅传播信息，还应传播思想。传播基层官兵新的思想、新的观点，引导基层官兵树立社会主义核心价值观和军人核心价值理念，是基层报道的一个新的着力点。有一篇通讯报道的是广空某高炮团政委程翔辉爱兵的事迹，题目叫《当官最怕亏待兵》，其观点新鲜，写法新颖，刊登后受到好评。

一种气象。

基层建设中的新气象，往往能产生好新闻。曾有一段时间，基层官兵对网络又恨又爱。爱，是因为它是学习生活的重要工具；恨，是怕产生泄密等问题。后来，全军政工网开通，使基层网络建设得到健康发展。济南军区某旅实现了从谈网色变到一“网”情深的转变，消息《网络成为新时期思想政治工作新的平台》，从采写到在一版头条见报，前后不到一个星期。细细一想，此稿主要是因为报道中展示的基层新气象具有吸引力。消息《一份 275 个字的文件吹来清风正气——辽宁省军区党委用 5 条规定严格规范迎来送往》，同样报道的是新气象，也让人耳目一新。另外，《战士请求四上查果拉，党委科学安排未放行》、《三分钟办妥请假手续》、《“士官之家”士官入住》、《“难题清单”替下水果香烟》等报道，也反映的都是基层新气象。

一次亲历。

基层报道，特别需要亲历式报道。只有“我在现场”，才能捞到“活鱼”，基层报道才能“冒热气”，版面才能抢眼。2006年《解放军报》年度好新闻作品中，亲历式报道占有相当大的比重，如“火热军营——记者感悟落实科学发展观”系列报道，“记者随舰走南沙”连续报道，“追寻与思考——记者接力长征日记”连续报道，“记者蹲点看基层”专栏报道，“记者下连日记”系列报道，等等。其中，《“思维黑障”突破记》、《今天，你带U盘了吗？》、《网络进班》、《不可小视基层的会》等稿件，都堪称基层亲历式报道的范文。

（《军事记者》2009年第1期）

让先进典型可信可学

■ 欧世金

用典型说话，是我们党的新闻宣传工作的重要方法，也是党报提高舆论引导能力的“重型武器”。近年来，主流媒体成功推出了丁晓兵、杨业功、牛玉儒、任长霞、方永刚等一批先进典型人物，发挥了良好的影响、引领和示范作用，为构建社会主义核心价值体系提供了一个个鲜活的样本。但是，先进典型报道需要改进的空间也不小。国家广电总局曾组织有关课题组进行抽样调查后发现，“典型宣传”被排在新闻宣传工作必须改进的第一位，同时把“报道缺乏可信度”列在了影响新闻宣传效果的主要因素的首位。不少受众反映，现在先进典型报道太多太滥，有的主题雷同、内容相近、表现手法单一，个别的还存在刻意拔高、事实不准、“非死即病”等现象，致使一些典型报道造成负面影响：典型苦不愿学，典型假不能学，典型太“高”不可学。让先进典型可信可学，既是媒体理当坚守的一条“底线”，又是一个不那么容易达到的“高标”。究其原因，一方面，受众的需求在快速变化：价值取向多元，对报道不会轻易照单接收，而是喜欢打几个问号；信息接收渠道增多，容易在“比较”中发现报道的不足和漏洞；新闻鉴赏力日益提高，一般典型报道满足不了他们的口味。另一方面，媒体的典型报道理念滞后。一是没有摆正新闻与政治的关系。有的报道为了政治的需要，把先进典型揉来捏去，随意贴标签。二是没有摆正新闻与宣传的关系。新闻与宣传不应割裂，但也不应等同。一些先进典型报道宣传味浓、新闻味差，概念化、口号式的东西多，真情实意、新鲜事实少。三是没有摆正记者与读者的关系。有的媒体和记者还没有完全从计划经济时代转向市场经济时代，还没有从信息封闭时代转向信息公开时代，习惯于以主导者、教育者身份搞先进典型报道，不善于与读者平等交流互动。实践证明，要让先进典型可信可学，必须根治典型报道中的“虚”“假”现象，务求“真”“实”。

对先进典型要有深厚感情

文贵有情。要让先进典型打动人，首先记者要动情。新华社原社长穆青说：“要把先进人物的报道写得形象感人，不单单是表现技巧问题，更重要的是，记者对我们的国家、我们的人民、我们的先进人物有没有深厚的感情。”穆青同志在《谈谈人物通讯采写中的几个问题》一文中深情地写道：和英雄人物思想感情上的息息相通、水乳交融，有时是掺和着血和泪的。它往往产生一种无论如何都抑止不住的冲动和激情……似乎不把他的精神面貌和透过这些精神面貌所宣示的真理，真挚地、如实地、深刻地写出来，就是对自己的工作和人民的事业犯罪，就对不起党，对不起我们伟大的时代！记者的激情从何而来？来自对党、对党的事业和对人民群众的热爱；来自英雄人物的崇高精神和优秀品质对记者的教育、鼓舞；来自现实生活中记者与英雄人物思想感情上的共鸣。首届范长江新闻奖获得者郭梅尼谈到，她常常一边写稿，自己感动得一边流泪，泪水湿透了稿纸……记者的感情、记者的哭声、记者的泪水，读者都会感到、听到、看到的，稿子是记者的血啊！现在的一些先进典型报道，采写过于匆忙。主管单位发一“通稿”，几十号人扎堆采访，两三天时间走人，记者与主人公的感情还没有真正建立起来，所以写起来无法动情，硬要动情反而更显虚假。近年来，中央新闻单位的一些资深记者注意到了这个问题，他们往往早下手，与先进典型单独接触，独家采访，这样做虽然给典型宣传的组织者带来一些麻烦，但由于宣传效果好，容易得到理解和支持。

不先入为主，更不人云亦云

用典型说话，归根结底是为了“说话”。“说话”即典型报道所表达的主题思想。过去我们有不少误区，觉得把先进人物写得越高大越有利于党的形象，主题思想越直白越能教育人。如果在改革开放进行 30 年后，现在还有记者在这个问题上认识不清醒，则大多数是业务素养不深的问题。典型报道从“高大全”向“平民化”转变，已成新闻界的共识。拔高是受众腻烦和排斥一些典型人物报道的重要原因。在近几年的先进典型报道中，无论是法官宋鱼水、检察官白云、信访局长张云泉，还是导弹司令杨业功的报道，都走出了面对一个典型人物惯用的仰式和俯瞰式表现手法的模式，改变了“举目望泰山”或“一览众山小”的视角，找到了一种平视的目光和平实的报道手法，观众看后感觉到这些典型都很真实。“骑自行车上班”的信访局长张云泉，“板寸头，声音洪亮，走路如风，午餐不超过 20分钟”的导弹司令杨业功，“一个人、一条路，一匹马”走了 20 年的马班邮递员王顺友等典型人物，细节真实，形象朴实。先进典型报道要追求个性语言，力戒豪言壮语或“通用语言”，这样才能让典型人物具有亲和力和感染力。许多典型人物个性化的语言让人记忆犹深，如王杰的“一不怕苦，二不怕死”，王进喜的“宁可少活二十年，拼命也要拿下大油田”，焦裕禄的“吃别人嚼过的馍没味道”等，都很精彩，很有味道。尤其近年来的一些成功的典型报道中，更是注意用典型人物最朴素的语言来展示人物的思想和个性。如任长霞的“不到破案现场，不算称职的公安局长”，张云泉的“我不能让群众失望”，宋鱼水的“案件没有小案子，当事人没有小人物”，杨业功的“党中央一声令下，部队就能够断然出手，决战、决胜！”等等，这些话都是典型人物自己的总结，也是他们心灵的写照，让受众感到真实可信。记者保持独立思考和怀疑态度，是确保先进典型报道主题不扭曲的重要基础。不可否认，现在许多先进典型报道是组织行为，一般记者常常只能被动地接受人家指定的“主题”。主题“千人一面”就是这样形成的，主题太直、太白、太硬也与这种组织方式有关系。因此，越是这种时候越能检验记者的沟通能力、业务素质。要坚持从实际出发，遵循新闻传播规律，不轻信，不盲从。

真实是先进典型的生命

真实是新闻的生命，也是典型宣传的生命。一个过硬的先进典型，首先必须绝对真实，包括事实的细节都必须真实。宁可留有余地，也不要说过头话。一篇好报道中有一个细节不真实，就会使读者怀疑整篇报道是不是可信，影响宣传效果。内容层次丰富才有说服力。新华社解放军分社社长贾永认为人物典型报道要写出报道对象的三个层次的内容：第一个层次——人物做了什么。也就是说，写出人物的非同寻常的业绩。第二个层次——人物是怎么做的。也就是说，要写出人物的思维和行为方式。这一层次涉及人物的思维方式、言语方式和行为方式等。第三个层次——人物为什么会这样做。也就是说，要写出人物思想行为的内在驱动力。有的典型人物报道中往往只报道典型人物在社会角色中发挥的作用，忽视了他们所担当的家庭、生活角色，报道中表现出来的典型人物除了工作还是工作，除了奉献还是奉献，给人以不食人间烟火的印象，距离生活太远。在关于任长霞的报道中，有的记者巧妙地把任长霞的生活角色特征融入社会角色中，还原了任长霞的真实生活。任长霞是一位心系百姓、嫉恶如仇的公安局局长，但同时也是一位女性。是女性就有女性的特点，容易动情掉眼泪、爱美，等等。如：她在接待群众来访时，听到群众诉说不幸的遭遇，就会禁不住潸然泪下；当百姓问题得到解决时，又会情不自禁地与百姓一起开心地笑："大家都辛苦了，表示感谢！今天我好看不好看？"等等。这些细节都深深地感染和打动了受众，引起了受众的强烈共鸣。有的媒体悉心捕捉典型人物的亲情、友情、爱情甚至隐情，在矛盾冲突中更好地展现了典型人物的情感世界，使先进典型变得更真实、更鲜活、更动人。

朴实率真不卖弄

先进典型报道是成就记者、展示媒体的重要平台，但不是个人或少数人表演的舞台，归根结底是为了党和人民的事业，给人民群众以信心和希望。因此，先进典型报道不能像写文学作品那样表现"自我"。记者的才华要隐藏在报道的后面，而不是站出来显示。先进典型报道规模偏大、文字偏长是当前各媒体还没有彻底解决好的问题。典型报道规模太大、文字太长，或者搞一些资料堆砌，让典型失去自然和本真，不自觉地把受众拒于千里之外，这样常常出力不讨好。新华社高级记者张严平，近年来采写了张云泉、王顺友、杨业功等产生广泛影响的先进典型报道。她说："我的采访是一种笨功夫，我没有那种想要的材料一去就能要到的本事，有时采访一整天，最后却只得到了一两句话，尽管只得到一两句话，但我觉得，值！ 文章里面可能只写了五六个例子，但我采访了不下五六十个例子，至少是10倍以上的量。在语言的把握上，我从来认为最好的文字是最朴素最有味道的文字，永远都不要花里胡哨的东西，永远不要卖弄什么。”

（《军事记者》2009年第6期）

报网融合　报魂依然

■欧世金　欧　灿

不多见的首长批示

2011 年 12 月 29日,《解放军报》二版头条位置发表通讯《具体到人，落实到位》。当天，一位军委首长在刊有这篇报道的报纸上作了如下批示：这篇报道好！ 南京军区某部的这条经验朴实无华，但反映了基层建设的规律，体现了科学发展观要求，难能可贵，有普遍意义。贯彻落实军委扩大会议精神特别是胡主席重要讲话精神，做好明年工作包括抓基层工作，就是要“具体到人，落实到位”。望军报多编发这样的好报道。在批示后面，首长注明，将他批示的这些内容抄总政领导和南京军区司令员、政委。另外，首长还分别在标题下面、导读和正文 3 个地方用笔画线标示。军委首长的批示传到军报后，黄国柱总编辑要求在大编前会上传达。孙晓青社长说，这位首长直接在报纸上肯定我们的工作，不多见，因此格外珍贵。他要求此件存政治部，将来成立社史馆，可作为实物展出。客观地说，这篇报道没有打眼的新闻事实，也缺少精美的文字表达，为什么能引起军委首长的高度关注？作为编辑，我们从首长批示的字里行间，得出一个鲜明的启示：报网融合，报魂依然。

报网融合度越深，越要强调报纸的指导性

去年底，胡主席和军委领导强调要加强基层建设。为此，军报极为重视，反应迅速，朱英秋副总编和政工部张占辉主任决定，在传达

有关会议精神的第 3 天，政工专题版推出专栏《坚持按“纲要”抓落实》，随后连续在头条位置推出 20 多篇深度报道。这些报道运用新闻事实，聚焦矛盾问题，坚持正面宣传，着力指导工作，受到部队的好评。军委首长批示的《具体到人，落实到位》这篇报道，就是其中一篇。首长的批示，让我们想到另一个问题，在报网融合的推进过程中，受“报纸末日论”与“报纸寒冬论”的影响，有的人认为报纸代表过去和衰亡，网络代表未来和希望，对报纸的地位作用，信心不那么足了；有的甚至工作重心偏移了，照搬网上新名词，照用网上新提法，出现了事实不真实、提法不规范、表述不准确的现象；有的重视网上点击率轻视报纸传播效果，片面认为报纸的报道没有可读性，要像网上那样追求娱乐性。报网融合，关乎报纸生存发展，但绝不是说报纸没用了，更不是网络要吃掉报纸了。报纸是报网融合的根基，网络是报纸发展的平台。报网融合度越大，越要发挥军报的优良传统和品牌优势，越要加强对部队工作的指导，提高对官兵服务的质量。

扬报纸之长，补网络之短

报网融合，报纸与网络就像并肩作战的兄弟，为了达成履行使命任务的目的，必须各尽其能，互相取长补短，实现互动双赢。网络信息浩如烟海，读者渴望在最短时间内了解最需要、最实用的信息，这个矛盾谁来解决？ 这些信息谁来整合？ 那就是报纸。网络信息泥沙俱下，读者真假难辨，谁来登高一呼，发出不容置疑的权威声音？ 那就是报纸。一代又一代军报人经过艰辛打拼，在全军官兵中乃至在全社会建立起了良好的公信力。许多读者深信，了解中国军事新闻《解放军报》最权威。读者信军报、爱军报，有好新闻首发军报，干工作先学军报，这些都是军报的无形资产，是价值连城的品牌，我们要倍加珍惜。我们要发挥与领导机关沟通便利快捷的优势，确保传播的新闻具有真实性与权威性。网络是个开放式平台，人人都想发出自己的声音，在观点碰撞中，谁为主流，如何引导？非党报莫属。军报宣传报道历来以党的旗帜为旗帜，以党的意志为意志，近年来始终把宣传社会主义核心价值体系尤其是当代革命军人核心价值观突出出来，针对读者关注的热点问题及时发出党报的声音，取得了良好的社会效益。正是因为军报牢牢把握新闻宣传的正确导向，不断提高宣传报道的指导性、可读性、服务性，才让官兵喜闻乐见、军委总部首长满意。

（《军事记者》2012年第3期）

把新闻写在大地上

■欧世金

当了 20 多年陆军之后，我有幸到海军部队代职一年。兵种交叉，感受最深的一个细节是：每次出海归来，从军舰舷梯踏上码头那一刻，脚怎么也踩不实，身子发飘，几欲摔倒。水兵说：那是因为很久没有接地气所致。最近，在新闻界深化“走基层、转作风、改文风”活动中，中央领导同志提出要“把新闻写在大地上、写在人民心坎上”。我理解，这里所说的大地，不仅包含土地、山河，更是指祖国、人民、国情、民意、世道、人心、实践、生活……大地对于记者，就是母亲、血脉，就是根基、源泉。就像古希腊神话里的安泰，一旦离开了大地母亲，便会失去力量。“走转改”活动因接地气、长灵气、增底气，正在深刻地影响着新闻界，广大新闻工作者的理念、胸襟、视野、情感、行为方式正在发生剧烈的变化。一批批新闻佳作应运而生，一个个名记者脱颖而出，媒体的影响力、公信力由此提升。当然，这离党的要求和人民的期盼还远远不够。刚出发，路还长，需要做的工作还很多。认识需要继续深化。“在路上、在基层、在现场”，本是记者的职责所系、价值所在，理当成为常识、常态。但在新的历史条件下，这些观点变得模糊了。“走转改”活动具有正本清源的战略意义，它体现了马克思主义的原则、立场和方法，激励着新闻工作者不断地反省和追问：为了谁、依靠谁、我是谁？ 只有真正明白了实践第一的观点、人民群众是历史创造者的观点、真实是新闻的生命的观点、没有调查就没有发言权的观点，新闻工作者才能对“走转改”活动的思考变得深刻，行动变得自觉。

作风务求更加扎实。有人发现记者队伍中存在这样的现象：跑会拿通稿、扒网找线索、采访靠材料，甚至等“喂料”。“走转改”活动，首先要下得去、蹲得住，无数记者的成功之道说明：凡人小事，有绝世美景；田间地头，藏真金白银；操场课堂，显大爱真情。脚板底下出新闻，涉深水得蛟龙，这是新闻的不二法门。舍不得放弃舒适的生活环境，不愿意改变习以为常的采写路径，抵御不了各种名利诱惑，长期泡在高楼大厦里涂涂抹抹，这样的记者难当大用。报道期待阅读魅力。“走转改”活动，不是记者走到哪就写到哪，见到啥就写啥，冒着热气的、思想含量丰富的报道不是太多了，而是太少了。大局大事大情大理是记者永恒的聚焦点，部队训练场是记者冲锋的主阵地，讲故事有血肉动真情是记者最好的表现手法。假如报道脱离中国国情、国际背景，离开人民关切、群众痛痒，不触及普通人的日常生活、喜怒哀乐，不会说实话、说新话、说家常话，那么费多大的劲也可能是事倍功半、得不偿失。谁把新闻写在大地上，祖国就不会忘记他；谁把新闻写进人心里，人民就永远念记他。

（《军事记者》2012年第6期卷首语）

赞歌如何更动人

——从宏观视角看成就性报道吸引力

■欧世金　毛　俊

当下，旨在为党和国家唱赞歌的成就报道，已成为新闻界主题宣传报道的重头戏。怎样才能把赞歌唱得更动听？ 我们不妨从宏观视角做一番考量。

成就性报道需要世界眼光

新闻学是一门研究“选择”的科学。新闻实践往往表现为在诸多事实中选择最佳报道题材，选择最敏锐的新闻指向和意义，选择最适合当前形势、任务要求和受众品味的表达方式。在这种“选择”的评判标准中，国际视野、世界眼光成为越来越重要的一环。运用世界眼光审视报道题材。眼下，新闻界已经掀起了新一轮全国性的“赞颂新成就、迎接十八大”宣传报道热潮。军报的成就报道遇到了新的机遇和挑战：所谓机遇，就是全国新闻媒体“大合唱”，在这个平台上，军报地位和影响力相对而言更容易凸显；所谓挑战，就是成就报道的标准更高了，要求我们必须在同台竞技中发挥优势，突出特点，彰显大报风范。大报风范意味着所报道的成就理应代表国家的标志性成就。要深知世界想知道今日中国什么，今日中国有什么能够吸引世界。报道方向应该侧重于体现中国的立场和主张、与国际社会普遍认同观念相接近的事业发展成就。在国际舆论高度关注的背景下，国防和军队建设成就报道的重点，应当着眼于维护国家的核心利益、维护党的工作大局、维护军队的国际形象。

自7月份以来，军报推出“金戈铁马·十年辉煌”专栏，刊发了一批“军字头”宏观新闻，立体式、多侧面反映10年来国防和军队建设各领域的标志性成就，引起强烈反响。这个专栏刊登的《陆军从这里飞起来》《钱学森构想正在变为现实》《中国航天发射场四足鼎立》《我军思想政治工作插上信息化翅膀》等稿件，选题大气，立意深刻，引人注目。更新传播理念扩大舆论影响。在世界日益变“平”的时代，内宣与外宣的界限已经日渐模糊。必须树立“内外均衡”的观念，用更多人容易接受的方式进行传播，靠“世界语”打动受众，做到“中国立场，国际表达”。在迎接党的十八大主题宣传中，军报推出《辉煌之歌》系列特刊，刊登的稿件被国内外媒体大量转载，有的还上了境外知名网站的首页链接，扩大了舆论影响，达到了预期效果。其中一条深刻的体会是：将传播意图巧妙地蕴含于国内外受众都比较关注的联合军演、远洋护航、抗震救灾、军队开放等新闻事实当中，从而有效提升成就报道的穿透力。强化大局观念防止负面解读。当前，国际舆论对我军建设格外关注，如果宣传报道上把握不好，就可能诱发负面舆论，陷入被动境地。这就要求我们充分考虑国内国外两个大局和受众的阅读心理，避免授人以柄，防止负面解读。

《钱学森构想正在变为现实》一文旨在通过“我军基层干部基本实现本科化，涌现一批博士将军和硕士师旅团长”这一新闻事实，反映“人才是战斗力第一要素的观念在我军上下形成共识”；而同时配发的短评《再拿一个“战场学位”》，则有效防止了“唯学历论”的误读，避免了可能产生的“舆论口水”。

成就性报道重在展示时代风采

在迎接党的十八大主题宣传报道中，最突出的时代性就是科学发展观。所有成就报道都应是这个总题目下的子题目，这些子题目就是时代风采的具体展开。在操作层面上，有三点尤其需要注意。捕捉最能反映时代风采的新成就。军报新闻研究中心主任张弛有个观点：成就报道需要“今天的太阳”。也就是说，成就报道应当紧贴时代脉搏，更多地报道最新鲜的变化，体现与时俱进的眼光。成就性报道，有的是带有明显拐点的转折性变化，有的是在原有基础上的发展式变化，前者可能轰轰烈烈，后者往往润物无声。我们要善于从中捕捉最能反映时代风采的变化，见人所未见，言人所未言。用符合科学发展理念的眼光看变化。无论宏观成就还是微观成就，我们都要拿是否符合科学发展观、能否体现以人为本理念这个标尺，认真衡量其蕴含的新闻价值。军报刊发的通讯《特区大课堂 几多新感悟》围绕三个变化展开：过去惊叹特区“规模速度”，如今赞叹特区“质量效益”；过去看特区“目瞪口呆”，如今逛特区“神闲气定”；过去叹惜特区“文化荒漠”，如今喜看特区“文化绿洲”。光听小标题，就让人感到新风扑面，变化背后的科学理念呼之欲出，其新闻价值不言自明。在挖掘新闻的思想深度上求突破。“一切历史最终都是思想史。”成就是客观存在的，这就带来一个如何认识成就的问题。除了一目了然的硬新闻，成就报道想出新，必须在挖掘新闻的思想深度上求突破，或者从思想观念的变化中找新闻。成就报道不但要站在历史的纵深来解读成就，而且要跳出浅层次的横比和纵比，揭示成就蕴含的巨大意义，从创造成就的历程中总结原因和规律，在制度优势上、价值体系上体现党治国领军的能力和艺术。

最近，军报连续推出党的十六大以来国防和军队建设成就系列述评。《永远的军魂　永久的忠诚》《高素质新型军事人才方阵快速崛起》《思想政治教育焕发勃勃生机》等稿件，气势恢宏、结构巧妙、论理精辟，特别注重通过增加报道的理性深度启发受众思考、增进情感认同，是近期军报成就报道的亮点之一。

成就性报道必须尊重新闻规律

成就报道与其他报道一样，必须尊重新闻传播规律。那种把成就报道变成宣传海报，甚至停留在造声势喊口号上的做法，是一种懒惰，也是不负责任的搪塞。从宏观上看，增强成就报道吸引力需要处理好三个问题。既要坚持以我为主，又要尊重受众需求。当今时代，信息传播个性化、多样化、全球化的趋势，以及全新的传播环境，都对成就报道提出了更高要求，需要我们在如何提高新闻主导思想和受众现实需求的黏合度上多动动脑筋。让受众接受你传播的新闻信息，并真正认同你的理念，应该是所有成就报道的出发点和落脚点。当前，特别要注意研究网络传播环境、多元价值取向、读者阅读心理等方面的新情况，针对社会各界对我军的关切，通过主动设置议题来宣传我军形象和理念，努力化解对我军不利的负面舆论，有效掌控新闻传播的话语权。今年初，军报策划推出的《雷锋之歌》纪念特刊，既阐释了雷锋精神的本质内涵，又展现了我军始终走在学雷锋前列的精神风貌，还坦率回答了网上的一些质疑，凭借较强的权威性和可读性得到社会各界好评。既要注重宏大叙事，又要兼顾平民视角。宏大叙事是为了全方位、多角度地充分展示成就，但这并不是最终目的，而是为了让广大群众从身边变化中感受社会发展所取得的成就，从而凝聚人心，增加动力。建构成就报道的平民视角，就要以受众为中心挖掘报道题材、寻找报道角度，采用易于接受的报道形式。在报道中应注意处理好人与事的关系，不仅要让受众了解成就，更应让受众了解创造成就的主人公，走进他们的内心世界，拉近重大成就和普通受众之间的情感距离，使成就报道在更深层次上引起受众的共鸣。军报开设的《我说新成就》专栏，就是从普通一兵的视角观察国家和军队建设成就，并将其与官兵的个体成长或切身利益联系起来。该栏目稿件在宏观题材的微观呈现上独树一帜，形式生动活泼，内容紧贴实际，因而广受基层官兵欢迎。既要发挥传统优势，又要改进表达方式。应该说，中央媒体长于成就报道，在这个领域积累了丰富经验。我们在继承传统的同时要不断创新，把求新、求实、求活、求深当作永恒的追求。比如，要善于用讲故事的办法增强成就报道的亲和力，力戒喊口号说大话，拒人千里之外；比如，通过重新归纳、整合、切割，从旧闻中或者一般现象中找出新闻；再比如，要讲究表达艺术，以巧妙的构思和优美的笔触吸引读者目光。文似看山不喜平。有时候，只需换个新鲜的角度就能收到奇效。军报刊发的《“中国军队发展让我刮目相看”》，借两度来华的外军交流学员之口，述说其亲身经历的发展变迁，颇具新意。

（《军事记者》2012年第10期）

嬴在深度

■ 欧世金

9月9日，“2012寻找最美乡村教师”颁奖典礼在中央电视台播出。那一晚，我泪流满面，被一个个“最美乡村教师”的故事所感动。由他们，我想到了自己中小学时期的乡村教师，想到了我亲人中的6位乡村教师。这场典礼感动的何止千万人！有主流媒体评价说：“寻找最美乡村教师”活动寻找的是崇高，弘扬的是美丽，传播的是感动，传递的是一种催人奋进、向上的正能量。“寻找最美乡村教师”活动，是近期电视荧屏上最美的风景，是全国新闻界开展“走基层、转作风、改文风”活动以来的上乘之作。“寻找最美乡村教师”活动能够赢得人心，主要是赢在深度。

走下去不等于深下去

“走基层”，是“走转改”之“转”和“改”的前提和基础，记者走不出都市和办公楼，其他都无从谈起。“脚板底下出新闻”是新闻的铁律，“记者在路上”是新闻工作者的常态。但是，仅仅走下去，不等于就能写出精品佳作。走下去，脚往哪里迈，身子朝哪里挪，不是个小问题。穷与富、远与近、知名与无名、方便与麻烦、艰辛与舒坦……选择就是方向，方向一错目标就会偏，报道效果则大不相同。迎着群众的方向去，迎着群众的诉求去，迎着困难最多的地方去，迎着重大现实问题去，报道才可能真正活起来深下去。

走下去，怎么走，可见境界高低。是轻车简从还是前呼后拥？是蹲下来沉下去还是问个姓名要个例子就走，是同吃同住同劳作还是止步于听汇报改材料抄网络？走下去，问什么、看什么、记什么、想什么、写什么，更显记者的新闻功力。花花草草、枝枝叶叶，固然也需要；“地平线”上的政绩，攻其一点的好人好事，也无可厚非；但这类东西只能算应付之作，不生动、不鲜活，难以打动读者。

走下去，身在基层，心在高楼，报道还是老一套，抓不着活鱼，新闻不冒热气，不接地气，缺少灵气。“走”成了一件华丽的新衣服，样子好看，里面却没变。有评论指出：基层是国家和社会的毛细血管，最壮阔的变革在这里呈现，最新鲜的探索在这里发生。无数基层构成了新闻工作的时代景深。有人问，什么是新闻的深度？我体会，新闻本质地记录了这个时代的现实，真实地反映了世情、国情、民情，准确地预示了历史的发展走向，这就是新闻应该追求的深度。换句话说，能够体现“我是谁、依靠谁、为了谁”的报道，便是有深度的新闻。

深度来自世道人心

新闻报道的深度从哪里来？从事实中来。报道事实，是新闻的本质属性。事实最有说服力。马克思认为，只有“根据事实来描写事实”，而不是“根据希望来描写事实”的报刊，“才是真正的报刊”。邓小平同志说：“我读的书并不多，就是相信一条，相信毛主席讲的实事求是。”新闻报道的深度，不是深奥，也不是评论、理论所包含的深度，而是事实所揭示的深度。有一种理论干脆说：新闻是新近事实的感性表达形式。

《人民日报》发表的《边城新记》、《解放军报》发表的《红山嘴，大雪即将封山》，都是报社主要负责人带队采写的，但他们都避开了“宏大叙事”手法，以见闻、细节取胜，堪称“走转改”的范文。前者选择了著名作家沈从文《边城》中记述的一个山村，作为记者观察国家成就和变化的视点。后者选择了西北边防一个大雪封山期最长的哨所，作为赞颂当代军人牺牲奉献的窗口。两篇报道的成功之处，除了选择特殊的“观察点”外，关键在于放下身段，用事实说话，读来令人信服、感动。

深度从实践中来。

实践是正确思想产生的源泉，是检验真理的唯一标准。“走转改”活动从一定意义上说，就是要求记者到基层群众中去找科学发展的答案、悟人心向上的真谛。只要记者深入一线调查研究，着眼党和国家全局，反映人民群众关切，摸到改革发展办法，报道的深度就会自然显现。

开展“走转改”活动以来，新闻媒体涌现了一批从实践中得出真理的佳作。《要当五百强，更要五百年》，说的是从同煤集团实践看转变发展方式；《守望精神家园的太行人》，说的是红旗渠精神的当代传奇；《在痛定思痛中浴火重生》，说的是从瓮安之乱到瓮安之变警示录；《这么优厚惠农，再不发展，就不该怨人了》，说的是榆林榆阳地区一位沙地种植养殖农民的心里话。这些报道，都是抓住实际生活中人民群众的切身利益问题，进行多角度、建设性的报道，推动了问题的解决，赢得了观众的口碑。

深度从大局中来。

新闻工作要服从和服务于大局，报道就不能就事论事，写一堆鸡毛蒜皮，而应当直面国家利益、人民感情。比如，中国不能乱就是大局。写每一篇报道，都要首先考虑是否有利于稳定。范敬宜同志曾说：“新闻工作责任意识涉及方方面面，最重要的一条，就是把维护国家社会的稳定放在第一位。”温家宝总理说：“作为中国的总理，我最关心的是中国的稳定与发展问题。”他还说：13亿（人民），是一个很大的数字，如果你用乘法来算，一个很小的问题，乘以13亿，都会变成一个大问题。如果你用除法的话，一个很大的总量，除以13亿，都会变成一个小的数目。正是从党和国家发展大局出发，范敬宜寄语清华大学新闻学院：要培养高手。这个高手主要是应该坚持正确舆论导向方面的高手，维护社会稳定发展方面的高手，掌握宣传报道艺术的高手，博古通今、学贯中西的高手。我国新闻史上的一些名篇，无一不是记录时代里程碑的结晶。如《县委书记的榜样——焦裕禄》《谁是最可爱的人》《大寨也不吃大锅饭了》《关于股市的通信》，等等。

深度从责任中来。

中国最高层次的新闻奖是“范长江新闻奖”。为什么以范长江同志的名字命名呢？新闻史专家指出，范长江创造了中国现代新闻史上的“三个第一”：在国内报纸上公开如实报道工农红军二万五千里长征的第一人；向“国统区”的人民报道“西安事变”真相的第一人；以国内记者身份披露中共领袖人物的言谈生活，如实报道陕北革命根据地生机勃勃面貌的第一人。这“三个第一”，都是历尽艰辛“走”出来的，“走”字背后，是范长江对于正义的新闻事业具备高度责任感。

责任之于新闻工作，不是概念和口号，而是字里行间的真实流露。医患关系紧张是全社会的一大矛盾，怎样报道才能疏导各方、缓解冲突?《北京日报》记者采写了长篇见闻《同仁一日》，通过实录排队挂号、诊疗、就餐、救治、医护五个场景，见证了患者的艰难和医护人员的艰辛。特别是报道“尾声”令人叫绝。“当 9月 27 日结束时，同仁医院留下了这样一组数字：这一天，全院门诊量达 10220 人次，住院病人 1486 人。这一天，全院 400 多名医生出诊。这一天，仅西区的 5 个取药窗口就收方发药 4000 份，平均一个窗口 40 秒处理一张。这一天全院共做了 200 多台CT 检查。这一天，全院共完成 391 台手术，其中，时间最长的一台手术持续了 10 个小时。”读完报道，谁能不感谢记者为医患之间架起了一座理解、谅解之桥呢。

深度从真情中来。

身入基层虽不容易，但更难的是“心入”。“心入”就是感情上贴近群众、思想上尊重群众、心里面装着群众。开掘报道的深度，最有效的办法就是从群众的意愿、诉求、情感出发，提炼新闻主题、寻找新闻角度、切割新闻事实、选择表达方式。

《光明日报》驻宁夏记者庄电一，在 13 年时间里持续关注宁夏盐池县的黎明村，先后六次前往，每次都有独家报道，不但发表 10 余篇广受好评的报道，而且获得了 5 个新闻奖。一次次到艰苦偏远的小荒村去采访，是记者厚爱老百姓的真情流露。有这份真情，何愁找不到新闻，何愁新闻没有深度。

（《军事记者》2012年第11期）

群众是新闻的主角

■欧世金

“老百姓是地，老百姓是天，老百姓是共产党永远的挂念……老百姓是山，老百姓是海，老百姓是共产党生命的源泉……”歌曲《江山》深情地唱出了中国共产党的“成功之道”。今天，对肩负着实现中华民族伟大复兴历史使命的中国共产党来说，万变不离其宗。一切依靠群众，一切相信群众，一切为了群众，仍然是“生命工程”，关乎党的根基、血脉、力量、得失、成败、存亡。从今年下半年开始，在全党深入开展以为民务实清廉为主要内容的党的群众路线教育实践活动，是党的十八大作出的战略部署，是以习近平同志为总书记的党中央坚持从严治党、加强党的建设的重大决策。新闻宣传工作，本质上是群众工作。党的新闻工作者，要抓住党的群众路线教育实践活动这一良机，进一步树立群众观点，站稳群众立场，强化群众路线，表达群众意愿，写出更多的让人民群众爱看的有用的精品力作。人民群众是历史的创造者，是国家的主人。有一位著名报人说:“报纸是从人开始，到人结束，主角始终是人。”我们要把人民群众放在最高位置，把群众当主人，把群众当亲人，把群众当英难，做到把主要版面留给群众、更多镜头聚焦群众，坚持以群众满意不满意作为检验新闻得失的最高标准。

泰戈尔说过，一个民族必须展示自身之中最上乘的东西，那就是这个民族的财富——高洁的灵魂。新闻人要走出高楼、书斋、会场，深入群众实际生活，走进群众心灵世界，体察群众安危冷暖，讴歌群众真情大爱，讲好“最美中国人”的故事，传递主流价值“好声音”，描绘富国强军“中国梦”。贴近群众，就是讲政治。“政治是国家大事，是民心的集中，是人人关心的事。”因此，新闻人要放眼世界、胸怀全局、服务中心，以大多数人民的根本利益为念，把体现党的主张与反映人民心声统一起来，把坚持正确导向与通达社情民意统一起来，切实提高新闻工作服务群众的水平。

群众最实际，群众最实在，他们不喜欢媒体吹牛、放炮、说假话。我们要以宣传报道党的群众路线教育实践活动为契机，进一步改进文风，力戒假、大、空，倡导短、实、新，说实话，说新话，说管用的话，说暖人心的话，增强报道的吸引力感染力。群众关注什么，我们媒体就应该宣传和报道什么。我们新闻工作者只有真正贴近了群众，才能够知道群众的所想、所需、所求、所盼。群众既是新闻人的衣食父母，也是新闻的源头活水，贴近了群众，也就贴近了新闻。

（《军事记者》2013年第7期卷首语）

理直气壮讲好大道理

■ 欧世金

讲好大道理，是党报的应有担当和重要责任。一段时间以来，舆论场出现了一个奇怪现象：谁发表正面的言论，谁发表支持党和政府的言论，谁驳斥那些攻击、污蔑党和政府的言论，谁就会受到一些人的围攻，而我们的一些媒体常常鸦雀无声或者声音不大。作为党和人民的耳目喉舌，在关键时刻和关键问题上，我们的媒体要理直气壮讲好大道理，发出最强音，唱响主旋律，汇集正能量。

当下，中国的改革开放造就了一个多元多样多变的社会格局。这种前所未有的宽松舆论环境，极大地畅通了民主渠道，但也出现了一些始料未及的现象。网上“没有不敢讲的话，没有不敢骂的人”，虚假的信息和歪曲的杂音，使众声喧哗的舆论“有点乱”。对错误的观点和言论，对恶意的挑战和攻击，党报首先要站稳立场。共产党人从来不隐讳自己的立场，反对什么、赞成什么、倡导什么，从来都是旗帜鲜明的。那种以为西方媒体的报道“客观公正”的想法，是天真和幼稚的。纯粹客观的立场是不存在的，只有隐蔽和公开的区别。目前，我们的主流媒体都在研究有效增强核心竞争力的问题，我觉得，面对社会舆情和意识形态领域的杂音，主流媒体理直气壮讲好大道理，引导社会热点、疏导公众情绪、化解社会矛盾，是赢得主动权和话语权的一个重要的增长点。反之，如果党报失去应有的说理性战斗性，不敢站出来为党和人民说话，在受众心目中哪来竞争力？

列宁有句名言，“从革命理论上能取得一切信念”。作为党的新闻工作者，讲好大道理需要政治定力、政治自信和政治自觉。这就要求我们认真学习马克思主义经典著作，学好中国特色社会主义理论体系，学好习主席一系列讲话精神，真正把信仰的种子植入灵魂。要以真理在手的底气、传播真理的功力，把大道理讲实讲活讲清讲透。讲大道理，要增强说理性战斗性。既理直气壮加强正面引导，又旗帜鲜明抵制错误思想观点，切实用大道理管住小道理、用正道理批驳歪道理、用实道理戳穿伪道理，让正气充盈社会，浸润群众。特别是当遇到各种压力和干扰的时候，更要始终坚信党的领导的正确，坚信中国特色社会主义理论体系的科学，坚信社会主义道路和制度的优越，坚信我党我军优良传统的价值。

讲好大道理要创新表达形式。有位新闻前辈曾说过：新闻就是说话的艺术。大道理是好话，但好话也要好好说，说得有理有据，说得娓娓动听，说得顺耳入心。如果自以为站在真理一边，只顾调门高、道理硬，不讲现代传媒沟通艺术，必然事与愿违。当前，新闻宣传中讲好大道理，特别要适应网民的思想和心理特点，会运用“网言网语”，突出一个“真”字，不搞假大空，实事求是，“请看事实”，讲好故事，寓理于事，事中见理。

（《军事记者》2014年第2期卷首语）

为改革强军擂响战鼓

■欧世金

改革强军的浪潮波澜壮阔，正迅疾向纵深挺进。军报人不辱使命，奋力为改革强军擂响战鼓、助威加油!

这一轮中国军队改革，承载着民族复兴伟大梦想，虽然不见硝烟，但规模之广、难度之大、影响之深世所罕见。怎样记录描绘这一伟大历史进程，是军队媒体人神圣的责任担当。当前，我们最根本的任务是贯彻落实习主席视察解放军报社时重要讲话精神，宣传强军思想，讲好强军故事，激发强军精神，助推强军实践。

改革强军是一场大考，难在考题包罗万象、千变万化，更难在没有现成答案，没有模式可鉴。新闻传播规律表明，越是大事难事越需要思想引领、凝聚意志，越是众说纷纭众声喧哗越需要登高一呼、一锤定音。当前，我们要把握传播党的科学理论和助力改革强军这个大势，坚守军报姓党政治灵魂，牢固确立习主席系列重要讲话精神的指导地位，增强核心意识、看齐意识，把习主席改革强军重大战略思想的丰富内涵和重大意义说清楚，把党中央和中央军委决策部署说清楚，把事关官兵切身利益的改革举措说清楚，引导官兵始终同以习近平同志为总书记的党中央保持高度一致，坚持党对军队的绝对领导，竭尽全力拥护改革、支持改革、投身改革。

宣传改革强军思想，既体现政治信仰、政治立场、政治态度，又彰显新闻规律、新闻素养、新闻技巧。因此，光有热情不够，停留在表面热闹也不行，“贴标签”“两张皮”“穿靴戴帽”等常见病更要不得。让改革强军思想如春风化雨、撬动心灵，成为官兵的精神支柱，是新闻宣传面临的一个现实课题。我们要结合重大主题、重大典型、重大工作、重大活动宣传，把习主席系列重要讲话精神作为红线突出出来。特别是要围绕“抓住强军目标这个‘牛鼻子’”，树立与新体制相适应的思想观念，展现新体制下新作风新风范，为改革强军牺牲奉献等重要内容，深入基层一线调研思考，推出有锐度有深度接地气暖人心的报道。要注重用故事说话、用事实说话，从“微故事”中展现大气象，从官兵切身感受中展现大格局。

改革强军是一场革命，宣传改革强军也需要来一场思想上的革命。过去有的宣传方式方法顺手了用惯了，但现在明显落伍了，要痛下决心转过来，坚决防止和克服“谁写谁看、写谁谁看，看了也不信”的问题。我们要紧跟习主席思想步伐，与习主席重要讲话精神对表，从一切不合时宜的思维定势、固有模式、路径依赖中解放出来，坚持不忘本来、面向未来，紧跟时代、守正出新、博采众长。坚持内容为王，做到读者在哪里、受众在哪里，宣传报道的主攻方向就延伸向哪里，努力打造让官兵听得进、听得懂、能共鸣的话语体系，催生一批改革强军标志性精品力作，使改革强军的主旋律更响亮，正能量更强劲。

（《军事记者》2014年第3期卷首语）

喜迎十九大　奏响最强音

■欧世金

2017年10月18日，中国共产党第十九次全国代表大会将在北京召开，这是“中国共产党故事”和“中国故事”的精彩华章。见证和记录这个重大历史事件，为这一盛会营造团结奋进的浓厚舆论氛围，是党的新闻工作者的政治使命，也是非常难得的职业荣幸。

随着会期的临近，各种舆论越来越喧哗，各种舆情越来越复杂。如此关键时刻，更加需要正确的舆论引导，让党的主张成为时代最强音。我们要以习主席系列重要讲话精神为根本指针，满腔热情、精心组织迎接党的十九大宣传报道，展示媒体人应有的忠诚品格和良好形象。

突出维护核心宣传，坚守政治灵魂。党的历史、新中国的发展史启示我们，要治理好我们这个大党、治理好我们这个大国，保证党的团结和集中统一至关重要，维护党中央的权威至关重要。维护党中央权威，首先要维护习近平总书记的核心地位。维护核心、宣传核心，是党报坚持党性原则的应有之义，是检验党报思想自觉、政治自觉和行动自觉的“试金石”。军报姓党，就要把坚决维护习近平总书记这个核心，在新闻宣传中突出出来，贯穿始终。精心做好习主席系列重要讲话精神和治国理政新理念新思想新战略重大主题宣传，充分报道习主席接见过的基层官兵、视察过的基层部队以及最牵挂的事、最关心的人，大力宣传党的创新理论在部队落地生根的喜人景象，体现习主席强军思想，展示习主席领袖风范，表达广大官兵对习主席的敬仰爱戴和信赖忠诚。

聚焦赞颂成就宣传，提升信心指数。党的十八大以来，我国发展站到了新的历史起点，中国特色社会主义进入新的发展阶段，党和国家事业发生了许多历史性变化，取得了许多历史性成就。浓墨重彩地宣传

“中国这五年”的生动实践、辉煌成就、宝贵经验，是新闻媒体的责任和优势。要精心办好《砥砺奋进的五年》与《喜迎十九大》等专栏，坚持“三贴近”，落实“走转改”，深入基层一线“抓活鱼”，用真、短、实、新的文风，讲好群众身边的故事，折射时代主题和变迁，让报道真正深入人心。

着力改革强军宣传，凝聚兵心士气。当前，深化国防和军队改革正在全面实施展开，我军正在经历一场整体性、革命性变革。这是军队的一件大事，也是党和国家的一件大事。要抓住喜迎党的十九大这一宣传良机，坚持以强军目标为引领，以广大官兵为中心，持续用力抓好“宣传强军思想、讲好强军故事、展现强军风貌”主题宣传，充分报道人民军队重整行装、浴火重生，改革强军、奋楫中流的伟大实践，热情讴歌献身强军兴军的先进典型，积极反映基层官兵对党的十九大胜利召开的热切期盼。

党的十九大，将领航“中国号”巨轮劈波斩浪、行稳致远。作为党的新闻战士，我们要把使命放在心上，把责任扛在肩上，以优异答卷书写“爱党护党为党”时代新篇。

（《军事记者》2017年第10期卷首语）

提要：习主席在全国宣传思想工作会议上强调，要牢牢把握正确舆论导向。我们要深刻领悟、努力践行，特别是要善于从政治上把握正确舆论导向，注重政治站位，强化“四个意识”，提高政治能力，切实履行新使命实现新作为。

从政治上把握正确舆论导向

■欧世金

习主席在全国宣传思想工作会议上强调，要把握正确舆论导向，提高新闻舆论传播力、引导力、影响力、公信力，巩固壮大主流思想舆论。这一重要论断，与我们党长期形成的新闻思想一脉相承，是做好新时代党的新闻舆论工作的科学指南，我们要深刻领悟、努力践行，特别是要善于从政治上牢牢把握正确舆论导向，注重政治站位，强化“四个意识”，提高政治能力，切实履行新使命实现新作为。

注重政治站位，把坚持正确政治方向摆在第一位

“举旗帜、聚民心、育新人、兴文化、展形象”，是习主席明确提出的新时代党的宣传思想工作的使命任务。要肩负起这个使命任务，新闻舆论工作必须把坚持正确政治方向放在首位。

政治方向事关党的前途命运和事业兴衰成败，我们所要坚持的政治方向，根本的就是共产主义远大理想和中国特色社会主义共同理想、“两个一百年”奋斗目标，就是党的基本理论、基本路线、基本方略。坚持正确政治方向，就是坚持正确的导向。正确的舆论导向能凝聚人心、汇聚力量，推动党和人民事业发展；错误的舆论导向会动摇人心、

瓦解意志，危害党和人民事业。方向决定导向，导向影响方向。当前，把握正确舆论导向，需要牢牢把握正确政治方向，遵循党的新闻舆论工作的基本原则不动摇，唱响主旋律，壮大正能量。

坚持党性原则不动摇。党的媒体是党和政府的宣传阵地，必须姓党。党的新闻媒体的所有工作，都要体现党的意志、反映党的主张、维护党中央权威、维护党的团结，做到爱党、护党、为党。要旗帜鲜明地把党性原则贯彻到新闻舆论全过程，以党的旗帜为旗帜、以党的方向为方向、以党的意志为意志。要落实政治家办报方针，在政治立场、政治方向、政治原则、政治道路上自觉同以习近平同志为核心的党中央保持高度一致。

坚持马克思主义新闻观不动摇。新闻观是新闻舆论工作的灵魂。马克思主义新闻观是马克思主义立场、观点、方法在新闻舆论工作中的运用和体现，是党的新闻思想之源和根，是做好党的新闻舆论工作的“定盘星”。要坚持党性和人民性的有机统一，认清西方所谓“新闻自由”的虚伪本质，自觉抵制西方新闻观所谓“社会公器”“第四权力”等错误观点影响，做政策主张的传播者、时代风云的记录者、社会进步的推动者、公平正义的维护者。

坚持以正面宣传为主不动摇。团结稳定鼓劲、正面宣传为主，是党的新闻舆论工作必须遵循的基本方针。面对新形势新情况，我们要始终以正确的舆论引导人，以优秀的作品鼓舞人，以壮大主流思想舆论为己任，深入宣传中国特色社会主义道路、理论、制度、文化，宣传经济社会各领域的重大发展和先进典型，营造崇尚英雄、学习英雄、捍卫英雄、关爱英雄的浓厚氛围，更好地强信心、聚民心、暖人心、筑同心。

增强“四个意识”，坚决维护以习近平同志为核心的党中央权威和集中统一领导

习主席强调，新闻工作者要在思想上政治上行动上同党中央保持高度一致，自觉增强政治意识、大局意识、核心意识、看齐意识，坚决维护党中央权威，与党同心同德。学习贯彻习主席在全国宣传思想工作会议上的重要讲话精神，最关键的是要把同以习近平同志为核心的党中央保持高度一致作为新闻队伍建设的基本要求，从严落实。

增强“四个意识”，要求新闻工作者在服务党和国家事业全局中作出更大贡献。始终保持清醒的政治头脑，保持敏锐的政治观察力和鉴别力。自觉坚守对马克思主义的信仰，对中国特色社会主义和共产主义的信念，对党和人民的忠诚，自觉站在党和国家大局上想问题、看问题。树立以人民为中心的工作导向，把人民对美好生活的向往作为奋斗目标，把全党全国人民士气鼓起来、精神振奋起来，朝着党中央确定的宏伟目标团结一心向前进。

增强“四个意识”，要求新闻工作者在坚决维护习近平总书记党中央的核心、全党的核心地位上更加自觉。“万山磅礴有主峰。”习主席是我们党的领袖、军队的统帅，赢得了全党全军全国各族人民的尊重和拥护，赢得了国际社会的高度赞誉。新闻工作者要始终做到坚决拥护核心、坚决听从核心、坚决维护核心，确保党的领导更加坚强有力。

增强“四个意识”，要求新闻工作者在宣传党的创新理论上下更大功夫。习近平新时代中国特色社会主义思想，是21世纪马克思主义、当代中国马克思主义，是全党全国各族人民为实现中华民族伟大复兴而奋斗的行动指南，是党和国家必须长期坚持的指导思想。新闻工作者既要真学、真懂、真信、真用，还要积极主动宣介，加强传播方式手段和话语方式创新，把习近平新时代中国特色社会主义思想讲明白、讲透彻，使之“飞入寻常百姓家”，让人民群众真正能听懂、能领会、见行动。

提高政治能力，在意识形态斗争中千万不能天真、不能大意、不能退缩

党的新闻舆论工作是党的一项重要工作，是治国理政、定国安邦的大事，是为国家立心、为民族立魂的工作。新闻媒体是各种势力争夺的重要阵地，新闻舆论工作处在意识形态斗争最前沿。新形势下，意识形态领域的矛盾斗争更加尖锐复杂，互联网带来的挑战和问题不断，各种势力争夺人心的较量从未止息，对此我们千万不能天真、不能大意、不能退缩。

领导权不能放。加强和改善党对新闻舆论工作的领导，是新闻舆论工作顺利健康发展的根本保证，其实质是把意识形态工作的领导权、管理权、话语权牢牢掌握在手中。必须坚持党管宣传、党管意识形态，巩

固意识形态阵地。各级党委要增强阵地意识、管理意识，把所有媒体都置于党的领导之下，都在党的管理之中。牢固树立人才意识，大兴识才、爱才、敬才、用才之风，让在理论上、笔头上、口才上或其他专长上有“几把刷子”的人才大批涌现出来。

亮剑精神不能丢。当前，思想舆论领域存在红色、黑色、灰色“三个地带”。红色地带是我们的主阵地，一定要守住；黑色地带要坚决管控；灰色地带要大张旗鼓地争取。新闻工作者要以战士的姿态、战士的担当，坚守阵地敢于出击，与否定党的领导、否定中国特色社会主义制度等错误言行作不懈斗争，决不允许任何人造谣生事、浑水摸鱼、煽风点火、信口雌黄。要打好网络意识形态攻坚仗，推动互联网这个最大变量成为事业发展的最大增量。

纠“四风”改文风不能松。文风体现作风、反映党风。“要转作风改文风，俯下身、沉下心，察实情、说实话、动真情，努力推出有思想、有温度、有品质的作品。”习主席的重要论述为广大新闻工作者加强作风建设指明了努力方向。要牢记“我是谁、为了谁”，忧患着人民的忧患，欢乐着人民的欢乐，感动着人民的感动。坚决纠正“四风”，特别是形式主义、官僚主义。要深入调查研究，练就过硬脚力、眼力、脑力、笔力，多采写内涵深刻、贴近群众、感人至深、影响广泛的优秀新闻作品。新闻战线开展的“走基层、转作风、改文风”活动赢得了社会各界的广泛赞誉，为新闻工作者锤炼“脚力、眼力、脑力、笔力”提供了良好平台。要持续运用和落实这一长效机制，防止一阵风、走过场。

党的十八大以来，习主席在各种场合的重要讲话都朴素深刻、平实亲切、充满力量，为全党改进文风带了好头。我们要坚决克服有些宣传脱离生活、不接地气、同群众贴得不够紧的问题，坚决克服一味迎合市场的低俗化现象。要从机关、会议、材料中走出来，到火热的生活一线去，用亲身经历讲述感动社会的中国故事。新闻报道要落实时、度、效要求，力求短、实、新，反对空话连篇、言之无物、穿靴戴帽那一套八股腔调。特别是要坚持新闻真实性原则，力戒做表面文章、搞上下一般粗、空泛表态、照搬照抄，多写“沾泥土”“带露珠”“冒热气”的作品，努力争当政治坚定、引领时代、业务精湛、作风优良的新闻工作者。

（《军事记者》2018年第10期）

走心动情讲好强军故事

■欧世金

摘要：新闻报道最鲜明的特征是用事实说话，用故事说话。当前，无论是回击西方“中国威胁论”，还是回应人民群众对反腐、军队改革和涉军舆情的关切，以及表现新时代强军兴军的伟大实践和官兵风采，讲好强军故事无疑都是实在管用的招法。军报人要把讲好强军故事作为主责主业，拓一片新天地，开一代新文风，塑造军报新时代新形象。

在2018年8月召开的全国宣传思想工作会议上，习近平总书记多次强调要讲好中国故事。在2015年12月视察《解放军报》时，他面对面教导我们要讲好强军故事。我感到，学习领悟习总书记重要讲话精神，军报人要把讲好强军故事作为主责主业，拓一片新天地，开一代新文风，重塑军报新时代新形象。

一、讲好强军故事，要作为新闻职业的核心素质来提升培养

新闻报道最鲜明的特征是用事实说话，用故事说话。为什么我们的报道中有时会违背新闻常识，往往只有工作做法、思想认识、概念原则，不见人不见事。第一个原因是作者不想讲故事，把现成的材料，随便凑成一篇稿件。第二个原因是不会讲故事，看到什么写什么、采访对象说什么就录什么，一堆流水账。还有一个原因也是一个误区，觉得军报是党报，讲故事会冲淡、削弱宣传的主题和分量。我们知道，新闻报道讲故事是一门学问，它与文学中的故事相比，突出的是真实性；它与机关材料中的故事相比，突出的是满足大众的兴趣、关切。《华尔街日

报》内部新闻教材题目就叫《〈华尔街日报〉是如何讲故事的》。新闻史上的名篇佳作，没有哪一篇不是由好故事构成的。《人类简史》一书的作者有个著名观点：人类创造了故事，故事养育了人类，讲故事的独特能力才使人类成为地球之主、站上食物链的顶端。他将讲故事的意义推向了极致，为新闻报道提供了新的启示。

当前，无论是回击西方“中国威胁论”，还是回应人民群众对反腐、军队改革和涉军舆情的关切，以及表现新时代强军兴军的伟大实践和官兵风采，讲好强军故事无疑都是实在管用的招法。我们亟须树立新观念，把讲好强军故事作为好记者、好编辑的重要评判标准，领导带头作示范，版面强化作牵引，表彰先进树榜样，加大培训强能力，营造比新闻业务首先要比讲好强军故事的浓厚氛围。

二、讲好强军故事，要唱响主旋律壮大正能量

新闻报道讲故事，不能简单地等同于一般的好人好事，不能就事论事游离于军队建设重大现实问题，更不能单纯为了阅读量而搞些娱乐化、庸俗化的东西。讲好强军故事，要紧紧围绕中心、服务大局，宣传党的主张，反映官兵心声，为实现党在新时代的强军目标、建成世界一流军队汇聚强大正能量。

关键要讲好习主席领航强军兴军的故事。这方面，军报走在了全国新闻界前列。比如2015年推出的“习主席接见过的基层官兵”“习主席视察过的基层部队”“向习主席报告——老红军老八路的心里话”等系列报道，2017年组织的9篇宣传以习近平同志为核心的党中央领导和推进强军兴军纪实报道，这些报道在宣传核心方面都开了先河，达到了前所未有的高度和深度。当然，我们要保持清醒头脑，维护核心的宣传不能一劳永逸，要抓住有利时机运用多种方式手段，进行立体的、多维度宣传，形成强大声势，产生持续影响。

同时，要以习近平强军思想为主线主调，讲好我军备战打仗的故事，增强广大官兵敢打必胜的血性胆气；讲好新时代“四有”革命军人的英模故事，营造崇尚英雄、学习英雄的浓厚氛围；要讲好深化国防和军队改革的故事，坚定凤凰涅槃、破茧成蝶的必胜信念；讲好从严治军、正风肃纪的故事，展示人民军队自我革命的新风新貌；讲好“关键

少数”忠诚、干净、担当的故事，立起“打铁还须自身硬”的时代标杆；讲好军民团结共筑“中国梦”的故事，传承血肉相连、生死与共的制胜基因，为汇聚强军兴军强大正能量作出新贡献。

三、讲好强军故事，要坚持问题导向搞好问题报道

问题是实践的起点、创新的起点。读懂一个时代需要读懂这个时代的问题，改变一个时代需要解决这个时代的问题。党的新闻舆论工作说到底，最终目的是为了解决问题、凝聚人心、推动实际工作。讲好强军故事，要坚持问题导向，树立问题意识，做好问题报道，把问题寓于故事中，通过故事来发现问题、研究问题、解决问题。

翻开我们的报纸，有时候好人好事类的表扬稿还是偏多，个别报道还有助长形式主义、表面文章之嫌。有人讥讽说像连队的黑板报，干巴巴的，小儿科似的，与党报、大报应有的水准和风范不相匹配。当下，我们正处在一个“百年未有之大变局”的时代，军队改革成就辉煌，但发展中的矛盾问题也不少。问题摆在面前，回避问题更是问题。迎着问题上，是军报义不容辞的责任和担当。我们要树立发现问题是成绩、解决问题是能力的工作导向，切实把讲故事与抓问题结合起来，进一步提高新闻报道的针对性、指导性、实效性。

首先要敢于直面问题。军报历史上有个报道绝招叫“抓问题”，在新闻界曾广受好评。具体做法是，针对一个普遍性问题，抓住一个典型案例，进行解剖式报道，引起上下的关注，推动实际工作。比如《万斤白菜“卖”了7元钱》等问题报道，在部队产生了强烈的心灵冲击，对于解放思想、正风肃纪起到了良好导向作用。但是，像这样的报道只能是个例，不是常态，一是因为事例太典型，可遇不可求；二是这样的故事能报道出来，要突破不少阻力，牵扯许多精力，甚至冒风险。

问题报道要慎之又慎。部队不是生活在真空中，矛盾问题时时发生、处处可见，如果不加选择地照搬实录，都登到报纸上去，让人读了灰心丧气，既不利于实际问题的解决，还对军队的形象造成损伤，这与坚持正面宣传为主的原则是相悖的。当然，坚持正面宣传不是不要舆论监督。舆论监督和正面宣传是统一的，都要有利于疏导情绪、化解矛盾、促进和谐。军报发挥舆论监督的作用，不能忽视军队的特殊性，务

必在事实准确、科学理性的基础上，着眼于推动问题的妥善解决，否则再生动的故事也不适宜宣传。实践经验表明，一些基层关心的、司空见惯的、花点功夫能够解决的具体事件，是问题报道的突破口。去年以来，解放军报社“基层传真”版刊发的《作战靴，请快点“升级”吧》《可乐刷轮胎，叫停！》《“吃碰饭”也需有讲究》等报道，讲的都是连队官兵身边事，针对的问题具体可感，篇幅都在几百字以内，表述也客观冷静，受到了上至军委领导下至机关业务部门以及基层官兵的好评。

搞好问题报道，要树立大问题观。大问题观，就是不要眼里只盯着热点、焦点、痛点，把眼光局限在暴露具体问题上，而是将部队建设的重大问题和官兵关注的敏感问题，体现到重大主题、重大典型和重大活动宣传中去。换句话说就是，明线讲的是成绩、经验和做法，暗线却是为解决矛盾问题提供正面样本。最近，军委领导表扬了《解放军报》“军营观察”版刊发的两篇报道，即《跳出“三个自我”立起“三面镜子”——西部战区空军破除政治工作领域和平积弊新闻观察》《破除积弊需要“镜鉴”意识》，这两篇深度报道针对一些部队开展政治工作存在的“自我设计、自我循环、自我检验”问题，提出照好“初心之镜、基层之镜、战争之镜”，给人诸多启示。一位军委领导批示要求所属机关每名干部都看看这两篇文章，从“三面镜子”中看差距，从部队工作中受教育。可见这类问题报道对机关和部队建设是大有益处的。

四、讲好强军故事，要增强“四力”军报新文风

讲好强军故事，关键是要不断增强脚力、眼力、脑力、笔力，持续转作风改文风，形成新时代军报新文风。概括起来讲，就是要坚决摒弃“假、大、虚、空”，努力做到“真、实、新、活、短”。

2018年，有两篇报道在读者中产生强烈反响，并受到中央领导肯定表扬。一篇是刊登在《人民日报》2018年1月30日1版的通讯《梁家河村民说今昔》；另一篇是刊登在《光明日报》2018年7月30日4版的通讯《坚守32年，王继才永远留在了开山岛》。细品这两篇报道，为我们讲好强军故事提供了诸多启示，主要说三点。

第一，好故事是“在现场”写出来的。故事是由人物、情节、细节、对话等要素构成，记者不到现场不可能写出真实动人的故事。到

现场写报道，是记者的职责，也是有别于其他职业的显著特征。不到现场不写稿，这应成为职业记者的工作习惯。《梁家河村民说今昔》一稿中，记者开篇写道，“时逢寒冬，迎着冬日暖阳，出延安城，上高速路……”“……举目四望，全是山，星星点点的窑洞依山而建。”《坚守32年，王继才永远留在了开山岛》一稿，开头同样是记者得知王继才走了，“驱车赶往连云港灌县和老王道别，3个小时的路程，漫天的大雨随着泪水一起滑下，想起和老王相识、相处的很多事”。受表扬的两篇稿件从头到尾，都是记者“在现场”的所见所闻所思所想，亲切具体，真实可信。

第二，好故事都带有真感情。我们所说的感情，不仅仅是指儿女情长、七情六欲，而是指民族复兴、党的事业、强军梦想等家国情怀。《光明日报》记者郑晋明4年前上开山岛，和王继才夫妇共处了5天，写下了长篇通讯《两个人的五星红旗》，之后他又多次上岛，与王继才夫妇一起过年、过“五一”，成了无话不谈的好朋友。正因为如此，记者才能在通讯《坚守32年，王继才永远留在了开山岛》的结尾处，泣泪写道：“海风吹过，苦楝树哗哗作响，无花果树已结了一树的果子，两只狗还在等主人回来，哨所里的望远镜正静眺远方，老王，礁石上的那4盏灯可还能照亮你回来的路?”读到此处，令人潸然泪下。特别要提醒的是，网络时代，受众需求剧变，新闻报道即便书写大情大爱，也要少一些高歌入云，多一些余音缭绕，少一些仰天长啸，多一些浅吟低唱，少一些剑拔弩张，多一些润物无声，特别是要提倡多写像王继才那样的“接地气、有温度”的平凡人。

第三，好故事离不开好细节。故事的情节是稿件的骨架，细节是报道的血肉，缺少血肉的稿件就容易显得干巴没有味道。《光明日报》记者报道王继才的通讯中，细节连着细节，拨动读者的情感如浪花层层翻卷，让人哀思绵绵、崇敬深深。比如，他写道：整整32年，夫妻俩过了20多年没有水没有电，只有一盏煤油灯、一个煤炭炉、一台收音机的日子。台风大作，无船出海，岛上的煤用光了只能吃生米；没有人说话就在树上刻字或是对着海、对着风唱歌；没有人接生就只能丈夫自己接生；儿女在岸上无人照看，家中失火导致孩子差点丢命；大女儿结婚时，画了5次妆都被泪水打湿，进礼堂时，一步三回头，可父母却迟迟没有来……这些细节，如电影画面般生动感人，让人过目难忘。

总之，我们有理由相信，军报承载着60多年的厚重基因，凭借改革重塑的历史机遇，紧紧依靠一批有理想、有追求、有才华的青年才俊，一定能够把强军故事讲得越来越好，让军报这块“金字招牌”更加光彩夺目。

（《军事记者》2019年第1期）

发扬工匠精神　严守差错底线

■欧世金

摘要：全媒体传播环境下，任何一个细小的差错，都有可能给媒体的形象和党的新闻宣传公信力产生难以预测的影响。防止差错，成为媒体融合中的一个最基础性问题，也是底线。本文以《解放军报》为例，谈守好媒体融合发展的底线。

媒体融合涉及诸多方面，其中一个基础性问题，就是如何防止媒体出差错。全媒体传播环境下，“人人都有麦克风”“全世界都在看着你”，媒体的一个词、一句话、一篇稿件出了错，很快会“发酵”“裂变”，被推向舆论的风口浪尖，成为人们茶余饭后的谈资，甚至成为负面解读、恶意攻击的口实。简言之，媒体任何一个细小的差错，都有可能给媒体的形象和党的新闻宣传公信力产生难以预测的影响。这就要求我们，必须发扬工匠精神，高度重视严防差错问题。本文以《解放军报》(以下简称“军报”）为例，谈守好媒体融合发展的底线。

一、报纸差错的类型和原因分析

一段时间以来，一些媒体接连出现差错，有重要提法出错的，有将报道对象张冠李戴的，有将重要引文延伸解读错误的，等等。归纳起来，报纸出差错，主要类型有政治性差错、事实性差错、政策性差错、保密性差错、文字性差错、技术性差错。有篇稿件出了文字性差错，我与相关责任编辑交流时说：“你出的错，是小学生都不应该错的，是个低级错误，越低级越丢人。”他说：“我愿意负全部责任，接受任何处理。”这位年轻编辑的态度是诚恳的，但他的话却值得深思：试问，报纸出了错，哪一个人或几个人能负得起责任！

谈起报纸出差错，常听老报人讲两句话，一句是“无错不成报”，另一句话是“报社老总要随时准备作检查”。这两句话尽管有些偏颇，但也道出了实情：办报是个高风险职业，容易出错，难免出错。有人对此不理解，一张报纸十几个版，几百个人分兵把守，为什么还会出错？我认为，办报是个复杂性系统工程，政治性、思想性、政策性、专业性都很强，在采访、写作、编辑、拼版、审稿、校对、印刷“生产流水线”上，哪一个环节都可能出错。报纸区别于图书、期刊等出版物显著的特点：一是求新求快。新闻讲究倚马可待，如果慢腾腾的，哪还能抓到“活鱼”？哪还能抢到“冒热气”“带露珠”的“鲜货”？有的急稿从写作到上版只有几个小时，有的几千字上万字的长篇大稿几天时间就要出手。“萝卜快了不洗泥”，忙中就易出错。二是天天变、稿稿变。一年365天，天天出报纸，没有哪一天的报纸版面、没有哪一篇稿件是完全相同的，变化的事物最难把握，因此就容易出错。三是知识更新要快，对实际工作要懂行。报纸宣传包罗万象，要求记者编辑既当专家又当杂家，还要有跨界思维、底线思维、整体思维，特别是要跟进学习新理论新思想新政策，还要对新实践新问题新成果有所了解。否则，在采编稿件时就可能露怯、失误。四是人少事多心难静。以军报为例，过去一个编辑组“三五条枪”，现在许多组长就是“光杆司令”。不少部门领导干的也是责任编辑的活。一个编辑常常要分管几个方向、几个领域的报道，手头同时处理多篇不同类型的稿件。新闻报道大多是作者单打独斗，有时连相互提醒的机会都没有。这也是报道容易出漏洞的一个原因。搞文字的都懂得一个常识，不动情不专心，再大的才气等于零，差错就出在分心走神、粗心大意一瞬间。五是轻信“权威”。对权威媒体的文稿，高层领导和机关层层审阅过的稿，资深记者写的稿，编辑容易放松警觉，以为“他们还会出错”？恰恰差错就这样滑过去了。六是不确定因素多。以军报夜班为例，在短短数小时内，要将来自各个方面的稿件，恰如其分地摆放在几块版面上，谁前谁后，谁长谁短，谁用黑体谁用楷体，谁配言论谁加框，消息、通讯与评论、图片等新闻体裁的关系，国际国内、军内军外、高层基层、国防和军队建设各项工作的关系，新闻版与其他版的关系，今天的版与明天的版、与过去处理同类新闻的版的关系，军报的版与《人民日报》的版和新华社通稿的关系等，都要准确判断、拿捏妥当，否则，必出娄子。最难把握的是有些重要敏感稿件，其“背景”并不明朗，没有指示可执行，没有惯例可参照，完全靠报人的政治敏感和新闻敏感去处理，稍不留神，就可能出错。七是规章制度制定容易，落实难。军报采编手册编辑成了一本书，长达100多页，法规条款成百上千，这样的好处是有法可依、有章可循，难点是执行起来往往顾此失彼、丢三落四。不按规章制度办，是出差错的一个通病。比如，对拿不准的问题有按程序请示报告制度，但有的编辑偷懒、怕麻烦，擅作主张；再如，对有疑问的稿件不按规定查对审稿手续、不与作者沟通、不与权威出版物核对，当个“差不多先生”，把该排的“雷”没排出来。还有，对表制度不到位、没等新华社关机就点印、校改大样太随意、责任编辑值班不尽责等，此类违规问题都曾引发过沉痛的教训。

二、全媒体时代更需要把新闻易碎品精雕细刻成精品佳作

如前所述，全媒体时代，媒体的差错会对媒体的形象和党的新闻宣传公信力产生难以预测的影响。因为，千万双眼睛在盯着你。现在的读者文化程度高，加上上网便捷，一旦发现报纸上有疑问，动几下手指，“度娘”就会给出标准答案。另外当下的读者思想多元、思维多变、口味多样，一篇报道要经得起不同受众的多维、放大解读，难度确实越来越大。编辑部有一个共同的感慨：编辑纠错千个万个，没有人知道，知道了就会说：“你是应该的。”偶尔出一个错，流传飞快，责怪者则说：“水平太低了，怎么能出这样的错?”还有一个特殊规律：报纸发生重大险情、错情，没有一次是重复的。换句话说，出了差错，共性的原因好找、教训好汲取，但个性的问题不可预见，差错有时防不胜防。可见，全媒体时代更需要把新闻易碎品精雕细刻成精品佳作。

报纸出错，纵有理由千万条，报人都推脱不了把关之责，必须主动承担后果，引咎自责，引以为戒。我在这里想说的是，军报是一张政治报，技术性差错与政治性差错密切相关，文字性差错与导向性差错很难分割，个别人出错与整个团队形象受损交织一体。军报人越是面对不确定性和复杂情况，越要打起精神、瞪大眼睛，深究防差错的内在机理，

把握其中规律，寻找良方对策，做到既治“已病”更治“未病”。

历史和现实证明，军报在党和军队的新闻舆论工作中具有特殊地位和作用。国内外受众高度关注，广大官兵充满期待，连西方一些大国也把军报作为观察中国政治、军事的一个重要窗口。这就要求我们，面对严峻挑战，要做坚定的守望者和勤奋的耕耘者。只有站在政治高位上去观察和审视军报的时代价值，我们才能格局高远、情怀厚重、守土尽责，追求万无一失、完美无瑕的境界。

三、强化三种意识，确保军报这块金字招牌永远金光闪闪

严防差错，除了在健全制度落实制度、营造暖心育人环境、培养精益求精的采编作风、充分运用信息化手段等方面下功夫外，当下军事媒体人还要重点强化三种意识。

一是敬畏新闻，强化“新闻无小事，处处有政治”的责任意识。做好党的新闻舆论工作，事关旗帜和道路，事关贯彻落实党的理论和路线方针政策，事关顺利推进党和国家各项事业，事关全党全国各族人民凝聚力和向心力，事关党和国家前途命运。军报人要坚持政治家办报原则，保持高度的政治警觉和政治敏锐，不断增强军报的传播力、引导力、影响力、公信力。

二是敬畏军报，强化“军报不能出错”的红线意识。民族要复兴，国家要强大，军队现代化建设步伐加快，军报随之越来越受到世界关注。特别是各种敌对势力最想从军队打开口子，因此，军报人一定要做到政治强、业务精、纪律严、作风正，确保新闻产品的权威性，严防“低级红”“高级黑”。

三是敬畏文字，确立“我把关、请放心”的专业意识。面对稿件和版面，要排除各种干扰，克服各种困难，保持一颗平常心，静心、细心、耐心，不厌其烦，反复打磨，精益求精，不尽全力、不达极致不出手。总之，要时刻如负泰山、如履薄冰，像将帅指挥千军万马一样慎重运用手中的“千言万语”，杜绝重大差错，严防一般性差错，确保军报这块金字招牌永远金光闪闪。

（《军事记者》2020年第1期）

让“硬核”新闻变得喜闻乐见

■欧世金

导读：浅阅读时代，受众偏好“快餐式”阅读。新闻短些、再短些，实些、再实些，新些、再新些。媒体生产出更多富有感染力、吸引力的优质产品，让“硬核”新闻变得喜闻乐见、入脑入心，才能切实提高影响力、传播力。

受众偏好“快餐式”阅读——让新闻作品短些、短些、再短些

快，是浅阅读行为特征的关键词之一。网民通过搜索或浏览标题，一目十行、跳跃式阅读以获取阅读信息，体现了阅读速度之“快”；迅速吸收与消化，消费之后随之抛弃与更新，显示了阅读消费的过程与更新速度之“快”，即“迅速享用”“迅速愉悦”“迅速抛弃”。

短，是新闻写作的基本要求。新闻界刹“长稿风”屡不见效，原因包括很多方面：其一，记者把写长稿当作成绩、当作本事，认为那样才能体现对所报道对象和工作的重视；其二，有的记者尤其是知名记者喜欢写长稿，产生了“示范”效应；其三，各种新闻奖对有的长稿网开一面，让新闻人对参评作品的刚性数字规定没有给予足够重视。

如果说过去要求写短稿，是业界“刀口向内”的自省自律，弹性大、可变性强，执行好坏对各方并无大碍。那么，面对今天新舆论生态下的受众，则关乎媒体生死。也许报道写得妙笔生花，但黑压压一大版，或在手机上翻也翻不到头儿，读者可能就没耐心、没心情阅读了。

读者不看，产品无人问津，如同废品。一个严峻的事实必须正视：

很多人特别是年轻人大部分信息都是从网上获取，如果不能尽快掌握当下舆论场上的主动权，主流媒体就有被边缘化的危险。

变危为机，顺势而为。如何抢占阵地，如何抢抓读者，写短文、出精品无疑是一剂良方。改进文风，要在“短”字上下功夫、见成效，要力求简短精练、直截了当，要言不烦、意尽言止，观点鲜明、重点突出。

时效决定成效，速度赢得先机。传播学上有一个概念叫“首发效应”，说的是首发信息让受众形成“第一印象”，再要改变就难了。写短稿才能快编发，要争取在第一时间首发定调。

短，不是浅，而是与精并存。写短稿，检验的是新闻工作者有没有真理在手的自信、洞彻实际的慧眼、驾驭文字的技能。从篇幅上讲，新闻报道一般情况下都属于“千字文”。

习近平同志担任浙江省委书记期间，在《浙江日报》“之江新语”专栏发表了232篇短论。这些短论鲜明提出了推进浙江经济社会科学发展的正确主张，及时回答了现实生活中人民群众最关心的一些问题，在干部群众中引起很大反响。这些短论的突出特点是：篇幅短小，语言简洁，文风朴实，生动活泼。每篇虽只有寥寥数百字，却有很强的思想性、针对性、时效性，有力指导了实际工作。

长和短，不能一概而论。要坚持内容决定形式，宜长则长，宜短则短。比如，一些事关党和国家建设事业发展的重大报道，因与人民群众的切身利益密切相关而备受关注，篇幅太短了读者可能觉得不解渴。尽管如此，新闻报道的短是常态、长是特例。即便是重大报道，也要进行精细包装和加工。电讯稿要将众多信息切割成“微文”分篇播发，报纸版面要图文并茂，以吸引读者阅读。

受众反感“假大虚空”——
让新闻作品实些、实些、再实些

读者到底想要什么？这是媒体人必须思考的现实问题。对信息和知识的渴求，是现代人的刚需。难点和重点是针对读者刚需进行精细制作和传播。

面对媒体格局、舆论生态的深刻变化，面对受众阅读习惯和信息需

求的深刻变化，每一位媒体人都应努力适应分众化、差异化传播趋势，从受众反映最强烈的“假大虚空”问题改起，痛下决心、换羽重生。

情感真实。这是基础和前提。“铁肩担道义，妙手著文章。”要把体现党的主张与反映人民心声统一起来，把坚持正确导向与通达社情民意统一起来，把正面宣传为主与加强和改进舆论监督统一起来，展现新闻工作者的社会责任和理想情怀。

已连续举办6届的“好记者讲好故事”活动，堪称新闻界的盛宴。一批批记者“为人民抒写、为人民放歌”，深入最苦、最险、群众最需要的地方，与老百姓一起工作和生活，幸福着他们的幸福、期盼着他们的期盼、忧虑着他们的忧虑，书写着新闻工作者增强“四力”、守正创新的时代新篇。他们用心、用情、用功，以实际行动证明，“离泥土越近，越有生命力”“离基层越近，越接近真理”“脚步有多远，感情有多深”。新闻界曾批评过的那种鼻孔朝上的“老爷记者”、隔窗看景的“车轮记者”、闭门造车的“文件记者”、粘贴复制的“电脑记者”，应多想想“为了谁、依靠谁、我是谁”，争当志存高远、情怀深厚的新时代优秀记者。

内容真实。这是新闻报道的生命。当下，屡见不鲜的夸大、拔高、片面报道，让受众感到不可亲、不可信、更不可学。新闻失实，是媒体和记者自毁形象的愚蠢之举，更是必须严防死守的新闻职业道德底线。主流媒体要准确及时发布新闻消息，为其他合规的媒体提供新闻信息来源。

2015年年初开始，《解放军报》先后在一版重要位置隆重推出“点赞新一代革命军人 · 习主席接见过的基层官兵”“向习主席报告 · 老红军老八路的心里话”“习主席视察过的基层部队 · 新变化新气象”等大型系列报道。报道注重顶层设计，集中精兵强将，采访扎实深入，写作精益求精。有的稿件经过数十次的修改打磨，特别是对一些核心事实，包括一个细节、一句对话等都反复核实、多方印证，力求找到权威出处。有的重要事实，不仅要听采访对象叙述，还要回听现场录音、重看现场视频；不仅要经过亲历者和其单位领导审稿，还要请有关专家和军委机关把关。这些报道有思想、有温度、有品质，赢得了业界和读者的广泛好评。

效果务实。新闻报道要让受众感到有用、管用，能推动实际工作，能解决群众普遍关心的问题。抓问题就会有深度，有深度才会见实效，主流思想才会真正入脑入心。

中国新闻奖新闻名专栏《新华调查》，始终关注民生问题、守望社会公平正义、追求卓越品质，推出一大批优秀作品，引发社会强烈反响。其主要做法是：以问题为导向、以民生为视角，围绕中央明令禁止、人民群众深恶痛绝的事件进行选题策划和组织实施，推动国家建设、行业发展和社会进步。2018年5月至6月间，在广州工作的黄先生，因向表妹转账8万多元转错人，向对方讨要被拉黑，多方求助无门。新华社广东分社记者持续追踪，多次咨询业内专家，提出可行性建议，播发稿件《微信转账转错人只能认栽？——“手滑”的代价究竟由谁来担》，最终促使对方还钱，腾讯公司迅速整改微信支付机制，万千用户从中受益。

受众厌烦老面孔老套路老腔调——
让新闻作品新些、新些、再新些

理念要新。“明者因时而变，知者随时而制。”浅阅读时代，媒体理念创新是关键。要围绕权威性、亲和度、传播力等重点课题，打造原创性产品、实施品牌战略。一方面，传统媒体要培养互联网思维，以用户为主，提供精准化、个性化服务；另一方面，传播的思想要深刻、富有新意，要防止老调重弹、老生常谈。

手段要新。全媒体时代，移动互联网已经成为信息传播主渠道，主流媒体要借助移动传播，占领传播制高点，主动拥抱传播新技术新平台，实施传播手段的多样化，推出丰富多彩的优质新闻，否则再好的产品也会“养在深闺无人识”。

新中国成立70周年主题宣传中，“快手”与央视联手，在阅兵直播、大型活动报道等方面亮点频出，取得良好宣传效果。阅兵直播、联欢直播以及央视新闻快手号70小时不间断直播，累计收看超过12亿人次，其中70小时直播总观看人次达10亿，最高同时在线人数突破600万；“国庆大联欢”H5播放量超过2.7亿次；“我爱我的国”大型主题宣传活动相关短视频作品达800多万件，点赞量超18亿次。

语言要新。新闻报道概念化、口号化、文件化，是老毛病，就如毛

主席在《反对党八股》一文中所斥：语言乏味，像个瘪三。有专家认为，报刊语言，第一是准确，就是概念要明确，报道事实、描写事实是一说一、是二说二，容不得半点含混不清；第二是简明，就是语言要简明流畅，摒弃矫揉造作、艰涩古僻的文字。美联社把“简洁”列入写作手册，规定“学不会把文字写得简洁有力的人，不必为美联社写作”；第三是形象，就是要让文字具体可感；第四是通俗，就是要以大多数读者完全明了为原则。群众是真正的语言大师。新闻工作者要贴近基层一线，到生活的海洋中捞取串串佳句，坐在办公室想出来的语言可能看上去很美，但没有“烟火气”、不会冒“热气”，就像塑料大棚里的水果，个个青翠欲滴，但吃起来总让人感觉缺少阳光雨露的味道。

（人民日报社《新闻战线》2020年第4期）

与部队通讯员交流

致敬，解放军报！

1

新闻是有力量的，关键时刻能笔扫千军，收万众之心。但从文字审美的角度论，特别是与文学类作品相比，我一直有自卑感，新闻产品属应时之作、速朽之文，有时闪几丝光，挺耀眼的，像西北大漠中的云母片，然而毕竟不是金子——除了一部分作品有“史料”价值外，绝大部分算不上文字意义上的金子，存留后世的意义不大。因此，我没有编印新闻作品集的打算。

巧合的是，当然更属荣幸，2019年，经解放军新闻传播中心推荐、中央军委机关考评、中央宣传部评选并公示，我入选了全国文化名家暨“四个一批”人才。中宣部给专项经费资助入选者出版作品集。时任解放军新闻传播中心主任兼军报社社长李军、解放军新闻传播中心政委兼军报社政委孙继炼，解放军报社副社长林乘东、武天敏、殷飞，副总编杜献洲、刘明学、颜军等各位领导，都鼓励我结集出书，既是对个人职业生涯的总结回顾，也为年轻的新闻工作者提供专业上的个案参考。

在我的新闻职业生涯中，有六七年时间做责任编辑，有十余年时间做部门和社领导，其间主要职责是为他人做嫁衣，多数时候隐姓埋名。署有我名字的新闻作品主要是当记者期间和在编辑部工作时择机采写而成的。

打开军报采编网资料库，输入“欧世金”三个字，收集到的作品打印出来，厚厚一大摞。静坐下来，翻看一篇篇稿件，当时发生在采访现场的故事、写作中的故事、发稿中的故事、见报之后引发的故事，像一部长长的电视连续剧浮现眼前，真切又动人。许多次，我被一件件往事、一位位师友、一个个部队官兵，感动得难以自抑，常常热泪盈眶。

2

有战友调侃我是新闻界的“许三多”，意思是出身草根，起点很低，但心有梦想，一直往前跑，从来不曾放弃。我深以为然。

父亲早逝，高考落榜；远走新疆，投靠姑妈。我入伍来到天山军营，在一次全营大会上，作为新兵代表发言，教导员邸章锁对我有了印象。第二年年底，他让我当了营部文书兼军械员，同时对他的继任者、团政治处宣传股长说：“给你发现了个报道员苗子。”不久，团新闻干事阴文武到我营办新闻培训班，他说我写的作文最优，便向政治处主任建议将我调入报道组。刚到团机关时，我哪知道什么是新闻？每天关起门来，把当天来的报纸从头读到尾，然后仿照着从“火柴盒”开始写起。大半年时间，投向报纸、电台的一篇篇稿件如泥牛入海。后来，师里举办新闻培训班，团新闻干事权万仓带着我在那个叫巴音沟的天山山岙老营房里，学习了几个月。那次培训，收获不小，一是见到了神一般的军报记者张弛，二是在报纸上见到了自己的名字。

接着，我有一个到新疆日报社学习的机会。一口气学了4个月，在政文部党建组组长吕德生的指导下，我发表稿件40多篇，消息、通讯、言论都有，初步实现了真正意义上的新闻启蒙。第二年，我再次到新疆日报社学习4个月。

回到部队，有些新闻感觉了。我经常揣着采访本和笔，到各连队转悠，打听有没有可写的新闻。真应了那句话，念念不忘，必有回响。有一天，听到一件事：排长程国探亲途中勇斗歹徒。我兴冲冲地找到程国，他说，嗨，都过去半年了，还有啥写头？我一细问，才知道，他做好事不留名，真是个英雄！我连夜激动地写好了初稿《无名英雄终有名》，请权万仓修改后，用复写纸抄写数份投入邮筒。很快，《人民军队》在头版头条发表。当天，新疆军区宣传处邱明全干事打来电话，商定将此稿传真发军报，第三天军报在头版头条见报。程国后来成了兰州军区重大典型，被授予荣誉称号，越级提职。

新闻的影响力如此之大，超越了我的想象。就是军报这篇头版头条稿，短短不过几百字，它改变了报道对象程国的人生走向，也给我带来好运。师政治部主任南柱成和师新闻干事曾政驱车数十公里，说服我们团领导把我调到师报道组。1991年下半年，兰州军区拨出20个名额用于全区部队新闻报道员提干。师政治部主任陈作明力挺推荐我。我因有军报这篇稿件在军区考评中积分靠前，顺利从一名士兵成长为军官，并在兰州军区新闻骨干预提军官培训班学习半年。第二年，我调入新疆军区宣传处宣传科。时任新疆军区政治部副主任姚铁山分管军区宣传工作，他对新闻工作和新闻人才高度重视，在工作生活中对我多有偏爱。他任师政委时常说一句话："全师选一二百个优秀班长容易，但要挑一两个合格报道员很难。"宣传处副处长游成章曾任军报记者，对军报情有独钟。宣传科长杨功成带着我整天琢磨怎样在军报多上稿。为解决我职务偏低问题，时任宣传处长李军费了许多心血。1995年，军报驻兰州军区记者站站长张占辉推荐我到军报驻新疆军区记者站任兼职记者。

从此，我日思夜想只有一件事：为军报写稿。

3

"衣带渐宽终不悔，为伊消得人憔悴。"弹指一挥间，从挂"本报记者"算起，我在军报这个大家庭里工作生活已达25个春秋，壮小伙成了小老头，青丝变白发，连白发都没有几根了。一路走来，喜怒哀乐皆经历，酸甜苦辣都品尝，唯有一种情感总在心中激荡，而且随着年岁的增长越来越强烈，那就是感恩。从一个士兵成长为一名大校军官、报社副社长，从一个基层报道员到记者、主任编辑、高级编辑，从不知"五个W"到数次获军队新闻奖、中国新闻奖，从当编辑组长、部门领导到下海军部队代职、上国防大学培训……凝聚着军报多少社领导、部领导和全社同事的关心、帮助、厚爱、支持、呵护、锻造。

我深深懂得，没有哪一个记者能独立完成"战斗"任务，在报上署名的记者如同站在聚光灯下，读者看见的全是他个人的光彩，却容易忽视他背后那支庞大的"支援队伍"。从这个意义上说，我没有任何资格夸耀自己。

要感恩致敬的人太多！我只能在此挂一漏万列出部分人的大名，特向他们表示深深的谢意！

致敬将我调入记者部当记者的报社总编辑于顺昌、副总编庄汉隆，记者部主任江永红、副主任王文杰、薛仁、郑蜀炎，站长杜献洲。张占辉是我调入军报的引荐人，庄汉隆是分管记者部的社领导。

致敬将我调入政工部任编辑的报社社长张世刚、总编辑王梦云、副社长田仁德，政工部主任饶洪桥、副主任徐生、乔林生。同时，他们以照顾基层一线干部家属为由，将我妻子郭隽洁调入报社机关工作。通联部内参组高级编辑郭志远为此帮了大忙。

致敬带着我深入部队采访的社领导孙晓青、禹光、李秀宝、董祥起、赵险峰、朱英秋，编辑部领导卢天义、张弛、张占辉、闫金久、任燕军、刘新如、曹瑞林、刘声东、董国政、吕国英、蔡云骜、张志荣、李卫星。我深信部队流行的一句话：给任务就是给信任、给机会、给进步。我到海军代职是孙晓青社长确定的人选，他在我代职期间深入我所在海军支队采访，也有给我壮胆之意吧。在我从新疆记者站转战济南军区记者站工作初期，担心人生地不熟难以开展工作时，孙晓青从遥远的南疆军区寄来贺年卡，手书："曾登帕米尔，何俱泰山高！"

致敬领导过我的报社领导黄国柱、谭健、肖江峰、李博、黄秋生、李选清、张海平、陈广照、王俊山、雷雨、李鑫、夏洪青。在我为下部队代职纠结的时候，刚刚履新的副社长谭健鼓励我说："放心去，去了就比别人多一分。"贴心的一句话，安了我的心。

致敬我在负责政工部工作期间，部里同志齐心协力，打造了一个能征善战、团结友爱的先进团队。部领导有周奔、丁海明、欧灿、赵风云，编辑有卜金宝、徐文、凌翔、董强、赛宗宝、张明军、滕晓东、黄超、李兵正、严珊、张科进、张磊峰、张良等。4年多时间，5位同志提升为副师以上职务，8位同志评上主任编辑以上职称，2位同志被军委机关选调。在济南记者站工作期间，一起工作的有费士廷、邵薇、罗铮。

致敬报道的合作者，许多稿件他们做出了主要贡献，我是掠人之美。比如，政工部编辑欧灿、毛俊、杨祖荣，我们多年合作撰稿，多数时候我只是动动嘴而已，他们却搜肠刮肚、绞尽脑汁、艰辛备尝，让我每每想起都心生感动。

致敬那些为我的稿件精心策划、精心编辑、精心包装的领导和编辑。难忘的人太多了，在此不一一列出，都记在心里吧。

致敬上级机关业务部门的领导和同志们，他们在组织、指导重大主题宣传和修改一些重要稿件时，费了许多心力，确保了稿件基调更加准确、内容更加扎实、文字更加生动。

致敬我采写过的部队官兵，是他们的先进事迹和周到的相关保障，激励我、帮助我顺利完成了一次次报道任务，我也因此有了专业底气和人生光华。

致敬解放军出版社副总编辑丁晓平。他提出用刘禹锡“千淘万漉虽辛苦，吹尽狂沙始到金”这后半句诗作书名。我有些犹豫，前半句讲到了新闻人的心里，我乐意受领，后半句如果放到一个人及其作品上，难免有自夸、自得之嫌。晓平说：书名与你的名字相合，恰好，无需多虑！晓平乃我军著名出版家、作家，他的编辑资历与出版定见，足以让我信服。

致敬为本书题写书名的长江韬奋奖获得者、解放军报社高级编辑胡春华。

致敬因新闻报道与我有过交往的那些已经远去另一个世界的军报人和部队官兵。军报社有总编室主任吴顺祥、记者部副主任高艾苏、总编室主任编辑马越舟、记者部沈阳站站长祝寿清。部队领导有我所在师宣传科长高征、南疆军区宣传处长陈炳利、原济南军区某团政委申芮华。还有新华社军事记者蒋永武。

4

2019年12月21日，我的行政职务达到最高服役年限，被免职后改任高级编辑，主要负责审看报纸大样。人事有代谢，一代人有一代人的担当。我是读“解放军报大学”成长的，我是喝《解放军报》的奶水长大的，我永远热爱军报、赞美军报、感恩军报、祝福军报！

最后，要特别感谢我的母亲和妻子、女儿，是她们伴随我走过了艰苦又快乐的新闻岁月。

欧世金

2020年8月于北京

图书在版编目（CIP）数据

吹尽狂沙始到金：欧世金军事新闻作品选 / 欧世金著. -- 北京：解放军出版社, 2022

ISBN 978-7-5065-7528-7

Ⅰ. ①吹… Ⅱ. ①欧… Ⅲ. ①军事题材—新闻—作品集—中国—当代 Ⅳ. ①I253.2

中国版本图书馆CIP数据核字（2022）第227499号

书　　名：吹尽狂沙始到金：欧世金军事新闻作品选

著　　者：欧世金
责任编辑：熊　瑞　孙铁楠　张宇博
责任校对：孟凡思
封面设计：李尘工作室
出版发行：解放军出版社
社　　址：北京市地安门西大街40号　　**邮　　编**：100035
电　　话：66531659
E - mail：jfjcbs@126.com
经　　销：全国新华书店
印　　刷：中煤（北京）印务有限公司
开　　本：1 / 16
字　　数：883千字
印　　张：55.5
版　　次：2023 年 7 月第 1 版
印　　次：2023 年 7 月北京第 1 次印刷
ISBN 978-7-5065-7528-7
定　　价：168.00 元（全三册，精装）

（如有印刷、装订错误，请寄本社发行部调换）